Melissa Foster

Immer Ärger mit Whiskey

Die Whiskeys: Dark Knights von der Redemption Ranch

DIE AUTORIN

Melissa Foster ist eine preisgekrönte *New-York-Times-* und *USA-Today-*Bestsellerautorin. Ihre Bücher werden vom *USA-Today-Bücherblog*, vom *Hagerstown Magazin*, von *The Patriot* und vielen anderen Printmedien empfohlen. Melissa hat mehrere Wandgemälde für das *Hospital for Sick Children*, eine Kinderklinik in Washington, D. C., gemalt.

Besuchen Sie Melissa auf ihrer Website oder chatten Sie mit ihr in den sozialen Netzwerken. Sie diskutiert gern mit Lesezirkeln und Bücherclubs über ihre Romane und freut sich über Einladungen. Melissas Bücher sind bei den meisten Online-Buchhändlern als Taschenbuch und E-Book erhältlich.

www.MelissaFoster.com

MELISSA FOSTER
Immer Ärger mit Whiskey

Die Whiskeys: Dark Knights von der Redemption Ranch

LOVE IN BLOOM – HERZEN IM AUFBRUCH

Aus dem Amerikanischen von Anna Wichmann

Die Originalausgabe erschien erstmals 2022 unter dem Titel
»The Trouble With Whiskey« bei World Literary Press, MD, USA.

Deutsche Erstveröffentlichung 2023
bei World Literary Press, MD, USA
© 2022 der Originalausgabe: Melissa Foster
© 2023 der deutschsprachigen Ausgabe: Melissa Foster
Lektorat: Judith Zimmer, Hamburg
Umschlaggestaltung: Elizabeth Mackey Designs
Cover-Foto: James Critchley Photography

KI-Nutzungsbeschränkung: Die Autorin behält sich alle Rechte der Nutzung dieses
Werks für generatives KI-Training und die Entwicklung von Sprachmodellen für
maschinelles Lernen vor. Die Autorin verbietet ausdrücklich die Verwendung dieser
Publikation – ganz oder in Teilen, einschließlich Text, grafischer Elemente und
Bilder – für das Training von Technologien der künstlichen Intelligenz (KI) zur
Generierung von Text, grafischen Elementen oder Bildern. Dieses Verbot bezieht sich
auf ausnahmslos alle Technologien, die zu dem Zweck eingesetzt werden, Werke im
gleichen Stil, Ton und Sprachgebrauch oder in einem deutlich ähnlichen Stil, Ton
und Sprachgebrauch und/oder mit signifikant ähnlichen Strukturen, Inhalten und
Handlungsverläufen wie diese Publikation zu erzeugen.

Vorwort

Ich freue mich sehr, eine weitere Whiskey-Familienreihe veröffentlichen zu können. *Die Whiskeys: Dark Knights von der Redemption Ranch* haben einen besonderen Platz in meinem Herzen, und ich habe mich schon darauf gefreut, Dares und Billies Geschichte zu erzählen, seitdem sie mir in *Der Liebe auf der Spur (Die Bradens & Montgomerys)* begegnet sind. Dare und Billie sind eines der temperamentvollsten Paare, über die ich je geschrieben habe, und ihre Geschichte war ebenso herzergreifend wie herrlich zu schreiben. Offen gesagt habe ich mich bis über beide Ohren in Dare und Billie, ihre Familien und alle anderen auf der Redemption Ranch verliebt, und ich kann nur hoffen, dass es Ihnen ebenso geht.

Sollte dies Ihr erster Kontakt mit meiner Whiskey-Welt sein, dann kann ich Ihnen versichern, dass alle meine Bücher unabhängig voneinander gelesen werden können, also tauchen Sie einfach ein und genießen Sie Billies und Dares aufregende und heiße Fahrt zum Happy End. Danach können Sie sich gern meiner anderen Dark-Knights-Reihe widmen: *Die Whiskeys: Dark Knights aus Peaceful Harbor*.

Die Serie *Die Whiskeys* ist nur eine der vielen Serien aus der weitverzweigten Reihe »Love in Bloom – Herzen im Aufbruch«. Sie werden den Figuren aus jeder Geschichte immer wieder

begegnen, sodass Sie keine Verlobung, Hochzeit oder Geburt verpassen. Eine vollständige Liste aller Serientitel sowie eine Vorschau auf den nächsten Band finden Sie am Ende dieses Buches und auf meiner Website:
www.MelissaFoster.com/Herzen-im-Aufbruch

Besuchen Sie auch meine Seite mit »Reader Goodies«! Dort finden Sie Serienübersichten, Checklisten, Stammbäume und einiges mehr:
www.MelissaFoster.com/Checklisten_und_Stammbaume

Abonnieren Sie meinen Newsletter und bleiben Sie immer auf dem Laufenden über alle Neuerscheinungen:
www.MelissaFoster.com/Newsletter_German

Eins

Billie hielt das Tablett mit den Getränken hoch über den Kopf, während sie sich im Roadhouse einen Weg durch die Menge und an der überfüllten Tanzfläche vorbei bahnte. Das Roadhouse war die Bikerbar ihrer Familie, in der sie arbeitete, seitdem sie alt genug war, um sich etwas dazuzuverdienen. Sie war ebenso wie ihre jüngere Schwester Bobbie in dieser rustikalen Kneipe aufgewachsen, hier hatten sie Hausaufgaben gemacht und hin und wieder ausgeholfen, wenn Not am Mann war, weil die Mancinis so was nun mal taten. Sie nahmen Dinge in Angriff und hielten einander den Rücken frei. Genau wie die vielen Männer, die jeden Abend in ihrer schwarzen Lederkluft herkamen – in Westen, auf denen die Aufnäher des Dark Knights Motorradclubs prangten. Ihr Vater war der Vizepräsident des Clubs, und die Bande dieser Bruderschaft waren unzerstörbar.

Sie näherte sich einer Gruppe gut aussehender Männer von außerhalb in Stoffhosen und Anzughemden, die in der Nähe des Billardtischs saßen. Dabei war sie sich durchaus bewusst, dass der geschniegelte Kerl, der darauf wartete, spielen zu können, sie gründlich in Augenschein nahm. Die Männer in der Gegend um Hope Valley, Colorado, waren groß und stark, da hier die meisten Familien noch auf Ranches und von der Viehzucht lebten. Billie stand auf raue Hände, bärtige Gesichter und Männer, die kein Blatt vor den Mund nahmen und nichts für Anzüge und Krawatten übrighatten. Im Sommer kamen allerdings alle möglichen Touristen in ihre kleine Bergstadt.

»*Trink! Trink! Trink!*«, johlten mehrere Frauen.

Billie sah sich in Richtung des Lärms um, wo drei vollbusige Frauen Schulter an Schulter standen, die sich alle ein Schnapsglas zwischen die Brüste geklemmt hatten. Devlin »Dare« Whiskey leckte soeben einige Tropfen von den Brüsten der kichernden Blondine, und sie schüttete etwas Salz auf die feuchte Stelle. *Das ist doch jetzt nicht euer Ernst.* Während die Frau den Streuer weiterreichte, leckte Dare ihr das Salz von der Haut und schloss dann die Lippen um das Schnapsglas. Er legte den Kopf in den Nacken und stürzte den Tequila herunter, ohne das Glas mit den Händen festzuhalten. Die waren auch anderweitig beschäftigt, und nachdem er das Glas unter dem Gejohle und Gekreische der Frauen geleert hatte, küsste er die Blondine, ging zur nächsten kichernden Frau weiter und wiederholte das Ganze.

Dieser bescheuerte Dare.

Billie und Dare waren in ihrer Kindheit beste Freunde gewesen, und ihr anderer bester Freund Eddie Baker hatte ihr Trio komplettiert. Sie waren unzertrennlich gewesen. Bereits als Siebenjährige hatten sie sich den Spitznamen Draufgänger verdient, da sie sich ständig Wettrennen lieferten oder mit ihren Skateboards, Bonanzarädern oder allem, was sie sonst so finden konnten, waghalsige Stunts hinlegten. Sie trieben ihre Eltern in den Wahnsinn, doch anstatt sie von den Eskapaden abzuhalten, brachten ihre Eltern ihnen bei, wie sie dabei auf ihre Sicherheit achten konnten. Je älter sie wurden, desto riskanter waren ihre

Stunts – Fallschirmspringen, Klippenspringen, Dragracing und so gut wie alles andere, das einen Adrenalinrausch bescherte. Obwohl das Motto der Draufgänger lautete »Nicht die *beste* Person gewinnt, sondern die *richtige*«, weil sie sich in jeder Hinsicht als Gleichgestellte ansahen, hatten Dare und sie doch immer versucht, einander bei jeder neuen Herausforderung zu übertrumpfen, während Eddies Technikliebe letzten Endes die Oberhand gewann. Sie alle hatten *ihr Ding.* Als Eddie anfing, Videos und Filme zu drehen, und sich aus ihren Stunts heraushielt, um sie stattdessen aufzuzeichnen, unterstützten sie ihn in jeder Hinsicht. Dare war fasziniert von alten Autos und Motorrädern, daher gingen sie zusammen zu Oldtimershows, und Billies Leidenschaft war Motocross. Sie war mit achtzehn Profirennfahrerin geworden, und Dare und Eddie hatten sie bei so gut wie jedem Rennen angefeuert.

Es hatte immer viel zu lachen gegeben, wenngleich Billie und Dare in dem Sommer, bevor er aufs College ging, auch mal rumgeknutscht hatten. Zwischen ihnen war schon immer etwas Aufregendes und Knisterndes gewesen, als wären sie Zwillingsflammen. Schon damals war er schroff und muskulös gewesen, dabei auch noch rotzfrech, und, *Himmel*, hatte er gut küssen können. Doch das war eine einmalige Sache gewesen, nach der ihre Beziehung zwar für eine Weile etwas holpriger wurde, was sie allerdings irgendwann überwanden, um wieder beste Stuntfreunde zu sein. Bis sie und Eddie, der in ihrem Leben schon immer eine Art Anker gewesen war, eine zum Scheitern verurteilte einjährige Beziehung eingingen.

Sie waren die Draufgänger geblieben – unzerstörbar und unaufhaltsam –, bis Eddie vor sechs Jahren bei einem schiefgelaufenen Stunt ums Leben kam, was ihr Leben vollkommen auf den Kopf stellte. Danach fing Dare damit an, immer gefährlichere Stunts zu machen, während Billie diesem riskanten Leben und allem, was damit zusammenhing, den Rücken kehrte. Auch Dare. Das Problem dabei war nur, dass Dare ständig in der Nähe war und dass allein sein Anblick ausreichte, um all die Leichen in ihrem Keller wieder auferstehen zu lassen.

Erneuter Jubel holte Billie aus ihren Gedanken, da Dare den dritten Schnaps trank. Er drehte sich um und sah zu Billie hinüber, als er das Glas aus dem Mund nahm. Ein keckes Grinsen umspielte seine Lippen, und er zog die Augenbrauen auf eine Art und Weise hoch, als wollte er sagen: *Komm her, Süße, und ich zeige dir etwas, das du nie mehr vergessen wirst.*

Sie verdrehte die Augen und wandte sich ab, um sich auf das Bedienen der Gäste zu konzentrieren und nicht länger daran zu denken, dass dieser arrogante Biker mit seiner lautlosen Nachricht genau ins Schwarze getroffen hatte. Er war der einzige Mann, der je ein Feuer in ihr entfacht hatte. In dieser heißen Sommernacht vor all diesen Jahren waren sie nicht besonders weit gegangen, trotzdem erregte es sie bereits, wenn sie nur an seine Hände auf ihrer Haut dachte.

Verärgerung machte sich in ihr breit, und sie wirbelte herum und wollte zur Bar zurückgehen, doch unverhofft stand der geschniegelte Kerl direkt vor ihr.

»Hat dir schon mal jemand gesagt, dass du aussiehst wie Bridget Moynahan?«

Nur so gut wie jeder Trottel, der je hier reingekommen ist. »Das höre ich hin und wieder.« Sie versuchte, um ihn herumzugehen, doch er trat ihr in den Weg und noch näher an sie heran.

»Du bist aber noch heißer als sie.« Er legte eine Hand an ihre Hüfte. »Was machst du nachher noch?«

Billie nahm ihn rasch in Augenschein. Sie war einen Meter siebzig groß, mit Stiefeln sogar noch größer, und dieser Idiot brachte es vielleicht auf einen Meter achtzig. Daher kniff sie die Augen zusammen, reckte das Kinn in die Luft und bemerkte im Augenwinkel eine Bewegung, als sie erwiderte: »Nichts mit dir.« Sie schob seine Hand weg, da überbrückte Dare auch schon die Distanz zwischen ihnen und sah aus wie ein angriffsbereiter Bulle. In ihre Stimme schlich sich eine tödliche Ruhe, und sie baute sich direkt vor dem Typen auf. »Wenn du mich oder eine andere Frau hier noch einmal ohne Erlaubnis anfasst, kannst du von Glück reden, wenn du heute Abend noch aus der Tür kriechen kannst.«

»Ach, komm schon, Baby. Du willst es doch auch.« Der Kerl strich mit einer Hand über ihren Arm.

»Echt jetzt, Mann?« Sie seufzte, als wäre sie gelangweilt, und im nächsten Augenblick packte sie seine Hand und verdrehte ihm den Arm. Er krümmte sich vor Schmerz.

»Verdammter Mist!« Seine Knie gaben nach, und er sackte zu Boden.

Jeder anwesende Dark Knight war aufgesprungen, und Dare kam an der Spitze der Gruppe auf sie zu, während Billie grinsend auf den knienden Trottel hinabsah. »Aikido. Ist gut für den Körper.« Und sie fügte hinzu: »Und jetzt beweg deinen Arsch aus meiner Bar. Hast du verstanden?«

»Lass mich gefälligst …«

Sie verdrehte ihm den Arm noch etwas weiter, und er schrie auf.

»Ja, Ma'am. Ich bin schon weg«, sagte sie ruhig. »Diese Worte will ich jetzt hören, sonst breche ich dir das Handgelenk.«

»*Ist ja gut*«, stieß er hervor, und sie verdrehte ihm den Arm noch etwas mehr. »Ja, Ma'am. Ich bin schon weg.«

Erst jetzt ließ sie ihn los und stürmte an ihm vorbei, wobei sie Dare einen wütenden Blick zuwarf und mehrere Dark Knights dem Mann nach draußen folgten.

Dare lief neben ihr her. »Alles in Ordnung?«

Sie schnaubte. Er wusste besser als jeder andere, dass sie selbst auf sich aufpassen konnte, und falls es wirklich mal Schwierigkeiten gab, war Bobbie durchaus in der Lage, mit der hinter der Bar aufbewahrten Schrotflinte umzugehen. »Alles bestens. Du kannst wieder zu den Frauen zurückkehren, die sich viel lieber retten lassen würden.« Mit diesen Worten trat sie hinter die Bar und stellte das Tablett ab.

Bobbie stellte sich mit frechem Grinsen neben sie. »Du kriegst nie einen Mann ab, wenn du ihnen immerzu wehtust.«

Billie warf ihrer jüngeren Schwester, die hellere Haare hatte und mit der sie zusammenwohnte, einen ausdruckslosen Blick zu. Bobbie lachte nur und zog los, um Getränke zu einem Tisch zu bringen. Als beim mechanischen Bullen lautes Gejohle ertönte, drehte sich Billie wieder zur Bar um. Sie schaute sich im Raum um und sah Dare, der gerade auf den Bullen kletterte und die Aufmerksamkeit genoss, den Blick jedoch über die Köpfe der ihn anhimmelnden Frauen zu Billie wandern ließ, um ihr zuzuzwinkern.

»Hattet ihr zwei mal was miteinander?« Kellan griff nach einer Flasche, die hinter ihr stand, und machte sich daran, einen Drink zuzubereiten. Er war Teilzeit-Barkeeper und Jurastudent, hatte tiefe Grübchen und eine »Sonnenschein und Whiskey«-Persönlichkeit: immer gute Laune, aber rau, wenn es sein musste.

Geht dich nichts an. »Was ist das hier, die Klatschzentrale?«

»Ich bin bloß neugierig. Ihr würdet ein tolles Paar abgeben und seid beide knallhart.«

»Dann kann ich nur hoffen, dass du in Jura besser bist als

im Verkuppeln.« Sie deutete auf seinen Gast, der ihn gebannt anstarrte, als würde er sein Getränk dadurch schneller bekommen. »Ich glaube, er hätte gern den Drink, den du da umklammerst.«

Im Laufe des Abends wurde es in der Bar immer voller. Billie ging in den Lagerraum, um einige Schnapsflaschen zu holen, und als sie wieder herauskam, schwenkten Dares Groupies Geldscheine und feuerten ihn an, während er auf die Bar kletterte und sich daranmachte, zu »Save a Horse, Ride a Cowboy« zu tanzen. Dieser Mann war geballte Lust auf zwei Beinen in einer höchst reizvollen Verpackung und wackelte mit den Hüften, als gäbe es kein Morgen mehr. Bobbie und Kellan tanzten hinter der Bar und servierten Drinks, und die meisten Gäste genossen die Show, allerdings gab es auch einige, die schockiert und leicht angewidert wirkten.

»Das ist jetzt nicht euer Ernst«, murmelte Billie, stellte die Flaschen ab und hielt Ausschau nach Dares Brüdern, auf die man sich normalerweise verlassen konnte, wenn es darum ging, ihm Einhalt zu gebieten. Aber Doc und Cowboy waren nirgends zu sehen. Sie entdeckte seinen Cousin Raleigh »Rebel« Whiskey, hob eine Hand und signalisierte ihm *Tu doch etwas!*.

Aber Rebel schaute sie nur amüsiert an, rief »Viel Glück« und trank einen Schluck Bier.

War sie denn die Einzige in der Bar, die noch nicht den Verstand verloren hatte? Sie stapfte hinüber zu Dare. »Runter von meinem Tresen!«

Er grinste sie nur breit an und legte sich eine Hand hinter das Ohr. »Was hast du gesagt? Ich soll mit dem Arsch wackeln?« Er drehte sich mit dem Hintern zu ihr, der wirklich ungemein knackig und sexy war, und wackelte damit, was allgemeines Johlen und Lachen hervorrief.

»Geh doch rüber in den Stripclub!«, brüllte Billie.

Sein freches Grinsen wurde noch breiter. »Ich soll strippen?« Rufe und Pfiffe hallten durch die Luft, als er das T-Shirt auszog und über seinem Kopf herumwirbelte.

Billie stemmte die Hände auf den Tresen. »Runter da, Dare! Und lass ja die Hose an!«

Die Frauen, die ihn schon den ganzen Abend umschwärmten, kreischten auf. Dare griff nach Billies Armen und zog sie auf den Tresen. Dann legte er ihr einen seiner muskulösen Arme um die Taille und rieb sich an ihr, wobei er ihr mit den durchdringenden dunklen Augen bis tief in die Seele zu blicken schien und sie an all die Jahre erinnerte, in denen sie solchen Unsinn gemacht und die ganze Nacht gelacht hatten.

»Komm schon, Wildfang, entspann dich.«

Als er sie mit dem Spitznamen ansprach, den er schon seit ihrer Kindheit benutzte, in den letzten Jahren jedoch nur sehr selten, zog sich ihr Brustkorb zusammen. Doch mit dieser Wärme ging die schneidende, schmerzhafte Wahrheit einher. Ihre Gefühle für Dare waren der Grund dafür, dass Eddie heute tot war. *Sie* war der Grund dafür, dass er hatte sterben müssen. Daher unterdrückte sie diese warmen Gefühle und fuhr ihn an: »Du ziehst jetzt dein verdammtes T-Shirt wieder an, steigst von meinem Tresen und schwingst deinen Angeberarsch auf die Tanzfläche.«

»Nur wenn du mit mir tanzt.« Er drückte sie noch etwas fester an sich, kreiste mit den Hüften und presste die breite Brust gegen sie. Derweil kreischten die Frauen: »Ich tanze mit dir«, und: »Wow, wie er sich bewegen kann!« Manche Männer hatten einen Dackelblick drauf, mit dem sie eine Menge erreichen konnten. Aber Dare Whiskey kannte etwa einhundert Arten, eine Frau anzusehen, um zu bekommen, was er wollte.

Und als er jetzt den Kopf schräg legte, die Stirn runzelte und sie mit flehenden Augen und einem verführerischen Lächeln auf den Lippen ansah, wurde Billie zu dem Moment zurückversetzt, in dem sie darauf eingegangen war.

Zu der Nacht, in der es zwischen ihnen heiß geworden war – und in der er ihr das Herz gebrochen hatte.

Sie beugte sich vor, legte die Lippen an sein Ohr und versprach: »Nur einen Tanz.«

Bei seinem breiten Grinsen fühlte sie sich beinahe schuldig, als sie vom Tresen herunterkletterten, sehr zum Unmut seiner Bewunderinnen, und er die Hand nach ihr ausstreckte. »Dann lass uns tanzen, meine Süße.«

Sie warf ihm ein sauberes Geschirrtuch zu. »Der einzige Tanz, den ich hier aufführen werde, ist das Bedienen der Gäste, während du den Tresen abwischst.« Während sie mit Bobbie dicht auf den Fersen in den Lagerraum marschierte, spürte sie seinen lodernden Blick in ihrem Rücken.

»Warum bist du immer so zu ihm? Er hat sich doch bloß amüsiert.«

Billie drehte sich zu ihrer Schwester um. »Weil das hier unsere Bar ist, und wenn jemand verletzt wird, sind wir dafür verantwortlich. Willst du etwa, dass jeder glaubt, er könnte hier reinkommen und so eine Show abziehen?«

»Nein, aber das war doch nur Dare. So war er doch schon immer. Ich versteh dich einfach nicht.«

»Da gibt es nichts zu verstehen. Das hier ist unser Familienunternehmen und kein Spielplatz.« Bobbie war Grundschullehrerin und arbeitete nur Teilzeit in der Bar, während Billie sie Vollzeit leitete und das Geschäft daher weitaus ernster nahm.

Bobbie verschränkte die Arme und verzog das Gesicht.

»Würdest du mir bitte mal verraten, warum du dich in letzter Zeit so bescheuert verhältst? Mir ist schon klar, dass sich nach Eddies Tod vieles verändert hat, aber auf einmal scheinst du überhaupt keine Geduld mehr mit Dare zu haben, dabei wollte er doch eigentlich immer nur dein Freund sein.«

Weil das Trauern ohne ihn an meiner Seite furchteinflößender war als jeder Stunt, und immer, wenn ich ihn ansehe, werde ich daran erinnert, wie verletzt Eddie direkt vor seinem tödlichen Unfall ausgesehen hat. Doch je erbitterter ich Dare von mir wegstoße, desto energischer versucht er, unsere Freundschaft wieder aufleben zu lassen, und dann fällt es mir umso schwerer, diese Mauer zwischen uns aufrechtzuerhalten. Im Grunde genommen bin ich hin- und hergerissen, weil ich diese Mauer einerseits unbedingt einreißen will, sie andererseits am liebsten noch höher bauen will. Doch sie presste die Lippen aufeinander, bevor sie irgendetwas davon aussprechen konnte, und ließ weiterhin zu, dass die hässliche Wahrheit sie von innen heraus zerfraß.

Mit zwei Flaschen in der Hand ging sie zurück zum Tresen und erhaschte dabei einen Blick auf Dare, der mit seinen Groupies einen wilden Tanz auf der Tanzfläche hinlegte. *Ich muss raus aus dieser Stadt.* Das sagte sie sich schon seit einer ganzen Weile, und doch ging sie nicht weg. Die Reisen zu ihren Motocrossrennen in den Sommermonaten ihrer Jugend hatten ihr das bewiesen, was sie längst ahnte: Sie gehörte nach Hope Valley, selbst wenn das bedeutete, den gottverdammten Dare Whiskey ständig vor der Nase zu haben.

Billie verdrängte diesen Gedanken und flüchtete an den einzigen Ort, an dem sie nicht nachdenken musste – hinter die Bar. Bedauerlicherweise folgte ihr Bobbie auch jetzt.

»Billie …?« Ihre jüngere Schwester senkte die Stimme. »Du bist doch nicht etwa eifersüchtig auf die Frauen, die da bei Dare sind, oder?«

»Hast du den Verstand verloren? Glaubst du, ich will als weitere Kerbe in seinem Bettpfosten enden? Es grenzt an ein Wunder, dass das Ding noch nicht längst auseinandergefallen ist.«

Dare saß an einem Tisch bei seinem älteren Bruder Callahan, der von allen Cowboy genannt wurde, und ihrem Cousin Rebel und lauschte der Unterhaltung der beiden, während er über Billie nachdachte. Er hatte sie seit über einer Stunde nicht mehr gesehen, und das ärgerte ihn. Er war es so verdammt leid, sie zu vermissen – ihr wahres Ich. Wäre er einer seiner Patienten in der Therapie gewesen, hätte er sich die passenden Werkzeuge an die Hand gegeben, um die Verbindung zu durchtrennen. Und er hätte sich eine offensichtliche Regel auferlegt: nicht mehr ins Roadhouse kommen. Aber das konnte er ebenso wenig tun wie zu vergessen, wie es sich angefühlt hatte, sie auf dem Tresen endlich wieder in den Armen zu halten, trotz ihrer Wildheit und ihres Dickkopfs. Dieser Frau gehörte schon seit ihrer Kindheit sein Herz.

Solange Dare denken konnte, hatte er sich nur drei Dinge gewünscht, und Billie stand ganz oben auf der Liste, gefolgt von der Mitgliedschaft bei den Dark Knights und einem Job als Therapeut auf der Ranch seiner Familie – der Redemption Ranch –, auf der sie Pferde und Menschen retteten und ehemaligen Häftlingen, Süchtigen nach einem Entzug und Menschen mit sozialen oder emotionalen Problemen sowie anderen verlorenen Seelen eine zweite Chance schenkten.

Manch einer wäre vermutlich der Meinung gewesen, zwei von drei erfüllen Wünschen sei keine schlechte Quote. Doch als Dare quer durch die Bar hinweg zu Billie hinüberschaute, sagte sein Herz etwas anderes.

Er hätte in der Highschool nie diesen dämlichen Pakt mit Eddie schließen dürfen, aber sie waren zwei Jungs gewesen, die beide in ihre beste Freundin verknallt waren. Aus diesem Grund hatten sie beschlossen, dass es keiner von ihnen bei ihr versuchen sollte, doch wenn die Initiative von Billie ausging, hatten sie freie Hand. Dare war das Glück im Sommer vor dem College hold gewesen, als sie Interesse an ihm gezeigt hatte, doch es war nur von kurzer Dauer gewesen. Nicht lange nach ihrer Knutscherei hatte sie ihm den Laufpass gegeben.

Damals war er am Boden zerstört gewesen und hatte den falschen Weg eingeschlagen, viel zu heftig gefeiert und einige krasse Sachen gemacht, nur um sie aus seinem Kopf zu bekommen. Sein Vater hatte häufiger versucht, ihn wieder in die Spur zu bringen, als er zählen konnte. Es gab keinen zäheren Mann als den knallharten Biker und Rancher Tommy »Tiny« Whiskey mit seinen knapp eins fünfundneunzig und hundertdreißig Kilo. Allerdings ließ sich Dare nicht so leicht einschüchtern, und er war zwar wild, aber nicht dumm. Er war aufs College gegangen und hatte trotz der wilden Partys gute Noten, sodass seine Eltern keinen Grund sahen, ihn von der Schule zu nehmen. Erst in seinem zweiten Jahr, als Billie ihm an den Kopf warf, dass sie ihn gar nicht mehr wiedererkennen würde und dass er keine Chance hatte, bei den Dark Knights aufgenommen zu werden, riss er sich endlich zusammen. Er hörte auf zu trinken und machte während der Ausbildung ein Praktikum auf der Ranch, auf der seine Mutter Wynnie als Psychologin einen Stab aus Therapeuten leitete. Später wurde er

Anwärter bei den Dark Knights und kam nach dem Abschluss nach Hause, fest entschlossen, auch Billie zu erobern.

Er war direkt zu Eddies Haus gefahren, um ihm mitzuteilen, dass er den Pakt als beendet ansah. Doch bevor Dare auch nur einen Ton herausbekam, ließ Eddie die Bombe platzen und verkündete, dass er mit Billie zusammen war. Dare hatte den unbändigen Drang verspürt, sich besinnungslos zu trinken, sich aber stattdessen darauf konzentriert, der beste Therapeut zu werden, der er sein konnte, und ein verdammt gutes Leben zu führen. Weil er davon ausging, dass Billie und Eddie bald erkennen würden, dass sie nicht zueinander passten. Wenn das geschah, wollte er da sein und ihr zeigen, dass er der Richtige für sie war. Er hatte seinen Master gemacht und sich seitdem einen hervorragenden Ruf dank seiner unkonventionellen Therapieansätze erworben.

Allerdings hatte er nicht damit gerechnet, dass Eddie Billie einen Antrag machen und dass sie diesen annehmen würde, was Dare abermals aus der Bahn warf.

Wieso hatte er in diesem Sommer vor dem College nicht um sie gekämpft? Möglicherweise wäre sie ja nicht bei Eddie gelandet und Dare hätte nicht all den Mist von sich gegeben, den er bei ihrer Verlobung gesagt und der ihre Freundschaft endgültig ruiniert hatte.

»Ich bin ja viel zu spät dran!«, sagte Birdie, ihre jüngste Schwester, die an den Tisch geeilt kam und ihn aus seinen Gedanken riss. Sie trug schwarz-weiß karierte Shorts mit Rüschensaum, ein kurzes schwarzes T-Shirt und rote High Heels. Ihr wildes schwarzes Haar war mit einem rot-gelb gepunkteten Band so gebändigt worden, dass es ihr links ins Gesicht fiel. Sie trug zwei Armreifen mit riesigen roten und weißen Perlen und eine Brille mit weißem Rahmen, wobei diese rein dekorativer Art war, da sie hervorragend sehen konnte. Ihr Stil war ebenso schrill wie ihre Persönlichkeit. Sie ließ sich auf einen Stuhl am Tisch sinken und plapperte in einer Tour weiter. »Im Laden war heute eine Menge los, und nach Feierabend haben Quinn und ich uns verquatscht. Ihr wisst ja, wie das ist.« Birdie war die Mitbesitzerin des Schokoladenge-schäfts *Divine Intervention*, in dem sie zusammen mit ihrer besten Freundin und ihrer Tante arbeitete. »Quinnie kommt übrigens später auch noch vorbei …«

Während Birdie unaufhörlich weiterredete, spähte Dare hinüber zu Billie, die sich in ihrem knappen roten Ledertop über den Tresen beugte. Sie sah in ihren kurzen Shorts, den Cowgirlstiefeln und diesem heißen schwarzen Choker, den sie ständig trug, unfassbar heiß aus. Allerdings kleidete sie sich immer provokant und sexy und wirkte so selbstsicher, dass sich niemand freiwillig mit ihr anlegte. Er hatte schon miterlebt, wie sie Menschen eiskalt aus ihrem Leben ausschloss, hätte jedoch nie erwartet, dass er selbst auch einmal einer davon sein würde. Bis zu Eddies Tod, als die Welt, die er gekannt hatte, auf einen Schlag nicht länger existierte.

»Ganz schön voll heute. Wen starrt Dare da an?« Birdie sprang auf den Stuhl und zog Dares Aufmerksamkeit auf sich, als sie den Blick über die Menge schweifen ließ. Sie war klein und zierlich, und aus diesem Grund hatte Dare ihr den Spitznamen Birdie gegeben, als sie gerade mal zwei Jahre alt gewesen war. Dieser passte deutlich besser zu ihr als ihr Taufname Blair. »Billie!«

»Wen denn sonst?«, fragte Rebel, als sich Birdie wieder setzte. »Wenn er sie noch länger so anglotzt, werden die Leute ihn noch für einen Stalker halten.«

»Da hast du recht«, stimmte Cowboy zu. »Lass sie doch mal

in Ruhe.«

Dare drehte sich zu seinem älteren Bruder um, der helleres Haar und einen Bart hatte und durch und durch beeindruckend aussah und zudem zusammen mit ihrem ältesten Bruder Seeley, »Doc« genannt, eine Veterinärklinik auf der Ranch führte, für die sie ihn ständig einzuspannen versuchten. Cowboy war von Natur aus herrisch, was im Umgang mit den Rancharbeitern durchaus von Vorteil war, jedoch nie gut bei Dare ankam. »Glaubst du, es interessiert mich, was andere denken? Ich sorge nur dafür, dass ihr niemand auf die Pelle rückt.«

Cowboy beäugte ihn kritisch. »Niemand außer dir? Meiner Ansicht nach hat sie dir überdeutlich zu verstehen gegeben, dass sie deinen Schutz nicht braucht.«

»Das sagt ja der Richtige«, mischte sich Birdie ein. »Du willst doch jeden in Watte packen, den du kennst, und du gehst mir andauernd damit auf die Eier, dass ich mich anders anziehen soll und mit welchen Typen ich reden darf oder nicht.«

»Das tun doch alle deine Brüder«, merkte Rebel an.

»Auf deine Hilfe kann ich echt verzichten, Kleiner«, fuhr Birdie ihn an.

Dare mochte Birdies direkte Art.

»Ich sage dir das nur ungern, Birdie«, erwiderte Cowboy. »Aber du hast keine Eier.«

»Ach nein?« Sie setzte sich aufrechter hin. »Du sagst immer, man braucht Eier, um den mechanischen Bullen zu reiten. Wer hält denn hier seit zwei Jahren den Rekord für den längsten Ritt auf dem mechanischen Bullen?« Sie deutete mit beiden Daumen auf sich.

Dare gluckste, Cowboy schüttelte nur den Kopf, und Rebel klatschte Birdie ab.

»Vielen Dank auch.« Birdie griff nach Dares Bier.

Er legte rasch eine Hand um die Flasche. »Fährst du heute?«

»Ja, *Daddy*, und aus diesem Grund will ich auch nur einen Schluck bei dir mittrinken, anstatt mir selbst was zu bestellen.« Sie entriss ihm die Flasche, trank etwas und stellte sie wieder vor ihm ab. »Fährst *du* denn heute?«

»Ja, aber ich habe locker fünfzig Kilo mehr drauf als du, und das ist mein erstes und einziges Bier.«

»Na gut, jetzt zu Wichtigerem ...« Sie tippte sich ans Kinn und schaute sich im Raum um. »Jetzt muss ich eine Frau für Cowboy finden.« Sie hatte es sich vor einigen Monaten in den Kopf gesetzt, dass Cowboy dringend heiraten müsse, und versuchte seitdem ständig, ihm eine Frau zu suchen. Birdie lebte für ihre Missionen, genau wie ihre Schwester Sasha für ihre Paintballspiele.

Birdie griff über den Tisch und tätschelte Cowboys Arm. »Da drüben sitzt eine niedliche Blondine. Die im blauen Top.«

»Nein danke«, entgegnete Cowboy. »Mit der hat Dare vor ein paar Stunden schon rumgeknutscht.«

Bei diesen Worten starrte Birdie Dare missbilligend an. »Musst du denn mit allen Frauen aus der Stadt rummachen?«

Es gab eigentlich nur eine Frau, mit der er rummachen wollte, aber die schien ihn lieber mit ihrem Pick-up-Truck überfahren zu wollen. »Ich verbreite nur Liebe, Kleines.«

Birdie verdrehte die Augen. »Mich würdet ihr einsperren, wenn ich mich so benehmen würde.«

»Da hast du verdammt recht«, bestätigten alle drei Männer gleichzeitig, was Birdie erst recht auf die Palme brachte.

Dare schaltete ab und dachte erneut an Billie. Sie hatte das Recht, ihn zu hassen. Das Letzte, was er ihr vor Eddies Tod gesagt hatte, war, dass sie ihn nicht heiraten sollte. Sie hatte den

Mann verloren, den sie liebte, und Dare seine beiden besten Freunde. Als Therapeut verstand er ihre Trauer und wusste, was sie durchmachte, aber als ihr Freund wollte er ihr helfen, damit zurechtzukommen, und das lustige, furchtlose Mädchen zurückhaben, das seine Seele für eine Karriere als Motocrossfahrerin und ein Leben voller Abenteuer verkauft hätte. Diesen Teil von sich schien sie jedoch zusammen mit Eddie begraben zu haben. Und daher musste Dare Jahr um Jahr in der Bar sitzen und mit ansehen, wie andere Typen Billie anbaggerten. Seine beste Freundin und die Frau, die er trotz all ihrer Macken und tödlichen Blicke, die sie ihm zuwarf, anbetete.

Sie bediente an den Tischen, schenkte den Gästen ihr wunderschönes Lächeln und warf sich das lange Haar über die Schulter, wies jeden Flirt oder Annäherungsversuch jedoch eiskalt ab. Das war die ungemein selbstsichere Billie. Sie wusste, wie man sich ein gutes Trinkgeld verdiente und sich gleichzeitig schützte. Jedenfalls körperlich. Aber ihr zartes Herz war gebrochen, und Dare war der einzige Mann, der es reparieren konnte.

Sie sah zu ihm herüber und ertappte ihn dabei, wie er sie anstarrte. Sofort kniff sie die Augen zusammen und wandte sich ab, um den vier knallharten Transom-Brüdern, die sie wie Hunde anstarrten, die auf ihren Napf warteten, ihr umwerfendes Lächeln zu schenken.

Was für Versager.

Die Blondine und ihre Freundinnen rutschten neben Dare auf die Bank. »Sollen wir zusammen verschwinden?«

»Aber sicher.« Ihm war alles recht, was ihn von Billie ablenkte.

»Äh, *hallo*? Stell uns wenigstens einander vor, Bruderherz«, protestierte Birdie.

Er beugte sich vor und raunte ihr ins Ohr: »Du musst dir deswegen nicht das hübsche Köpfchen zerbrechen. Ich kenne ihre Namen nicht, und selbst, wenn ich es täte, hätte ich sie morgen früh längst wieder vergessen.«

Er folgte den drei Frauen in ihre Wohnung, wo er viel zu viel Zeit damit verbrachte, sich schlechte Musik, alberne Gespräche und verrückte Fragen über das Leben als Biker anzuhören – *Verkauft ihr eigentlich Frauen? Hast du schon mal jemanden umgebracht? Warst du je im Gefängnis?* –, auf die er hätte antworten können: *Natürlich nicht, nicht direkt und nein. Da mir Billie im Sommer nach meinem ersten Collegejahr den Kopf gewaschen hat, bin ich nicht hinter Gittern gelandet, und jetzt helfe ich anderen, auf den rechten Weg zurückzufinden.* Doch dafür vergeudete er keine Energie. Denn das Roadhouse würde bald schließen, und während er den verlockenden Angeboten, sich zusammen ins Bett zu verziehen, auswich, die er garantiert angenommen hätte, wären durch Billie nicht so viele Dinge wieder aufgewirbelt worden, erinnerten ihn diese heißen Frauen an all die Gründe, aus denen er besser gehen sollte.

Denn er hatte genug davon, seine Zeit mit Frauen zu verschwenden, an denen ihm nichts lag. Er hatte Billie verloren, weil er nicht bereit gewesen war, um sie zu kämpfen. *Tja, weißt du was, Mancini? Es wird Zeit, dir diese Macken auszutreiben und diesen Mist anzugehen, bevor unser ganzes Leben an uns vorbeizieht.*

Dare fuhr mit seinem Motorrad um die Bar herum. Er wollte sichergehen, dass der Mistkerl, den Billie zurechtgewiesen hatte, nicht noch irgendwo hier lauerte. Dann parkte er vor der Tür, um darauf zu warten, dass sie und Bobbie herauskamen, so wie er es schon hunderte Male zuvor getan hatte. Der Parkplatz war leer, abgesehen von Bobbies Jeep, Kellans Auto und Billies altem Pick-up. Es hatte eine Zeit gegeben, in der sie nichts als schnelle Wagen, Motorräder und Motocrossbikes gefahren hatte. Damals hätte sie ihn auf den Tresen gezerrt und gelacht, wenn ihre Eltern verlangt hätten, dass sie sofort wieder da runterkamen. Himmel, wie er ihre wilde Art vermisste.

Er sah zu dem orangefarbenen »Roadhouse«-Neonschild hinauf, das über der Eingangstür hing, und der breiten Veranda, die sich über die gesamte Vorderseite des Gebäudes erstreckte. Vor seinem inneren Auge tauchte die vierzehnjährige Billie auf, die in ihren Cowgirlstiefeln und Shorts auf den Stufen stand, sich einen Fahrradhelm unter den Arm geklemmt hatte und große Sprüche klopfte. In seiner Jugend hatte er die Bar für den coolsten Ort aller Zeiten gehalten. Zwar war sie in der Tat großartig und voller wunderbarer Erinnerungen, aber heute wusste er, dass nicht der Ort cool gewesen war, sondern Billie mit ihrer übergroßen Persönlichkeit und dieser Arroganz, die ihm schon damals unter die Haut gegangen war. *Genau wie bei Eddie*, dachte er sehnsüchtig. Er war die Ruhe ihrer beider Stürme gewesen, und Dare vermisste ihn jeden einzelnen Tag.

Die Tür ging auf, und Kellan und Bobbie kamen heraus und verriegelten die Tür hinter sich. Dare stieg von seinem Motorrad, als sie die Stufen herunterkamen.

Kellan nickte ihm zu. »Schönen Abend noch«, meinte er und ging zu seinem Wagen.

Bobbie lächelte besorgt, doch ihr Blick blieb ernst. Ihr blondes Haar fiel ihr bis auf den Rücken. Sie war eher süß als frech und einige Zentimeter kleiner als Billie, hatte jedoch ebenfalls einiges auf dem Kasten.

Bobbie verschränkte die Arme. »Billie wird sich nicht freuen, dich zu sehen.«

Als ob ich das nicht selbst wüsste. »Glaubst du, ich würde dich oder sie nach dem Zwischenfall mit dem Typen heute Abend allein nach Hause gehen lassen?«

»Ich hatte schon damit gerechnet, und sie tut es vermutlich auch. Aber Kellan war doch die ganze Zeit hier.«

»Jetzt ist er aber mit dir rausgekommen, was bedeutet, dass sie allein zu ihrem Wagen gehen muss.« In diesem Moment fuhr Kellan auch schon vom Parkplatz.

Bobbie seufzte. »Da hast du auch wieder recht. Danke, dass du auf sie aufpasst. Ich weiß, dass meine Schwester es dir nicht leicht macht, aber ich bin froh, dass du nicht lockerlässt.«

»Das mache ich doch schon unser ganzes Leben so. Da braucht es mehr als ein paar Sprüche, um mich davon abzuhalten.«

»Das weiß ich.« Sie ging zu ihrem Jeep und rief ihm über die Schulter hinweg zu: »Aber pass auch auf dich auf. Sie hat ein Messer im Stiefel.«

So wie immer. »Du weißt doch, dass ich auf so was stehe.«

Einige Zeit später verließ auch Billie die Bar. Sie schaute sich aufmerksam auf dem Parkplatz um und entdeckte Dare. Er glaubte zu spüren, wie die Erde bebte, weil sie die Augen verdrehte, als sie auf ihn zukam.

Doch sie ging direkt zu ihrem Pick-up und wurde nicht langsamer, als er neben ihr herlief. »Was machst du hier?«

»Dasselbe wie immer – ich sorge dafür, dass dir nichts passiert.«

Sie blieb wie angewurzelt stehen, und die Luft schien auf einen Schlag kälter zu werden. »Du tauchst hier schon auf, solange ich denken kann. Habe ich jemals deine Hilfe gebraucht?«

»Muss ich dich wirklich an all die Male erinnern, an denen ich dir genau hier auf diesem Parkplatz zu Hilfe geeilt bin?«

»Hat dir das viele Feiern nach der Highschool das Gedächtnis getrübt? Denn ich kann mich nicht daran erinnern, dass ich mal deine Hilfe gebraucht hätte.«

»Und was war letztes Jahr mit diesem Arschloch aus Wisconsin mit dem Augenbrauenpiercing?«

»Mit dem wäre ich auch allein fertiggeworden.«

»Das bezweifle ich nicht. Doch das musst du gar nicht. Und dann waren da noch die beiden Kerle, die einige Monate zuvor auf der Durchreise waren und mit denen du so intensiv geflirtet hast, dass sie dir nach Hause folgen wollten.«

Sie kniff die Augen zusammen. »Was redest du denn da? Mir ist niemand nach Hause gefolgt.«

»Was glaubst du wohl, wer sie davon abgehalten hat?«

»Was …?« Sie schüttelte den Kopf.

»Oh ja. Die Nähte auf meiner Wange stammten nicht von einer Prügelei mit Cowboy.«

Sie runzelte die Stirn.

»Das ist die Wahrheit, Süße. Du bist knallhart, aber zwei Männer gegen eine ahnungslose Frau? Du hättest nicht die geringste Chance gehabt.«

»Wieso hast du mir das nie erzählt?«

»Weil ich mich darum gekümmert und dafür gesorgt habe, dass sie die Stadt verlassen.«

»Danke dafür, aber du trägst keine Verantwortung für mich.«

Das magst du dir einbilden, aber ich bin nun mal durch und durch loyal. »Ich trage seit dem Tag die Verantwortung für dich, an dem du mich in die Brust gepikst und gesagt hast: ›Du bist jetzt mein neuer bester Freund. Lass uns was anstellen.‹ Und seitdem ich dir schwören musste, dass es immer so bleibt.«

»Damals war ich sechs und hatte offenbar ein schlechtes Urteilsvermögen.«

»Zweifellos. Johnny Petrone ist der beste Beweis dafür.«

Sie verdrehte abermals die Augen. »Da war ich fünfzehn.«

»Und hast dir hier auf den Treppenstufen die Augen ausgeweint.« Er deutete in Richtung Bar. »Weil er mit dir Schluss gemacht hat. Dabei hätte er nicht einmal ein einziges Date mit dir verdient gehabt. Was in aller Welt hast du dir nur dabei gedacht?«

»Hatte er deshalb später ein blaues Auge?«

»Er hat meine beste Freundin zum Weinen gebracht. Ich hätte noch viel mehr mit ihm gemacht, wenn Doc nicht dazwischengegangen wäre.«

Sie spannte die Kiefermuskulatur an und in ihren grünbraunen Augen tobten die Gefühle. »Du warst schon immer so unkontrollierbar.«

»Du etwa nicht?«

»Nicht so wie du.«

Dare trat näher an sie heran. So nah, dass sie den Kopf in den Nacken legen musste, um ihm in die Augen sehen zu können. So nah, dass die Kälte, die sie stets wie einen Schutzschild um sich herum trug, im Feuer verging. »Du bist genau wie ich. Und das warst du schon immer. Und du wirst es immer sein. Du lebst nur für den nächsten Adrenalinrausch, und etwas nur zu tun, hat dir noch nie gereicht. Du willst dich darin hervortun, genau wie ich. Du hast hart gearbeitet, um eine Profi-Motocrossrennfahrerin zu werden. Daher ist mir völlig schleierhaft, wie du allem, was du jemals geliebt hast, den

Rücken zuwenden konntest, mit Ausnahme dieser verdammten Bar.«

Sie kniff die Augen zusammen, und ihre Brust hob sich mit ihren schweren Atemzügen und streifte dabei die seine. »Ich bin erwachsen geworden.«

»Du hast Angst bekommen.« Er ließ die Worte wirken und wenn er nicht danach Ausschau gehalten hätte, wäre ihm das leichte Zucken ihrer Lider entgangen, der kleine Tick, der sie verriet, wenn sie an jemanden dachte oder log. »Es wird Zeit, dass du damit aufhörst, so zu tun, als wärst du jemand anders, Billie. Ich weiß, dass du die Bar liebst, aber sie ist nur ein Teil von dem, was dich ausmacht, so wie die Ranch ein Teil von mir ist. Da drin kommst du mir vor wie eine eingesperrte Tigerin. Ich sehe es in deinen Augen und spüre es jedes Mal, wenn ich in deiner Nähe bin. Das bist nicht du, Billie. Du hast früher gestrahlt wie die Sonne selbst, und heute gleichst du eher einem sich zusammenbrauenden Gewitter. Ich kann es kaum ertragen, dich so zu sehen, und Eddie wäre es genauso gegangen.«

»Wenn du das nicht sehen willst, dann halt dich gefälligst von mir fern. Hör auf, in die Bar meiner Familie zu kommen.« Sie machte einen Schritt auf ihren Wagen zu, doch er trat ihr sofort in den Weg.

»Das kannst du vergessen, und ich glaube dir auch nicht, dass du das wirklich willst.«

»Dir ist doch scheißegal, was ich will«, fuhr sie ihn an. »Hier geht es doch immer nur um das, was du willst.«

»Da hast du verdammt recht, denn ich will, dass du aufhörst, dein Leben wegzuwerfen.«

Ihre Augen zuckten, aber sie verkrampfte erneut die Kieferpartie. »Such dir jemand anderen, den du retten kannst.«

»Du bist so gottverdammt frustrierend«, stieß er hervor.

»Ich will dich doch überhaupt nicht retten. Ich will dir helfen, das Leben zurückzubekommen, das du verdienst. Das Leben, das du wirklich geliebt hast.«

»Heb dir dein Psychogelaber für jemand anderen auf. Wieso interessiert dich überhaupt, was ich mache?«

»Weil ich dich liebe, verdammt noch mal, und ich habe Eddie geliebt, und jetzt ist er tot, Billie. Aber du bist immer noch da, und wenn du dich benimmst wie jemand, der du gar nicht bist, bekommst du ihn trotzdem nicht wieder zurück.«

Zorn flammte in ihren Augen auf, und sie drängte sich an ihm vorbei und eilte auf ihren Pick-up zu.

»Wir haben ihn beide verloren, Billie, und du hast seitdem nicht einmal mit mir über das gesprochen, was mit ihm passiert ist«, sagte er, als sie bereits in ihren Wagen stieg. »Ich hab kapiert, dass du mich wegen dem, was ich an seinem Todestag gesagt habe, nicht mehr leiden kannst.« Ihre Hand an der Autotür erstarrte. »Es tut mir leid, dass ich überhaupt den Mund aufgemacht habe. Ich wünschte, ich könnte das alles wieder zurücknehmen, aber schrei mich verdammt noch mal einfach an. Prügel auf mich ein. Tu irgendetwas, um diese Wut loszuwerden, denn er war ein Teil von uns, und du bist die einzige andere Person auf der ganzen Welt, die wirklich weiß, was das bedeutet.«

Sie schluckte schwer und sah zu Boden.

»Komm schon, Billie.« Er senkte die Stimme. »Ist nicht schon genug Zeit vergangen? Ich will einfach nur meine beste Freundin wiederhaben. Ich möchte mit dir reden, mit dir abhängen und Spaß mit dir haben. Ich vermisse dich, Billie. Ich vermisse das, was wir hatten.«

Nun sah sie ihn mit ebenso traurigen wie wütenden Augen an. »Tja, aber dieses Mädchen bin ich nicht mehr, also komm darüber hinweg.«

Billie knallte die Autotür zu, und er sah ihr hinterher, als sie davonfuhr. Sie war so verdammt dickköpfig, und es würde jede Menge Finesse benötigen, um sie hinter dem Schutzwall hervorzulocken, den sie um sich herum aufgebaut hatte. Früher mochte er sich wie ein Elefant im Porzellanladen verhalten haben, aber seitdem waren sechs lange Jahre vergangen, in denen er gelernt hatte, geduldig zu sein. Er war bereit, diese Geduld auf die Probe zu stellen und seine größte und wichtigste Herausforderung in Angriff zu nehmen: der Frau, die er immer geliebt hatte, zu beweisen, dass manche Mutproben das Risiko wert waren.

Zwei

Nach einer unruhigen Nacht, in der sie viel zu lange über jedes von Dares Worten nachgedacht hatte, fuhr Billie zum Elk Mountain Park, in dem sie morgens immer laufen ging. Sie hatte noch nie besonders gut schlafen können, aber ihre Unfähigkeit, die Gedanken auszublenden, war nach Eddies Tod und nach der Aufgabe ihres vom Adrenalin angetriebenen Lebens nur noch schlimmer geworden. Es war ungemein schwierig gewesen, sichere Wege zu finden, auf denen sie überschüssige Energie abbauen konnte, und noch war die Suche nicht abgeschlossen, doch das Laufen half ihr, einen klaren Kopf zu bekommen und sich zu beruhigen.

Zumindest tat es das sonst.

An diesem Morgen schien die Sonne auf sie herab und sie konnte sich nicht in der Ruhe der Wiesen und pittoresken Berge verlieren. Stattdessen hallte ihr ärgerlicherweise ständig Dares Stimme durch den Kopf. *Du hast Angst bekommen … Du hast früher gestrahlt wie die Sonne selbst, und heute gleichst du eher einem sich zusammenbrauenden Gewitter. Ich kann es kaum ertragen, dich so zu sehen, und Eddie wäre es genauso gegangen.*

Sie lief schneller, als könne sie vor seinen Worten davonlaufen.

Dabei wollte sie doch nichts weiter, als die Kontrolle über ihr Leben zurückzugewinnen, da sie das Gefühl hatte, so wenig Kontrolle wie nie zuvor zu haben. *Ich will einfach nur meine beste Freundin wiederhaben ... Ich vermisse dich, Billie. Ich vermisse das, was wir hatten.* Sie spornte sich noch mehr an, und der Schweiß lief ihr über den Hals und die Brust, doch vor dem tiefsitzenden Schmerz, weil sie all das, was sie verloren oder aufgegeben hatte, so sehr vermisste, gab es kein Entrinnen. Am meisten fehlte es ihr, Teil ihres Trios zu sein und diese aufregenden, sorgenfreien Tage, die ungezwungene Freundschaft und die verrückten, spaßigen Nächte zu erleben. Es hatte sie nie gestört, dass Dare und Eddie sich in jeder Hinsicht unterschieden. Vielmehr war das Trio dadurch nur besser geworden. Dare war groß, kräftig und wild, Eddie eher schlank, fit und vorsichtig. Dare trug sein dunkles Haar kurz geschnitten, wie auch seinen Bart, während Eddies blondes Haar stets ein wenig zu lang wirkte und er sich nur rasierte, wenn es unbedingt sein musste. Dare war ein Dickkopf, hatte mehrere Piercings in Ohr und Nase und war vom Hals bis zum Bauch tätowiert. Gott allein wusste, wie viel Tinte sich weiter unten befand, aber sie hatte die Tattoos an seinen Oberschenkeln und Waden gesehen. Eddie strahlte einen jungenhaften Charme aus und hatte sich nie tätowieren lassen. Himmel, sie vermisste es so sehr, mit den beiden zusammen zu sein. Die Art, wie Dare sie immer angetrieben hatte, wie Eddie stets gewusst hatte, was man tun oder sagen sollte, als wäre er auf die Erde gesetzt worden, weil das Universum wusste, dass sie jemand Rationalen brauchten, der ihnen die Grenzen aufwies und für sie mitdachte. Ihr fehlten ihre lustigen Gespräche ebenso wie ihre Streitereien, und sie vermisste die Person, die sie in der Gegenwart der beiden gewesen war.

Aber wie sollte sie je wieder dorthin zurückkehren, wenn es doch so wehtat?

Sie blickte zum klaren blauen Himmel hinauf, wie sie es schon tausende Male zuvor getan hatte, und stellte sich Eddies hübsches Gesicht vor, wie er mit glitzernden blauen Augen, die wie immer hinter seinem blonden Pony verschwanden, auf sie herabsah. Sie malte sich aus, wie er lachte, denn jede andere Gefühlsregung machte sie immer ganz traurig. Jedes Mal, wenn sie mit ihm sprach, glaubte sie, ihm alles gesagt zu haben, was es zu sagen gab. Sie entschuldigte sich dafür, ihn nicht so geliebt zu haben, wie er es verdient gehabt hätte, und obwohl sie das schon so oft gemacht hatte, waren dies stets die ersten Worte, die ihr einfallen wollten. »Ich bin's wieder. Es tut mir so leid, dass ich dich nicht so lieben konnte, wie du es verdient hattest. Ich wünschte, es wäre anders gewesen. Du warst immer für mich da.« Sie schluckte schwer und dachte daran, wie er sie stets ermutigt und bei den Motocrossrennen angefeuert hatte – *Worauf wartest du noch, Billie? Geh da raus, und zeig der Welt, was du draufhast –*, um die wildesten Stunts auch gleich zu filmen.

»Das hätte reichen müssen.« *Aber du warst immer so umgänglich, und damit komme ich irgendwie gar nicht gut klar. Aber das wusstest du auch, oder nicht?* Eine Welle heftiger Schuldgefühle überrollte sie, und sie ging beinahe in die Knie, wenngleich es nun einmal der Wahrheit entsprach. »Ich könnte ein paar weise Worte von dir gerade gut gebrauchen, Eddie.« Sie holte mehrmals tief Luft, um ihr rasendes Herz zu beruhigen. »Ich weiß nicht, was ich tun soll, aber Dare hat recht. An den meisten Tagen fühle ich mich wie eingesperrt. Es tut so weh, Eddie. Ich wünschte, du wärst hier und könntest mir sagen, was ich tun soll.« In der Ferne war ein Flugzeug zu hören, und sie wünschte sich, darin zu sitzen. Nein, vielmehr wünschte sie sich, darin sitzen zu wollen, denn wenn sie wegging, würde alles viel einfacher werden. Andererseits wollte sie den Ort und die Menschen, die sie liebte, nicht verlassen. »Kannst du mir nicht wenigstens ein Zeichen geben, Eddie? Einen Hinweis, was ich tun soll?«

Sie lief schneller und bereute, jemals eine Beziehung mit ihm angefangen zu haben, weil sie schon damals gewusst hatte, dass ihr Herz längst vergeben war. Doch sie hatte geglaubt, ihre Gefühle für Dare vergessen zu können. Oh, wie sehr sie es versucht hatte, Jahr um Jahr, aber er hatte sich derart tief in ihrer Seele verankert, dass sie gar nicht sagen konnte, wo sie endete und er anfing. Sie wusste nicht einmal genau, wann sie sich in ihn verliebt hatte, war sich dessen jedoch in dem Sommer nach der Highschool bewusst geworden, als sie bei einer Party ein bisschen zu viel getrunken und Anstalten gemacht hatte, ihn zu küssen – um dann von Gefühlen überflutet zu werden, die mächtiger und süchtig machender waren als jeder Adrenalinrausch, den sie je erlebt hatte. Das jagte ihr eine Heidenangst ein. In diesem Moment war ihr bewusst geworden, dass es gefährlich war, Dare Whiskey zu lieben, daher hatte sie ihm gesagt, dass so etwas nie wieder passieren dürfe. Das war auch gut gewesen, denn in jenem Sommer war er derart durchgedreht, hatte zu viel getrunken, mit Drogen experimentiert und das Schicksal mit ungemein gefährlichen Stunts herausgefordert, dass sie davon überzeugt war, ihr Verlangen nach ihm würde irgendwann vergehen. Und doch stand sie jetzt mehr als zehn Jahre später immer noch hier und bat ihren toten Ex-Verlobten um Hilfe.

Ihre Lunge schmerzte, ihre Kleidung war schweißgetränkt, und sie hatte höllische Kopfschmerzen. Sie verlangsamte das

Tempo, beugte sich vor und stützte die Hände auf die Oberschenkel, während sie nach Atem rang. Die Brise in ihrem Gesicht fühlte sich himmlisch an.

»Manciniii!«

Sie wirbelte herum, als Dare gerade auf der anderen Seite der Wiese mit dem Fallschirm landete. *Machst du Witze, Eddie? Ist das dein Zeichen? Entweder hast du einen kranken Sinn für Humor oder ich stecke echt in Schwierigkeiten.*

Sie eilte über das Gras auf Dare zu, der sich noch aus seiner Ausrüstung schälte. Die meisten Leute trugen Fliegeroveralls, aber Dare und Billie hatten die Dinger schon immer verabscheut. Er hatte ein T-Shirt, Cargoshorts und Turnschuhe an und trug einen kleinen Rucksack auf der Brust. Sein freches Grinsen entlockte ihr ein Lächeln, wenngleich sie von seinem Auftauchen genervt war.

»Hey, Kleine. Ein schöner Morgen, nicht wahr?« Er nahm den Rucksack ab, ließ sich ins Gras sinken und zog den Reißverschluss auf.

»Das war er jedenfalls. Was machst du hier, Dare?«

Er holte eine Plastikflasche Orangensaft aus dem Rucksack und stellte sie auf die Wiese. »Frühstücken.« Es folgte ein Plastikbehälter, von dem er den Deckel abnahm, sodass zwei Sandwiches zum Vorschein kamen. »Erdnussbutter mit Marmelade und Banane. Möchtest du eins?« Er klopfte auf die Stelle neben sich.

Billie verdrehte die Augen und ließ sich neben ihm nieder. »Soll ich dir etwa glauben, du wärst mit meinem Lieblingsfrühstück Fallschirmspringen gegangen und ganz zufällig auf der Wiese gelandet, auf der ich so gut wie jeden Tag laufen gehe?«

»Ich dachte, du vermisst mich vielleicht.«

»Wir haben uns erst gestern Abend gesehen.«

»Ganz genau. Das ist ziemlich lange her, und ich weiß doch, dass du immerzu nur von mir träumst.«

»Ach, da ist ja das Ego, das wir alle nur zu gut kennen.«

»Du kennst es nicht einmal mehr ansatzweise, und du gehst nur drei Tage die Woche laufen und nicht sieben.« Er lehnte sich mit der Schulter gegen ihre und senkte die Stimme. »Angeberin.« Dann hielt er ihr den Behälter vor die Nase. »Greif zu – ich weiß doch, dass du es willst.«

»Nein danke. Ich habe keinen Hunger.«

»Unsinn. Du hast immer Hunger. Okay, wahrscheinlich hättest du lieber das hier.« Bei diesen Worten deutete er auf seinen Körper. »Aber ich mache nicht mit Frauen rum, die mir die Augen auskratzen wollen. Aber wenn du diese Fingernägel in meinen Rücken krallen willst ...« Er zwinkerte ihr zu.

»Träum weiter, *Devlin*.«

»Fährst du jetzt schwere Geschütze auf?« Abermals schwenkte er den Behälter. »Iss das verdammte Sandwich, und keine Sorge, *Wilhelmina*, ich sehe das nicht als Friedensangebot.«

Oh Mann! Warum hatten ihre Eltern ihr nur den Vornamen ihrer Urgroßmutter geben müssen? Immerhin ließ er sich zu »Billie« abkürzen. Widerstrebend nahm sie das Sandwich und biss hinein, um sich nur noch mehr zu ärgern, weil seine Sandwiches noch immer unübertroffen waren. Die Himbeermarmelade und die Bananen waren süßer, die Erdnussbutter stückiger und das Brot wolkenweich. »Danke.«

»Ich hab gelogen und sehe das absolut als Friedensangebot an.« Er steckte sich sein halbes Sandwich in den Mund und griff erneut in seinen Rucksack, um Billie eine Flasche Wasser zu reichen.

Sie riss ihm die Flasche aus der Hand. »Du bist echt eine Nervensäge.«

»Das ist gut. Sobald du mich nicht mehr so siehst, weiß ich, dass ich dir nicht länger etwas bedeute.«

Als ob das jemals passieren könnte. Sie trank etwas Wasser. »Bist du hergekommen, um mir schon wieder Vorwürfe zu machen?«

»Das habe ich noch nicht entschieden.«

»Na, super.« Sie stand auf.

Er zog sie wieder nach unten. »Mach dich mal locker, Mancini. Ich frühstücke doch bloß mit meiner besten Freundin.«

»Ich bin nicht mehr deine beste Freundin.«

»Du wirst immer meine beste Freundin sein. Diese Bande zerbrechen nicht, nur weil dir eine Laus über die Leber gelaufen ist.«

»Was habe ich doch für ein Glück«, kommentierte sie sarkastisch. »Wem muss ich in den Hintern treten, weil er dich hergeflogen hat?«

»Flame hat mich mitgenommen. Viel Glück, einem Kerl in den Hintern zu treten, der seinen Lebensunterhalt damit verdient, dass er in Feuer springt.«

Flame war der Bikername von Dares Freund Finn Steele. Der Mann war Feuerspringer und Dark Knight und soeben auf Billies schwarzer Liste gelandet. »Dieser gottverdammte Finn. Dem werd ich was erzählen.«

»Viel Glück dabei. Hey, vielleicht laufe ich ja mal mit dir.«

Sie schnaubte. »Du kannst doch bestimmt nicht mit mir mithalten.«

»Wollen wir wetten?«

»Aber klar. Wenn ich gewinne, tauchst du nicht mehr bei mir auf. Wenn du gewinnst, tauchst du auch nicht mehr bei mir auf.«

Er verspeiste den Rest seines Sandwiches mit einem Bissen

und kniff beim Kauen und Schlucken die Augen zusammen. »Ohne mich wärst du doch ganz einsam.«

»Ich war sehr lange Zeit ohne dich, Dare, und ich bin ganz bestimmt nicht einsam.« Sie biss erneut in ihr Sandwich, blickte auf die Wiese hinaus und hoffte, dass er ihr die Lüge abkaufte.

»Dein Augenlid zuckt schon wieder, wie immer, wenn du lügst.«

Sie versuchte, sich das Grinsen zu verkneifen, als sie sich wieder zu ihm umdrehte. »Du glaubst, du würdest mich kennen.«

»Beste Freunde fürs Leben kennen die Ticks des anderen.«

»So wie ich weiß, dass du hier bist, um mich zum Reden zu bringen.«

Er lehnte sich zurück und schlug die Füße übereinander. »Ist das denn so schlimm?«

»Wieso jetzt? Nach all der Zeit?«

»Ich habe nie aufgehört, es zu versuchen.«

Da hatte er recht. Denn selbst nachdem sie ihn aus ihrem Leben ausgesperrt hatte, war er beharrlich jeden Tag in der Bar vorbeigekommen, hatte angerufen, Nachrichten geschrieben, war aufgetaucht, wenn er wusste, dass sie zu Hause war. Wochen später, nachdem er den Wink mit dem Zaunpfahl endlich begriffen hatte und sich sehr viel seltener blicken ließ, war sie gleichzeitig erleichtert und zu Tode betrübt gewesen. Aber er hatte den Versuch nie aufgegeben.

»Wie ich es dir gestern Abend bereits sagte«, fuhr Dare nachdenklich fort, »vermisse ich dich, und du hast nie zugelassen, dass ich mich für das entschuldigen konnte, was ich dir damals an den Kopf geworfen habe. Es war egoistisch von mir, dich zu bitten, Eddie nicht zu heiraten. Wenn ich die Zeit zurückdrehen und diesen Tag noch einmal erleben könnte …«

»Würdest du genau dasselbe sagen«, fiel sie ihm brüsk ins Wort. »Wir wissen beide, dass du immer sagst, was dir auf der Zunge liegt, ungeachtet der Konsequenzen.« Das gehörte zu den Dingen, die sie an ihm am meisten bewunderte, weil sie es ebenso hielt. Daher war es auch umso anstrengender, so viele Jahre alles in sich hineinzufressen.

»Nicht mehr.«

»Haben dir deine Professoren das an der Uni ausgetrieben?« Sie hatte nie mit ihm über seinen Job gesprochen, wusste jedoch alles über die Ranch, die dank der Therapieprogramme für die dort lebenden Patienten einen hervorragenden Ruf genoss. Außerdem hatte Billie gehört, dass Dare ein exzellenter Therapeut war. Er hatte sich schon immer dafür interessiert, wie andere Menschen tickten. Sie hätte gern mehr über seine Arbeit in Erfahrung gebracht, war jedoch noch nicht bereit, danach zu fragen.

»Ja, das könnte man so ausdrücken. Vielleicht bin ich aber auch einfach erwachsen geworden.« Er sah sie einen langen Moment an, und seine dunklen Augen hielten sie förmlich fest. »Aber ich kann es nicht ertragen, dass du mich ansiehst, als würdest du dir wünschen, *ich* wäre in dieser Nacht gestorben und nicht Eddie. Ich kann das verstehen, und ich hätte ohne zu zögern mit Eddie getauscht, und sei es nur, damit du ihn nicht verloren hättest.«

Ihr schnürte es die Kehle zu. »Denkst du wirklich, dass ich mir wünschte, du wärst tot?«

»Manchmal fühlt es sich für mich so an.« Er setzte sich auf und trank einen Schluck Saft.

In ihr überschlugen sich die Gefühle. »Aber das tue ich nicht, und ich habe es auch nie getan.« Sie stand auf und lief hin und her. »Ich wünschte mir, niemand wäre gestorben. Es hätte nicht passieren müssen.« Unwillkürlich hob sie die Stimme. »Eddie hat nie Flips gemacht. Dafür war er viel zu unkoordiniert, und das wusste er auch. Er hätte gar nicht erst auf dieses Bike steigen dürfen.«

Dare erhob sich ebenfalls. »Wir haben beide versucht, ihn davon abzuhalten, weißt du noch?«

»Selbstverständlich weiß ich das noch! Wie könnte ich das jemals vergessen? Ich sehe das Ganze jede Nacht wie einen Horrorfilm vor meinem inneren Auge, und ich hasse dich auch nicht für das, was du damals gesagt hast. Also hör auf, so etwas zu denken.« Sie baute sich vor ihm auf, ballte die Fäuste und erinnerte sich an seine Worte, kaum dass er den Ring gesehen hatte. *Du willst ihn doch nicht etwa heiraten, oder? Ich liebe Eddie, aber er ist nicht der, mit dem du für immer glücklich wirst, Billie. Er ist nicht der Mann, der ein Feuer in deiner Seele entfachen kann.* »Alles, was du gesagt hast, wusste ich längst. Ich hatte mich schon von ihm getrennt, als du den Ring gesehen und mir geraten hast, ihn nicht zu heiraten. Er wollte den Ring nicht zurückhaben, aber wir waren nicht länger zusammen. Aus diesem Grund hatten wir uns gestritten, bevor er auf das Bike stieg, anstatt uns zu filmen. Darum ist er gestorben.« Ihr kamen die Tränen. Dare wirkte von ihrem Geständnis schockiert, doch sie war viel zu aufgebracht, um jetzt aufzuhören. »Meinetwegen. Weil ich ihn nicht so lieben konnte, wie er mich geliebt hat. Es ist meine Schuld, dass er tot ist, Dare. *Meine* Schuld!«

»Nein, Billie, diese Verantwortung wirst du nicht übernehmen.« Er nahm sie in die Arme.

»Lass mich los.« Sie hämmerte mit den Fäusten gegen seine Brust und weinte vor lauter Wut, Frustration und so viel Schmerz, dass sie ihn kaum noch ertragen konnte.

»Niemals.« Er zog sie nur noch fester an sich, obwohl sie

sich erbittert wehrte. »Es war nicht deine Schuld. Und es war auch nicht seine Schuld. Es war schlichtweg ein dämlicher Stunt, der schiefgegangen ist.«

»Aber er hätte ihn nie versucht, wenn ich ihn so geliebt hätte wie er mich.« Dieses Geständnis rief nur noch mehr Tränen hervor, und sie klammerte sich an ihn und war machtlos, konnte die Tränen und die Traurigkeit, die sie über Jahre zurückgehalten hatte, nicht länger eindämmen. Dabei wappnete sie sich für seine Wut darüber, dass sie sich die Schuld gab, denn Dare Whiskey war schon immer ihr großer Beschützer gewesen. Der Mann, der alles Leid von ihr fernhalten wollte, und der sie immer aufgebaut hatte, damit sie sich unbesiegbar vorkam. All diese Unterstützung hatte sie gelehrt, stark zu sein, und bis zu diesem Moment hatte sie sich eingebildet, ihr Leid meisterhaft verbergen zu können.

Doch Dare wurde nicht wütend.

Er sagte kein Wort.

Stattdessen hielt er sie in den Armen, während sie weinte, strich ihr mit einer Hand über den Rücken, und sie spürte an ihrer Schläfe, wie der Muskel an seinem Kiefer zuckte. Er war viel muskulöser als vor all diesen Jahren, als er sie in die Arme genommen hatte, nachdem sie einen großartigen Stunt geschafft hatten oder wann immer sie ein Motocrossrennen gewann, fühlte sich jedoch weiterhin vertraut und sicher an. *Wie ein Fels in der Brandung, unzerstörbar, egal wie oft die Wellen an ihn schlagen.* Mit diesen Gedanken stellten sich die Schuldgefühle ein, und sie rückte von ihm ab, aber er hielt sie unerbittlich fest.

»Ich bin noch nicht fertig mit dir, Mancini«, sagte er leise.

Sie schloss die Augen, weil in ihrem Inneren ein Gefühlschaos tobte, denn genau das hatte er ihr auch vor all diesen Jahren nach ihrer betrunkenen Knutscherei gesagt, und sie hatte erwidert: *Doch, das bist du, denn ich bin fertig mit dir.* Sie hatte sich damals für so hart gehalten, weil sie nicht nachgegeben hatte und zu einer weiteren Kerbe in seinem Bettpfosten geworden war. Wie hätte sie auch ahnen können, dass sie sich damit ins eigene Fleisch schnitt?

»Doch, das bist du«, stieß sie hervor, entwand sich seinen Armen und wischte sich über die Augen. Dabei fragte sie sich, ob sie weglaufen sollte und ob er ihr dieses Mal folgen würde.

»Setz dich, Mancini.« Er wartete nicht auf ihre Reaktion, sondern nahm ihr Handgelenk und zog sie neben sich zu Boden.

Jetzt kommt die Wut. Sie setzte sich etwas aufrechter hin und machte sich auf einen heftigen Wortschwall gefasst.

»Atme mal tief durch«, ermahnte er sie besänftigend und reichte ihr die Wasserflasche, die er ihr mitgebracht hatte. »Trink einen Schluck.«

Seine Kieferpartie wirkte angespannt, er sah sie mit seinen dunklen Augen ernst, aber nicht zornig an. Wer war dieser ruhige Doppelgänger?

»Oder auch nicht.« Er stellte die Wasserflasche zwischen sie ins Gras und zog ein Knie an, um lässig einen Arm darauf zu stützen und über die Wiese zu schauen, als hätte er den ganzen Tag Zeit, hier mit ihr zu sitzen. »Du hattest dich wirklich von ihm getrennt? Ihr wart so lange zusammen, und nachdem du seinen Antrag angenommen hattest, glaubte ich wirklich, ich würde mich irren und er wäre doch die Liebe deines Lebens.«

»Nicht jedes Paar, das lange zusammen ist, sollte auch heiraten.« Es fiel ihr schwer, diese ernste Seite von Dare zu akzeptieren, die für sie so neu war, und es fiel ihr ebenso schwer, über etwas zu reden, das sie derart lange totgeschwiegen hatte, doch er verdiente es, die Wahrheit zu erfahren. Zumindest diesen Teil davon. »Ich habe Eddie geliebt, aber so sehr ich es auch versucht habe, hattest du doch recht: Er konnte kein Feuer in meiner Seele entfachen. Aus diesem Grund wollte ich ihn auch nicht heiraten.«

Grundgütiger. Dares Gedanken wanderten in die Vergangenheit und zu den Gelegenheiten, an denen sie oder Eddie etwas über ihre Beziehung gesagt hatten. So etwas war nur selten vorgekommen. Aber es hatte einige Male gegeben, bei denen einer von ihnen erwähnte, dass sie vielleicht eine Pause einlegen sollten oder dass es gerade nicht so gut lief. Jetzt sah Dare diese Male als verpasste Gelegenheiten, bei denen er um sie hätte kämpfen sollen. Aber sie hatte ihn nicht gewollt, und er wollte nicht weiter von ihr abgestraft werden. Jedenfalls nicht auf diese Weise ...

Sie sah ihm in die Augen. »Verstehst du jetzt, warum es meine Schuld ist?«

»Nein, aber ich kann nachvollziehen, warum du das so siehst. Du hast ihn verärgert, und direkt im Anschluss hat er einen Stunt versucht, an den er sich nie hätte heranwagen sollen.«

»Weil er sauer war.«

»Weil er ein Mann war, und unsere Egos sind größer als unsere Schwänze. Wir verspüren den unbändigen Drang, stets das Gesicht zu wahren. Du hattest sein Herz und seinen Stolz verletzt, und er wollte dir beweisen, dass er sich davon nicht brechen lässt. Schließlich war er immer noch ein Mann, der coole Sachen machen konnte, selbst wenn er das nie hätte versuchen dürfen.«

»Ich würde ja gern die Augen verdrehen, aber das mit dem Ego entspricht durchaus der Wahrheit.«

»Nicht bei mir.« Er wackelte mit den Augenbrauen, und sie schüttelte leise lächelnd den Kopf. Damit konnte er für den Anfang leben. »Dir ist hoffentlich klar, dass du ständig einen von uns verärgert hast und wir uns beide an jeder Menge dummer Stunts versucht haben, weil wir sauer waren, und wir sind all die Male nicht gestorben. Eddies Tod war eine Tragödie, aber ganz bestimmt nicht deine Schuld.«

»Wenn ich dich das sagen höre, würde ich dir nur zu gern glauben, aber spätnachts stürzt erneut alles über mich herein und ...«

»Dann sollte ich spätnachts vielleicht bei dir sein und dich daran erinnern, dass es nicht deine Schuld war.« Diese Worte brachten ihm ein halbherziges Augenverdrehen ein. »Ich verstehe das durchaus, Billie, und das, woran du dich erinnerst, verändert sich möglicherweise nie. Aber die Bedeutung davon könnte sich eines Tages ändern, und darauf hoffe ich. Erinnerst du dich noch an das Collegejahr, in dem ich ständig am Feiern war und du versucht hast, mich daran zu hindern, dass ich mich wie ein Idiot benehme?«

»Ja. Du hast mir damals gesagt, dass ich dich in Ruhe lassen soll, und ich habe erwidert, wenn dir etwas passiert, wäre das meine Schuld, weil ich dich nicht aufgehalten habe. Ich war so wütend auf dich. Du bist echt der dickköpfigste Mensch, der mir je begegnet ist.«

»Fast so, als würdest du in einen Spiegel gucken, nicht wahr?«

Sie kniff die Augen zusammen.

»Weißt du noch, was Eddie meinte, als du mir das an den

Kopf geworfen hast?«

Sie zupfte an einem Grashalm herum. »Er sagte, dass ich nicht für deine Entscheidungen verantwortlich bin, selbst wenn sie mir noch so sehr gegen den Strich gehen.«

»Ganz genau, und Eddie würde jetzt ganz bestimmt nicht wollen, dass du all diese Schuldgefühle mit dir herumschleppst, weil er ein paar Minuten lang wütend gewesen ist. Und das weißt du auch, nicht wahr?«

Sie zuckte mit den Achseln.

»Irgendwo tief in deinem Inneren, tief unter dem Schmerz und den Schuldgefühlen, weißt du das bestimmt. Und zu deinem Glück weiß ich es ebenfalls und kann dich daran erinnern, bis du dich weit genug aus dem ganzen Schlamassel rausgearbeitet hast, um es selbst zu erkennen.«

»Leider kannst du aber nicht zaubern.«

»Das weiß ich dummerweise selbst nur zu gut. Aber ich weiß auch, wie lange du schon mit diesen Schuldgefühlen herumläufst und wie stur du bist, daher ist mir auch klar, dass eine Unterhaltung nicht reichen wird, um etwas daran zu ändern.«

»Ebenso wenig fünfzig.«

Herausforderung angenommen, meine Süße. »Das werden wir ja noch sehen. Hast du mich deswegen aus deinem Leben gedrängt? Weil du dachtest, ich würde dir die Schuld an Eddies Tod geben, sobald ich erfahre, dass du dich von ihm getrennt hattest?«

Sie zappelte unruhig herum, und er hatte so das Gefühl, dass sie nichts lieber wollte, als dieses Gespräch zu beenden.

»Immer, wenn ich dich sehe, werde ich an diesen Tag erinnert und daran, dass sein Tod meine Schuld war.« Sie stand abrupt auf. »Was bin ich dir für diese Sitzung schuldig? Ich muss nämlich jetzt los.«

So gern er sie auch begleiten wollte, blieb er doch sitzen, da er wusste, dass sie die Mauern um sich nur umso schneller wieder hochziehen würde, je mehr er sie drängte. »Ein Abendessen.«

Sie schnaubte. »Nur, weil wir miteinander geredet haben, sind wir noch lange nicht wieder beste Freunde.«

»Das werden wir ja sehen.« Er zwinkerte ihr zu.

Kopfschüttelnd ging sie zurück auf den Weg.

Billie ging nicht einfach, sie marschierte entschlossen voran, und ihr prächtiger Hintern wackelte verführerisch in diesen kurzen Laufshorts. Als sie schneller wurde, rief er ihr hinterher: »Du bewegst dich, als wäre dein Päckchen etwas leichter geworden.«

Sie lief unbeirrt weiter und zeigte ihm den Mittelfinger, ohne sich umzudrehen, um dann sogar noch einen Zahn zuzulegen.

Er sah ihr hinterher, während sie immer kleiner wurde, und diese Schlinge, die er schon seit Jahren um den Hals trug und von der er geglaubt hatte, sie würde ihm bis zu dem Tag, an dem er Eddie auf der anderen Seite begegnete, das Atmen erschweren, schien ein kleines bisschen lockerer geworden zu sein.

Drei

Am Dienstagabend ging Dare nach einem arbeitsreichen Tag auf der Ranch unter die Dusche, zog sich an und streifte seine Weste über. An diesem Abend musste er zur Church. So bezeichneten die Dark Knights ihre Clubtreffen, und nach dem Abendessen würde er zusammen mit seinem Vater, seinen Brüdern und den anderen Dark Knights, die auf der Ranch lebten, zum Clubhaus fahren. Beim Verlassen seiner Hütte schnappte er sich noch seinen Cowboyhut und wurde von den vertrauten Gerüchen nach Pferden, Heu, harter Arbeit und Familie begrüßt, wie sie typisch für die Ranch waren. Die Sonne spähte in der Ferne über die Berge und warf Schatten auf die Ranch, in der er tief verwurzelt war. Genau wie die anderen Familienmitglieder lebte und arbeitete er ebenfalls auf dem Gelände, nur Birdie lebte in der Nähe ihres Schokoladengeschäfts in Allure, einer Nachbarstadt.

Er setzte sich auf ein Quad und fuhr zum Haupthaus, um dort zu Abend zu essen, wobei er an den Weiden und Scheunen vorbeikam, die schon sein ganzes Leben lang seine Arbeitsplätze darstellten. Die Ranch war seit Generationen in der Familie seiner Mutter und hatte sich schon immer der Rettung von Pferden gewidmet. Sein Vater stammte aus Peaceful Harbor,

Maryland, wo sein Großvater die Dark Knights gegründet hatte. Er war nach Hope Valley gekommen, als er mit seinem Bruder Biggs eine Fahrt mit dem Motorrad quer durch das Land gemacht hatte und im Roadhouse gelandet war. Dort hatte sich seine Mutter mit ihren Freundinnen aufgehalten, und sein Vater hatte nach einem Blick auf sie zu Biggs gesagt, dass er sie eines Tages heiraten würde.

Biggs fuhr in diesem Sommer allein zurück nach Peaceful Harbor, und Dares Vater fing an, auf der Ranch zu arbeiten. Einige Jahre später heirateten seine Eltern, und sein Vater blieb auf der Ranch, während seine Mutter eine Ausbildung zur Psychologin machte. Dares Vater hatte angefangen, ehemalige Häftlinge und Drogensüchtige einzustellen, weil er darauf hoffte, ihnen so wieder auf die Beine helfen zu können. Allerdings wurde er bitter enttäuscht, da viele erneut im Gefängnis landeten oder wieder Drogen nahmen. Letzten Endes wurde ihm bewusst, dass sie zwar ihre Zeit abgesessen oder ihre Dämonen überwunden hatten, ihnen jedoch die andauernde Unterstützung fehlte, die sie brauchten, um ihr Leben wieder in Ordnung zu bringen und dabei clean, trocken oder gesetzestreu zu bleiben. Demzufolge dauerte es nicht lange, bis seinen Eltern die Idee kam, die Mission der Ranch auszuweiten und eine therapeutische Umgebung zu schaffen, in der die Menschen neue und bessere Methoden lernen konnten, um mit schwierigen Situationen umzugehen. Während sie gleichzeitig auf der Ranch lebten und arbeiteten und an Gruppen- und Einzelsitzungen teilnahmen. So würden sie die benötigte Unterstützung und gleichzeitig auch ein Ziel haben. Damals hatte Tiny zudem einen weiteren Ableger der Dark Knights aufbauen wollen, und endlich fand er seine Mission und schenkte anderen gleichzeitig auf der Ranch eine zweite Chance und half ihnen, ihrer Sucht und ihren Problemen zu entkommen. Im Laufe der Jahre wurden viele Männer, die das Programm durchlaufen hatten, zu Dark Knights, und einige arbeiteten noch immer auf der Ranch.

Jahrzehnte später leitete sein Vater die Ranch, die inzwischen mehrere hundert Morgen umspannte und mehrere Häuser, Scheunen, Außengebäude, Innen- und Außenreitbahnen, elf Hütten für vor Ort lebende Gäste, mehrere Büros mit Wohnräumen für die Angestellten und Neuankömmlinge sowie eine voll ausgestattete Tierklinik umfasste. Sie hatten hunderten von ehemaligen Häftlingen und Drogensüchtigen geholfen, ein neues Leben anzufangen, und inzwischen beschäftigten sie vier Therapeuten, zu denen auch Dare und seine Mutter gehörten, eine Physiotherapeutin für Pferde – Sasha –, die häufig mit Praktikanten arbeitete, mehrere Dutzend Rancharbeiter unter der Leitung von Cowboy, einen Verwalter/Koch, zwei Bereitschaftsärzte, einen Therapiedirektor und eine Handvoll weiterer Angestellter.

Er kam am Paintballfeld vorbei, das Sasha und Cowboy vor einigen Monaten eingerichtet hatten, und fuhr zum Haupthaus, in dem sich auch die Büros für die traditionellen Therapiedienste befanden sowie die Wohnungen mehrerer Angestellter und Gäste, die noch keine einundzwanzig waren. Dare war schon immer vom Verhalten der Menschen fasziniert gewesen. Und nachdem er inmitten harter Biker aufgewachsen war, die es sich zur Mission gemacht hatten, allen zu helfen, die ihre Hilfe benötigten, und mit ansehen konnte, wie die Programme der Ranch Menschen mit schwerer oder wechselhafter Vergangenheit geholfen hatten, war ihm klar geworden, dass er ebenfalls als Therapeut auf der Ranch arbeiten wollte. Aber Dares Methoden waren nicht gerade traditionell. Es fiel ihm leichter, eine Verbindung zu seinen Patienten aufzubauen, wenn sie sich beschäftigten, anstatt ihm in einem Therapieraum gegenüberzusitzen. Daher hielt er die Therapiesitzungen auch nicht in einer Praxis ab, sondern im Freien und arbeitete mit seinen Patienten zusammen auf der Ranch.

Als er das Quad vor der Eingangstür des Haupthauses parkte, ging diese auf und der vierjährige Gus Moore kam herausgerannt, dicht gefolgt von seinem Vater Ezra. Ezras Vater war ein Dark Knight, und Ezra hatte das Programm als problembehafteter Teenager durchlaufen. Später hatte er Dares Mutter in den Schulferien und Sommern als Praktikant unterstützt, während er seinen Abschluss machte. Inzwischen war er ebenfalls ein Dark Knight und einer der angesehensten Therapeuten der Ranch.

Gus bemerkte Dare, der soeben vom Quad stieg, und kam in seinen winzigen Cowboystiefeln und Shorts auf ihn zugelaufen, wobei ihm die dunklen Locken ins niedliche Gesicht fielen. »Dare! Fährst du mit mir?«

Dare nahm ihn auf den Arm. »Hallo, kleiner Mann. Da sollten wir vorher lieber deinen Dad fragen.« Er nickte Gus' großem, dunkelhaarigem Vater zu. »Bleibst du nicht zum Essen?« Die Menschen, die die Programme durchliefen, hatten sich häufig von ihren Familien entfremdet, und die Whiskeys taten alles in ihrer Macht Stehende, damit sie sich nicht allein fühlten, wozu auch gemeinsame Essen mit den Angestellten und anderen Patienten, das Zusammensitzen an Lagerfeuern, gemeinsame Ausritte und Paintballspiele gehörten. Seine Eltern glaubten fest an die Devise *work hard, play hard*, und ihr vielseitiger Ansatz funktionierte. Sie waren für einige ihrer Patienten zu der Familie geworden, die diese nie gehabt hatten.

»Heute nicht. Ich habe versprochen, Gus heute etwas früher bei seiner Mom abzusetzen.« Ezra teilte sich das Sorgerecht mit seiner Exfrau.

»Hast du nicht mal Zeit für eine schnelle Runde?«

»Bitte, Dad!«, bettelte Gus.

»Na gut. Aber nur eine schnelle Runde, und hör auf Dare.«

»Das werde ich!« Gus strahlte Dare an, der ihn zum Quad trug. »Darf ich deinen Hut tragen?«

»Erinnerst du dich noch an die Regel?«

Gus nickte. »Immer am Quad festhalten, selbst wenn der Hut wegfliegt.«

»Genau so ist es, mein Freund.« Er setzte Gus aufs Quad und drückte ihm seinen Hut auf den Kopf, während er hinter ihm Platz nahm.

»Können wir Sasha besuchen?« Gus war völlig vernarrt in Dares jüngere Schwester.

Dare und Ezra tauschten einen amüsierten Blick, und schon fuhr Dare über das Feld zu den Scheunen hinüber. Sasha kam gerade aus einer heraus, als sie dort eintrafen. Ihr dunkelblondes Haar war zu einem Pferdeschwanz gebunden, und sie trug Jeans, ein T-Shirt und ihre weinroten Lieblingsstiefel. Jeder in der Familie hatte so seine Marotten. Doc war ein Denker, der seine schelmische Seite derart unterdrückte, dass sich Dare schon fragte, ob er sie jemals ausleben würde. Cowboy fühlte sich für alles und jeden verantwortlich, hatte jedoch etwas Spitzbübisches an sich, und Dare war der Rebell. Sasha war zwei Jahre jünger als Dare und so ruhig und zentriert, während er sich vom Adrenalin antreiben ließ. Doch auch sie schlug gelegentlich mal über die Stränge, hatte sich dabei aber stets unter Kontrolle. Und Birdie war der bunte Vogel der Familie. In ihr steckte etwas von allen, daher konnte man nie vorhersagen, was einen bei ihr erwartete.

Gus schwenkte wild die Arme. »Hi, Süße!«

Dare schaltete lachend den Motor aus.

»Hi, *Gusto*. Ich glaube, du verbringst zu viel Zeit mit Dare.« Sie spähte unter den breitkrempigen Hut. »Wie geht es dem süßesten Kerl auf der Ranch?«

»Gut, danke.« Dare grinste.

Sasha bedachte ihn mit einem ausdruckslosen Blick. »Ich hab gehört, du hättest neulich einen *Luftangriff* auf Billie gestartet, als sie gerade laufen war. Da du kein Veilchen hast, bist du wohl noch mal glimpflich davongekommen.«

»Woher weißt du das denn schon wieder?« Dare hatte Billie seit Sonntag nicht mehr gesehen, und er hatte seine ganze Willenskraft aufbringen müssen, um am Vorabend nicht in der Bar vorbeizufahren oder ihr eine Nachricht zu schicken. Doch er wollte ihr Zeit lassen, die Verärgerung über ihre unerwartete Unterhaltung erst einmal zu überwinden.

»Ich habe mit Finn geschrieben, und er hat es erwähnt.«

»Wer ist Finn?«, wollte Gus wissen.

Dare kniff die Augen zusammen. »Jemand, bei dem Sasha sich lieber in Acht nehmen sollte.«

»Wieso?«, fragte Gus.

»Er ist nicht unbedingt bekannt dafür, sich im Umgang mit Damen wie ein Gentleman zu benehmen«, erklärte Dare.

»Das sagt ja der Richtige«, meinte Sasha kopfschüttelnd. »Dare macht einfach nur Spaß, Gus. Finn ist ein wirklich netter Kerl. Seid ihr hier, um mich zum Essen abzuholen?«

»Genau.« Gus deutete auf das Quad. »Steig auf, Süße.«

»Du bist wirklich herzallerliebst.« Sie setzte sich hinter Dare. »Was war das mit Billie?«

»Wir sind noch nicht fertig mit Finn.«

Als sie zum Haupthaus zurückkehrten, saß Ezra davor und wartete auf sie.

»Sieh mal einer an, wer da ist«, sagte Sasha etwas zu begeistert.

Dare drehte sich um und starrte sie wütend an, woraufhin sie die Augen verdrehte. Alle Frauen hatten Interesse an Ezra, doch seine Exfrau war ein ziemlicher Albtraum, und er interessierte sich ohnehin nur für seinen Sohn und seine Arbeit. Dare konnte sich nicht daran erinnern, wann Ezra das letzte Mal davon gesprochen hatte, dass er mit einer Frau ausgegangen war.

»Pass ja auf«, warnte Dare sie. Auf der Ranch gab es schon seit Jahren die strikte Devise, dass man nichts miteinander anfing, nachdem sich Doc in die Tochter eines mächtigen Politikers verliebt hatte, die damals auf der Ranch arbeitete. Und sich eine Menge Ärger eingehandelt hatte – Dare war fest davon überzeugt, dass sich sein Bruder dadurch gravierend verändert hatte.

Sasha verdrehte die Augen und schenkte Ezra ein Lächeln. »Hi, Ez.«

»Wie geht's, Sasha?«, erkundigte sich Ezra, als Dare vom Quad stieg und Gus vom Sitz hob.

»Unser Neuzugang frisst gut und wird immer kräftiger, daher ist es ein guter Tag.« Sie machte sich daran, vom Quad abzusteigen.

»Warte!« Gus rannte zu ihr herüber und reichte ihr die Hand.

Sasha sah zu Ezra. »Hast du ihm das beigebracht?«

»Das war Dare!«, rief Gus, als sie abstieg, und Dares Hut fiel zu Boden. »Er hat gesagt, ich muss immer erst den Frauen und Tieren helfen, bevor ich an mich denke.«

»So ist es, kleiner Mann.« Dare zerzauste ihm das Haar und hob den Hut wieder auf.

»Vielleicht hättest du lieber den Teil weglassen sollen, bei dem du sie mit *Süße* anredest«, bemerkte Sasha.

Ezra gluckste. »Lass uns gehen, Kleiner, bevor Dare noch den Hintern versohlt bekommt.« Bei diesen Worten nahm er Gus' Hand. »Dann bis morgen, Sasha. Viel Spaß beim Essen. Wir sehen uns bei der Church, Dare.«

»Was in aller Welt war denn das?«, wollte Dare wissen, als er mit Sasha ins Haus ging.

»Ich habe nicht die geringste Ahnung, was du meinst«, erwiderte Sasha amüsiert.

»Du wirst noch richtig Ärger bekommen. Und was läuft da mit Finn? Habt ihr beide was miteinander?«

»Redet Billie endlich wieder mit dir?«

»*Sasha*«, warnte er sie.

»Nein, okay? Finn ist ein Freund. Was ist jetzt mit dir und Billie?«

»Ich weiß es beim besten Willen nicht.« Allerdings hoffte er, das Blatt zu seinen Gunsten wenden zu können.

Sie standen im Eingangsbereich des Haupthauses, einem großen, zweistöckigen Gemeinschaftsbereich mit hohen Decken mit freiliegenden Holzbalken sowie Sofas, Sesseln, Bücherregalen, Werkbänken und einem riesigen gemauerten Kamin. Zu ihrer Linken befanden sich Besprechungsräume und Büros, zu ihrer Rechten die Küche und der Speisebereich, ein Kinoraum und weitere Büros. Die Zimmer der Angestellten und jüngeren Patienten lagen in den oberen Stockwerken.

Ein köstlicher Duft und leise Gespräche drangen aus dem Esszimmer, in dem Dares Familie, die Ranchangestellten und ihre Patienten zusammen die großen Tische deckten und das Essen aus der Küche holten.

»Wenn mich meine Nase nicht täuscht, hat Dwight dein

Lieblingsessen gemacht: Grillhähnchen«, meinte Dare. Dwight Cornwall war ihr Verwalter und Koch, lebte im Haupthaus und passte auf die jüngeren Patienten auf. Er arbeitete schon seit Dares dreizehntem Lebensjahr hier und führte als Navy-Commander im Ruhestand ein strenges Regiment.

Im Esszimmer herrschte ein reges Treiben, und mehrere Männer und Frauen, die auf der Ranch arbeiteten, sowie einige Patienten drehten sich um und begrüßten Dare und Sasha. Dare hielt einen Finger an die Lippen und schlich sich hinter seine Mutter, die gerade Servietten auf den Tisch legte, um sie zu umarmen.

Sie stieß einen leisen Schrei aus und wirbelte herum, wobei ihr herzliches Lächeln sogar ihre Augen strahlen ließ. »Dare! Du hast mich erschreckt, Schatz.« Sie erwiderte die Umarmung und wirkte so vorzeigbar wie immer, von ihrem Make-up über die Halsketten bis hin zum ordentlich gekämmten blonden Haar und der pfirsichfarbenen Bluse. Jeans und Stiefel waren ihr lieber als alles andere, und sie war gutherzig, stark und hatte stets das Beste für ihre Patienten und ihre Familie im Sinn.

»Entschuldige, Mom. Ich wollte dich nicht erschrecken.«

»Finger weg von meiner Frau«, knurrte sein Vater vom anderen Ende des Raums, wo er gerade einen Teller mit Hühnchenfleisch auf den Tisch stellte.

Er war ein Bär von einem Mann mit beachtlichem Bauch, buschigem grauem Bart und längerem grauem Haar, das er sich im Moment mit einem roten Bandana aus der Stirn hielt. Seine lederartige Haut war mit verblassten Tattoos bedeckt, und es verging kein Tag, an dem er nicht Jeans und Stiefel trug. Er war von einem knallharten, frauenverachtenden Biker großgezogen worden und ein knurriger Typ. Daher lächelte er nicht oft und scherte sich keinen Deut darum, dass viele Leute die Straßenseite wechselten, wenn sie ihn kommen sahen. Doch wenn sich diese Leute, die ihn nur aufgrund seines Äußeren beurteilten, die Zeit nahmen und ihn besser kennenlernten, stellten sie fest, dass er einem Mann zwar mit bloßen Händen den Schädel zertrümmern konnte, sein Leben aber darauf aufgebaut hatte, anderen zu helfen, und dass er Frauen auf Händen trug.

Dare erwiderte den ruhigen Blick seines Vaters. »Ich mache, was ich will, alter Mann.«

Einige der anderen beäugten sie. Dare und sein Vater hatten sich schon öfter gezankt, als er zugeben wollte, und als arroganter, betrunkener Teenager, der im ersten Collegejahr in den Ferien nach Hause kam, hatte Dare sich sogar körperlich mit seinem Vater angelegt. Er würde den Ausdruck in den Augen seines Vaters nie vergessen, als ihn dieser am Kragen packte, ihn mit einer Hand vom Boden hochhob und knurrte: *Wir können alles hinschmeißen, so oft wir wollen, Kleiner, aber das, wovor immer du da auch wegläufst, wird immer noch da sein, genau wie ich. Dies ist nicht der richtige Weg, um damit fertigzuwerden, also reiß dich gefälligst zusammen, bevor dich das noch umbringt.* Damals war Dare zu eigensinnig gewesen, um die Bedeutung dieser Worte zu begreifen, doch seitdem waren sie zu dem Motto geworden, nach dem er lebte. Sein Vater war der beste und stärkste Mann, den er kannte.

»Nicht, wenn du weiterleben und drüber reden willst«, warf Cowboy ein, der ein Tablett voller Platten aus der Küche hereintrug.

»Und wir wissen doch alle, wie gern du redest.« Hyde Ledger, ein stark tätowierter ehemaliger Sträfling, grinste breit.

Dare war Hydes Therapeut gewesen, als dieser das Programm vor einigen Jahren durchlaufen hatte. Hyde hatte sich von einem angriffslustigen Mistkerl zu einem durch und durch coolen Typen entwickelt, war Anwärter und später Mitglied im Club geworden. Nach der Therapie blieb er auf der Ranch und nahm eine Anstellung an, da die Whiskeys für ihn zu seiner Familie geworden waren. Sie waren ihm derart vertraut, dass Hyde Dare genau wie seine Geschwister gern damit aufzog, dass er immerzu über alles reden wollte.

»Reden ist etwas Gutes«, erklärte seine Mutter. »Außerdem glaube ich, dass Dare es inzwischen mit Tiny aufnehmen könnte.«

»Tiny würde ihn wie ein Insekt zerquetschen«, warf Darcy, eine weitere Patientin von Dare, ein. Sie war eine ehemalige Drogensüchtige und auf die Ranch gekommen, nachdem sie ein neunzigtägiges Entzugsprogramm hinter sich gebracht hatte, sich jedoch nicht an ein Leben ohne Drogen gewöhnen konnte. Dass sie nun Witze über Dare machen konnte, bewies nur, wie gut es ihr inzwischen ging.

Sein Vater lachte. »Da hast du allerdings recht.«

»Das hättest du wohl gern, alter Mann«, neckte Dare ihn.

Während die anderen Männer mit seinem Vater witzelten, wer von ihnen es wohl mit ihm aufnehmen konnte, strich seine Mutter Dare über die Wange. »Maya hat mir erzählt, dass deine Tickets für Spanien gekommen sind.« Maya Martinez leitete die Büros auf der Ranch, lebte jedoch nicht vor Ort. »Ich mag mir gar nicht ausmalen, was meinem hübschen Jungen dort alles passieren könnte. Willst du die Reise wirklich machen?«

Er plante schon seit über einem Jahr, an dem Stierrennen in Spanien teilzunehmen. »Ich werde fahren, Mom. Aber mir wird schon nichts passieren.«

Sasha trat neben ihn und senkte die Stimme. »Vielleicht solltest du lieber nicht versuchen, dich mit Billie auszusöhnen, falls du doch plattgetrampelt wirst. Sie musste schon genug durchmachen.«

»Grundgütiger, Sasha, mir passiert schon nichts«, fauchte Dare, als Doc gerade mit seinem schwarzen Labrador Mighty, einem seiner vielen Hunde, durch die Haustür kam. Mighty lief sofort zu Sasha, die sich hinkniete, um ihn zu knuddeln.

»Reden Billie und du wieder miteinander?«, erkundigte sich seine Mutter überrascht, während Birdie in knallgelben Shorts, einem lockeren lilafarbenen Top und Plateau-Sneakern ins Haus und Esszimmer gestürmt kam. Sie blieb direkt vor Dare und ihrer Mutter stehen.

»Ich kann nur eine Viertelstunde bleiben, aber ich bin am Verhungern.« Birdie musterte Dare von Kopf bis Fuß. »Du siehst gut aus, und du riechst gut. Hast du noch eine Verabredung? Nein, warte, heute ist Dienstag. Church.« Sie tätschelte Mighty auf dem Weg zum Tisch, setzte sich zwischen Hyde und Darcy auf einen Stuhl und machte sich daran, Essen auf ihren Teller zu türmen. »Erzählt mir, was in eurem Leben so abgeht, aber beeilt euch bitte.«

Dare musterte seine Mutter, die nur lächelnd den Kopf schüttelte.

»Und?«, drängte sie ihn. »Was ist jetzt mit dir und Billie?«

»*Ich* habe nie mit dem Reden aufgehört. Sie hat mir neulich endlich mal ein paar Minuten zugehört.« *Und es war einfach unglaublich.* Er konnte nur hoffen, dass sie sich ihm noch mehr öffnen würde, denn er machte sich große Sorgen um sie. Eddies Tod schmerzte ihn zwar ebenfalls noch immer, und der Verlust seiner Freundschaft zu Billie war ihm so vorgekommen, als hätte man ihm den Boden unter den Füßen weggezogen. Aber während er seit Jahren über seine Gefühle sprach, wusste er auch, dass Billie beschlossen hatte, ihre für sich zu behalten, und er wusste nur zu gut, wie diese Art von Schmerz einen Menschen zerstören konnte.

»Ein paar Minuten?« Doc trat schnaubend zu ihnen. Er war groß und fit und hatte kurzes braunes Haar, dessen Farbe in der Mitte zwischen Dares und Cowboys lag. »Wenn du nicht mehr draufhast, ist es kein Wunder, dass dich die Frauen nicht zurückrufen.«

»Hey, Dare, du kannst ihr gern meine Nummer geben«, rief Taz, ein verrückter Kerl und der schnellste Ranchhelfer, den Dare je gesehen hatte, zu ihnen herüber.

Dare warf den anderen einen Blick zu, der ihnen sagte *Rührt sie an und ihr bekommt es mit mir zu tun*, doch schon wandte sich das Gespräch neuen Themen zu, und bevor er sich versah, rissen sogar seine Eltern Witze.

Ein ganz normales Abendessen …

Nach einem köstlichen Mahl, begleitet von lustigen Unterhaltungen, stieg Dare auf sein Motorrad und folgte seinem Vater, seinen Brüdern und den anderen Dark Knights, die auf der Ranch arbeiteten, vom Gelände in Richtung Clubhaus. Aber als die anderen rechts auf die Hauptstraße abbogen, fuhr er geradeaus weiter und auf direktem Weg zum Roadhouse.

Er stürmte durch die Eingangstür, und Billie sah hinter der Bar auf, wobei ein widerstrebendes Lächeln ihre Lippen umspielte. »Das gefällt mir schon viel besser!« Er warf die Hände in die Luft und machte einen Rückwärtssalto, was die Gäste aufkeuchen und klatschen ließ.

»Cool, Whiskey!«, brüllte jemand.

Dare verbeugte sich, ohne den Blick von Billie abzuwenden,

die ihn wütend anstarrte, während er auf sie zuging.

»Was war denn das?«

»Ein Ausdruck meiner Freude. Du hast mich nicht mit deinen Blicken erdolcht, als ich reingekommen bin.«

Sie versuchte, sich ein Grinsen zu verkneifen, und kniff die Augen zu. »Was machst du hier, Dare?«

Er stützte die Ellbogen auf den Tresen und beugte sich vor. »Ich wollte dich nur wissen lassen, dass wir beide morgen Nachmittag verabredet sind.« Er wusste ganz genau, dass sie mittwochs frei hatte.

»Nein.« Sie wischte weiter den Tresen ab.

Er legte eine Hand auf ihre, woraufhin sie erstarrte und ihn erneut ansah.

Sie zog die Augenbrauen hoch. »Willst du diese Hand hier behalten, Whiskey?«

»Sei gegen Mittag startklar, und zieh dir was Bequemes an.«

»Ich kann nicht. Ich muss ... meine Katze baden.«

Ein träges Grinsen breitete sich auf seinen Zügen aus. »Mir fallen bessere Methoden ein, wie ich deine Pussy feucht kriegen könnte.«

Sie entriss ihm ihre Hand, und ihre Augen blitzten. »Ich werde nirgendwo mit dir hingehen. Wie ich bereits sagte, sind wir nicht sofort wieder beste Freunde, nur weil wir mal miteinander geredet haben.«

»Wenn du dir das nachts einreden möchtest, damit du besser schlafen kannst, dann mach das ruhig, Mancini. Wir sehen uns dann morgen Mittag.«

Als er zurück zur Tür ging, rief sie ihm hinterher: »Träum weiter, Whiskey!«

Er warf ihr über die Schulter einen Blick zu und stellte fest, dass ihre Augen vor Zorn loderten. »Ich werde weiterträumen, darauf kannst du dich verlassen, allerdings von deinen Händen an dieser Pussy.«

Dare wandte sich zum Gehen und prallte beinahe gegen ihren Vater. Manny Mancini hatte die Arme vor der Lederweste verschränkt und starrte Dare mit seinen dunklen Augen an. Er war kein großer Mann, doch seine italienische Herkunft verlieh ihm eine autoritäre Präsenz, und er hatte markante Züge, gebräunte Haut, kurzes schwarzes Haar, das von Silber durchzogen war, und pechschwarze Augenbrauen, die ihn bedrohlich wirken ließen. »Was hast du da gerade zu meiner Tochter gesagt?«

Dare hatte großen Respekt für den anderen Dark Knight, der ihm schon sein Leben lang wie ein zweiter Vater gewesen war, und er wollte ihn auf keinen Fall anlügen. »Ich habe sie gebeten, morgen etwas mit mir zu unternehmen, Manny, aber sie sagte, sie hätte keine Zeit, weil sie ihre Katze baden muss.«

Mannys Blick zuckte zu Billie und zurück zu Dare. »Sie hat doch gar keine Katze.«

»Was du nicht sagst. Sie ist schon seit unserer Kindheit allergisch gegen Katzen.« Dare schlug Manny auf die Schulter. »Du hast eine knallharte Frau großgezogen, und ich gebe ihr bloß Kontra. Es ist alles in bester Ordnung. Und jetzt lass uns zur Church gehen.«

Das Clubhaus der Dark Knights befand sich in einer alten Feuerwache am Stadtrand. Sie hatten einen Teil renoviert, den sie als Versammlungsraum nutzten, und Rebel hatte den anderen Teil gemietet, um dort Oldtimer zu restaurieren und zu verkaufen. Als Dares Vater den Club vor über dreißig Jahren gegründet hatte, kaufte er die Feuerwache in der Hoffnung, sein jüngerer Bruder Axel, der Mechaniker war, würde in Hope Valley Wurzeln schlagen und sich dort niederlassen, wo Rebel heute arbeitete. Aber Axel hatte sich doch eher der Heimat verpflichtet gefühlt. Letzten Endes siedelte er sich in ihrer Heimatstadt und in Biggs' Nähe an. Zusammen mit Biggs leitete Axel die Clubgeschäfte in Peaceful Harbor und führte eine Autowerkstatt, bis er vor etwas mehr als zehn Jahren einer Krebserkrankung erlag. Seitdem war Biggs in Peaceful Harbor der Präsident der Dark Knights und Dares Cousins hatten die Autowerkstatt übernommen.

Dare setzte sich zu Cowboy, Doc, Rebel und Hyde an einen Tisch inmitten der vielen anderen zähen Männer, die Dare zum Großteil schon mehrere Jahrzehnte kannte. Einige waren tätowiert und bärtig, andere glattrasiert und ohne irgendein Tattoo, und alle trugen schwarze Lederwesten, auf denen die Abnäher der Dark Knights prangten. Er betrachtete die sonnengegerbten Gesichter der anderen Biker, von denen mehrere auf der Ranch arbeiteten – Ezra, Dwight, Hyde, Taz und eine Handvoll anderer Rancharbeiter –, und die Männer, deren Angehörige dort beschäftigt waren, wie Ezras Vater Pep und Otto, dessen Frau Colleen als Therapeutin auf der Ranch arbeitete, wobei die vertraute Wärme dieser Bruderschaft abermals in ihm aufstieg. Viele dieser Männer waren für ihn da gewesen, als er während der Collegezeit ein paar harte Jahre durchlebt hatte und nachdem Eddie gestorben war. Eddies Vater war kein Dark Knight, aber der ganze Club war bei seiner Beerdigung aufgetaucht, weil Eddie für Tiny und Manny wie ein Sohn gewesen war und man die Familie Baker daher zum Club dazuzählte. Dare hätte für jeden der Anwesenden sein

Leben gegeben und wusste, dass sie dasselbe für ihn tun würden.

Die Aufmerksamkeit aller war auf seinen Vater und Manny gerichtet, die am vordersten Tisch saßen und über Clubgeschäfte sprachen. Tiny war ein starker Anführer, und die Männer in diesem Raum und in der Gemeinde hielten auch aufgrund seiner bahnbrechenden Unternehmungen, mit denen er anderen helfen wollte, große Stücke auf ihn. Das hiesige Chapter des Clubs sorgte nicht nur für die Sicherheit der Einwohner und Geschäfte in Hope Valley, indem in bestimmten Stadtvierteln Patrouillen gefahren wurden und man die Ohren offenhielt, um zwielichtige Geschäfte und schändliche Aktivitäten sofort zu unterbinden. Es hatte sich zudem zur Mission gemacht, das Bewusstsein für psychische Probleme zu schärfen und Sucht- und Selbstmordprävention zu betreiben.

Normalerweise hätte sich Dare auf jedes Wort konzentriert, das während der Church fiel, aber an diesem Abend waren seine Gedanken ein Stück die Straße hinunter bei der dickköpfigen dunkelhaarigen Schönheit, die ihm eine Abfuhr erteilen wollte, indem sie eine Katze erfand. Glaubte sie wirklich, ihn so leicht loswerden zu können? Dass er den Riss in ihrer Panzerung nicht bemerkt hätte, als er durch die Tür gekommen war? Er wollte die Fäuste in diesen Spalt rammen und ihr die ganze Rüstung abstreifen.

»Der nächste Tagesordnungspunkt ist das Festival auf der Dorfwiese, das in zwei Monaten stattfinden wird«, verkündete sein Vater und holte Dare in die Gegenwart zurück. »Die Redemption Ranch wird wie immer einen Stand aufbauen, um auf unsere Dienste aufmerksam zu machen und Spenden zu sammeln, und die Dark Knights halten an einem Tisch Informationen über uns und das, was wir tun, bereit. Wynnie, Alice und unsere Töchter koordinieren die Freiwilligen.« Alice war Billies Mutter. »Viele von euch haben bereits eine Schicht am Stand übernommen oder kümmern sich um die Sicherheit bei diesem Fest ...«

Das Festival auf der Dorfwiese war ein Volksfest in Allure, das eine Woche dauerte und Livemusik im Park bot, in dem Geschäfte und Kunsthandwerker Stände aufbauten. Ansässige Läden machten Straßenverkäufe, und am Ende der Woche fand ein großes Feuerwerk statt. Dare ging schon seit seiner Kindheit dorthin, und er freute sich ebenso darauf, sich dort zu amüsieren, wie darauf, mehr über die Ranch und den Club erzählen zu können. Billie hatte jedoch seit Jahren nicht mehr bei der Koordination mitgeholfen oder das Fest besucht. Früher war sie oft zusammen mit ihm und Eddie dort gewesen, hatte an den Ständen ausgeholfen, sich in den Geschäften umgesehen und das Feuerwerk an *ihrem* Platz auf einem Hügel im Park bestaunt. Er vermisste diese Zeit, und da das Festival erneut bevorstand, wurde ihm bewusst, dass dies der perfekte Moment war, um sie daran zu erinnern, wie viel Spaß sie zusammen gehabt hatten.

»Der letzte Punkt der heutigen Tagesordnung ist unsere Ride-Clean-Kampagne diesen Herbst. Möchtest du etwas dazu sagen, Manny?«, fragte sein Vater.

Ride Clean war der Name, den sie ihrer Anti-Drogen-Kampagne gegeben hatten. Jeden September starteten sie mit einer Clubausfahrt, einer Rallye und einem Tag voller Spaß und Spendensammlungen auf der Ranch, an dem die Kinder auf Heuwagen fahren, auf Ponys reiten, Wanderritte machen und lernen konnten, wie man Pferde striegelte und pflegte. Sie spielten Spiele und Paintball, und Dare und seine Geschwister erzählten von ihren Jobs und beantworteten Fragen. Das Ziel war, den Kindern zu zeigen, dass man auf ungefährliche Weise

Spaß haben konnte, und sie in die Welt der Pferde und der Dark Knights als Mitglieder der Gemeinde einzuführen, damit sie sich an sie wandten, wenn sie Hilfe benötigten. Die Familien der Dark Knights kümmerten sich um die Verpflegung und backten Kuchen, die bei dem Event verkauft wurden, wobei die Einkünfte der Kampagne zugutekamen.

»Sicher. Unsere Frauen und Töchter werden die Freiwilligen, Aktivitäten und Erfrischungen bei diesem Ereignis koordinieren. Und ja, Birdie spendet wieder Schokolade.« Allgemeiner Jubel brandete auf. »Wir benötigen noch Freiwillige, die in den Schulen und Jugendclubs sprechen. Anmeldelisten findet ihr online und hier auf dem Tisch.«

Dare hatte sich längst eingetragen. Er feierte ebenso gern wie jeder andere – vielleicht sogar noch etwas lieber. Aber er war kein Kind mehr und holte sich seinen Kick auf andere Weise. Inzwischen kannte und respektierte er seine Grenzen, und er wollte anderen, insbesondere Teenagern, dabei helfen, gesündere Wege zu finden, mit ihren Problemen und Emotionen umzugehen.

Als ihr Vater das Treffen beendete, stieß Cowboy ihn an und fragte leise: »Gehen wir noch ins Roadhouse?«

»Aber sicher.« Er beäugte Doc, Rebel und Hyde. »Seid ihr dabei?«

Rebel grinste schief. »Wann habe ich je einen Drink ausgeschlagen?«

»Ich komme mit, wenn deine Schwestern nicht wieder versuchen, mich auf die Tanzfläche zu zerren«, sagte Hyde. Er tanzte nicht gern, was Birdie und Sasha jedoch nicht interessierte, die ihn dennoch ständig aufforderten.

Alle sahen Doc an. Er war vier Jahre älter als Dare und zwei Jahre älter als Cowboy und ein ruhiger Charmeur. Trotz seiner umgänglichen Art war er schon immer lieber allein gewesen und behielt seine Gedanken meist für sich, weshalb man gründlich nachdachte, falls er doch einmal seine Meinung kundtat. Diese geheimnisvolle Art nervte Dare zuweilen, wirkte jedoch höchst anziehend auf die Damenwelt. »Heute kann ich nicht. Ich bin noch mit Mandy verabredet.«

»Ist das nicht die Kleine, mit der du auch am Valentinstag aus warst? Das nimmt ja langsam rekordverdächtige Züge an.« Rebel grinste breit.

Dare und Cowboy tauschten neugierige Blicke. Doc war bei den Frauen, mit denen er ausging, stets wählerisch, doch es hielt meist nur zwei oder drei Monate, sodass er eine Spur gebrochener Herzen hinter sich zurückließ. Dare machte Frauen gar nicht erst Hoffnungen auf eine echte Beziehung mit ihm. Wie wäre das auch möglich gewesen, wenn er sie doch alle mit Billie verglich?

Doc bedachte Cowboy und Dare mit einem ernsten Blick. »Sagt ja keinen Ton.«

»Was, wir?«, entgegnete Dare mit Unschuldsmiene. »Wir würden nie aussprechen, dass sie eine barmherzige Ader haben muss, wenn sie es so lange mit dir aushält.«

»Oder dass wir von dieser Wette in Hope Valley gehört haben. Fünfhundert Mäuse für jede Frau, die es vier Monate mit dir aushält, ohne den Verstand zu verlieren«, fügte Cowboy hinzu.

»So etwas würden wir niemals sagen.« Dare grinste breit.

Doc starrte sie beide grimmig an. »Arschlöcher.«

Dare und Cowboy fingen an zu lachen.

Das Treffen war beendet, und im ganzen Raum brandeten laute Gespräche auf. Die Männer liefen herum, holten sich etwas zu trinken und spielten Billard. Die Handys von Dare und seinen Brüdern meldeten eintreffende Nachrichten. Als Dare auf das Display schaute, stellte er fest, dass es eine SOS-Gruppennachricht seiner Mutter war. Auf diese Weise kontaktierte sie sie während der Church, wenn es auf der Ranch einen Notfall gab. Falls das Treffen noch lief, ging einer von ihnen hinaus und rief sie zurück. Andernfalls meldete sich ihr Vater bei ihr. Alle sahen zu Tiny hinüber, der noch bei Manny am vorderen Tisch stand, sich das Handy ans Ohr drückte und die Stirn runzelte.

»Anscheinend musst du allein was trinken gehen, Rebel.« Dare stand auf. »Richte Billie aus, dass ich weiß, dass sie an mich denkt.«

Rebel grinste. »Du meinst, wenn sie nicht gerade an mich denkt? Diese Frau ist eine verdammt scharfe ...«

Dare warf ihm einen finsteren Blick zu, und Rebel hob kapitulierend die Hände und gluckste nur. Danach gingen Dare und seine Brüder zu ihrem Vater, der das Gespräch soeben beendet hatte und das Handy in die Hosentasche steckte.

»Was ist los?«, erkundigte sich Dare.

»Ein Siebzehnjähriger hat sich den BMW der Nachbarn geschnappt, um mit deren fünfzehnjähriger Tochter eine Spritztour zu machen«, antwortete ihr Vater. »Der Junge heißt Kenny Graber.«

»Verdammt. Wurden sie verletzt oder haben sie jemandem geschadet?«, wollte Cowboy wissen.

Ihr Vater schüttelte den Kopf. »Nein. Sie hatten Glück.«

»Ist sonst noch irgendetwas passiert?«, hakte Doc nach.

»Das Mädchen schwört, dass es ihre Idee gewesen sei, den Wagen ihrer Eltern zu nehmen.«

»Wir werden schon herausfinden, ob das der Wahrheit entspricht.« Dare wusste nur zu gut, dass Freunde füreinander einstanden. Billie, Eddie und er hatten das ständig getan.

Ihr Vater nickte. »Das weiß ich. Du übernimmst bei dieser Sache die Führung, Dare. Der Vater des Jungen hat alle überzeugt, seinen Sohn nicht anzuzeigen, sondern ihn stattdessen auf die Ranch zu schicken.«

Sie hatten mehrere Sicherheitsmaßnahmen für Teenager in petto. Die Jugendlichen lebten und aßen im Haupthaus unter Dwights wachsamen Augen und machten dort ihre Hausaufgaben, und wenn sie auf der Ranch arbeiteten, achteten Dare, Cowboy oder einer der leitenden Angestellten auf sie. Momentan hatte Dare noch zwei andere Teenager dort in Therapie.

»Was weißt du noch über Kenny?«, fragte Cowboy.

»Das ist sein zweites Vergehen. Eigentlich hat er längst einen Führerschein, aber seine Eltern haben ihn ihm letzten Monat entzogen, als er um drei Uhr nachts mit ihrem Wagen unterwegs war und von der Polizei angehalten wurde. Er ist ein kluger Junge und war gut in der Schule, bevor sie vor etwa drei Monaten herzogen, weil sein Vater hier einen Job angenommen hat. Etwa einen Monat nach dem Umzug wurden seine schulischen Leistungen schlechter und er hat immer öfter geschwänzt. Sie vermuten, dass er Drogen nimmt«, erklärte Tiny. »Eurer Mutter zufolge sind sie mit ihrem Latein am Ende.«

Dare wusste ganz gut, wie es war, wenn sich die eigenen Eltern große Sorgen um einen machten. »Ich fahre bei der Ranch vorbei und hole den Pick-up.« Wenn sie einen Teenager aus einer Haftanstalt oder einen Erwachsenen aus dem Gefängnis abholten, begleiteten die Dark Knights sie immer, aber wurde jemand von zu Hause eingesammelt, versuchten sie stets, die Familie nicht zu überfordern. »Wo treffen wir uns?«

»An der Ecke Millhouse und Western. Wir fahren dir dann

hinterher.« Sein Vater nannte ihnen die Adresse der Grabers und teilte ihnen mit, dass die Eltern Carol und Roger hießen. »Ich nehme Rebel mit, falls der Junge Reißaus nehmen will.«

Perfekt.

Nachdem er den Pick-up mit dem Logo der Redemption Ranch auf der Seite und der Kindersicherung an der Tür abgeholt hatte, traf sich Dare mit den anderen. Im Laufe seiner Praktikumsjahre während der Collegezeit hatte er seine Eltern hin und wieder beim Abholen von Teenagern begleitet. Damals war er sich wie ein Hochstapler vorgekommen, was teilweise sogar stimmte. Zwar hatte er sich da schon geändert, war jedoch noch lange nicht so weit, ein Vorbild zu sein. Je häufiger er mit ihnen mitfuhr, desto mehr Dinge fielen ihm auf, beispielsweise dass die Kinder ihn auf eine von drei Arten ansahen: voller Abscheu, flehentlich darum bittend, dass er sie aus dieser grässlichen Lage befreite, oder voller sorgsam verschleierter Hoffnung darauf, dass es vielleicht doch einen Ausweg aus der Situation gab, in die sie sich gebracht hatten. Er war selbst mal an ihrer Stelle gewesen, daher hatten ihn diese Blicke tief getroffen und ihn jede Entscheidung und seine Zukunft infrage stellen lassen. Allerdings war ihm auch bewusst geworden, dass er den rechten Weg eingeschlagen hatte. Sie inspirierten ihn, noch härter an sich zu arbeiten, damit er ihren Hass in Respekt umwandeln konnte und damit ihre Hoffnungen erfüllt wurden.

Später hatten seine Eltern ihm gestanden, dass sie gewusst hatten, er würde entweder unter dem Druck zusammenbrechen und erkennen, dass er es nicht ertragen konnte, diese Kinder abzuholen. Oder die Chance ergreifen und das Vorbild und der Therapeut werden, den diese Kinder brauchten.

Er hielt neben dem Motorrad seines Vaters und sah den Mann an, der liebevolle Strenge ausstrahlte und mit seinen Söhnen Ställe ausgemistet hatte, während er sie lehrte, was es bedeutete, Teil der Redemption Ranch zu sein und, noch viel wichtiger, angesehene Mitglieder der Gemeinde. Tiny stieg von seinem Motorrad ab und trat an Dares Fenster. Dare konnte nur hoffen, dass er zumindest ansatzweise an seinen Vater herankam.

Tiny legte ihm eine Hand auf die Schulter und sagte: »Du schaffst das, Junge. Wir sind direkt hinter dir.«

Die Zuversicht in der Stimme seines Vaters ließ Stolz in ihm aufwallen. Er wartete, bis sein Vater wieder auf dem Motorrad saß, bevor er zum Haus der Grabers fuhr. Sie alle parkten davor, und Rebel ging um das Haus herum, falls der Junge einen Fluchtversuch wagte. Teenager konnten schnell sein, aber Rebel rannte wie der Wind.

Als sie die Auffahrt hinaufgingen, spähte eine Frau aus einem Fenster. Dare entging die Angst in ihren Augen nicht. Er hatte sie schon viele Male bei Menschen gesehen, die auf ein Wunder für ihre problembehafteten Kinder, Partner, Geschwister, Freunde hofften und in dem letzten Versuch, einem Menschen, den sie liebten, zu helfen, die Ranch angerufen hatten.

Dare klopfte an die Tür, und sein Vater und seine Brüder standen hinter ihm. Als die Tür geöffnet wurde, sahen sie das besorgte Gesicht einer Frau von Mitte vierzig mit rotgeränderten, verquollenen Augen und blondem Haar, das ihr bis auf die Schultern der Bluse fiel, sowie einen Mann mit schütterem Haar, der ein Oberhemd und eine Brille trug und eher an die fünfzig zu sein schien. »Mr. und Mrs. Graber?«

»Ja«, bestätigte sie leise.

Dare empfand großes Mitleid mit ihr. »Ich bin Dare Whiskey von der Redemption Ranch. Soweit ich weiß, haben Sie uns gebeten, Kenny zu helfen.«

Sie musterte ihn, und ihre Sorgenfalten vertieften sich.

Das Erstaunen in ihren Augen, als sie über seine Schulter zu seinem Vater und seinen Brüdern in ihren Lederwesten, Jeans und Stiefeln sah und das rote Bandana seines Vaters und die vielen Tattoos bemerkte, war für Dare nichts Neues. Jeder wusste, dass die Ranch dem Gründer der Dark Knights gehörte und von ihm geleitet wurde, aber einen Haufen großer, tätowierter Biker aus der Nähe zu sehen, war noch mal etwas ganz anderes.

Um sie zu beruhigen, sagte er: »Zu unserer Aufgabe gehört auch, die Vorstellung auszumerzen, dass gute Menschen ein bestimmtes Erscheinungsbild haben.«

Was er nicht aussprach, war, dass man sich durch Einschüchterung durchaus ein wenig Respekt bei den eigensinnigen Kindern verschaffen konnte, und jene, die nicht eingeschüchtert waren, sahen einen tätowierten Biker oft als Gleichgesinnten an. Dare rückte ihnen jedes Mal den Kopf zurecht, aber eine anfängliche Verbindung konnte nicht schaden. Zudem war den problembelasteten Erwachsenen völlig egal, wie sie aussahen. Sie waren entweder der Feind oder der Retter, oftmals sogar beides.

»Verstehe. Bitte kommen Sie doch rein.«

Sie trat zur Seite, und Dare reichte Roger die Hand. »Dare Whiskey, Sir.« Danach zeigte er auf die anderen. »Mein Vater Tiny und meine Brüder Doc und Cowboy.«

Während sie einander vorstellten, bemerkte Dare den Koffer neben der Tür. Er wusste, dass seine Mutter darum gebeten hatte, für Kenny ein paar Sachen einzupacken, und dann entdeckte er den schlaksigen Teenager auch schon im angrenzenden Wohnzimmer, wo er mit nervös wackelnden Beinen auf der Couch saß, die Ellbogen auf die Knie gestützt, die Hände verschränkt, den Kopf gesenkt. Er trug Jeans, teure Turnschuhe und einen schwarzen Hoodie.

»Darf ich direkt mit Ihrem Sohn sprechen?«, bat Dare, woraufhin Kenny den Kopf hob. Dare reckte das Kinn in die Luft und hielt Kennys Blick stand. Daraufhin senkte der Junge wieder den Kopf und wippte noch schneller mit den Beinen.

»Ja, natürlich. Wir wollten nicht, dass er ins Gefängnis kommt, und wir wussten nicht, was wir sonst tun sollten«, erklärte Roger. »Eine Freundin ist Anwältin und hat vorgeschlagen, dass wir es mit der Ranch versuchen.«

»Wir haben versucht, ihm zu erklären, warum wir das machen …«, setzte Carol an.

»Ich gehe auf keine verdammte Ranch«, fiel Kenny ihr ins Wort und sprang auf.

Dare ging ins Wohnzimmer. »Hi, Kenny. Ich bin Dare. Das hättest du dir überlegen sollen, bevor du einen Wagen geklaut und dich, deine Freundin, die du mitgenommen hast, und jeden auf der Straße in Gefahr gebracht hast.«

»Ich habe ihn nicht geklaut«, widersprach Kenny energisch. »Wir haben ihn uns ausgeborgt, und ich hab niemandem geschadet. Ich bin ein guter Fahrer.«

»Du hattest keine Erlaubnis des Besitzers, womit es Diebstahl war. Und du hattest Glück, dass niemand verletzt wurde. Andernfalls würdest du jetzt im Gefängnis sitzen.«

»Das ist doch Schwachsinn«, brummte Kenny.

Dare trat näher an ihn heran. »Pass auf deine Wortwahl auf – es ist eine Dame anwesend. Folgendes wird jetzt passieren:

Wir nehmen dich mit auf die Redemption Ranch, auf der du die nächsten Wochen verbringen wirst.«

»*Wochen?*« Kenny starrte seine Eltern an. »Macht ihr Witze? Und was ist mit der Schule?«

Dare bezweifelte, dass ihm die Schule derart wichtig war, insbesondere da die Ferien in einer Woche anfingen. Aber Kinder, die gegen ihren Willen auf die Ranch gebracht wurden, klammerten sich oftmals an jeden Strohhalm, um nicht die Kontrolle über ihr Leben zu verlieren. »Du wirst dieses Schuljahr auf der Ranch beenden.«

Bei seinen Worten trat sein Vater zwischen ihn und die Eltern des Jungen, und Doc und Cowboy führten sie in den Nebenraum. Ihre Mutter würde ihnen längst den Ablauf erklärt haben. Indem sie die Eltern von ihrem Kind trennten, wurde Letzterem bewusst, dass es ab jetzt niemand mehr herausboxte und dass die Ranch ab jetzt die Kontrolle übernahm.

»Mom! Dad!«, brüllte Kenny.

»Sie haben versucht, dir zu helfen, Kenny, und jetzt haben sie uns um Hilfe gebeten. Sie lieben dich viel zu sehr, um ihre Meinung jetzt noch zu ändern.«

»Ich will eure Hilfe nicht!«

»Das ist mir klar«, erwiderte Dare. »Als ich in deinem Alter war, wollte ich mir auch von niemandem helfen lassen, aber wie ich bereits sagte, fahren wir jetzt zur Ranch, wo du dich erst einmal ausschlafen kannst, und morgen früh reden wir über das, was passiert ist, und finden heraus, wie es weitergehen soll.«

»Ich rufe die Polizei! Das könnt ihr nicht machen. Das ist Entführung!« Kenny zog sein Handy aus der Hosentasche.

»Nur zu, ruf die Polizei. Solche Spritztouren, wie du sie dir geleistet hast, sind in diesem Bundesstaat ein Verbrechen, und sobald die Polizei erst einmal hinzugezogen wurde, gilt das

Gesetz und sie müssen dich entsprechend bestrafen.« Dare verschränkte die Arme und nickte. »Na los. Wir werden so lange warten.«

Kennys Blick zuckte zu Tiny. »Er lügt, oder?«

»Whiskeys lügen nicht, mein Junge«, antwortete Tiny. »Du kannst diesen Anruf machen, oder du kommst mit uns und wir helfen dir aus der Patsche.«

»Ich brauche aber keine Hilfe. Und ich werde so etwas nie wieder tun.« Kennys Stimme brach vor lauter Verzweiflung.

»Dafür werden wir schon sorgen. Sollen wir die ganze Nacht hier rumstehen und das ausdiskutieren, oder kommst du einfach mit und siehst den Tatsachen ins Auge? Zeig allen, wozu du wirklich fähig bist.«

Wütend vor sich hinmurmelnd, jedoch eher an sich als an jemand anderen gerichtet, trottete Kenny zur Tür und griff widerstrebend nach seinem Koffer.

Vier

Dare machte gern das Beste aus jedem Tag und stand regelmäßig vor Sonnenaufgang auf, um an einem seiner vielen Oldtimer herumzubasteln, mit seinem Motorrad zu fahren oder zu tun, was ihm sonst so in den Sinn kam. Aber an diesem Morgen hatte er nur zwei Dinge im Kopf – er wollte sich mit Kenny anfreunden und Zeit mit Billie verbringen. Nachdem Kenny am Vorabend seiner Familie und den anderen Angestellten vorgestellt worden war, hatten Dare und seine Eltern sich mit ihm hingesetzt und ihm das Programm erklärt. Der Junge war störrisch und renitent und ganz und gar nicht glücklich darüber, dass ihm das Handy weggenommen worden war, aber so lief das eigentlich immer. Geknickt hatte er sich in sein Zimmer zurückgezogen, doch das kannten sie von den Teenagern längst.

In den frühen Morgenstunden machte sich Dare Notizen darüber, wie die Abholung gelaufen war, und erstellte einen ersten Therapieplan für Kenny. Dare verbrachte nie besonders viel Zeit mit diesen anfänglichen Plänen, weil er seine Patienten erst besser kennenlernen wollte, um herauszufinden, was sie wirklich brauchten und welche Taktiken ihnen helfen würden. Obwohl er früh aufstand, hatte er es nicht eilig damit, zum Haupthaus zu gelangen. Neue Patienten durften am ersten

Morgen immer ausschlafen, um sich an die neue Umgebung zu gewöhnen, während die Angestellten und anderen Patienten längst beschäftigt waren, arbeiteten oder sich der Therapie widmeten. Dare trank in Ruhe seinen Kaffee und ging im Kopf die Gespräche mit Billie noch einmal durch. *Deine Katze baden, dass ich nicht lache.*

Als es Zeit war, Kenny aufzusuchen, machte er in einer Scheune Halt und nahm ein Paar Arbeitsstiefel für den Jungen mit. Er winkte seinem Vater zu, der mit einem UTV, einem Utility Vehicle, von einer der Rettungsscheunen losfuhr und auf Docs Tierklinik zuhielt. Sie hatten letzte Woche drei gerettete Pferde hereinbekommen, von denen eines derart schlimm misshandelt worden war, dass es nicht laufen konnte. Sein Vater verbrachte so viel Zeit mit den Tieren, wie er nur konnte, und Dare war aufgefallen, dass er das eine jeden Morgen vor Sonnenaufgang aufsuchte. Alle Pferde, die zu ihnen kamen, wurden aufopferungs- und liebevoll gepflegt und sollten noch ein gutes Leben haben. Wenn sie gesund waren und ein neues Zuhause fanden, zogen sie mit einer Plakette für den neuen Stall um, auf der ihr Name stand. Sasha hatte vor einigen Jahren diese Idee gehabt. Sie bezeichnete sie als Plakette der Würde. Ihrer Familie hatte der Gedanke so gut gefallen, dass sie etwas Ähnliches für die Menschen machte, die ihr Programm absolviert hatten. Diese erhielten zwar keine Plaketten, aber goldene Karten für ihr Portemonnaie, die auf der Vorderseite mit *Mitglied der Redemption-Ranch-Familie* und auf der Rückseite mit *Bei Verlust bitte zurückbringen* bedruckt waren, zusammen mit der Adresse und Telefonnummer der Ranch – eine Art sanfte Erinnerung, dass es für diese Menschen einen Ort gab, an den sie gehörten.

Dare ging zum Haupthaus und betrat es durch die Küchentür. Er holte Dwights Meinung zu neuen Patienten ein, bevor er sie an ihrem ersten Tag aufsuchte. Dwight nahm gerade Kekse aus dem Ofen und runzelte die Stirn, sodass sich darauf ein tiefes V gebildet hatte. Er war ebenso groß wie Dare, kräftig und athletisch. Sein Kopf war so glattrasiert wie sein Gesicht, und aufgrund seiner ernsten Art wirkte er immer ein wenig wie ein Drillsergeant, wenngleich er auch eine sanfte Seite hatte. Diese hatte Dare nach Eddies Tod zu sehen bekommen, und nachdem Billie ihn nicht mehr hatte sehen wollen, hatte er viele lange Nächte in Dwights Küche verbracht und mit ihm bei einem Bier oder einem köstlichen Getränk, das Dwight zusammenmischte, geredet.

»Ich dachte mir schon, dass du durch diese Tür reinschneist.« Dwight stellte das Backblech auf den Herd und deutete in Richtung der Durchreiche zwischen Küche und Esszimmer. »Deine Mutter ist bei dem Neuzugang. Bislang bekommt er kaum einen Ton raus, aber er hat alles gemacht, was ich verlangt habe – das Bett ist gemacht und er war duschen.«

Dare sah zu seiner Mutter hinüber, die mit Kenny redete und dabei frühstückte, während Kenny das Essen auf seinem Teller nur anstarrte. »Hat er ihr schon mal in die Augen gesehen?«

»Nein.«

»Wie lange sitzt er da schon?«

»Etwa eine Viertelstunde. Bisher hat er noch nichts gegessen.«

»Dann wird es wohl Zeit, dass ich mich mal darum kümmere.« Dare steckte sich einen Keks in den Mund und nahm sich zwei weitere mit, bevor er hinüber ins Esszimmer ging.

Seine Mutter blickte auf, als er hereinkam, und ihren mitfühlenden Blick hatte er schon sehr oft gesehen, wusste jedoch erst, seitdem er erwachsen war, was dieser bedeutete. Er besagte, dass der arme Junge sich ziemlich verloren fühlte. Seine Mutter hatte fünf ungestüme Kinder großgezogen und konnte mit einem kurzen Satz oder einem strengen Blick Gehorsam einfordern, zog es allerdings vor, dies auf sanftere Art zu erreichen. Das gehörte vermutlich zu den Dingen, die sie zu einer guten Mutter und Therapeutin machten. Dare hatte viel von ihr gelernt, sich jedoch eine eigene Methode angeeignet, wie er ungehorsame Kinder zum Mitmachen bewegte. Da er als Kind selbst oft das genaue Gegenteil von dem getan hatte, was von ihm verlangt worden war, wusste er, dass Kinder wie Kenny am Anfang eine festere Hand benötigten. Er fasste sie nicht mit Samthandschuhen an oder versuchte, ihnen etwas zu entlocken. Stattdessen teilte er ihnen seine Erwartungen mit, beschäftigte sie und versuchte, eine Verbindung zu ihnen aufzubauen und zu dem, was sie durchmachten. Er beschönigte nichts, machte aber auch Witze, wenn es angebracht war, und behandelte sie mit dem Respekt, den andere seiner Meinung nach verdienten, ungeachtet der Schwierigkeiten, in die sie sich gebracht hatten. Letzten Endes war er so an jeden seiner Patienten herangekommen.

Seine Mutter stand auf und tätschelte Kennys Schulter. »Wir sehen uns dann später, Schätzchen. Hab einen schönen Vormittag.«

Kenny starrte weiter auf seinen Teller.

»Kenny«, sagte Dare mit schneidender Stimme, woraufhin ihn der Junge erbost anstarrte. »In diesem Haus bringen wir den Menschen, die sich die Zeit nehmen, mit uns zu reden, Wertschätzung entgegen.«

»Was hätte ich denn sagen sollen?«, brummelte Kenny.

»Etwas wie ›Vielen Dank‹ oder ›Sie auch‹ wäre ein guter Anfang gewesen.« Dare legte eine Hand auf die Rückenlehne von Kennys Stuhl, stützte die andere neben ihn auf den Tisch und beugte sich vor. »Je mehr Respekt du anderen erweist, desto respektvoller behandelt man dich.«

Kenny sah Dares Mutter an. »Sie auch.«

»Danke, Kenny. Das habe ich vor.«

»Wir ebenfalls«, meinte Dare, als sie ihr Geschirr nahm und in die Küche trug, um ihm im Vorbeigehen ein liebevolles Lächeln zuzuwerfen. Er wandte sich erneut an Kenny. »Du hast fünf Minuten, um dein Frühstück zu beenden.«

»Ich hab keinen Hunger.«

»Wie du willst. Dann bring deinen Teller in die Küche, danke Dwight fürs Kochen, wasch dein Geschirr ab und geh ins Bad. Danach treffen wir uns vor dem Haus.« Dare ging durch die Vordertür hinaus, ohne sich noch einmal umzudrehen, denn dadurch zeigte er Kenny auch, dass er davon ausging, der Junge würde der Aufforderung nachkommen. Er wollte ihm genug Freiraum lassen, um selbst Entscheidungen treffen zu können, ohne dass diese zu Schwierigkeiten führten.

Dare trat auf die Veranda und blickte zu den Pferden hinüber, die auf den Weiden grasten, und zu den Leuten, die Heu in der Scheune abluden. Sasha war mit einem der geretteten Pferde in einer Koppel beschäftigt, und die Sonne schien auf sie herab. Wieder einmal fragte er sich, wieso Birdie lieber in der Stadt lebte, als das hier genießen zu können.

Simone Davidson kam um eine Hausecke herum. »Hallo, mein Großer. Wie ich höre, haben wir einen Neuzugang? Sag mir Bescheid, wenn ich helfen kann.«

Simone hatte in Peaceful Harbor einen Entzug gemacht und war vor anderthalb Jahren auf die Ranch gekommen, nachdem ihr Exfreund, ein Drogendealer, für sie eine derart große Gefahr dargestellt hatte, dass sie nicht länger in Maryland bleiben konnte. Biggs hatte alles in die Wege geleitet, und Diesel Black, ein anderer Dark Knight, der in Hope Valley aufgewachsen war und den Dare fast wie einen Bruder ansah, hatte sie hergebracht. Damals war sie ein nervöses Wrack und erschreckend dünn gewesen, sodass die Narbe auf ihrer linken Gesichtsseite, die vom Ohr bis zum Kinn reichte und direkt unter der Unterlippe endete, umso deutlicher hervorgetreten war. Auch ein Andenken an diesen Exfreund. Doch auf der Ranch war sie aufgeblüht. Ihre Augen strahlten, sie hatte runde Wangen bekommen, und ihr kastanienbraunes Haar fiel ihr dick und glänzend in natürlichen Locken ins Gesicht. Sie nahm sogar Kurse, um Drogenberaterin zu werden.

»Danke für das Angebot. Ich habe gehört, du bist ganz hervorragend in deinen Kursen. Wir sind alle sehr stolz auf dich.« Sein Handy vibrierte, und er zog es aus der Tasche und freute sich über eine Nachricht von Dwight, die nur einen Daumen nach oben enthielt, was bedeutete, dass sich Kenny bedankt und das Geschirr abgewaschen hatte. Dare betrachtete das als Sieg, denn die Hälfte der Teenager machte sich diese Mühe nicht.

»Danke.« Simone strahlte über das ganze Gesicht. »Ich bin auch sehr stolz auf mich. Wir sehen uns dann später. Ich habe jetzt eine Sitzung mit Wynnie.«

Sie ging ins Haus, und eine Minute später kam Kenny heraus, der den Blick weiterhin stur gen Boden richtete. Dare reichte ihm die Arbeitsstiefel. »Dann legen wir mal los. Zieh die an, und lass deine Turnschuhe hier neben der Tür stehen.«

»Wieso denn das?«

»Weil du sie bestimmt nicht mit Pferdemist verdrecken

willst.«

Kenny setzte sich auf die Verandastufen und zog sich die Stiefel an. »Ich fasse es nicht, dass ich diesen Scheiß machen muss.«

»Das ist immer noch besser, als im Jugendknast zu sitzen oder wie ein Erwachsener behandelt zu werden und im Gefängnis zu landen.« Dare streckte die Arme zu den Seiten aus und atmete tief ein. »Du weißt es jetzt vielleicht nicht zu schätzen, aber du wirst irgendwann erkennen, was für ein großes Glück du hast, von all dem umgeben zu sein.«

Sie setzten sich auf ein UTV für zwei Personen, und Dare fuhr vom Haus weg. Auf einmal drehte sich Kenny auf seinem Sitz um. »Ist das ein Paintballfeld?«

»Ja.«

»Kann ich es benutzen?«

»Du kannst dir dieses Privileg verdienen.«

Kenny sackte in sich zusammen.

»Erinnerst du dich an das, was wir dir gestern Abend gesagt haben? Du bist nicht im Gefängnis. Aber du kennst uns ebenso wenig, wie wir dich kennen, daher werden wir uns alle vorsichtig aufeinander zubewegen, bis wir einander kennen und vertrauen. Schließlich hast du ein Auto geklaut. Woher soll ich wissen, dass du das nicht auch bei diesem UTV versuchst?«

»Das Ding taugt doch nichts.«

»Auf einer Ranch kommt man damit gut von A nach B.«

»Ich würde es nicht klauen.«

»Gut zu wissen. Und was ist mit einem Pferd?«, fragte Dare, als sie an einer Weide vorbeifuhren.

»Ich kann doch überhaupt nicht reiten.«

»Dann bitte ich Cowboy vielleicht, es dir beizubringen. Aber wenn du einem Pferd wehtust, landest du auf meiner schwarzen Liste, verstanden?«

Kenny nickte.

»Wirst du versuchen, mein Quad zu klauen?«

»Du hast ein Quad?«, wiederholte Kenny fast schon aufgeregt, schien das jedoch selbst zu merken, denn im nächsten Moment kehrte seine finstere Miene zurück.

Dare entging diese Reaktion nicht. »Ja, sogar mehrere. Muss ich sie etwa wegschließen?«

Kenny verdrehte die Augen.

»Das ist mein Ernst, Freundchen. An diesem Ort kann man verdammt viel Spaß haben, aber dein Aufenthalt hier kann auch sehr unschön werden, und das hängt letzten Endes von deiner Einstellung ab. Solltest du versuchen, hier auf der Ranch irgendetwas zu stehlen, bekommst du große Schwierigkeiten.«

»Ich bin nicht blöd, selbst wenn meine Eltern euch was anderes erzählt haben.«

»Tatsächlich haben sie gesagt, dass du ziemlich klug bist, aber ich bilde mir lieber selbst eine Meinung.« Dare ließ seine Worte wirken und zeigte Kenny das Gelände, um dann vor einer der kleineren Scheunen zu parken. »Auf geht's.« Er ging zum Werkzeugschuppen. »Schnapp dir eine Schubkarre und eine Mistgabel.«

Dare zeigte ihm die Werkzeuge, nahm sich ebenfalls eine Schubkarre und eine Mistgabel und bedeutete Kenny, ihm zur Scheune zu folgen.

Dort ließ Kenny die Schubkarre los und hielt sich die Nase zu. »Bäh. Hier stinkt's aber.«

»So riechen Pferde nun mal. Du wirst dich schon daran gewöhnen.«

»Nicht in diesem Leben.«

»Dann muss ich wohl gar nicht erst fragen, ob du schon mal

einen Stall ausgemistet hast.« Dare stellte seine Schubkarre neben der ersten Box ab und deutete auf die Box daneben. »Du übernimmst diese hier. Wir werden beide Boxen ausmisten.«

»Hattest du nicht gesagt, hier könnte man Spaß haben?« Kenny spähte in die Box. »Ist ja eklig.«

»Das macht weitaus mehr Spaß, als hinter Gittern zu sitzen. Und jetzt wirst du die Schubkarre füllen, so wie ich es mache.« Dare zeigte Kenny, wie man den Pferdemist und das schmutzige Stroh aufschaufelte und in die Schubkarre verfrachtete.

Kenny machte es ihm nach. »Was soll denn das alles bringen? Soll ich begreifen, dass ich einen Scheiß wert bin?«

»Falls es dir noch nicht aufgefallen ist, miste ich die Box neben deiner aus, und ich bin weitaus mehr wert als einen Scheiß.«

»Ja, das ist auch echt komisch. Was für ein Therapeut schaufelt denn Pferdemist?«

»Die Art von Therapeut, die nicht den ganzen Tag auf ihrem Sessel sitzen will.« Dare störte sich nicht daran, dass Kenny ihn kleinzumachen versuchte. Vielmehr war er froh darüber, dass der Junge mit ihm redete. »Wir retten Pferde aus allen möglichen schlimmen Haltungsformen, und ich helfe gern dabei, sie zu versorgen. Sie sind davon abhängig, dass wir uns um ihre Sicherheit und Gesundheit kümmern. Also auch ihre Boxen sauber halten.«

»Es ist bestimmt nicht gesund, sie mit Heu zu füttern, das auf dem Boden liegt und in das sie reinpissen.«

»Das ist Stroh, kein Heu, und es wird nur für die Box, nicht als Futter genutzt. Eine dicke Strohschicht sorgt dafür, dass sich weniger Feuchtigkeit bildet und dient als Schutzschicht zwischen dem Pferd und dem Urin.«

»Wie denn das?«

Dare war froh, dass sich der Junge interessiert zeigte oder zumindest nachfragte. »Der Urin wird aufgesaugt und lagert sich am Boden ab.« Er hielt die Erklärung kurz, damit Kenny genug Informationen bekam, um etwas zu lernen, jedoch nicht zu sehr von der eigentlich wichtigen Unterhaltung abgelenkt wurde. »Hattest du schon mal einen richtigen Job?«

»Nein. Meine Eltern haben Kohle. Ich muss nicht arbeiten.«

»Das muss ja angenehm sein. Aber was wirst du tun, wenn du achtzehn wirst? Gehst du aufs College?«

»Auf gar keinen Fall. Ich hasse die Schule.«

»Womit willst du dir dann deinen Lebensunterhalt verdienen? Oder werden dir deine Eltern dein ganzes Leben lang Geld geben?«

Kenny zuckte mit den Achseln. »Mir wird schon was einfallen.« Er warf Pferdemist in die Schubkarre, die beinahe umkippte, doch er konnte sie gerade noch rechtzeitig festhalten.

»Brauchst du Hilfe?«

»Nein.« Kenny belud die Mistgabel, warf Pferdemist und Stroh auf die Schubkarre und warf sie erneut beinahe um.

Dare packte einen Griff der Schubkarre. »Es ist okay, um Hilfe zu bitten.«

»Ich hätte sie schon noch erwischt.«

»Das mag sein, aber wenn sie dir umfällt, machst du alles sauber. Oder du bittest um Hilfe. Mir ist es gleich. Du solltest nicht alles auf eine Seite werfen. Sorg für Gleichgewicht, dann kippt die Schubkarre nicht so leicht um.« Sie arbeiteten einige Minuten lang schweigend weiter. »Was machst du gern in deiner Freizeit?«

»Schnell fahren.« Kenny schleuderte Pferdemist in die Schubkarre. »Aber das weißt du ja schon.«

»Ich fahre auch gern schnell, wenn es legal ist.«

»Wie du meinst. Warst du im Gefängnis? Hast du daher die ganzen Tattoos? Der Adler auf deinem Hals muss wehgetan haben.«

»Das ist ein Phönix, und ich war nie im Gefängnis, aber wenn nicht jemand eingeschritten wäre und mir den Kopf gewaschen hätte, wäre ich möglicherweise dort gelandet.«

»Was hast du denn getan?«, wollte Kenny wissen.

»Was immer ich wollte, und das war dämlich.«

»Das sagen alte Leute immer.«

Dare beäugte ihn kritisch. »Ich bin erst neunundzwanzig.«

»Das ist alt. Du bist fast dreißig.«

Grinsend warf Dare noch mehr Pferdemist in die Schubkarre. »Das mag auf dich so wirken. Wenn du großes Glück hast, ist das Leben lang, Kenny, und es kann sich anfühlen, als wäre jeder Tag eine Haftstrafe oder als wäre jeder Tag eine neue Chance, um das zu genießen, was man tut. Wenn du weiterhin Autos klaust, wird Letzteres eher weniger passieren.«

»Wie du meinst.«

»Das sagst du ziemlich oft, aber das stimmt nicht. Es ist dein Leben, und nächstes Jahr bist du alt genug, um damit anzustellen, was immer du willst.«

»Ich kann es kaum erwarten.« Kenny schaufelte weiter.

»Was hast du für Pläne?«

»Ich will nur aus Hope Valley raus.«

»Du kannst es hier nicht ausstehen, was? Hast du deshalb kurz nach eurem Umzug den Wagen deiner Eltern genommen? Wolltest du dahin zurück, wo ihr vorher gelebt habt?«

Kenny mahlte beim Arbeiten mit dem Kiefer.

Dare wertete das als Ja. »Du hast bestimmt deine Freunde vermisst. Hattest du dort eine Freundin?«

Kenny schob die Mistgabel energisch ins Stroh und warf die

Ladung in die Schubkarre, ohne die Frage zu beantworten.

Erneut ein Ja. So langsam verschaffte sich Dare ein klareres Bild. »Was ist mit dem Mädchen, mit dem du gestern unterwegs warst? Ist sie deine neue feste Freundin?«

»Nein. Sie ist nur *eine* Freundin. Sie hat sich gelangweilt und wollte ein bisschen Spaß.«

»Und du hast vorgeschlagen, mit dem Wagen ihrer Eltern eine Spritztour zu machen?«

»Nein. Sie meinte, wir sollen ihn nehmen, und dann hat sie so lange genervt, bis ich nachgegeben habe.«

»Damit sie dich nicht auch für langweilig hält?«

Kenny zuckte mit den Achseln.

»Aber ihr seid früh am Abend losgefahren. Dir muss klar gewesen sein, dass man euch erwischen wird.«

Kenny erwiderte nichts und arbeitete einfach weiter.

»Lass gut sein. Wir müssen die Schubkarren erst mal auf dem Komposthaufen hinter der Scheune auskippen.« Sie stellten die Mistgabeln ab und schoben die Schubkarren durch das Scheunentor.

»Wie lange müssen wir das noch machen?«, fragte Kenny. »Ich schwitze schon.«

»Ja, das rieche ich«, neckte Dare den Jungen, was Kenny ein widerwilliges Grinsen entlockte. »Wir machen das, bis wir den ganzen Mist aus den Ritzen rausgeholt haben und neu anfangen können.«

Billie kochte vor Wut.

Sie war laufen gegangen, hatte ihren Pick-up gewaschen und

das ganze gottverdammte Haus geputzt, nur um nicht mehr an Dare zu denken. Aber nichts funktionierte, weshalb sie jetzt auch noch die Veranda schrubbte. Obwohl sie gehofft hatte, das würde sie ablenken, war sie jetzt zwar völlig durchnässt, dachte aber trotzdem noch andauernd an ihn, hörte ihn ihren Namen rufen, als er mit dem Fallschirm gelandet war, sah sein breites Grinsen vom Vorabend in der Bar, hörte ihn großspurig prahlen. *Du hast mich nicht mit deinen Blicken erdolcht, als ich reingekommen bin.* So langsam konnte sie nachvollziehen, warum manche Süchtige selbst nach jahrelanger Abstinenz rückfällig wurden. Indem sie ihn im Park für kurze Zeit an sich herangelassen hatte, war ihr erst bewusst geworden, wie sehr sie ihre Freundschaft und ihn vermisste.

Musik dröhnte aus ihren Ohrstöpseln, als sie das Putzzeug wegräumte. Sie konnte noch immer nicht fassen, dass sie ihm die Wahrheit über Eddies Todestag gesagt hatte. Ursprünglich war sie davon ausgegangen, das alles derart tief in sich vergraben zu haben, dass sie es eines Tages mit ins Grab nehmen würde. Doch sie hatte nicht damit gerechnet, dass sich Dare so sehr verändert hatte. Früher hatte er sich nie mit Problemen auseinandergesetzt, sondern sie einfach beseitigt.

Sie ging ins Haus und wurde einfach nicht aus ihm schlau. Er besaß noch immer diese ganz besondere Art, die sie so liebte, forderte sie ohne zu zögern heraus und brachte sie dazu, zu denken, zu fühlen und innerlich zu lodern. Allerdings war er heute weitaus rücksichtsvoller. Er hörte zu und redete. Wann war das denn passiert? War das etwas Neues, oder hatte sie sich derart daran gewöhnt, ihn nicht wirklich wahrzunehmen, dass ihr das entgangen war? Der alte Dare wäre ihr am Sonntagvormittag nach ihrem Lauf nach Hause gefolgt und hätte versucht, sie zu überreden, mit ihm zu Abend zu essen.

So ungern sie es sich auch eingestand, wünschte sich ein kleiner Teil von ihr doch, er hätte es getan.

Sie trank ein Glas Wasser und ging unter die Dusche.

Unter dem warmen Wasserstrahl musste sie daran denken, dass sie fest überzeugt gewesen war, Dare würde am Montagabend in der Bar auftauchen, um sie zu überreden, etwas mit ihm zu unternehmen. Zwar gab sie es nur ungern zu, aber sie hatte den ganzen Abend die Tür im Auge behalten und darauf gehofft, dass er hereinkommen würde. Nur um dann keinen Ton von ihm zu hören, bis er gestern Abend in die Bar stolziert war und diesen Rückwärtssalto gemacht hatte.

Zugegeben, insgeheim fand sie es großartig, weil es so typisch für Dare war – und genau da lag das Problem. Sie hatte immer gemocht, wer er war, und dieser neue Aspekt von ihm, der ruhige, aufmerksame Zuhörer, machte ihn nur noch attraktiver. Sie stellte sich sein markantes Gesicht vor, als sie sich wusch, das Lodern in seinen Augen, als er sie am letzten Wochenende auf dem Tresen an sich gedrückt hatte, seinen harten Körper, der sich an ihrem rieb. Er hatte sich so gut angefühlt, und sie schloss die Augen und suhlte sich in der Erinnerung an das Gefühl seiner kräftigen Oberschenkel und des Monsters in seiner Hose, das sie deutlich gespürt hatte. Noch immer hatte sie seinen herben Geruch in der Nase und spürte die Hitze seiner nackten Haut durch ihr T-Shirt. Seine Stimme knurrte ihr ins Ohr: *Mir fallen bessere Methoden ein, wie ich deine Pussy feucht kriegen könnte.* Sie malte sich aus, seine Hände und nicht ihre eigenen zu spüren, seine Finger zwischen ihren Beinen. Schon wanderten ihre Gedanken zurück zu diesem Sommer nach dem Highschoolabschluss, in dem seine kräftigen Finger ihre Magie gewirkt hatten, während sie einander mit den Mündern erkundeten. Sie konnte ihn noch immer schmecken, bewegte die Finger schneller, so wie er es getan hatte, umfing mit der anderen Hand eine Brust, drehte die Knospe zwischen Zeigefinger und Daumen und stellte sich vor, es wäre sein Mund. In ihren Ohren hallten die mit tiefer Stimme geraunten Worte wider, die über seine Lippen gekommen waren, als er sie zum Höhepunkt brachte, und sie spürte seine dralle, heiße Länge in ihrer Hand. Ihre Hüften und Hände bewegten sich im Einklang, ihr Atem ging schneller, und hinter ihren geschlossenen Lidern war es Dares Gesicht, das sie vor sich sah, als sie seinen Namen wie einen Fluch ausstieß. Sie setzte die himmlische Folter fort, bis sie auf den Zehenspitzen stand und eine Hand gegen die kalten, nassen Fliesen presste, hielt die Augen weiterhin fest geschlossen und malte sich aus, wie Dare vor ihr kniete, die Lippen auf ihre Mitte presste und sie abermals zum Höhepunkt brachte ... *»Dare!«*

Billie stützte die Stirn gegen die Fliesen und ließ sich das warme Wasser über den Rücken laufen, während sie langsam wieder zu sich kam und die Lust ihr Gehirn nicht länger umwölkte.

Dieser verdammte Dare! Er war wie eine Zecke, die immer größer und lästiger wurde, bis sie irgendwann etwas dagegen unternehmen musste.

Sie duschte zu Ende, trocknete sich ab, schlang das Handtuch um ihren Körper und schwor sich, dass dies das letzte Mal war, dass sie mit Dare Whiskey im Sinn gekommen war.

Allerdings schwor sie sich genau das schon seit einer Ewigkeit.

Leise fluchend öffnete sie die Badezimmertür und prallte im Flur gegen eine steinharte Brust. Reflexartig schrie sie auf und schlug zu, traf dabei einen Unterkiefer, während ihr Handtuch zu Boden segelte ... und Dares Gesicht vor ihr auftauchte.

»Was in aller Welt machst du hier, und wieso erschreckst du mich zu Tode?«, rief sie und hob panisch das Handtuch hoch, während sein Blick an ihrem Körper herabwanderte, Hitze in seinen Augen aufstieg und das Knistern, das stets zwischen ihnen zu bestehen schien, nur noch intensivierte.

Er rieb sich das Kinn. »Anscheinend habe ich einiges verpasst. Zweimal, ja? Es war dir wohl wirklich ernst damit, dass du deine …«

»Wag es ja nicht, das auszusprechen!«, schäumte sie, ebenso wütend wie peinlich berührt, und zwängte sich an ihm vorbei in ihr Schlafzimmer. Wieso lebten sie eigentlich nicht in einem Haus, in dem das Bad ans Schlafzimmer angrenzte?

Er folgte ihr. »Wenn du dich dann besser fühlst, kann ich dir versichern, dass ich bei meinen *Solotouren* auch immer dein Gesicht vor mir sehe und mir deinen Mund vorstelle. Und jetzt, wo ich weiß, was sich unter diesem Handtuch verbirgt … *Hmmm*. Werde ich mir das noch viel eher ausmalen als deinen Mund.«

»Oh mein Gott! Sei bloß still!« Er hatte Billie in diesem Sommer nicht nur ihren ersten Orgasmus beschert, sie war außerdem drauf und dran gewesen, ihn mit dem Mund zu verwöhnen, als sie unterbrochen worden waren. *Na, großartig!* Jetzt dachte sie ja schon wieder an sein bestes Stück. Sie runzelte die Stirn. »Was machst du überhaupt in meinem Haus?«

»Die Tür war offen. Ich dachte, du erwartest mich, und als ich gehört habe, wie du …«

Sie brachte ihn mit einem finsteren Blick zum Schweigen.

Er hob kapitulierend die Hände. »Ich wollte nur sagen, als ich dich unter der Dusche gehört habe …«

Sie stieß erleichtert die Luft aus.

»Wo du in den Fängen der Leidenschaft meinen Namen

geschrien hast.«

»Dare!« Sie schob ihn von sich weg, während er schallend lachte, aber er hielt sie am Handgelenk fest und zog sie an sich, und, *Grundgütiger!*, fühlte sich das gut an.

»Zweimal.«

Sie wusste, dass er sie ewig daran erinnern würde. »Vergiss, dass du das je gehört hast.«

»Keine Chance, Süße.« Er senkte die Stimme. »Es gefällt mir, dass du ebenso an unser unerledigtes Geschäft denkst wie ich.«

»Da gibt es kein unerledigtes Geschäft.« *Du hast an mich gedacht?*

»Komm schon, Mancini. Ich habe das Flehen in deiner Stimme doch gehört. Du hast dir vorgestellt, meine Hände auf dir zu spüren.« Er umfing ihre Pobacken, und sie keuchte überrascht auf, während Hitze durch sie hindurchtoste. »Meine Lippen, die dich verwöhnen, mein Schw…«

»Devlin Whiskey, zwing mich nicht dazu, meine Waffe zu holen.« *Gott steh mir bei.* Sie hätte zu gern seine *Waffe* in die Finger bekommen. Nein. Nein, daran wollte sie gar nicht erst denken.

Er gluckste, was die Hitze zwischen ihnen jedoch auch nicht verringerte, und drückte ihren Hintern noch ein letztes Mal, bevor er einen Schritt nach hinten machte. »Zieh dich an, Annie Oakley. Wir haben noch was vor.«

Ihr verräterischer Körper verlangte weiter nach seiner Berührung, und sie kämpfte erbittert gegen dieses Verlangen an. »Nein, das haben wir nicht.«

Da legte er sich eine Hand aufs Herz. »Ach, das tut weh. Mancini. Hast du unsere Verabredung etwa vergessen?«

Sie musste unwillkürlich grinsen, ärgerte sich aber gleichzeitig über ihn und seinen Charme. »Ich habe nie zugestimmt.«

»Komm schon, Süße. Dir ist doch selbst klar, dass du dein Hirn mit neuen Eindrücken von mir füllen musst.«

Sein dämliches Grinsen bewirkte nur, dass ihr Lächeln noch breiter wurde. »Du bist ein Arsch.«

»Was du nicht sagst, Süße. Aber die Katze ist längst aus dem Sack. Du magst meinen Arsch.«

Sie verdrehte die Augen. »Komm wieder runter.«

»Du willst es doch auch. Komm schon. Ach, warte, das hast du ja längst getan.«

Billie sah ihn mit ausdrucksloser Miene an.

»Irgendwie habe ich das Gefühl, dass du mir einiges voraus hast. Vielleicht sollten wir den Tag lieber hier verbringen, damit ich aufholen kann.« Er griff nach seinem Gürtel.

»Ist ja schon gut, ich komme mit. Aber hör endlich auf, darüber zu reden.« Sie schob ihn aus dem Schlafzimmer und schloss die Tür hinter ihm, wobei sie sich fragte, wie in aller Welt sie diesen Tag überstehen sollte.

Fünf

Nachdem sie sich anderthalb Stunden angehört hatte, wie Dare die Lieder aus dem Radio mitsang und Witze darüber riss, dass Billie das Handtuch verloren hatte, war jegliche Peinlichkeit ihrerseits vergessen. Sie hielten an einem Café, um Mittag zu essen, und als sie wieder im Wagen saßen, brachte er sie derart zum Lachen, dass sie Seitenstechen bekam. Irgendwann fuhren sie den Berg hinauf zum Cliffside Thrill and Aerial Adventure Park, in dem sie in ihrer Kindheit so oft zusammen mit Eddie gewesen waren, und auf einmal wurde sie schrecklich nervös.

Früher hatten sie ihre Eltern immer angefleht, sie dorthin zu bringen, doch weil die Fahrt so lang und der Eintritt teuer war, kam das nur selten vor. Sobald Billie, Dare und Eddie den Führerschein gemacht hatten, sparten sie das Geld zusammen und fuhren zu dritt dorthin. Sie blieben den ganzen Tag, sausten die endlos langen Seilrutschen herunter, fuhren mit den atemberaubenden Achterbahnen, den aufgemotzten Go-Karts, nahmen sich die furchterregende Canyonschaukel vor und bezwangen den herausfordernden Kletterparcours.

Ihr Magen zog sich zusammen, als sie der Menschenmenge durch das Eingangstor folgten. Kinder bettelten darum, mit den Karussells fahren zu dürfen, zerrten an den Händen ihrer Eltern und plapperten über alles, was sie hier tun wollten. Sie warf Dare einen Blick zu und erinnerte sich nur zu gut an den Schuljungen, der durch und durch frech und eingebildet gewesen war und fast ebenso viel Testosteron ausgestrahlt hatte wie der Mann neben ihr. Zahllose Erinnerungen stürzten auf sie ein. Schöne Erinnerungen. Erinnerungen, die Billie nicht vergessen wollte, doch sie hatte diesen abenteuerlustigen Lebensstil aus gutem Grund hinter sich gelassen.

»Gefällt dir, was du siehst, Süße?«

Sie merkte erst jetzt, dass sie ihn angestarrt hatte. Er war so selbstbewusst, was sie eigentlich abschrecken sollte, es jedoch nicht tat. »Ich versuche, mich zu entscheiden, ob ich dir eine Ohrfeige verpassen oder dich umarmen soll.«

»Nach allem, was ich in deinem Haus gehört habe, vermute ich mal, dass du mehr tun möchtest, als mich nur zu umarmen, und ich stehe nicht so auf Schläge, aber wenn dich das anmacht ...«

Sie verdrehte die Augen, musste aber dennoch grinsen. »Halt einfach die Klappe. Ich fasse es nicht, dass du den ganzen Weg hierhergefahren bist, wo du doch genau weißt, dass ich keine der Attraktionen nutzen werde.«

»Das weiß ich nicht, und wer sagt eigentlich, dass ich das vorhabe? Ich dachte, wir schlendern einfach ein wenig herum und plaudern über alte Zeiten.«

»Das ist gelogen!«

Lachend legte er ihr einen Arm um die Schultern und zog sie an sich, während sie wie in alten Zeiten durch den überfüllten Park liefen. »Da hast du recht, Mancini. Ist es denn so schlimm, dass ich gehofft habe, du würdest hier zumindest in ein Fahrgeschäft mit mir steigen und dich daran erinnern, dass sich dein Leben nicht immer nur um die Bar gedreht hat?«

»Mein Leben dreht sich gar nicht nur um die Bar.« *Wer macht hier jetzt wem was vor?*

»Ach nein? Ich bin ganz Ohr. Erzähl mir von deinen Hobbys.«

»Ich habe jede Menge Hobbys. Das Wichtigste ist, dir aus dem Weg zu gehen«, konterte sie.

»Tja, darin bist du aber ziemlich schlecht, da wird es wohl Zeit für was Neues. Mal ganz im Ernst, was machst du so, wenn du dich amüsieren willst?«

»Nichts, was du aufregend finden würdest.«

»Probier es aus, denn ich fand deine Dusche schon ziemlich spannend.«

»Dare.« Sie versuchte, sich unter seinem Arm hervorzuwinden, doch er drückte sie nur noch fester an sich und lenkte sie in Richtung der Go-Karts.

»Ich hör ja schon auf, dir damit in den Ohren zu liegen.«

»Nein, das tust du bestimmt nicht.«

»Stimmt. Aber was hast du denn erwartet? Das war das Highlight meines Jahres.« Er zog sie den Weg zu ihrer Rechten entlang, von dem sie genau wusste, dass dieser zum Klettergelände führte.

»Dann musst du bisher ein ziemlich langweiliges Jahr gehabt haben.«

»Netter Versuch. Deine Hobbys, Mancini. Raus damit.«

»Ich bin sehr aktiv. Ich gehe laufen, verbringe Zeit mit Bobbie und sehe mir Filme an.«

Dare tat so, als müsste er ein Gähnen unterdrücken.

»Würdest du bitte damit aufhören? Mir gefällt mein Leben so, wie es ist.«

»Wenn das der Wahrheit entspricht, dann freut mich das. Allerdings kann ich mir nicht vorstellen, wie man alles, was man liebt, einfach zurücklassen kann, so wie du es getan hast. Vermisst du denn nicht den Spaß, den wir drei hatten?«

»Selbstverständlich tue ich das.«

Sie war angenehm überrascht, dass er nicht weiter nachhakte, als sie zum Kletterparcours gingen. Allein der Anblick des gewaltigen Geflechts aus dicken Seilen, Auffangnetzen und Seilbrücken, die ein gewaltiges Gebiet überspannten und bis in unvorstellbare Höhen reichten, ließ ihr Herz schneller schlagen.

Dares Augen funkelten herausfordernd. »Wenn ich mich recht erinnere, habe ich dich bei unserem letzten Rennen über die Hochseile besiegt.« Damit meinte er einen Parcours aus Kabeln und Seilen, der zwischen zwei Plattformen und mehr als zehn Meter über dem Boden lag und nur mithilfe von strategisch platzierten herabhängenden Seilen überwunden werden konnte.

»Um ganze zwei Sekunden«, rief sie ihm ins Gedächtnis.

Er zuckte mit einer Schulter. »Gewonnen ist gewonnen.«

»Das zählt nicht wirklich als Sieg.«

»Ich meine mich zu erinnern, dass du mir meine Niederlage unter die Nase gerieben hast, als ich in der Bergachterbahn eine Sekunde langsamer war als du.«

Sie grinste breit. »Das war wirklich cool, und diesen Rekord halte ich noch immer.«

»Wie wäre es mit einer Revanche an den Hochseilen? Oder zählt dieser kleine Kletterparcours zu den Attraktionen, die du nicht nutzen willst? Wir können auch auf dem Kindergerüst anfangen, wenn du dich erst aufwärmen musst.«

»Halt die Klappe. Ich bin in Topform.«

»Da bin ich mir nicht so sicher. Trainingseinheiten unter der Dusche sind nicht unbedingt hilfreich, wenn man sich aufs Klettern vorbereitet.« Er lachte laut auf, und sie gab ihm einen

Klaps auf den Arm.

»Lass deinen Worten Taten folgen, Whiskey. Ich wette zwanzig Dollar, dass ich dich diesmal schlage.«

Er legte sich eine Hand an den Mund und raunte ihr ins Ohr: »Hast du das gehört, Süße? Meine beste Freundin kommt ans Tageslicht, daher solltest du dich lieber in Acht nehmen.«

»Du bist ein Idiot«, sagte sie, und sie gingen sich die Ausrüstung holen.

Nachdem sie mit Helmen und den notwendigen Sicherheitsgurten ausgestattet worden waren, gingen sie in Richtung Parcours. »Ich möchte klein anfangen und zuerst ins Spinnennetz gehen«, erklärte Dare.

»Wieso denn das?«

»Ich bin seit einer Weile nicht geklettert und will mich erst wieder daran gewöhnen. Machst du dich jetzt lustig über mich?«

Nein, weil ich genau weiß, dass du das nur mir zuliebe tust. »Ich wusste immer, dass du ziemlich weich bist.«

Er gab ihr einen Klaps auf den Hintern, und sie kreischte auf und rannte los. Aber Dare blieb ihr dicht auf den Fersen, während sie zur Sicherungsleine hastete und sich einklinkte.

Bevor ihre Eltern eingewilligt hatten, mit ihnen das erste Mal zum Park zu fahren, hatte Dares Vater im Wald an der Ranch einen kleinen Kletterparcours gebaut, damit sie darin üben konnten. Billie, Dare und Eddie hatten diesen Parcours monatelang tagtäglich genutzt und alle möglichen Pläne zu seiner Erweiterung geschmiedet, waren jedoch immer zu beschäftigt gewesen, um diese auch umzusetzen.

Billie war kurz verunsichert, als sie sich daran machte, in das riesige Spinnennetz zu klettern und auf den wackelnden Seilen zu balancieren. Sie wusste allerdings, dass sie sich fest vorgenommen hatte, so etwas nie wieder zu tun, und dass ihr Gefühl allein auf dieser Tatsache beruhte.

»Alles in Ordnung, Mancini?«, erkundigte sich Dare.

»Ja«, stieß sie hervor und ärgerte sich über ihre Unruhe. Rings um sie herum kletterten und schwangen Kinder und Erwachsene. Sie kam sich lächerlich vor, weil sie zögerte, und trieb sich innerlich an. Auf einmal war Dare hinter ihr und umfing sie mit seinem breiten Körper. Sein herber Geruch drang ihr in die Nase, und all die herrlichen Muskeln pressten sich gegen ihren Rücken.

»Was machst du denn?« *Und wieso fühlt sich das so gut an?*

»Ich sorge dafür, dass du nicht abstürzt.«

Sein warmer Atem wehte über ihre Wange und ließ ein Kribbeln unter ihrer Haut entstehen. »Ich brauche dich aber nicht hinter mir.«

»Oh, ich weiß ganz genau, wo du mich brauchst.«

Ihr gesamter Körper schien in Flammen zu stehen. Sie versuchte, sich diesem verlockenden Gedanken zu widersetzen, und presste ein »Wo kommen denn all diese schmutzigen Gedanken her?« hervor. *Und wieso ist diese Vorstellung derart verlockend?*

»Die hatte ich schon immer, Süße. Du hast mich nur nie nahe genug an dich rangelassen, damit ich diese Eisschicht, mit der du dich schon viel zu lange umgibst, zum Schmelzen bringen konnte.«

»Hör endlich auf damit! Mir wird ja ganz heiß.«

Er senkte den Kopf, sodass seine Bartstoppeln über ihre Wange strichen, und jagte himmlische Schauder durch ihren Körper, während er sagte: »Der Anblick deines nackten Körpers hat sich in mein Gehirn eingebrannt. Wollen wir mal darüber reden, wem hier heiß ist?« Er drückte sich an sie, und ihr wurde noch wärmer. »Oder setzt du deinen knackigen Hintern in Bewegung und fängst an zu klettern?«

»Wenn du dich bewegst, tue ich es auch.«

»Na gut, aber das hier scheint mir nicht der passende Ort dafür zu sein.« Er bewegte die Hüften.

»Dare! Großer Gott! Lass das!« Sie spürte, wie ihre Wangen brannten, aber das war nichts im Vergleich zu dem Inferno, das er in ihrem Inneren hervorrief.

»Wolltest du nicht, dass ich dich auf andere Gedanken bringe?«

Ihr Herz raste, ihr Körper schien in Flammen zu stehen, und sie glaubte, den restlichen Tag an nichts anderes denken zu können als daran, wie unglaublich gut er sich anfühlte. »Geh endlich auf Abstand!«

»Solche Worte höre ich nicht besonders oft, aber wenn du darauf bestehst.« Er bewegte sich neben sie und hatte ein breites Grinsen auf dem viel zu attraktiven Gesicht.

Sie runzelte die Stirn, und ihre Nervosität wurde von Frustration verdrängt. Der Entschluss, ihn diesmal zu besiegen, ergriff von ihr Besitz. Während sie das Netz erklomm, wurde sie vor lauter Frust immer entschlossener, bis sie diesen von früher bekannten Flow-Zustand erreichte, in den sie beim Klettern immer geriet. Sie hatte ganz vergessen, wie befreiend es sich anfühlte, so hoch über dem Boden zu schweben, mit den Fingern das raue Seil zu umklammern und das rasende Herz in der Brust zu spüren. Dare kletterte direkt neben ihr und passte sich an ihr Tempo an, wann immer sie schneller oder langsamer kletterte, um Halt zu finden. Adrenalin jagte durch ihre Adern, als sie sich dem oberen Ende näherten. Sie gab alles und kletterte noch schneller, und Dare rutschte mit einem Fuß ab und wurde dadurch etwas langsamer, sodass es ihr gelang, als Erste das obere Seil zu erreichen.

Ein Glücksgefühl, wie sie es seit Jahren nicht mehr gespürt

hatte, überkam sie. »Ja!«, brüllte sie heraus und reckte eine Faust in die Luft, während Dare neben ihr ankam.

»Gut gemacht, Mancini.«

»Das war super! Auch wenn du mich hast gewinnen lassen.«

Er lachte auf. »Da solltest du mich aber besser kennen.«

Nein, sie kannte ihn gut genug, um das zu wissen. »Wer als Erster unten ist!«

Sie hasteten den Parcours entlang, bezwangen Laufstege, Röhrennetze, schwingende Plattformen, Seilbrücken und kletterten über, unter und quer durch Dutzende Hängenetze. Am Hochseil kam es zu einem Patt, doch auch hier war Billie überzeugt davon, dass Dare locker hätte gewinnen können. Er war groß und muskulös, aber auch blitzschnell. So war er schon immer gewesen. Sie trieben einander an und wechselten von einem Kletterparcours zum nächsten, und beim großen Finale gingen sie in den Freier-Fall-Simulator und lachten sich halb kaputt. Billie war begeistert und fühlte sich so jung und lebendig wie schon seit Jahren nicht mehr.

»Ich hatte ganz vergessen, wie unglaublich sich das anfühlt«, sagte sie atemlos und lehnte sich an Dares Schulter.

»Von einer Plattform zu fallen?«, neckte er sie.

»Das alles hier.« *Die Luft scheint zu knistern, ich atme tiefer ein, und mir tun vom vielen Lächeln die Wangen weh!* Doch diese Details behielt sie für sich. »Vom Klettern und Wetteifern bis hin zum Zusammensein mit dir und Spaß haben.«

Er legte ihr einen Arm um die Schultern und zog sie an sich. »Du hast mir auch gefehlt, Mancini.«

Warum tat es so gut, das zu hören?

Sie verließen Arm in Arm den Kletterparcours und folgten der Menge zur Bergachterbahn, wo sie sich ans hölzerne Geländer stellten und den abfahrenden Wagen zusahen. Billies

Herz schlug schneller, als sie sich daran erinnerte, wie sie früher selbst in einem dieser Wagen gesessen hatte. Eine wilde Fahrt über gut einen Kilometer. Anders als bei normalen Achterbahnen waren die Wagen am Gleis fixiert und dafür gemacht, die nach unten führenden Haarnadelkurven in atemberaubender Geschwindigkeit zu nehmen. Die Strecke war so gebaut worden, dass sie über den Berghang hinausragte, und die Wagen fuhren voneinander getrennt. Man saß entweder allein darin oder zu zweit hintereinander, und der Fahrer steuerte die Geschwindigkeit mit einem Hebel. Dare und sie waren immer so schnell gefahren, wie es nur ging, und hatten hinterher ihre Zeiten verglichen. Als sie zusahen, wie die Abenteuerlustigen mit großen Augen in die Wagen stiegen, rang das Mädchen, das sie einst gewesen war, mit der Frau von heute und drängte sie, es noch einmal zu versuchen, so wie Dare und sie es früher getan hatten.

»Weißt du noch, wie wir zum ersten Mal damit gefahren sind?«, fragte Dare.

»Ich erinnere mich dunkel.« Sie hatte keine Ahnung, wieso sie das so ausdrückte, denn sie würde diesen Tag niemals vergessen. Damals waren sie neun Jahre alt gewesen, und ihre Familien hatten den Park zusammen besucht. Eddies Eltern waren verhindert gewesen, daher war er mit ihrer Familie mitgefahren. Sobald ihre Väter erkannt hatten, dass Teile der Strecke über den Berghang hinausragten, hatten sie versucht, ihnen die Fahrt auszureden, doch sie hatten schon damals gewusst, dass sich die Draufgänger nicht aufhalten ließen. Eddie hatte beschlossen, erst einmal abzuwarten und sich die ersten beiden Fahrten von Billie und Dare anzusehen. Zu den Dingen, die Billie schon immer an Dare geschätzt hatte, gehörte auch, dass er sich selbst als Kind nie über Eddie lustig gemacht hatte, wenn er sich zurückhielt und Vorsicht walten ließ. Irgendwie hatte er stets gewusst, dass sie es wirklich tun wollte, und sie angetrieben, doch bei Eddie hatte er nicht dasselbe getan, auch wenn sich die meisten Jungen anders verhalten hätten. Stattdessen baute er Eddie auf und sagte ihm, dass es clever wäre, sich erst ein Bild zu machen. Während sie und Dare in der Schlange warteten, hatten sich ihre Nervosität und Aufregung die Waage gehalten. Dare hatte das natürlich bemerkt, ihre Hand genommen und gesagt: »Du bist das tapferste Mädchen, das ich kenne. Danke, dass du das mit mir zusammen machst.« Auf diese Weise hatte er ihr stets Mut gemacht.

Es war durchaus denkbar, dass sie ihn damals schon geliebt hatte, denn wenn sie an diesen Tag zurückdachte, erinnerte sie sich auch an eine andere Art von Nervosität, die sie nach seinen Worten überkam.

Denn das waren eindeutig Schmetterlinge in ihrem Bauch gewesen.

Das Geräusch der Achterbahn und der Fahrgäste, die vor Angst und Freude schrien, holte sie in die Gegenwart zurück.

Dare nahm ihre Hand, genau wie er es damals getan hatte. »Du warst an diesem Tag die Coolste und hast so getan, als würdest du dich nicht fürchten, dabei musst du dir vor Angst fast in die Hose gemacht haben.« Er lehnte sich ans Geländer, ohne ihre Hand loszulassen, und zwang sie so, dasselbe zu tun.

Genau so war Dare schon immer. Er war der Freund, der sich um sie kümmerte, der davon ausging, dass sie seine Hand halten wollte, und der wusste, was sie brauchte, selbst wenn sie es sich nicht eingestehen wollte. Sie hatte das alles so sehr vermisst, dass sie unerwartet von ihren Gefühlen übermannt wurde.

Etwas später zückte er sein Handy und schrieb eine Nachricht.

»Hast du heute noch ein heißes Date?« Sie fragte das provokant, um die Eifersucht zu übertünchen, die sie schon ihr ganzes Leben lang zu ignorieren versuchte.

»Na, sicher. Ich bin doch hier bei dir, nicht wahr?« Er zwinkerte ihr zu.

Ein Prickeln durchlief sie, doch sie ermahnte sich, es gut sein zu lassen. Sie durfte sich nicht in die Schuldgefühle verstricken, die dadurch aufkeimen würden. Sein Handy pingte, und er las die Nachricht, steckte das Handy mit verkniffener Miene ein und stützte sich erneut auf das Geländer.

»Ist alles in Ordnung?«, erkundigte sie sich zaghaft.

»Ja. Wir haben einen neuen Jungen auf der Ranch. Ich wollte nur kurz hören, wie er sich macht. Heute ist sein erster Tag.«

»Geht es ihm gut?«

»Laut Cowboy ist er widerspenstig wie ein Ochse, aber das war zu erwarten. Der Junge hat Mumm. Er steckt allerdings in einer misslichen Lage: Er ist neu in der Stadt und musste offenbar jemanden zurücklassen, der ihm viel bedeutet.«

»Das ist hart. Weswegen ist er auf der Ranch? Hat er Drogen genommen?«

Dare schüttelte den Kopf. »So weit bin ich bei ihm noch nicht, aber ich gehe davon aus, dass er höchstens getrunken und Gras geraucht hat. Er bekam Probleme, und seine Eltern wollen ihn wieder auf die richtige Spur bringen.«

»Ist es das, was ihr tut? Kinder auf die richtige Spur bringen?« Sie wusste, wofür die Ranch bekannt war, war jedoch neugierig in Bezug auf Dare und das, was er für die Menschen dort tat.

»Es ist nicht meine Aufgabe, sie auf die richtige Spur zu

bringen. Das können sie nur selbst schaffen. Ich rede mit ihnen und finde hoffentlich die richtigen Ansatzpunkte, um die Ketten aufzusperren, die sie an ihre Dämonen fesseln. Aber es liegt ganz allein an ihnen, den Mut aufzubringen und durch diese Tür zu gehen, ohne ins Straucheln zu geraten.« Er sah ihr nachdenklich ins Gesicht. »Du hast diese Schlüssel für mich gefunden.«

Sie starrte ihn entgeistert an. »Was? Wann soll ich das denn getan haben?«

»Als ich in den ersten Collegejahren auf dem besten Weg in die Hölle war.« Er grinste. »Aber meine Noten haben nie darunter gelitten.«

»Du wusstest immer, wie man gewinnt. Aber ich kann dir nicht folgen. Was für Schlüssel habe ich gefunden?«

»Die, mit denen du meine Ketten lösen konntest. Du hast damals gesagt, du wüsstest nicht mehr, wer ich bin, und dass ich es nicht wert sei, ein Dark Knight zu werden. Ich weiß nicht, was davon mich tiefer getroffen hat, aber du warst immer die einzige Person, die wirklich zu mir durchdringen konnte.«

Er hielt ihren Blick noch eine Sekunde fest, bevor er erneut auf die Achterbahn schaute, die an ihnen vorbeifuhr, sodass sie Zeit hatte, über seine Worte nachzudenken.

»Und genau die Person versuche ich für meine Patienten zu sein«, fuhr er nach einer Weile fort. »Ich gebe mir Mühe, nicht nur das wahrzunehmen, was sie mir zeigen wollen, und genug Schichten abzuschälen, damit wir die Ursache des Problems ergründen und herausfinden können, was sich ändern lässt.«

Sie konnte nachvollziehen, wie seine ruhige Art Menschen half, sich ihren Problemen zu widmen und einen Lösungsweg aufzutun. »Wir drei und dieser Ort haben für mich den Unterschied gemacht.«

»Das mit uns dreien kann ich verstehen, schließlich waren wir wie eine Einheit. Aber wieso dieser Ort?«

»Mir war, als würden uns unsere Eltern erstmals genug vertrauen, als sie bereit waren, mit uns herzufahren und uns den Eintritt zu bezahlen. Weißt du noch, wie wichtig das für uns war?«

»Natürlich weiß ich das noch. Ich wüsste nur zu gern, ob sie es bereut haben, als sich Eddie nach der Canyonschaukel übergeben musste.«

»Erinner mich bloß nicht daran.«

Sie musste lachen. »Das war so eklig. Zum Glück hatte deine Mom dir Kleidung zum Wechseln eingepackt. Sie hat immer an alles gedacht.« Sie liebte seine Eltern wie ihre eigenen. Tiny war rauer als ihr Vater und nicht besonders herzlich, aber seine Liebe drang auf andere Weise durch seine harte Schale. Durch die Art, wie er seine Kinder beschützte und ihre Träume unterstützte. Genau das hatte er auch bei den drei Draufgängern gemacht. Was Tiny an Wärme mangelte, machte Wynnie mehr als wett. Dare wäre nicht zu dem fürsorglichen, warmherzigen, beschützerischen, dickköpfigen Mann herangewachsen, der er nun war, hätte er nicht einen harten Vater wie Tiny und eine liebevolle Mutter wie Wynnie gehabt, und dafür würde Billie auf ewig dankbar sein.

Sie lauschten den Schreien und sahen den Kindern zu, die aus den Wagen ausstiegen, einander abschlugen und hysterisch lachten, genau wie sie es einst getan hatten. Billie bekam eine Gänsehaut, als sie sich an die Angst und die Vorfreude erinnerte, die sich vor der Fahrt einstellten, und an das Hochgefühl danach.

»Was denkst du, Mancini? Machen wir eine Fahrt? Ich steige auch mit in deinen Wagen, damit du nicht so allein bist.«

»Ich fürchte mich nicht davor, allein zu fahren.«

»Wieso hast du dann gesagt, dass du nichts von alldem hier machen willst?«

»Weil ich das alles nach Eddies Tod hinter mir gelassen habe.«

»Das weiß ich doch. Aber wieso hast du das getan? Du darfst nicht vergessen, dass ich keine Ahnung habe, was dir zu jener Zeit durch den Kopf ging.«

»Weil er in einer Sekunde noch bei uns war und in der nächsten nicht mehr.« Das Geständnis löste eine Flut an Emotionen aus, und sie stemmte sich vom Geländer ab und löste die Hand von seiner. »Das hat mir Angst gemacht, nicht die Stunts oder irgendwelche Attraktionen. Es war die Realität, wie schnell ein Mensch sterben kann.«

»Das ist eine begründete Furcht«, erklärte Dare mitfühlend. »Wir waren alle am Boden zerstört. Ich wünschte, du hättest mich damals nicht aus deinem Leben ausgeschlossen, dann hätten wir das gemeinsam bewältigen können, aber wir haben alle eine eigene Art zu trauern, und ich schätze, du musstest einfach allein sein.« Er umarmte sie kurz. »Aber ich bin wirklich sehr froh, dass du jetzt hier bei mir bist.« Bei diesen Worten drückte er ihr einen Kuss auf den Scheitel und trat zurück, während sie gegen ihre Gefühle ankämpfte.

»Könnten wir das Thema bitte ausklammern? Ich möchte uns nicht diesen Tag ruinieren.«

»Sicher. Dann reden wir ein anderes Mal darüber.« Ein freches Grinsen umspielte seine Lippen und ließ seine Augen funkeln. »Ich kann deine Angst vor gefährlichen Stunts durchaus verstehen, aber wenn ich sehe, wie du diese Achterbahn anstarrst, dann spüre ich deutlich, dass du damit fahren willst, Mancini.« Er deutete auf eine Gruppe von Kindern, die soeben ausgestiegen war, und schürzte die Lippen. »Uns kann dabei bestimmt nichts passieren, aber wenn du lieber nicht fahren willst, dann werde ich dich nicht dazu drängen.«

»Und dieser Blick zählt nicht als drängen?«

»Welcher Blick?«

»Der Blick, der sagt: ›Komm schon, Mancini. Du weißt, dass du es willst.‹« Diese Worte kamen ihr schnell und frustriert über die Lippen und waren aufrichtiger, als ihr lieb war. »Und ja, ich will es! Aber du kennst mich. Wenn ich in einen dieser Wagen einsteige, ist das erst der Anfang. Danach machen wir alles, was man hier machen kann, und wir beide werden miteinander wetteifern, was es nur noch lustiger macht, und am Ende bin ich völlig im Eimer.«

Er lachte los. »Genau darauf hoffe ich.«

»Mann, du bist echt eine Nervensäge. Kein anderer drängt mich so wie du.«

»Weil dich niemand so gut kennt wie ich.«

Sein überaus selbstsicherer Ton ärgerte sie, denn er wusste ebenso gut wie sie, dass er recht hatte. »Mann! Wieso mussten wir hierherfahren? Du hast ganz genau gewusst, dass ich mit dieser dämlichen Achterbahn fahren will. Wie könnte ich davorstehen und es nicht tun?« Sie nahm seine Hand und zerrte ihn ans Ende der Schlange. »Dann lass es uns tun. Aber nur, damit du es weißt: Mehr als diesen Park wird es nicht geben, daher bilde dir bloß nicht ein, ich würde mit dir aus einem Flugzeug springen oder mit den Stieren rennen.«

»Auf diese Idee würde ich niemals kommen.«

»Du bist der schlechteste Lügner, den ich kenne.«

Da war Dare aber anderer Meinung. Er hatte sich vor all diesen Jahren selbst bewiesen, wie hervorragend er lügen konnte, nachdem sie ihm den Laufpass gegeben hatte und er so tat, als würde ihm das rein gar nichts ausmachen. Doch darauf wollte er jetzt, wo sie endlich den Kopf aus der Finsternis reckte, ganz bestimmt nicht näher eingehen. Er konnte ohnehin kaum glauben, dass sie sich ihm so weit geöffnet hatte, und er hoffte, dass sie ihm eines Tages wieder so weit vertrauen würde, dass sie offen über alles reden konnten.

Der Nachmittag verging wie im Flug, während sie in atemberaubendem Tempo die Sommerrodelbahn hinunterrasten. Billie verlor beim ersten Mal, worüber sie sich sehr ärgerte, und sie bestand zu Dares großer Freude auf eine Revanche. Als sie auch diese verlor, verlangte sie ein weiteres Rennen. Diesmal kam es zu einem Unentschieden, und er stellte erstaunt fest, dass sie sich damit zufriedengab, bevor sie ihn zur nächsten Attraktion zerrte.

Sie fuhren mit Achterbahnen, die 360-Grad-Kurven, Korkenzieher-Loopings und einige der steilsten Freifallstrecken der Vereinigten Staaten beinhalteten. Im Laufe des Tages ließ Billies Wettkampfgeist ebenso nach wie ihre Zurückhaltung, sodass sie weitaus mehr wie ihr früheres Ich wirkte, zwischendurch häufig Körperkontakt zu Dare aufnahm, ihn auf ihre verspielte, heiße Art, die sie schon immer gehabt hatte, triezte und das Knistern zwischen ihnen immer intensiver werden ließ. Es fiel ihm ungemein schwer, sich zurückzuhalten, insbesondere da er immer noch im Ohr hatte, wie sie seinen Namen schrie, und sie in ihren knappen abgeschnittenen Jeans und dem engen schwarz-grau gefärbten T-Shirt ständig vor sich sah. Das verdammte Ding war zu allem Überfluss vorn geschnürt, sodass die Rundungen ihrer Brüste und der Ansatz eines schwarzen Spitzen-BHs zu erkennen waren, wodurch dieser verführerische schwarze Choker, den sie wie immer trug, noch schärfer aussah. Er hatte dieses Feuer zwischen ihnen schon immer gespürt, jedoch bis heute keine Ahnung gehabt, wie tief es auf ihrer Seite reichte. Wie lange begehrte sie ihn schon auf diese Weise? Er fragte sich das, während sie an Seilbahnen entlangsausten und auf der riesigen Canyonschaukel über die Klippe flogen, unter der es nahezu vertikal dreihundert Meter in die Tiefe ging.

Sie blieben den ganzen Tag im Park. Als die Sonne langsam unterging, standen sie in der Schlange vor den Go-Karts an. Billie klammerte sich an seinen Arm, ihren süßen Kurven drückten sich an ihn, und ihre wunderschönen Augen schimmerten vor Aufregung, während sie in einer Tour über die guten alten Zeiten plapperte. So ungezwungen war es früher immer zwischen ihnen gewesen – und auch ebenso qualvoll. Ihm blieb nichts weiter übrig, als aufmerksam ihren Worten zu lauschen, anstatt sie an sich zu ziehen und zu küssen, wie er es sich inständig wünschte.

Als sie an der Reihe waren, fuhren sie mit den Go-Karts über die Strecke und lieferten sich halsbrecherische Rennen. Billie sah einfach umwerfend aus, als ihr der Wind das dunkle Haar über die Schultern wehte. Sie kniff die Augen zusammen und wirkte ungemein verführerisch, was sie seit der Highschool perfekt beherrschte. Aber, Grundgütiger, heute war sie noch viel heißer als alles, was er je erlebt hatte. Er wollte sie so sehen, wenn sie unter ihm lag und er tief in ihr war, um ihr diese verzweifelten Schreie zu entlocken.

Ihr Lachen holte ihn aus seiner Träumerei, und er bemerkte,

dass sie Gas gegeben hatte und ihn abhängte.

Verdammt!

Sofort trat er das Gaspedal durch, schwenkte um die anderen Go-Karts herum und holte zu ihr auf. Jedes Mal, wenn er sie überholen wollte, wusste sie das zu verhindern. Sie hob eine Hand, zeigte ihm den Mittelfinger, und er musste lachen. Sein Mädchen kam eindeutig wieder durch, und nichts hätte ihn glücklicher machen können.

Als sie von den Go-Karts stiegen, kam aus den Lautsprechern die Ankündigung, dass der Park bald schließen würde. Billie kam zu ihm geschlendert, hakte sich bei ihm unter und ging an seiner Seite in Richtung Ausgang. »Sieht ganz so aus, als hättest du es nach all den Jahren nicht mehr drauf, Whiskey.«

»Bilde dir ja nichts ein. Ich war bloß abgelenkt.«

»Na klar. Abgelenkt.« Sie kicherte. »Holen wir uns auf dem Weg nach draußen noch einen Corndog? Ich bin am Verhungern, und hier gibt es die besten Corndogs der Welt.«

»Ich hab auch einen Corndog für dich.«

»Wirklich beeindruckend, Casanova.« Sie stieß ihn mit dem Körper an und grinste, als könnte sie gar nicht mehr damit aufhören. Himmel, so sah sie noch viel besser aus! »Das war ein toller Tag. Danke, dass du mich dazu gedrängt hast, mich zu amüsieren.«

»Willst du noch mehr?« Er wackelte mit den Augenbrauen.

»Du musst immer bis an die Grenze gehen, was?«

»Ich gehe nicht bis an die Grenze, ich lote sie aus. Und ich möchte dir etwas zeigen, wenn wir zu Hause sind.«

»Etwas in deiner Hose?«

Er zog eine Augenbraue hoch. »Möchtest du das denn?«

»Ach, sei einfach still.« Sie zerrte ihn zu einem Corndog-Verkaufsstand in der Nähe des Ausgangs und warf ihm einen kecken Blick zu, während sie sich an den Verkäufer wandte. »Ich hätte gern den größten Corndog, den Sie haben, und er bekommt den kleinsten.«

Was hast du jetzt wieder vor, Mancini?

Sie zog einen Zwanzigdollarschein aus der Gesäßtasche.

»Steck das Geld wieder weg, Mancini. Du bist heute eingeladen.« Er bezahlte den Verkäufer, und auf dem Weg zu seinem Wagen biss Billie in ihren Corndog und stöhnte, als hätte sie nie etwas Köstlicheres gegessen. Dieses sinnliche Geräusch ging ihm durch Mark und Bein, und er verspeiste seinen halben Corndog mit einem Bissen. Als sie dasselbe noch mal machte, blieb er wie angewurzelt stehen und fluchte leise.

»Was ist denn?« Sie leckte über ihren Corndog und gab erneut einen lüsternen Ton von sich.

Er starrte sie erbost an. »Wenn du nicht damit aufhörst, bekommst du gehörige Schwierigkeiten.« Mit dem nächsten Bissen hatte er den Rest seines Corndogs aufgegessen, und dann ging er weiter.

»Hey …« Sie riss die Augen auf, als wäre ihr gar nicht bewusst gewesen, was sie mit ihm anstellte, doch ihre erstaunte Miene wurde rasch herausfordernd. »Wer steht denn nicht auf pralle, salzige Corndogs?« Schon fuhr sie mit der Zunge über das, was von ihrem Corndog noch übrig war.

Er mahlte mit dem Kiefer und marschierte weiter auf seinen Wagen zu.

Ihre Augen funkelten amüsiert, und sie hielt seinem Blick stand, nahm den Corndog in den Mund und stöhnte nur noch lauter. Danach schloss sie die Augen und strich sich mit einer Hand über den Oberkörper, sodass sich ihre Knospen unter dem engen T-Shirt abzeichneten, während sie den Corndog in ihren Mund hinein- und wieder herausgleiten ließ.

Jetzt ist aber gut! Er packte sie an den Armen und drückte sie gegen seinen Pick-up. Als er ihr den Corndog aus der Hand riss, lachte sie schallend auf. »Pass auf, leg dich lieber nicht mit mir an.«

»Dass ich nicht lache«, meinte sie breit grinsend.

»Das hast du in jener Nacht nicht gesagt, als du gar nicht genug von mir bekommen konntest. Wenn ich mich nicht irre, lauteten deine Worte: ›Oh Dare, du bist so groß.‹«

»Ich hab gelogen«, behauptete sie feixend.

Netter Versuch, Süße, aber deine wunderschönen Augen verraten dich. Ohne den Blick von ihr abzuwenden, fuhr er mit der Zunge über den Rand ihres Corndogs und leckte immer wieder über die Mitte, während er das Becken an ihr rieb. Sie fühlte sich so ungemein gut an, und er wusste, dass sie das ebenfalls genoss, denn in ihren Augen schimmerte Verlangen und sie schluckte schwer. Er presste die Brust an ihre und raunte ihr ins Ohr: »Stehst du auf Zähne und Zunge, Mancini? Denn dass du Finger magst, weiß ich längst.«

»Ich mag alles«, erwiderte sie hochmütig. »Allerdings ziehe ich batteriebetriebene Freunde vor, die keine Widerworte geben.« Sie schenkte ihm ein freches Grinsen.

Er hatte so lange darauf gewartet, sie wieder glücklich zu sehen und diese Verbindung zwischen ihnen abermals zu spüren, nach der er sich wie nach einer Droge gesehnt hatte, dass diese Kombination wie ein Aphrodisiakum auf ihn wirkte. Zudem spürte er noch, wie ihr Herz schneller schlug, was die zwischen ihnen knisternde Luft nur noch weiter unter Strom zu setzen schien. Ihre Lippen waren so nah, sie sah ihn mit ihren wunderschönen Augen derart verlangend, aber auch vertrauensvoll an. Sein ganzes Wesen sehnte sich danach, sie zu küssen. Doch er hatte sie gerade erst zurückbekommen, und er wollte das nicht vermasseln, daher unterdrückte er diesen Drang und stieß nur hervor: »Zu deinem Glück sehe ich Spielzeug als Teamkamerad und nicht als Konkurrenz an.«

Ihre Augen loderten, und ihr kam ein nervöses Kichern über die Lippen.

Aha, diese Vorstellung gefällt meiner Süßen also.

Im nächsten Moment kniff sie die Augen zusammen. »Mach dir keine Hoffnungen, Whiskey.«

»Ich weiß nicht, Mancini. Zwei heiße Singles, und der Abend ist noch jung. Schwing deinen knackigen Hintern in meinen Wagen. Wir haben noch eine Menge vor.«

Sechs

Sie erreichten Hope Valley erst gegen halb zehn. Billie konnte sich nicht daran erinnern, wann sie das letzte Mal so viel Spaß gehabt hatte, aber sie war auch froh, dass es inzwischen dunkel geworden war, da ihre Nerven zum Zerreißen gespannt waren und sie nicht wollte, dass der aufmerksame Dare etwas davon merkte. Was in aller Welt hatte sie sich nur dabei gedacht, derart mit ihm zu flirten? Sechs lange Jahre hatte sie sich zurückgehalten und Distanz gewahrt, um ihre Schuldgefühle – und diese unfassbar starke Anziehungskraft zwischen ihnen – nicht zuzulassen, nur um dann an einem einzigen Nachmittag alles zunichtezumachen. Genau das war einer der Gründe, aus denen sie ihn aus ihrem Leben ausgeschlossen hatte. Sie war seit ihrer Kindheit ein Adrenalinjunkie gewesen, und bei Dare hatte sie stets das Gefühl, alles vollbringen zu können. Er war ihre verlockendste Rennpiste, und sowohl seine als auch ihre eigene Energie machte sich in jeder Zelle ihres Körpers bemerkbar – in ihren Gedanken und in ihrem Herzen. Wenn sie zusammen waren, schienen ihre Sinne schärfer, ihr Antrieb und ihre Entschlossenheit stärker und ihr Glück unendlich zu sein, selbst wenn er sich wie ein dickköpfiger Blödmann verhielt. Sie wusste, dass sie ihn ebenso auf die Palme bringen konnte, schließlich waren sie aus demselben Holz geschnitzt.

Doch Eddies Tod hatte auch bewiesen, dass es Unterschiede zwischen ihnen gab.

Sie hatte versucht, ihr vom Adrenalin angetriebenes Ich zu unterdrücken, während Dare immer neue Grenzen überschritt. Er hatte unmittelbar danach mit dem Training für gemeingefährliche Motorradstunts begonnen, wie Sprünge über Busse oder das Fahren in der Wall of Death. Soweit Billie wusste, hatte Dare den Sprung über fünf Busse geschafft und trainierte weiter, um das auszubauen. Die Wall of Death war mindestens ebenso gefährlich – dabei fuhr man im Inneren eines runden Gebildes an einer vertikalen, mit Holz verschalten Wand entlang, noch dazu mit höchster Geschwindigkeit und parallel zum Boden. Bei beiden Stunts konnte der kleinste Fehler zu einer schweren Verletzung oder gar dem Tod führen, und Dare schien es darauf angelegt zu haben, jeden einzelnen existierenden Rekord zu brechen. Die meisten Leute fuhren bei Festivals und zur Unterhaltung mit etwa fünfundsechzig Kilometern pro Stunde die Wall of Death entlang. Das reichte Dare jedoch bei Weitem nicht aus. Er wollte der amtierende Champion sein, der Geschwindigkeiten von einhundertfünfundzwanzig Kilometern pro Stunde erreichte. Dare war nach England geflogen, um mit den Besten zu trainieren, und vor drei Jahren hatte er am Sturgis Buffalo Chip einen neuen Rekord aufgestellt. Damals war Billie davon ausgegangen, sie hätte ihre Gefühle für Dare unter Kontrolle, nur um dann zu erkennen, dass sie keinen einzigen Atemzug tun konnte, während er trainierte, und beinahe den Verstand zu verlieren, als er nach Sturgis gefahren war. Die Tatsache, dass ihre Gefühle für ihn offenbar unerschütterlich waren, hatte sie nur noch entschlossener auf Distanz gehen lassen.

Aber nun saß sie hier in seinem Wagen und trug den Cowboyhut, der auf seinem Sitz gelegen hatte, während sie daran dachte, wie er diesen verdammten Corndog mit der Zunge umgarnt hatte, als er von der Hauptstraße abbog und auf die Redemption Ranch zuhielt.

Früher war die Ranch wie ihr zweites Zuhause gewesen. Sie hatte oft zusammen mit Dare und seiner Familie, ihren Angestellten und Patienten gegessen, hatte an jedem Event teilgenommen und war in den Ferien zusammen mit Dare und Eddie zwischen den Häusern herumgerannt. Aber nach Eddies Unfall war sie der Ranch ganze zwei Jahre ferngeblieben, bis ihr Vater sie schließlich überredet hatte, erneut an den von den Whiskeys organisierten Veranstaltungen teilzunehmen, denn *Diese Familie liebt dich, und wir kehren denen, die uns lieben, nicht den Rücken zu.*

Doch genau das hatte sie getan, sogar mehr als einmal.

Sie setzte sich gerader hin, als sie unter dem Holzbalken mit dem eisernen *RR* – wobei das erste R rückwärts angebracht war – hindurchfuhren. »Was machen wir hier?«

»Ich möchte dir in meinem Haus etwas zeigen.«

Sie hatte Dares Hütte zum letzten Mal vor Eddies Tod betreten. Er hatte das gemütliche Häuschen mit den drei Zimmern, das etwas abseits und in der Nähe des von seinem Vater gebauten Kletterparcours lag, schon immer im Auge gehabt. Dahinter befand sich eine riesige Wiese, auf der sie immer herumgelaufen waren. Aber jedes Mal, wenn Dare seinen Vater gefragt hatte, ob er später dort wohnen dürfe, hatte Tiny erwidert, er wolle Dare lieber nicht aus den Augen lassen.

»Falls du dir einbildest, ich würde deinen Corndog anfassen, dann hast du dich aber gewaltig geschnitten.«

Er grinste breit. »Du sitzt zum ersten Mal seit Jahren in

meinem Wagen, daher kann ich mich so schon sehr glücklich schätzen.«

Dieser nette Kommentar kam für sie vollkommen überraschend und machte ihrer Entschlossenheit, zumindest ein Minimum an Distanz zwischen ihnen zu wahren, vollends den Garaus. Er zwinkerte ihr zu, und sie schaute aus dem Fenster, da sie jetzt an den Wiesen und Koppeln vorbeifuhren, über die sie als Kinder gelaufen waren und in denen sie sich versteckt hatten, und an der Scheune, in der sie ihren ersten Kuss bekommen hatte.

Sie erinnerte sich noch ganz genau an diesen Moment. Damals waren sie sechs Jahre alt gewesen, und Eddie war eben erst nach Hause gegangen. Dare und sie kauerten in einer Pferdebox und versteckten sich vor Doc und Cowboy, die nach Billie suchten, weil ihre Mutter da war, um sie abzuholen. Dare hatte die ganze Zeit etwas geflüstert und nicht aufhören wollen, daher hatte sie ihn geküsst, um ihn zum Schweigen zu bringen. Er hatte sie angestarrt, als hätte sie den Verstand verloren, und sie angepflaumt: »Was sollte denn das? Wieso hast du mich geküsst?« Woraufhin sie erwiderte: »Weil mir danach war.« Daraufhin hatte er wissen wollen, ob sie Eddie ebenfalls geküsst hatte, und sie antwortete: »Nein, ich hab dich geküsst, du Dummkopf.« Er hatte sich den Mund mit dem Unterarm abgewischt und verlangt: »Mach das ja nie wieder!« Sie hatte es jedoch noch nie leiden können, wenn man ihr vorschreiben wollte, was sie zu tun hatte, daher hatte sie ihn gleich noch mal geküsst, die Hände wie Krallen ausgestreckt und geschrien: »Ich bin das Kussmonster!« Dare war aus der Scheune geflitzt, und sie war ihm hinterhergerannt. Bis zum Haupthaus waren ihnen Doc und Cowboy dicht auf den Fersen geblieben. Bei dieser Erinnerung wurde ihr ganz warm ums Herz.

»Mein Hut steht dir wirklich gut.«

Sie sah ihn an und bemerkte sein scheues Lächeln, bei dem sich die Schmetterlinge in ihrem Bauch prompt wieder bemerkbar machten. Dass er ihr so offen seine Zuneigung gestand, war neu. Er hatte ihre Hand gehalten und den Arm um sie gelegt, sich aber nie auf diese Art anmerken lassen, was er für sie empfand. Das gefiel ihr. Es gefiel ihr viel zu gut. *Ich werde nicht mit Dare flirten oder ihn anfassen.* Sie wiederholte diese Worte wie ein Mantra und staunte selbst, wie es dazu gekommen war, dass sie sich vor Kurzem noch von ihm hatte fernhalten wollen, nur um sich jetzt zu ermahnen, ihn nicht zu berühren.

Er fuhr über das Gelände und an anderen Hütten vorbei, deren Verandalampen in der Dunkelheit leuchteten, sowie dem aus Zedernholz errichteten Haus seiner Eltern, das auf einem Hügel stand. Danach ging es den Kiesweg entlang, den sie als Kinder unzählige Male hinuntergelaufen waren, um zum Kletterparcours zu gelangen. Ihr wurde ganz nostalgisch zumute. Sie konnte noch immer hören, wie sie zu dritt über den Kies gelaufen waren und Pläne für ihren nächsten großen Stunt geschmiedet hatten. Sehnsucht nach dieser sorgenfreien Zeit überkam sie, in der das Leben noch leicht und Eddie noch lebendig gewesen war.

Das Licht der Scheinwerfer fiel auf eine riesige Garage in der Ferne, die Platz für vier Autos bot und vor der noch zwei Quads parkten. »Wow, die ist neu. Wem gehört sie?«

»Mir.«

»Ich habe schon gehört, dass du gern an Oldtimern rumschraubst, aber da würde ja ein ganzer Showroom reinpassen.« Er hatte Oldtimer schon immer geliebt. Sein Großvater hatte ihm seinen 1958er Ford F100 Truck vererbt, und als Teenager hatte Dare das Geld, das er für seine Arbeit auf der Ranch bekam, gespart, um sich einen alten Chevelle zu kaufen, in dem auch ihre beschwipste Teenagerfummelei stattgefunden hatte. Sie war überrascht gewesen, als er nicht länger den Pick-up seines Großvaters fuhr, sondern stattdessen den neueren, in dem sie jetzt saßen und den er vor einigen Jahren gekauft hatte. Aus diesem Grund fragte sie sich auch, ob der Wagen seines Großvaters nun endgültig den Geist aufgegeben hatte, was sie traurig machen würde, weil er den Ford sehr geliebt hatte. Um weiterhin Distanz zu wahren, hatte sie jedoch davon abgesehen, andere nach Dare zu fragen.

Die rustikale Holzhütte neben der Garage kam in Sicht. Die Verandalampe warf einen goldenen Lichtschein auf die tiefe Veranda, die sich nur wenige Zentimeter über dem Boden befand und noch nie ein Geländer gehabt hatte. Es gefiel ihr, dass er auch später keins angebaut hatte, und sie stellte sich vor, wie er dort auf einem der beiden Holzstühle saß und ein Bier oder seinen Morgenkaffee trank. Aber Dare war eigentlich kein Mensch, der irgendwo lange herumsaß und an einem Getränk nippte, daher verwarf sie dieses Bild sofort wieder.

Als er vor der Hütte parkte, bemerkte sie, dass sich auch der steinerne Schornstein nicht verändert hatte. Früher hatte sie oft Blumen zwischen die Steine gesteckt, die Dare dann immer herausriss und als blöd bezeichnete. Als sie noch jung gewesen waren, lebten in allen Hütten auf der Ranch Menschen, die einen Neustart versuchten. Nach Eddies Tod hatte sie sich gewünscht, ebenfalls einen Ort sehr weit weg zu haben, an dem sie heilen konnte. Aber selbst, wenn sie weggegangen wäre, gehörte ihr Herz doch dem Mann, der jetzt neben ihr saß, und sie wusste, dass sie Hope Valley niemals verlassen konnte. Selbst wenn sie ihm die letzten Jahre nicht nahe gewesen war, hatte sie ihn doch immer in ihrer Nähe gewusst.

»Wie konntest du deinen Dad davon überzeugen, dich hier wohnen zu lassen?«

»Wahrscheinlich hat er gemerkt, dass ich doch mehr Ärger mache, als ihm lieb ist, und es ihm das Leben erleichtert, wenn er mich nicht ständig sehen muss.«

Sie öffnete die Beifahrertür. »Das hätte ich ihm auch sagen können.«

Dare wollte sich über den Sitz auf sie stürzen, doch sie sprang aus dem Wagen, bevor er sie erwischen konnte. Draußen wirbelte sie lachend herum und setzte sich mit einem wölfischen Grinsen auf den Lippen seinen Hut wieder auf, während er ausstieg. »Du wirst auf deine alten Tage langsam, Whiskey.«

»Wohl kaum. Sei nett, dann zeig ich dir auch meine Spielzeuge.« Er zwinkerte ihr zu.

Sie stand stocksteif und mit rasendem Herzen da.

»Sie sind vermutlich nicht mit deinen zu vergleichen, aber ich glaube, sie werden dir gefallen.« Er ging auf die Garage zu.

Sie eilte ihm hinterher und gab ihm einen Klaps, stellte jedoch fest, wie sehr sie seinen Humor vermisst hatte und dass sie jede Sekunde ihres Beisammenseins genoss. »Ich kann es nicht fassen, dass du die niedliche Werkstatt abgerissen hast, die früher hier stand. Ich mochte sie wirklich sehr.«

»Das weiß ich, und ich habe sie nicht abgerissen. Sie steht hinter der Garage.«

Er öffnete eines der Tore, und als er das Licht einschaltete, stockte ihr beim Anblick der glänzenden Oldtimer, Motorräder und Pick-ups sowie anderer alter und verwitterter Fahrzeuge der Atem.

»Wow. Du hast weitaus mehr gemacht als nur ein bisschen rumgeschraubt. Wann hattest du denn Zeit für das alles? Ich dachte, du suchst nur neue Wege, dein Leben zu riskieren, und verbringst die Freizeit damit, jede willige Frau aus der Stadt ins Bett zu kriegen.«

Er kniff die Augen zusammen. »Denkst du das wirklich über mich?«

Sie zuckte mit den Achseln und wollte eigentlich gar nicht über so etwas nachdenken und erst recht nicht darüber reden.

»Damit liegst du nicht völlig falsch, aber ich schlafe mich nicht durch alle Betten. Außerdem weißt du ganz genau, dass ich mir das hier immer gewünscht habe. Als ich meinen Abschluss in der Tasche hatte, brauchte ich etwas, um mich zu beschäftigen und um mich von Schwierigkeiten fernzuhalten, daher fing ich mit den beiden Fahrzeugen an, die den größten sentimentalen Wert für mich hatten.«

Er zeigte ans andere Ende der Garage, und sie stellte verblüfft fest, dass der vollständig restaurierte blau-weiße Pick-up-Truck seines Großvaters dort stand.

»Du hast es geschafft!« Sie ging näher heran und bewunderte den prächtigen Wagen. Dann legte sie zaghaft eine Hand an den Türgriff. »Darf ich?«

Er nickte.

Sie öffnete die Tür und nahm auf dem Fahrersitz Platz. Das Innere glänzte und war makellos. »Der Wagen ist wunderschön, Dare. Die Sitze waren aufgerissen und das Armaturenbrett ebenfalls. Jetzt sieht alles brandneu aus. Hast du das alles ganz allein geschafft?«

»Das meiste schon. Den Motor habe ich zusammen mit Rebel drüben in seiner Werkstatt neu aufgebaut.«

»Ich fasse es nicht, was du hier erreicht hast. Deiner Mutter ist bestimmt die Kinnlade runtergefallen, als sie den Wagen ihres Vaters so gesehen hat.«

»Ja. Und sie strahlt jedes Mal aufs Neue, wenn sie ihn sieht. Das war mein erstes Projekt, und der da drüben mein zweites.« Er zeigte auf den schwarzen Chevelle auf der anderen Seite der Garage.

Ein Flattern breitete sich in ihrer Brust aus. War dieser Wagen für ihn etwas Besonderes, weil es sich um seinen ersten Oldtimer handelte oder weil sie in diesem Sommer, bevor er zum College gegangen war, darin geknutscht hatten? Aber dieser Gedanke war albern. Vermutlich hatte er dasselbe mit vielen anderen Mädchen in diesem Auto gemacht.

Sie ging zu dem Wagen und spähte durchs Fenster, wobei sie sich an den Abend erinnerte, an dem die Feier im Haus ihrer Eltern stattgefunden hatte. In der Highschool hatten immer wieder Mädchen damit geprahlt, Dare geküsst zu haben, und sie war stets furchtbar eifersüchtig gewesen. Sie hatte geglaubt, dieser Sommer wäre ihre letzte Chance, ihn zu küssen, daher hatte sie ihn unter dem Vorwand, ihm etwas zeigen zu wollen, von den anderen Partygästen weggelotst. Als sie dann allein gewesen waren, hatte sie sich vorgebeugt, als ob sie ihm ein Geheimnis anvertrauen wollte, und ihn so geküsst, wie sie es sich schon seit einer Ewigkeit erträumt hatte. Dare hatte nicht gezögert, fast so, als hätte er es ebenfalls kaum erwarten können, sie zu küssen, und damals hatte sie sich in dieser Fantasie verloren und all die anderen Mädchen und die Gerüchte, die sie gehört hatte, auf einen Schlag vergessen. Sie waren zu seinem Chevelle gestolpert, der am Straßenrand parkte, auf den Rücksitz gestürzt und dort praktisch übereinander hergefallen, bis die Fenster beschlugen. Seine Küsse hatten sie elektrisiert, und wie er seine Erektion an ihr rieb, hatte ihren ganzen Körper vor Verlangen kribbeln und brennen lassen. Seine Hände waren überall gewesen, doch sie hatte mehr gewollt. Sie war diejenige gewesen, die ihre Shorts aufknöpfte, und sie würde nie vergessen, wie sie einander in die Augen gesehen hatten, wie die Lust in seinen loderte und das, was in ihr vor sich ging, so perfekt widerspiegelte. Er hatte ihren Mund so begierig und besitzergreifend erobert, die Hand in ihr Höschen geschoben und ihr Herz in Flammen gesetzt. Bei der Erinnerung an seine elektrisierende Berührung erschauderte sie. Er hatte genau gewusst, wie er sie dazu brachte, sich wie beim großen Finale einer Feuerwerksshow zu fühlen, und bis zu diesem Tag hatte kein anderer solche Gefühle in ihr hervorrufen können. Sie hörte noch immer die Gier in seiner Stimme, als er gesagt hatte: »Ich will deinen Mund auf mir spüren«, empfand dieselbe Aufregung, die sie bei seinem Geständnis durchdrungen hatte. Als sie gerade den Reißverschluss seiner Jeans geöffnet und seine Länge umfangen hatte, waren sie von einem Klopfen am Wagenfenster unterbrochen worden, und dann riss sie Cowboys wütende Stimme auch schon aus ihrem beschwipsten, lustvollen Zustand. Dare hatte sofort reagiert und sich so hingesetzt, dass Cowboy sie nicht sehen konnte, während sie ihre Shorts wieder anzog. Als sie den Wagen verließen, traf sie die harte Realität wie ein Schlag ins Gesicht. Billie war drauf und dran gewesen, eine von vielen zu werden, und Cowboys zornentbranntem Blick entnahm sie, dass er dasselbe dachte.

Und jetzt bin ich zehn Jahre später wieder hier, und mein dummes Herz hängt noch immer an demselben Mann.

»Ist super geworden, nicht wahr?«

Billie schrak zusammen, als er hinter sie trat, und sie versuchte, diese Erinnerungen zu verdrängen, doch sie ließen sich einfach nicht aufhalten. »Ja. Wunderschön.«

Er beugte sich so nah an sie heran, dass sie seine Körperwärme am Rücken spüren konnte, und ihr Herz schlug schneller, als er sagte: »Wir haben darin einige schöne Erinnerungen geschaffen, oder, Mancini?«

Beziehst du dich auf die vielen Male, in denen wir zu dritt mit diesem Wagen herumgefahren sind? Oder auf die Nacht, in der du mir das Herz gebrochen hast?

»Sollen wir mal eine Runde drehen?«, schlug er verschmitzt vor.

Sie wurde nur noch nervöser, und in ihrem Inneren tobte ein Gefühlswirrwarr wie ein durchgedrehter Bienenschwarm. Sie wusste, dass ihre Erinnerungen sie überfluten würden, wenn sie mit ihm in diesen Wagen stieg, dass sie dann seine Hände und seine leidenschaftlichen Küsse spüren wollte. Ihr war auch bewusst, dass jetzt, wo er ein Mann war, alles noch viel intensiver sein würde. Wie oft hatte sie diese Augenblicke schon erneut durchlebt und sich gewünscht, ihn nie abgewiesen zu haben, nur um sich dann daran zu erinnern, wie er bloß Minuten später mit einem anderen Mädchen verschwunden war, um sich dann dafür zu hassen, dass sie überhaupt daran dachte? Das war die Gefahr, in der sie schwebte. Das, was einem drohte, wenn man Dare Whiskey liebte. Denn diese Gefühle ließen sich nun einmal nicht abschalten.

»Nein danke«, erwiderte sie schließlich.

»Ach, komm schon. Du fährst doch gern schnell.«

Es gibt vieles, was ich gern tue, aber das bedeutet noch lange nicht, dass ich es auch tun sollte. »Vielleicht ein anderes Mal. Ich sollte vermutlich besser ...« Sie deutete auf die offene Garagentür.

»Nein, das solltest du noch nicht.« Er legte ihr einen Arm um die Schultern. »Da hinten ist noch etwas, das ich dir gern zeigen würde.«

Sie gingen durch eine Tür direkt in die vertraute und rustikale Werkstatt im Holzhüttenstil. Dort roch es noch immer nach Öl, Holz und Mann. Mehrere Geländemotorräder standen aufgereiht an der linken Wand, und dahinter hingen Werkzeuge, Helme und weitere Sicherheitsausrüstung. Zudem standen hier eine Werkbank und Regale voller Werkzeuge, Ersatzteile und weiterer Gegenstände. Eine halbhohe Wand teilte den hinteren Teil der Werkstatt vom vorderen Abschnitt.

»Hier entlang.« Dare nahm ihre Hand und führte sie weiter nach hinten.

Sie bewunderte im Vorbeigehen die Motorräder, und am liebsten wäre sie mit einem davongefahren. Ihre Finger sehnten sich danach, den Lenker zu umfassen, aber ihr Gehirn schwenkte leuchtend rote Fahnen. Sie wandte den Blick von den Motorrädern ab und stellte erst jetzt fest, dass an der Wand Fotos von ihr, Dare und Eddie zwischen diversen anderen Dingen hingen. Als sie sich umschaute, merkte sie, dass solche Fotos von ihnen einfach überall zu sehen waren. Als kleine Kinder auf Skateboards, beim Snowboarden und auf Mountainbikes, wie sie Arm in Arm nebeneinanderstanden, sodass die Fahrräder kurz vor dem Umfallen waren. Sie strahlten mit jugendlichen Gesichtern in die Kamera. Eddies Haare ragten unter dem Helm hervor, ihre fielen ihr über die Schulter und den Rücken, nur Dares waren komplett verborgen. Dort hingen Fotos von ihnen als Teenager, Billie auf Dares Schultern und mit seinem Cowboyhut auf dem Kopf und Bobbie auf Eddies Schultern, wie sie versuchten, das andere Team umzustoßen, oder von ihr und Dare beim Klippen- und Fallschirmspringen. Da war ein Foto von ihr und Dare kurz vor der Landung mit hinter ihnen aufgeblähten Fallschirmen. Eddie stand großgewachsen, schlank und mit zerzaustem Haar ganz in der Nähe und filmte sie. Er hatte immer Stative und zusätzliche Kameras dabeigehabt und war auf alles vorbereitet gewesen. Außerdem hatte er sie immer umsorgt und Snacks für Billie und Wasser für Dare mitgebracht, der es trank wie ein Kamel in der Wüste.

Es schnürte ihr die Kehle zu, und dann entdeckte sie auf der anderen Seite des Raums Bilder von sich in ihrer Rennkluft, wie sie auf ihrem Motocrossbike saß und gerade eine Pause machte, das Haar völlig durcheinander, den Helm in der Lenkermitte abgelegt, die Arme darüber verschränkt und ein breites Grinsen im Gesicht. Ihr kamen die Tränen, als sie Fotos betrachtete, auf denen Dare Basejumping machte oder sie drei herumalberten und Grimassen schnitten. Sie bemerkte einen vergrößerten und gerahmten Screenshot aus einem Videochat, auf dem Eddie und sie Wange an Wange und Dare in dem kleinen Viereck in der rechten oberen Ecke zu sehen waren. Billie erinnerte sich noch genau an dieses Gespräch. Sie war mit Eddie nach Kalifornien gefahren, weil dort eines ihrer Profirennen stattfand, aber Dare hatte zu Hause bleiben und arbeiten müssen. Nach dem Sieg beim Rennen hatten sie ihn sofort angerufen. Sie vermisste das Mädchen auf diesen Bildern, das keine Schuldgefühle und Wut mit sich herumschleppte.

Dare berührte sie am Rücken. »Ist alles in Ordnung?«

Erst jetzt merkte sie, dass sie die Fotos angestarrt hatte. »Woher hast du die vielen Bilder? Einige stammen aus der Zeit, in der du gar nicht hier warst.«

»Ich habe sie im Laufe der Jahre gesammelt. Immer, wenn ich in den Schulferien nach Hause kam, hat Eddie mir einen USB-Stick mit allen Fotos gegeben, die er gemacht hatte. Hinten sind noch mehr.«

Sie spähte über die halbhohe Wand und entdeckte noch ein gutes Dutzend weiterer Fotos an den Wänden, aber ihre Aufmerksamkeit wurde von einem ganz bestimmten Bild angezogen, auf dem sie auf Eddies Schoß neben Dare, Doc und Birdie an einem Lagerfeuer saß. Die Aufnahme war einige Wochen vor Eddies Unfall bei einem Grillfest der Dark Knights auf der Ranch entstanden. Sie erinnerte sich gut an diesen Abend und wusste noch genau, dass sie damals längst beschlossen hatte, die Beziehung zu Eddie zu beenden, ihm jedoch nicht wehtun wollte. Er sah sie an, als wäre sie das Licht seines Lebens, doch sie betrachtete Dare mit genau demselben Ausdruck. Auf einmal hatte sie das Gefühl, als würden die Wände immer näher kommen, und sie musste sich an der halbhohen Wand festhalten, um nicht hinzufallen. Dabei wanderte ihr Blick weiter und fiel auf ihr altes Geländemotorrad, das in Apfelrot und wie nagelneu glänzend dort stand, mit dem Schriftzug *Mancini* in Schwarz auf der Seite.

Ihr Brustkorb zog sich zusammen. »Wie bist du an mein Motorrad gekommen? Ich hab meinem Dad doch gesagt, dass er es weggeben soll.«

»Ich habe ihn darum gebeten. Deine Ausrüstung liegt ebenfalls hier. Ich dachte, du möchtest sie vielleicht eines Tages wiederhaben.«

In ihrem Kopf herrschte ein heilloses Durcheinander, und die widersprüchlichsten Gefühle wetteiferten in ihr. »Will ich aber nicht!« Sie rannte aus der Werkstatt, hörte jedoch, wie er ihr folgte.

»Warte, Billie!«

Sie wirbelte herum und konnte einfach nicht verhindern, dass ihre Gefühle übersprudelten. »Warum musstest du das tun? Wieso machst du alles nur noch viel schwerer?«

»Wie meinst du das?«

»Diese Fotos, das Motorrad, der Park, wie du einfach nach Feierabend bei der Bar auftauchst, nachdem sich irgendwelche

Typen wie Idioten benommen haben.«

Er runzelte sichtlich verwirrt die Stirn. »Mir liegt sehr viel an dir, und ich will mich einfach vergewissern, dass dir nichts passiert.«

»Das weiß ich!« Sie warf die Arme in die Luft und tigerte hin und her. »Verdammt noch mal, Dare. Ich behandle dich seit Jahren gemein, und trotzdem bist du noch da, schaust vorbei, zeigst dich von der besten Seite.«

»Ich versuche überhaupt nicht, mich von der besten Seite zu zeigen, Billie«, protestierte er vehement.

»Ach was! Genau das ist doch das Problem. Du bist einfach nur du, das reicht schon, um mich durchdrehen zu lassen. Ich kriege dich einfach nicht aus dem Kopf.«

Er trat vor sie. »Wieso willst du das denn? Was habe ich denn getan, das derart unverzeihlich ist?«

Die Tränen, die sich durch den über Jahre aufgestauten Schmerz und die Wut, die wie ein Vulkan in ihr tobte, Bahn brechen wollten, ließen sich kaum noch zurückhalten. »Du machst es mir unmöglich, einen anderen zu lieben, und das hatte Eddie nicht verdient. Er war so ein guter Mensch, und ich habe es wirklich versucht. Gott, und wie ich versucht habe, ihn mit allem zu lieben, was ich hatte, und ich habe ihn auch geliebt. Aber selbst wenn ich mir noch so viel Mühe gab, konnte ich dich einfach nicht aus dem Kopf bekommen. Du hast mich daran erinnert, dass irgendetwas fehlt. Wärst du nicht gewesen, hätte ich überhaupt nicht gemerkt, dass nicht alles perfekt war.«

Dare versuchte, einen Sinn in Billies Worte zu bringen, doch für ihn hörte es sich sehr danach an, dass sie ihm die Schuld daran gab, Eddie nicht genug geliebt zu haben.

Erneut ging sie auf und ab, und er nahm ihr Handgelenk und zwang sie, stehen zu bleiben. »Ich habe nie versucht, mich zwischen dich und Eddie zu drängen, bis du seinen Heiratsantrag angenommen hast, und selbst dann habe ich nur etwas gesagt, weil ich das Gefühl hatte, du würdest den größten Fehler deines Lebens begehen. Aber du hast mir doch letztens erzählt, dass du dich da längst von ihm getrennt hattest, wofür gibst du mir dann jetzt noch die Schuld?«

»Begreifst du es denn nicht?«, schäumte sie. »Ich habe mich von ihm getrennt, weil mein dämliches Herz immer nur dich wollte.«

Er umklammerte ihr Handgelenk noch fester, während sich ihre Worte einen Weg in seine Brust bahnten, und stieß zwischen zusammengebissenen Zähnen hervor: »Definiere immer, denn das eine Mal, das wir zusammen waren, hast du mir verdammt schnell den Laufpass gegeben.«

»Ich wollte nicht als weitere Kerbe in deinem Bettpfosten enden! Und du hast auch nicht im Geringsten um mich gekämpft, also tu jetzt nicht so, als wäre es anders gewesen. Du hast nämlich keine Zeit vergeudet und dir sofort ein anderes Mädchen gesucht, mit dem du die Nacht verbringen konntest.«

»Was in aller Welt redest du denn da? Ich habe dir doch gesagt, dass ich noch nicht mit dir fertig bin, und du hast mir deutlich zu verstehen gegeben, dass völlig egal war, was ich wollte, weil du nämlich mit mir fertig warst. Ich war ein achtzehnjähriger Junge, der endlich das einzige Mädchen, das er je gewollt hatte, in seinen Armen hielt, denn bis dahin durfte ich nicht einmal den Versuch wagen, mit dir zusammen zu sein. Eddie und ich hatten einen Pakt geschlossen, dass keiner von uns etwas mit dir anfangen darf, aber wenn du den ersten Schritt machst, war alles erlaubt. Und du, Billie, meine beste Freundin auf der ganzen Welt, hast mich benutzt und weggeworfen. Daher hast du verdammt recht, dass ich mir eine andere gesucht habe, mit der ich die Nacht verbringen konnte, denn du hattest mir das Herz gebrochen, und wenn ich das nicht getan hätte, dann … Ich weiß nicht, was ich dann gemacht hätte, aber es wäre garantiert nichts Gutes gewesen.«

Sie schüttelte den Kopf. »Einen Pakt?«

»Ja, und das war das Dämlichste, was ich jemals gemacht habe.«

»Das kannst du laut sagen«, fauchte sie. »Ist euch beiden Idioten jemals in den Sinn gekommen, dass ich selbst entscheiden kann, mit wem ich zusammen sein will?«

»Ich weiß es doch auch nicht. Das ist eine Ewigkeit her, und wir haben versucht, einander nicht an die Gurgel zu gehen, weil wir beide in dich verknallt waren. Ich wollte mich deinetwegen mit ihm prügeln, doch er war strikt dagegen. Was glaubst du denn, warum ich nach dieser Nacht derart abgestürzt bin? In meinem Kopf hast du zu mir gehört, aber du wolltest mich nicht, und ich hatte nicht die leiseste Ahnung, wie ich damit umgehen sollte.«

»Aber ich wollte dich doch. Ich wollte nur nicht, dass es für dich keine Bedeutung hat.«

»Wie könnte der erste Mensch, an den ich nach dem Aufwachen denke, dieses nervige Mädchen, das mich andauernd herausfordert und das ebenso verrückt ist wie ich, das Mädchen, von dem ich träume, das meinen Verstand und meinen Körper völlig durcheinanderbringt, mir nichts bedeuten?«

Sie schüttelte leise lachend den Kopf.

»Ich bin in dich verliebt, seitdem wir sechs Jahre alt waren und du mich in dieser Scheune geküsst und einen Dummkopf genannt hast. Für mich gab es immer nur dich, Billie, und ich weiß wirklich nicht, warum wir uns hier streiten, aber ich habe genug davon, Zeit zu vergeuden.« Er nahm sie in die Arme und presste die Lippen auf ihre, wild und besitzergreifend, in der Hoffnung, dass sie sich ihm nicht entzog oder ihm erneut einen Kinnhaken verpasste.

Doch sie war Feuer und Flamme, klammerte sich an sein T-Shirt, stellte sich auf die Zehenspitzen und küsste ihn ebenso leidenschaftlich, legte all die Jahre des unterdrückten Verlangens in diesen Kuss. Ihre Zungen umgarnten einander, rangen um die Vorherrschaft, genau wie vor all den Jahren. Ihre Wildheit war so ungemein heiß, dabei hatte er sich schon gefragt, ob er die Erinnerung immer weiter ausgeschmückt hatte, doch nun sehnte er sich mit jeder Berührung nach mehr. Er drückte sie mit dem Rücken gegen den Chevelle, und sie rieben sich aneinander, während er in ihrem Haar eine Faust ballte, ihren Kopf zurückbog, den Kuss weiter vertiefte. Ihr Mund war so süß und heiß und einfach perfekt, und er wollte sie bis in alle Ewigkeit küssen. Sie stöhnte und drückte den Rücken durch, rieb ihre weichen Kurven an ihm. Er wollte sie überall zugleich berühren, bewegte die Hände über ihre Hüften, ihre Brüste, entlockte ihr noch sündigere Töne, als er eine Hand unter ihr T-Shirt schob, weil er ihre nackte, heiße Haut spüren musste.

Dare öffnete ihren BH und löste die Lippen von ihren, um ihr T-Shirt hochzuziehen und zu knurren: »Ich muss dich überall küssen.«

Ihre Augen schienen zu lodern. »Ich will, dass du mich überall küsst.«

Grundgütiger, genau das hatte er hören wollen. Er neckte ihre Knospe mit der Zunge und den Zähnen, und sie umklammerte seinen Kopf und hielt ihn fest, während er saugte und leckte und sie ein süchtig machendes Geräusch nach dem anderen ausstoßen ließ. Davon konnte er gar nicht genug bekommen. Als er ihre Shorts öffnete, war sie es, die sie nach unten schob. *So unfassbar heiß!* Er saugte an ihrer Brustwarze und drang mit den Fingern in sie ein. Billie keuchte auf und legte den Kopf in den Nacken, so unglaublich sexy und vertrauensvoll. Er schenkte ihrer anderen Brust dieselbe Aufmerksamkeit, fuhr mit den Zähnen über die steife Spitze, während sie seine Finger ritt, und als er ihre sensibelste Stelle mit dem Daumen verwöhnte, sog Billie voller Wonne tief die Luft ein. Sie klammerte sich an ihn, stöhnte und keuchte, und mit jedem Ton steigerte sich sein Verlangen, in ihr zu sein. Sobald sie die Beine anspannte, wurde er schneller, und ihre Fingernägel bohrten sich in seine Haut, als der Orgasmus sie überkam, sie seinen Namen schrie und ihr Körper um seine Finger herum pulsierte. Er richtete sich auf und ließ ihre Schreie mit einem weiteren leidenschaftlichen Kuss verstummen, während sie sich ihrem Höhepunkt hingab.

Nach einer Weile wurde er langsamer, küsste sie zärtlicher und sah ihr in die Augen. »Schnapp erst einmal Luft, Liebling, denn wir sind noch lange nicht fertig.«

Danach ließ er sich auf ein Knie sinken, zog ihr die Turnschuhe und die Socken aus, sodass sie von der Taille abwärts nackt war. Genüsslich und langsam bahnte er sich eine Spur aus Küssen ihre zitternden Beine hinauf. Ihre Haut war seidig und warm und schmeckte so unglaublich süß, und als er oben ankam, erwartete ihn ihre feuchte Mitte, bereit und willig. Als er Küsse rings um die empfindlichen Falten drückte, wand Billie sich stöhnend unter ihm.

»Leck mich«, stieß sie keuchend hervor.

Er fuhr mit der Zunge über sie, schmeckte sie zum allerersten Mal, und *Grundgütiger!* Sie war süßer als Honig, süchtig machender als das Leben selbst. Obwohl der Drang, sich ganz diesem Genuss hinzugeben, nahezu übermächtig war, zerrte er ihr das T-Shirt und den BH herunter und hob sie auf die Motorhaube des glänzenden schwarzen Chevelles. Er ließ den Blick über sie schweifen und nahm alles genau in sich auf. Nun trug sie nichts weiter als diesen heißen schwarzen Choker. Ihr Haar fiel ihr über die Brüste. Ihre Haut war gerötet, ihre Lippen waren von ihren wilden Küssen geschwollen, ihre Brustwarzen rosa nach seinen Liebesbissen. Sein Blick wanderte weiter nach unten zu der sündigen Zone zwischen ihren Beinen. »Verdammt noch mal, Baby. Du bist ja noch schöner als in meiner Erinnerung.«

Sie schürzte die Lippen. »Was hast du jetzt mit mir vor, wo du mich endlich hier hast?«

»Was immer ich will.« Er fuhr mit den Händen über ihre Oberschenkel und drückte zu, wobei seine Erektion hinter seinem Reißverschluss zuckte.

Billie griff nach seinem Gürtel, aber er schob ihre Hände auf seine Brust.

»Noch nicht, Süße. Ich bin noch lange nicht satt.« Bei diesen Worten spreizte er die Hände auf ihren Oberschenkeln und streichelte ihre Mitte mit den Daumen, umkreiste ihre Öffnung mit einem und diesen magischen Nervenknoten mit dem anderen, sodass sich ihre Brust immer schneller hob und senkte.

»Dare«, flehte sie und drückte sich ihm entgegen.

»Ich habe mein ganzes Leben lang darauf gewartet, genau das hier zu tun, und ich werde mich jetzt ganz bestimmt nicht beeilen.« Ganz langsam senkte er den Kopf und presste die Lippen auf ihre, küsste sie sinnlich und zärtlich, streichelte sie dabei weiter und steigerte dort, wo sie es brauchte, den Druck, während er den Kuss immer leidenschaftlicher werden ließ. Er steigerte ihre Lust, bis sie vor lauter Begierde am ganzen Leib bebte. Dann biss er ihr sanft in die Oberlippe und zupfte ein wenig daran, bevor er sich von ihr löste.

»Komm sofort wieder her.« Sie packte sein T-Shirt und zog ihn an sich, um ihn abermals leidenschaftlich zu küssen.

Er war noch nie mit einer Frau zusammen gewesen, die ihn so sehr erregte wie Billie mit ihrer *Ich nehme mir, was ich will*-Haltung und ihrem unglaublichen Mund.

Dare küsste sich ihren Hals hinab, an der Rundung ihrer Brüste entlang, verharrte, um ihre Brustwarzen zu liebkosen. Billie klammerte sich an seine Arme und stieß verlockende Geräusche aus, während er sich küssend, leckend und saugend weiter nach unten vorarbeitete. Sie stützte sich auf die Handflächen, als er ihre Hüften umfing, erst an der einen knabberte, um küssend zur anderen weiterzuwandern, bis er Billie schließlich an den Rand der Motorhaube zog. Sie stützte sich auf die Ellbogen, als er ihre Beine weit spreizte und das Gesicht dazwischen vergrub.

»*Großer Gott ... Oh ... Hör bloß nicht auf!*« Ihre Fingerkuppen schabten über die Motorhaube.

Sie schmeckte süß, salzig und so verdammt gut, dass er gar nicht genug bekommen konnte. Schon drückte er ihre Beine noch weiter auseinander, leckte, saugte und genoss in vollen Zügen. Als er mit den Zähnen über ihre empfindlichste Stelle fuhr, schoss sie von der Motorhaube hoch. Er strich mit der Zunge über ihre Mitte und nahm die Finger dazu, während er sich an ihr labte und ihr ein flehendes Geräusch nach dem nächsten entlockte. Sie wand sich unter seinem Mund, klammerte sich an die Motorhaube, und er brachte sie bis kurz vor den Höhepunkt, um dann langsamer zu werden, bis sie wimmernd nach mehr bettelte. Ihm war klar, dass er ihr Flehen in seinen Träumen hören würde, und er gab ihr, was sie brauchte. Er stieß die Finger in ihre heiße Öffnung, drückte den Mund auf ihre Knospe und verwöhnte sie, bis sie stöhnend und zuckend unter ihm lag. Sein Name kam ihr wie ein Gebet über die Lippen, als sie jegliche Zurückhaltung aufgab. Ihr Becken bebte, ihr Körper zog sich zusammen, als der Orgasmus sie in seinen Klauen hatte. Dare ließ nicht locker, genoss jedes Beben ihres Körpers, jedes Stöhnen und Kreisen der Hüften. Als sie auf den Rücken sank, beugte er sich über sie, nahm sie in die Arme und küsste sie, bis sie keine Luft mehr bekam.

»Großer Gott, Dare«, stieß sie keuchend hervor. »Du solltest dir deinen Mund patentieren lassen.«

Er musste lachen. »Warte nur, bis du erst mal auf meinem Schwanz reitest. Lass uns lieber reingehen, darauf solltest du nicht zu lange warten.«

Sie legte sich eine Hand an die Brust. »Gib mir eine Sekunde. Meine Beine wollen mir noch nicht gehorchen.«

»Wenn ich mit dir fertig bin, wirst du keinen Ton mehr rausbringen.« Er hob sie hoch, legte sich ihre Beine um die Taille und verließ die Garage.

»Dare! Ich kann selbst laufen.«

»Wie wäre es, wenn wir diesen Mund anderweitig beschäftigen?«

Sie presste gierig die Lippen auf seine, als er sie in seine rustikale Hütte und über die abgetretenen Böden in sein Schlafzimmer trug. Dann zerrte er die Decke vom Fußende des Bettes und sank mit Billie in seinen Armen auf die Matratze. Ihre Münder waren miteinander verschmolzen, ihre Zähne stießen gegeneinander, ihre Zungen umgarnten sich, sie wanden sich, und die Luft um sie herum schien von ihrem Verlangen zu pulsieren. Er musste sich ausziehen, wollte jedoch keine Sekunde lang aufhören, sie zu küssen und zu berühren. Mit jeder Berührung ihrer Zungen wurde seine Begierde unerträglicher. Jedes sinnliche Geräusch entfachte ein Inferno in seinem Inneren. Als er sich endlich von ihr löste, zog sie ihn wieder an sich und verlangte nach mehr. Er hatte schon immer geahnt, dass zwischen ihnen beiden die Funken sprühen würden, aber das hier ...

Das echte Leben war weitaus besser als eine Fantasie.

»Ich will in dir sein«, sagte er zwischen ihren wilden Küssen.

»Du musst für mich strippen.« Sie kniff die Augen zusammen. »Ich will, dass du diesen Tanz aus der Bar nur für mich machst.«

»Alles, was du willst, Baby.« Er stieß sich von der Matratze ab, zog sich die Schuhe und die Socken aus, nahm seine Brieftasche aus der Gesäßtasche seiner Jeans und warf sie auf den Nachttisch. Danach rief er eine Playlist auf seinem Handy auf, die mit »You Can Leave Your Hat On« von Joe Cocker anfing, und legte das Handy neben die Brieftasche. Mit im Takt kreisenden Hüften zog er sich das T-Shirt aus und wirbelte es über seinem Kopf durch die Luft.

»Ja!« Billie setzte sich in nackter Pracht auf und bewegte die Schultern zur Musik, während er das T-Shirt auf den Boden segeln ließ.

Er zog sie auf die Beine, und sie sahen einander tief in die Augen – und entfachten ein weitaus heißeres Feuer als zuvor. Dann nahm er ihre Hand und legte sie an den Knopf seiner Shorts, um langsam das Becken zu bewegen, während sie den Knopf und den Reißverschluss öffnete. Er schob ihre Hände auf seinen Hintern, drückte sie an sich und bewegte sich mit ihr im

Einklang, während er sie tief und leidenschaftlich küsste. Dabei ließ er die Hände zu ihrem Po gleiten und umfing ihre Backen, was ihr weitere sinnliche, begierige Geräusche entlockte. Er schob die Finger zwischen ihre Beine, intensivierte den Kuss und drang abermals in sie ein. Sie stützte seufzend die Stirn gegen seine, bewegte die Schultern und das Becken jedoch weiterhin im Takt. *So verdammt sexy!*

»Her mit deinem Mund«, knurrte er.

Sie hob den Kopf und sah ihn voller Verlangen an, um ihn wild zu küssen, während er sich an ihr rieb und sie liebkoste, sie geschickt erneut bis an den Rand der Ekstase und darüber hinaus brachte. Er presste den Mund auf ihren, als sich ihre inneren Muskeln um seine Finger zusammenzogen. Seine Erektion pochte und zuckte. Als sie die Lippen voneinander lösten, klammerte sich Billie keuchend an ihn und stützte die Stirn wieder gegen seine Brust. Er hatte sich so lange gewünscht, dass sie sich ihm öffnen würde, und konnte es selbst kaum glauben, dass es nun endlich so weit war. Sanft hob er ihr Kinn an und küsste sie zärtlich, um sie so festzuhalten, damit sie zusehen konnte, wie er seine glänzenden Finger vor den Mund hob und ableckte. »Hmmm. So unglaublich süß. Ich glaube, ich habe einen neuen Lieblingssnack gefunden.«

Erneut küsste er sie, um dann seinen Striptease fortzusetzen, ohne aus dem Takt zu geraten, als »Somethin' Bad« von Miranda Lambert und Carrie Underwood einsetzte. Billie passte sich ihm an und setzte den heißen Tanz ebenfalls fort, bei dem er seine Shorts und Boxershorts abstreifte und quer durch den Raum kickte. Sie konnte ihren Blick nicht von seinem besten Stück abwenden.

»Verdammt noch mal, Whiskey. Und ich dachte schon, ich hätte mir dieses Wunder nur eingebildet.« Sie legte ihm die

Hände an die Hüften und arbeitete sich küssend weiter nach unten.

Oh ja!

Ihre Lippen waren weich und warm, als sie über seinen muskulösen Bauch wanderten, und dann schlang sie eine Hand um seine Länge. Dare ließ das Kinn auf die Brust sinken, und sie hob den Blick, um ihn voller Herausforderung, aber auch Lust anzusehen. Er fuhr mit den Fingern durch ihr Haar, und sie leckte einmal an seinem Schaft entlang. *Ich bin im Himmel!* Danach leckte sie einmal über die breite Spitze, und schon hatte sie seine Erektion im Mund und bearbeitete sie fest und energisch. Er war groß und drall, und normalerweise spielten die Frauen nur kurz mit der Spitze und vielleicht den ersten Zentimetern. Aber Billie nahm ihn so weit in sich auf, dass er an ihre Kehle stieß und unwillkürlich das Becken bewegte.

Erneut zuckte ihr Blick nach oben, diesmal lag jedoch eine Warnung darin.

»Entschuldige, Süße. Aber du fühlst dich so verdammt gut an«, stieß er hervor.

Sie lächelte, ohne ihn aus dem Mund zu nehmen, wurde schneller und bearbeitete ihn mit der Hand und dem Mund, nahm ihn tief in sich auf und saugte so fest, dass er glaubte, den Verstand zu verlieren. Er spannte die Kiefermuskeln an, um den Orgasmus zurückzuhalten, und sie wurde langsamer, leckte und saugte, bis er kaum noch an sich halten konnte. Schließlich ballte er in ihrem Haar die Fäuste und konnte einfach nicht anders, als mit den Hüften zu pumpen, aber sie beschwerte sich nicht. Stattdessen öffnete sie den Mund noch weiter und nahm ihn noch tiefer in sich auf, wenngleich das kaum möglich zu sein schien.

»Großer Gott, Baby!«

Ihr Mund war so weich wie Samt und so heiß wie Feuer, aber so sehr er sie auch ganz in Besitz nehmen wollte, war sein Verlangen doch stärker, auf andere Weise in ihr zu sein, und zwar sofort. Er zog sie auf die Beine, eroberte ihren Mund in einem ungemein intensiven Kuss und ließ sich mit ihr aufs Bett sinken. Dabei verlor er sich in ihrem Mund, küsste sie grob und gierig, rieb dabei seine Erektion an ihrer feuchten Mitte. *Verdammt!* Das hier war nichts anderes als pure Magie. Er ging auf die Knie und nahm ein Kondom aus der Nachttischschublade, konnte allerdings nicht widerstehen und musste sie noch einmal kommen lassen. Daher streichelte er sie und legte die Finger auf ihre empfindlichste Stelle.

Sie wand sich unter ihm. »*Whiskey.*«

»Ich höre deine Warnung, Süße, aber du hast hier nicht das Sagen. Ich will, dass du dich selbst berührst.«

Sie starrte ihn durchdringend an und legte sich eine Hand zwischen die Beine. »Du aber auch.«

Großer Gott, er liebte sie so sehr. »Das hatte ich ohnehin vor.« Er rieb mit einer Hand über ihre Mitte, um sie mit ihrer Feuchtigkeit zu benetzen, umfing seine Länge und bewegte die Faust mehrmals auf und ab. Billie riss erst die Augen auf, kniff sie dann zusammen und leckte sich die Lippen. *Oh ja, Baby, die Möglichkeiten sind endlos.* Er streichelte sich mit der einen Hand weiter und liebkoste sie mit der anderen. Sie rieb ihre empfindlichste Stelle, während er diesen magischen Punkt in ihrem Inneren fand und dafür sorgte, dass sie das Becken anhob und sich sündige Geräusche ihrer Kehle entrangen. Als sie kam, drückte er seinen Schaft am unteren Ende ganz fest, damit er ihr nicht über die Klippe folgte. Billie presste stöhnend die Beine zusammen, doch seine Finger waren noch immer in ihr, sodass er ihr inneres Beben genüsslich auskosten konnte.

»Ich könnte schon allein davon kommen, dass ich dir beim Orgasmus zusehe, Baby.« Er zog die Finger aus ihr, legte sich auf sie und verlor sich in ihren lusttrunkenen Augen, fuhr dann mit den feuchten Fingern über ihre Oberlippe. Dann leckte er mit der Zunge darüber, saugte ihre Oberlippe in seinen Mund und genoss ihren Geschmack, bevor er sie ein weiteres Mal leidenschaftlich küsste. Als er es keine Sekunde länger aushalten konnte, riss er die Kondompackung mit den Zähnen auf und streifte es sich über seine Länge.

Sie streckte die Hände nach ihm aus, und er verschränkte die Finger mit ihren und drückte ihre Hände auf beiden Seiten neben ihren Kopf. In ihren Augen lagen so viele Gefühle, und sie beantworteten all seine unausgesprochenen Fragen. »Jetzt gehörst du mir, Mancini.«

»Jedenfalls für heute Nacht«, erwiderte sie keck.

Er hatte nichts Geringeres von der Frau erwartet, die es nicht ausstehen konnte, über ihre Gefühle zu reden, und die stets versuchte, die Kontrolle zu behalten. »Hör auf, dir was vorzumachen, Wildfang.«

Als sich ihre Körper vereinten, sehr langsam und so ungemein perfekt, hielt er ihren Blick fest und sie riss vor Wonne die Augen auf. Sobald er ganz in ihr versunken war, spannte sie die inneren Muskeln an, die ihn wie ein Schraubstock umschlossen. »Großer Gott, Billie. Warum haben wir damit so lange gewartet?«

»Halt den Mund und küss mich.«

Ihre Küsse waren wild und gierig, während sie ihren Rhythmus suchten und fanden. Aber Dare war noch nicht bereit, sich fallen zu lassen. Sie fühlte sich zu gut an, und er genoss es viel zu sehr, sie um den Verstand zu bringen. Er stieß sich tief in sie hinein, zog sich quälend langsam wieder zurück, wollte, dass sie jeden Zentimeter spürte, während er diese verborgene Stelle in ihr berührte, was sie dazu bewegte, die Knie anzuziehen und die Fersen in die Matratze zu bohren. Er setzte die lustvolle Folter fort und kämpfte gegen den Druck an, der sich in ihm aufbaute, und als er mit dem Becken kreiste, bohrte sie die Fingernägel in seine Handrücken.

»Dare«, kam es wie ein Flehen über ihre Lippen, gefolgt von einem fordernden »Schneller«, was seine Zurückhaltung zunichtemachte. Er ließ ihre Hände los, und nun gab es kein Zurück mehr, keine Finesse oder das langsame Finden eines neuen Rhythmus. Ihre Hände erkundeten die Haut des anderen und sie verschlangen einander, während ihre Körper alles andere bestimmten. Billie schlang die Beine um ihn, und er schob ihr ein Kissen unter die Hüften, damit er noch tiefer und schneller in sie eindringen konnte. Ihre lustvollen Schreie durchtosten ihn wie Blitze.

»Hör nicht auf!«, verlangte sie.

Er drückte die Lippen auf ihre und bewegte die Zunge im selben Rhythmus wie sein Becken. Ihre Fingernägel bohrten sich so tief in seine Haut, dass er schon glaubte, an den Stellen zu bluten, doch er würde diese Narben voller Stolz tragen. Begierde floss durch seine Adern, und er verlor sich im Geschmack ihres Mundes, in dem Gefühl, in ihr zu sein und von ihr umschlungen zu werden, und in den sündigen Geräuschen ihrer ineinander verkeilten Leiber.

Sie war eine Verführerin, eine Göttin und endlich die Seine.

Er stieß schneller zu, tiefer, härter, küsste sie voller Verlangen. Sie war ebenso wild und begierig. Dann spürte er, wie sie die Beine fester um ihn legte, und beim nächsten Stoß schrie sie in seinen Mund und ihr Körper zog sich so herrlich um seine Länge zusammen, dass er das Gesicht in ihrer Kehlgrube verbarg und sich seiner explosiven Erlösung hingab.

Während die letzten Zuckungen ihre Körper erfassten, hielt er sie in den Armen. Nach und nach verlangsamte sich ihre Atmung. Billie hatte die Augen geschlossen, und er glaubte, sie noch nie derart friedlich gesehen zu haben. In der Frau, die da unter ihm lag, schien der Kampfgeist erloschen zu sein. Da war keine Wut, keine Herausforderung, nur seine beste Freundin. Allerdings war sie nun noch weitaus mehr als das.

Er gab ihr einen Kuss auf die Wange, auf den Mundwinkel, strich mit den Lippen über ihre. »Bist du noch da, Liebling?«

Ein langes, befriedigtes Seufzen kam ihr über die Lippen.

Was blieb ihm da anderes übrig, als sie ein wenig zu necken? »Hat es dir die Sprache verschlagen? Mein Werk hier ist getan.«

Sie schlug die Augen auf, und ein teuflisches Grinsen umspielte ihre Lippen. »Träum weiter, Whiskey. Sobald du deine Batterie wieder aufgeladen hast, bin ich an der Reihe.«

Sieben

Als Billie aufwachte, drang ihr der Geruch nach Sex und Mann in die Nase und sie spürte etwas Hartes an einer Pobacke. Es dauerte einen Moment, bis ihr benommenes Gehirn realisierte, dass es sich um Dares Erektion handelte. Er hatte den großen Körper wie eine Schlange bei der Paarung um sie gewickelt. Erinnerungen an ihren wunderschönen Tag – und die Nacht, in der sie unersättlich übereinander hergefallen waren – überkamen sie, überfluteten sie wie eine Sturzwelle. An nur einem einzigen Tag hatte er die Abenteuerlust in ihr geweckt. Sie spürte, wie sich dieser Teil von ihr mit Gewalt an die Oberfläche drängte wie eine hungrige Bestie, doch damit einher ging die Nervosität, über die sie lieber gar nicht erst nachdenken wollte. Aber der einzige andere Weg, den ihre Gedanken einschlagen wollten, drehte sich darum, wie unglaublich es sich angefühlt hatte, in Dares Armen zu liegen und als ihre Körper in den Fängen der Leidenschaft miteinander vereint gewesen waren. Sie schloss die Augen und sah erneut seinen unvergesslichen Blick, als er gesagt hatte: *Großer Gott, Billie. Warum haben wir damit so lange gewartet?*

Schon übermannten sie die Schuldgefühle, als sie an ihre Geständnisse denken musste. Wie hatte sie ihm ihre dunkelsten

Geheimnisse anvertrauen und dennoch mit ihm schlafen können? Und wieso jetzt, nach all der Zeit? Er hatte sich ja nicht einmal groß anstrengen müssen und ihre Barrieren einfach überwunden, ihre Versuche, ihn auf Abstand zu halten, völlig zunichte gemacht. Dabei tat sie so etwas sonst nie. Sie hatte wirklich geglaubt, ihre Impulsivität abgelegt zu haben. Warum fuhr sie dann auf einmal mit ihm Achterbahn?

Scheiße. Scheißescheißescheiße.

Diesmal konnte sie es auch nicht auf den Alkohol schieben. Sie waren beide stocknüchtern gewesen. Billie kniff die Augen zu, weil sie dermaßen verwirrt war, doch das half auch nichts, daher schlug sie die Augen wieder auf und ging noch einmal alles durch, was sie gesagt hatten. Dare und Eddie hatten einen Pakt geschlossen? Er hatte geglaubt, sie würde ihn nicht wollen? Er *liebte* sie? Dares Stimme wisperte durch ihren Kopf, als hätte er diese Frage gehört. *Ich bin in dich verliebt, seitdem wir sechs Jahre alt waren und du mich in dieser Scheune geküsst und einen Dummkopf genannt hast. Für mich gab es immer nur dich, Billie.*

Sie stützte den Kopf an seine Brust und war von einer neuen Art von Glück erfüllt, wie sie es nie zuvor gespürt hatte. *Du liebst mich.*

Aber sie hatten so viel Zeit vergeudet. Sie hatte so viel Zeit vertan. Außerdem hatte sie Dare vor all diesen Jahren wehgetan und auch Eddie, weil sie eigentlich Dare geliebt hatte. Ihr ohnehin schon verwirrtes Herz musste weitere Schuldgefühle verarbeiten.

Das war alles zu viel. Sie brauchte Raum zum Atmen und Nachdenken.

Sie versuchte, unter seinem Arm hervorzurutschen, doch er zog sie nur noch fester an sich. Seine Bartstoppeln kratzten über ihre Wange und riefen ein Prickeln unter ihrer Haut hervor. Ihr

Innerstes zog sich vor Begierde zusammen. *Hör sofort damit auf!*

»Wo willst du denn hin?«, fragte er und klang dabei heiser, verschlafen und unglaublich sexy.

Auf direktem Weg in die Hölle, weil ich gar nicht genug von dir kriegen kann. Sie sah auf die Uhr. Es war erst 4:03 Uhr. Wo wollte sie denn überhaupt hin? »Ins Bad.«

Er drückte ihr einen Kuss auf den Hals und rieb sich an ihrem Hintern. »*Hm.* Aber komm schnell wieder und ruh dich aus. Du musst Kraft sammeln. Ich bin noch lange nicht fertig mit dir.«

Ihr Herz setzte einen Schlag aus, und ihr Körper jubilierte, doch sie kämpfte dagegen an, als er den Arm hob, sie aufstehen ließ und sich auf den Rücken drehte. Sie eilte ins Badezimmer und erhaschte beim Schließen der Tür einen Blick auf ihr Spiegelbild. Ihr Haar war völlig zerzaust, ihre Augen sahen verquollen aus, sie hatte Bissspuren an einer Brust und am Hals. Warum nur erregte sie das alles gleich schon wieder? Sie versuchte, sich zu erinnern, wo sie ihre Kleidung abgelegt hatte, und riss die Augen auf. *In der Garage. Neinneinnein. Eine Nacht mit Dare, und schon lasse ich mich von ihm auf der Motorhaube seines Wagens nehmen.* Auch so etwas machte sie sonst nie.

Andererseits war sie auch noch nie mit einem Mann wie Dare zusammen gewesen, der ihre animalischsten Instinkte hervorrief. Sie presste die Lippen aufeinander. Dare hatte nicht nur ihre Abenteuerlust wieder aufleben lassen, sondern mit seiner magischen Zunge auch ihre Sinne völlig durcheinandergebracht!

Sie stützte die Handflächen auf das Waschbecken, starrte sich im Spiegel an und flüsterte: »Was stimmt nicht mit dir?« Offenbar eine ganze Menge, denn die sinnliche Frau in ihr gurrte *Aber es hat sich so gut angefühlt*, während das von

Schuldgefühlen geplagte Mädchen, das fest in ihrem Kopf verankert war, sie dafür schalt, dass sie mit Dare geschlafen hatte. Sie ging auf die Toilette und wusch sich die Hände, ohne erneut in den Spiegel zu sehen, weil sie ihren Anblick keine Sekunde länger ertragen konnte.

So leise wie möglich öffnete sie die Tür und stellte fest, dass Dare auf dem Rücken lag und tief und fest schlief. Ein prächtiger, muskulöser, tätowierter Arm ruhte auf seiner Stirn, der andere lag auf der Bettseite, auf der sie geschlafen hatte, als würde er auf sie warten. Sie wusste, dass dies der Fall war, und schon machten sich die Schmetterlinge in ihrem Bauch wieder bemerkbar. Das Mondlicht fiel auf seinen tätowierten Hals und seine breite Brust. Ihr Blick wanderte weiter nach unten, und Hitze loderte in ihrer Brust auf, als sie sich daran erinnerte, wie schön es gewesen war, Küsse auf sein Sixpack zu drücken und mit der Zunge über das Tattoo bis hinab zu dem sündigen Schaft zu fahren, der sich deutlich unter der Bettdecke abzeichnete. Dieser Mann beherrschte es meisterhaft, ihren Körper zu verwöhnen. Sie war noch nie so heftig und so oft gekommen. Der Drang, ins Bett zu steigen und ihn wie einen Rodeobullen zu reiten, raubte ihr fast den Atem. Aber wenn eine Nacht mit Dare in ihr schon solche Gefühle auslöste, würde es nur noch mehr Probleme geben, wenn sie noch länger blieb. Er hatte sich von einem Tsunami zu einem ruhigen Sturm entwickelt, sie mit sanfteren Winden eingelullt, um nach und nach an Kraft zu gewinnen, bis sie sich ganz in ihm verlor und an nichts anderes mehr denken konnte.

Billie rührte sich nicht und betrachtete sein attraktives Gesicht und die Lippen, die sie so gern geküsst hätte. Die Energie im Raum schien sich von Nervosität und Schuldgefühlen zu Sehnsucht nach dem, was hoffentlich eines Tages sein würde, zu verlagern.

Aber heute war nicht dieser Tag, denn dieser neue Dare war trotz all des Guten in ihm weitaus gefährlicher als der, den sie in- und auswendig kannte. Dieser Dare redete gern, und sie wusste, dass er ihren Geständnissen weiter auf den Grund gehen würde.

Doch eine Frau konnte nicht unendlich viel Schuld und Verwirrung ertragen.

Es tut mir leid, Dare.

Sie schlich zu seinem T-Shirt, das auf der Lampe auf der Kommode gelandet war, als er es während seines herrlichen Striptease durch die Luft geschleudert hatte. Als sie es überstreifte, bemerkte sie ein Foto von sich, Dare und Eddie aus ihrer Kindheit. Es war von hinten aufgenommen worden, und sie saßen alle auf einem Zaun und beobachteten Pferde. Eddie saß zu ihrer Linken, Dare rechts von ihr. Sie trug Dares Cowboyhut, und er hatte einen Arm um sie gelegt. Ihre Hände ruhten auf dem Zaun, und Eddie hatte eine Hand auf ihrer.

Draufgänger stand in kindlicher Schrift am Himmel. Dare musste das als Junge geschrieben haben. Bei diesem Anblick schnürte es Billie die Kehle zu.

Dare drehte sich auf die Seite, was ihr in Erinnerung rief, dass sie verschwinden musste. Sie ging in die Knie und krabbelte zu seinen Shorts, um lautlos seinen Schlüsselbund aus der Hosentasche zu ziehen und dann auf Zehenspitzen aus dem Schlafzimmer zu schleichen. Im Wohnzimmer sah sie sich kurz um. Die billigen Möbelstücke, die er direkt nach dem College angeschafft hatte, waren verschwunden und durch Ledersofas, hölzerne Bücherregale und rustikale Tische ersetzt worden. Alles sah sehr maskulin aus. Durch und durch Dare. Sie huschte aus der Tür und lief in die Garage, um ihre Schuhe und ihre

Kleidungsstücke zu holen. Nachdem sie sich rasch angezogen hatte, stieg sie in seinen Pick-up und zuckte zusammen, als sie den Motor anließ, denn sie hoffte inständig, ihn nicht damit geweckt zu haben – es stand eine Unterhaltung aus, die sie jetzt auf keinen Fall führen wollte.

Als sie von seiner Hütte wegfuhr, ließ sie den Blick über die Weiden schweifen und erinnerte sich an die vielen Male, die sie zu dritt auf den Zäunen gesessen und über ihr nächstes großes Abenteuer gesprochen hatten, was sie am Wochenende tun wollten und was sie mal werden wollten, wenn sie groß waren. Sie plante, die beste Motocrossrennfahrerin aller Zeiten zu werden, Eddie wollte ein visionärer Filmemacher sein, und Dare hatte immer mit den Menschen arbeiten wollen, die auf der Ranch eine Therapie machten. Und natürlich den Tod öfter bezwingen als Evel Knievel.

Das war noch etwas, über das sie nachdenken musste. Dare würde stets den Adrenalinrausch suchen. Konnte sie mit jemandem zusammen sein, der das Schicksal bei jeder sich bietenden Gelegenheit auf die Probe stellte?

Dare fühlte sich, als hätte er monatelang geschlafen. Er konnte sich nicht erinnern, wann er das letzte Mal so tief und fest geschlafen hatte. Als ihm der Grund dafür einfiel, musste er lächeln und schlug die Augen auf, um die wunderschöne Frau neben sich zu betrachten. Aber Billie war gar nicht da. Er drehte sich auf die andere Seite und schaute zum Badezimmer hinüber, doch die Tür stand offen und das Licht war ausgeschaltet. Notgedrungen stand er auf und reckte sich beim Verlassen des

Schlafzimmers. Er schaute sich im Wohnzimmer, Esszimmer und in der Küche um, doch die Räume waren leer.

Was soll der Scheiß, Mancini?

Als er die Haustür öffnete, um herauszufinden, ob sie auf der Veranda saß, stellte er fest, dass sein Pick-up nicht mehr da war. *Verdammt.* »Mein Wagen? Echt jetzt?«

Damit hatte er nun wirklich nicht gerechnet.

Er marschierte wieder ins Haus und begriff, dass er durchaus damit hätte rechnen müssen. Billie hatte noch nie gern über ihre Gefühle gesprochen, und nach all dem, was sie einander gestern gestanden hatten, und ihrer unglaublich heißen Nacht war sie vermutlich schon auf dem besten Weg nach …

Leise fluchend ging er ins Badezimmer und unter die Dusche. Er hatte keine Ahnung, wohin sie heutzutage ging, wenn sie wütend war, und das ärgerte ihn nur noch mehr.

Zwanzig Minuten später hielt er mit seinem Motorrad vor dem Haupthaus und stieg ab, wobei es in seinem Inneren weiterhin brodelte. *Verdammt noch mal!* Das war nicht nur Wut. Er war auch verletzt, enttäuscht und empfand lauter Dinge, über die er lieber gar nicht nachdenken wollte.

Er stürmte durch die Eingangstür und war dankbar dafür, dass Kenny heute mit seinem normalen Programm anfangen und nach dem Frühstück mit Cowboy arbeiten würde, sodass sich Dare erst am Nachmittag mit ihm treffen musste.

Sein Vater saß zusammen mit Sasha, Doc, Cowboy, Simone und Kenny – der diesmal zum Glück etwas aß –, Hyde, Ezra, mehreren Rancharbeitern und den Männern und Frauen, die momentan das Therapieprogramm durchliefen, am Frühstückstisch.

Cowboy und seine Mutter kamen soeben aus der Küche. Wynnie hatte einen Korb voller Brötchen in der Hand, aus dem sich Dare eins stibitzte.

»Morgen«, grummelte er.

»Na, wen haben wir denn da?« Cowboy nickte Dare zu. »Wem hast du denn ans Bein gepisst?«

Dare biss in sein Brötchen. »Wie kommst du denn auf die Idee?«

»Ich glaube, er bezieht sich auf den blauen Fleck auf deiner Wange«, warf Sasha ein. »Du siehst aus, als hättest du dich geprügelt.«

Ups, das hatte er gar nicht bemerkt. »Das ist nicht weiter wild. Könnte mich vielleicht jemand zu meinem Wagen fahren?«

»Hast du den irgendwo stehen lassen? Wie bist du dann nach Hause gekommen?«, wollte Doc wissen.

»Ich bin mit dem Wagen nach Hause gefahren, aber jemand hat ihn sich genommen.« Er wollte ihnen jetzt nicht erklären, wer das gewesen war, und sie sollten Billie auch nicht die Hölle heißmachen, weil sie seinen Wagen geklaut hatte.

Kenny riss die Arme hoch. »Ich war's nicht! Das schwöre ich.«

Dare grinste. »Keine Sorge, das weiß ich. Hey, Doc, hast du ein paar Minuten Zeit und kannst mich kurz hinbringen?«

»Ich fahre dich, Schatz«, sagte seine Mutter. »Ich habe schon gefrühstückt und muss sowieso in die Stadt.«

Na, super. Er wollte auf gar keinen Fall, dass seine Mutter erfuhr, wer seinen Wagen genommen hatte, musste aber auch irgendwie in die Stadt gelangen. »Danke, Mom.«

»Weißt du, wer deinen Wagen hat?«, erkundigte sich sein Vater.

»Ja, das weiß ich.«

Sein Vater grinste. »Wie heißt sie?«

Alle Anwesenden schmunzelten.

»Ein Mädchen hat deinen Wagen geklaut?«, fragte Kenny.

»Die hat aber Mumm, dass sie sich das traut«, fand Sasha.

»Das muss aber ein Prachtweib sein, wenn sie dich so umhaut, dass du nicht einmal aufwachst, wenn sie wieder geht.« Hyde beäugte Dare. »Gibst du mir ihre Nummer?«

Dare starrte erst ihn und dann Tiny an. »Vielen Dank auch, alter Mann.« Sein Vater lachte nur, und Dare schüttelte den Kopf. »Können wir los, Mom?«

»Ja, das wäre wohl besser.« Seine Mutter tätschelte Kennys Schulter. »Hab einen schönen Vormittag mit Cowboy. Ich habe dir einen Hut zu deinen Stiefeln gelegt, damit du keinen Sonnenbrand bekommst.«

Als Kenny nichts erwiderte, wandte sich Tiny an den Jungen: »Das ist meine Frau, die da mit dir spricht, mein Sohn. Sie hat sich Mühe gemacht, damit du gut versorgt bist, und ich erwarte, dass du ihr entsprechend Respekt erweist.«

Kenny sah zu Wynnie auf, und seine Miene schwankte zwischen Widerwille und Reue. »Vielen Dank.«

»Gern geschehen, Schätzchen. Habt alle einen schönen Vormittag.« Als seine Mutter um den Tisch herumging, erwiderten alle gleichzeitig: »Du auch.«

Dare war froh, dass sich auch Kennys Stimme in den Chor mischte.

»Ich habe dir ein paar Verträge auf den Schreibtisch gelegt, die du durchsehen musst.« Sie strich mit einer Hand über die Schulter ihres Mannes und gab ihm einen Kuss auf die Wange.

»Wird erledigt, Schatz.« Er spähte um sie herum zu Dare. »Hast du in deinem Wagen oder am Schlüsselbund irgendetwas, weswegen wir uns Sorgen machen sollten? Müssen wir irgendwelche Schlösser austauschen?«

»Nein, Pop. Sie ist keine Kriminelle und hat sich nur meinen Wagen ausgeborgt«, antwortete Dare.

»Im Staat Colorado ist das ein Verbrechen«, rief Kenny ihm ins Gedächtnis.

Abermals lachten alle, und seine Mutter warf ihm einen *Nicht vor den Kindern*-Blick zu, wie sie es schon so viele Male bei seinem Vater getan hatte.

»Vielleicht solltest du sie auf die Ranch holen und ihr eine Lektion erteilen«, schlug Kenny vor.

»Das habe ich auch vor«, erklärte Dare und folgte seiner Mutter nach draußen.

Als sie vor der Tür standen, musterte sie ihn besorgt. »Möchtest du darüber reden?«

»Lieber sterbe ich.«

»Ach, Schatz. Sei nicht so dramatisch.« Sie stiegen in den Wagen. »Wo warst du eigentlich gestern? Wir haben dich beim Abendessen vermisst.«

»Ich war mit einer Freundin unterwegs.«

»Derselben Freundin, die deinen Wagen genommen hat?«, fragte sie leicht belustigt.

Er nahm den Hut ab, rieb sich das Kinn und spannte die Kiefermuskeln an.

Sie lächelte scheu. »Sagst du mir wenigstens, wo ich dich absetzen soll?«

»Bei Billies Haus.«

Nun starrte sie ihn erstaunt an.

»Wir waren gestern im Park, und danach führte eins zum anderen.«

Ihre Miene wurde nachdenklich. »Und sie hat sich rausgeschlichen, während du noch geschlafen hast?«

»Ich schätze, so könnte man es ausdrücken.«

»Das tut mir wirklich leid, Schatz. Tut es sehr weh?«

»Es ist jedenfalls kein Grund für eine Freudenfeier.«

Sie drückte zuneigungsvoll seinen Arm. »Ach, mein Kleiner, du weißt doch, dass Billie schon immer Schwierigkeiten hatte, mit ihren Gefühlen umzugehen, und ich glaube, sie läuft seit eurer Kindheit vor dem davon, was sie für dich empfindet. Vielleicht solltest du ihr ein bisschen Zeit geben, bevor du Antworten verlangst.«

»Wie kommst du auf die Idee, sie würde mich schon so lange mögen?«

»Mütter spüren solche Dinge. Mir war auch immer klar, dass es dich innerlich zerrissen hat, sie zusammen mit Eddie zu sehen.«

Er mahlte mit dem Kiefer. Zwar hatte er schon viele Male mit seiner Mutter über Eddies Tod gesprochen und dass Billie ihn danach aus ihrem Leben ausgeschlossen hatte, doch seine wahren Gefühle für Billie hatte er ihr nie gestanden.

»Ich habe Eddie geliebt. Das weißt du ganz genau. Ich wollte, dass er glücklich ist.« Er sah aus dem Fenster. »Nur nicht mit meinem Mädchen.«

»Sie war nicht dein Mädchen, Schatz, und bitte denk jetzt nicht, ich würde deinen Schmerz kleinreden, indem ich das sage. Aber du hast zwar einen deiner engsten und liebsten Freunde verloren, aber Billie verlor einen besten Freund und Geliebten. Für sie ist das alles weitaus komplizierter.«

»Das weiß ich. Ich kann das durchaus nachvollziehen«, entgegnete er etwas zu schneidend. »Ich wünschte nur, du hättest nach Eddies Unfall mit ihr reden können. Ich wünschte, irgendjemand wäre zu ihr durchgedrungen.«

»Wir wünschen uns alle, dass so etwas möglich gewesen wäre. Du warst damals nicht der Einzige, der mich angefleht hat, mit ihr zu reden. Alice ist eine meiner besten Freundinnen. Sie und Manny hätten alles dafür gegeben, wenn sich Billie irgendjemandem geöffnet hätte. Ich kann dir gar nicht sagen, wie oft Bobbie mich um dasselbe gebeten hat. Und ich habe es wirklich oft versucht, genau wie du.«

»Ich habe nie aufgehört, es zu versuchen.«

»Ganz offensichtlich.« Lächelnd bog sie in Billies Straße ein. »Billie und du, ihr seid aus demselben Holz geschnitzt. Als du während der Collegezeit deine rebellische Phase hattest, wolltest du auch auf niemanden hören und mit niemandem reden.«

Sie hielt hinter Dares Pick-up-Truck am Straßenrand, und sein Brustkorb zog sich bei dem Gedanken zusammen, dass Billie sich rausgeschlichen hatte, weil sie nur noch von ihm wegwollte. »Danke fürs Mitnehmen.«

Als er die Tür öffnete, berührte seine Mutter seine Hand. »Mach ihr keine Vorwürfe, Dare. Du hast lange gebraucht, um herauszufinden, wie du am besten mit deinen Gefühlen umgehen solltest und wie du sie besser verstehen kannst. Vermutlich hat Billie jetzt, wo sie dich wieder in ihr Leben gelassen hat, wenn auch nur für eine Nacht, das Gefühl, an einem gefährlichen Abgrund zu stehen. Sie braucht deine Hilfe, damit sie einen Weg findet, um sicher auf die andere Seite zu gelangen, anstatt vor lauter Schreck zu springen.«

Er hatte Billie als Teenager verloren, weil er sie beim Wort genommen hatte, und er hatte die letzten Jahre damit verbracht, sie in Ruhe zu lassen. Wenn er aus ihren Geständnissen eines gelernt hatte, dann dass Billie Mancinis Herz in einem Meer aus Schuldgefühlen und Liebe zu ertrinken drohte – und zwar beides seinetwegen. Aus diesem Grund konnte er unmöglich zulassen, dass sie den Weg auf die andere Seite der Klippe allein finden musste.

Aber das musste seine Mutter ja nicht unbedingt hören. Daher nickte er nur knapp und ging zum Haus, um einiges richtig zu stellen.

Die Tür war nur angelehnt, und als er anklopfte, schwang sie auf. Bobbie saß in einem hübschen Blümchenkleid am Küchentisch und sah frisch frisiert und geschminkt aus. Wahrscheinlich musste sie bald zur Arbeit, was ihm nur recht war. »Hey, Dare«, sagte sie knapp.

Anhand ihrer verkniffenen Miene und ihrem leichten Kopfschütteln wusste er, dass sie und Billie bereits miteinander gesprochen hatten. Er betrat das Haus und stellte fest, dass Billie mit dem Rücken an einem Küchenschrank lehnte und eine Schüssel Cornflakes in den Händen hielt. Sie erstarrte mit dem Löffel auf halbem Weg zum Mund. Ihm fiel auf, dass sie noch immer sein T-Shirt trug. Ihre Beine waren nackt, ein Fuß ruhte auf dem anderen, sie hatte ein Knie leicht gebeugt. Er hatte jeden Zentimeter dieser wunderschönen Beine in der vergangenen Nacht geküsst und wusste noch ganz genau, wie es sich angefühlt hatte, sie um seine Taille zu spüren, während er tief in ihr gewesen war.

Verdammt! Das war ganz und gar nicht hilfreich.

»Schickes T-Shirt, Mancini. Hast du es da mitgehen lassen, wo du auch den Pick-up vor der Tür geklaut hast?«

Bobbie musste sich das Lachen verkneifen.

Billie kniff die Augen zusammen. »Ich habe mir deinen Wagen nur ausgeborgt.«

»Ich gehe dann mal lieber zur Arbeit.« Bobbie stellte ihren Teller ins Spülbecken und schnappte sich einen Beutel, der auf der Arbeitsplatte stand. »Oder braucht ihr einen Schiedsrichter?«

Billie starrte sie nur wütend an, und Bobbie hob die Hände.

»War ja nur eine Frage. Ich wollte nur verhindern, dass Dare ein Veilchen bekommt.« Kichernd verließ sie das Haus.

»Was sollte das denn, Billie? Nach allem, was wir uns anvertraut haben, was wir zusammen *gemacht haben*, schleichst du dich raus wie nach einem miesen Date?« Er ging auf sie zu und musste einfach aussprechen, was ihm auf dem Herzen lag. »Du gehörst endlich zu mir, Mancini, und mir ist durchaus klar, dass in deinem wunderschönen Köpfchen eine Menge vor sich geht, vor allem meinetwegen, unseretwegen, aber ich werde nicht länger zulassen, dass du vor unserer gemeinsamen Zukunft davonläufst.«

Sie reckte das Kinn in die Luft und sah ihn mit umwölkten, schmerzverzerrten Augen an. »Nur, weil wir miteinander geschlafen haben, bedeutet das noch lange nicht, dass ich zu dir gehöre.«

»Ich will dich auch gar nicht besitzen, aber ich will dich auch ganz bestimmt nicht noch einmal verlieren, daher rede wenigstens mit mir und erklär mir, warum du gegangen bist.«

»Weil ich dadurch, dass ich dich auf Abstand gehalten habe, auch nicht an die vielen Dinge denken musste, an die ich lieber nicht denken will«, stieß sie zornig hervor und stellte ihre Cornflakesschüssel ab. »Es war unglaublich schön, mit dir zusammen zu sein, und ich hatte es mir ebenso sehr gewünscht wie du, aber jetzt geht mir all das, was wir getan und gesagt haben, einfach nicht mehr aus dem Kopf.« Ihre Stimme klang regelrecht verzweifelt.

»Ich begreife nicht, warum das etwas Schlechtes ist, Süße.« Er legte ihr die Hände an die Hüften und spürte deutlich ihre Anspannung. »Wir wollen das doch beide.«

»Das weiß ich, aber ich habe Eddie so wehgetan, weil ich genau das wollte.«

»Und damit musst du jetzt nicht länger allein fertigwerden.«

Sie wandte den Blick ab, und er wusste, dass sie in ihrem Gehirn herumkramte und alles zusammensuchte, dessen sie sich schuldig gemacht hatte, als würde sie auf einem Dachboden nach Andenken suchen. Doch er wollte, dass sie in die Gegenwart zurückkehrte, und versuchte es mit etwas mehr Leichtigkeit.

»Ich weiß, dass du nicht darüber reden willst, aber bringen wir die Sache doch bitte mal in die richtige Perspektive. Du warst jung, und du hast versucht, dir einzureden, dass du all das hier nicht willst.« Er trat einen Schritt zurück und zeigte auf seinen Körper, nur um ihr ein Lächeln zu entlocken, was ihm auch gelang, wenngleich nur für wenige Sekunden. Danach nahm er sie in die Arme. »Jetzt mal im Ernst, Mancini. Eddie hätte sich gewünscht, dass wir zwei glücklich sind.«

Sie schüttelte den Kopf. »Er war so wütend, als ich mich von ihm getrennt habe. Er sagte: ›Du machst das wegen Dare, stimmt's? Für dich hat es immer nur ihn gegeben.‹« Sie zuckte halbherzig mit den Achseln. »Was sollte ich denn dazu sagen? Und ich hatte nie die Chance, ihm alles zu erklären.«

Der Schmerz in ihrer Stimme bewirkte, dass er sie nur noch fester an sich drückte. Er hielt sie fest und fühlte mit ihr und Eddie. »Erkennst du es denn nicht? Das bedeutet, dass er gesehen hat, wofür wir zu dumm und dickköpfig waren, um es zuzugeben.«

»Ganz genau.«

»Süße, das heißt doch nicht, dass es sein Todesurteil war oder dass du damit bestraft werden solltest, trotzdem ist es eine ziemlich schwere Last, die du da ganz allein mit dir rumschleppst.«

Sie senkte den Blick.

»Sieh mich an.« Ihre Traurigkeit machte ihm schwer zu schaffen. »Wir kannten Eddie besser als jeder andere. Er war ein vernünftiger, nachdenklicher Mensch und ich zweifle nicht daran, dass er uns den Kopf gewaschen hätte, wenn er den Stunt überlebt hätte, und dass wir danach ebenso gut befreundet gewesen wären wie davor. Vielleicht hätte es einige Zeit gedauert, sich von diesem Schmerz zu erholen, aber es gibt keine stärkere Verbindung als die, die zwischen uns dreien bestand.«

»Das würde ich zu gern glauben.«

»Na, das ist doch schon mal ein Anfang. Dir ist schon klar, dass er nicht vorhatte, sich umzubringen?«

Sie nickte. »Das weiß ich. So etwas hätte er nie getan.«

»Gut, denn er hätte auch nie absichtlich jemand anderem Schaden zugefügt, und ich glaube, dass er es kaum ertragen hätte, wenn er gewusst hätte, dass du dich all die Jahre dermaßen gequält hast.«

»Darüber denke ich auch oft nach«, gab sie leise zu.

»Das steht doch außer Frage. Er konnte es nicht ausstehen, wenn du traurig oder wütend warst.«

Ein leises Lächeln umspielte ihre Lippen. »Ja, nicht wahr?«

Er war so froh über ihr Lächeln, dass sich seine Mundwinkel automatisch nach oben bewegten. »Weißt du noch, wie du mal nachsitzen musstest und er dich begleitet hat?«

»Ja. Und du warst stinksauer, als du ebenfalls nachsitzen musstest und keiner von uns bei dir geblieben ist.« Sie lachte leise auf. »Du warst immer so auf einen Konkurrenzkampf aus.«

»Das sagt die Frau, die vor keiner Herausforderung haltmachen konnte. Wenn du mich fragst, können wir Eddie kaum besser ehren, als wenn wir das Leben vollends auskosten. Genau das hätte er sich gewünscht, und er hätte dir garantiert eine

Moralpredigt gehalten, weil du mit dem Motocross aufgehört hast. Er war so verdammt stolz auf dich. Das waren wir beide. Ich bin es noch immer.«

»Er hat mich immer angefeuert, als du weg warst, genau wie ich ihn, und ich hab für seine Videos gemacht, was er wollte, und ihm gut zugeredet, wann immer er von diesem unvergesslichen Film geredet hat, den er unbedingt drehen wollte. Vor jedem Rennen hat er gesagt: ›Worauf wartest du noch, Billie? Geh da raus, und zeig der Welt, was du draufhast‹, als ob ich auch nur im Geringsten gezögert hätte.«

Es schnürte ihm die Kehle zu. »Er war ein guter Kerl.«

»Der gute alte *Steady Eddie*.« Sie sah ebenfalls ganz traurig aus. »Bis zu diesem Tag war er immer so vorsichtig und auf seine Sicherheit bedacht.«

»Anscheinend hast du vergessen, wie oft er Stunts versucht hat, die viel zu schwer für ihn waren, weil er sauer auf mich war oder weil ihm aus irgendeinem anderen Grund eine Laus über die Leber gelaufen war. Weißt du noch, wie er unbedingt einen Vorwärtssalto mit dem Snowboard machen wollte?« Dare schüttelte den Kopf. »Ich dachte, er bricht sich dabei weitaus mehr als nur einen Arm.«

»Das dachte ich auch.«

»Daher kannst du dir für seinen letzten Stunt auch nicht die Schuld geben. Wie ich schon einmal sagte, machen Kerle oftmals aus weitaus dämlicheren Gründen dämliche Dinge. Halte dich lieber daran fest, dass Eddie ein wahnsinnig guter Freund war und dass du eine unglaubliche Frau bist. Ich bin froh, dass er erleben konnte, wie es ist, von dir geliebt zu werden. Denn wenn du mich fragst, muss das weitaus besser sein als alles andere auf dieser verrückten Welt.«

Sie bekam feuchte Augen und presste die Lippen aufeinander. »Darüber kann ich jetzt wirklich nicht reden.«

»Okay.« Er umarmte sie und drückte ihr einen Kuss auf den Scheitel.

»Danke, dass du versuchst, mir zu helfen. Und entschuldige, dass ich einfach mit deinem Wagen weggefahren bin.«

Er kniff ihr sanft in die Pobacken. »Und mit meinem T-Shirt.«

»Das T-Shirt behalte ich.« Sie legte den Kopf in den Nacken, und er stellte erfreut fest, dass die Schatten ein wenig nachgelassen hatten. »Aber ich brauche Zeit, um das alles zu verarbeiten.«

»Angeblich gibt es drüben auf der Redemption Ranch einige hervorragende Therapeuten. Ich kann dir gern einen Temin machen.«

»Danke, aber ich bin nicht so wie du. Ich kann nicht einfach über alles reden.«

»Wenn du dich in dein Schneckenhaus zurückziehen musst, um dir über einiges klarzuwerden, ist das ebenfalls in Ordnung. Aber eins musst du wissen: Wenn du zu lange brauchst, krieche ich da mit rein.« Er küsste sie und wünschte sich, sie hätte ihn gebeten, zu bleiben und über alles zu reden. Aber diese starke, dickköpfige Ader hatte schon in dem Mädchen mit Zöpfchen gesteckt, in das er sich verliebt hatte, und war mit der Zeit nur noch ausgeprägter geworden. Aber in seinem eigenen ebenso starrsinnigen Herzen wusste er auch, dass selbst sein Wildfang seine Gefühle nicht länger zurückhalten würde, von denen er letzte Nacht einen ersten Eindruck bekommen hatte.

»Nimm das nächste Mal den Chevelle. Der ist fast so schön wie du.« Diese Worte brachten ihm ein richtiges Lächeln ein. »Wo ist mein Schlüsselbund?«

Sie zeigte auf eine Schüssel auf der Arbeitsplatte, in der zwei

Schlüsselbunde lagen. Er nahm seinen heraus und warf noch einen letzten Blick auf die Frau, die stärker war als jeder andere Mensch, den er kannte. Denn nur so hatte sie all die Jahre durchstehen können, in denen sich so viel Schmerz in ihr aufgestaut hatte.

»Und nur, damit du es weißt, Mancini: Du machst es mir auch unmöglich, eine andere als dich zu lieben.«

Acht

Billies schwere Schritte passten zum Chaos in ihrem Kopf, als sie am Freitagvormittag ihren Lauf beendete und das Tempo langsam verringerte.

Sie hielt auf ihren Wagen zu und war noch gereizter als beim Loslaufen. Obwohl sie verrückterweise auf die Idee gekommen war, Dare würde ihr keinen Raum lassen, war er letzte Nacht nicht in der Bar aufgetaucht. Sie hatte beinahe damit gerechnet und vielleicht auch ein kleines bisschen darauf gehofft, dass er bei ihrem Lauf heute Morgen erneut vom Himmel fallen würde, diesbezüglich jedoch auch kein Glück gehabt. Wahrscheinlich hätte sie dankbar sein sollen, dass er gelernt hatte, sich in Geduld zu üben, konnte jedoch nicht aufhören, über all das nachzudenken, was er gesagt hatte. Außerdem dachte sie auch immer wieder daran, wie es gewesen war, ihn zu küssen und all die herrlich sündigen Dinge mit ihm zu tun. Wenn sie in seinen Armen lag, verblasste die Welt, so wie es auch im Park passiert war. Er hatte es schon immer geschafft, ihr das Gefühl zu geben, dass sie beide – oder früher sie drei – die einzigen Menschen auf der Welt waren, selbst inmitten von Dutzenden anderen. Aber das war alles nichts im Vergleich zu der Art, wie sie Mittwochabend in ihm aufgegangen war.

Als sie in ihren Wagen stieg, stellte sie fest, dass sie viel zu aufgekratzt war, um nach Hause zu fahren, daher brach sie zu dem einzigen anderen Ort auf, an dem sie stets einen freien Kopf bekam: dem Roadhouse.

Beim Abbiegen auf den leeren Parkplatz musste sie daran denken, wie oft Dare schon hier gewartet hatte, wenn sie Feierabend machte, einfach auf seinem Motorrad saß oder auf dem Hinterrad fahrend Stunts hinlegte. So etwas hatte er nicht nur als Erwachsener gemacht, er war auch schon als Teenager für sie da gewesen. Ihr fiel wieder ein, was er über die Männer gesagt hatte, die ihr nach Hause gefolgt waren, und machte sich bewusst, dass er sogar dann auf sie aufpasste, wenn sie nicht einmal etwas davon merkte. Bei diesem Gedanken wurde ihr ganz warm ums Herz.

Sie ging hinein und hörte dabei seine Stimme in ihrem Kopf. *Ich bin in dich verliebt, seitdem wir sechs Jahre alt waren und du mich in dieser Scheune geküsst und einen Dummkopf genannt hast.*

Billie schloss die Tür hinter sich ab und schaute sich langsam in der Bar um. Ihr Großvater war schon vor ihrer Geburt weggezogen und hatte ihrem Vater die Bar überlassen, und ihre Eltern hatten sie geführt, solange sie denken konnte. Vor mehreren Jahren hatte sie dann die Leitung übernommen, doch ihr Vater führte weiterhin die Bücher und ihre Eltern sprangen ein, wenn Not am Mann war, oder kamen hin und wieder auf einen Drink vorbei. Doch im Großen und Ganzen war sie inzwischen Billies Reich.

Auf gewisse Weise war es schon immer so gewesen. Sie wusste noch genau, wie sie mit Dare und Eddie in ihrer Kindheit häufig am Tresen gesessen und Limonade getrunken hatte, bevor die Bar aufmachte, während ihre Eltern im Büro arbeiteten oder hinten eine Lieferung annahmen. Sie hatten die Jukebox aufgedreht und getanzt oder auf dem mechanischen Bullen gesessen und so getan, als würden sie darauf reiten. Eine bessere Kindheit konnte sie sich nicht vorstellen.

Sie schlenderte zur Jukebox und dachte an die vielen Male, die sie Dare und Eddie auf die Tanzfläche geschleift hatte, als sie Teenager gewesen waren. Wer hätte gedacht, dass aus Dare mal ein so guter Tänzer werden würde? Dieser Mann hatte Bewegungen drauf, die einen Stripper vor Neid erblassen lassen würden.

Sie schaltete »I Like It. I Love It« an, gefolgt von einigen anderen Songs, die sie liebte. Sobald die Musik ertönte, schloss sie die Augen und ließ die Klänge ihre Seele umspülen. Sie stellte sich vor, sie drei wären erneut Teenager, und überließ ihrem Körper das Kommando, bewegte sich so frei wie damals mit Dare und Eddie, ohne sich darum zu scheren, wer ihr zusah oder wie sie dabei wirkte. Ihr Herz raste, als sie durch den Raum tanzte, sich um die Tische drehte und in den Ring mit dem mechanischen Bullen schlängelte. Sie fuhr mit einer Hand über den glatten Ledersattel. Wie gern sie doch darauf ritt! Zwar war sie nicht so gut wie Birdie, und sie hatte auch nicht die geringste Ahnung, wie diese zierliche Person sich derart wacker schlagen konnte, aber sie hielt sich durchaus eine Weile darauf. Allerdings hatte sie es zusammen mit allem anderen, das ihr einen Adrenalinschub verpasste, aufgegeben. *Zusammen mit Dare.*

Billie tanzte um den mechanischen Bullen herum und sang einen Song nach dem nächsten mit, während sie versuchte, ihre Gefühle und die Erinnerungen, die ihr zu schaffen machten, zu bewältigen. Sie tanzte mit noch mehr Elan und sang lauter, aber es nutzte einfach nichts. Der Song »Angel Eyes« von Love and

Theft fing an, und damit einer ging das Bild von Dare, der neben dem mechanischen Bullen stand und sie zu überreden versuchte. *Das ist ein Song über dich, Mancini. Komm her und zeig diesen lahmen Cowboys, wie man das macht.* Sie musste unwillkürlich grinsen, und ihr alter Kampfgeist machte sich erneut bemerkbar. Um sich zu vergewissern, dass sie auch wirklich allein war, schaute sie sich um, bevor sie sich auf den Bullen schwang. Ihre Beine pressten sich dagegen, ohne dass sie es bewusst tun musste, und sie entspannte den Oberkörper. Dann schwankte sie im Takt der Musik, doch der Drang war einfach zu groß. Schon schwang sie die Arme in die Luft, hob den Hintern vom Sattel und wedelte mit den Händen, als würde sie tatsächlich reiten, während sie ein lautes *»Juhu!«* ausstieß.

»Soll ich das Ding einschalten, damit es echter wirkt?«

Sie riss den Kopf herum und bemerkte ihren Vater, der auf sie zukam und dessen dunkle Augen unter den pechschwarzen Brauen strahlten. Er musste durch die Hintertür hereingekommen sein und trug Jeans und Hemd, während er sie mit hoffnungsvoller Miene betrachtete. Sie stieg peinlich berührt vom Bullen.

»Feierst du eine kleine Party, Draufgängerin?«

Ihr Brustkorb zog sich zusammen. »So hast du mich seit einer Ewigkeit nicht mehr genannt.«

»Ich habe dich auch schon lange nicht mehr auf diesem Bullen sitzen sehen.« Er legte einen Arm um sie, zog sie an sich und drückte ihr einen Kuss auf den Kopf. »Es ist schön, dass du wieder reitest.«

»Ich bin nicht geritten.« Sie ging die Jukebox ausschalten. Auch wenn sie ihre ganze Familie liebte, hatte sie ihrem Vater schon immer am nächsten gestanden. Ihre Mutter hielt sie für ein wildes Ding, und Bobbie war dermaßen ausgeglichen, dass sie die Hälfte der Zeit nicht wusste, was sie von ihrer großen Schwester halten sollte. Doch ihr Vater nahm die Dinge einfach so hin, wie sie waren. Er konnte das in ihr brennende Feuer ebenso verstehen wie ihr Bedürfnis nach Einsamkeit. Das bedeutete noch lange nicht, dass es ihm gefiel, wie sie alle auf Armeslänge Abstand hielt, erst recht nicht in den letzten Jahren, aber er schien zumindest ihr Bedürfnis danach zu begreifen.

»Ist alles in Ordnung, Spatz?«

»Ja, ich musste nur nachdenken.«

»Die meisten Leute hören laut Musik und steigen auf den Bullen, weil sie eben nicht nachdenken wollen.« Er ging hinter den Tresen und öffnete einen der Kühlschränke darunter. »Das hört sich für mich nach einem Root-Beer-Moment an.« Mit diesen Worten stellte er zwei Dosen auf die Bar.

»Dad …« Root-Beer war schon immer ihr beider Ding gewesen. Wenn die Dosen auf den Tisch kamen, wusste sie, dass sie seine ganze Aufmerksamkeit hatte, und er schien immer zu wissen, wann der richtige Augenblick dafür gekommen war.

Er zeigte auf einen Barhocker. »Komm her und setz dich zu deinem alten Herrn.« Als sie sich gesetzt hatte, nahm er neben ihr Platz. »Wie war das Laufen heute früh?«

»Gut, aber anstrengend. Ich war so müde.«

»Schläfst du nicht genug?« Er öffnete die Dosen und stellte eine vor Billie.

Sie schüttelte den Kopf und trank einen Schluck. Es war schon seltsam, dass allein das Zusammensitzen mit ihrem Vater und der vertraute Geschmack ihre Anspannung senkten.

»Kann ich irgendwie helfen?«

»Kannst du verwirrte Gedanken entwirren?« Sie konnte mit ihm über alles reden, hatte ihm aber dennoch nie die Wahrheit über das gesagt, was an diesem schicksalhaften Tag zwischen ihr und Eddie vorgefallen war. Diese Last hatte sie allein tragen müssen ... bis sich Dare geschickt wieder einen Weg in ihr Leben gebahnt hatte – und in ihr Herz.

»Hey, wer mit drei Frauen zusammenlebt und sogar Hängematten für Puppen bastelt, kann alles.« Seine Miene wurde ernst. »Was ist denn los, Spatz?«

»Dare ist los. Seit wann ist er so redselig?«

Ihr Vater gluckste. »Es ist schon eine Weile her, dass du Zeit mit ihm verbracht hast. Er weiß seine Ausbildung nun schon seit geraumer Zeit gut einzusetzen, und er hat sehr vielen Menschen geholfen. Gehe ich recht in der Annahme, dass er endlich deine Aufmerksamkeit erregt hat?«

»So könnte man es ausdrücken. Wir haben den Tag in Cliffside verbracht, und er hat es sogar geschafft, dass ich alles mitgemacht habe.«

Er strahlte sie an. »Das ist ja nicht zu fassen.«

»Ja, nicht wahr? Dieser elende Dare.«

»Wie konnte er dich überhaupt überreden, ihn dorthin zu begleiten?«

»Das ist es ja: Ich habe keine Ahnung. In einem Moment war ich wachsam wie immer und die knallharte Billie, und im nächsten stand Dare in meinem Haus und hat verlangt, dass ich in seinen Wagen einsteige. Und ich hab's getan.«

»Das hört sich ganz danach an, als wäre er es leid gewesen, von dir ignoriert zu werden, aber du bist eine starke Frau, Billie. Ein Teil von dir muss sich gewünscht haben, dorthin zu fahren.«

»Das stimmt. Und ihn habe ich auch vermisst.«

»Er ist ein guter Mann, Liebes. Du bist mit ihm zusammen durch dick und dünn gegangen, und damit meine ich nicht nur die letzten Jahre. Es erstaunt mich eher, dass er so lange gebraucht hat. Ich weiß nicht, ob du dich noch daran erinnerst, aber als du acht warst, hattest du auf einmal beschlossen, dass er nicht mehr dein Freund wäre, weil er dich als dämlich bezeichnet hat.«

»Daran erinnere ich mich nicht.«

»Wahrscheinlich, weil es nicht lange angehalten hat. An diesem Abend hat er sich das Quad seines Vaters geschnappt und ist damit hergefahren. Er hat mit seinem Taschenmesser ein Loch in das Fliegengitter vor deinem Fenster geschnitten und ist in dein Zimmer geklettert. Dann hat dich dieser Junge geweckt und dir mitgeteilt, dass er erst wieder gehen wird, wenn du wieder seine Freundin bist.«

Billie musste lachen. »Oh ja, daran erinnere ich mich, aber ich wusste nicht mehr, warum er das getan hat. Er hatte einen Rucksack voller Oreos, Chips mit Barbecuegeschmack und Capri-Sonne dabei, nicht wahr?« *Draufgängersnacks.* Sie hatte am liebsten Oreos gegessen und Dare Chips mit Barbecuegeschmack, während Eddie liebend gern Capri-Sonne trank. Sie hatten förmlich davon gelebt, und ihre Eltern hatten stets einen ordentlichen Vorrat an diesen Snacks zu Hause gehabt.

»Genau so ist es, und er trug seinen Lieblingscowboyhut, den du ihm bei jeder sich bietenden Gelegenheit stibitzt hast. Er schlug sogar vor, ihn dir zu schenken, wenn du dann wieder seine Freundin bist, und hat sich entschuldigt, weil er dich als dämlich bezeichnet hatte.«

»An diese Entschuldigung erinnere ich mich auch. Er sagte, es täte ihm leid, dass er mich dämlich genannt hatte, aber ich wäre nun mal ein Mädchen, und daran könnte er eben nichts ändern.« Sie lächelte. »Er war schon ein lustiger Kerl.«

»Das mag sein, aber als du ihn und alle anderen aus deinem

Leben ausgeschlossen hast, kam er Tag für Tag, Woche für Woche, Monat für Monat vorbei und flehte uns an, mit dir zu reden und dich davon zu überzeugen, wieder mit ihm zu sprechen. Er sagte, er würde alles dafür tun. Er schlug sogar vor, für den Rest seines Lebens ohne Lohn in der Bar zu arbeiten, wenn wir dich nur dazu bringen, mit ihm zu reden. Und du kennst Dare. Ich bin fest davon überzeugt, dass er das auch gemacht hätte.«

»Mom hat mir erzählt, dass er da war, aber sie hat nie erwähnt, dass er kostenlos arbeiten wollte.«

»Wenn du mich fragst, hätte er alles dafür getan, dich wieder an seiner Seite zu haben. Ich weiß noch immer nicht, wo oder warum du diese Verbindung unterbrochen hast, aber ich war der Ansicht, dass das deine Angelegenheit wäre und dass du mich schon wissen lässt, wenn du darüber reden möchtest.«

Ihr Brustkorb zog sich zusammen, als sie an die vielen Male dachte, die ihr Vater versucht hatte, an sie heranzukommen, doch sie war dafür innerlich zu zerbrochen gewesen. Geradezu untröstlich. »Es ist mir unfassbar schwergefallen, ihn auf Abstand zu halten, doch ich hatte zu große Angst, ihn wieder an mich ranzulassen.« Sie fuhr die Buchstaben auf der Dose nach.

»Wovor hattest du denn Angst?«

Ihr kamen die Tränen, auch wenn sie selbst nicht erklären konnte, was der Grund dafür war. Sie trank einen Schluck, versuchte, sie zu unterdrücken, und zwang die Worte über ihre Lippen. »Dass die Wahrheit ans Licht kommt.«

»Die Wahrheit?« Er zog die Augenbrauen hoch.

»Es gibt da so vieles, das du nicht weißt, Dad. Ich habe mich an dem Tag, an dem Eddie gestorben ist, von ihm getrennt, und zwar, weil ich etwas für Dare empfand. Das habe ich Eddie allerdings nicht gesagt. Ich sagte nur, dass ich ihn nicht so liebe, wie ich es sollte, um ihn zu heiraten. Ich wollte ihm auch den Ring zurückgeben, doch er wollte ihn nicht annehmen, und er sagte ...« Sie wischte sich die Tränen von den Wangen, die sich einfach nicht aufhalten ließen, und kämpfte gegen die drohende Sturzflut an. »›Du machst das wegen Dare, nicht wahr? Für dich hat es immer nur ihn gegeben.‹ Aus diesem Grund fuhr er mit dem Motorrad, anstatt uns wie geplant zu filmen. Er war so wütend, und dann war er tot, und ich bekam nie die Gelegenheit, ihm alles zu erklären oder mich bei ihm zu entschuldigen. Dare und ich waren nach dem Parkbesuch noch zusammen, und jetzt fühle ich mich deswegen so schuldig, dass ich einfach nicht weiß, was ich tun soll.«

Ihr Vater stand auf und nahm sie in die Arme, und als sie sich so sicher und geborgen fühlte, ließ sie den Tränen freien Lauf und auch dem Schmerz, der sich anfühlte, als wäre er tief in ihrem Inneren verankert.

»Lass es raus, Kleines. Es ist alles gut.«

»Ich bin ein schrecklicher Mensch, oder?«

»Nein, Spatz.«

Sie nickte an seiner Brust. »Doch, das bin ich.«

Er legte ihr die Hände an die Schultern und sah sie so ernst an wie noch nie. »Wie um alles in der Welt kommst du denn auf so eine Idee? Weißt du denn nicht, wie viele Leute mit Menschen verheiratet sind, die sie nicht lieben? Hättest du Eddie wirklich geheiratet, wäre ich erstaunt gewesen. Aber ich hatte ehrlich gesagt gar nicht damit gerechnet, dass du seinen Antrag überhaupt annimmst, Billie, und er hat es auch nicht.« Er reichte ihr eine Serviette, damit sie sich die Augen trocknen konnte, und sie setzten sich wieder.

»Du wusstest, dass er mir einen Antrag machen würde?« Sie

wartete nicht auf eine Antwort. »Und was meinst du damit, dass er nicht geglaubt hat, ich würde seinen Antrag annehmen? Und wenn du glaubtest, dass ich ablehne, wieso hast du ihn mich dann überhaupt fragen lassen?«

»Weil ich nicht geglaubt habe, dass er es wirklich durchzieht. Ich dachte, er reißt sich zusammen und macht mit dir Schluss.«

»*Er reißt sich zusammen und macht mit mir Schluss?* War er unglücklich?« Wie konnte das sein, ohne dass sie etwas davon mitbekommen hatte?

»Nein, er war nicht unglücklich. Er war nur verwirrt. Er kam ein paar Tage, bevor er dir den Antrag gemacht hat, zu mir. Seine Liebe zu dir war groß, Schatz, und er wusste, dass du ihn geliebt hast, also zweifle das bitte niemals an. Aber ihm war auch klar, dass du ihn nicht so tief geliebt hast wie er dich. Ich habe vorgeschlagen, dass ihr zwei eine Pause einlegen solltet, aber er meinte, dass er dich nicht einfach gehen lassen könnte. Er musste wissen, wo du stehst. Habt ihr beide denn nie darüber geredet?«

Ihr Magen zog sich zusammen. »Du weißt doch selbst, dass ich im Reden nicht gut bin. Er hat mich gefragt, ob ich glücklich bin, und ich habe Ja gesagt, weil es der Wahrheit entsprach. Es ist schwer zu erklären. Ich habe ihn geliebt und war glücklich mit ihm, trotzdem hat ständig irgendetwas gefehlt. Das hätte ich ihm vermutlich sagen müssen, doch das konnte ich nicht.«

»Das hört sich ganz danach an, als hättet ihr beide eure Geheimnisse gehabt. Er ahnte, dass irgendetwas nicht ganz stimmte und dass du insgeheim Gefühle für Dare hattest.«

»Aber wieso hat er mir dann einen Antrag gemacht? Warum hat er mich nicht einfach direkt gefragt, ob ich ihn ebenso liebe wie er mich?«

»Wahrscheinlich aus demselben Grund, aus dem du ihm nicht einfach offen gestanden hast, dass du auch etwas für Dare empfindest. Dass das mit euch in einer Dreiecksbeziehung endet, war für uns alle offensichtlich. Ich kann dir gar nicht sagen, wie oft wir mit Dares und Eddies Eltern darüber gesprochen haben.«

»Na super«, murmelte sie sarkastisch.

»Junge Liebe ist niemals einfach, Schatz. Eddie hatte dir bereits den Ring gekauft und seine Entscheidung getroffen. Er wollte nur meinen Segen. Er sagte, wenn du ihn abweist, wäre er am Boden zerstört, könnte aber einfach gehen. Darum muss ich dich das jetzt fragen, Billie: Warum hast du den Antrag überhaupt angenommen?«

»Ich weiß es nicht. Ich habe ihn so sehr geliebt, und er hat sich solche Mühe gegeben, der beste Freund zu sein. Und das ist ihm auch gelungen. Er war ein toller Freund. Ich wollte ihn so lieben, wie er mich geliebt hat, aber es passierte einfach nicht, und dann kniete er auf einmal vor mir, hielt einen Verlobungsring in der Hand, den er nur für mich ausgesucht hatte, und er war irgendwie wie ein sicherer Hafen für mich.«

»Was meinst du damit?«

Sie zuckte mit den Achseln. »Das kann ich dir selbst nicht mehr sagen. Es geht auf jeden Fall in unsere Teenagerzeit zurück.« Über die Misskommunikation zwischen Dare und ihr nach der Knutscherei im Teenageralter wollte sie ihm nun wirklich nichts erzählen. »Es war ein Fehler, seinen Antrag anzunehmen, und ich wünschte, ich könnte es rückgängig machen.«

»Ich verstehe, wie du dich fühlst, aber du musst auch der Wahrheit ins Auge sehen. Der Antrag war schlicht und ergreifend Eddies verzweifelter Versuch, die Frau, die er liebte, festzuhalten. Es ist wunderbar, derart geliebt zu werden, und du solltest dich nicht schuldig fühlen, weil du seine Liebe nicht auf dieselbe Weise erwidern konntest. Wir können nicht bestimmen, in wen wir uns verlieben. Das ist doch das Schöne an der Liebe. Sie schleicht sich an, wenn man nicht aufpasst, und wenn es die wahre Liebe ist, lässt sie einen nie wieder los. Aber bei den meisten Menschen wird diese tiefe, verzweifelte Liebe nicht erwidert.«

»So wie bei Eddie.«

»Das stimmt nicht. Du hast ihn geliebt. Diese Tatsache lässt sich nicht leugnen, und er hat das gewusst, Liebes.«

»Ich wünschte, du hättest mich vorgewarnt, dass er mir einen Antrag machen würde. Vielleicht hätten wir dann über alles reden können und du hättest mir geraten, den Antrag abzulehnen. Aber so war ich viel zu geschockt und überrumpelt und habe das Falsche getan.«

»Das hätte eine einfache Lösung sein können. Aber es gibt in Bezug auf die Liebe kein richtig oder falsch. Du hast in diesem Augenblick getan, was dir dein Herz gesagt hat. Und das ist okay. Du musst aufhören, dir die Schuld an dem zu geben, was passiert ist. Eddie war für mich wie ein Sohn. Wir haben alle einen guten Freund verloren, doch daran trägt niemand die Schuld. Nicht einmal er. Er wusste nicht, was passieren würde. Für mich klingt das alles so, dass er sich vor lauter Aufregung eingeredet hat, es schaffen zu können.«

»Das hat Dare auch gesagt. Seiner Meinung nach wollte er beweisen, dass er trotzdem noch ein Mann war und dass ich ihn nicht gebrochen hatte.«

»Dare ist ein kluger Mann, und da ist bestimmt etwas dran. Aber damit das klar ist, Liebes: Ich bin dein Vater, aber du warst zu diesem Zeitpunkt erwachsen und auch kein Mauerblümchen. Hättest du ihn nicht heiraten wollen, dann hättest du ihm das schon gesagt, davon bin ich überzeugt. Wenn ich dir allerdings davon abgeraten hätte, wärst du vielleicht auf die Idee gekommen, ihn erst recht zu heiraten, nur um mir zu zeigen, dass du die knallharte Billie bist und tun kannst, was immer du willst.«

Sie verdrehte die Augen.

»Du kannst die Augen verdrehen, aber du weißt trotzdem, dass ich recht habe.« Er lächelte sie an. »Es ist nicht leicht, Kinder zu haben, und ich weiß nie, ob ich das Richtige tue. Daher mache ich immer, was sich gerade richtig anfühlt, und ich hatte nie vor, den Verlauf des Lebens einer meiner Töchter zu verändern. Ich habe nie versucht, dir deinen Wagemut auszureden, dir zu raten, etwas anderes zu tun als die Bar zu führen, oder dir verboten, Lederhosen oder bauchfreie Oberteile zu tragen, weil das alles deine Entscheidungen sind und sie dich zu dem Menschen machen, der du bist. Aber ich habe versucht, euch Mädchen immer spüren zu lassen, dass ich für euch da bin und dass ihr jederzeit mit mir reden könnt.«

»Du bist ein toller Vater, und ich habe immer gewusst, dass ich mit allem zu dir kommen kann. Ich wünschte nur, ich hätte das damals auch getan.«

»Wir können die Zeit nicht zurückdrehen, Spatz, aber eines lass dir gesagt sein: Ich habe dich dazu erzogen, die richtigen Entscheidungen für dich zu treffen und dich mit den daraus folgenden Konsequenzen abzufinden. Aber mit einer solchen Situation habe ich nie gerechnet. Im Nachhinein wünschte ich, eine Glaskugel gehabt zu haben. In diesem Fall hätte ich dich aufgehalten, bevor du Ja sagen konntest, aber nicht, weil ich glaube, ich hätte das ändern können, was Eddie zugestoßen ist.

Du weißt, dass ich der Ansicht bin, das Universum gibt und nimmt und dass wir alle keine Kontrolle über das Wann und Wie haben. Aber ich hätte dich aufgehalten, damit du dir nicht die Schuld gibst, denn es war Eddies Entscheidung, diesen Stunt zu versuchen. Er hat sich auch entschieden, dir den Antrag zu machen, obwohl er wusste, dass du höchstwahrscheinlich Nein sagen würdest. Du musst diese Schuldgefühle loslassen, und vielleicht ist der beste Weg dazu genau der, den du eingeschlagen hast.«

»Indem ich verrückt werde?«

»Du wirst nicht verrückt, Schatz. Ganz im Gegenteil. Du lässt nach und nach wieder andere in dein Leben, und das sorgt dafür, dass neben den Schuldgefühlen weitere Gefühle auftauchen, darunter eine ganze Menge, die du all die Jahre unterdrückt hast. Wenn es eines gibt, das ich in der Therapie gelernt habe, dann dass es immer erst schlimmer wird, bevor es aufwärts geht, und selbst wenn du denkst, alles wäre in bester Ordnung, verpasst das Leben dir doch wieder einen Tritt in den Hintern. Aber bis dahin hast du hoffentlich so viele von uns wieder an dich rangelassen, dass wir dir helfen können, wenn es so wehtut, dass du am liebsten erneut alle Türen hinter dir zuschlagen würdest.«

Das konnte sie ebenfalls nur hoffen, denn es war hart und einsam hinter diesen verschlossenen Türen, und obwohl sie sie nach und nach öffnete, wusste sie doch längst, dass das Leben draußen sehr viel besser war. »Ich wusste gar nicht, dass du eine Therapie gemacht hast.«

»Deine Mutter und ich waren beide in Therapie, denn wir hatten nicht nur Eddie verloren, sondern auch einen großen Teil von dir, und damit kamen wir beide nicht gut zurecht. Aber Colleen drüben auf der Ranch war für uns da und hat uns geholfen, das durchzustehen.«

Sie konnte es kaum glauben. »Das tut mir so leid, Dad. Ich hatte ja keine Ahnung, dass meine Launen dich und Mom so treffen.«

»Ihr Mädchen seid unser Ein und Alles. Wenn ihr traurig oder wütend seid, sind wir es ebenfalls. Trotzdem musst du dich nicht bei mir entschuldigen. Ich bin dein Vater, und das gehört nun mal dazu. Außerdem habe nicht ich am meisten gelitten. Das war die ganze Zeit die Frau, deren Gesicht du jeden Morgen im Spiegel siehst.«

Bei seinen Worten schnürte es ihr die Kehle zu.

»Und was Dare angeht, so hat er die knallharte Billie nicht ausgelöscht, indem er dich dazu gebracht hat, mit ihm in den Park zu gehen. Vielmehr hat er dieser starrköpfigen Frau einen ordentlichen Schubs verpasst und damit dafür gesorgt, dass du dich deiner Angst stellst. Es braucht ganz schön viel Mumm, Dingen ins Gesicht zu sehen, die einem Angst einjagen.« Er beugte sich vor und senkte die Stimme. »Und wir wissen beide, dass ich damit nicht die Achterbahn im Park meine.«

Ihr Handy vibrierte, und sie nahm es aus der kleinen Tasche an ihrem Oberarm. Dare hatte ihr eine Nachricht geschickt, und ihr Herz schlug schneller, als sie sie las. *Hey, Wildfang. Sich Zeit zu nehmen ist ja schön und gut, aber ich verbringe meine lieber mit dir. Hoffentlich hilft es wenigstens dir.* Wie konnte eine einzige Nachricht eine derartige Wärme in ihr auslösen? Sie hätte am liebsten mit *Du fehlst mir auch* geantwortet, doch nach allem, was ihr Vater eben gesagt hatte, und der damit einhergehenden Erleichterung schien sie trotzdem noch nicht in der Lage zu sein, ihre Gefühle schriftlich festzuhalten.

»Ist alles in Ordnung?«, erkundigte sich ihr Vater.

Sie nickte. »Dank dir gibt es jetzt eine Menge, worüber ich

nachdenken muss, Dad. Ich glaube allerdings, dass es eine größere Herausforderung ist, aus all meinen Gefühlen schlau zu werden, als jedes Rennen und jeder Stunt meines Lebens.«

»Das liegt nur daran, dass dir keine Hürde zu hoch ist und du es jetzt mit dir selbst zu tun bekommst. Aber wir wissen beide, dass nichts dich aufhalten kann, wenn du dir erst einmal etwas in den Kopf gesetzt hast.«

Er hatte ja keine Ahnung, wie sehr sie hoffte, dass dem wirklich so war.

»Das ist viel besser, als Pferdemist zu schaufeln.« Kenny zog die letzte alte Schraube aus dem hölzernen Zaunpfahl, den sie reparierten, und warf sie in den Eimer, wobei er die Augen gegen die Nachmittagssonne zukniff. Den Hut, den ihm Dares Mutter gegeben hatte, mochte er nicht, da er darunter angeblich schwitzte.

Sie reparierten nun schon seit vierzig Minuten Zäune, und Kenny hatte sich als eifriger Arbeiter erwiesen.

»Auf einer Ranch gibt es immer etwas zu tun. Manche Aufgaben machen keinen Spaß, andere schon. Aber wenn wir nachlässig werden, könnten sich die Pferde verletzen.« Dare stellte den Eimer mit den alten Schrauben neben den nächsten Zaunpfahl und sah zu, wie Kenny ein neues Zaunstück vom Wagen holte.

»Wieso arbeitest du dann überhaupt hier, wo du doch auch in einem Büro sitzen könntest?«

Dare reichte ihm den Akkuschrauber und hielt das andere Ende des Zaunpfahls fest. »Ich lasse mich nicht gern einsper-

IMMER ÄRGER MIT WHISKEY

ren.« Was er nicht aussprach, war, dass sich Kinder wie Kenny leichter öffneten, wenn sie mit etwas anderem beschäftigt waren. Es gab nichts Schlimmeres, als sich wie der Eröffnungsakt einer Show vorzukommen, und Dare, der nach Eddies Tod Dutzende Male im Büro seiner Mutter aufgetaucht war, um mit ihr zu reden, kam eine normale Einzeltherapie in einer Praxis genau so vor. Seine Mutter hatte oft vorgeschlagen, einen Spaziergang zu machen, und dabei war es ihm um ein Vielfaches leichter gefallen, über seine Gefühle und Ängste zu sprechen. *Hast du Zeit für einen Spaziergang?* war inzwischen ihr Code für *Ich habe einen beschissenen Tag und könnte Hilfe gebrauchen.* Nachdem er selbst angefangen hatte, mit Patienten zu arbeiten, war ihm klar geworden, dass er ein deutlicheres Bild von ihnen bekam, wenn sie sich im Freien unterhielten, und das war überaus hilfreich. Heute half die Ablenkung aber auch Dare. Er hatte Billie vor mehreren Stunden eine Nachricht geschickt und noch immer nichts von ihr gehört. Inzwischen musste er sich zusammenreißen, um nicht zu ihr zu fahren und herauszufinden, was in aller Welt in ihrem Kopf vor sich ging.

»Geht mir genauso. Ich sitze nicht gern rum.« Kenny brachte die Schrauben so an, wie Dare es ihm gezeigt hatte, und widmete sich dem Zaunpfahl. Als er fertig war, reichte er Dare den Akkuschrauber. »Wann bekomme ich mein Handy zurück?«

»Wenn ich finde, dass du bereit dafür bist. Wen willst du denn anrufen?«

Kenny zuckte mit den Achseln und sah Dare bei der Arbeit zu.

Dare beäugte den Jungen, der zu glauben schien, die ganze Welt wäre gegen ihn, und erinnerte sich daran, wie schwer dieses Alter war. Der Wunsch, cool zu sein und akzeptiert zu werden, war fast so intensiv wie die Hormone, die durch die Adern rasten. Die gestrige Sitzung war relativ gut verlaufen. Kenny redete zwar nicht besonders viel, doch daran war Dare gewöhnt, und er hatte einige erste Andeutungen darüber erhalten, wie wütend der Junge war, dass er von seinen Freunden hatte wegziehen müssen.

»Und was muss ich dafür tun? Wie bringe ich dich dazu, dass du mich für bereit hältst?«

»Mach einfach so weiter wie bisher. Arbeite, rede mit mir, bleib clean, und dann finden wir gemeinsam heraus, wie du tickst und wie wir dich davon abhalten, noch mal ein Auto zu klauen.«

Kenny schnaubte, als er die Werkzeuge und den Eimer im Wagen verstaute. »Ich weiß genau, wie ich ticke.«

»Ach ja?« Dare entdeckte Cowboy, der auf Sunshine, einer süßen Palomino-Stute, die sie vor ein paar Jahren gerettet hatten, auf sie zugeritten kam. Sie war Cowboys Lieblingspferd, obwohl er mehrere besaß. »Erzähl mir drei Dinge über dich.«

Kenny wich einige Schritte zurück und sah Cowboy voller Furcht entgegen. »Ich mag keine Pferde.«

Cowboy sah von Kenny zu Dare. »Ist alles in Ordnung?«

»Er mag keine Pferde«, erklärte Dare achselzuckend.

»Wieso nicht? Hattest du mal ein schlechtes Erlebnis mit einem Pferd?«, hakte Cowboy nach.

»Nein, aber sie machen mir Angst. Sie sind riesig, und sie sehen einen an, als wüssten sie, was man denkt.« Kenny trat näher an den Wagen heran.

»Sie sehen dich so an, weil sie unsere Sprache nicht sprechen. Daher halten sie Ausschau nach Hinweisen auf das, was du denkst und was sie von dir zu erwarten haben.« Cowboy tätschelte Sunshine.

»Pferde sind sehr sensible Geschöpfe.« Dare trat neben Sunshine und machte Kussgeräusche. Sie legte den Kopf schief und drückte die Nüstern gegen seine Brust, und er drückte Küsse auf ihren Kopf und kraulte sie unter dem Kinn. »Siehst du? So umarmen sie einen. Man muss erst einmal ihr Vertrauen gewinnen, aber wenn das geschafft ist, behandeln sie einen mit derselben Liebe und mit demselben Respekt, die du ihnen entgegenbringst.«

»Auf einem Pferd zu reiten, macht auch viel mehr Spaß, als in einem Auto zu sitzen«, fügte Cowboy hinzu.

Kenny schüttelte den Kopf. »Das mag ja alles sein, aber ich hab trotzdem Schiss vor ihnen.«

Dare und Cowboy tauschten einen vielsagenden Blick.

»Merk dir meine Worte, Kenny«, meinte Cowboy. »Aus dir machen wir auch noch einen Cowboy.«

»Wo willst du denn hin?«, fragte Dare.

»Ich muss im Haupthaus mit Maya reden, aber der Tag ist so schön, dass ich einen Umweg gemacht habe. Der Zaun sieht gut aus.«

»Danke«, erwiderte Dare. »Kenny macht wirklich gute Arbeit. Wir werden uns gleich um den nächsten kümmern.«

»Das ist super. Dann bis später.«

Nachdem Cowboy weggeritten war, atmete Kenny sichtlich erleichtert auf.

Dare zeigte auf den Wagen, und sie stiegen ein. »Bist du dir ganz sicher, dass du noch nichts Negatives mit einem Pferd erlebt hast?«

»Ja, Mann. Ich war bisher nicht mal in deren Nähe.«

»Vielleicht schaffen wir es ja, dich ganz langsam an sie zu gewöhnen, und können deine Angst so abbauen.«

»Wenn du meinst.« Kenny starrte aus dem Fenster.

Auf dem Weg zu einer anderen Weide, an der auch ein Zaun repariert werden musste, kehrte Dare zu ihrem Gespräch darüber zurück, wie Kenny tickte. »Du hast gesagt, du wüsstest, wie du tickst. Kannst du mir noch zwei weitere Dinge über dich erzählen?«

»Ich weiß nicht«, murmelte Kenny, ohne Dare anzusehen. »Das ist doch blöd.«

»Wieso ist es blöd, dass ich dich besser kennenlernen will?«

»Weil es unwichtig ist.«

»Das ist es überhaupt nicht. Ich möchte dir dabei helfen, in Zukunft keine Autos mehr zu klauen, damit du nicht noch schlimmere Verbrechen begehst. Da draußen wartet eine verdammt große Welt, Kenny. Vielleicht finden wir ja raus, wo du hingehörst.«

Kenny schwieg eisern, als sie über das Gelände fuhren, und Dare ließ ihn schmoren, merkte sich jedoch, welche Themen den Jungen verstummen ließen. Als sie den kaputten Zaun erreichten, gingen sie um den Wagen herum und holten das Werkzeug heraus.

»Na los, Kenny. Gib mir irgendwas. Was magst du noch oder kannst du nicht leiden?«

Kenny zuckte mit den Achseln und griff nach dem Eimer.

»Was ist mit Mädchen? Magst du sie?«

»Ja, aber sie lügen.«

»Das machen Jungs dummerweise auch. Welches Mädchen hat dich denn angelogen, sodass du jetzt glaubst, sie wären alle Lügerinnen?«

Der Junge trat ins Gras. »Ist nicht weiter wichtig.«

»So etwas machst du ziemlich oft. Du behauptest, Dinge, die deine Gefühle beeinflussen, wären nicht wichtig. Das sind sie aber, Kenny. Deine Gefühle sind wichtig für mich und auch für deine Eltern und deine Freunde.«

»Blödsinn. Meinen Eltern bin ich doch scheißegal.« Seine Stimme wurde schriller. »Sie haben mich aus allem rausgerissen, was ich kannte. Es hat sie nicht im Geringsten interessiert, dass ich meine Freunde oder meine Freundin verliere. Und weswegen? Damit mein Vater irgendeinen lahmen Job machen kann?« Er ballte die Fäuste. »Also erzähl mir hier nicht, meine Gefühle wären wichtig für meine Eltern oder meine Freundin, denn die ist mit meinem besten Freund ins Bett gegangen.« Er wandte Dare den Rücken zu, und seine Schulten hoben und senkten sich schnell, weil er derart wütend war.

Das war ein harter Schlag, den man nicht so leicht überwand. »Puh, das ist übel. Tut mir wirklich leid, dass du das erleben musstest.«

»Und ob das übel ist. Also frag mich jetzt bloß nicht, wie ich mich deswegen fühle.«

»Wieso sollte ich das tun, wo ich doch sehe, wie dich das mitnimmt?« Dare ging um Kenny herum, damit er ihm ins Gesicht sehen konnte, und wie vermutet tobte da ein Gefühlswirrwarr in seinen Augen, wobei die Traurigkeit am dominantesten war.

Kenny runzelte die Stirn. »Was ist?«

»Du tust mir leid. Ich weiß genau, wie es ist, jemanden zu lieben, der sich für jemand anderen entscheidet.«

»Ja, klar«, stieß Kenny hervor und wandte sich ab.

»Es fühlt sich an, als hätte man dir ein Messer in die Brust gerammt. Man wurde von den Menschen verraten, denen man am meisten vertraut hat. Daher stellt man alles und jeden infrage. Das Vertrauen in andere ist auf einen Schlag verschwunden, und man würde am liebsten eine Mauer um sich aufbauen, damit einem niemand mehr wehtun kann.«

Kenny beäugte ihn skeptisch.

»Ich habe dir doch gesagt, dass ich so etwas auch erlebt habe.«

»Jetzt erzähl mir bloß nicht wie alle anderen, dass mein bester Freund gar kein richtiger Freund war und dass sie und ich nicht füreinander bestimmt gewesen wären.«

»So etwas würde ich nie tun, weil solche Situationen in meinen Augen nicht vergleichbar sind. Außerdem weiß ich zu wenig über eure Beziehung, um mir eine Meinung bilden zu können. Möglicherweise wart ihr nicht füreinander bestimmt, vielleicht hast du sie auch schlecht behandelt oder sie war nicht gut für dich. All diese Urteile maße ich mir nicht an. Ich weiß ja noch nicht mal, wie lange ihr zusammen wart oder wie es zwischen euch lief, als du wegziehen musstest.«

»Sechs Monate.«

»Das ist ziemlich lange. Hast du sie geliebt?«

Kenny nickte und mahlte mit dem Kiefer. »Sie hat versprochen, auf mich zu warten. Ich wollte mir einen Job suchen und Geld für ein Zugticket sparen, damit ich sie im Sommer besuchen kann.«

»Das ist ein guter und schlauer Plan.«

»Tja, den kann ich jetzt wohl vergessen. Drei Wochen später bekam ich eine Nachricht, dass sie doch nicht warten kann und sich von mir trennt.«

»Mann, das ist hart.« Und es erklärte so einiges.

»Ich will nicht darüber reden.«

Das würde ich auch nicht wollen, aber eines Tages werden wir es trotzdem tun. »Okay, dann erzähl mir noch etwas über dich.«

»Ich lasse mir nicht gern vorschreiben, was ich tun soll.«

»Das ist eine gute Information. So schwer war das doch gar nicht, oder?« Dare nahm die restlichen Werkzeuge aus dem

IMMER ÄRGER MIT WHISKEY

Wagen und trug sie zum Zaun. »Die meisten Menschen können es nicht leiden, wenn man ihnen vorschreibt, was sie machen sollen. Was stört dich daran am meisten?«

»Keine Ahnung. Eigentlich alles. Die Lehrer reden mit uns, als wären wir bescheuert. Meine Eltern sehen mich an wie ein Alien, und sie labern, als würden sie noch in der guten alten Zeit leben. Ständig sagen sie Dinge wie: ›Als ich noch zur Schule ging ...‹ Tja, weißt du was, alter Mann? Das ist hundert Jahre her.«

»Menschen berufen sich nun mal gern auf ihre Erfahrungen. Das kannst du ihnen nicht vorwerfen.«

»Aber sie begreifen es einfach nicht. Ich habe ihnen schon tausendmal gesagt, dass die Schule nicht mehr so ist wie damals, als sie in meinem Alter waren.«

Dare wusste, dass Kennys Noten vor dem Umzug gut gewesen waren, aber wenn er bei der Arbeit mit Teenagern eins gelernt hatte, dann war es, dass sie Dinge stets aus einem guten Grund ansprachen. »Hast du versucht, ihnen zu erklären, was heute anders ist als früher?«

»Wie meinst du das? Es ist eben so.«

»Aber es muss doch Gründe dafür geben. Die meisten Eltern haben das Gefühl, ihre Teenager nicht mehr zu kennen, und die Kinder glauben, ihre Eltern würden sie niemals verstehen ...«

»Ich weiß, dass meine es nicht kapieren werden.«

»Das können sie auch nicht, solange du nicht effektiv mit ihnen kommunizierst. Als ich in deinem Alter war und meine Eltern mit mir geredet haben, dachte ich schon längst an das, was ich als Nächstes machen wollte, wie meine Freunde treffen oder auf einem Geländemotorrad fahren.«

Kennys Augen leuchteten. »Du fährst Geländemotorrad?«

»Ja, aber darum geht es hier nicht.«

»Das ist total cool.«

»Das ist es, und wir können gern ein anderes Mal darüber reden. Ich will auf etwas anderes hinaus. Wäre dein Vater jetzt hier und würde versuchen, mit dir zu reden, während ihr einen Zaun repariert, würdest du vermutlich darüber nachdenken, wie du schnellstmöglich deine Hausaufgaben fertigkriegst, damit du danach noch Videospiele spielen kannst.«

»Nein, ich würde über Geländemotorräder nachdenken.«

Dare musste lachen, was ihm das erste echte Grinsen von Kenny einbrachte. »Deine Ehrlichkeit gefällt mir, aber die Sache ist die: Wenn deine Eltern mit dir reden wollen, schweifen deine Gedanken ab, daher gibst du ihnen vermutlich so steife Antworten wie: ›Das ist nicht dasselbe.‹ Aber deine Eltern sind wahrscheinlich nicht abgelenkt. Sie konzentrieren sich allein auf dich, und während du irgendwas darüber sagst, dass Schule heute anders ist, warten sie auf echte Antworten, die ihnen etwas über den Sohn verraten, den sie lieben, denn sie versuchen herauszufinden, wie sie dir helfen können.«

»Tja, sie helfen mir aber nicht, indem sie ständig dieselben blöden Fragen stellen.«

»Darüber hast du aber nun mal nicht die Kontrolle.«

»Das weiß ich selbst.«

»Hör mich erst einmal an. Deine Eltern sollen die richtigen Fragen stellen und dir zuhören, wenn du ihnen etwas zu sagen hast, korrekt?«

»Ja, und …?«

»Genau da kommt der Teil, bei dem du die Kontrolle übernehmen kannst. Es liegt an dir, ihnen mit mehr als einer beiläufigen Antwort zu erklären, was Sache ist, damit sie dich auch richtig verstehen. Ich werde dir ein Beispiel nennen. Du fällst bei einer Prüfung durch, und deine Eltern sagen, du hättest nicht genug gelernt. Das untermauern sie mit ihrer eigenen Erfahrung und behaupten, sie hätten früher immer stundenlang gelernt.«

»Genau das sagen sie doch ständig!«

»Und wie reagierst du?«

»Ich erkläre ihnen, dass ich genug gelernt habe, und dann streiten wir uns, weil sie es nicht kapieren. Der Unterricht hier ist schwerer als zu Hause.«

»Dann musst du ihnen genau das sagen.«

»Dann werden sie nur erwidern, dass ich mehr lernen muss.«

»Möglicherweise tun sie das. Aber wenn du das Gefühl hast, dass das nichts bringen wird, könntest du mit Argumenten kontern, dass das Internet vieles vereinfacht und man dadurch schneller recherchieren und sich informieren kann. Aber dann musst du ihnen auch noch sagen, dass der Stoff schwerer ist und dass du Hilfe benötigst.«

»Ich will ihre Hilfe aber nicht.«

»Wieso nicht?«

»Weil sie mich von oben herab behandeln. Sie tun immer so, als wäre ich beschränkt.«

»Es tut mir leid, dass du das so erlebst. Bedauerlicherweise erkennen viele Eltern nicht, wie Dinge, die sie sagen, bei ihren Kindern ankommen, und umgekehrt.« Er dachte an das Missverständnis mit Billie, als sie noch Teenager gewesen waren, und wünschte sich, er hätte damals schon dasselbe gewusst wie heute. »Wir können uns zusammen überlegen, wie du deinen Eltern deine Gefühle in Zukunft besser erklären kannst.«

Kenny warf ihm einen Seitenblick zu, als würde er darüber nachdenken, erwiderte jedoch nichts.

»In der Hitze des Augenblicks bringt uns der Instinkt dazu, uns auf jede nur denkbare Art zu verteidigen, und zwar so schnell wie möglich, egal ob es um Freunde, Eltern oder Lehrer geht. Aber wenn du dir einige Sekunden Zeit nimmst, bevor du etwas erwiderst, darüber nachdenkst, was die andere Person wirklich wissen muss, um deine Seite zu verstehen, könnte sich vieles zu deinen Gunsten verändern. Es muss nicht alles in Streit enden. Aber wenn du möchtest, dass andere deine Meinung respektieren, dann musst du lernen, effektiv zu kommunizieren, und ihnen ebenfalls Respekt erweisen.«

Kenny senkte den Kopf.

»Das Erweisen von Respekt fängt damit an, dass man die Menschen ansieht, die mit einem reden, selbst wenn es schwerfällt.«

Daraufhin sah Kenny ihn an.

Dare nickte anerkennend. »Deine Eltern haben Respekt verdient. Ich weiß, dass du das Gefühl hast, sie hätten Entscheidungen über deinen Kopf hinweg getroffen, aber der Entschluss, hierher zu ziehen, ist ihnen auch nicht leichtgefallen.«

»Woher weißt du das?«

»Weil ich mit ihnen gesprochen habe, als sie angerufen haben, um sich nach dir zu erkundigen.« In Kennys Augen flackerte etwas auf, als würde sich der Junge darüber freuen, dass sie das getan hatten. »Wusstest du, dass dein Vater mehrere Monate lang versucht hat, einen Job in der Nähe deiner alten Heimat zu finden, nachdem er entlassen worden war?«

Kenny schüttelte den Kopf. »Ich wusste nicht mal, dass man ihn entlassen hatte.«

»Das wundert mich nicht. Es ist die Aufgabe deines Vaters, seine Familie zu versorgen, und das war ihm dort, wo ihr früher gelebt habt, nicht länger möglich. Daher blieb ihm gar keine andere Wahl. Das ist nicht gerade schön für dich, erst recht nicht im Hinblick auf das, was mit dir und deiner Freundin passiert ist, aber ich hoffe doch, dass du dasselbe tun würdest wie dein Vater, wenn du irgendwann einmal an seiner Stelle bist.«

»Ich würde einen anderen Weg finden und mein Kind niemals zwingen, all seine Freunde zurückzulassen.«

Dare konnte diese Sichtweise durchaus verstehen, aber er wusste auch, dass die raue Realität sich häufig anders darstellte. Auch das würde Kenny eines Tages begreifen. »Hast du seit eurer Trennung noch mal mit diesem Mädchen gesprochen? Wie heißt sie überhaupt?«

»Katie. Und sie will nicht mit mir reden.«

»Gehe ich recht in der Annahme, dass du ihretwegen das Auto deiner Eltern genommen hast?«

»Ich wollte sie nur sehen und mit ihr reden«, knurrte Kenny wütend.

»Hast du geglaubt, du könntest sie zurückerobern?«

Kenny zuckte nur mit den Achseln.

»Wir können genauer darüber reden, wenn du bereit dazu bist. Und wenn du dir auch noch über einige andere Dinge klargeworden bist, darfst du sie vielleicht sogar anrufen, damit ihr einen anständigen Abschluss findet.«

Kenny sah ihn skeptisch an. »Das würdest du tun?«

»Wenn du bereit bist.«

»Ich bin bereit«, erklärte Kenny hoffnungsvoll.

»Immer mit der Ruhe, mein Freund. Das heißt, wenn ich glaube, dass du bereit bist.«

Kenny verdrehte die Augen.

»Ich kann dir versichern, dass du für diesen Anruf vorbereitet sein solltest. Das wird bestimmt kein einfaches Gespräch, und wenn du dabei die Nerven verlierst, tust du dir damit keinen Gefallen.«

»Wegen ihr oder wegen dir?«

»Beides. Aber keine Sorge. Ich habe Vertrauen in dich. Wir werden bessere Kommunikationswege erarbeiten und sichere Wege finden, wie du die ganze Wut in dir loswerden kannst.«

Kenny griff nach dem Eimer. »Können wir jetzt den Zaun reparieren?«

»Na, unbedingt.« Sie machten sich an die Arbeit. »Du hast das Schuljahr hinter dir, aber im Herbst wirst du vielleicht um Nachhilfe bitten müssen«, meinte Dare nach einer Weile. »Du bist zu klug, um es nicht zu versuchen. Wenn du deine Eltern nicht fragen willst, kannst du dich in der Mittagspause oder nach der Schule an einen Lehrer wenden, einen Freund bitten, dir zur Hand zu gehen, oder deine Eltern um Nachhilfestunden bitten.«

Kenny sagte keinen Ton, bis sie die Reparatur abgeschlossen hatten, und dann meinte er leise: »So schwer ist der Stoff gar nicht.«

Dacht ich's mir doch. »Ach nein? Wieso sind deine Noten dann immer schlechter geworden?«

»Wegen der Sache mit Katie. Ich konnte mich nicht konzentrieren.«

Dare hätte ob dieses Durchbruchs am liebsten eine Faust gen Himmel gereckt, und er wollte zu gern weiter nachhaken, wusste aber auch, dass er sich Zeit lassen musste und sich nichts anmerken lassen durfte. »Das ist verständlich. Vielleicht können wir morgen ja weiter drüber reden.«

»Dann sind wir für heute fertig?«

»Ja. Es sei denn, du hast noch Redebedarf?«

»Auf gar keinen Fall. Dwight und Simone wollten heute Zimtschnecken backen, und ich bin am Verhungern.«

»Zimtschnecken? Worauf warten wir dann noch? Auf zum Haupthaus.«

Als sie dort ankamen, stieg Kenny aus dem Wagen und sah Dare an, bevor er die Tür schloss. »Danke.«

»Wofür?«

»Dafür, dass du nicht gesagt hast, ich wäre fies zu meinen Eltern gewesen, obwohl ich das war.«

»Ich will nicht, dass du dich schlecht fühlst. Ich stehe auf deiner Seite.«

»Zeigst du mir, wie man Geländemotorrad fährt?«

»Das liegt ganz bei dir.«

Kenny runzelte die Stirn, als würde er überlegen, bevor er knapp nickte, was er zweifellos Dare abgeschaut hatte, und ins Haus ging. Dare war stolz auf den Jungen. Er hatte sich heute einiges von der Seele geredet. Vor ihnen lag zwar noch ein weiter Weg, aber sie waren zumindest auf der richtigen Spur. Als Dare zu seiner Scheune ging, wo er mit Darcy für die nächste Therapiesitzung verabredet war, summte sein Handy und er sah Billies Namen auf dem Display. »Endlich.«

Er hielt an, um die Nachricht zu lesen. *Zeit hat geholfen.* »Echt jetzt, Mancini?«, grummelte er. »Erst meldest du dich vierundzwanzig Stunden nicht, und dann schreibst du drei Worte?«

Schon folgte die nächste Nachricht. *Irgendwie jedenfalls.*

Grinsend schrieb er zurück: *Du vermisst mich, nicht wahr, Mancini?*

Ihre Antwort kam sofort – ein Emoji, das die Augen verdrehte.

Diese Frau würde ihn noch in den Wahnsinn treiben.

Doch schon kam die nächste Nachricht. *Vielleicht ein wenig. Wie sich herausgestellt hat, verbringe ich meine Zeit auch lieber mit dir.*

»Na, das ist doch schon besser.« Er schrieb: *Das hört sich an, als könnte jemand eine anständige Portion Whiskey gebrauchen.*

Sie schickte ein lachendes Emoji.

»Lach du nur, Mancini. Aber wir wissen beide, dass du mich willst.« Er erwiderte: *Hab gleich eine Sitzung mit einer Patientin. Denk an mich.* Er fügte ein Auberginen-Emoji und Flammen hinzu, drückte auf »Senden« und fuhr weiter zur Scheune, während er unaufhörlich an seinen Wildfang denken musste.

Neun

Freitagabends war es im Roadhouse immer rappelvoll. Bei dem Gejubel rings um den mechanischen Bullen, dem Geplapper der Gäste und der lauten Musik konnte Billie sich selbst nicht mehr denken hören – was ihr nur recht war. Das hier wäre keine Bikerbar ohne die rauen Kerle, die sich wie gerade aus dem Urwald entflohen auf die Brust trommelten, und die Frauen, die sie anhimmelten. Es machte ihr nicht einmal etwas aus, Typen zurechtzuweisen oder Leuten zu sagen, dass sie genug getrunken hatten, oder sich direkt zu weigern, sie zu bedienen. Sie war für jede Herausforderung bereit, und an diesem Abend brauchte sie die Ablenkung. Nachdem sie mit ihrem Vater gesprochen und über seine und Dares Worte nachgedacht hatte, bereute sie es, beiden nicht schon vor Jahren die Wahrheit gesagt zu haben. Sie war derart aufgekratzt gewesen, dass diese Gefühle auch in ihrer Nachricht an Dare durchgedrungen waren, und nun kam sie nicht länger gegen die Schmetterlinge in ihrem Bauch an.

Sie legte eine Serviette vor einen dunkelhaarigen Mann auf den Tresen und stellte ein Getränk darauf. »Darf es sonst noch was sein?«

Er grinste sie an, sodass seine Grübchen zum Vorschein

kamen. »Wie wäre es mit einem Date mit der wunderschönen Barkeeperin?«

Bobbie tauchte genau in diesem Moment auf und schenkte Billie einen Blick, der zwischen *Sag ja* und Belustigung schwankte.

Billie lehnte sich dem Fremden gegenüber an den Tresen. »Das ist ja echt süß, aber ich bin leider vergeben.« Diese Worte kamen ihr einfach so über die Lippen und brachten eine Woge an Glücksgefühlen mit sich. »Doch die Küche hat bis zehn geöffnet, und wir haben ein paar scharfe Wings, die dich bestimmt auch befriedigen dürften.« Sie reichte ihm die Speisekarte und drehte sich nach einem Geschirrhandtuch um.

Doch da stand auch schon Bobbie in ihrem Roadhouse-T-Shirt und mit einem breiten Grinsen im Gesicht. »Vergeben? Und du reißt dem Kerl nicht gleich den Kopf ab, wie du es sonst immer machst? Das lässt ja tief blicken.«

»Wieso?«

Bobbie senkte die Stimme. »Anscheinend hat Dare den ganzen aufgestauten Ärger, den du mit dir rumgeschleppt hast, abbauen können. Vielleicht sollte ich mich bei ihm bedanken.«

»Ach, halt die Klappe.« Bobbie hatte viel zu großen Spaß daran, sie aufzuziehen, und Billie stellte erstaunt fest, dass sie sich nicht darüber ärgerte. Aber sie wollte nicht, dass ihre persönlichen Angelegenheiten zum Stadtgespräch wurden.

»Was kommt als Nächstes? Trägst du bald ein Armband mit seinen Initialen?«

Billie hätte in der Highschool alles dafür gegeben. »Hast du keine Gäste zu bedienen?« Sie machte einen Schritt auf eine Gruppe von Männern zu, die sich über den Tresen beugten, doch schon machte sich Kellan daran, ihre Bestellung aufzunehmen.

»Und ob ich das habe. Mein unglaublich heißer griechischer Lieblingsgott von einem Singlevater ist hier.« Bobbie deutete quer durch die Bar auf Ezra, der mit Rebel und einigen anderen Dark Knights an einem Tisch saß.

»Der ist doch kein Grieche. Sein Nachname lautet Moore.«

»Seine Mutter ist Griechin.«

»Woher weißt du das? Wir sind seiner Mutter doch nie begegnet.«

»Vor dir mögen die Leute ja Angst haben, aber mir vertrauen sie ihre Geheimnisse an.« Bobbie kicherte und trat hinter dem Tresen hervor, als gerade die Eingangstür aufging und Dare hereinkam, dicht gefolgt von Doc, Cowboy und Hyde.

Billies Herz schlug schneller, und sie ging davon aus, dass es allen Frauen in der Bar genauso ging, da sich die Gäste umdrehten und die vier in Leder gekleideten harten Kerle in der Tür beäugten. Aber das war ihr völlig gleich, denn als Dare die Gruppe in Richtung Tresen führte, galt seine Aufmerksamkeit ganz allein ihr. Himmel, er sah so gut aus, und seine Tätowierungen brachten seinen muskulösen Körper nur umso besser zur Geltung. Sie spürte ein aufgeregtes Flattern in der Luft, allerdings mochte sie dieses Gefühl, die Kontrolle zu verlieren, gar nicht, wenn sie bei der Arbeit war und Dutzende Augen jede ihrer Bewegungen verfolgten.

Ein wölfisches Grinsen umspielte seine Lippen, als er die Hände auf den Tresen stützte und sich vorbeugte. »Hey, Süße. Gib mir ein bisschen Zucker.«

Ihr stockte der Atem. *Wollen wir das wirklich tun? Noch dazu hier?* Seine Brüder und alle in der Nähe sitzenden Gäste beobachteten sie mit neugieriger oder amüsierter Miene, und Dare sah sie erwartungsvoll an. *Himmel noch mal, Dare, du kannst mich doch nicht so überrumpeln!* Sie konnte nicht mehr klar denken, schnappte sich eine Handvoll Zuckerpäckchen, die unter dem Tresen lagen, und knallte sie vor ihn hin.

Die Männer lachten los.

Dare legte sich eine Hand aufs Herz und zuckte zurück, als hätte sie auf ihn geschossen. »Verdammt, Mancini, das tat weh. Steckt da ein Messer in meiner Brust? Blute ich?«

Sie musste lachen. »Idiot.«

»Sie hat dich abgeschossen«, meinte Doc lachend.

Der Mann, der sie eben nach einem Date gefragt hatte, warf ein: »Sie ist vergeben, Mann. Ich hab auch schon gefragt.«

Dare kniff die Augen zusammen, sah jedoch weiterhin Billie an. »Genau, an einen knallharten Biker, soweit ich weiß.«

Sie musste dieses Gespräch unbedingt in eine andere Richtung lenken und sah seine Brüder an. »Wollt ihr ein Bier?«

Cowboy schaute neugierig zwischen ihr und Dare hin und her. »Ist nicht wahr. Sag mir bitte, dass das nicht stimmt, Billie, und dass du seinen Wagen nicht geklaut hast.«

Sie riss die Augen noch weiter auf und sah Dare an, der nur breit grinste. *Was hast du ihnen erzählt?*

»Ich dachte, du hättest einen besseren Geschmack«, spottete Hyde.

Scheiße. Scheißescheißescheiße. So ungern sie auch zum Gesprächsthema der ganzen Stadt werden wollte, musste sie doch verhindern, dass sich Unwahrheiten verbreiteten. »Ja, ich habe mir kurz seinen Wagen ausgeliehen. Wollt ihr jetzt ein Bier oder nicht?«

Hyde stieß Cowboy an und hielt eine Hand auf. »Her mit der Kohle, Mann.«

Cowboy zückte seine Brieftasche, und Billie verdrehte die Augen.

»Das ist jetzt nicht euer Ernst, oder?«, fauchte Dare, woraufhin Hyde und Cowboy loslachten.

»Ja, wir nehmen gern ein Bier, Billie«, meinte Doc. »Danke.«

Sie brachte ihnen die Getränke und zeigte dann mit einem Daumen hinter sich. »Ich muss eben was aus dem Lager holen.« Schon war sie durch die Tür verschwunden.

Dare folgte ihr und trat ganz dicht an sie heran.

»Was sollte denn das, Dare?«

Er legte ihr die Arme um die Taille und lächelte noch immer. »Ich habe nur meine Süße begrüßt.«

»Aber wieso wolltest du mich küssen, noch dazu vor allen anderen? Ich will nicht, dass gleich die ganze Stadt über uns Bescheid weiß.«

»Aber wieso denn nicht?«

»Keine Ahnung. Weil wir in den letzten Jahren nicht am Leben des anderen beteiligt waren, es jetzt aber sind und …«

»Wir gehörten immer zum Leben des anderen. Und ich war schon immer in deinem Herzen.« Er presste die Lippen auf ihre. »Und in deinem Kopf.« Dann küsste er sie noch einmal, diesmal länger, woraufhin ihre Gereiztheit verflog. »Ich war an jedem verdammten Abend hier, den du gearbeitet hast.«

Dares Lippen wanderten über ihren Hals, und er drückte sie mit dem Rücken an die Regale. Seine Besitzansprüche ließen wildes Verlangen und Leidenschaft in ihr aufwallen.

»Und wir wissen beide, dass du unter der Dusche an mich denkst.« Er drückte weitere Küsse auf ihre Haut, die dort Funken zu schlagen schienen.

»Aber das hier ist neu für uns, und wir müssen noch einiges aufarbeiten«, erwiderte sie atemlos.

Er fuhr mit den Lippen über ihre. »Nimm dir so viel Zeit, wie du brauchst. Du gehörst zu mir, und ich gehöre zu dir, und das werde ich ganz bestimmt nicht verstecken. Aber wir müssen es auch nicht an die große Glocke hängen. Ich freue mich vorerst darauf, es die ganze Welt wissen zu lassen, sobald du dafür bereit bist.«

»Ich will es auch nicht verstecken, aber ich mag nicht in meiner Bar rumknutschen. Hier möchte ich von allen respektiert werden.«

»Das verstehe ich, Mancini, mach dir deswegen keine Sorgen. Ich mache, was immer du willst. Aber jetzt muss ich dich küssen.«

Er presste den Mund auf derart verführerische Weise auf ihren, dass es nahezu hypnotisierend war und sie mit jeder Umgarnung seiner Zunge tiefer in einen Strudel der Lust gezogen wurde. Billie stellte sich auf die Zehenspitzen und wollte mehr, und er kam der Aufforderung nur zu gern nach. Er küsste sie nicht nur, sondern verschlang sie förmlich, stieß mit der Zunge zu, ließ die Hände umherschweifen, rieb das Becken an ihr und brachte sie völlig um den Verstand. Ihre Gliedmaßen kribbelten, und ihre Knie gaben nach. Ihr war ganz schummrig vor Verlangen, und sie klammerte sich an ihn, während die Realität in den Hintergrund geriet und sie sich in einer Welt voller erotischer Empfindungen verlor.

»*Ups!*«

Sie wichen beim Klang von Kellans Stimme auseinander, und Dare trat sofort vor sie, genau wie er es vor all diesen Jahren getan hatte, um sie vor Cowboys Blicken zu schützen. Kellan hatte ein siegreiches Lächeln auf den Lippen.

»Hey, Mann«, sagte Dare ruhig. »Wir haben gerade ... etwas besprochen.«

»Ob ihre Mandeln entfernt werden müssen?«, feixte Kellan.

Billie starrte ihn erbost an.

»Und ich bin angeblich schlecht im Verkuppeln. Ich hab's doch gleich gesagt. Tu mir einen Gefallen und bring eine Kiste Guinness mit, wenn ihr eure *Besprechung* beendet habt.«

Nachdem Kellan hinausgegangen war, nahm Dare Billie grinsend wieder in die Arme. »Viel Glück dabei, den Klatsch jetzt noch aufzuhalten.«

»Das ist nicht witzig. Ich bin seine Chefin.« Allerdings grinste sie ebenfalls, weil sie sich nie im Leben hätte vorstellen können, bei der Arbeit mal in eine kompromittierende Lage zu geraten. Doch seitdem Dare vom Himmel gefallen war, schien es die Welt darauf angelegt zu haben, sie beide zusammenzubringen. War dies ebenfalls ein Zeichen von Eddie? Oder waren sie von Anfang an füreinander bestimmt gewesen?

»Soll ich mal mit Kellan reden?«

»Auf gar keinen Fall. Ich kann mich selbst darum kümmern, und jetzt muss ich wirklich wieder da raus.«

Er hielt sie fest und umfing ihre Pobacken, sodass ihr abermals ganz heiß wurde. Musste sie wirklich zurück an die Arbeit?

»Nur noch ein Kuss, damit ich die Wartezeit aushalte, bis ich dich heute Nacht wieder in meinem Bett habe«, verlangte er mit leiser, heiserer Stimme.

»Und was genau hast du heute Nacht mit mir vor?«

Direkt bevor seine Lippen die ihren berührten, knurrte er: »Alles.«

Es dauerte eine gefühlte Ewigkeit, bis die Bar endlich schloss, und Dare schien sich die Mission gesetzt zu haben, Billie nur noch unruhiger zu machen, denn er ließ keine Gelegenheit aus, um ihr verstohlene Blicke zuzuwerfen, sie insgeheim zu berühren oder ihr unter dem Vorwand, sich etwas zu trinken zu bestellen, sündige Worte ins Ohr zu raunen. Die Vorfreude auf das Zusammensein mit ihm war beinahe so unglaublich wie das, was sie später erwarten würde.

Als sie die Bar endlich abgeschlossen hatte, war sie schon auf dem Parkplatz bereit, sich die Kleider vom Leib zu reißen. Doch das Risiko, in einer derart kompromittierenden Lage erwischt zu werden, wollte sie dann auch wieder nicht eingehen, daher fuhr sie hinter ihm her zu seiner Hütte, wo sie wie hungrige Tiere übereinander herfielen und küssend und einander streichelnd durch die Haustür stolperten.

»Ich bin von der Arbeit ganz verschwitzt«, sagte sie zwischen den Küssen.

»Ich mag dich salzig.«

Sie musste lächeln und war ganz bezaubert von seiner gnadenlosen Leidenschaft, wollte aber doch lieber kurz duschen, bevor sie sich ihm hingab. »Bedeutet das, du willst mich nicht nackt unter deiner Dusche sehen?«

Er knurrte nur, und dieses animalische Geräusch ließ sie innerlich erbeben, während er sie abermals leidenschaftlich küsste und sie sich bis ins Badezimmer vorarbeiteten. Dieser Raum sah ebenfalls völlig anders aus als vor Jahren. Heute wirkte er so maskulin und einzigartig wie Dare und war mit Schieferböden, Marmorwänden in Blau- und Brauntönen, dunkelbraunen Holzschränken und schwarzen Oberflächen gestaltet. Sie zogen einander aus, während das Wasser warm wurde.

Der Schieferboden fühlte sich unter ihren nackten Füßen kalt an, aber ihr Körper schien zu brennen, als sie in die riesige Duschkabine traten. Warmes Wasser regnete auf sie herab, als er sie in seinen Armen umdrehte und erneut ihren Mund eroberte. Seine Bartstoppeln schabten über ihre Wange, und sie genoss dieses Gefühl so sehr. Billie war inzwischen süchtig nach seinen Küssen, ebenso wie nach der Hitze, die jedes Mal, wenn sie zusammen waren, zwischen ihnen entstand. Sein Körper war so verlockend nass und herrlich fest. Als er sich von ihr löste und sie mit feurigen Augen ansah, um dann nach dem Duschgel zu greifen, vermisste sie sogleich seinen Mund und das Gefühl, ihn an sich gepresst zu spüren. Doch diese warmen Gefühle verschwanden schlagartig beim Anblick gleich mehrerer Flaschen rosa-grün-goldener Duschgels auf der Ablage. »Mit wie vielen Frauen hast du hier schon geduscht?«

»Mit keiner. Wieso?«

Sie deutete mit dem Kinn auf die Flaschen.

»Ach, die sind von Birdie. Sie taucht alle paar Wochen mit diesem Zeug auf und sagt, ich muss es benutzen, damit meine Haut nicht ledrig wird. Ich habe auch bestimmt ein halbes Dutzend Flaschen Bodylotion. Sie kriegt sie von einer Freundin namens Roxie, die in der Nähe von New York lebt. Ich bekomme immer ein schlechtes Gewissen, wenn ich sie nicht verwende.«

Sie atmete erleichtert auf, und er nahm sie wieder in die Arme und gab ihr einen Kuss auf die Wange. »Du bist doch nicht etwa eifersüchtig, oder, Mancini?«

»Nein. Ich bin bloß neugierig.«

»Mhm.« Er küsste sie zärtlich. »Ich mag es, wenn du eifersüchtig bist.«

»Lass dein Ego lieber stecken, bevor du uns noch die Stimmung verdirbst«, neckte sie ihn.

Er schob eine Hand zwischen ihre Beine und fuhr mit den kräftigen Fingern über ihre Mitte. »Das fühlt sich aber nicht so an, als wärst du nicht in Stimmung.« Er beugte sich vor und liebkoste das empfindliche Nervenbündel, während er ihr heiser ins Ohr raunte: »Mir kommt es eher so vor, als würdest du mich wollen.«

Dabei übte er weiter an genau den richtigen Stellen Druck aus, bis sie vor Lust beinahe den Verstand verlor. Er rieb seine Erektion an ihr, und ihre Gedanken schlugen einen äußerst sündigen Weg ein, als sie sich an all die wundervollen Wonnen erinnerte, die er ihr mit seiner herrlichen Länge beschert hatte, sodass sie von innen heraus zu verbrennen schien. Dare musste gespürt haben, was in ihr vorging, da er ihr ins Ohr stöhnte und seine Bemühungen zwischen ihren Beinen verstärkte. Sie biss die Zähne zusammen, als sich der Druck in ihr immer weiter aufbaute. »*Dare.*«

Er fuhr mit einem Finger über ihre Ohrmuschel. »Sag mir, dass du mich willst, Mancini.«

»*Fuck*«, stieß sie keuchend hervor.

»Dazu kommen wir noch.« Seine Hand verharrte.

Sie bewegte das Becken, um ihn dazu zu drängen, weiterzumachen.

»*Sag es*«, verlangte er.

Seine tiefe Stimme war beinahe ebenso betörend wie seine Berührung. »*Ich will dich ...*«

Schon presste er die Lippen auf ihre und bewegte die Finger immer schneller, bis sie am Rand der Ekstase angelangt war – wo er sie festhielt, indem er die Finger und die Zunge langsamer bewegte. Das war eine herrliche Qual. Als er wieder schneller wurde und sie inniger küsste, pulsierte die Lust heiß und beharrlich in ihr, wurde immer stärker, und Hitze durchflutete sie von den Fingerspitzen bis zu den Zehen, schwoll immer weiter an und vergrub sich in ihrer Mitte, entlockte ihr ein immer begierigeres und verlangenderes Stöhnen. Er unterbrach den Kuss – *Nein! Mach weiter!* – und knurrte: »Ich werde jede Sekunde davon genießen.« Seine Bartstoppeln kratzten über ihre Wange, als er ihr sanft ins Ohrläppchen biss und Stromstöße durch ihren Körper bis zwischen ihre Beine jagte, die den letzten Rest an Widerstand beseitigten. Sie schrie auf und klammerte sich an ihn, während die Leidenschaft in ihr explodierte. Doch dann verschloss er ihr auch schon wieder den Mund und küsste sie grob, aber irgendwie gleichzeitig zärtlich, wurde immer langsamer, während sie in den Nachbeben des Höhepunkts erschauderte, und hauchte ihr Luft zum Atmen ein.

»Großer Gott, Dare«, keuchte sie. »Wie soll ich jetzt jemals wieder allein duschen?«

Ein leises Lachen entrang sich seiner Kehle, als er etwas Duschgel in seine Hand gab. »Mein finsterer Plan geht auf.«

»Dieses Spiel beherrsche ich ebenfalls.« Sie streckte eine Hand aus, und er gab etwas Duschgel darauf.

Sie sahen einander in die Augen, während sie sich gegenseitig einseiften. Seine rauen Hände fuhren über ihre Schultern und ihre Arme hinab, und sie machte dasselbe bei ihm und genoss das Gefühl seiner harten Muskeln unter der nassen Haut. Keiner von ihnen sagte einen Ton, während sie den Körper des anderen auf diese neue, andere Art erkundeten, und die Stille wurde nur durch das Rauschen des Wassers, das auf sie herabstürzte, und ihr schweres Atmen unterbrochen. Billie strich mit den Händen über seine breite Brust, während er an ihren Seiten entlangfuhr, an ihrer Taille langsamer wurde und ihre Hüften drückte. Sie sog scharf die Luft ein und ließ die Finger über seine Brustwarzen wandern, die sie liebkoste, neckte und drückte. Er spannte die Muskeln an, und Hitze loderte in seinen Augen auf. Der Anblick stachelte ihre Lust nur noch mehr an und steigerte ihr Verlangen danach, ihn zu verwöhnen, bis er kaum noch an sich halten konnte. Sie bewegte die Hände über seinen Bauch und fühlte seine Zurückhaltung, als sie ihn so dicht an seiner Erektion berührte, dass er zuckte.

Ursprünglich hatte sie geglaubt, ihre Verbindung könnte nicht noch tiefer werden, aber mit dieser neuen Art der Intimität hatte sie nicht gerechnet. Er nahm sich noch mehr Duschgel und hielt ihren Blick fest, während er ihre Brüste einrieb und ihren Brustwarzen dieselbe Aufmerksamkeit schenkte, wie sie es bei ihm getan hatte, um Wellen der Lust durch ihren Körper bis hinunter zu den Zehen zu jagen.

»Ich will deinen Mund auf mir spüren«, stieß er zwischen zusammengebissenen Zähnen hervor.

Sie legte die Hand um seine Länge und streichelte ihn fest. »Ich hatte gerade an dasselbe gedacht.«

Seine Lippen zuckten, aber als sie mit der Handfläche über seine Härte und die breite Spitze fuhr, verschwand sein Grinsen und er verzog stöhnend das Gesicht, um sie nur noch verlangender anzusehen. »Ich brauche deinen Mund doch hier oben«, befahl er und zog sie an sich. »Ich will dich erst küssen, dich dann mit dem Mund verwöhnen und dann deinen Mund um meinen Schwanz spüren, bis ich so hart komme, dass ich mich nicht mehr bewegen kann.«

Ihr ganzer Körper erschauderte vor Erwartung. *Ja, bitte …*

»Aber wir werden nichts davon tun, weil ich nicht will, dass du schon wieder kommst.« Er umfing ihre Pobacken, schob die kräftigen Finger dazwischen und drückte so fest zu, dass sie keine Luft mehr bekam. »Spürst du dieses Ziehen tief in deinem Inneren?«

Ihre Antwort war ein Geräusch irgendwo zwischen Stöhnen

und Wimmern.

Seine Hände glitten an den Rückseiten ihrer Oberschenkel nach unten und verschafften ihr eine Gänsehaut an beiden Beinen. »Genau das ist der Plan. Ich will dich so sehr erregen, dass du kaum noch sprechen kannst.«

Bevor sie einen Ton sagen konnte, drehte er sie um, sodass ihr Rücken an seiner Brust ruhte, und schlang einen starken Arm um ihre Schulter, um mit der Hand ihre Brust zu kneten. Die andere Hand ließ er langsam über ihren Bauch nach unten wandern, bis er ihre empfindlichste Stelle berührte und ihr abermals der Atem stockte.

»Ich dachte …« Sie seufzte und verlor sich in den himmlischen Empfindungen, die wellenförmig durch sie hindurchströmten. »Du wolltest nicht, dass ich komme.«

»Das wirst du auch nicht.« Er saugte an ihrem Ohrläppchen. »Noch nicht.«

Nachdem er seine Hände erneut eingeseift hatte, fuhr er damit über ihre Brüste. Sie schloss die Augen und gab sich ganz dieser sündigen Verführung hin. Er seifte ihren Körper ein, liebkoste und erkundete sie, flüsterte ihr jedes Mal schmutzige Dinge ins Ohr, wenn sie zusammenzuckte oder stöhnte. Dann umfing er ihre Brüste und kniff ihr so fest in die Brustwarzen, dass sie auf die Zehenspitzen ging. »Eines Tages werde ich auf deinen herrlichen Brüsten kommen.« Ein undeutbarer Klang, etwas zwischen einem *Ja* und einem *Oh Gott* entrang sich ihrer Kehle. Seine harte Länge bohrte sich in ihre Haut, während seine Hände über ihre Beine wanderten, an der Innenseite ihrer Oberschenkel wieder nach oben fuhren und über ihre Mitte strichen. »Und hier.«

Sie bekam kaum noch Luft, da das Verlangen in ihr bei diesen Versprechen derart übermächtig wurde. Als sie sich mit den Hüften gegen ihn presste und die Hände nach hinten ausstreckte, um ihn zu berühren, drückte er sich fest gegen sie und setzte seine unbarmherzige Mission fort, sie an den Rand des Wahnsinns zu treiben. Er nahm den Duschkopf herunter und keuchte ihr ins Ohr: »Bist du bereit zu spielen, Liebste?«

Billie versuchte, die Lust so weit aus ihrem Kopf zu verbannen, dass sie verstehen konnte, was er meinte, doch schon spürte sie abermals eine seiner Hände, die um sie herumwanderte und ihre Brust streichelte, und dann hielt er den konzentrierten Wasserstrahl des Duschkopfs zwischen ihre Beine. Sie kniff die Augen zu, als die erregenden Empfindungen durch sie hindurchtosten, und sah hinter den geschlossenen Lidern Funken. *»Oh mein Gott.«* Sie presste die Handflächen an die kalten, nassen Fliesen, um nicht den Halt zu verlieren, und er machte gnadenlos weiter, streichelte ihre Brüste und setzte diesen verlockenden Wasserstrahl ein, bis sie sich vor Verlangen wand. Dann schob er seine Erektion zwischen ihre Beine, rieb sie und bewirkte unfassbar herrliche Wonnen.

»Press die Beine zusammen.«

Seine Forderung schien ihr unerklärlich, wo sie doch schon seine Härte spürte, die sich zwischen ihren Beinen vor- und zurückbewegte, das Wasser wie ein Dutzend Zungen sie so perfekt traf und seine Hand ihre Brüste knetete. Sie presste die zitternden Beine so fest zusammen, wie sie nur konnte.

»Oh ja«, stieß er hervor. »Ich will jetzt nur noch in dir sein, Wildfang.«

Sie rang nach Atem, da die herrlichen Empfindungen sie von allen Seiten zu überfluten schienen. »Oh Gott, ja!« Als sie über die Schulter sah, trafen sich ihre leidenschaftlichen Blicke und sie hätte schwören können, dass die Erde bebte. Es fiel ihr so unsagbar schwer, einen klaren Gedanken zu fassen. »Wir brauchen nicht ... Ich nehme die Pille.«

»Gott, Baby. Halt das fest, und wag es ja nicht, dich irgendwie zu bewegen.« Er reichte ihr den Duschkopf und legte ihr die Hände an die Hüften. »Halt dich mit der anderen Hand lieber an der Wand fest, denn sobald ich erst einmal in dir bin, werde ich mich nicht länger zurückhalten können. Gleich wird es hart und schmutzig.«

»Das will ich doch hoffen!«

Ein tiefes Knurren drang ihm über die Lippen, als ihre Handfläche hart auf der Wand aufkam und er mit einem festen Stoß in sie eindrang. Sie schrien beide auf, und ihre Stimmen hallten durch den Raum. Er fing nicht gemächlich an, sondern stieß sich in sie hinein und nahm sie mit der Kraft des Wirbelsturms, als den sie ihn schon immer kannte, und ließ die Wogen der Lust durch sie hindurchtosen. Sie konnte nicht mehr denken und kaum noch atmen und ließ den Duschkopf fallen, um sich mit beiden Händen gegen die Wand zu stemmen, damit sie in dieser schwindelerregenden Welt aus Emotionen nicht völlig unterging. Der Duschkopf baumelte am langen Schlauch herum, prallte gegen die Wand und bespritzte ihre Beine mit Wasser, als die Orgasmen sie übermannten und sie sich ganz der Lust hingaben, mit zuckenden Leibern, und keuchend ihre alles umfassende Leidenschaft auslebten. Der Höhepunkt schien unendlich lange anzuhalten, bis Billies Beine nachgaben und Dare die Arme um sie schlang und ihren Rücken mit Küssen bedeckte.

»Ich verliere den Verstand, wenn ich mit dir zusammen bin. Ich habe dir doch nicht wehgetan, oder?«

Wie konnte er so etwas auch nur denken, wenn sie es doch gewesen war, die genau das verlangt hatte? Sie schüttelte den Kopf, da sie schlichtweg nicht sprechen konnte, und er drehte sie in seinen Armen um. Die Liebe, die sie in seinen Augen sah, bewirkte erneut, dass sich die Welt um sie herum drehte.

»Es gibt nichts, worauf du eifersüchtig sein müsstest, Wildfang. Andere Frauen durften vielleicht meinen Körper spüren, aber du bist die Einzige, der je mein Herz gehört hat.«

Sie schluckte schwer und war erstaunt, dass er ihren Kommentar bezüglich des Duschbads nicht vergessen hatte, wünschte sich aber gleichzeitig, ebenso offen sein zu können, wie er es war. Doch sie wusste nicht, ob ihr das jemals wieder möglich sein würde, wenngleich sie sich vornahm, es auf jeden Fall zu versuchen.

Zehn

Das Mondlicht fiel durch die Fenster und tauchte Billie in sanftes Licht, die in Dares Küche herumkramte und nur sein T-Shirt trug. Dare mochte es eigentlich nicht besonders, andere Leute in seinem Haus zu haben, aber irgendwie hatte es sich schon immer so angefühlt, als wäre Billie hier bei ihm gewesen. Früher hatte er gern Besuch bekommen, doch nach Eddies Tod und nachdem Billie sich von ihm abgewandt hatte, war er weniger gesellig gewesen. Nichts hatte die Erinnerungen trüben dürfen, die sie hier gemeinsam geschaffen hatten, aber nun stellte er erfreut fest, dass er sich daran gewöhnen könnte, zu beobachten, wie Billie hier barfüßig und glücklich herumlief. Seitdem er sie kannte, hatte sie schon immer gern nachts genascht. Wenn sie als Teenager bei einer Party nicht mehr gewusst hatten, wo sie steckte, fanden sie sie meist in der Küche auf der Suche nach etwas Essbarem. Er fand das niedlich und war froh, dass sich daran nichts geändert hatte.

Er schlang von hinten die Arme um sie, als sie die Tür eines Küchenschranks öffnete, küsste ihren Hals und atmete den Geruch seines Duschgels ein. Es roch an ihr deutlich besser als an ihm. »Wenn du nach einem Snack suchst, dann bist du da an der falschen Stelle.«

Sie drehte den Kopf und schenkte ihm ein verführerisches Lächeln. »Hast du unter der Dusche noch nicht genug bekommen?«

»Von dir kriege ich nie genug.« Er knabberte an ihrem Ohrläppchen. »Aber ich meinte echte Süßigkeiten. Die sind oben im Schrank neben dem Kühlschrank.«

Sie wandte sich diesem Schrank zu, stellte sich auf die Zehenspitzen und griff nach der Packung Oreos. Dabei rutschte ihr T-Shirt hoch, sodass ihr Hintern entblößt war, und er konnte einfach nicht anders, als ihr einen leichten Klaps zu verpassen. Sie kreischte erschrocken auf und verzog das Gesicht halb grimmig, halb amüsiert, was ihn zum Lachen brachte.

»Da oben sind auch Barbecue-Chips, falls du welche möchtest.«

Sie spähte in den Schrank. »Ich sehe keine. Du willst ja nur, dass ich noch mal die Arme ausstrecke.«

»Tue ich das?« Er machte eine Unschuldsmiene.

Sie zog sich einen Stuhl vom Tisch heran und stieg darauf, um nach den Chips zu greifen.

»Das ist ja noch viel besser.« Er trat hinter sie und fuhr mit den Händen über die Vorderseite ihrer Oberschenkel, drückte einen Kuss auf ihre eine Pobacke und biss sanft in die andere.

»*Dare!*« Sie drehte sich um, sodass er seinen Lieblingssnack direkt vor Augen hatte. Rasch leckte er einmal darüber, bevor sie nach unten kletterte, die Chipstüte in einer Hand und die andere mit der Handfläche nach vorn ausgestreckt. »Bleib da. Ich muss etwas essen, bevor es weitergehen kann.«

Er legte sich eine Hand in den Schritt. »Ich hätte hier etwas viel Besseres für dich.«

Billie verdrehte die Augen, und er nahm sie in die Arme und küsste sie. »War nur Spaß. Wie wäre es, wenn ich dir was

Richtiges zu essen mache?«

»Das ist was Richtiges.« Sie riss die Tüte auf und steckte sich einen Chip in den Mund, um gleichzeitig nach den Keksen zu greifen. »Hast du vielleicht auch …«

»Aber sicher, Süße.« Er holte zwei Capri-Sonnen aus dem Kühlschrank und reichte ihr eine.

Sie riss die Augen auf. »Ist ja nicht wahr! Trinkst du die noch immer?«

»Selbstverständlich. Ich bin sehr loyal, und das werden für immer die besten Snacks sein, die es gibt.«

»Da hast du allerdings recht.« Sie biss in einen Oreo, doch beim Kauen wurde sie immer ernster, und als sie den Strohhalm der Capri-Sonne herauszog, runzelte sie die Stirn.

»Was ist los?«

»Fühlst du dich auch manchmal schuldig, weil du glücklich bist?«

»Du meinst wegen Eddie?«

Sie nickte.

»Anfangs habe ich das, aber inzwischen nicht mehr. Hast du wegen all dem, was passiert ist, ein ungutes Gefühl in Bezug auf unsere Beziehung?«

»Nein, das nicht, ich fühle mich nur ein bisschen schuldig. Ich bin gern mit dir zusammen und zum ersten Mal seit Jahren glücklich. Aber ob das fair ist? Wir können unser Leben genießen, aber er durfte nie diesen unvergesslichen Film drehen, von dem er immer geträumt hat.«

Dare wusste, wie schwer es ihr fiel, darüber zu reden, und dass sie möglicherweise dichtmachte, wenn er zu tief bohrte, daher ging er vorsichtig vor. »Glaubst du wirklich, Eddie würde nicht wollen, dass du glücklich bist?«

»Nein. Er war kein egoistischer Mensch. Wusstest du, dass

er vermutet hat, ich könnte seinen Antrag nicht annehmen?«

»Nein. Ich wusste ja nicht mal, dass er dich fragen wollte. Wie kommst du auf die Idee?«

»Ich habe mit meinem Dad gesprochen, und er sagte, der Antrag wäre Eddies letzter Versuch gewesen, um herauszufinden, ob ich mit ganzem Herzen bei der Sache bin. Er meinte auch, Eddie hätte gewusst, dass ich ihn nicht so geliebt habe wie er mich, dass seine Liebe zu mir jedoch zu groß war, um sich von mir zu trennen.«

»Das klingt ganz nach Eddie. Loyal bis zum Ende. Aber erkennst du denn nicht, was er getan hat?« Er trat vor sie und nahm ihre Hand. »Er wusste, dass es nicht deine Pflicht ist, ihn auf diese Weise zu lieben, und er muss den Eindruck gehabt haben, er würde dich einengen. Daher wollte er dir einen Ausweg lassen. Dir auf die einzige Art und Weise, die ihm einfiel, die Freiheit schenken. Er war nicht stark genug, um dich gehen zu lassen, daher wollte er, dass du es aus eigenem Antrieb tust. Lässt das nicht deutlich erkennen, dass er dich glücklich sehen wollte, selbst wenn er nicht an deiner Seite ist?«

Sie senkte den Blick und verharrte eine ganze Minute so, vielleicht sogar zwei, bevor sie ihm leise lächelnd wieder in die Augen sah. »Ich wusste nicht, was ich davon halten sollte, als mein Vater mir das erzählt hat. Es war nicht leicht zu verdauen, aber ich glaube, du hast recht, dass Eddie mich glücklich sehen wollte, und ich stimme dir auch darin zu, dass es nicht meine Pflicht war, ihn so zu lieben.« Ihre Augenlider zuckten, als würde sie noch über etwas anderes nachdenken. »Als ich mich von ihm getrennt habe, da wusste ich, dass es das Richtige für uns beide war. Für mich stand das eindeutig fest. Außerdem trennen sich Paare doch ständig. Aber ich scheine das nach seinem Tod vergessen zu haben. Ich habe die ganze Situation von dem Standpunkt aus gesehen, dass alles meine Schuld war, weil ich es nicht anders sehen konnte – oder vielleicht auch wollte. Ich fühlte mich so schuldig, weil ich unsere Beziehung beendet hatte.«

»Das ist nach einem so traumatischen Ereignis nicht ungewöhnlich, und wenn man erst einmal erkannt hat, woher die Schuldgefühle kommen, kann der Heilungsprozess beginnen.«

Sie runzelte die Stirn. »Du musst mich für völlig bekloppt halten.«

»Wieso denn das? Weil ein Mann, den du geliebt hast, aus deinem Leben gerissen wurde und du dein Bestes gegeben hast, um weiterzuleben?«

»Weil es so lange gedauert hat, das herauszufinden.«

»Für Trauer gibt es keinen Zeitplan, Süße. Einige Menschen erkennen die Wahrheit erst auf dem Totenbett. Und wundere dich bloß nicht, wenn du in einer Stunde, morgen oder nächste Woche versuchst, dich von etwas anderem zu überzeugen. Das ist nämlich das Knifflige an einer posttraumatischen Belastungsstörung. Die Effekte scheinen vollständig zu verschwinden, aber unser Verstand spielt uns Streiche, daher denken wir noch immer über das nach, was wir lange Zeit durchgemacht haben, und bei einigen Menschen hält das ewig an.«

»Na, da kann ich mich ja noch auf was freuen«, meinte sie ernst. »Du glaubst also, ich leide unter einer posttraumatischen Belastungsstörung?«

»Ich glaube, wir beide tun das. Und das ist nichts Schlimmes. So etwas kann nun mal passieren.« Er küsste sie zärtlich. »Das ist okay. Wenn du deine Gefühle weiter ergründest und darüber sprichst, wirst du nach und nach erkennen, was passiert ist, und die Jahre danach deutlich klarer sehen, und du wirst lernen, die gefährlichen Klippen zu umschiffen.«

»Triffst du immer noch auf gefährliche Klippen?«

»Nicht so oft wie früher, aber ich habe lange gebraucht, um an diesen Punkt zu kommen.« Er legte einen Arm um sie. »Ich weiß, dass du nicht gern über deine Gefühle redest, aber du bist nicht allein, und wenn du es deinem Dad erzählt hast, dann können dir schon zwei Personen beim Umschiffen der gefährlichen Klippen helfen.«

»Jetzt klingst du wie ein Therapeut.«

»Ich bin Therapeut. Ein Therapeut, der dich liebt und dir helfen will.«

»Ich würde mich ja gern bedanken, befürchte jedoch, das könnte dir zu Kopf steigen, und dann denkst du möglicherweise, du könntest dein Psychogeplapper die ganze Zeit auf mich loslassen.«

Er wusste, dass sie ihn nur neckte, und war dankbar dafür, dass sie nicht sofort dichtmachte. »Würde ich so etwas tun?« Bei diesen Worten beugte er sich vor und küsste sie.

»Das ist mein Ernst, Whiskey«, warnte sie ihn. »Bilde dir nicht ein, du könntest die ganze Zeit mit mir über meine Gefühle reden, nur weil mein Verstand durch den Sex ganz benebelt ist.«

»Dafür kenne ich dich viel zu gut. Schnapp dir deine Oreos, Mancini. Ich will dir was zeigen.«

»Falls wir ins Schlafzimmer gehen, bestehe ich auf Schlagsahne.«

Himmel, ich liebe dich so sehr! »Wir gehen ins Wohnzimmer, aber von jetzt an werde ich immer Schlagsahne im Kühlschrank haben. Vielleicht hole ich mir auch gleich einen Minikühlschrank fürs Schlafzimmer.«

Er schnappte sich die Chips und bekam einen Klaps auf den Hintern – und keinen sanften –, bevor sie lachend aus der

Küche rannte. Oh ja, daran konnte er sich in der Tat gewöhnen. Als er ins Wohnzimmer schlenderte, stellte er fest, dass sie breit grinste. Was für ein herrlicher Anblick!

»Rache ist süß, Mancini.«

»Ich bleibe einfach immer mit dem Hintern an der Wand.«

Er musste lachen. »Setz dich, und mach es dir bequem. Wir werden eine Weile hierbleiben.«

Sie ließ sich im Schneidersitz auf der Couch nieder, aß Oreos und sah ihm neugierig zu, wie er seinen Laptop an den Fernseher anschloss. »Wenn du jetzt einen Porno einschaltest, sage ich dir gleich, dass wir einen Film drehen könnten, der zehnmal besser ist als alle, die es gibt.«

Damit war sein Interesse geweckt. »Ich wusste gar nicht, wie versaut du sein kannst, Wildfang.« Er zwinkerte ihr zu. »Aber das ist kein Porno.« Er griff nach der Fernbedienung und setzte sich neben sie. »Ich wollte dir das schon lange zeigen.«

»Was ist es denn?«

»Eddies unvergesslicher Film. Er hat ihn gedreht, bekam nur nie die Gelegenheit, ihn uns zu zeigen.«

Ihr Herz setzte einen Schlag aus. »Im Ernst?«

»Ja. Seine Eltern haben mir seine Festplatten geliehen, damit ich mir die Fotos und Videos herunterladen konnte, und so bin ich darauf gestoßen. Er hatte die Datei am Morgen vor dem Unfall das letzte Mal bearbeitet.« Er legte einen Arm um sie und zog sie an sich. »Bist du bereit, ihn dir anzusehen? Das könnte heftig werden, denn du siehst Eddie quicklebendig und in Aktion.« Er hielt inne, um ihr eine Minute Zeit zum Nachdenken zu geben. »Wir müssen ihn uns jetzt nicht ansehen, wenn du nicht willst.«

»Ich will ihn sehen!«, rief Billie. Ihr Herz raste, aber ihr Verstand war ganz ruhig. Sie wusste nicht, was sie erwarten oder wie sie darauf reagieren würde, aber sie wollte Eddie sehen und den Film, an dem er so lange und so hart gearbeitet hatte.

Dare drückte sie etwas fester an sich und ließ den Film laufen.

Musik war zu hören, und Fotos von ihnen dreien als Kinder wurden immer größer eingeblendet, sodass es den Anschein erweckte, als würden sie sich der Kamera nähern. Sie sah ihr jüngeres Ich mit leuchtenden Augen und dünnen Gliedmaßen, das mit seinem Geländefahrrad einen Sprung absolvierte und die Zunge rausstreckte. Dare, der mit konzentriertem Gesicht einen Flip auf einem Skateboard hinlegte, und Eddie, der mit wedelnden Armen kopfüber an einer Schaukel hing, sodass sein blondes Haar in alle Richtungen abstand, um sich in den See darunter zu stürzen. Während diese Fotos seitlich vom Bildschirm flogen, erschien der Schriftzug *Die unvergesslichen Draufgänger* in dicken schwarz-roten Buchstaben in der Mitte, wobei Flammen aus dem *D* in *Draufgänger* schossen, und darunter stand in schlichten schwarzen Buchstaben *basierend auf einer wahren Geschichte*.

Sie hatte einen Kloß im Hals und kuschelte sich enger an Dare, als der Titel verblasste und die alte Rennstrecke, die sie immer genutzt hatten, erschien. Eddie schlenderte ins Bild, groß, gebräunt und unfassbar gut aussehend, das blonde Haar wie immer zerzaust. Seine frechen blauen Augen funkelten, und sein jungenhafter Charme, den sie immer so geliebt hatte, blitzte auf, als er in die Kamera sprach. »Was Sie jetzt sehen werden, ist die Geschichte zweier unvergesslicher Draufgänger mit großer Klappe und eines ungemein attraktiven und manchmal draufgängerischen Filmemachers. Lehnen Sie sich zurück, und genießen Sie die Show, so wie ich es getan habe.«

Billie hatte Tränen in den Augen, und Dare drückte ihr einen Kuss auf die Schläfe.

Erneut lief Musik, und ein weiteres Foto aus ihrer Kindheit tauchte auf. Sie liefen alle drei an einem Zaun auf der Ranch entlang. Dare hielt seinen Cowboyhut auf dem Kopf fest und lachte. Billie rannte neben ihm her und wirkte fest entschlossen. Eddie führte sie an, reckte das Kinn in die Luft und grinste so breit, wie es nur ein Sechsjähriger konnte. Die Musik verklang, und aus dem Off sagte Eddie: »Es fing mit Rennen und Herausforderungen an.« Die Kamera zoomte auf ein anderes Bild von ihnen, das sie beim Skifahren zeigte, die Knie gebeugt, die Körper tief, und abermals hatte Eddie die Führung übernommen.

»Er war immer so schnell«, flüsterte Billie, als ein Foto von ihnen dreien auf Geländefahrrädern erschien. Ihre Väter standen mit verschränkten Armen, das Kinn an die Brust gedrückt, an der Seite. Dare und Billie fuhren Seite an Seite, während Eddie ein Stück hinter ihnen zu sehen war. Sie hörte Eddie sagen: »Zu Fuß gab es einen klaren Sieger.« Sein Gesicht erschien wieder auf dem Bildschirm, und er grinste so frech, dass Billie lächeln musste. »Aber wenn man diesen beiden Draufgängern irgendwas mit Rädern gab, waren sie unschlagbar.«

Eine Träne rann ihr die Wange herunter, als Eddie hinzufügte: »Sie haben einander unentwegt angefeuert und dennoch ständig miteinander gewetteifert, um sich zu Höchstleistungen anzutreiben.« Ein Bild erschien hinter seiner Schulter, auf dem

Billie etwa acht Jahre alt war und Dare mit zerzaustem Haar und verschränkten Armen anstarrte, der auf einem Skateboard hockte, eine Hand daruntergelegt hatte und so aussah, als würde er ihr einen Trick erklären. Er hatte sie immer verbessert, und dadurch war sie nur noch schneller geworden, hatte kontrollierter atmen können oder ihre Fähigkeiten anderweitig geschärft, was jedoch noch lange nicht bedeutete, dass ihr das gefiel.

Sie legte Dare eine Hand aufs Bein, und er legte seine darauf.

»Wenn sie nur zu dritt waren, ging es diesen Draufgängern nicht um Ruhm. Es war unwichtig, wer gewann oder einen Stunt besser konnte«, sagte Eddie. »Denn letzten Endes wussten sie immer, dass die richtige Person den ersten Platz gemacht hatte, und das galt nicht nur für Stunts und Aktivitäten. Sie halfen einander beim Lernen für Buchstabierwettbewerbe oder beim Anfertigen von Projekten für Wissenschaftsausstellungen. Sie waren die besten Freunde, die man sich vorstellen konnte, und hielten durch dick und dünn zusammen.«

Sie hörte Dares veränderten Atem und wusste, dass er lächelte, als Fotos von ihnen erschienen, auf denen sie einander zujubelten, sich umarmten oder an Ziellinien abklatschten, danach ein Bild von Billie zwischen Dare und Eddie, Arm in Arm, mit schmutzigen Knien und spitzen Ellbogen, wie sie als Achtjährige in die Kameras strahlten. Dieses Foto ging in eins von ihnen als Teenager über, auf dem sie auf einer Decke am See saßen, in dem sie immer schwimmen gingen. Billie trug einen gelben Bikini und saß zwischen Eddie und Dare, die Badehosen trugen. Ihre jugendlichen Körper wurden langsam erwachsen, waren von der Sonne gebräunt, und ein Lächeln erhellte ihre Gesichter.

»Im Laufe der Jahre wurden sie wagemutiger«, fuhr Eddie

fort, »ihre Stunts wurden schwieriger und riskanter. Aber nichts konnte das Feuer aus den Augen der beiden unvergesslichen Draufgänger und des großen Filmemachers, der alles mit seiner Kamera festhielt, zum Erlöschen bringen.«

Billies Brustkorb zog sich zusammen, und sie sah zu Dare hinüber und stellte fest, dass er sie beobachtete. »Was ist?«

»Ich habe mich nur vergewissert, dass alles okay ist, und dich ein bisschen angehimmelt.«

»Jetzt werd hier bloß nicht sentimental, Whiskey.« Sie küsste ihn. »Ich bin wirklich froh, dass wir uns das ansehen. Und jetzt hör auf, mich anzugucken, und sieh dir weiter den Film an.«

Sie wandten sich beide dem Bildschirm zu, und Eddies Gesicht tauchte aus dem Dunkeln auf und war direkt vor der Kamera. Er lag anscheinend auf dem Rücken und flüsterte: »Wir zelten im Wald, und es ist Billies dreizehnter Geburtstag. Seht euch nur an, was Dare ihr geschenkt hat.« Er neigte die Kamera, sodass man ein Blatt Papier sah, auf dem stand: *Happy Birthday, Billie. Eines Tages werde ich dir eine tolle Motocrossstrecke bauen. Draufgänger fürs Leben! Dare Whiskey* stand über der sehr detaillierten Zeichnung einer Motocrossstrecke.

Sie hatte die Karte noch immer irgendwo. »Gut, dass du deinen Nachnamen dazugeschrieben hast«, spottete sie und kämpfte gegen die Tränen an. Dare drückte sie noch fester an sich.

Eddie flüsterte: »Seht euch das an.« Die Kamera fuhr nach links zu Billie, die auf der Seite lag, Eddie zugewandt, und seine Hand hielt. Dare schlief hinter ihr und hatte eine Hand auf ihrer Hüfte. Eddies lächelndes Gesicht tauchte wieder auf. »Draufgänger für immer, Baby!«

Sehnsucht durchfuhr sie.

Die Dunkelheit ging in ein Video über, das Dare bei einem Sprung aus dem Baumhaus in Eddies Garten zeigte. Er rollte sich nach der Landung ab und kam auf die Beine, als Billie die Leiter raufkletterte und kreischte: »Ich will auch mit aufs Video, Eddie!« Eddie drehte die Kamera zu sich und sagte: »Als ob mir je etwas entgehen würde.« Danach richtete er die Kamera auf Billie, die eben aus dem Baumhaus sprang und schrie: »Draufgänger!« Als sie auf dem Boden aufgekommen war, stritt sie sich mit Dare, wer weiter gesprungen war.

»Erinnerst du dich an diesen Tag?«, flüsterte Dare.

»Mhm.« Sie lehnte sich an ihn. »Ich bin weiter gesprungen.«

Sie mussten beide grinsen. Eddie hatte die Kamera überall mit hingenommen, und er sagte immer, dass das auch gut war, weil sich Billie und Dare ständig stritten, wer dies oder das besser gemacht hatte, und sie auf den Videos die Wahrheit sehen konnten. Er war der Friedensstifter. *Bis zum Ende*, dachte sie und vermisste ihn nur noch mehr.

»Manchmal haben wir die Regeln gebrochen«, kam Eddies Stimme aus dem Off, als ein Video von Dare auftauchte, auf dem er über ein zwischen zwei Bäumen gespanntes Seil gehen wollte. Er hielt mit beiden Händen einen Stock fest, um besser das Gleichgewicht halten zu können. Bei den ersten beiden Versuchen fiel er herunter, fluchte und kletterte wieder drauf. Beim dritten Mal schaffte er einige Schritte auf dem Seil.

Billie wusste noch genau, wie sehr sie sich für Dare gefreut hatte und dass sie es unbedingt auch ausprobieren musste.

Er hatte etwa die Mitte des Seils erreicht, als die Kamera nach rechts schwenkte und Tiny einfing, der auf sie zugerannt kam und brüllte: »Was habe ich dir dazu gesagt, Junge?« Außerhalb des Bildes schrie Dare »Oh, Scheiße!«, und man hörte ein Poltern. Die Kamera wurde herumgeschwenkt und man sah Dare und Billie, die wegrannten. Eddie hetzte ihnen hinterher, und die Kamera wackelte, während sie alle drei hysterisch lachten. Es folgte ein Video, auf dem sie zu dritt Ställe ausmisteten und ganz verschwitzt und schmutzig waren, während sie einander lachend foppten und so taten, als wollten sie sich mit Pferdemist bewerfen. Drohungen hallten durch die Luft, gefolgt von lautem Gelächter.

»Du musstest wegen des Hochseils wochenlang Ställe ausmisten, weißt du noch?«, fragte sie leise. Eddie und sie hatten ihm die ganze Zeit dabei geholfen.

»Das hat mich trotzdem nicht aufgehalten.« Er grinste.

»Dich konnte nichts aufhalten. Du warst richtig vernarrt in dieses Hochseil. Du dachtest, du könntest der beste Drahtseilkünstler der Welt werden und zwischen den Wolkenkratzern in New York hin und her laufen.« Er hatte bei jedem Stunt, an den er sich wagte, die Absicht, der Beste darin zu werden.

»Das hätte ich auch geschafft, wäre mir das Basejumping nicht dazwischengekommen.«

Billie musste lachen, und dann sahen sie sich Videos an, auf denen sie und Eddie ritten, während Dare auf dem Pferderücken Tricks ausprobierte. Es folgten Videos von Dare und Billie beim Bungeespringen, Klippenspringen, bei Geburtstagspartys, Grillfesten und Familienfeiern auf der Ranch sowie eine Montage von ihnen dreien beim Betrachten von Feuerwerk, in der sie nach und nach immer älter wurden. Sie hatten sich bis zu Eddies Tod jedes Feuerwerk zusammen angesehen, danach war sie jedoch zu keinem mehr gegangen. Das gehörte zu den Dingen, die sie am meisten vermisste. Ihr wurde bewusst, dass es vieles gab, was sie am meisten vermisste.

Bei einem Video von Billie, die in Shorts und Bikinioberteil auf der Motorhaube von Dares Chevelle lag, während er den

Wagen wusch, mussten sie lachen. Eddie schien ein Stativ benutzt zu haben, da man ihn sah, wie er einen Eimer mit Seifenwasser über Billie ausleerte, die aufkreischte und ihm hinterherrannte, um auf seinen Rücken zu springen, woraufhin sie beide zu Boden gingen und von Dare mit dem Wasserschlauch abgespritzt wurden. Als ein Video von ihr und Dare beim Fallschirmspringen zu sehen war, auf dem sich ihre bunten Fallschirme vor dem klaren blauen Himmel abzeichneten und Eddie sie vom Boden aus filmte, erinnerte sich Billie daran, dass ein Foto davon in Dares Werkstatt hing. Und sie begriff, dass Eddie an diesem Tag ebenfalls ein Stativ benutzt haben musste. Er drehte sich zur Kamera um und sagte: »Seht euch die beiden da oben an. Einen Heidenspaß haben sie. Ich beneide sie um ihre Furchtlosigkeit.« Er drehte sich zu ihnen um, als sie sich dem Boden näherten, und brüllte: »Ich liebe euch! Ihr seid unglaublich!«

Billies Brustkorb war wie zugeschnürt, und Tränen brannten in ihren Augen.

Dare und Billie erschienen auf dem Bildschirm in Jeans, Lederjacken und Stiefeln und hielten Motorradhelme in den Händen. Sie stiegen auf ihre Harleys, und Eddie drehte die Kamera zu sich um und verkündete: »Passt jetzt gut auf, Leute! Die Sonne ist eben aufgegangen, und der unglaubliche Dare Whiskey wird euch die Sprache verschlagen, wenn er mit seinen wahnsinnig gefährlichen Motorradstunts Hope Valley im Sturm erobert.«

Billie wusste genau, welche Stunts gleich folgen würden, und ihr Herz schlug schneller.

Dare schien ihre Anspannung zu spüren, da er sich zu ihr herüberbeugte und meinte: »Du weißt doch ganz genau, dass nichts Schlimmes passiert.«

Sie nickte, konnte aber dennoch nicht verhindern, dass sie eine Gänsehaut an den Armen bekam, als Eddie auf Dares entschlossenes Gesicht heranzoomte. »Wie fühlst du dich jetzt, Dare?« Dare zeigte mit einem Daumen auf Billie und antwortete: »Schwing deinen Hintern auf den Sozius, damit wir Spaß haben können!« Billie schrie: »Na los, Eddie! Fangen wir an!« Abermals drehte Eddie die Kamera zu sich. »Ihr habt es hier zuerst gehört, Leute. Dare ist bereit und kann es kaum erwarten loszulegen.«

In der nächsten Szene rasten sie über einen leeren Highway, und Eddie filmte, während er hinter Billie auf dem Motorrad saß, wie Dare die Beine anzog, sich auf den Sitz kauerte und die Füße nach oben und über den Lenker schwang. Einige Sekunden später zog er die Beine wieder ein und trat nach hinten aus, sodass sich sein Körper parallel zum Motorrad und zur Straße befand und er den Superman-Stunt hinlegte. Danach setzte er sich wieder hin und machte einen Wheelie, um im Anschluss die Füße hochzunehmen, sich auf den Sitz zu stellen und auf einem Rad über den Highway zu jagen.

Billie hatte schweißnasse Hände, und eine Mischung aus Nervosität und Aufregung machte sich in ihr breit.

Im Film folgte ihr letztes professionelles Motocrossrennen. Sie trug ihr Rennoutfit und hielt ihren Helm in der Hand, während Eddie verkündete: »Ihr habt noch kein Rennen gesehen, wenn ihr die einzigartige Billie ›Knallhart‹ Mancini nicht erlebt habt, die wildeste Frau, die jemals …«

»Person, die jemals«, korrigierte Billie ihn.

»Da hat sie recht, Leute«, stimmte Eddie ihr lachend zu. »Mancini ist die wildeste und schönste Motocrossrennfahrerin, die es je gegeben hat, und sie wird heute den Sieg erringen.«

Dares Gesicht tauchte über Billies Schulter auf, und er sagte:

»Und ob sie das tun wird!«

Die Kamera zoomte auf Billie heran, und Eddie sagte aus dem Off: »Worauf wartest du noch, Billie? Geh da raus, und zeig der Welt, was du draufhast.« Es ging mit dem Rennen weiter, und beim Zusehen spürte Billie das Adrenalin durch ihre Adern tosen und hörte wieder das Dröhnen des Motors und das in ihren Ohren rauschende Blut. Sie fuhr Kopf an Kopf mit zwei anderen Rennfahrern, und als sie sich der Ziellinie näherten, kauerte sie sich über den Lenker, gab alles, raste an ihnen vorbei und errang den Sieg. Die Kamera schwenkte zu Dare, der eine Faust in die Luft reckte und »Gut gemacht, Mancini!« brüllte, um dann zur Rennstrecke zu laufen. Eddie blieb ihm dicht auf den Fersen, filmte dabei weiter und rief »Das ist unser Mädchen!«, als Billie vom Motorrad stieg, den Helm abnahm und kreischte: »Draufgänger sind die Besten!« Dare nahm sie in die Arme und wirbelte sie herum. Sie strahlte in die Kamera und winkte Eddie zu ihnen, während Dare verlangte: »Komm her, Draufgänger!« Eddie filmte sie alle drei aus Armeslänge Abstand, wie sie einander lachend umarmten. Ihre Gesichter schwankten hin und her, und er küsste sie und sagte: »Herzlichen Glückwunsch, Baby!«

Billie liefen die Tränen über die Wangen, und Dare drückte sie an sich. Derweil sagte Eddie: »Nicht alle Stunts liefen so wie geplant, aber dieses Risiko geht man als Draufgänger nun mal ein.«

Es folgte eine Montage von Fehlschlägen: Billie, die nach einem Sprung vom Fahrrad fiel, einen Salto vom Seil machte und einen Bauchklatscher im See hinlegte und Dares Cowboyhut stibitzte und davonrannte, nur um über einen Stein zu stolpern und mit dem Gesicht voran in einer Pfütze zu landen.

Billie musste lachen. Es war, als hätte Eddie zum richtigen

Zeitpunkt etwas Humor eingefügt.

Sie sah zu, wie Dare mit dem Fallschirm gegen einen Baum prallte, einen Trick auf einem Pferd versuchte und auf dem Hosenboden landete und von Doc und Cowboy wegen irgendetwas über eine Wiese gejagt wurde. Eddie hatte sie und Dare beim Tanzen auf dem Tresen im Roadhouse gefilmt, wie sie ausgelassen lachten, während ihr Vater tobte, dass sie da herunterkommen sollten. Es gab Aufnahmen von Eddie, der mit den Händen wedelnd von einer Klippe zurückwich, während sich Dare und Billie für einen Basejump bereitmachten, wie er sich in einer Felsspalte den Fuß verdrehte und wie er bei einem Skisprung das Gleichgewicht verlor und mit den Armen rudernd durch die Luft flog und in einer Schneewehe landete. Auf einer anderen Aufnahme sah man ihn von einer Party im Haus von Billies Eltern weggehen und die Kamera durch den Garten schwenken. »Wohin sind die beiden Draufgänger denn jetzt wieder verschwunden?« Billie und Dare tauchten in etwa zehn Metern Entfernung von Eddie auf und hielten auf Dares Chevelle zu.

Oh mein Gott, Eddie. Nein! Sie drückte Dares Hand.

»Da sind sie ja«, sagte Eddie. »Mal sehen, was sie jetzt wieder anstellen.« In diesem Augenblick trat Cowboy vor ihn, versperrte ihm den Weg und hielt eine Hand vor die Kamera. »Komm mal mit!« Eddie beschwerte sich, zog die Kamera weg und richtete sie auf Cowboys stoisches Gesicht, während Cowboys tiefe Stimme fortfuhr: »Wir brauchen dich mit dem Ding im Garten. Da will jemand einen Salto vom Dach machen.« Die Kamera wackelte, und Eddie erwiderte: »Was? Es gibt jemanden, der noch verrückter ist als Dare?« Er drehte die Kamera zu sich und erklärte im Gehen: »Mission abgebrochen. Wir kehren später zu den beiden Unruhestiftern zurück.

Hoffentlich tun sie nichts, was sie später bereuen könnten.«

Billie lauschte benommen schweigend dem Song »Good Riddance (Time of Your Life)«. Das Bild verblasste, und Eddie trat auf die alte Rennstrecke, auf der der Film angefangen hatte, und sagte: »Den Legenden zufolge bleibt man Freunde fürs Leben, wenn man es sich an einem heißen Sommertag in einer Scheune geschworen hat. Ich hatte das Glück, zur rechten Zeit in der richtigen Scheune zu sein, daher möchte ich euch folgenden Rat geben: Wenn ein toughes Mädchen und ein Großmaul von einem Jungen dich in eine Scheune zerren und verlangen, dass du ab jetzt ihr bester Freund bist, geh das Risiko ein. Völlig egal, ob du ein Einzelkind aus einem ruhigen Haushalt bist und keine Ahnung hast, wie du mit den beiden mithalten sollst. Denn sobald ihr euch die ewige Freundschaft geschworen habt, werden dir diese mutigen Kids immer beistehen. Dieser Film ist den beiden Draufgängern gewidmet, die immer zu mir gestanden haben.« Als im Songtext das Sammeln von Erinnerungen vorkam und dass etwas Unvorhersehbares genau das Richtige sein kann, wurde seine Miene nachdenklich. »Wenn ihr da draußen seid und über dieses Tattoo nachdenkt, das ihr euch nie habt stechen lassen, und über die nächsten Stunts, dann macht das Beste aus jedem Tag, denn wie mir die beiden gezeigt haben, kann man nie mehr zurück. Seid glücklich, verrückt, albern, traurig. Seid, was immer ihr sein wollt, und hört nie auf, euer Leben zu genießen. Genau das tue ich, und das habe ich nur euch beiden zu verdanken.« Er legte sich eine Hand aufs Herz und reckte die Faust dann in die Luft. »Draufgänger fürs Leben!«

Nun ließ Billie ihren Tränen freien Lauf, und sie wischte sie weg, während über den Bildschirm der Abspann lief, in dem Eddie Baker als Drehbuchautor, Regisseur und Produzent genannt wurde, gefolgt von einer Nachricht, die lautete: *Es können keine Schauspieler genannt werden, weil keiner von uns geschauspielert hat.* Darunter stand: *Unvergessliche Draufgänger: Billie »Knallhart« Mancini und Devlin »Dare« Whiskey.*

Dare hielt das Video an und wischte Billie die Tränen von den Wangen. »Lass deine Tränen zu.«

»Seitdem du vom Himmel gefallen bist und dich wieder in mein Leben gedrängt hast, scheine ich ständig zu weinen.« Sie seufzte schwer und legte den Kopf an seine Schulter. »Was machst du nur mit mir, Whiskey? Das war …«

»Eine totale Reizüberflutung.«

Sie nickte.

»Möchtest du darüber reden?«

»Nein.« Sie schnappte sich einen Keks und biss hinein. »Damals war ich eher aufgeregt als ängstlich, wenn wir diese Stunts gemacht haben. Aber hast du gesehen, was wir uns da alles zugetraut haben?«

»Ich habe mir das Video bestimmt hundertmal angesehen.«

»Wir waren leichtsinnig.«

»Wir waren furchtlos«, entgegnete er. Sie aß ihren Keks auf und nahm sich den nächsten.

»Das geht Hand in Hand. Ich wünschte, wir könnten die Zeit zurückdrehen und noch mal von vorn anfangen, damit Eddie noch bei uns ist, aber gleichzeitig möchte ich all das nicht missen, mit Ausnahme von …« *Eddies Unfall.* »Na, du weißt schon. Wir hatten eine tolle Zeit. Und wir hielten uns immer für unbesiegbar. Das war das Problem, nicht wahr? Eddie dachte, er könnte einfach losziehen und diesen Trick mit dem Motorrad machen und würde sich schlimmstenfalls den Arm brechen.«

»Natürlich dachte er das, Süße. Wahrscheinlich glaubte er,

er legt den Stunt hin, kommt zurück und prahlt damit, reibt es mir unter die Nase und zeigt dir, was dir entgeht. All das ist normal, wenn ein Mann verletzt ist und nicht weiß, wie er damit umgehen soll.«

»Andere feiern zu viel und reiten auf Bullen.«

»Davon hast du also gehört?«

»Jeder in Hope Valley hat davon gehört, wie du auf dem wildesten Bullen der Carlson Ranch geritten bist. Du bist doch lebensmüde.« Sie legte den Kopf schief und bedachte ihn mit einem ernsten Blick, doch er ließ ihre Ernsthaftigkeit mit einem Kuss verschwinden.

»Ich bin nicht lebensmüde.«

Sie sah ihn ungläubig an, vertagte dieses Thema allerdings und griff nach der Chipstüte, um sich einen Chip in den Mund zu stecken. »Und was war das mit Cowboy? Wollte er verhindern, dass Eddies Gefühle verletzt werden? Meinen Ruf schützen? Dich irgendwie beschützen?«

»Ja, alles drei. Wir reden schließlich von Cowboy, dem großen Beschützer. So was hat er schon immer getan.«

Sie seufzte und fühlte sich gleichzeitig erschöpft und belebt, als hätte dieser Film mehrere Türen in ihrem Inneren geöffnet, durch die nun all diese Fragen und Emotionen hervorquollen. »Eddie war wirklich talentiert und witzig, nicht wahr?«

»Ja, das war er. Weißt du noch, wie wir ihn aufgezogen haben, weil er überall seine Kameraausrüstung mitschleppen musste, und er meinte, er müsste organisiert bleiben, weil wir beide unseren Kopf vergessen würden, wenn er nicht angewachsen wäre?«

Sie lachte auf. »*Steady Eddie* war immer auf alles vorbereitet, und das war auch gut so. Sieh nur, was er geschaffen hat. Ich kann es kaum glauben, dass er das alles zusammengeschnitten hat und dass es so gut geworden ist. Es ist wirklich unglaublich. Er hat die Dinge immer zu Ende gebracht. Aber dass er all diese Mühe und Zeit geopfert hat, um aus uns sein erstes großes Projekt zu machen?« Sie musste schon wieder weinen. »Sein erstes und sein letztes. Das bleibt für immer. Kannst du mir eine Kopie machen?«

»Die habe ich dir schon vor Jahren gemacht.«

Ihr wurde ganz warm ums Herz. Sie war stets der Meinung gewesen, Eddie wäre ein guter Mensch, aber Dare war ebenso gut, loyal und liebevoll. »Wie konnte ich dir nur so lange den Rücken zuwenden? Wie konnte ich mich von uns dreien abwenden? Ich habe zugelassen, dass dieser schreckliche Tag all diese Erinnerungen und all das, was wir zusammen hatten, überschatten konnte. Und jetzt kann ich nicht fassen, dass ich das getan habe. Es tut mir so leid.«

Er presste die Lippen auf ihre. »Schon okay. Jetzt bist du ja hier, und du läufst nicht vor diesen Erinnerungen davon. Bleibt nur zu hoffen, dass du mich nicht leid wirst und sitzen lässt.«

»Wenn du weiterhin Snacks zu Hause hast, bleibe ich vielleicht noch ein Weilchen.« Sie hielt ihm einen Chip hin. Als er sich vorbeugte, steckte sie sich ihn in den Mund. Dare drückte sie nach hinten. »Die Kekse!«

Er griff hinter sie und zog die Oreos hervor, um sie auf den Tisch zu legen. »Ich muss dich also mit Snacks füttern?«

»Nur, wenn du mich weiterhin hier haben willst.«

»Wenn du mir auf die Nerven gehst, muss ich also bloß die Schränke leerräumen und bin dich los?«

Sie umfasste seine Pobacken. »Du lässt wohl langsam nach, Whiskey, oder wieso erwähnst du deinen eingebauten Snack mit keinem Wort?«

Ein dreckiges Lachen entrang sich seiner Kehle, und er

bewegte das Becken.

»Nicht so schnell, Draufgänger.« Sie strich mit den Händen über seinen Rücken und genoss seinen gierigen Blick. Dare hatte immer gute Laune, aber sie hatte die leise Sorge in seinen Augen so lange wahrnehmen müssen und daher ganz vergessen, wie sie früher geglitzert hatten. Es machte sie glücklich, ihn jetzt wieder so zu sehen, und sie fragte sich, was sie noch so alles vergessen hatte. »Können wir uns diesen Film noch einmal ansehen?«

»Ernsthaft?« Er stützte sich auf einen Ellbogen und sah sie nachdenklich an.

»Ja. Es war zwar überwältigend, hat mich aber auch glücklich gemacht, uns drei zu sehen, wie wir so viel Spaß hatten.« Sie setzten sich auf. »Ich glaube, es wird eine Weile dauern, bis ich alles verarbeitet habe, was dieser Film in mir wachruft, und ich brauche vielleicht ein oder zwei Portionen Whiskey, um das zu schaffen. Aber ich würde ihn mir gern noch einmal ansehen.«

Er legte einen Arm um sie und zog sie an sich. »Was den Whiskey angeht, so kann ich dir helfen, so oft du willst.« Dann drückte er einen Kuss auf ihre lächelnden Lippen. »Und was den Rest angeht, so bist du nicht allein. Ich bin hier, um dir zu helfen, wenn du mich lässt.«

Sie griff nach den Keksen, legte sie in ihren Schoß, gab ihm einen und steckte sich selbst einen in den Mund. »Danke, aber darf ich mal kurz die Therapeutin spielen?«

»Nur zu.«

»Ich würde dir vorschlagen, einige Sitzungen bei Ezra oder Colleen einzuplanen, denn wenn dich die letzten sechs Jahre nicht abgeschreckt haben, in denen du von mir nur abgelehnt wurdest, dann hast du eindeutig eine Schraube locker.«

»Ach, findest du?« Er knabberte an ihren Lippen.

»Du stehst ganz offensichtlich darauf, bestraft zu werden.«
Sie biss kichernd in seinen Keks. »Aber ich liebe dich irgendwie
dafür, dass du durchgehalten hast.«

»Das irgendwie kannst du dir sparen.«

Er küsste sie so fest und leidenschaftlich, dass ihr ganzer
Körper in Wallung geriet. Als sich ihre Lippen voneinander
trennten, zog sie ihn wieder an sich. »Komm sofort wieder her,
Whiskey. Ich bin noch nicht fertig mit dir.«

Elf

Billie lag mit geschlossenen Augen da und versuchte, die letzten Überreste ihres Traums festzuhalten, in dem sie, Dare und Eddie auf Pferden über den Blackfoot Trail geritten waren, wie sie es in ihrer Kindheit so oft getan hatten. Sie konnte noch immer die Sticheleien und das Lachen der Jungen hören. Früher hatte sie es geliebt, wenn sie Witze gerissen hatten. Als die Erinnerung an ihren Traum endgültig verblasst war, schlug sie die Augen auf und fühlte sich ein wenig euphorisch. Sie hatte so viele Jahre schlecht geschlafen und sich am nächsten Morgen höchstens verschwommen an ihre Träume erinnert. Oftmals war sie darin von Geistern aus ihrer Vergangenheit heimgesucht worden und sie konnte jetzt nur darüber staunen, wie ausgeruht sie war. Vor allem, da sie diese Nächte gar nicht in ihrem eigenen Bett verbracht hatte. Doch sie freute sich sehr darüber und wusste, dass sie das vor allem dem Mann neben sich zu verdanken hatte.

Sie ließ den Blick langsam über Dares markantes Gesicht wandern und genoss das herrliche Flattern in ihrer Brust. Es fühlte sich gut an, sich selbst zu erlauben, wieder glücklich zu sein.

Auch das hatte sie ihm zu verdanken. Dank seiner Beharrlichkeit und Geduld und des Films, den Eddie gedreht hatte und den sie sich in den vier Nächten seit dem ersten Mal noch zwei weitere Male angesehen hatten, war sie zu der Erkenntnis gekommen, dass es okay war, glücklich zu sein. Was noch lange nicht hieß, dass ihre Beziehung auf einmal perfekt oder einfach gewesen wäre. Sie und Dare waren nun einmal keine perfekten oder einfachen Menschen und würden es auch nie sein. Für die meisten anderen Menschen hätte das ein Problem dargestellt, aber für sie und Dare ließ es sich eher als Rettung bezeichnen. Perfekt und einfach hätte sie nur schnell gelangweilt.

Dares Lippen zuckten, und das herrliche Flattern in ihrer Brust wurde noch intensiver.

Es würde einige Zeit dauern, um die Gefühle zu akzeptieren, die sie so lange unterdrückt hatte, und sie stand vermutlich vor der größten Herausforderung ihres Lebens. Aber wenn es sich so anfühlte, ohne Mauern um ihr Herz zu leben, wäre es all die Tränen wert, die sie nur sehr ungern vergoss.

Als Dare aufwachte, strahlten seine dunklen Augen genau wie an den letzten vier Tagen, bevor er die Mundwinkel hochzog, als würde er denken *Da ist ja meine Süße.* Genau so fühlte sie sich jedes Mal, wenn sie ihn sah. Am Vorabend war er nach der Church mit einigen anderen Dark Knights ins Roadhouse gekommen und hatte fast den gesamten Abend am Tresen gestanden und mit ihr geflirtet. Inzwischen wussten vermutlich alle, dass sie zusammen waren. Schließlich ließ sich ihr strahlendes Lächeln nicht übersehen, das laut Bobbie wie ein Neonschild verkündete *Er gehört zu mir!* Eigentlich wollten sie ihre Beziehung auch gar nicht geheim halten. Sie versuchte bloß, bei der Arbeit ein Minimum an Professionalität an den Tag zu legen. Doch es fiel ihr zunehmend schwerer, selbst dieses bisschen Distanz aufrecht zu halten.

Er legte ihr eine Hand auf den Rücken, zog sie an sich und küsste sie. »Guten Morgen, Liebling.«

»Hi.« Sie fuhr die Flügel des tätowierten Vogels auf seinem Hals nach.

»Was hast du heute für Pläne?«

»Ich habe große Pläne.« Sie reckte sich, und er presste die Hand fester auf ihren Rücken, damit sie dicht bei ihm blieb. »Ich werde laufen gehen, danach die Wäsche machen und mich um einige andere Dinge kümmern.«

»Schaffst du das alles bis heute Mittag?«, fragte er hoffnungsvoll.

»Gut möglich. Wieso?«

»Heute soll den ganzen Tag die Sonne scheinen. Ich treffe mich heute Vormittag mit Kenny und zwei weiteren Patienten und hatte mir überlegt, dass wir danach paddeln gehen könnten.«

Sie wurde ganz aufgeregt. Er war noch immer so spontan wie früher. »Du weißt, wie gern ich paddeln gehe, aber ich habe seit Jahren nicht mal mehr in einem Kajak gesessen.«

»Dann fangen wir damit an.« Er drehte sie auf den Rücken und rollte sich über sie. »Aber zuerst müssen wir dich mal auf deinen Lauf vorbereiten.«

»So nennen wir das jetzt also? Letzte Nacht wolltest du mich noch müde machen, damit ich besser schlafe.« Womit sie sich ganz gewiss nicht beschweren wollte.

»Das ist mir auch ziemlich gut gelungen, oder nicht?«

Als er die Lippen auf ihre drückte und sich ihre Körper vereinten, konnte sie sich keine bessere Methode vorstellen, um den Tag zu beginnen.

Im Laufe des Vormittags stieg Billies Vorfreude auf das Kajakfahren immer weiter. Als Dare sie abholte, konnte sie es kaum noch erwarten. Während der einstündigen Fahrt zum Fluss fragte er sie, ob sie noch wusste, wie sie mit den Stromschnellen fertig werden konnte, und erteilte ihr einen Crashkurs in den Grundlagen des Kajakfahrens. Wobei er auch all die Dinge erwähnte, die sie längst in- und auswendig konnte.

Am Fluss angekommen, schienen die frische Luft, der Geruch nach feuchter Erde und die Freiheit sie förmlich zu überfluten, brachten jedoch auch einen Hauch von Beklommenheit mit sich. Als sie die Ausrüstung anlegten, rief sie sich in Erinnerung, dass sie keine leichtsinnigen Kinder mehr waren, sondern Erwachsene. Zudem hatte sie so etwas schon öfter getan, als sie zählen konnte, und sie trafen alle erforderlichen Sicherheitsvorkehrungen.

»Alles in Ordnung, Mancini?« Er beäugte sie, während er seine Rettungsweste anlegte. »Bist du nervös?«

»Dare«, warnte sie und kniff die Augen zusammen.

Er hob die Hände. »Ich weiß, dass du das schon mal gemacht hast. Entschuldige.«

Sie bereute ihre reflexhafte Reaktion und legte sich die Schwimmweste an. »Nein, ich muss mich entschuldigen. Ich weiß, dass du nur auf mich aufpasst, und das tut gut, allerdings bin ich nicht daran gewöhnt.«

»Und du kannst es nicht leiden, dich anderen unterlegen zu fühlen.«

»Ja, das auch.« Er kannte sie so gut, aber vielleicht sollte sie ihn wissen lassen, dass es ihr inzwischen leichter fiel, die

Kontrolle auch mal abzugeben. »Ich bin möglicherweise ein bisschen eingerostet und zugegebenermaßen auch ein wenig nervös.«

Er trat mit leisem Lächeln an sie heran und passte den Sitz ihrer Weste an. »War das denn jetzt so schwer, zuzugeben, was du empfindest?«

Sie verdrehte die Augen. »Nein, und so nervös bin ich nun auch wieder nicht. Ich möchte das unbedingt, kann ein klitzekleines bisschen Nervosität allerdings nicht leugnen.«

»So wie beim ersten Mal, also du die riesige Schlange in meiner Hose gesehen hast.«

»Dare!« Sie musste lachen und war froh über diese Unbeschwertheit. »Und jetzt schwing deinen Hintern ins Wasser, bevor ich noch nachhelfe.«

»Das ist die Mancini, die ich kenne.«

Sie ließen ihre Kajaks zu Wasser, und während sie den Fluss entlangpaddelten und sich den Weg durch das steinige Flussbett umgeben von dichten Bäumen und gewaltigen Felsen hindurchbahnten, machte sich das Adrenalin in Billies Adern deutlich bemerkbar. Sie begrüßte es und ließ die schlafenden Teile von sich erwachen, die sie viel zu lange ignoriert hatte.

Dare schaute über die Schulter und warf ihr ein verführerisches Lächeln zu. »Das machst du großartig, Mancini!«

Seine Ermutigung stärkte ihr Selbstvertrauen, und je weiter sie den Fluss entlangpaddelten, desto stärker wurde die Strömung. Dare rief ihr andauernd etwas zu, genau wie vor all diesen Jahren, woraufhin ihr Wettkampfgeist unerwarteterweise wieder zum Vorschein kam. Sie versuchte gar nicht erst, dagegen anzukämpfen, sondern paddelte schneller, und ihr Muskelgedächtnis erwies sich als ebenso gut wie ihre Liebe zur freien Natur stark war.

Sobald sie neben ihn zog, warf Dare ihr einen frechen Blick zu. »Herausforderung angenommen, Mancini.«

Schon jagten sie den Fluss hinunter, lachten und warfen einander Kommentare an den Kopf, doch als das Wasser rauer wurde, schien Dare auf einmal zu zögern.

»Du musst mich nicht mit Samthandschuhen anfassen, Whiskey. Ich komme schon klar.«

Er musterte sie nachdenklich. »Bist du sicher?«

»Aber so was von.« Sie paddelte noch energischer, zog vor ihn und erreichte so als Erste die Stromschnellen. Die Vorderseite ihres Kajaks ragte in die Luft und knallte wieder herunter, und als sie mit Wasser bespritzt wurde, kreischte sie vor lauter Freude auf.

Einander anfeuernd paddelten Dare und sie durch die Stromschnellen und navigierten um die Felsen, Kurven und Rundungen von Mutter Natur herum. Es war sogar noch aufregender als in ihrer Erinnerung. Sie fühlte sich selbstsicher und nahm die Schönheit des Flusses, der auf dem Wasser schimmernden Sonne, der Strudel und Wasserfälle, die aus dem Nichts zu kommen schienen, in sich auf. Wie hatte sie nur so lange ohne all das in ihrem Leben überstehen können? Das hier war es, was ihre Seele brauchte. Sie benötigte es ebenso dringend wie die Luft, die sie atmete.

Als sie in einen Bereich mit ruhigerem Wasser kamen, zog Dare neben sie und sah sie mit fröhlich glitzernden Augen an. »Eingerostet, dass ich nicht lache, Mancini.«

Sie musste lachen, und in ihrem Inneren herrschte nichts als Freude. Zwar war sie sich ihrer Fähigkeiten sicher gewesen, hatte jedoch ein wenig daran gezweifelt, ob ihre Nervosität sie zurückhalten würde. Ihr Herz war so erfüllt, und sie wusste, dass die Angst sie nicht länger aufhielt, und wenn sie das hier gemeinsam erleben konnten, konnten sie auch noch viele weitere Abenteuer zusammen angehen.

»Hör auf zu trödeln, Süße, und zeig mir, was du draufhast.« Er tauchte sein Paddel ins Wasser und war in der nächsten Sekunde auch schon verschwunden.

Billie folgte ihm, so schnell sie konnte, und sie fuhren auf die nächsten Stromschnellen zu – und eine Zukunft, die sie sich vor Kurzem nicht hätte erträumen lassen.

Dare hatte ungemein gute Laune, als sie an diesem Abend zur Ranch zurückkehrten. Er war sich nicht sicher gewesen, ob Billie wirklich mit ihm zum Fluss fahren würde, und hatte erst recht nicht damit gerechnet, dass der Konkurrenzkampf von früher sofort wieder aufgenommen werden würde. Er war schon mit Rebel, Flame und einigen anderen Freunden auf dem Wasser gewesen, doch es machte mit keinem so viel Spaß wie mit Billie. Ihre Energie und die Verbindung zwischen ihnen machten alles nur noch viel aufregender, und das lag nur daran, dass er das alles mit der Person erlebte, die er am meisten liebte. Billie mochte ihm noch nicht ihre Liebe gestanden haben, doch das war auch gar nicht nötig. Er wusste es allein anhand der Art, wie sie ihn anschaute, selbst wenn sie dabei ein finsteres Gesicht machte.

Als er vor dem Haupthaus parkte, bemerkte er Birdies gelben 78er T-top Camaro Z28, den er restauriert und ihr zum fünfundzwanzigsten Geburtstag geschenkt hatte, und er fragte sich, wieso sie hergekommen war.

»Was machen wir hier?«, erkundigte sich Billie.

»Ich muss eben etwas abholen. Komm mit rein.«

Sie besah sich ihr nasses Oberteil und ihre durchnässten Shorts. »Ich bin ganz nass.«

»So mag ich dich.« Er strich mit einer Hand über ihren Oberschenkel und wackelte mit den Augenbrauen.

Billie schüttelte leise lachend den Kopf.

Er war schon immer ein sinnlicher Mensch gewesen, doch bei Billie schien er unersättlich zu sein. Sie brachte eine Sehnsucht in ihm hervor, wie er sie nur in ihrer Gegenwart verspürte. Wenn sie zusammen im Bett lagen, wünschte er sich, die Zeit würde stillstehen. Wenn sie unterwegs waren, wollte er einfach alles mit ihr erleben. Er konnte nur hoffen, dass sie sich immer weiter öffnen würde, je besser sie einander kennenlernten und je inniger ihre Beziehung wurde, und er hatte vor, weiterhin ihr Vertrauen zu gewinnen und die Teile in ihr zum Vorschein zu bringen, die nur in seiner Gegenwart existierten. Wie die Frau, die spontan zum Tanzen auf den Tresen kletterte.

»Offenbar bist du nicht mehr dasselbe Mädchen, das früher im Bikini die Küche geplündert hat. Mein Fehler.«

Sie warf ihm einen ausdruckslosen Blick zu.

Er öffnete die Fahrertür. »Schwing deinen hübschen Hintern aus dem Wagen, Mancini. Du bist mein Mädchen, und ich will dich an meiner Seite haben.«

»Na, wenn du es so ausdrückst.« Sie öffnete die Wagentür und stieg aus.

Er kam auf ihre Seite, legte ihr einen Arm um die Schultern und zog sie an sich. »Ich bin froh, dass du heute Abend frei hast.«

»Ich auch. Hoffentlich sind noch ein paar Reste vom Abendessen da. Ich bin am Verhungern.«

Sie konnte ja nicht ahnen, dass sie an diesem Abend weitaus

mehr als nur Reste bekommen würde.

Alle Teenager saßen im Gemeinschaftsraum, und Dare stellte erfreut fest, dass Kenny mit einem anderen Jungen ein Videospiel spielte. Dwight saß mit einem Glas Wein in ein Gespräch mit zwei anderen jungen Patienten vertieft an einem Tisch, nickte Dare aber kurz zu.

Dare nahm Billies Hand und ging in Richtung Küche, wo sie auf Birdie trafen, die in glänzenden schwarzen kniehohen Stiefeln und einem viel zu kurzen Minirock, der mit einem Silberreifen an ein hautenges kurzes weißes Tanktop angebracht war, an einem Schrank lehnte. »Was in aller Welt hast du da an?«

Birdie wirbelte herum, noch immer kauend, und hatte ein halb aufgegessenes Kuchenstück vor sich auf der Arbeitsplatte stehen. Sie starrte sie überrascht an und schluckte hörbar und dramatisch. »Billie? Was macht ihr zwei ...« Sie bemerkte die ineinander verschränkten Hände und keuchte auf. »Seid ihr etwa zusammen? Bitte sag mir, dass ihr zusammen seid.« Sie sah Billie an. »Okay, an deiner Stelle hätte ich mich vermutlich für Kellan entschieden, wegen seiner traumhaften Grübchen und seines Schlafzimmerblicks, aber er ist überhaupt nicht dein Typ, da kann ich das schon verstehen.«

»*Birdie*«, warnte Dare sie.

»War nur Spaß! Ich freue mich so für euch!« Sie kam kreischend auf sie zugerannt und schlang die Arme um sie beide. »Mehr Kellan für mich. Hurra!«

Dare starrte sie erbost an.

»Warum seid ihr beide so nass?« Birdie zog die Augenbrauen hoch. »*Oooooh*, ich will alles darüber wissen.« Sie nahm Billies Hand und zog sie zum Küchenschrank. »Aber zuerst müsst ihr mir verraten, wie es dazu gekommen ist, dass ihr beiden

Streithähne auf einmal zusammen nass geworden seid.« Sie schob Billie den restlichen Kuchen zu. »Und du musst Dwights Kuchen probieren!« Sie drückte Billie eine Gabel in die Hand und steckte sich ein unglaublich großes Stück Kuchen in den Mund.

Dare kam näher. »Du meinst den Kuchen, den er für Billie und mich gebacken hat?«

Birdie runzelte die Stirn und zog beschämt die Schultern hoch. »Ups.« Sie wischte sich den Mund ab. »Tut mir leid.«

»Er hat ihn für uns gebacken?«, hakte Billie nach.

»Ja. Ich wollte dich mit deinem Lieblingsabendessen und Nachtisch überraschen, und er kann weitaus besser kochen als ich. Er hat uns auch ein Chili gemacht. Ich hatte mir überlegt, dass wir die Feuerschale anzünden und auf meiner Veranda essen.«

Billie sah ihn mit einem derart sanften Blick an, wie er ihn gar nicht von ihr kannte, doch bevor sie etwas erwidern konnte, erklärte Birdie auch schon: »Oh, das ist aber romantisch. Da haben die Liebestränke wohl endlich gewirkt!«

»Was denn für Liebestränke?«, fragte Dare.

»Das Duschgel und die Lotion, die ich von Roxie Dalton bekommen habe«, erläuterte Birdie. »Sie macht da Liebestränke rein. In Sugar Lake, New York, schwören alle darauf. Aber erzähl das bloß nicht Cowboy und Doc.« Sie legte sich einen Finger auf die Lippen und nickte.

So langsam fragte er sich, ob seine Schwester noch alle Tassen im Schrank hatte.

»Dann hast du dich letzten Endes doch für den richtigen Mann entschieden, Billie.« Birdie beugte sich gespannt vor. »Erzähl mir alles.«

Aber Billie sah noch immer Dare an. »Da gibt es nicht viel

zu erzählen, Birdie. Er ist vom Himmel und in mein Leben gefallen, und jetzt werde ich ihn einfach nicht mehr los.«

Grundgütiger, an ihren verliebten Blick könnte er sich gewöhnen, und sie wollte eindeutig alles andere, als ihn loszuwerden.

Als hätte sie sich selbst dabei ertappt, wie sie weich wurde, räusperte sie sich und stieß die Gabel in den Kuchen. »Aber wenn ich einen solchen Kuchen bekomme, will ich mich mal nicht beschweren.« Sie steckte sich den Happen in den Mund und beäugte Dare keck.

Ich liebe dich auch, Mancini.

»Sasha hat mir von seiner Fallschirmmission berichtet«, sagte Birdie. »Ich wünschte, irgendjemand würde für mich etwas derart Großartiges machen. Himmel noch mal, ich wäre auch schon mit einer winzig kleinen Geste zufrieden.«

»Für dich wird niemand etwas tun, weil du in diesem Aufzug garantiert nicht das Haus verlassen wirst.« Dare deutete mit einer Hand auf ihr Outfit.

Sie stemmte die Hände in die Hüften. »Du solltest wissen, dass das hier ein klassisches Outfit aus *Pretty Woman* ist, und ich werde darin das Haus verlassen, weil du mir rein gar nichts zu sagen hast und weil ich mich mit Sasha und Quinn in der Bar None zu einem Mädelsabend treffe.« Die Bar None war ein angesagter Singles-Treffpunkt in Allure.

»Einen Teufel wirst du tun«, knurrte er. »Die Frau in dem Film war eine Nutte.«

Birdie tätschelte seinen Arm wie bei einem Kind. »Aber ich bin keine, insofern ist das völlig ohne Belang. Nicht wahr, Billie?«

»Halt mich bloß da raus.« Billie widmete sich weiter dem Kuchen.

Dare zückte sein Handy und schrieb Cowboy und Doc eine Nachricht. *Birdie will in Nuttenklamotten in die Bar None gehen.*

»Was machst du da?« Birdie spähte über seine Schulter, als er gerade tippte: *Kann einer von euch mal da vorbeischauen?* »Mann, du bist eine elende Nervensäge.« Sie sah Billie an. »Er hat meine Brüder in die Bar bestellt. Ich habe meine Meinung geändert. Du solltest dir doch lieber Kellan angeln.«

»Diese Frau braucht keinen Bodyguard, egal wie sie angezogen ist«, fand Billie. »Sie wird ohnehin jeden in Grund und Boden reden, und jeder Kerl, der nur auf einen Aufriss aus ist, macht sich ganz schnell wieder vom Acker.«

Da hatte sie recht, aber manche Männer waren sehr beharrlich. Er steckte eben sein Handy weg, als Dwight hereinkam.

Dwight betrachtete den Kuchen, Birdies wütende Miene und Billies amüsierten Gesichtsausdruck. »Lasst mich raten.« Er zeigte auf Dare. »Du hast Birdie geärgert, und deshalb hat sie sich am Kuchen vergriffen.«

»Nein. Ich habe den Kuchen gegessen, weil ich nicht wusste, dass er für ihn ist«, beharrte Birdie. »Aber jetzt bereue ich es, überhaupt was übrig gelassen zu haben.«

Billie legte einen Arm um den Kuchen und zog ihn an sich heran, und Dare grinste breit.

Dwight zeigte mit einem Finger auf Billie. »Du bist ein höchst willkommener Anblick in dieser Küche. Es ist viel zu lange her, dass du hier herumgeschnüffelt hast. Und jetzt komm gefälligst her und lass dich in die Arme nehmen.«

Billie hob den Kuchen hoch und reichte ihn Dare, ohne Birdie aus den Augen zu lassen. »Pass gut darauf auf. Bei ihr kann man nie wissen.«

Sie mussten alle lachen.

Billie umarmte Dwight. »Danke, dass du für uns gekocht

und gebacken hast.«

»Dafür musst du dich nicht bei mir bedanken, sondern bei dem Kerl hier.« Er zeigte mit dem Kinn auf Dare, während sich Billie wieder ihrem Kuchen widmete.

»Mir fällt bestimmt eine Methode ein, wie ich ihm ebenfalls danken kann.« Sie schlenderte mit genauso herausforderndem wie verführerischem Blick auf Dare zu, und er legte ihr einen Arm um die Taille und küsste sie.

»Die Details könnt ihr gern für euch behalten. Ich gehe dann jetzt.« Birdie stellte ihren Teller in die Spülmaschine, nahm sich ihre Tasche von der Arbeitsplatte und starrte Dare wütend an. »Ich bin sauer auf dich, aber ich möchte auch Zeit mit Billie verbringen. Wieso sagst du meinen anderen Bodyguards nicht ab und ihr begleitet mich? Das wird bestimmt lustig.«

»Ich kann euch das Essen warmhalten, und wenn Birdie nicht hier ist, wird dem Kuchen auch nichts passieren.« Dwight zwinkerte Birdie zu.

»Ich war seit Jahren in keiner anderen Bar als dem Roadhouse mehr.« Billie sah Dare hoffnungsvoll an, und er drehte sich mit ihr so, dass sie sich ungestört unterhalten konnten.

»Lass dich von ihr nicht unter Druck setzen.«

»Das tue ich doch gar nicht. Mir ist durchaus bewusst, dass du dir ebenso wie Dwight große Mühe gegeben hast, damit wir einen schönen Abend haben, und ich freue mich auch sehr darüber. Aber ich würde wirklich gern irgendwo mit dir tanzen gehen, wo ich nicht auch arbeite. Das mag in deinen Ohren vielleicht komisch klingen, aber ...«

»Es ist überhaupt nicht komisch. Wer würde denn nicht gern mit mir tanzen?«

Sie schenkte ihm ein Lächeln. »Wir könnten sie begleiten

und ein bisschen Zeit mit deinen Schwestern verbringen, denn das habe ich auch schon seit einer Ewigkeit nicht mehr gemacht, und wenn wir zurück sind, machen wir uns noch einen schönen Abend.«

Das ist das Mädchen von früher. »Das klingt großartig, Liebling.«

»Ja!« Sie stellte sich auf die Zehenspitzen und küsste ihn, bevor sie sich wieder zu Birdie umdrehte. »Wir sind dabei.«

»Wollt ihr euch nicht erst die feuchten Klamotten ausziehen?«, fragte sie.

»Nein«, antworteten Billie und Dare gleichzeitig und mussten wieder lachen.

»Da hast du es, Dwight. Das pflegeleichteste Paar des Planeten«, sagte Birdie. »Dann mal los, ihr Spinner.«

Dare gab seinen Brüdern Bescheid, dass ihr Einsatz abgeblasen war, und die nächsten beiden Stunden verbrachten Billie und er damit, zu tanzen, sich immer wieder zu küssen und sich mit Birdie, Sasha und Quinn in der schwach beleuchteten Bar zu unterhalten. Er war gespannt gewesen, ob Billie in Gegenwart seiner Schwestern auf Abstand bleiben würde, und freute sich sehr darüber, dass sie es nicht tat. Was nicht bedeutete, dass sie ständig Körperkontakt suchte – das war nicht Billies Stil. Aber sie wehrte seine Küsse nicht ab oder seinen Arm, wenn er ihn um sie legte, und auf der Tanzfläche bewegte sie sich unfassbar heiß, rieb sich an ihm und passte sich seinen Dirty-Dancing-Moves an.

Er ließ den Frauen Raum, damit sie sich mit anderen Männern unterhalten konnten, aber wenn ihm nicht behagte, wie ein Kerl sie ansah, warf er ihm warnende Blicke zu. Und wie ihm auffiel, tat Billie genau dasselbe. Es gefiel ihm, dass sie sie ebenso beschützen wollte wie er. Sie aßen ein paar Appetizer, und Billie lachte mehr, als er sie seit einer Ewigkeit hatte lachen sehen. Sasha, Birdie und Quinn verlangten zu erfahren, wie er Billie für sich gewonnen hatte, aber Billie war schlagfertig wie immer und meinte: *Das ist noch längst nicht in trockenen Tüchern. Ich habe mich noch nicht endgültig entschieden,* woraufhin er nur dachte: *Das glaubst du doch selbst nicht, Wildfang.*

Sie amüsierten sich köstlich, aber als Billie ihm zuraunte: »Das war toll, aber jetzt wäre ich bereit für ein bisschen Zweisamkeit«, zögerte er keine Sekunde. Sie verabschiedeten sich und fuhren zurück zu ihm.

Am Haupthaus legten sie noch einen Zwischenstopp ein, um ihr Abendessen und den Nachtisch abzuholen, danach verspeisten sie alles an der brennenden Feuerschale, wie er geplant hatte. Allerdings war es jetzt noch schöner, da Billie noch viel mehr strahlte als zuvor und sie von einer neuen Aura des Friedens umgeben zu sein schien.

»Ich liebe Dwights Chili.« Sie wischte sich den Mund ab. »Danke, dass du all das geplant hast und dass du mit mir auf dem Wasser warst und mit mir und den anderen tanzen gegangen bist. Ich hatte einen wunderschönen Tag.«

»Du hast dich heute auf dem Fluss richtig gut geschlagen, Billie. Warst du wirklich nicht in letzter Zeit auf dem Wasser unterwegs?«

Sie schüttelte den Kopf.

»Wie hat es sich angefühlt?«

Seufzend schaute sie zum Himmel, bevor sie ihn mit ihren

wunderschönen Augen ansah. »Erinnerst du dich noch daran, wie es sich in der Grundschule angefühlt hat, wenn die langen Sommerferien vorbei waren und man seine Freunde wiedergesehen hat?«

»Oh ja. Man war so nervös, aber gleichzeitig wollte man unbedingt alle wiedersehen.«

»Genau so habe ich mich heute gefühlt. Ich wusste nicht, was mich erwartet. Aber sobald wir unterwegs waren, hat es sich angefühlt, als wäre es nie anders zwischen uns gewesen. Ich war seit einer Ewigkeit nicht mehr tanzen. Du weißt ja, dass Eddie nicht tanzen konnte.«

Dare musste lachen. »Er hatte zwei linke Füße.«

»Im Gegensatz zu dir. Deine Moves sind sogar besser als die in Magic Mike.«

Er beugte sich vor und küsste sie. »Danke, Liebling.«

»Ich habe es vermisst, mich so zu fühlen.«

»So glücklich?«, hakte er nach.

»Ja, und so gespannt auf das, was als Nächstes kommt. Ich habe mich so lange Zeit von meinen Schuldgefühlen aufhalten lassen und tagtäglich gegen mich selbst gekämpft. Ich sah dich in der Bar und dachte kurz *Da ist mein bester Freund*, bis mir der Unfall wieder einfiel und die Schuldgefühle über mich hereinstürzten, und sofort habe ich alle schönen Gefühle verdrängt. Ich hatte mir sogar eingeredet, dass ich so leben wollte. Dabei ging es mir wirklich schlecht. Ich habe all das vermisst. Zeit mit dir zu verbringen, spontan etwas zu unternehmen und mich mit deinen Schwestern zu amüsieren.«

»Mir hat das auch gefehlt.«

Sie aßen schweigend das Chili auf, und sie stellte ihre Schale zur Seite. »Aber ich bin nicht die Einzige, die sich verändert hat. Du bist auch anders als früher.«

»Wirklich? Inwiefern?«

»Ich kann es nicht genau sagen, es ist eher ein Gefühl. Aber du redest mehr.«

»Ich habe schon immer so viel geredet, dass es für uns beide gereicht hat.«

»Das stimmt, aber heute ist das anders. Du drängst einen zu nichts mehr, du hörst zu und stellst Fragen, was nervig sein kann, aber auch irgendwie süß ist.«

»Du wirst mir doch jetzt keine Vorwürfe machen, dass ich Therapeut geworden bin, oder?«

»Vielleicht später«, neckte sie ihn. »Gefällt dir deine Arbeit?«

Er trank einen Schluck Bier. »Ich liebe meinen Job. So kann ich anderen helfen, und bei einigen wie bei Kenny bewirke ich sogar etwas, bevor ihr Leben aus dem Ruder läuft.«

»Schlägt er sich gut?«

»Ich habe jedenfalls den Eindruck. Er ist seit etwas über einer Woche hier, und wir hatten heute eine richtig gute Sitzung.«

»Was ist passiert?«

»Ich kann nicht auf Einzelheiten eingehen, du weißt ja, Schweigepflicht, aber ich hatte den Eindruck, er hätte endlich begriffen, dass er mir vertrauen kann. Er öffnet sich, findet heraus, wo seine Probleme herkommen, und redet mehr, anstatt einfach nur wütend zu werden. Das ist in meinen Augen schon ein Durchbruch.«

»Hört sich fast danach an, als wäre er mir ein bisschen ähnlich.«

»Im Grunde genommen macht er etwas durch, was wir alle irgendwann einmal erlebt haben.«

»Arbeitest du oft mit Teenagern?«

»Ja, aber ich arbeite auch mit Erwachsenen.«

»Du bist bestimmt sehr gut darin. Ich habe mal gehört, dass du viel mit deinen Patienten draußen arbeitest, während du versuchst, sie zum Reden zu bringen. Stimmt das?«

»Ja, das ist wahr. Es fällt einem leichter, an jemand anderen heranzukommen, wenn man seinen Körper und seinen Verstand beschäftigt.«

»Ist das wirklich der Grund dafür? Oder packst du selbst gern mit an und hältst es nicht aus, lange stillzusitzen?«

Er lachte leise. »Etwas von beidem, schätze ich. Was ist mit dir? Arbeitest du noch immer gern in der Bar?«

»Ja, das tue ich. Es ist manchmal verrückt, und viele Kerle benehmen sich daneben, aber mir gefällt es. Ich will das fortsetzen, was mein Großvater aufgebaut hat, und ich arbeite so gern mit Bobbie und meinen Eltern, wenn sie mal einspringen.« Sie starrte in die Dunkelheit hinaus. »Aber es fehlt mir, mich keinen Deut darum zu scheren, was andere von mir denken.«

»Jetzt komm schon, Mancini. Keine kann so austeilen wie du.«

»So habe ich das nicht gemeint.« Sie musterte ihn nachdenklich. »Ich arbeite wirklich gern in der Bar, aber es hat mir weitaus mehr Spaß gemacht, als ich noch nicht der Boss war und einfach ich selbst sein konnte.«

»Vermisst du es, auf dem mechanischen Bullen zu reiten? Du warst immer sehr gut darin.«

»Manchmal.«

Er wappnete sich, bevor er ihr eine weitaus schwierigere Frage stellte. »Und den Motocrosssport?«

Ihre Miene wurde ernst. »Manchmal.«

»Was fehlt dir daran am meisten?«

»Das Gefühl, eins mit dem Motorrad zu sein. Zu wissen,

dass es allein an mir liegt, ob ich gewinne oder verliere. Dieses Hochgefühl, bereitwillig bis an die Grenzen zu gehen. Nichts anderes war von Bedeutung, wenn ich erst einmal auf dem Motorrad saß.«

»Du warst auf jeden Fall eine Naturgewalt, und wenn du nicht aufgehört hättest, wärst du garantiert über Jahre die Beste gewesen.«

Sie senkte den Blick und fuhr mit der Spitze ihres Turnschuhs über einen Riss im Boden.

»Bereust du es, damit aufgehört zu haben?«

Billie blickte auf. »Das ist doch eigentlich unwichtig, oder? Ich kann die Zeit nicht zurückdrehen und es anders machen.«

»Deine Gefühle sind mir auch dann wichtig, wenn sich die Vergangenheit nicht mehr ändern lässt.«

»Ich weiß nicht, ob ich es bereue. Aber nach Eddies Tod konnte ich einfach nicht mehr fahren. Ich war traumatisiert und hatte Angst.«

»Ich weiß, was du meinst. Ich hatte ebenfalls Angst. Und wie geht es dir heute damit?«

Sie zuckte mit den Achseln. »Keine Ahnung.«

Er stand auf, nahm ihre Hand und zog sie auf die Beine. »Lass uns einen Spaziergang machen. Ich möchte dir etwas zeigen.« Er legte das Gitter über die Feuerschale, ging zum Verteilerkasten auf der Rückseite des Hauses und legte einen Schalter um. Vor ihnen erhellten Gartenlampen einen Weg, der in den Wald führte.

»Wow«, murmelte sie. »Was für Geheimnisse verbirgst du denn da?«

»Das wirst du gleich erfahren.«

Er legte ihr einen Arm um die Schultern, und sie gingen den Weg entlang und zwischen den Bäumen hindurch. Als sie auf

IMMER ÄRGER MIT WHISKEY

der anderen Seite ankamen, blieb er vor einer Ziegelsteinsäule stehen, in der sich noch ein Verteilerkasten befand, öffnete ihn und legte einen weiteren Schalter um. Scheinwerfer flammten auf und erhellten eine Motocrossstrecke, die sich auf einem zwanzigtausend Quadratmeter großen Gelände befand und alles enthielt, was man so brauchte: ein Starttor, Anliegerkurven, Doppel- und Dreifachschanzen, Auf- und Abfahrten, Tables, Wellen und andere Hindernisse.

»Ich fasse es nicht.« Ihr fiel die Kinnlade herunter. »Hast du das alles gebaut?«

»Nein, das muss irgendwer gemacht haben, als ich geschlafen habe.«

Sie stieß ihn mit der Schulter an. »Das ist ja unglaublich, Dare.«

»Es ist eine tolle Strecke. Sieh sie dir ruhig genauer an.«

Sie gingen einmal um die Strecke herum, und Billie bestaunte alles und wurde immer aufgeregter. »Fährst du oft?«

»Ziemlich oft. Einige der Jungs fahren hin und wieder mit mir. Du kannst auch gern mal mitmachen.«

Sie umklammerte seine Hand etwas fester. »Ich weiß nicht so recht.«

»Fühl dich nicht unter Druck gesetzt.« Er nahm sie in die Arme. »Das ist deine Strecke, Baby. Du kannst hier fahren, wann immer du willst.«

Sie sah ihn irritiert an.

»Ich hatte dir doch versprochen, dass ich dir eine baue.«

Ihr kamen die Tränen. »Aber warum hast du das getan, wo du doch wusstest, dass ich den Sport aufgegeben habe?«

»Weil du getrauert hast, und ich dachte, du möchtest es eines Tages vielleicht gern wieder probieren. Und selbst wenn du das nie tun würdest, wollte ich das Versprechen halten, das ich dem dreizehnjährigen Mädchen gegeben habe, das unaufhörlich trainiert, Trophäen gewonnen und mir gezeigt hat, dass man alles erreichen kann, wenn man sich nur genug Mühe gibt.«

Nun konnte sie die Tränen nicht länger zurückhalten.

Er legte ihr die Hände an die Wangen und wischte ihr die Tränen fort. »Ich hoffe doch, dass das Freudentränen sind.«

»Das sind sie, aber jetzt fühle ich mich ganz schlecht, weil ich so viele Jahre gemein zu dir war, während du mein Motorrad repariert, diese Strecke gebaut und auf mich aufgepasst hast.«

Er sah ihr in die wunderschönen Augen und wusste, dass ihre Tränen auf einem tiefsitzenden Schmerz beruhten, den sie jetzt jedoch herausließ, was sehr viel besser war, als ihn weiter in sich zu verbergen. »Ich habe mich in ein dickköpfiges Mädchen verliebt, das nur schwer seine Gefühle zeigen kann. Das war dein Schutzpanzer, und ohne ihn wärst du nicht die, die du nun mal bist.«

Zwölf

Billie verstaute ihren Föhn unter dem Waschbecken und hastete aus Dares Badezimmer, schnappte sich ihre Unterwäsche und ihre Shorts und zog sich alles so schnell an, wie sie nur konnte. Es war Samstag, und sie hatten bis 8 Uhr geschlafen, was sonst keiner von ihnen jemals machte. Danach hatten sie unter der Dusche nicht die Hände voneinander lassen können, sodass sie nun nur noch später zum Brunch mit ihrer Mutter und ihrer Schwester in Grandma's Kitchen, einem Diner in der Stadt, kam. Rasch zog sie sich ihren BH an und nahm sich ihr T-Shirt vom Stuhl neben der Kommode, wobei sie sich zwang, Dare nicht anzusehen, der sich gerade abtrocknete. Doch das war ebenso unmöglich, wie sich das Essen zu versagen, wenn man kurz vorm Verhungern war. Sie konnte einfach nicht anders, als doch einen Blick zu riskieren. Ihr Körper schien vor Verzweiflung zu wimmern, als er sich mit dem Handtuch über den muskulösen Bauch wischte und dabei den Bizeps anspannte. Träge grinsend streckte er die Arme zu den Seiten aus und gönnte ihr den unverstellten Blick auf den Meister der Orgasmen zwischen seinen Beinen, der sie in eine ausgemachte Nymphomanin verwandelt hatte. Jedes Mal, wenn sie einander nahe waren, wollte sie nur noch näher an ihn heran.

Er ließ mit einem gezielten Griff die Hand in seinen Schoß gleiten, woraufhin die schlafende Bestie zum Leben erwachte. Billie biss sich auf die Unterlippe. *So unfair!*

Dare zog die Augenbrauen hoch. »Wir könnten die Verabredung auch absagen.«

»Das geht nicht. Ich habe meiner Mom versprochen zu kommen. Wir frühstücken nicht besonders häufig zusammen, nicht so wie deine Familie. Und nach dem, was ich von meinem Dad darüber weiß, wie sich mein Verhalten in den letzten Jahren auf sie ausgewirkt hat, will ich meine Mom auf gar keinen Fall enttäuschen.«

»Das ist völlig in Ordnung, Schatz. Ich finde, du solltest hingehen. Das war nur Spaß. Oder Wunschdenken.«

Sie zog sich das T-Shirt über, eilte aus dem Schlafzimmer und hielt im Wohnzimmer Ausschau nach ihren Stiefeln, wobei sie auch gleich die Kleidung, die sie am Vortag getragen hatte, vom Boden aufhob. Dare hatte sie ihr in dem Moment, in dem sie hier eingetroffen waren, vom Leib gerissen. Doch selbst unter der Couch und in der Küche konnte sie sie nicht finden. »Weißt du, wo meine Stiefel sind, Dare?«

Er kam nur in abgetragenen Jeans, die sich an genau den richtigen Stellen an seinen Körper schmiegten, aus dem Schlafzimmer. »Du hast sie durch die Gegend geschleudert, und einer ist gegen den Kamin geknallt, weißt du noch?« Er ging hinüber und holte ihren Stiefel hinter dem Schürhaken hervor. »Einen hätten wir schon mal.«

»Gott sei Dank.« Sie rannte zu ihm und entdeckte dabei den zweiten Stiefel hinter einem Kissen auf dem Sofa, zog ihn hervor und wollte Dare den anderen abnehmen.

Aber er hielt ihn so, dass sie nicht herankam, und sie starrte ihn wütend an. »Ich will nur einen Kuss, Liebling.«

Es fiel ihr schwer, sauer auf ihn zu sein, wo sie ihn doch auch küssen wollte. Daher stellte sie sich auf die Zehenspitzen, küsste ihn kurz und setzte sich, um sich die Stiefel anzuziehen.

»Ich wünschte, du könntest heute mit mir fahren«, sagte er.

Er wollte mit einigen aus dem Club eine Motorradausfahrt machen. Sie fuhr eigentlich wahnsinnig gern Motorrad, hatte das aber ebenfalls aufgegeben. Zwar hatte sie davor keine Angst, doch sie war auch nicht bereit, sich schon wieder auf eins zu setzen. »Vielleicht mache ich das eines Tages. Kommst du später in der Bar vorbei?«

»Auf jeden Fall. Ich will dich sehen und treffe mich nach der Ausfahrt dort mit meinem Vater und meinen Brüdern.«

»Fahren die denn nicht mit?«

»Nein, sie haben noch was zu erledigen. Die Ausfahrt machen nur Rebel, Flame, Taz und ein paar der anderen.«

»Cool. Wo soll's denn hingehen?« Sie stand auf, nahm ihren Schlüsselbund vom Wohnzimmertisch und ging los, um ihr Handy vom Nachttisch zu holen.

»Rauf nach Stone Edge. Rebels Freunde bringen sechs Busse hin, damit ich meine Sprünge üben kann.«

Sie blieb wie angewurzelt stehen, und es lief ihr eiskalt den Rücken herunter. Ihr Herz schlug ihr bis zum Hals, als sie sich wieder zu ihm umdrehte. »Du willst heute springen?«

»Nur über sechs Busse. Einen siebten konnten sie nicht auftreiben. Vielleicht beim nächsten Mal.« Er legte den Kopf schief und wurde ganz ernst, als er zu ihr trat. »Ist alles okay? Du siehst aus, als hättest du einen Geist gesehen.«

»Das könnte daran liegen, dass ich nach heute vielleicht nicht mehr als das von dir sehen werde. Ich kann es nicht fassen, dass du über Busse springst. Wieso tust du das?«

»Weil es cool ist und Spaß macht, und weil ich irgendwann

den Weltrekord brechen will.«

Das wusste sie zwar, aber irgendwie fühlte es sich jetzt, wo sie zusammen waren, anders an. *Realer.* Nun kannte ihre Unruhe kein Halten mehr. »Aber wieso tust du das, wo du doch genau weißt, dass es noch viel gefährlicher ist als das, was Eddie gemacht hat? Willst du ebenfalls umkommen?«

»Nein. Großer Gott, Billie. Mir wird nichts passieren. Ich mache das schon seit Jahren.«

»Ein einziger Fehler reicht aber schon aus. Das weißt du ganz genau.« Ihre Stimme wurde immer schriller, ihr Herz drohte, ihr aus dem Leib zu springen. »Du warst da, als Eddie gestorben ist. Hast du vergessen, wie es war, deinen besten Freund leblos am Boden liegen zu sehen? Wie er weggetragen wurde? Wie man ihn begraben hat?«

Er spannte die Kiefermuskeln an. »Du weißt ganz genau, dass ich das niemals vergessen werde.«

»Aber dir könnte genau dasselbe passieren! Es ist völlig egal, wie oft du etwas schon gemacht hast. Eddie war schon unzählige Male Motorrad gefahren.«

»Er hatte aber noch nie einen Salto versucht, und es war dumm von ihm, das ausgerechnet dann zu probieren, als er sauer war. Doch er hatte es nicht verdient gehabt, wegen eines dummen Fehlers zu sterben. Wenn es überhaupt jemand verdient gehabt hätte, dann ich. Daher musst du mich auch nicht daran erinnern, was passieren kann, weil ich jeden gottverdammten Tag darüber nachdenke.«

»Warum machst du dann seitdem immer verrücktere Stunts? Steigst aus einem fliegenden Doppeldecker und hängst dich daran? Fährst die Wall of Death? Forderst das Schicksal bei jeder sich bietenden Gelegenheit heraus? Als würdest du förmlich darauf warten, dass du mit dem Sterben an der Reihe bist.«

»So ein Unsinn«, stieß er zornig hervor. »Ich tue das, weil ich nun mal so bin, Mancini. Und so war ich auch schon immer.«

»Ich bin mir nicht sicher, ob das stimmt«, erwiderte sie mit zittriger Stimme. »Du hast schon immer allerlei verrückte Sachen gemacht, aber auf einem Motorrad über Busse springen? Das ist etwas anderes als Fallschirmspringen oder sich auf den wildesten Bullen der Carlsons zu setzen, was zwar auch schon furchterregend war, doch deine Überlebenschancen standen dabei weitaus besser als beim Springen über Busse oder Laufen mit den Bullen in Spanien.«

Er sah ihr tief in die Augen. »Du hattest früher nie ein Problem mit meiner Lebensweise.«

»Tja, dann liegt das wohl an meinem neuen Ich.« Sie verabscheute die Angst und die Nervosität, die sie erfasst hatten, ebenso sehr wie all das, was sie ihm an den Kopf warf. »Zu dem ich wurde, nachdem ich den Mann verloren habe, den ich geliebt habe.« Sie versuchte, ihre Gefühle unter Kontrolle zu bekommen, doch inzwischen bebte sie am ganzen Leib. »Wir sind gerade erst zusammengekommen, Dare, und ich will dich nicht verlieren.«

»Du wirst mich auch nicht verlieren, Billie.«

»Das weißt du nicht.« Ihr drehte sich der Kopf. Sie verschränkte die Arme, ließ sie wieder herunterhängen, und hatte das Gefühl, die Kontrolle zu verlieren. »Ich hasse das. Ich kann es nicht ausstehen, mir Sorgen zu machen. Ich hasse die Angst, die mich gerade bei lebendigem Leib zerfrisst, und ich will das alles nicht zu dir sagen. Ich höre mich an wie jemand, der ich nie sein wollte.«

»Du hörst dich an wie jemand, der einen Freund bei einem

Stunt verloren hat, und du darfst dir Sorgen um mich machen«, erklärte er vehement, legte ihr die Hände an die Oberarme und brachte sie sanft, aber nachdrücklich dazu, ihm in die Augen zu sehen. Seine Miene wurde weicher. »So bin ich nun mal, Billie. Ich weiß, dass du Angst hast, aber ich will mein Leben genießen und mich nicht vor lauter Angst verkriechen.«

»Ich will auch nicht, dass du dich vor Angst verkriechst. Das habe ich schon lange genug getan, und ich habe auch nicht vor, dich zu ändern. Aber ich weiß nicht, ob ich damit fertig werde, mir jedes Mal Sorgen zu machen, wenn du beschließt, noch eine Schippe draufzulegen.«

Er starrte sie entsetzt an. »Was willst du mir damit sagen? Dass wir diese Beziehung beenden sollten?«

»Natürlich nicht. Ich werde dich bestimmt nicht dazu zwingen, dich zwischen mir und dem, was du liebst, zu entscheiden. Selbst wenn wir nicht zusammen wären, würde ich mir Sorgen um dich machen. Ich bin vor Sorge fast durchgedreht, als du dich an diese verdammte Wall of Death gewagt hast!«

»Was willst du dann?«

»Ich weiß es nicht!« Sie stieß laut die Luft aus und schüttelte den Kopf. »Ich will diesen ganzen Mist nicht in meinem Kopf haben.«

Er griff nach ihrer Hand. »Dann lass uns darüber reden.«

»Das geht nicht. Ich bin sowieso schon spät dran und muss jetzt los. Aber ...« Sie stellte sich auf die Zehenspitzen und sah ihm in die Augen. »Ich liebe dich, Whiskey. Bitte stirb nicht.« Dann küsste sie ihn und eilte aus der Tür, bevor er noch sehen konnte, wie ihr vor lauter Frust die Tränen über die Wangen liefen.

Als sie die Stadt erreichte, hatte sie das Universum erbittert bedroht – *Wehe, ihm passiert irgendetwas!* – und Dutzende lautloser Stoßgebete gen Himmel gesandt, damit Dare in Sicherheit war. Ihre Tränen waren versiegt, doch sie fühlte sich, als hätte sie einen Klumpen Blei im Magen. Normalerweise heiterte es sie bereits auf, an den niedlichen Geschäften in den Ziegelsteingebäuden in der Kleinstadt vorbeizufahren, doch ihr ungutes Gefühl wollte heute einfach nicht verschwinden.

Sie fuhr am Brunnen in der Stadtmitte vorbei und um die Ecke zum Diner im klassischen 1950er-Jahre-Stil, in dem sie mit ihrer Mutter und ihrer Schwester verabredet war. Eingerichtet war er mit roten Vinylstühlen, den Boden zierten karierte Fliesen, die Getränke wurden in Weckgläsern serviert, und er war für sein Soulfood bekannt. Billie bezweifelte jedoch, dass ihr das heute helfen würde.

Nachdem sie einmal tief Luft geholt hatte, stieg sie aus dem Wagen, schickte noch ein Stoßgebet los und versuchte, sich eine Ausrede einfallen zu lassen, die sie ihrer Mutter und ihrer Schwester auftischen konnte. Aber welche, wenn sie nicht sagen wollte, dass sie verschlafen, Sex unter der Dusche gehabt und sich über etwas gestritten hatte, über das sie nicht reden wollte?

Ich konnte meine Schlüssel nicht finden.

Die alte Ausrede, die sie und ihre Schwester immer vorgebracht hatten, wenn sie zu spät nach Hause gekommen waren, weil sie noch einen Jungen geküsst oder mit ihren Freunden viel zu viel Spaß gehabt hatten, passte auch heute perfekt.

Als sie am Fenster des Diners vorbeiging, winkten ihr aus dem Inneren zwei der Dark-Knights-Freunde ihres Vaters zu, die mit ihren Frauen frühstückten. Billie lächelte ihnen zu und öffnete die Tür.

»Da ist ja der Superstar von Hope Valley«, begrüßte Flo sie, die hinter dem Tresen stand.

Flo war Mitte fünfzig und hatte dichtes dunkles Haar, das

sie zu einer Art Dutt hochsteckte und unter einem Schal verbarg, wenn sie arbeitete, ansonsten aber offen und wild trug. Das Diner war schon seit Generationen im Besitz ihrer Familie, und nahezu ebenso lange hingen Fotos von mehr oder weniger bekannten Einheimischen an den Wänden. Als Billie Profi-Motocrossfahrerin wurde, hatte die Stadt sogar eine Parade für sie veranstaltet. Sie war mit Eddie und Dare auf einem Wagen die Straße entlanggerollt. Dasselbe hatte man auch für Dare gemacht, als er den Weltrekord an der Wall of Death brach, doch an dieser Parade hatte sie nicht teilgenommen.

Billie betrachtete ihr Foto über dem Tresen. Darauf war sie auf ihrem Motocrossbike bei ihrem ersten Profirennen zu sehen. Das Foto stammte aus der Zeitung, und Flo hatte sie um ein Autogramm gebeten. Billie hatte *Billie »Knallhart« Mancini, Draufgängerin fürs Leben* darauf geschrieben. Sehnsucht überkam sie, wurde jedoch von der Frustration dieses Vormittags verdrängt. »Das ist lange her, Flo.«

»In meinen Augen wirst du immer eine Heldin sein, Liebes. Deine Mutter und deine Schwester sitzen gleich da vorn. Ich bringe dir eine Tasse Kaffee.« Sie zeigte auf eine Nische im hinteren Teil des Diners, wo die beiden Frauen Kaffee tranken und sich unterhielten.

»Danke, Flo.« Als Billie an den anderen Tischen vorbeiging und den Gästen zuwinkte, die sie kannte, wurde ihr bewusst, dass ihre Mutter und ihre Schwester neben dem Foto von Dare an der Wall of Death saßen. *Na, super.* Er hatte das Foto auf dieselbe Weise signiert wie sie: *Draufgänger fürs Leben.* Beim ersten Anblick des Fotos mit seinem Stunt und seiner Unterschrift war ihr beinahe das Herz stehen geblieben. Sie drei hatten alles so unterschrieben, von Hausaufgaben bis hin zu Geburtstagskarten, aber sie hatte nach Eddies Tod damit aufgehört und war verblüfft gewesen, dass er es noch immer tat.

Billies Gedanken kehrten zu der Motocrossstrecke zurück, die Dare für sie gebaut hatte, und ihr Brustkorb zog sich zusammen. Wie war es nur möglich, so viele widersprüchliche Gefühle auf einmal zu empfinden? Sie versuchte, diese Gedanken zu verdrängen, als sie sich neben ihre Schwester setzte, die in der rosafarbenen Bluse und dem weißen Minirock sehr niedlich aussah. Sie trug das lange blonde Haar offen und lockig und grinste Billie an, die keine Lust hatte, der Bedeutung dieser Begrüßung auf den Grund zu gehen.

»Entschuldigt die Verspätung.« Billie griff nach der Speisekarte und starrte geistesabwesend darauf.

»Schon okay, Schatz«, sagte ihre Mutter fröhlich.

»Hattest du Schwierigkeiten, deine Schlüssel zu finden?«, mutmaßte Bobbie.

»Ich hatte eher Schwierigkeiten mit Whiskey«, murmelte Billie eher zu sich selbst.

Ihre Mutter streckte eine Hand aus und drückte die Speisekarte nach unten, damit sie Billies Gesicht sehen konnte. Alice Mancini war sanft und tough zugleich, und obwohl Billie wusste, dass ihre Mutter sich häufig über sie wunderte, war ihr doch immer klar gewesen, dass sie für sie durchs Feuer gehen würde. Sie hatte helle Haut, schulterlanges lockiges blondes Haar, das immer ein wenig zerzaust und fransig aussah, und schminkte sich höchstens dezent. Bobbie hatte sie einmal gefragt, warum sie sich keine Zeit dafür nahm, sich ein wenig aufzuhübschen, und ihre Mutter hatte geantwortet, dass sie Wichtigeres zu tun hatte. In ihrer Jugend war sie eine echte Schönheit gewesen. Heute hatte sie Fältchen um die Augen und den Mund, ihr Haar war dünner und ihre Taille breiter geworden, doch sie war noch immer hübsch, insbesondere wenn sie lächelte, und Billie fand, dass ihr unperfekter Stil zu ihr passte.

»Möchtest du darüber reden?«, erkundigte sich ihre Mutter.

»Eigentlich nicht. Ich will ja noch nicht mal daran denken«, erwiderte sie, und da kam Flo auch schon mit ihrem Kaffee.

Flo beäugte Billie neugierig, als sie die Tasse vor ihr abstellte. »In der Stadt geht das Gerücht um, die Draufgänger hätten geknutscht.«

Billie konnte sich gerade noch das Augenverdrehen verkneifen. »Immer dieser Kleinstadttratsch.«

»Ich weiß noch, wie du mit Dare und Eddie – Gott hab ihn selig! – immer ganz aufgeregt hier reingeplatzt bist und wie ihr am Tresen von euren Ski- oder Fahrradrennen erzählt habt, während ihr Milchshakes getrunken und einander die Pommes geklaut habt.« Flo betrachtete das Foto von Dare an der Wand und schenkte Billie ein herzliches Lächeln. »Du hast die beiden Jungs angesehen, als wären sie die größten Helden. Aber für Dare hast du schon immer ein bisschen mehr empfunden. Ich habe mich damals schon gefragt, wann euch das aufgehen würde. Du bist ein Glückspilz, Billie. Diese Whiskey-Jungs haben sich alle zu guten Männern entwickelt, und jeder weiß, dass sie die heißesten Junggesellen der Stadt sind und auf ihrer Ranch sehr viel Gutes tun. Jetzt müssen wir nur noch für diese hübsche Lady hier einen Mann finden.« Sie sah Bobbie an.

»Wollen wir nicht erst einmal abwarten, wie sich Billies Liebesleben entwickelt?« Bobbie grinste Billie noch breiter an.

Diesmal verdrehte Billie tatsächlich die Augen.

Sie bestellten sich Frühstück, und nachdem Flo wieder gegangen war, sagte Alice: »Ich habe gestern mit Wynnie zu Mittag gegessen, und sie erwähnte, dass du momentan viel Zeit mit Dare verbringst. Ihr wart lange Zeit eng befreundet, daher hat es uns allen das Herz gebrochen, dass ihr zwei euch anscheinend auseinandergelebt hattet.«

Billie wusste, dass ihre Mutter es absichtlich so formulierte, als hätten beide sich bewusst für etwas Abstand entschieden. *Dabei habe ich mich von ihm ferngehalten.*

»Ich würde trotzdem gern wissen, wie er es geschafft hat, dich aus der Reserve zu locken«, drängte Bobbie. »Aber ich will mich mal nicht beschweren, schließlich hatte ich das Haus diese Woche jeden Abend für mich, und das war wirklich himmlisch.«

Billie warf ihrer Schwester einen *Vielen-Dank-auch*-Blick zu. Sie hatte noch gar nicht die Gelegenheit gehabt, ihrer Mutter zu erzählen, dass sie jetzt mit Dare zusammen war. Allerdings ging sie davon aus, dass ihr Vater sie längst eingeweiht hatte.

»Na, da hast du doch deine Antwort, Bobbie«, meinte ihre Mutter grinsend. »Das hört sich ganz danach an, als würde unsere Kleine jede Menge Liebe bekommen, was meiner Meinung nach längst überfällig war.«

»Könnten wir bitte das Thema wechseln?«, bat Billie.

»Ich wollte bloß anmerken, dass das so einiges erklärt«, fuhr ihre Mutter fort. »Kellan sagte, du wärst bei der Arbeit besser gelaunt. Das verrät mir, dass du glücklich bist, selbst wenn dich heute früh etwas aufgeregt hat.«

»Ich bin auch glücklich.«

»Warum siehst du dann aus, als müsstest du laufen gehen, um nicht irgendetwas zu zertrümmern?«, wollte Bobbie wissen.

»Bobbie!«, schalt ihre Mutter sie. »Sie sagte doch, dass sie nicht darüber reden will. Billie, Schatz, wie geht es Dare? Was macht er heute?«

»Das, worüber ich nicht reden will«, grummelte sie.

Ihre Mutter und ihre Schwester tauschten besorgte Blicke,

und Billie musste an das denken, was ihr Vater über ihre Launen gesagt hatte. Selbst wenn sie über manches nicht sprechen wollte, war sie es ihrer Familie schuldig, es wenigstens zu versuchen.

»Er springt auf seinem Motorrad über Busse. Sechs Busse, um genau zu sein.« Allein dadurch, dass sie es aussprach, wuchs ihre Sorge wieder.

»Ach du liebe Güte. Ich muss nach dem Frühstück unbedingt bei Wynnie vorbeifahren«, erwiderte ihre Mutter. »Sie macht sich garantiert große Sorgen.«

Bobbie sah Billie voller Mitgefühl an. »Du bist ebenfalls besorgt um ihn, nicht wahr?«

»Selbstverständlich. Sorgst du dich nicht, wo du jetzt davon weißt?«

»Doch, das tue ich, aber ich bin nicht in ihn verliebt«, erklärte Bobbie.

Billie verschlug es die Sprache. Bobbie und sie standen sich recht nahe, aber während Bobbie das Herz auf der Zunge trug, war Billie eher verschlossen.

»Mach nicht so ein schockiertes Gesicht, Schatz«, sagte ihre Mutter. »Wie Flo schon gesagt hat, konnte man es dir schon als kleines Mädchen ansehen, als du jeden seiner Tricks übertrumpfen musstest.«

Sie hatte gar nicht vor, es zu leugnen. Im Grunde genommen war sie es leid, ihre Gefühle zu verbergen, aber sie wollte sie auch nicht zu gründlich durchleuchten, daher lenkte sie vom Thema ab. »Ich kann den Gedanken nicht ertragen, dass er sich so einer Gefahr aussetzt. Ich will ihn aber auch nicht an etwas hindern, das er liebt. Mir gefällt es ja, dass er so furchtlos und ehrgeizig ist und stets in allem der Beste sein will. Aber ich kann einfach nicht …« Ihr kamen die Tränen, und sie musste sich abwenden, um dagegen anzukämpfen.

Bobbie streichelte ihre Hand. »Es ist okay, sich Sorgen um ihn zu machen.«

»Ich kann dir nur erzählen, wie ich es bei dir geschafft habe«, sagte ihre Mutter. »Es ist nicht leicht, jemanden zu unterstützen, den man liebt, wenn derjenige etwas macht, das einem Angst einjagt. Das musste ich bereits lernen, als du noch ein Kleinkind warst.«

»Ein Kleinkind? Das ist jetzt aber arg übertrieben«, entgegnete Billie.

»Ist es nicht. Ein paar Beispiele: Als du zwei Jahre alt warst, bist du über jedes Gitter geklettert, auch über das am oberen Treppenabsatz. Mit drei wolltest du ein Eis, als gerade der Postbote kam, und ich habe dir versprochen, dir eins zu geben, sobald er wieder weg ist. In den paar Minuten, in denen ich das Paket angenommen habe, hast du es irgendwie geschafft, einen Stuhl zur Arbeitsplatte zu schieben, daraufzuklettern und sogar den Gefrierschrank zu öffnen. Mir ist bis heute schleierhaft, wie dir das gelungen ist, aber als ich in die Küche kam, hingst du mit einer Hand oben an der Gefrierschranktür, hattest in der anderen eine Großpackung Eis und hast breit gegrinst, während ich fast einen Herzinfarkt bekam.«

Bobbie musste lachen. »Das klingt ganz nach Billie. Sie hat immer Hunger.«

»Das war gerade mal der Anfang«, fuhr ihre Mutter fort. »Im selben Jahr ist sie die Vorhänge hochgeklettert und hat sich an die Gardinenstange gehängt, weil sie Zirkusartistin spielen wollte. Ein paar Tage nach ihrem vierten Geburtstag hat sie ein Backblech die Treppe hinaufgetragen, als ich gerade auf der Toilette saß, und ist darauf wieder runtergerutscht, um mit dem Kopf voran gegen die Wand zu prallen.«

»Du liebe Güte.« Billie war gleichzeitig belustigt und erstaunt. So langsam konnte sie nachvollziehen, warum sie ihre Mutter derart verwirrte.

»Anscheinend hab ich das ganze Hirn abbekommen«, spottete Bobbie.

»Da wurde mir bewusst, wie furchtlos mein kleines Mädchen ist und dass du dich nur aufhalten lässt, indem man dich in einen Welpenzwinger sperrt.«

»Danke, dass du mich nicht eingesperrt hast«, erwiderte Billie. »Aber wie wurdest du damit fertig?«

»Offen gesagt war ich ziemlich am Ende. Ich konnte mit deiner Wildheit schwer umgehen. Wenn andere mit Puppen spielten, bist du herumgerannt oder irgendwo heruntergesprungen. Ich habe jederzeit damit gerechnet, dass du dich schwer verletzt, dabei war es doch meine Pflicht, auf dich aufzupassen. Aber ich hielt es für ebenso wichtig, dich nicht davon abzuhalten, zu der Person heranzuwachsen, die du sein solltest. Selbst wenn mir schleierhaft war, was mich erwartete. Es fiel mir nicht leicht herauszufinden, wie ich beides unter einen Hut bringen kann, aber dein Vater und ich haben darüber gesprochen und einen Plan entwickelt. Wir klärten dich über alle Gefahren auf und gaben dir Tipps. Dein Vater baute dir hinter dem Haus ein Klettergerüst, das nicht so hoch war wie die Gardinenstange, aber du wolltest es nicht benutzen, weil es angeblich für Babys war.«

Bobbie verkniff sich das Lachen.

»Wir haben dich immer wieder zu Pausen gezwungen, in denen du allerdings nur herumgesessen und vor dich hingebrütet hast. Und ich hatte immer den Eindruck, dass du, Billie Jean, bereits dein nächstes Abenteuer planst. Also haben wir die Ecken sämtlicher Möbelstücke gepolstert, die Gardinenstangen verstärkt, und ich habe eine dicke Matte für das untere Treppenende gekauft. Wenn ich mit euch Mädchen in den Park ging, nahm ich einen Highschoolschüler zur Verstärkung mit, der mir half, euch im Auge zu behalten. Aber je älter du wurdest, desto größer wurden auch unsere Sorgen. Dein Vater und ich konnten nicht rund um die Uhr auf dich aufpassen, und wenn wir dir verboten haben, mit dem Mountainbike zu fahren oder sehr hoch zu klettern, schienst du nur umso entschlossener zu sein, genau das zu tun. Bis dahin waren Dare, Eddie und du auch schon so.« Sie kreuzte Zeige- und Mittelfinger. »Diese Jungs waren für uns wie ein Segen. Ihre Eltern haben dasselbe durchgemacht wie wir, und wir konnten uns die Last teilen und gegenseitig auf euch aufpassen, da wir neben euch anstrengenden Kindern ja auch noch andere hatten oder erwarteten. Wir halfen einander, und wir informierten uns über das, was ihr so getrieben habt, damit wir die Gefahren kannten. Das half uns auch zu verstehen, wieso diese Aktivitäten gut für euch waren. Die Gewissheit, dass wir das nicht allein durchmachen mussten, war eine große Erleichterung, und Tiny ließ auch Doc und Cowboy auf euch aufpassen, obwohl das andere Probleme mit sich brachte. Dare war nicht besonders glücklich darüber und fand immer wieder Wege, ihnen zu entwischen.«

»So wie wir alle«, warf Billie ein.

Tiny hatte seinen Söhnen in ihrer Jugend durchaus Strenge entgegengebracht und ihnen dadurch nicht nur das tiefe Bedürfnis eingepflanzt, auf ihre Geschwister und andere aufzupassen, sondern ihnen auch beigebracht, stets das Richtige zu tun. Außerdem hatte er immer frei heraus seine Meinung gesagt und Billie, Bobbie, Eddie und vielen anderen ihrer Freunde Standpauken gehalten.

»Aber versteht mich nicht falsch«, sagte ihre Mutter. »Ihr

wart keine unartigen Kinder, sondern hattet nur andere Hobbys als die meisten eurer Freunde. Doch ihr drei habt auch gegenseitig gut auf euch aufgepasst. Eddie war so vorsichtig, dass du und Dare es euch zweimal überlegt habt, ob ihr euch an etwas heranwagt, und Dare war zwar wild, hat aber auch grundsätzlich immer auf dich aufgepasst, weshalb du immer richtig sauer auf ihn wurdest. Manchmal sagte er dir, du solltest ihm bei einer Sache zusehen, um zu entscheiden, ob sie zu schwer für dich ist, woraufhin du immer losgestürmt bist und sie erst recht machen musstest.«

»Da hast du allerdings recht. Ich konnte mir doch nicht von einem Jungen vorschreiben lassen, was ich tun soll.«

»Dazu möchte ich nur sagen«, schaltete sich Bobbie ein, »dass du dir von niemandem etwas vorschreiben lässt, genauso wenig wie Dare.«

»Das mag ja sein, aber er könnte sich schwer verletzen oder sterben«, beharrte Billie.

»Wenn ich so etwas zu dir gesagt habe, bekam ich immer zu hören, dass du auch beim Überqueren der Straße einen Unfall haben kannst«, rief Bobbie ihr in Erinnerung. »Wo ist denn die Grenze zwischen dem, was okay ist, und dem, was zu weit geht? Willst du, dass er alles Gefährliche aufgibt? Fallschirme können nicht aufgehen. Muss er jetzt auch mit dem Fallschirmspringen aufhören? Was ist mit seinem Motorrad? Es ist viel gefährlicher als ein Auto. Und wie ist es mit dem Klippenspringen? Er könnte falsch aufkommen und …«

»Ich hab's verstanden, Bobbie«, unterbrach sie Billie. »Solche Aktivitäten meinte ich auch gar nicht. Wir waren zum Beispiel auch Kajakfahren, und ich hatte richtig viel Spaß.«

»Wirklich?«, fragte ihre Mutter. »Das ist ja wunderbar.«

»Finde ich auch. Es war so schön und hat mir große Lust

auf all die anderen Dinge gemacht, mit denen wir uns früher die Zeit vertrieben haben.« Sie staunte selbst über diese Aussage, nahm sich jedoch keine Zeit, ihr genauer auf den Grund zu gehen. »Ich habe nur ein Problem mit diesen übertriebenen Stunts. Die, bei denen man den Eindruck bekommt, Dare hätte eine Todessehnsucht.«

Bobbie sah sie ernst und doch voller Zuneigung an. »Das wirst du jetzt vermutlich nicht hören wollen, aber hast du dir schon mal überlegt, ob du dich nicht zu sehr verändert hast, um mit ihm zusammen zu sein?«

»Selbstverständlich habe ich darüber nachgedacht. Und ich will mit ihm zusammen sein. Ich bin sehr glücklich mit ihm und mag, was die Beziehung aus uns macht. Ich will ihn nur nicht verlieren.« Sie rang mit den in ihr wetteifernden Emotionen und sah ihre Mutter an. »Wusstest du, dass er mein altes Rennmotorrad aufgehoben hat?«

»Ja«, bestätigte ihre Mutter. »Du wolltest, dass wir es wegschaffen, und er fragte, ob er es haben kann. Ich dachte mir, dass es dir bestimmt nichts ausmacht.«

»Wusstest du auch von der Strecke, die er gebaut hat?«

»Ich wusste, dass er eine Motocrossstrecke bauen wollte«, sagte ihre Mutter. »Wieso?«

Billie schüttelte den Kopf. »Ach, nur so.«

»Oh mein Gott, Billie!« Bobbie starrte sie mit großen Augen an. »Die Karte, die du zu deinem dreizehnten Geburtstag bekommen hast. Er hat sie für dich gebaut, nicht wahr?«

Nun kamen Billie doch die Tränen, und das so schnell, dass sie es nicht verhindern konnte.

»Ach, Billie.« Ihre Mutter runzelte die Stirn. »Dieser Mann, der so viele Risiken eingeht, liebt dich von ganzem Herzen, nicht wahr?«

»Okay, das reicht jetzt. Ihr macht mich ganz sentimental.«

»Sind das da etwa Tränen?«, neckte Bobbie sie.

»Hör bloß auf.« Billie stieß laut die Luft aus und riss sich zusammen. »Hast du mir all das über meine Kindheit erzählt, um mir zu zeigen, dass mir in meiner Situation mit Dare die Hände gebunden sind, Mom?«

»Nein, Schatz. Ich wollte dir nur vor Augen halten, dass jeder Mensch anders ist. Einige müssen nun mal besonders riskante Dinge tun, und nach allem, was du durchgemacht hast, ist es nur verständlich, dass du Angst hast, Dare zu verlieren. Aber ich finde, Bobbie hat recht. Wenn du mit Dare zusammen sein willst, musst du ihn so akzeptieren, wie er ist, und ihn unterstützen, so gut du kannst, selbst wenn du dir noch so große Sorgen um ihn machst. Als ich euren Vater kennengelernt habe, war er kein Biker, der jeden Dienstag zu den Treffen ging oder mit Tiny und den anderen stundenlange Ausfahrten machte, und er hatte auch noch nie jemanden vom Gefängnis oder aus einer Jugendstrafanstalt abgeholt, so wie es die Dark Knights machen. Er war ein unauffälliger Kerl, und wir träumten davon, eines Tages einen Buchladen oder ein Café zu eröffnen. Als euer Großvater ihm allerdings die Bar anbot, sah ich auf einmal etwas in seinen Augen, das mir zuvor nie aufgefallen war, und ich begriff, dass ich dieses Licht in ihm vielleicht nie zum Vorschein bringen würde, wenn wir unsere Pläne tatsächlich umsetzten. Wie ihr ja wisst, stand euer Vater sowohl in der Bar als auch im Club so manches Mal vor Problemen. Aber der Club ist zu unserer Familie geworden, und wir haben beide immer gern in der Bar gearbeitet. Und jetzt führt ihr das Vermächtnis fort.«

»Was für ein Glück, dass ihr keinen Buchladen aufgemacht habt«, sagte Billie.

»Ich würde gern einen Buchladen oder ein Café führen. Vielleicht mache ich das mit Daddy, wenn er in den Ruhestand gegangen ist«, schlug Bobbie vor.

»Das ist eine interessante Idee. Setz ihm diesen Floh doch ruhig schon mal ins Ohr.« Ihre Mutter streckte eine Hand aus und legte sie auf Billies. »Ich weiß, dass du in einer schwierigen Lage steckst, Schatz, aber ich kann dir keine Antworten geben. Nur du allein kannst entscheiden, was du zu akzeptieren bereit bist. Vielleicht wird es Zeit, mal mit jemandem über all das zu reden, was du durchgemacht hast.«

»Das tue ich. Ich habe mit Dare gesprochen.«

»Das ist wunderbar«, erwiderte ihre Mutter. »Aber ich meinte eigentlich jemanden, dem du Dinge anvertrauen kannst, über die du mit uns oder Dare nicht reden möchtest. Du kannst bestimmt auf der Ranch auf Colleen zugehen oder Wynnie bitten, dass sie dir jemanden in der Stadt empfiehlt.«

»Ich weiß nicht, Mom.« Die Gespräche mit Dare hatten ihr zwar geholfen, aber sie war nicht gerade erpicht darauf, mit einer anderen Person über ihre Gefühle zu sprechen. »Ich werde es mir überlegen.«

Flo brachte ihr Frühstück, und während ihre Mutter und ihre Schwester sich dem widmeten, schickte Billie ein weiteres Stoßgebet zum Himmel, dass Dare nichts geschah. Sie spießte ein Stück ihrer Waffel mit der Gabel auf, bekam es jedoch nicht herunter.

»Bobbie, Wynnie und die anderen wollen sich morgen in vier Wochen treffen, um die Pläne und Einsatzbereiche für das Fest und den Start der Ride-Clean-Kampagne durchzugehen. Kannst du dabei sein?«

Alice und Bobbie unterhielten sich über die anstehenden Veranstaltungen, doch Billies Gedanken wanderten in der Zeit zurück. Als sie noch klein gewesen waren, hatte ihre Mutter sie immer zu den Planungstreffen der Dark-Knights-Events mitgenommen, doch Billie hatte es gehasst. Sie war sich dann immer wie ein eingesperrtes Tier vorgekommen, wenn sie mit ihrer und Dares Mutter und allen Schwestern in einem Raum herumsitzen musste, während Dare und Eddie draußen herumtollen durften. Aber ihre Eltern hatten ihr und Bobbie eingetrichtert, dass sie eine Dark-Knights-Familie waren und ihren Beitrag leisten mussten. Billie hatte zwar stets gern bei den Veranstaltungen geholfen, die Planungen jedoch nicht leiden können. Als Teenager hatte sie sich dank ihrer Dickköpfigkeit all dem entziehen können, aber als sie neunzehn war, hatte Bobbie, die es liebte, absolut alles zu planen, sie zum Mitgehen überredet. Damals war Dare nicht da gewesen und sie hatte sich so ihm und seiner Familie verbundener gefühlt. Sie hatte das Zusammensein mit den anderen Frauen genossen und bis zu Eddies Tod an jedem weiteren Planungstreffen teilgenommen.

Erst jetzt merkte sie, wie viel sie durch das Ausschließen anderer aus ihrem Leben wirklich verloren hatte. Sie hatte nicht nur das Zusammensein mit Dare verpasst und ihrer Familie Sorgen bereitet, sondern auch weitaus weniger Zeit mit ihrer Mutter, ihrer Schwester und Dares Mutter und Schwestern verbracht.

»Mom«, unterbrach sie die beiden. »Entschuldige. Ich hatte mich nur gefragt, ob es okay wäre, wenn ich mit zum Planungstreffen komme.«

Ihre Mutter presste die Lippen aufeinander und schien den Tränen nahe zu sein. »Das wäre wirklich wunderbar.«

»Du willst mitkommen?«, staunte Bobbie.

»Ja, das will ich.«

Bobbie zückte ihr Handy und fing an, darauf herumzutippen.

»Wem schreibst du da?«, fragte Billie.

»Dare, damit er mit dem weitermacht, was immer er tut.«

»Her damit!« Billie versuchte, Bobbie das Handy abzunehmen.

»Okay, okay!« Bobbie legte es lachend auf den Tisch. »Ich bin sehr froh, dass du mitkommen möchtest. Wenn du dabei warst, hat es immer mehr Spaß gemacht.«

»Wirklich?« Sie war erstaunt, weil Bobbie so etwas noch nie zuvor gesagt hatte.

»Ja. Du bist echt lustig, wenn du nicht gerade den feuerspeienden Drachen spielst.« Bobbie stieß sie mit der Schulter an, um die Wirkung ihrer Worte etwas abzumildern.

»Das wird ja so aufregend«, fand ihre Mutter. »Ich hatte mir Folgendes gedacht ...«

Billie war sich nicht so sicher, ob es aufregend werden würde, aber sie sah es als guten Anfang, um die Kluft zu überwinden, die sie zwischen sich und Dares Familie hatte entstehen lassen. Ihre Gedanken wanderten abermals zu Dares gefährlichem Stunt, und sie flehte ein weiteres Mal darum, dass ihm nichts passieren würde.

Mehrere Stunden später waberten die Worte *Bitte pass auf ihn auf* noch immer wie ein Mantra durch ihren Kopf, während sie in der Bar Drinks servierte. An diesem Nachmittag war eine Menge los, und sie behielt die Tür ständig im Auge und hoffte darauf, Dare endlich hereinkommen zu sehen. Sein Vater und seine Brüder waren vor Kurzem eingetroffen, was sie als gutes

Zeichen wertete. Wenn ihm etwas passiert wäre, hätte man sie doch bestimmt informiert, nicht wahr?

Doc und Tiny unterhielten sich und gingen zu einem Tisch. Als Doc sein Handy hervorholte, um seinem Vater etwas zu zeigen, spannte sich sein Bizeps unter seinem Redemption-Ranch-T-Shirt an und man sah seine farbenfrohen Tattoos. Tiny trug wie üblich seine Motorradweste. Billie konnte die Male, die sie ihn ohne gesehen hatte, an einer Hand abzählen. Er war ebenso stolz auf die Dark Knights wie auf seine Familie und die Ranch. Cowboy, dessen Kleidung sich über seinem muskulösen Körper spannte, war hinter ihnen hereingekommen. Er hatte seinen Cowboyhut auf dem Kopf und sah sich mit seinen stets wachsamen Augen in der Bar um. Der Mann war gebaut wie ein Bodybuilder.

Oder ein Bodyguard, dachte sie und erinnerte sich an das, was er in Eddies Film gemacht hatte.

Cowboy nickte ihr zu, und sie bedankte sich innerlich bei ihm. Doc und Cowboy hatten schon immer auf Dare achtgegeben, aber Cowboy war etwas strenger, wusch ihm wegen der verrückten Dinge, die er tat, den Kopf, und achtete derart darauf, dass er an einer Aufgabe dranblieb, dass er schon richtiggehend nervte. Sie fragte sich, ob er das tat, weil er um die Sicherheit seines Bruders besorgt war oder weil man es von ihm erwartete. Fühlte er sich heute ebenso hilflos wie Billie?

»Wo ist dein Lover?«, erkundigte sich Kellan und riss sie aus ihren Gedanken.

»Kellan«, warnte sie ihn. »Er ist unterwegs. Wieso?«

»Ich war nur neugierig, weil die anderen alle hier sind. Willst du deinen Schwiegervater und deine Schwager nicht bedienen?«

»Wenn ich mich recht erinnere, bin ich immer noch dein

Boss.« Sie gab den anderen nur etwas Zeit, um sich hinzusetzen.

Er grinste sie breit an und zeigte seine Grübchen. »Das stimmt, aber du willst nicht, dass ich durch die Gegend laufe und mich von Frauen begrabschen lasse, sondern für einen reibungslosen Ablauf hinter dem Tresen sorge.«

»Du genießt es doch, dir vom besten Platz aus einen Überblick verschaffen zu können.«

»Da hast du recht, aber jetzt, wo du und dein Lover ein Paar seid, will ich dich auch nicht einengen.«

Sie verdrehte die Augen und zog los, um die Bestellungen der Whiskeys aufzunehmen. Die Männer sahen sie näher kommen, und die Miene seines Vaters wirkte so ernst wie eh und je. Wusste er, was Dare heute vorhatte? Und falls ja, wieso war er dann nicht bei ihm?

Doc nickte ihr lächelnd zu; ein Whiskey-Gruß, den sie nur zu gut kannte. Sie musste an das denken, was ihr Dare darüber erzählt hatte, dass Johnny Petrones blaues Auge von ihm stammte. *Ich hätte noch viel mehr mit ihm gemacht, wenn Doc nicht dazwischengegangen wäre.* Sie hätte zu gern gewusst, ob er Doc auch verraten hatte, warum er den Jungen verprügeln wollte.

»Wie geht's, Liebes?«, fragte Tiny.

»Ziemlich gut, danke.« Er war all die Jahre immer freundlich zu ihr gewesen, obwohl sie Dare die kalte Schulter gezeigt hatte.

»Ich sage dir Bescheid, wenn ich von meinem Jungen höre.« Tiny sah auf die Uhr und fluchte leise.

»Du weißt also, dass er heute über Busse springen will?«

Tiny nickte.

Cowboy spannte die Kieferpartie an.

»Wir wissen Bescheid«, bestätigte Doc. »Dieser verrückte

Mistkerl.«

Etwas in ihrem Inneren zerplatzte. »Wieso seid ihr dann nicht bei ihm? Es könnte was passieren, und dann seid ihr nicht da.«

Tiny hob den Kopf und sah sie mit zusammengekniffenen Augen an. »Vermutlich aus demselben Grund, aus dem du nicht da bist.«

»Ich wusste bis heute früh nichts davon, und da war ich schon mit meiner Mom verabredet«, redete sie sich lahm heraus, dabei wusste sie ganz genau, dass sie sich den Stunt auch sonst nicht angesehen hätte.

Tiny nickte. »Ich weiß, was du meinst. Ich liebe meinen Sohn, aber das bedeutet noch lange nicht, dass mir alles gefällt, was er so treibt. Ich kann ihn nicht davon abhalten, seine Träume zu verwirklichen, muss ihm aber auch nicht dabei zusehen.«

Zwar hätte sie ihm gern an den Kopf geworfen: *Was ist mit all dem, was du uns über Loyalität und Bruderschaft gelehrt hast? Bedeutet das denn nicht auch, dass du ihn auf jeden Fall unterstützt?* Aber wie konnte sie das aussprechen, wo sie es doch genauso machte?

»Ich hätte ihn ja begleitet, musste heute Vormittag aber ein Pferd operieren«, erklärte Doc.

»Und ich hatte auf der Ranch zu tun«, ergänzte Cowboy. »Ich hatte ihn sogar noch gebeten, es auf einen anderen Tag zu verschieben, doch das ließ sich bei so vielen Bussen nicht mehr ändern.«

Ihr Herzschlag beschleunigte sich, als sie sich ausmalte, dass Dare möglicherweise verletzt worden war und keiner von ihnen an seiner Seite sein konnte. Allein bei der Vorstellung wurde ihr übel. »Hoffentlich geht es ihm gut.«

»Ich glaube felsenfest daran, Liebes.« Tiny nickte ihr zu. »Solange ihn niemand vor dem Sprung auf die Palme gebracht hat.«

Seine Worte trafen sie schwer, da ihr bewusst wurde, dass sie genau das möglicherweise getan hatte. *Verdammt!* Ihre Gedanken überschlugen sich. *Wie konnte ich ihm das nur antun?* Ihre Nerven waren zum Zerreißen gespannt, und ihr Herz drohte zu zerspringen. Rasch nahm sie die Bestellungen auf, während sie am liebsten geweint oder geschrien hätte – oder gar beides. Als sie sich schon abwenden wollte, fiel ihr etwas ein, das ihre Mutter gesagt hatte, und sie drehte sich noch einmal um. »Geht es Wynnie gut? Meine Mom sagte, dass sie sie heute früh besuchen wollte.«

»Unsere Mutter ist stark«, erwiderte Doc. »Sie hat so was schon viele Male mit Dare durchgemacht. Aber was ist mit dir, Billie? Wie stehst du das durch?«

Mein Nervenkostüm ist verdammt dünn geworden.

»Mir geht es gut«, antwortete sie so überzeugend wie möglich. »Ich bringe euch gleich eure Getränke.« Sie ging zum Tresen und schickte dem Universum wegen ihrer eklatanten Lüge gleich noch ein weiteres Stoßgebet.

Dare fuhr vor den anderen von der Straße ab, und das Dröhnen der Motoren war ebenso tröstlich wie das Neonschild des Roadhouse, als er mit seinem Motorrad auf den Parkplatz einbog. In seinem Inneren tobte ein Gefühlschaos. Er parkte neben dem Motorrad seines Vaters und sagte sich, dass er das Richtige getan hatte, als er abstieg und seinen Helm anschloss.

Dann ging er neben Rebel, Flame und Taz her und folgte den anderen ins Innere der Bar.

Flame klopfte ihm auf den Rücken. »Das war eine gute Ausfahrt, Mann. Alles okay bei dir?«

Finn »Flame« Steele war ein paar Städte weiter in Trusty, Colorado, aufgewachsen. Dare hatte ihn vor einigen Jahren kennengelernt, als Flame Anwärter bei den Dark Knights wurde, und sie hatten sich auf Anhieb gut verstanden. Der Feuerspringer ging gern Risiken ein und stammte wie Dare aus einer großen Familie. Er war ein guter Kerl, auch wenn seine Zwillingsschwester Fiona stets behauptete, er wäre der böse Zwilling.

»Alles cool.« Das war eine Lüge. Es würde erst wieder alles cool sein, wenn er sich mit Billie ausgesprochen hatte. Er hatte sich den ganzen Tag Sorgen um sie gemacht.

Als sie die Bar betraten, drehten sich alle nach ihnen um. Dares Blick galt jedoch nur Billie, die sich hinter dem Tresen ruckartig umdrehte. Sie riss die Augen auf, sprang über den Tresen und rannte quer durch den Raum, um ihm die Arme um den Hals zu werfen und die Beine um die Taille zu schlingen. *Was in aller Welt ...?*

»Es geht dir gut, es geht dir gut, esgehtdirgut.« Sie legte ihm die Hände auf die Wangen und küsste ihn, woraufhin in der ganzen Bar Gejohle, Pfiffe und Rufe zu hören waren. War das wirklich dieselbe Frau, die ihn vor einer Woche noch nicht in der Bar hatte küssen wollen?

»Wow. Wo findet man so eine Frau?«, wollte Flame wissen, was die anderen zum Lachen brachte. »Und jetzt kommt mit und lasst die beiden erst mal in Ruhe.«

Im Vorbeigehen meinte Rebel: »Wenn ihr zwei genug geknutscht habt, hätten wir gern eine Runde Bier, aber dem Baby solltest du lieber sein Fläschchen geben.«

»Verpiss dich, Rebel«, knurrte Dare und setzte Billie wieder ab.

Rebel ging kichernd weiter.

»Es tut mir so leid, dass ich mich heute früh so aufgeregt habe«, sagte sie schnell. »Ich hätte mich nicht so benehmen dürfen, wo du einen so gefährlichen Stunt vor dir hattest.«

»Das hat mich auf jeden Fall sehr beschäftigt.« Er führte sie vom Eingang weg. »Aber das ist okay. Entschuldige dich niemals dafür, dass du mir gesagt hast, was du fühlst. Ich will immer wissen, was du denkst, selbst wenn es mir nicht gefällt. Außerdem war es unfair von mir, dich so damit zu überfallen. Ich musste nie wie ein Teil eines Paars denken und muss das erst lernen.«

»Das könnte hilfreich sein, aber wir haben uns geschworen, Draufgänger fürs Leben zu sein, und ich habe dir heute nicht den Rücken gestärkt. Aber ich bin so froh, dass es dir gut geht. Ich will dich nicht ändern und werde es auch nie wieder versuchen. Wir haben nur ein Leben, und du musst deins so verbringen, wie du es willst, wirst jedoch damit leben müssen, dass ich einige deiner riskanteren Stunts wie das Springen über Busse einfach nicht mit ansehen kann.«

Er wollte seinen Ohren kaum trauen, nahm sie in die Arme und drückte sie fest an sich. »Danke.« Dann löste er sich von ihr und küsste sie. »Aber ich habe den Sprung nicht gemacht.«

Sie blinzelte mehrmals. »Was ist passiert?«

»Ich wollte es ja tun, aber nach allem, was zwischen uns vorgefallen war, fühlte ich mich nicht bereit dazu. Darum hat Rebel auch diesen Kommentar mit dem Fläschchen gemacht.«

»Oh nein. Und das ist allein meine Schuld. Bitte entschuldige, dass ich dir den Stunt vermasselt habe.«

»Nein, Liebling, du bist unglaublich. Du hast mir weit genug vertraut, um dich mir zu öffnen, und das ist sehr viel wichtiger als dieser Sprung. Wir werden uns noch über viele Dinge einig werden müssen, und das ist nur eines davon. Ich habe das Ganze um einen Monat verschoben. Damit sollten wir mehr als genug Zeit haben, um über deine Gefühle zu sprechen, und du kannst dich seelisch darauf vorbereiten.«

»Okay«, sagte sie leise.

»Übrigens habe ich schon Tickets für diesen Stierlauf, daher sollten wir uns auch die Zeit nehmen, um darüber zu reden. Das wollte ich nämlich schon seit Jahren tun.«

»Oh Mann«, stieß sie verzweifelt hervor, straffte dann jedoch die Schultern und reckte das Kinn in die Luft, um ihn ernst anzusehen. »Okay. Dann fange ich am besten schnellstmöglich mit den Vorbereitungen an.«

»Was denn für Vorbereitungen?«

»Ich hatte an riesige, aufblasbare Polster rings um die Busse gedacht, falls etwas schiefgehen sollte, und eine Ganzkörperrüstung für den Stierlauf. Meinst du, so was kann man auf Amazon bestellen?«

Lachend gab er ihr noch einen Kuss.

»Glaubst du etwa, ich mache nur Spaß, Whiskey?«

»Nein, Mancini, und dafür liebe ich dich gleich noch mehr.«

»Ich muss wieder an die Arbeit. Ihr bekommt gleich euer Bier.«

Er ließ sie jedoch nicht los und konnte auch nicht aufhören, sie anzusehen. Hatte sie überhaupt eine Ahnung, was ihre Worte und sie ihm bedeuteten? »Dir ist schon klar, dass du mich eben vor aller Augen für dich beansprucht hast? Ich bin fest davon überzeugt, dass Kellan auch zu denen gehört hat, die gepfiffen haben.«

»Bring mich nicht dazu, es zu bereuen«, warnte sie ihn im Spaß.

»Du wirst vielmehr bereuen, es nicht schon viel früher getan zu haben, Baby.« Er presste die Lippen abermals auf ihre, sehr zur Freude der Bargäste. Lachend lösten sie sich voneinander, und er gab ihr noch einen Klaps auf den Hintern, als sie sich auf den Weg zum Tresen machte.

Billie warf ihm über die Schulter einen bösen Blick zu, und Dare ging zu den anderen.

»Was ist das denn für ein Mist?«, beschwerte sich Rebel, als Dare an den Tisch kam. »Du traust dich nicht an den Sprung und kriegst trotzdem die heißeste Braut der Stadt ab?«

»Das liegt nur daran, dass Dare der einzig wahre Mann ist«, konterte Flame.

»Er hat eben einen magischen Stab in der Hose und kein Stäbchen wie du.« Taz lachte laut los.

Rebel schnaubte, und während die anderen weiter Witze rissen, setzte sich Dare zu seinem Vater und seinen Brüdern.

Sein Vater legte ihm eine Hand auf den Rücken. »Schön, dich zu sehen, Junge. Hast du deine Mutter schon angerufen?«

»Das mache ich gleich.« *Ich muss nur kurz verarbeiten, was eben passiert ist.*

»Was hast du denn mit Billie angestellt, dass sie dich so begrüßt?«, wollte Cowboy wissen.

»Ich hab sie verärgert.«

»Nein, das hast du nicht.« Doc sah ihn ernst an. »Du hast ihr Angst gemacht.«

»Ja, das auch.« Er wollte sich nur ungern eingestehen, dass sie seinetwegen besorgt gewesen war, und war fest entschlossen, sich das Leben nicht von Furcht bestimmen zu lassen.

»Hast du den Sprung wirklich nicht gemacht?«, hakte Cowboy nach.

Dare schüttelte den Kopf. »Mir war nicht danach.«

»Wieso nicht?«, fragte Doc. »Du bist doch noch vor keinem Stunt zurückgeschreckt, erst recht nicht, wenn so viel Vorarbeit nötig war.«

Dare sah ihm ruhig in die Augen. »Was denkst du, warum ich nicht gesprungen bin?«

»Hat sie dich gebeten, es nicht zu tun?«, erkundigte sich Doc.

»Nein. So etwas würde sie niemals tun.«

»Interessant.« Doc kniff die Augen zusammen. »Ich bin jedenfalls heilfroh, dass du es nicht getan hast. Ich bin noch nicht bereit, dich wegen eines so bescheuerten Stunts zu verlieren.«

»Wenn ich geahnt hätte, dass man dich so davon abhalten kann, hätte ich sie schon vor einer Ewigkeit bestochen«, gab Cowboy zu.

Sein Vater gluckste und tauschte einen vielsagenden Blick mit Dare.

Dare beobachtete Billie, die mit einem Tablett voller Getränke zu ihrem Tisch kam. Ihr verschmitztes Grinsen gab ihm zu verstehen: *Ja, alle haben gesehen, dass du zu mir gehörst, Whiskey. Aber jetzt mach da keine große Sache draus.* »Sie hätte sich nicht bestechen lassen.«

»Woher weißt du das?«, fragte Cowboy.

Er drehte sich wieder zu seinem Bruder um. »Weil ich meine Süße besser kenne als du deine linke Hand.«

Alle fingen an zu lachen.

»Werdet ihr euch heute Nachmittag benehmen, oder muss ich meine Peitsche holen?«, fragte Billie und verteilte die

Bierflaschen.

»Ich weiß nicht mal, was das Wort ›benehmen‹ bedeutet«, meinte Rebel.

»Genau, meine Schöne. Ich kann hier nichts versprechen«, fiel Taz ein.

Billie verdrehte die Augen und stellte das letzte Bier vor Dare ab. »Kann ich sonst noch etwas für dich tun?«

»Mir würde da so einiges einfallen, aber nicht, solange diese Penner in der Nähe sind.« Dare zwinkerte ihr zu.

»Lass lieber die Hose an, Whiskey.« Sie drehte sich um und ging davon.

Am Tisch brach Gelächter aus.

»Sie liebt mich«, erklärte Dare. »Und ich werde den Sprung übrigens nächsten Monat machen.«

»Das kann nicht dein Ernst sein.« Doc starrte ihn entsetzt an. »Du willst sie das wirklich durchmachen lassen? Für jeden gibt es nur eine einzige Seelenverwandte, Bruderherz. Ich rate dir ernsthaft, deine Prioritäten zu überdenken.«

Dare hatte Mitleid mit Doc, der nie über die Tochter eines prominenten Mistkerls hinweggekommen war, in die er sich vor einigen Jahren verliebt hatte. Aber Dare war nicht Doc, und Billie war ganz gewiss nicht so wie Juliette. »Lass gut sein, Doc. Das ist eine Sache zwischen Billie und mir. Sie will mich nicht ändern, sondern braucht bloß Zeit, um sich wieder an mich zu gewöhnen.«

»Du warst schon immer ein Sturkopf«, erklärte Cowboy ebenso energisch wie amüsiert. »Kein Wunder, dass du so gut mit den Teenagern in unserem Programm zurechtkommst.«

»Eigentlich liebst du mich doch.« Dare schnippte Cowboy den Hut vom Kopf und grinste breit, als sein Bruder ihn aufzufangen versuchte. »Wie hat sich Kenny heute geschlagen?«

»Er war super. So langsam lernt er, anderen Respekt zu erweisen, und er redet viel mit den Jungs. Außerdem arbeitet er hart, und wenn er mal über die Stränge schlägt, braucht es nur einen Blick und schon reißt er sich wieder zusammen.« Cowboy setzte seinen Hut wieder auf. »Fass den noch einmal an und ich dreh dir den Hals um.«

Dare konnte nur lachen. »Versuch's doch.«

»Dare«, sagte sein Vater, woraufhin alle verstummten. »Wie schlägt sich Kenny deiner Meinung nach?«

»Er macht gute Fortschritte, öffnet sich und fängt an, seine Handlungen im rechten Licht zu betrachten. Wir arbeiten an der Kommunikation, und er lernt auszusprechen, was er fühlt, anstatt gleich sauer zu werden. In ein paar Wochen können wir seine Eltern hoffentlich zu einer Gruppensitzung dazuholen. Bin mal gespannt, wie das läuft.«

Sein Vater nickte. »Gut. Mir ist aufgefallen, dass er inzwischen grüßt und sich respektvoller verhält.«

»Das liegt nur daran, dass du ihn neulich beim Frühstück so klein mit Hut gemacht hast«, warf Cowboy ein und machte eine Geste mit Daumen und Zeigefinger.

»Das musste sein«, erklärte ihr Vater. »Niemand behandelt meine Königin so, und das Problem wurde auch gleich behoben.«

Die anderen nickten zustimmend.

»Ich hatte mir überlegt, dass es Zeit für ein Paintballspiel sein könnte, damit Kenny und die anderen mal Dampf ablassen können«, schlug Dare vor.

»Du weißt, dass ich immer dafür zu haben bin.« Tiny war dafür bekannt, dass er andere, die eine schwere Zeit durchmachten, gern aufs Paintballfeld schleifte, damit sie sich dort verausgaben konnten.

Cowboy reckte eine Hand in die Luft und brüllte: »Paintball!«

Die Männer jubelten.

»Ich kümmere mich darum.« Dare stand auf. »Aber jetzt rufe ich erst einmal Mom an und sage ihr, dass ich noch unter den Lebenden weile.«

Sein Vater nickte, und Dare ging zum Telefonieren vor die Tür.

Sie ging nach dem ersten Klingeln ran. »Dare.« Die Erleichterung war ihr deutlich anzuhören.

»Hey, Mom. Ich hab den Sprung nicht gemacht.«

»Was? Wieso nicht?«

»Ich hatte Billie nicht vorgewarnt, und sie war deswegen alles andere als begeistert.«

»Dann gibst du ihr die Schuld?«

»Nein. So ist das nicht.« Er lief auf und ab. »Einerseits halte ich sie für verrückt, weil sie mit jemandem wie mir zusammen sein will, andererseits denke ich aber, wenn Eddie nicht gestorben wäre, würde sie all das mit mir zusammen machen.«

»Aber Eddie ist gestorben, und sie wird vielleicht nie wieder die sorgenfreie Draufgängerin aus deiner Erinnerung.«

»Das ist mir klar, aber ich sehe Tag für Tag mehr von dieser Person an die Oberfläche dringen. Sie gibt möglicherweise nie wieder so viel Gas wie früher, sitzt aber noch lange nicht auf dem Sozius.«

»Ich würde mich riesig freuen, Billie wieder häufiger lächeln zu sehen, aber achte bitte darauf, dass sie das Tempo angibt und nicht du.«

»Ich dränge sie zu gar nichts und bitte sie bloß, mich zu unterstützen.« Während er weiter herumlief, dachte er über die Frage nach, die ihn schon den ganzen Tag beschäftigte. »Ich wollte dich noch etwas fragen. Wäre es möglich, dass ich ihr durch diese Beziehung nach allem, was sie durchgemacht hat, eher schade?« Er konnte sich zwar kein Leben ohne Billie vorstellen, musste jedoch die Meinung seiner Mutter hören.

»Diese Frage können nur Billie und du beantworten, aber, Devlin, Schatz, ich kenne dich. Würdest du glauben, dass du nicht gut für sie bist, dann hättest du sie schon vor langer Zeit aufgegeben. Es gibt einen guten Grund dafür, dass ihr noch zum Leben des anderen gehört.«

»Stimmt. Danke, Mom. Ich muss wieder rein. Hab dich lieb.«

Er legte auf und kehrte in die Bar zurück, wobei er sich fragte, ob seine Mutter recht hatte oder ob er nur zu egoistisch gewesen war, um die einzige Frau aufzugeben, die er je geliebt hatte. Er sah, wie sich Billie am Tisch mit seinem Vater unterhielt, und sein Herz machte einen Satz. Auf gar keinen Fall würde er sie aufgeben. Vielleicht war Eddie auch ein besserer Mann gewesen, denn Dare hatte nicht vor, ihr einen Ausweg zu lassen.

Er ging direkt auf sie zu. »Hey, Süße. Flirtest du mit meinem alten Herrn?«

»Und wenn es so wäre?«, neckte sie ihn.

Die anderen schnaubten.

»Komm her.« Er zog sie an sich, und sie warf einen Blick zum Nachbartisch hinüber. »So, wie du mich vorhin angesprungen hast, sollten jetzt eigentlich alle wissen, dass wir zusammen sind.«

»Nur ein Kuss«, flüsterte sie. »Ich bin schließlich bei der Arbeit.«

»Na gut, aber nur, wenn ich später noch mehr kriege.«

»Es wird mir ein Vergnügen sein, Whiskey.« Sie küsste ihn.

IMMER ÄRGER MIT WHISKEY

»Übrigens habe ich meiner Mom gesagt, dass ich ihr und Wynnie dieses Jahr beim Planen helfen werde.«

»Was?« Er wollte seinen Ohren nicht trauen. »Wer bist du?«

»Ach, halt einfach den Mund.« Sie senkte die Stimme. »Ich möchte mich deiner Familie gegenüber nicht länger wie eine Außenseiterin fühlen.«

»Das macht mich einfach nur glücklich, Liebling, und ich glaube, das, was ich gleich sagen werde, wird dir auch dabei helfen, dich mehr wie ein Teil der Familie zu fühlen. Welchen Abend hast du diese Woche frei?«

»Donnerstag. Wieso?«

»Wir planen ein Paintballspiel und ...«

»Paintball!«, brüllte Cowboy sogleich und sorgte für einen Aufruhr am Tisch.

Dare schüttelte den Kopf. »Und ich hatte mir überlegt, dass wir hinterher grillen und ein Lagerfeuer anzünden könnten. Bist du dabei?«

Sie beäugte ihn kritisch. »Soll das ein Witz sein? Und wie ich dabei bin!« Dabei wirkte sie so ungemein sexy, und als sie sich auf dem Absatz umgedreht hatte und davongegangen war, meinte sein Vater: »Mit der Frau hast du aber alle Hände voll zu tun.«

»Da hast du recht, und anders möchte ich es auch gar nicht haben.«

Dreizehn

Als die Sonne am Donnerstagabend unterging, war das Paintballspiel in vollem Gange. Das Feld, das gleich hinter dem Haupthaus lag, war mindestens doppelt so groß wie vor Jahren, als Billie noch mitgespielt hatte. Inzwischen waren mehrere neue Sandbunker, Steinmauern, Fässer, riesige aufrechtstehende Reifen, die am Boden befestigt waren, und andere Hindernisse und Barrieren hinzugekommen. Lampen am Boden erhellten das riesige Feld, und die Geräusche schwerer Schritte, abgefeuerter Paintballwaffen und lauter Stimmen hallten durch die Luft. Sie hatten sich in Teams aufgeteilt, und mit Dares Familie, den Rancharbeitern und den Patienten liefen gut zwei Dutzend Spieler und Spielerinnen in Tarnanzügen und mit Helmen herum. Sogar Gus hatte sich ihnen angeschlossen, und der Junge trug einen winzigen neongelben Anzug, damit ihn jeder sofort sah und nicht auf ihn schoss.

Billie spähte hinter einem Fass hervor und hielt Ausschau nach Dare, als Birdie um die Ecke geflitzt kam und hinter einer Mauer verschwand. In diesem Moment traf ein Paintball Birdies Fuß, und Doc rannte lachend hinter ihr her. Birdie riss sich die Maske herunter und brüllte: »Verdammt noch mal, Doc! Was war das für ein Ninja-Move!«

Da musste Billie lachen. Sie hatte ganz vergessen, wie gerissen Doc sein konnte. Sein Wettkampfgeist kam nicht oft zum Vorschein, aber auf dem Paintballfeld war er nur schwer zu schlagen.

Birdie zückte ihr Handy und schoss grinsend ein Selfie. Danach steckte sie das Handy weg, setzte ihre Maske wieder auf und rannte los.

Gus kroch wie G. I. Joe mitten über das Feld. Sasha, die zu Billies Team gehörte, rannte an ihm vorbei und klemmte ihn sich wie einen Football unter den Arm, um den kichernden Jungen hinter einen Reifen zu tragen.

Ezra schlich an dem Fass vorbei, hinter dem sich Billie versteckte, und Billie hob ihr Gewehr und wollte gerade auf ihn zielen, als sie den Lauf einer Waffe im Rücken spürte.

»Dreh dich ganz langsam um und nimm die Maske ab, Liebling.«

Dare. Ihr Herz schlug schneller, und sie drehte sich um und begegnete seinem schelmischen Blick, während sie die Maske hochzog. »Willst du mich erschießen?«

Er schlang einen Arm um ihre Taille und zog sie an sich. »Fühlt sich das so an, als ob ich auf dich schießen will?« Schon küsste er sie, zuerst langsam und zärtlich, doch rasch wurde der Kuss immer inniger und leidenschaftlicher.

»Herrgott noch mal, Billie«, schimpfte Cowboy. »Du knutschst mit dem Feind.«

Billie wollte sich aus Dares Armen lösen, aber Dare hielt sie fest. Cowboy hob die Waffe und zielte auf Dare, doch da kam Kenny von hinten angerannt, brüllte »Nimm das!« und schoss Cowboy in den Rücken.

»Das ist mein Mann!«, schrie Dare.

»Ich halte dir den Rücken frei!«, rief Kenny und rannte

weiter.

Als sich Dare eben wieder zu Billie umdrehen wollte, wand sie sich aus seinen Armen und schoss auf ihn.

Er taumelte nach hinten und hielt sich die Brust. »Ich liebe eine Verräterin!«

Billie und Cowboy klatschten sich ab und liefen los, als Gus hinter der Mauer hervorgelaufen kam und rief: »Ich krieg dich, Dad!«

Sasha lief hinter ihm her. »Wenn Gus dich nicht kriegt, dann ich.« Sie zielte auf Ezra, der über ein Fass sprang und sich dahinter duckte. Tiny tauchte hinter einem Sandhügel auf und zielte auf Sasha, doch da hastete auch schon Wynnie breit grinsend an ihm vorbei und erwischte ihn.

»Du hattest bestimmt ganz vergessen, wie viel Spaß das macht, nicht wahr?«, fragte Cowboy, als er mit Billie hinter eine Mauer eilte.

»Ja, es ist viel zu lange her.«

»Ich habe es nicht vergessen!«, rief Simone.

Sie drehten sich um, doch da schoss die hinter einem Hindernis versteckte Simone auf sie beide und lief lachend davon.

Das Spiel ging noch eine ganze Weile weiter, und als sie das Feld endlich verließen und die Ausrüstung ablegten, strahlten alle und plapperten in einer Tour. Dwight hatte aufs Spielen verzichtet und stattdessen ein Festmahl aus Brathähnchen, Hamburgern, Hotdogs, Gemüse und diversen Beilagen zubereitet, das für sie bereitstand. Alles duftete einfach köstlich. Dare und Doc zündeten das Lagerfeuer an, ihre Freunde stellten die Stühle auf und Billie brachte mit einigen anderen die Ausrüstung weg.

»Das war das Coolste, was ich je gemacht habe«, erklärte Kenny beim Verlassen des Schuppens.

Tiny legte dem Jungen eine Hand auf die Schulter, und Billie hörte, wie er Kenny leise fragte: »Cooler, als ein Auto zu klauen?«

»Um Längen cooler«, antwortete Kenny begeistert.

»Guter Junge.«

Hyde kam mit zwei anderen Teenagern aus dem Programm vorbei. »Kenny. Lass uns was essen.«

Kenny sah Tiny fragend an.

Tiny nickte, und als die anderen gegangen waren, trat Tiny zu Billie, die auf Dare wartete. »Es war schön, dich wieder dabei zu haben, Liebes.«

»Ich hatte ganz vergessen, wie viel Spaß das macht«, gestand sie, als Cowboy mit Simone vorbeikam und sich beschwerte, dass sie ihn furchtbar nah an seiner empfindlichsten Stelle getroffen hatte. »Ich habe solche Abende vermisst und auch, einfach bei euch zu sein.«

»Du hast uns auch gefehlt.« Er deutete auf Dare. »Und ich habe es vermisst, meinen Jungen so glücklich zu sehen.«

»Dare ist immer glücklich.«

»Nach Eddies Tod ging es ihm gar nicht gut.«

In ihr stiegen Schuldgefühle hoch. »Ich weiß, dass ich alles nur noch schlimmer gemacht habe, weil ich ihn nicht länger an meinem Leben teilhaben ließ. Das tut mir sehr leid.«

»Mach dir keinen Kopf, Schätzchen. Wir haben dich trotzdem lieb. Du hast getan, was du tun musstest, und Dare hat wieder Fuß gefasst. Aber es ist viel zu lange her, dass ich ihn so glücklich gesehen habe wie jetzt mit dir zusammen. In der Zwischenzeit schien ein Teil von ihm gefehlt zu haben. Versteh mich nicht falsch: Er kommt gut allein klar, aber mit dir wächst er über sich hinaus. So war es schon immer.«

»Das freut mich, weil ich mit ihm auch glücklicher bin.

Aber mir ist auch klar, dass es Momente gibt, in denen ich ihm Steine in den Weg lege, so wie mit den Bussen.« Sie hatte die letzten Abende viel mit Dare über seine Sprünge und ihre Ängste gesprochen. Dabei hatte er angemerkt, dass er keinen neuen Stunt ausprobierte, der zu schwer für ihn war, so wie Eddie damals, sondern nur die Fähigkeiten verbesserte, die er bereits über Jahre perfektioniert hatte. Sie machte sich immer noch Sorgen, war jedoch ein wenig beschwichtigt.

»Ich kann deine Sorgen sehr gut nachvollziehen«, versicherte Tiny ihr. »Aber du kennst Dare. Die Chance, dass er sich in absehbarer Zeit ändert, ist verschwindend gering.«

»Ich will auch gar nicht, dass er all das aufgibt, was er liebt. Ich weiß doch noch genau, wie es war, einen neuen Berg zu entdecken, den man erklimmen wollte. Das ist ein Hochgefühl, das man mit nichts vergleichen kann, und das werde ich ihm nicht nehmen. Ich will ihn bloß nicht verlieren.«

»Das wollen wir auch nicht.«

Dare trat hinter sie und schlang einen Arm um ihre Taille. »Macht der alte Mann dir die Hölle heiß, weil du auf mich geschossen hast?«

»So ähnlich.« Sie tauschte einen vielsagenden Blick mit Tiny und legte einen Arm um Dare. »Ich bin am Verhungern.«

»Das dachte ich mir. Na, dann lass uns etwas essen.«

Sie füllten sich die Teller und setzten sich zu den anderen ans Lagerfeuer. Alles erinnerte Billie an alte Zeiten.

»Sieh dir nur Docs selbstgefällige Miene an«, meinte Birdie, die in einem schicken kurzen Top mit Palmwedelmuster und Wickelshorts hinreißend aussah. Sie hatte die Turnschuhe, die sie beim Spielen getragen hatte, gegen kniehohe Wildlederstiefel ausgetauscht. »Er brüstet sich ja richtig.«

»Was hast du armselige Loserin gesagt?« Doc biss in seinen

Burger und reichte Sadie, seinem Irish Setter, und Pickles, seinem Husky-Shepherd-Mix, immer wieder ein paar Häppchen.

Billie kicherte.

»Hey, Doc, du hättest Mandy heute einladen sollen«, meinte Cowboy.

»Wir treffen uns nicht mehr.« Doc trank einen Schluck Bier.

Seine Geschwister tauschten Blicke. Sasha stellte ihren Teller beiseite, griff nach ihrer Gitarre und spielte die Melodie von »Another One Bites The Dust«, und Dare und Cowboy sangen den Refrain und brachten alle zum Lachen.

Gus flitzte zu Sasha. »Ich will auch spielen! Bringst du es mir bei, Süße?«

»Was habe ich darüber gesagt, andere Süße zu nennen, Gus? Lass Sasha in Ruhe.« Ezra stand auf und wollte seinen Sohn schon zurückholen.

»Das ist schon okay und macht mir nichts aus.« Sasha klopfte auf ihren Schoß, und Gus kletterte hinauf und strahlte seinen Vater an. »Wenn mich jemand *Süße* nennen darf, dann dieser kleine Mann hier.« Sie zerzauste Gus das Haar.

»Mein Sohn, der Frauenflüsterer.« Ezra setzte sich wieder.

Billie genoss es, den Gesprächen und dem Lachen rings um das Feuer zu lauschen. Dares Familie hatte sie aufgenommen, als hätte sie kein einziges Grillfest verpasst. Einerseits fühlte es sich auch so an, als wäre ihr rein gar nichts entgangen, da sie alle in der Bar und bei den Veranstaltungen der Dark Knights gesehen hatte. Andererseits war sie selbst dort Dare aus dem Weg gegangen und hatte versucht, längere Gespräche mit seiner Familie zu vermeiden. Nun, wo ihre Schuldgefühle langsam nachließen und sie sich und ihr Verhalten in einem anderen

Licht sah, begriff sie, dass es sich bei ihrem Leben nicht um eine Buße handelte, sondern vielmehr um ein Geschenk, und dass sie – und somit auch alle um sie herum – schon zu viele Jahre verloren hatte. Sie wollte nicht länger Zeit vergeuden oder sich Gedanken darüber machen, was andere von ihr dachten.

Dare legte einen Arm über die Rückenlehne ihres Stuhls, und sie rückte näher an ihn heran, was ihr einen seiner süßen Küsse auf die Schläfe einbrachte. Was hatten diese zärtlichen Küsse an sich, dass die Schmetterlinge in ihrem Bauch sofort darauf reagierten?

»Ich liebe dich, Süße«, raunte er ihr ins Ohr. »Und ich bin froh, dass du hier bist.«

Es waren nicht die Küsse, auf die sie so reagierte. *Er* war es.

»Ich bin auch froh, hier zu sein.« Sie beugte sich noch näher zu ihm herüber und flüsterte: »Ich liebe dich auch.«

Wynnie beobachtete sie mit herzlicher Miene. »Es macht mich so glücklich, euch beide wieder zusammen zu sehen.«

»Hattet ihr euch getrennt und seid jetzt wieder zusammen, oder was?«, fragte Kenny.

»Etwas in der Art.« Dares Tonfall ließ erkennen, dass das Thema für ihn beendet war.

»Hast du überhaupt eine Ahnung, wer Billie ist, Kenny?«, warf Birdie ein.

»Dares Freundin«, erwiderte Kenny.

»Das auch, aber sie war auch jahrelang professionelle Motocrossfahrerin«, erklärte Birdie.

»Das ist jetzt echt lange her, Birdie«, meinte Billie.

»Na, und?«, entgegnete Birdie. »Das ist mein Ernst, Kenny. Wenn du Billie Mancini im Internet suchst, wirst du feststellen, dass sie eine der Besten war. Sie hätte sogar die Beste sein können, wenn sie den Sport nicht aufgegeben hätte.«

Kenny riss die Augen auf. »Echt? Ich wusste gar nicht, dass Frauen überhaupt Motocross fahren dürfen.«

»Machst du Witze?«, fragte Billie. »Bist du unter einem Stein hervorgekrochen? Frauen fahren schon seit Jahren Motocross.«

»Sie war besser als viele Kerle«, prahlte Dare.

»Besser als du?« Kenny starrte ihn neugierig an.

Dare musterte sie, und bei der in seinen Augen schimmernden Liebe wurde ihr ganz warm ums Herz. »Sehr viel besser als ich.«

»Ist ja krass«, staunte Kenny. »Warum hast du damit aufgehört, Billie?«

Dare drückte sie etwas fester an sich, und sie überlegte, was sie antworten sollte. Dabei spürte sie das Mitgefühl der anderen, und sie wusste, dass es ihr keiner übel nehmen würde, wenn sie sich die Wahrheit ein wenig zurechtlegte. Doch sie stellte fest, dass sie zwar nicht über das reden mochte, was passiert war, aber auch nicht bereit war, sich länger davor oder den damit einhergehenden Gefühlen zu verstecken.

»Ich habe einen Freund verloren, und das hat mir die Freude an diesem Sport geraubt.« Sie wartete auf den Ansturm der Emotionen und stellte überrascht fest, dass sich eher ein Tröpfeln denn ein Sturzbach einstellte.

»Oh Mann, das ist übel. Tut mir echt leid«, sagte Kenny mitfühlend. »Glaubst du, dass du jemals wieder ein Rennen fährst?«

»Nein«, antwortete sie und war erleichtert, dass er keine Details hören wollte. »Dafür bin ich inzwischen zu alt.«

»Ja, das glaube ich auch«, meinte Kenny, was allen am Lagerfeuer ein Grinsen entlockte.

Billies Wettkampfgeist drängte sie, dem zu widersprechen,

doch sie ging fest davon aus, dass ein Teenager sie auffordern würde, das zu beweisen, und das würde sie ganz bestimmt nicht tun.

»Ich würde wahnsinnig gern etwas so Cooles machen und allen zeigen, dass ich in einer Sache richtig gut bin«, gestand Kenny. »Was habt ihr anderen so für coole Sachen gemacht?«

»Die beiden hier haben schon alles gemacht«, behauptete Cowboy. »Sie betreiben schon seit der Grundschule Extremsport.«

»Du hast die beiden coolsten Draufgänger vor dir, die Hope Valley je gesehen hat«, stimmte Doc ihm zu.

Da Cowboy und Doc ihnen nach so vielen gefährlichen Stunts die Ohren lang gezogen hatten, staunte Billie nun umso mehr über den Stolz, der in ihren Stimmen mitschwang. Seine Eltern und Schwestern schalteten sich in das Gespräch ein und berichteten Kenny von all den Stunts, die Billie und Dare früher gemacht hatten, und wie gut sie darin gewesen waren. Das war alles sehr inspirierend und weckte in Billie den Wunsch, wieder wie dieses Mädchen zu sein. Sie sah Dare an, die einzige Person, bei der sie dieses Mädchen sein wollte, und fragte sich, ob er sich das ebenfalls wünschte. Sie wollte alles mit ihm erleben, doch wenn es um Stunts und Extremsportarten ging, war sie sich nicht mehr sicher, wie weit sie emotional zu gehen bereit war.

Es gab nur einen Weg, das herauszufinden.

Sie beugte sich zu ihm hinüber und raunte ihm zu: »Vielleicht können wir ja eines Tages mal flusssurfen gehen.«

Er strahlte sie an. »Wirklich?«

»Vielleicht …?« Sie zuckte mit den Achseln.

»Baby, mit dir würde ich alles tun.« Er küsste sie noch einmal und drückte sie eng an seine Seite.

Sie hörten zu, wie Birdie Kenny davon erzählte, dass Dare den Rekord an der Wall of Death gebrochen hatte, und ihm erklärte, was das bedeutete.

»Krass«, sagte Kenny. »Und ich dachte, Dare wäre nur ein knallharter Biker und ein ziemlich guter Therapeut.«

»Ziemlich gut?«, widersprach Billie. »Dieser Kerl hat mich dazu gebracht, ihm all meine Geheimnisse anzuvertrauen, dabei ist er noch nicht mal mein Therapeut.«

»Er ist eben gerissen«, erklärte Kenny. »Er bringt einen dazu, beim Arbeiten mit ihm zu reden, und schon erzählt man ihm Sachen, von denen man nicht mal gewusst hat, dass sie einem im Kopf rumschwirren. Ich finde, er ist ziemlich gut in seinem Job, aber Ställe ausmisten kann ich trotzdem nicht leiden.«

Die Männer lachten.

»Tja, so gut im Reden war Dare früher nicht«, berichtete Wynnie.

»Das stimmt nicht«, widersprach Doc. »Dare war schon immer ein fast so schlimmes Plappermaul wie Birdie.«

»Ich bin kein Plappermaul«, protestierte Birdie. »Ich habe bloß viel zu sagen. Wobei mir einfällt: Cowboy, ich wollte dir noch erzählen, dass du unbedingt einen meiner Yogakurse besuchen musst. Ich habe eine Frau für dich gefunden und glaube, du solltest sie heiraten.«

Cowboy seufzte. »Ich habe dir doch gesagt, dass ich keine Frau suche, Birdie. Warum nervst du nicht Doc damit? Er ist älter als ich.«

»Dabei geht es nicht ums Alter«, erklärte Birdie. »Es geht darum, dass man bereit ist, sesshaft zu werden, und du besitzt alle Qualitäten, die eine Frau braucht.«

»Großer Gott. Jetzt geht das wieder los«, murmelte Cowboy.

»Ihr Name ist Lucy. Sie ist blond, superniedlich und Yogaprofi. Was bedeutet, dass sie sich verbiegen kann wie eine Brezel«, berichtete Birdie.

Cowboy grinste. »Jetzt hast du mein Interesse geweckt.«

Birdie erzählte ihnen alles über die biegsame Lucy, und im Laufe des Abends plauderten sie auch noch über das bevorstehende Festival und den Start der Ride-Clean-Kampagne, aber auch über Musik und ein neues Café, das neben Birdies Schokoladengeschäft eröffnet hatte. Die Frauen freuten sich, dass Billie sich am übernächsten Sonntag an der Planung beteiligen wollte, und sie war ebenfalls schon sehr gespannt darauf.

Ezra brachte Gus ins Bett, Kenny und die Ranchhelfer gingen ins Haus, und sehr viel später verabschiedeten sich auch alle anderen voneinander. Sasha umarmte Billie und fragte, ob sie am nächsten Morgen mit ihnen frühstücken würde.

»Ich bin mir nicht sicher. Wenn ihr mir nicht den Kopf abreißt, weil ich mir Dares Wagen ausgeborgt habe«, witzelte Billie, und alle mussten lachen.

»Wir würden dich gern viel öfter sehen, Liebes.« Wynnie umarmte sie ebenfalls. »Du weißt ja, dass unsere Tür dir immer offen steht.«

»Danke.« Sie nahm Dares Hand. »Ich gehe fest davon aus, dass wir uns von jetzt an sehr oft sehen werden.«

Dare hatte es nicht für möglich gehalten, dass er noch mehr für Billie empfinden konnte, als er es ohnehin schon tat. Aber der heutige Abend hatte ihn eines Besseren belehrt. So albern es

IMMER ÄRGER MIT WHISKEY

ihm auch vorkam, aber früher hatte er sich unzählige Male bei den Paintballspielen ausgemalt, wie es wäre, sie zu küssen. Er hatte sich vorgestellt, wie er sie bei einem Spiel in die Ecke drängte und dann in einen Schuppen oder hinter eine Mauer zerrte. In seinen Teenagerfantasien war alles möglich gewesen, doch allein dieser gestohlene Kuss auf dem Spielfeld heute hatte ihm bewiesen, dass nichts an das wahre Leben herankam. Aber das war nicht das Einzige gewesen, was seine Gefühle aufgewühlt hatte. Er war so ungemein stolz gewesen, weil sie Kenny die Wahrheit über ihren verstorbenen Freund gesagt hatte. Das Zusammensein mit ihr als Paar inmitten seiner Familie war genau das, wonach er sich immer gesehnt hatte, und trieb seine Zuneigung zu ihr in ungeahnte Höhen.

Er musste ihr zeigen, wie viel sie ihm bedeutete. Sie in seinen Armen halten und lieben, wie sie nie zuvor geliebt worden war. Aber seine Mutter und seine Schwestern unterhielten sich noch immer mit ihr.

»Hey, Dare.« Doc trat mit seinen Hunden im Schlepptau zu ihm. »Hast du einen Moment?«

Dare streichelte Sadie. »Sicher. Was gibt's?«

»Ich wollte mich bei dir für die Kommentare neulich in der Bar wegen des Sprungs nach allem, was Billie durchgemacht hat, entschuldigen. Das war nicht fair. Und es steht mir auch nicht zu, das zu beurteilen.«

»Schon okay. Du machst dir Sorgen um sie, und das weiß ich zu schätzen. Außerdem bin ich daran gewöhnt, dass du mich in die Schranken weisen willst. Das ist gar nicht mal so übel, Doc, denn dadurch hast du mich zum Nachdenken gebracht und wir haben darüber geredet. Sie ist damit einverstanden, dass ich den Sprung mache, wird jedoch nicht zusehen.«

»Kannst du ihr das verdenken?« Doc kraulte Pickles hinter

den Ohren.

»Kein bisschen.« Dare schaute zu Billie hinüber, die auf sie zukam und in ihren abgeschnittenen Jeans und dem Roadhouse-T-Shirt, das eine Schulter freiließ, ungemein sexy aussah. »Würdest du mir einen Gefallen tun?«

»Alles, was du willst.«

»Könntest du bei ihr sein, wenn ich den Sprung mache? Nur für den Fall der Fälle.«

Doc zog die Brauen zusammen. »Daran möchte ich nicht mal denken.«

»Sie wird es aber tun, und ich würde mich besser fühlen, wenn ich weiß, dass jemand bei ihr ist. Kann ich mich auf dich verlassen?«

»Aber natürlich.«

»Danke, Mann.« Er hob das Kinn, als Billie zu ihnen trat. »Hey, Liebling.« Dann wollte er ihre Hand nehmen.

»Oh nein, das kannst du vergessen«, protestierte Doc. »Es ist viel zu lange her, dass sie Zeit mit uns verbracht hat. Komm her und nimm mich in die Arme, Rennfahrerin.«

»Ich soll einen heißen Tierarzt umarmen? Nichts leichter als das.« Sie trat in seine offenen Arme.

Doc sah Dare über Billies Schulter mit selbstgefälliger Miene an.

»Nimm die Hände von meiner Frau.« Dare zog Billie an sich. »Bis morgen, Blödmann.«

»Mach's gut, du Penner.«

Nachdem alle ihres Weges gegangen waren, liefen Dare und Billie über die Wiese zu seinem Haus. »Hattest du einen schönen Abend?«

»Es war super. Ich habe mich gefreut, Kenny und die anderen kennenzulernen, und ich konnte ihm deutlich ansehen, welchen Einfluss du auf ihn hast. Das merkt man schon an der Art, wie er dich anschaut.«

»Danke, Liebling. Er ist ein guter Junge. Echt schön, dass du heute Abend mitgekommen bist.«

»Solche Abende haben mir gefehlt. Dass ich Zeit mit den Menschen verbringe, die uns als freche Kinder gekannt haben und trotzdem lieben.«

»Was gibt es an uns nicht zu lieben? Wir sind großartig.«

Sie kicherte los. »Einige der Geschichten, die deine Familie erzählt hat, haben mich an unsere Erlebnisse mit Eddie denken lassen. Ich vermisse so viel von dem, was wir damals hatten, Dare.« Sie drehte sich zu ihm um, und in ihren Augen schimmerten so viel Hoffnung und Liebe. »Es fehlt mir, hier draußen unter den Sternen zu sein und einfach zu tun, worauf wir gerade Lust haben.«

Er nahm sie in die Arme. »Und worauf hast du gerade Lust?«

Sie stellte sich auf die Zehenspitzen und wisperte: »Auf dich.«

Schon küsste er sie tief und leidenschaftlich, und sie presste sich an ihn und weckte sein Verlangen, das stets dicht unter der Oberfläche zu lauern schien. Sie umklammerte seinen Kopf und stellte sich wieder auf die Zehenspitzen, als könnte sie gar nicht genug von ihm bekommen. Wieder und wieder küssten sie sich, und Billies sinnliche Geräusche steigerten seine Begierde ins Unermessliche.

Als sich ihre Lippen voneinander lösten, wirkte sie so benommen von ihm, wie er es von ihr war, und verlangte: »Mehr.«

»Gott, ich liebe dich so sehr.« Abermals eroberte er ihren Mund wild und forsch und küsste sie, bis sie beide stöhnten und sich wanden. Er legte ihr die Hände an den Hintern und umfing ihre Pobacken. Wimmernd rieb sie sich an seiner Erektion, und er knurrte: »Ich will dich jetzt, Baby.«

»Komm mit.« Dann hatte sie auch schon seine Hand genommen und ihn in die Scheune gezerrt. »Erinnerst du dich an unseren ersten Kuss?«

»Ich erinnere mich daran, dass du mich geküsst hast.« Er drückte sie mit dem Rücken an die Wand und knabberte an ihrem Hals. »Und mich danach beleidigt hast.« Bei diesen Worten öffnete er den Knopf ihrer Shorts, zog den Reißverschluss herunter, schob eine Hand in ihr Höschen und tauchte in ihre Mitte ein, was ihr ein scharfes Seufzen entlockte.

»Weil dir der Kuss nicht gefallen hat«, hauchte sie, fuhr mit den Händen unter sein T-Shirt und liebkoste seine Brustwarzen.

»Verdammt.« Er drang mit den Fingern in sie ein, und sie schloss die Augen und stieß ein begieriges Stöhnen aus. »Ich war so verwirrt von diesem Kuss.« Als er mit dem Daumen über den empfindlichen Nervenknoten rieb, ging sie auf die Zehenspitzen. »Doch ein paar Jahre später habe ich mich vor allem nach deinem Mund verzehrt.«

»Wir waren damals beide dumm.« Sie riss die Augen auf und kniff sie dann zusammen. »Ich bin heilfroh, dass wir endlich vernünftig geworden sind.« Sie zog ihm das T-Shirt über den Kopf und leckte über seine Brustwarze.

Dare mahlte mit dem Kiefer und schleuderte sein T-Shirt mit einer Hand beiseite, während er seine Bemühungen mit der anderen intensivierte.

»Oh ja!«

Ihre Küsse waren nahezu verzweifelt, als sie zu einem Heuhaufen taumelten, die Turnschuhe abstreiften und sich gegenseitig auszogen, sich aneinander rieben, streichelten, das über Stunden aufgestaute Verlangen endlich auslebten. Billie drückte ihn auf den Hintern, stand splitternackt vor ihm und sah einfach nur unfassbar großartig aus, als sie mit lodernden Augen rittlings auf ihn stieg. »Hast du auch nur eine Ahnung, wie oft ich davon geträumt habe, das mit dir zu tun?«

»Nicht so oft, wie ich es mir ausgemalt habe.« Er packte ihre Pobacken und rieb die Spitze seiner Erektion an ihrer Öffnung. »Aber in meiner hat mich das Heu nicht so gepikt.«

Sie musste lachen. »Hör auf, dich zu beschweren, und küss mich.«

Ihre Münder trafen mit der Hitze eines Vulkans aufeinander, und wie ein brodelnder Vulkan fühlte sich auch sein Inneres an, als sie sich auf seine Länge hinabsinken ließ und ihre enge Mitte ihn umfing. Er hielt sie an den Hüften fest, und sie klammerte sich an seine Schultern und ritt ihn langsam und so unglaublich perfekt, dass die Lust in ihm immer weiter anstieg, als müsse sie überfließen. Mit einer Hand, die er in ihrem Haar ballte, zog er ihren Kopf nach hinten und versenkte die Zähne an ihrem Hals. Sie schrie auf, und ihre Oberschenkel legten sich fester um seinen Körper, als sie ihn schneller ritt, die Fingernägel in seine Haut bohrte und Schmerz und Lust durch seinen Körper pulsieren ließ.

Er presste die Lippen auf ihre Brust und saugte daran, und Billie zog die Muskeln um seinen Schaft zusammen. Funken durchzuckten ihn und explodierten wie ein Feuerwerk. »Du fühlst dich so verdammt gut an.« Er saugte erneut und fester an ihrer Brustwarze und stieß fester zu, während sich ihre inneren Muskeln wie ein Schraubstock um ihn legten. Er ging zur anderen Brustwarze über und setzte die herrliche Folter dort fort. Billie drückte den Rücken durch und stöhnte vor Verlangen. Er bewegte eine Hand nach unten und brachte sie mit den Fingern zum Orgasmus.

»Dare …«, stieß sie zuckend aus.

Doch schon presste er die Lippen auf ihre, und ihre Zungen umgarnten einander ebenso hektisch, wie sie ihren Höhepunkt auskostete und ihn dabei weiter ritt. Der Druck in seinem Inneren wurde immer intensiver, und ihre Mitte pulsierte um seinen Schaft und brachte ihn beinahe um den Verstand. Aber er war noch nicht fertig mit ihr.

Darum löste er den Mund von ihrem, knirschte mit den Zähnen und riss sich zusammen, um nicht zu kommen, während er ihre Hüften umklammerte und sie langsamer werden ließ. »Du gehörst mir, Mancini.« Er küsste sie erneut, diesmal langsam und genüsslich, wobei er ihr Tempo noch weiter drosselte. Sie wimmerte in seinen Mund, und er spürte, dass ihre Erregung erneut zunahm und sie die Beine anspannte. Er zog sich zurück und betrachtete seine Billie, die sich derart in ihrem Liebesspiel verlor, dass sie es mit halb geschlossenen Augen genoss. »Ich liebe dich so sehr, Billie.« Er presste wilde Küsse auf ihren Hals und fuhr mit den Zähnen über ihre Brustwarze.

»Dare«, kam es ihr beinahe flehend über die Lippen.

»Mein Name wird der einzige sein, den du je auf diese Weise aussprechen wirst, denn ich werde dich nie wieder gehen lassen.« Er schlang einen Arm um sie und kreiste mit dem Becken, blieb tief in ihr, während er ihren Hals und ihre Brüste leckte und küsste und ihr ein heißes Geräusch nach dem nächsten entlockte. Allein ihr Stöhnen und die Art, wie sie ineinander verschlungen waren, schien die Intensität jeder Bewegung zu steigern. Er wollte zustoßen, spürte jedoch, dass sie immer lüsterner wurde und vor Begierde zu zittern schien, und konnte einfach nicht widerstehen. Daher knabberte er an ihr, saugte an ihren Brüsten, markierte sie als die Seine. Er ließ seine Länge in ihr zucken, und sie wimmerte und zog sich gierig um ihn herum zusammen.

»Mehr …«, bettelte sie. »Bitte.«

Erneut schob er eine Hand zwischen sie und steuerte mit dem anderen Arm ihre Bewegungen, um sie quälend langsam an seinem Schaft auf und ab gleiten zu lassen. Sie sog die Luft ein und keuchte immer lauter.

»Schneller.«

Er kämpfte gegen den unbändigen Drang an, ihrer Bitte nachzukommen. »Sag mir, dass dein scharfer Körper mir gehört«, verlangte er heiser. »Sag mir, dass du mir gehörst, Wildfang.«

»Ich gehöre dir, Dare. Alles an mir. Aber wenn du mich noch lange so folterst, könnte ich meine Meinung ändern.«

Er schlang beide Arme um sie, schob ihr eine Hand ins Haar und hielt sie so, dass ihre Lippen sich beinahe berührten. »Nein, das wirst du nicht. Das kannst du nicht. Dazu ist keiner von uns in der Lage.«

»Ich würde es selbst dann nicht tun, wenn ich es könnte«, sagte sie, als wäre es eine Drohung, was ihre Worte nur noch heißer machte.

Mit den Lippen auf ihre gepresst drehte er sie beide um, sodass sie unter ihm lag, und ihre wunderschönen Augen, die ihn voller Liebe ansahen, ließen in ihm sämtliche Dämme brechen. »Ich liebe dich, Mancini. Ich habe dich immer geliebt, und ich werde dich immer lieben.«

Schon küsste er sie wieder, und seine Zärtlichkeit machte ihr Liebesspiel nur noch überwältigender. Ihre weichen Kurven pressten sich an seinen harten Leib, als ihre Körper das

Kommando übernahmen und in den Rhythmus fielen, der sie beide miteinander verband. Sie pumpten und stießen, und ihre gierigen Laute hallten durch die Luft. Hände liebkosten, Zähne knabberten, Fingernägel bohrten sich in Fleisch, ihre rasenden Herzen schlugen im Einklang. Als sie den Höhepunkt erreichte, schien die Welt aus den Angeln zu geraten und er gab sich seiner mächtigen Erlösung hin.

Stunden später wachte Dare in einem leeren Bett auf. Er drehte sich auf die Seite und schaute auf die Uhr, 3:05 Uhr, warf danach einen Blick in Richtung Badezimmer, das jedoch dunkel war. Müde setzte er sich auf. »Billie?« Als er keine Antwort bekam, murmelte er: »Scheiße.« Sie hatten zusammen geduscht, nachdem sie aus der Scheune hierhergekommen waren, völlig zerstochen vom Heu, und Billie war noch liebevoller als jemals zuvor gewesen. Doch beim Zubettgehen war sie ruhelos geworden. Möglicherweise waren die Liebesschwüre, seine Familie und das Gespräch mit Kenny, bei dem sie den toten Freund erwähnt hatte, doch zu viel für sie gewesen.

Er setzte sich auf und fuhr sich mit einer Hand durchs Gesicht. Ob sein Wagen noch vor dem Haus stand? Rasch zog er sich Boxershorts an, doch beim Aufstehen fielen ihm Billies Sachen ins Auge, die noch immer auf dem Boden lagen. Hoffentlich bedeutete das, dass sie noch hier war. Er ging ins Wohnzimmer, das jedoch leer war, und danach nach draußen. Sein Wagen stand noch da, und das Mondlicht spiegelte sich in der Windschutzscheibe. Doch es war das Leuchten des Garagenlichts, das vom hinteren Kotflügel reflektiert wurde, das ihm verriet, wohin er gehen musste.

In der Garage war es dunkel, nur hinten in der Werkstatt brannte Licht. Er lauschte beim Weitergehen und hoffte, dass sie nicht weinte. Aber es war rein gar nichts zu hören. Als er den Eingang der Werkstatt erreichte, wollte er seinen Augen nicht trauen. Billie saß auf ihrem Motorrad und starrte geistesabwesend die Wand vor sich an. Etwas Schöneres hatte er noch nie gesehen.

»Verdammt, Liebling, du siehst auf diesem Bike einfach großartig aus«, sagte er und trat zu ihr.

Sie schrak zusammen. »Habe ich dich geweckt?« Sie trug eines seiner T-Shirts und hielt sich am Lenker fest.

»Nein. Wie fühlt es sich an?« Er ging an der halbhohen Wand vorbei und bemerkte erst jetzt, dass sie weder Schuhe noch Hose trug.

Sie zuckte mit den Achseln. Ihre Augen leuchteten kurz auf, dann schüttelte sie den Kopf. »Als ich mich draufgesetzt hatte, war da kurz dieser Rausch, wie vor einem Rennen. Dann musste ich an Eddies Unfall denken und konnte mich nicht mehr bewegen. Ich hatte Angst und wurde ganz traurig.«

»Das tut mir so leid, Baby.« Er rieb ihr den Rücken.

»Schon okay. Ich saß hier und musste an Eddie denken und den Film, den er gedreht hat, und wie er so war. Er hätte mir seine Meinung gegeigt, weil ich mit dem Motocross aufgehört habe. Während du weg warst, hat er immer versucht, mich so anzutreiben, wie du es immer getan hast.« Sie lachte leise, und ihr kamen die Tränen. »Aber darin war er wirklich schlecht. So etwas lag ihm einfach nicht.«

»Immerhin hat er es versucht, weil er dich geliebt hat und weil er wusste, dass du unbedingt immer die Beste sein wolltest.«

Sie nickte und wischte sich die Augen. »Wäre er jetzt hier, würde er mich fragen, worauf ich noch warte, und mir meinen Helm in die Hand drücken.«

»Ich kann dir deinen Helm holen.«

Sie hob eine Hand, und der Helm baumelte an ihren Fingern. »Ich habe ihn längst gefunden.«

Billie hatte also danach gesucht. Wenn das kein Fortschritt war, dann wusste er es auch nicht. »Willst du mal eine Runde drehen?«

Sie schüttelte den Kopf. »Nein. Aber ich sitze gern darauf, und so bizarr es auch klingen mag, glaube ich doch, dass sich Eddie darüber freuen würde.«

»Das würde er garantiert.« Er fuhr ihr mit einer Hand durchs Haar. »Als ich aufgewacht bin und du nicht da warst, hatte ich schon befürchtet, ich hätte dich mit meinem besitzergreifenden Gerede verschreckt.«

»Das hast du nicht.« Sie stieg vom Motorrad und legte den Helm daneben. Dann schloss sie die Arme um ihn und drückte den Kopf an seine Brust, um sich von ihm umarmen zu lassen. »Du hast dir so lange Sorgen um mich gemacht, dass ich mich frage, wieso du nicht längst aufgegeben hast.«

»Draufgänger fürs Leben, Liebling. Du bist ein Teil von mir, und zwar der beste.«

Leise lächelnd legte sie den Kopf in den Nacken. »Du musst dir wegen meiner Liebe zu dir keine Sorgen machen. Sie ist so unerschütterlich wie der Boden, auf dem wir stehen.« Sie stellte sich auf die Zehenspitzen und küsste ihn. »Ich liebe dich, Whiskey. Und ich liebe uns als Paar, also stirb ja nicht, hast du verstanden?«

Er nickte, und sein Brustkorb schnürte sich zusammen. Doch er versuchte, die Stimmung zu lockern und auf ihre Liebe zum Motorradfahren zurückzukommen. »Du weißt doch, dass ich nicht sterben kann, Liebling. Denn dann müsste ich ja zurückkommen und den nächsten Kerl heimsuchen, der dich in seinen Armen halten darf.«

»Als ob es ein anderer mit dir aufnehmen könnte.« Sie schüttelte den Kopf. »Das kannst du vergessen.«

Sie warf ihrem Motorrad einen sehnsüchtigen Blick zu, und er wusste, dass dies der perfekte Moment war, um sie um den Gefallen zu bitten, der ihm am Lagerfeuer eingefallen war. »Ich weiß, dass du noch nicht bereit bist, wieder zu fahren, aber könntest du dir vorstellen, es Kenny beizubringen?«

»Kenny?«

»Ja. Du hast doch selbst gesehen, wie aufgekratzt er am Lagerfeuer war. Ich habe viel darüber nachgedacht. Hätten wir unsere Motorräder nicht gehabt und nicht all diese Stunts gemacht, wären wir möglicherweise auf der Suche nach dem Adrenalinrausch, den wir uns so herbeigesehnt haben, in Schwierigkeiten geraten.«

»Unsere Dads hätten uns den Hintern versohlt.«

»Vergiss unsere Dads. Doc und Cowboy hätten uns am nächsten Baum aufgeknüpft.« Damit entlockte er ihr ein breites Grinsen. »Was hältst du davon? Du müsstest nicht selbst fahren, sondern ihm nur alles erklären, damit er es lernt. Bring ihm bei, was du über die Sicherheit und den Sportsgeist weißt.«

»Dazu brauchst du mich doch nicht.«

»Mich sieht er oft genug. Ich glaube, es würde ihm guttun, Zeit mit dir zu verbringen. Außerdem macht eine schöne Frau alles gleich viel besser.«

Sie streichelte seine Wange, und er genoss ihre Berührung. »Mr. Whiskey, flirten Sie etwa mit mir, um mich dazu zu überreden?«

»Ich bin nur ehrlich, Liebling. Was denkst du? Kannst du dem Jungen helfen? Du könntest in seinem Leben einiges bewirken, und er bewundert dich ganz eindeutig.«

Sie überlegte. »Aber wann soll ich das denn machen? Er hat seine Therapiestunden und arbeitet tagsüber mit euch zusammen.«

»Wir würden schon Zeit finden, wann immer es passt. Es müssten ja nicht mehr als eine oder zwei Stunden die Woche sein.« Er drückte ihr einen Kuss auf die Stirn und hoffte, dass sie zustimmte. »Wenn du mich fragst, wäre es gut für euch beide.«

Sie runzelte besorgt die Stirn. »Und was ist, wenn er sich verletzt?«

»Dann bringen wir das wieder in Ordnung. Er soll ja keine Stunts machen, Billie. Ich möchte nur, dass du ihm das Fahren beibringst. Er braucht ein Ventil, etwas, das ihm ein gutes Gefühl verschafft. Du hast doch gehört, was er am Lagerfeuer gesagt hat. Er will beweisen, dass er in irgendetwas gut ist, und ich finde, das sollte etwas sein, das nichts mit seiner Arbeit hier zu tun hat. Zuerst hatte ich überlegt, ihm den Kletterparcours zu zeigen, aber ich schätze, das wird ihm nicht ausreichen. Das Motorradfahren könnte genau das sein, was er braucht, und wenn er mehr will, hat er mit dir die Beste an seiner Seite. Du wirst wissen, ob und wann er für mehr bereit ist.«

»Das ist also wirklich dein Ernst?«

»Absolut. Ich habe es Cowboy und meinem Dad gegenüber erwähnt, und sie hielten es beide für eine gute Idee, solange du einverstanden bist. Ich muss noch mit seinen Eltern sprechen, finde allerdings, dass es eine hervorragende Belohnung für seine harte Arbeit ist, und er wird dadurch selbstsicherer und bekommt das Gefühl, etwas erreicht zu haben.«

IMMER ÄRGER MIT WHISKEY

»Er braucht auch eine Ausrüstung.«

»Ich besorge ihm eine, die ihm passt.«

»Und was ist, wenn ich zusage und dann wird mir alles zu viel?«

»Dann springe ich ein. Ich werde dich nicht unter Druck setzen, Baby.«

Sie sah erneut ihr Motorrad an und kaute auf der Unterlippe herum. In ihren Augen funkelte es. »Nur eine oder zwei Stunden?«

Er nickte.

»Wenn seine Eltern damit einverstanden sind, können wir es ja mal versuchen.«

»Super!« Er umarmte sie. »Das ist mein Wildfang.«

»Ich sagte, ich versuche es. Stell dich darauf ein, dass es mir keinen Spaß machen könnte.«

»Du wirst es lieben.« Sie lächelte, was er als gutes Zeichen wertete.

»Vielleicht drehe ich auch durch.«

»Das wäre auch kein Problem. Aber dann hast du es wenigstens versucht, und ich werde immer in der Nähe sein.«

»Du hast auch auf alles eine Antwort.«

»Und du musst immer das letzte Wort haben. Und jetzt lass uns wieder ins Bett gehen, du süßes Ding.«

Er gab ihr einen Klaps auf den Hintern, was ihm einen wütenden Blick einbrachte. »Du kannst noch so finster gucken, ich weiß trotzdem, dass du mich liebst.«

»Pass ja auf, Devlin. Es ist ein schmaler Grat zwischen Liebe und Hass«, neckte sie ihn.

Er nahm sie in die Arme und empfand ein stärkeres Hochgefühl als nach jedem Stunt. »Mir ist völlig egal, wie schmal er ist oder auf welcher Seite ich stehe, solange du bei mir bist.«

Vierzehn

Billie schrak aus dem Schlaf hoch und setzte sich im Bett auf, als sie Bobbie am Samstagmorgen schreien hörte. Sie rannte aus ihrem Schlafzimmer und traf im Flur auf Bobbie, die in rosa Pyjamashorts und weißem Bustier dort stand, sich mit einer Hand die Augen zuhielt und den anderen Arm in Richtung des nackten Dare ausstreckte, der mit amüsierter Miene in der Badezimmertür stand und sich die Hände vor den Schritt hielt. *Na, großartig.* Billie verkniff sich das Lachen.

»Entschuldige.« Dare musterte Billie verlegen. »Ich wollte dich nicht wecken, Liebling. Aber ich konnte ja nicht ahnen, dass sie mitten in der Nacht aufwacht.«

»Ich musste pinkeln«, beschwerte sich Bobbie. »Das ist auch mein Haus. Wieso seid ihr überhaupt hier? Ihr schlaft doch sonst immer bei dir.«

Dare grinste. »Billie hat das bessere Spielzeug.«

»Dare!« Billie starrte ihn zornig an.

»Bäh! War es das, was ich mitten in der Nacht gehört habe?« Bobbie steckte sich die Finger in die Ohren, doch dann fiel ihr Blick auf Dares Hände, mit denen er sein bestes Stück verbarg, und sie wirbelte herum. »Pack das weg! Ich bin fürs Leben gezeichnet!«

Dare grinste breit. »Du bist nicht gezeichnet, Bobbie. Ich habe nur deine Erwartungen an die Männerwelt raufgeschraubt.«

»Großer Gott.« Billie musste lachen, denn das entsprach eindeutig der Wahrheit. Sie nahm seinen Arm und zerrte ihn in ihr Schlafzimmer. »Komm sofort hier rein.« Sie schubste ihn in den Raum und schloss die Tür hinter ihm, bevor sie sich wieder zu ihrer Schwester umdrehte. »Die Luft ist rein. Du kannst dich wieder umdrehen.«

Bobbie war puterrot angelaufen und wisperte wütend: »Eine kleine Vorwarnung wäre nett gewesen.«

»Entschuldige! Wir haben …« *Uns nur ein bisschen amüsiert.* »Wir wollten nur kurz vorbeischauen und ein paar Sachen holen, doch dann führte eins zum anderen und …«

»Hör sofort auf! Ich will keine Details wissen!«

»Entschuldige.« Billie hatte am Vortag freigehabt und war mit Dare flusssurfen gegangen. Sie hatten sich prächtig amüsiert und den ganzen Nachmittag entweder am oder auf dem Wasser verbracht. Auf dem Heimweg waren sie etwas essen gegangen und hatten sich in der Stadt ein wenig umgesehen. Danach waren sie in einen Park gegangen, den sie früher oft besucht hatten, um bis nach Mitternacht über ihre Kindheit zu reden. Das dadurch entstandene Hochgefühl hatte sie abenteuerlustig gemacht, und sie beschlossen, ihre Spielzeuge abzuholen. Als sie in ihrem Haus angekommen waren, hatte Bobbie längst geschlafen. Eins führte zum anderen, und sie probierten jedes ihrer Spielzeuge aus. Zwar war ihre Sammlung nicht besonders groß, allerdings gehörten dazu einige Besonderheiten. Billie hatte gar nicht geahnt, wie gut diese Spielzeuge waren, bis Dare sie an ihr einsetzte. Himmel, das konnte er wirklich gut. Ihr ganzer Körper hatte noch lange Zeit danach vibriert. Allein die

Erinnerung daran ließ sie erschaudern.

»Wenn ihr hierbleibt, dann bitte ihn wenigstens, sich außerhalb des Schlafzimmers etwas anzuziehen. An das Ding sollte er lieber eine Glocke hängen.«

Billie lachte auf. »Du wolltest doch immer mehr über mein Leben wissen.«

»Sehen wollte ich es aber nicht.« Bobbie beugte sich vor und flüsterte: »Und jetzt hat er mich ruiniert. Ich meine nur ...« Sie hauchte: »*Wow.*«

»Ich bin ein Glückspilz.« Billie kniff die Augen zusammen und wackelte mit einem Finger. »Und du wirst das gleich wieder vergessen. Hast du verstanden? Vergiss, was du gesehen hast, oder ich verbrenne all deine Bücher und E-Reader. Er gehört mir.«

Bobbie kicherte. »Sieh einer an. Ist da etwa jemand eifersüchtig?«

Billie verdrehte die Augen und wollte schon in ihr Schlafzimmer zurückkehren.

»Warte«, bat Bobbie.

Billie drehte sich wieder um.

»Viel Glück heute. Du wirst das bestimmt großartig machen.« Bobbie umarmte sie.

»Danke.« Heute sollte Kennys erste Motocrossstunde stattfinden, und Billie war mehr als nur ein bisschen nervös deswegen. Am Morgen nach dem Lagerfeuer hatten sie und Dare im Haupthaus vorbeigeschaut, in dem alle beim Frühstück saßen. Kenny schien über all das nachgedacht zu haben, was Dares Familie ihm über sie erzählt hatte. Er konnte nicht aufhören, darüber zu reden, wie cool er es fand, dass sie Profirennfahrerin gewesen war. Sie war nicht zum Frühstück geblieben, da sie unbedingt laufen gehen wollte – erst recht, als sie Kennys Begeisterung gesehen hatte. Dabei wusste er noch nicht mal, dass sie zugestimmt hatte, ihm das Fahren beizubringen. Dare hatte gemeint, dass es besser wäre, es vorerst nicht zu erwähnen, solange Kennys Eltern nicht zugestimmt hatten. Da hatte er recht. Sie wusste noch, wie sie ihren Eltern mitgeteilt hatte, dass sie Geländemotorrad fahren wollte. Hätten sie Nein gesagt, obwohl sie sich schon so darauf freute, wäre sie am Boden zerstört gewesen. Ihre Entscheidung fühlte sich richtig an, aber ihre Erinnerung half ihr auch, sich in Kenny hineinzuversetzen. Nervös war sie trotz allem, aber auf eine gute Art.

»Ich bin sehr stolz auf dich, dass du dich deinen Ängsten stellst«, sagte Bobbie und holte sie in die Gegenwart zurück. »Möchtest du, dass ich dabei bin? Falls du nervös wirst oder so?«

»Es bedeutet mir viel, dass du das tun würdest, aber ich komme schon zurecht. Dare wird da sein, und ich will nicht, dass Kenny merkt, wie nervös ich bin.«

»Gutes Argument. Du machst das garantiert toll. Ruf mich danach an und lass mich wissen, wie es gelaufen ist.« Bobbie umarmte sie erneut. »Und behalte deinen nackten Mann bei dir.«

»Ich werde dich anrufen, und es wäre nicht gut für dich, wenn ich höre, wie du Dares Namen erwähnst, wenn deine Tür geschlossen ist.«

Lachend rieb sich Bobbie die Hände. »Rache ist süß.«

»Ebenso die Konterrevanche.«

Bobbie rümpfte die Nase. »Ach ja. Vergiss es.«

Grinsend kehrte Billie in ihr Schlafzimmer zurück. Dare lehnte mit dem Rücken am Kopfteil, hatte sich eine Hand hinter den Kopf gelegt und ein heißes Grinsen auf den Lippen. »Es tut mir wirklich leid, Liebling. Ich wollte sie nicht erschrecken.«

»Was hast du dir nur dabei gedacht, hier nackt herumzulaufen?«

»Ich habe gedacht: *Mann, die letzte Nacht war einfach unglaublich, und mir platzt gleich die Blase.*« Er griff nach ihrer Hand, und als sie ins Bett stieg, hob er sie auf seinen Schoß und legte ihre Beine um sich. Er schob die Hände unter ihr T-Shirt, umfing ihre Pobacken und wackelte leicht unter ihr. »Ich habe gedacht, dass ich mir die heißeste, wildeste Lady der Stadt geangelt habe und dass ich dich hinter mir auf meinem Bike haben will, damit die ganze Welt davon erfährt.«

Sie wusste, wie viel ihm das bedeutete, denn in der Bikerwelt war die Frau hinter dem Mann auf dem Motorrad die seine. Zwar hatte Billie seit Jahren auf keinem Motorrad mehr gesessen, doch bei dieser Vorstellung wurde sie ganz aufgeregt. Bevor sie etwas erwidern konnte, sprach er jedoch schon weiter.

»Du bist abgesehen von meinen Schwestern die Einzige, die ich je mitgenommen habe. Das weißt du doch, oder?«

Ihr wurde ganz warm ums Herz, und sie schüttelte benommen den Kopf. »Nein, das wusste ich nicht.«

»Es hat nie eine andere gegeben, Liebling. Der Sozius meines Bikes ist heilig. Was sagst du dazu? Darf ich der Welt zeigen, dass du zu mir gehörst?«

»Ich schätze, das lässt sich einrichten, aber ohne Wheelies oder andere Späße.«

»Keine Wheelies oder andere Späße. Verdammt, ich fahre sogar ganz langsam, damit ich besser mit dir angeben kann.« Er küsste sie. »Das mit Bobbie tut mir leid. Ich möchte auf gar keinen Fall, dass mein Schwanz in ihren Träumen vorkommt.«

»Hey!«

Sie mussten beide lachen.

»Keine Sorge. Ich habe ihr gedroht, all ihre Bücher zu verbrennen, wenn sie auch nur an meine Python denkt.«

»Das ist mein Mädchen.« Er küsste sie sanft und sinnlich, und sie spürte, wie er unter ihr hart wurde. Aber als sich ihre Lippen voneinander lösten, sah er sie ernst an. »Bist du immer noch bereit für Kennys erste Lehrstunde heute?«

Sie freute sich, dass er ihr einen Ausweg anbot, aber so war Dare nun einmal. Er passte immer auf sie auf. »Ja, aber ich bin trotzdem ein bisschen nervös. Den Grund dafür kann ich dir selbst nicht sagen. Es ist ja nicht so, als würde ich wieder aufs Motorrad steigen.«

»Vermutlich liegt es daran, dass du dem nahe kommen wirst, was dir die letzten Jahre solche Angst eingejagt hat.«

Sie schüttelte den Kopf und fuhr das Emblem der Dark Knights nach, das er sich mitten auf die Brust tätowiert hatte: einen Schädel mit dunklen Augen, markanten Brauen und einem Mund voller zackiger Zähne. Eddie und sie hatten ihn an seinem achtzehnten Geburtstag begleitet, an dem er sich das Tattoo stechen ließ, und Dare wäre nicht Dare gewesen, wenn er es nicht ein wenig abgeändert und ihm schwarz umrandete helle Augen und grüne Augenbrauen verpasst hätte. »Du warst das, wovor ich mich am meisten gefürchtet habe«, gestand sie leise. »Weil all meine Schuldgefühle und Geheimnisse mit dir verbunden waren.«

»Und sieh dir nur an, was aus uns geworden ist. Wie kann ich dir helfen, deine Nervosität loszuwerden?«

»Gar nicht. Das muss ich allein schaffen. Ich muss einfach da rausgehen und es tun.«

»Ich wüsste da aber was, womit ich dich auf andere Gedanken bringen kann.« Er strich über ihren Bauch und liebkoste ihre Brüste.

Dieser Mann wusste einfach, wie er sie dazu bringen konnte, ihn nur noch mehr zu begehren. Bevor sie ihn küsste, murmelte sie: »Ich wusste doch, dass es nützlich werden würde, dich in meiner Nähe zu behalten.«

Einige Stunden später waren sie die Motocrossstrecke abgegangen, um sicherzustellen, dass nichts herumlag, was dort nicht hingehörte. Billie lief hinter Dares Haus auf und ab und redete sich gut zu, um ihre Nervosität loszuwerden, als Kenny und Dare auf dem Quad ankamen. Kenny trug von Kopf bis Fuß Motorradkleidung in Schwarz und Gold inklusive Helm und Brustschutz. Sie bekam eine Gänsehaut, als sie sich daran erinnerte, wie unverwüstlich sie sich in diesem Outfit immer gefühlt hatte. Kurz kam Besorgnis in ihr auf, doch sie gab sich die größte Mühe, diese zu verdrängen, denn am heutigen Tag ging es nicht um sie, sondern um diesen siebzehnjährigen Jungen, der sie breit anstrahlte.

»Ziemlich cool, was?« Kenny sah an sich herab. »Das sind die Farben der Dark Knights. Tiny sagte, er und Dare hätten diese Rennanzüge vor ein paar Jahren extra anfertigen lassen. Jeder aus der Familie hat einen. Okay, Tiny nicht. Er meinte, diese Bikes würden ihn eh nicht aushalten.«

Sie musste lachen. »Das ist ja super.« Lächelnd wandte sie sich an Dare. »Die Farben der Dark Knights?«

Er zwinkerte ihr zu. »Zeig ihr deinen Rücken, Kenny.«

Kenny drehte sich um. Auf dem Rücken prangte das Logo der Dark Knights von der Redemption Ranch: ein von einem Kreis umgebener Schädel, mit dem Schriftzug DARK KNIGHTS darüber und REDEMPTION RANCH darunter. »Dare sagte,

IMMER ÄRGER MIT WHISKEY

wenn ich nichts anstelle, kann ich mit achtzehn Anwärter bei den Dark Knights werden und einige Jahre später richtiges Mitglied, genau wie er.«

»Das ist ja mal cool.« *Und brillant.* Dare hatte dafür gesorgt, dass Kenny ein Ziel bekam. Der Club bot jedem Jungen einen guten Anreiz, keinen Ärger zu machen, und wenn er doch mal über die Stränge schlug, so wie Dare damals, dann war er außerdem eine Erinnerung daran, dass ein besseres Leben auf ihn wartete.

»Wusstest du, dass Tiny der Präsident des Clubs ist?«, fragte Kenny.

»Tiny ist nicht nur der Präsident, sondern auch der Gründer«, korrigierte Billie ihn. »Und mein Dad ist der Vizepräsident.«

»Wow, wirklich? Mein Dad würde sich nie auf ein Motorrad setzen«, sagte Kenny.

»Das ist auch in Ordnung«, meinte Dare. »Motorradfahren ist nichts für jedermann, und das hört sich für mich so an, als würde dein Vater seine Grenzen kennen, was etwas Gutes ist.«

»Insbesondere bei Draufgängern wie euch?«, wollte Kenny wissen.

»Insbesondere bei Draufgängern«, bestätigte Dare.

Billie war gar nicht bewusst geworden, dass sie Dare heute in seiner Rolle als Therapeut erleben würde. Er war wirklich gut in seinem Job und nutzte jede Gelegenheit, um Kenny in Richtung einer sicheren Zukunft zu steuern, während er ihn gleichzeitig lehrte, die Entscheidungen anderer zu respektieren. Merkte er überhaupt, was er da tat? Oder war ihm das zur zweiten Natur geworden?

»Wollen wir loslegen?«, fragte Billie.

»Oh ja!« Kenny streckte die Fäuste vor, rollte sie nach vorn und machte Motorgeräusche.

»Immer mit der Ruhe, du Rennfahrer«, ermahnte Billie ihn. »Zuerst sage ich ein paar Worte zur Sicherheit und du machst dich mit dem Motorrad vertraut.«

Dare legte Kenny eine Hand auf die Schulter. »Du hörst Billie genau zu, verstanden?«

»Das werde ich. Versprochen. Ich kann es nur kaum erwarten.«

»Geht mir auch so«, gab Billie zu, was ihr einen verwunderten Blick von Dare einbrachte. Sie freute sich für Kenny, aber auch ein wenig für sich selbst. »Ich aktiviere den Leerlauf, damit du das Bike auf die Strecke schieben kannst. Auf einem Geländemotorrad liegt der Leerlauf zwischen dem ersten und dem zweiten Gang. Du musst zuerst die Kupplung lösen, und zwar hier.« Sie zeigte ihm den Kupplungshebel und hockte sich hin, damit sie ihm den Schalthebel zeigen konnte. »Wenn du auf dem Motorrad sitzt, hast du den Fuß auf dem Pedal und kannst die Zehen über oder unter den Hebel bewegen, je nachdem, ob du hoch- oder runterschalten willst.« Sie legte den ersten Gang ein. »Hast du das Klicken gehört? Das ist der erste Gang. Jetzt pass auf, ob du den Unterschied zum Leerlauf hörst.« Ein leiseres Klicken folgte.

»Das habe ich gehört. Es ist eher ein halbes Klicken.«

»Genau.« Sie sah Dare an, der nur nickte. »Gib mir doch mal deinen Helm, dann kannst du das Motorrad schon mal auf die Strecke schieben.«

»Hast du so eins auch als Profi gefahren?« Kenny reichte ihr seinen Helm.

»Nein, das hier ist ein Geländemotorrad. Motocrossbikes sind leichter, damit man höhere Geschwindigkeiten erreichen kann. Vielleicht zeige ich dir eines Tages mal mein Rennbike.«

»Echt?« Kenny strahlte sie an. »Das wäre cool!«

Auf dem Weg zur Strecke ging Billie mit ihm die allgemeinen Sicherheitsmaßnahmen durch, und als sie fertig war, ließ sie von Kenny alles wiederholen, um sicherzustellen, dass er auch aufgepasst hatte. Sie wusste selbst, wie es war, derart fasziniert von einem Motorrad zu sein, dass einen nichts anderes mehr interessierte. Aber Kenny hatte ihr zugehört und zählte fehlerfrei alle Punkte auf.

Sobald sie auf der Strecke waren, hielt sich Dare, der in Jeans und Cowboyhut schneidig aussah, zurück, und sie erklärte Kenny das Motorrad – Kupplung, Choke, Kickstarter, Gas, Bremse und so weiter – und wie man alles benutzte. Kenny stellte kluge Fragen, und als sie damit fertig waren, ließ sie ihn auch das alles wiederholen.

»Das machst du super«, lobte sie ihn. »Steig auf, und dann üben wir im Stehen ein wenig. Es ist sehr wichtig, dass du dir beim Lernen Zeit nimmst, damit du dir gar nicht erst schlechte Angewohnheiten aneignest.«

»Wie zum Beispiel?«, fragte Kenny.

»Den Lenker zu fest umklammern, die Finger falsch platzieren, nicht die Hüften beim Steuern des Hinterrads einsetzen, nicht weit genug vorausdenken. Ob du es glaubst oder nicht, es gibt viele Nuancen, die dir anfangs bequem vorkommen, sich letzten Endes jedoch als schädlich erweisen.«

»Ich will auch alles wissen, was ich nicht tun sollte«, bat Kenny.

»So ist es richtig«, lobte sie ihn.

Kenny strahlte Dare an.

Er übte das Schalten, wie man beim Fahren richtig saß und die Füße positionierte und was es sonst noch alles zu wissen gab. »Wie fühlt es sich an?«

»Super«, erklärte Kenny und wirkte auch so, als würde er sich auf dem Motorrad wohlfühlen. »Was kommt als Nächstes?«

»Gleich lasse ich dich eine Runde auf der Bahn fahren, die rings um die Strecke führt. Aber ich möchte, dass du dich von den Hindernissen und Sprüngen fernhältst. Kann ich mich darauf verlassen, dass du das tust?«

Kenny nickte.

Sie blieb neben dem Motorrad stehen und sah Kenny ernst in die Augen. »Die Sache ist die, Kenny: Ich weiß genau, wie aufregend es ist, zum ersten Mal auf einem Motorrad zu sitzen. Du würdest am liebsten so schnell fahren, wie du nur kannst. Aber genau das darfst du nicht machen. Du fühlst dich sicherer, als du wirklich bist, und willst über die Hindernisse oder Schanzen springen. Auch das darfst du nicht tun. Ein Geländemotorrad ist cool und macht Spaß, ist aber auch gefährlich. Daher musst du mir dein Wort geben, dass du nicht schneller fährst, als ich es dir erlaube.«

»Das verspreche ich. Ich will das hier nicht vermasseln.«

»Okay, ich vertraue dir. Weißt du noch, was ich über die Kupplung und das Gas gesagt habe?«

Kenny nickte. »Wenn ich zu viel Gas gebe und die Kupplung loslasse, schießt das Motorrad nach vorn und ich lande auf dem Hintern. Und wenn ich die Kupplung zu schnell loslasse und zu wenig Gas gebe, ruckt das Bike und der Motor geht aus.«

»Ganz genau. Und wenn du das Gefühl hast, du wärst zu schnell?«

»Dann gehe ich vom Gas.«

»Und was ist mit der Bremse?«, hakte Billie nach.

»Ich soll versuchen, die Fußbremse zu benutzen, da die Handbremsen manchmal zu stark greifen, sodass ich über den

IMMER ÄRGER MIT WHISKEY

Lenker fliegen könnte.«

»Ich bin beeindruckt«, gestand Billie. »Okay, dann dreh mal eine Runde. Fahr einmal um die Strecke herum, und zwar mit höchstens dreißig Kilometern pro Stunde. Und vergiss nicht, dass du auf der Außenbahn bleiben sollst.«

»Dreißig Stundenkilometer, Außenbahn. Ich werde euch beide nicht enttäuschen«, versprach Kenny.

Sie reichte ihm seinen Helm und trat zu Dare, während Kenny den Motor anließ. Der Junge drehte sich noch einmal um und war sichtlich stolz darauf, dass er gleich loslegen sollte. »Gut gemacht«, sagte Dare, und Billie reckte einen Daumen in die Luft.

Kenny fuhr langsamer los, als Billie erwartet hatte, aber das war ihr lieber, als wenn er gleich aufs Ganze gegangen wäre. Er fuhr zuversichtlich und wechselte anfangs eher unbeholfen die Gänge, was sich jedoch bald gab.

»Dir scheint das Unterrichten im Blut zu liegen. Wie hat es sich angefühlt?«

»Unglaublich. Sobald wir ins Reden kamen, war meine Nervosität weg. Das ist mir eben erst bewusst geworden.« Sie lachte leise. »Und wenn er uns nichts vormacht, dann will er dich auf gar keinen Fall enttäuschen.«

Dare legte einen Arm um sie, und sie ließen Kenny beide nicht aus den Augen. »Er will keinen von uns enttäuschen. Ich bin wirklich stolz auf dich, Liebling.«

»Ich habe doch nur mit ihm geredet.«

»Du hast viel mehr als das gemacht. Du hast eine Verbindung zu ihm aufgebaut, und du warst gründlich und hast verlangt, dass er das Motorrad und dich respektiert. Wer hätte gedacht, dass die knallharte Billie Mancini die geborene Lehrerin ist?«

»Du ganz offensichtlich, sonst hättest du mich nicht darum gebeten.«

Das Dröhnen von Motoren erregte ihre Aufmerksamkeit, und sie schaute sich rasch um und stellte fest, dass Dares Eltern auf Tinys glänzender schwarzer Harley den Weg entlangkamen. Tiny wirkte neben der winkenden Wynnie wie ein Riese.

Billie drehte sich wieder zu Kenny um, während Dares Vater anhielt. »Deine Eltern sind die Coolsten.«

»Nicht, wenn sie über meinen Gehweg fahren«, grummelte Dare. »Himmel noch mal, Pop. Wie oft habe ich dir schon gesagt, dass dies ein Fußweg ist?«

Billie sah zu Tiny, der eine dunkle Sonnenbrille und seine Bikerweste trug und dessen Bart sich bei seinem Grinsen nach oben bewegte.

»Ungefähr so oft, wie ich dir gesagt habe, dass du mit den verdammten Geländemotorrädern nicht auf den Pferdewegen fahren sollst«, entgegnete Tiny. Er legte Billie eine Hand auf den Rücken und beugte sich vor, um ihr einen Kuss auf den Scheitel zu drücken. »Es ist schön, dich hier zu sehen, Liebes.«

»Es fühlt sich unglaublich an. Ich bin froh, dass ich mich von Dare dazu überreden ließ.«

»Sie macht sich echt super!«, sagte Dare.

»Wir haben nichts anderes von dir erwartet, Billie«, meinte Wynnie. »Ich habe nie daran gezweifelt, dass du eine gute Lehrerin bist. Du musst ganz schön geduldig sein, um den hier zu ertragen.« Sie umarmte Dare. »Ich liebe unsere Jungs, aber sie sind alle auf ihre eigene Weise speziell.«

»Wie macht sich der Junge?« Tiny deutete in Richtung Strecke, auf der Kenny gerade den halben Weg zurückgelegt hatte. »Sieht doch ganz gut aus.«

»Er macht das wirklich gut. Er hört einem zu und übertreibt

es nicht, was einem Teenager besonders schwerfällt, wie ich aus Erfahrung weiß.« Billie warf Dare einen Seitenblick zu und bemerkte ein freches Funkeln in seinen Augen. »Aber euer brillanter Sohn hat ihm einige neue Ziele gegeben, auf die er hinarbeiten kann. Das wird ihm garantiert helfen, in der Spur zu bleiben.«

»Mein brillanter Sohn? War Doc hier?«, spottete Tiny.

»Blödmann«, knurrte Dare, ohne sich von Kenny abzuwenden.

Tiny gluckste. »War nur Spaß. Eigentlich ist Cowboy der brillante von euch.«

»Pah! Tiny!«, schalt Wynnie ihren Mann, was diesem ein herzhaftes Lachen entlockte. »Welche Ziele hast du Kenny denn gegeben, Schatz?«

»Ich habe ihm gesagt, wenn er sich nichts zu Schulden kommen lässt, kann er mit achtzehn Anwärter bei den Dark Knights werden, so wie es auch allen von uns versprochen wurde.«

Tiny behielt Kenny, der jetzt auf die Zielgerade einbog, genau im Blick. »Als du aufs College gegangen bist, war dir das eine Zeit lang völlig egal.« Erst jetzt drehte er sich zu Dare um. »Aber du hast dich wieder eingekriegt und zu einem guten Menschen entwickelt.«

Dare legte einen Arm um Billie. »Das hast du vor allem Mancini zu verdanken.«

»Na, die Geschichte würde ich wirklich gern hören«, erklärte Wynnie.

»Vielleicht ein andermal«, meinte Dare, als Kenny näher kam, einige Meter von ihnen entfernt stehen blieb und den Motor ausschaltete.

Billie erreichte ihn, als er gerade den Helm abnahm. »Das

hast du gut gemacht. Wie hat es dir gefallen?«

»Es war gottverdammt …« Kenny schnitt eine Grimasse und musterte sie und die anderen reumütig. »Entschuldigung.« Doch seine Augen strahlten. »Es war unglaublich toll!«

Alle mussten lachen, und Tiny lobte ihn, weil er sich korrigiert hatte.

»Hattest du den Eindruck, das Motorrad unter Kontrolle zu haben? Wie gut klappt das Schalten?«, erkundigte sich Billie.

»Ich hatte keine Probleme. An das Schalten musste ich mich erst gewöhnen, aber ich glaube, ich hab es jetzt raus. Ich ertappe mich ständig dabei, dass ich die Handbremse benutzen will, doch das kriege ich auch noch hin.« Er umklammerte den Lenker. »Das war die beste Fahrt meines Lebens.«

»Das freut mich. Das Schalten und Bremsen ist anfangs ziemlich gewöhnungsbedürftig. Es braucht etwas Übung, bis man den Dreh raushat.«

»Darf ich noch eine Runde drehen?«, fragte er aufgeregt.

»Aber sicher«, antwortete Billie. »Aber bitte in derselben Geschwindigkeit und weiter auf der Außenbahn, okay?«

»Das mache ich. Versprochen.« Kenny sah Tiny, Dare und Wynnie an. »Danke, dass ihr mir die Chance gebt, das hier zu tun.«

Tiny nickte nur.

»Die hast du dir verdient«, erwiderte Dare.

»Es gibt sehr viele legale Dinge im Leben, die einem Freude bereiten«, sagte Wynnie. »Manchmal muss man nur seine Komfortzone verlassen und die Augen nach neuen Menschen und Erfahrungen offen halten. Wenn man Glück hat, lernt man dabei auch noch etwas über sich selbst.«

»Ich bin auf jeden Fall ein Geländemotorradfahrer«, erklärte Kenny und setzte den Helm wieder auf. Nachdem er losgefahren war, nahm Tiny die Sonnenbrille ab und sah Billie mit seinen dunklen Augen ernst an. »Jetzt mag er zwar die Regeln befolgen, aber Kinder werden schnell übermütig. Pass bloß auf, dass er dir keinen Ärger macht.«

»Lasse ich mich je von irgendjemandem ärgern, Tiny?«

»Nein. Du bist ein kluges Mädchen.« Tiny hob das Kinn. »Aber wenn du das nächste Mal zur Essenszeit in meinem Haus auftauchst, dann setzt du dich hin und bleibst eine Weile, hast du verstanden?«

Tiny war nicht glücklich darüber gewesen, dass sie am Vortag nicht zum Frühstück geblieben war. Billie hatte ganz vergessen, wie wichtig ihm diese gemeinsamen Familienessen waren, und sie freute sich, dass sie noch immer als Teil der Familie angesehen wurde. Daher nahm sie sich vor, das wiedergutzumachen, wenn sie mal einen Morgen nicht mit Dare beschäftigt war, sondern früh aus dem Bett kam.

Sie kam sich unverhofft zehn Jahre jünger vor und erwiderte: »Ja, Sir.«

»Lass den Mist mit dem Sir. Du gehörst an unseren Tisch, und das war immer so und wird immer so bleiben.«

»Okay. Danke, Tiny.« Ihr wurde auf einmal klar, woher Dares Selbstsicherheit und Besitzansprüche kamen.

Er nickte knapp und legte Dare eine Hand auf die Schulter. »Das war eine gute Idee, Junge. Vielleicht ist Cowboy ja doch nicht das Genie in der Familie.«

»Findest du?« Dare schüttelte breit grinsend den Kopf.

»Ihr wieder«, meinte Wynnie schmunzelnd. »Wir müssen wieder zurück. Richte Kenny aus, dass wir stolz auf ihn sind.« Sie umarmte Billie rasch und gab Dare einen Kuss auf die Wange. »Dann bis später.«

»Ich werde versuchen, die Reifen auf dem Rückweg nicht

durchdrehen zu lassen.« Tinys Worte wurden von einem verschmitzten Blick begleitet, und Billie musste daran denken, wie sie, Dare und Eddie das oftmals unter Tinys lautem Protest getan hatten.

Tiny und Wynnie stiegen wieder auf das Motorrad, und wie zu erwarten gewesen war, fuhr Tiny rasant los, sodass Dare ihm etwas hinterherschrie und Billie lauthals lachte.

Kenny übte noch eine weitere Stunde, und als er das letzte Mal vom Motorrad stieg, konnte er gar nicht aufhören, darüber zu reden, wie viel Spaß es gemacht hatte und wie es sich angefühlt hatte, auf dem Motorrad zu sitzen. »Das war so cool! Können wir das noch mal machen?«

Sein Enthusiasmus war ansteckend, und Billie stellte erstaunt fest, dass sie es ebenfalls gern wiederholen würde. Allerdings war das nicht ihre Entscheidung. »Das musst du Dare fragen.«

Kenny sah ihn hoffnungsvoll an. »Ich habe alles gemacht, was mir Cowboy aufgetragen hat, und mich nicht einmal beschwert, und ich werde nie wieder Ärger machen. Ich werde keine Autos mehr stehlen oder die Schule schwänzen. Und ich verstoße nie wieder gegen das Gesetz, versprochen.«

Dares Miene verriet ihr, dass er sich noch gut daran erinnerte, dass er seinen Eltern damals alles versprochen hatte, nur um weiter Geländemotorrad fahren zu dürfen.

»Ich werde mich mal in Ruhe mit Billie darüber unterhalten«, meinte Dare. »Das ist schließlich etwas, für das ihr beide Zeit investieren müsst.«

»Ich würde es gern machen«, warf sie ein.

»Wirklich?« Dare sah sie leicht erstaunt an.

»Ja. Vielleicht zweimal die Woche für anderthalb Stunden?« Dare nickte. »Hört sich gut an.«

»Ja!« Kenny reckte eine Faust in die Luft und umarmte Billie. »Danke! Vielen Dank!«

Billie tätschelte seinen Rücken und sah Dare an, der ebenso breit grinste wie sie. »Gern geschehen. Freut mich, dass es dir Spaß macht.«

»Und wie! Ich kann das nächste Mal kaum erwarten«, erwiderte Kenny.

Sie unterhielten sich noch ein paar Minuten, und als Dare mit Kenny den Weg zurückging, hörte sie Kenny fragen, wie alt Billie gewesen war, als sie das erste Mal auf einem Motorrad gesessen hatte. Als Dare ihm mitteilte, dass sie damals sechs Jahre alt gewesen war, staunte Kenny. »Krass. Sie ist wirklich knallhart.«

Billie hatte sich in letzter Zeit alles andere als knallhart gefühlt, auch wenn das Flusssurfen schon etwas Außergewöhnliches gewesen war. Sie betrachtete das Motorrad, das eine so starke Anziehungskraft auf sie ausübte, dass sie sich einfach draufsetzen musste. Sie legte die Finger um den Lenker, und schon stellte sich der altbekannte Adrenalinrausch ein. Mit geschlossenen Augen genoss sie ihr rasendes Herz und das Gefühl des Motorrads unter sich. Dann sah sie die Strecke vor sich und geriet ins Wanken. Eddies Gesicht tauchte vor ihrem inneren Auge auf. Er sah sie mit seinen blauen Augen flehentlich an, und sie hörte seine Stimme und meinte, seinen Atem auf ihrer Wange zu spüren. *Worauf wartest du noch, Billie? Geh da raus und zeig der Welt, was du draufhast.* Ihr Herz schlug noch schneller, und sie schluckte schwer und schlug die Augen auf. Eddies zerzaustes Haar und seine blauen Augen waren immer noch da und schienen sie anzutreiben. Sie blinzelte mehrmals, und auf einmal sah sie auch Dares Gesicht und seine liebevollen Augen, als er sie fragte: *Was willst du jetzt tun,*

Mancini?

Ich will fahren. Sie beäugte den Helm.

Eddies Lachen drang an ihre Ohren. *Worauf wartest du dann noch? Geh da raus und beeindrucke sie alle.*

Du schaffst das, Liebling, flüsterte Dares Stimme.

Sie wollte es auch schaffen. Ihr war gar nicht bewusst gewesen, wie sehr sie sich danach sehnte, bis sie den Helm in der Hand hielt und ihn aufsetzte. Jeans und Turnschuhe, wie sie sie trug, waren nicht gerade ideal, und sie hatte keine Polster an, war aber auch schon Dutzende Male so gefahren. Die Worte, die sie zu Dare gesagt hatte, gingen ihr abermals durch den Kopf. *Ich will auch nicht, dass du dich vor Angst verkriechst. Das habe ich schon lange genug getan.* Sie holte tief Luft und ließ den Motor an. Die Vibrationen stärkten ihr Selbstvertrauen und erweckten die Fahrerin in ihr, die schon immer da gewesen war.

Also richtete sie sich auf, beugte sich vor, ließ den Motor aufheulen, richtete den Blick auf die Strecke vor sich und fuhr mit hämmerndem Herzen los.

Warme Luft wehte über ihre Haut, und die Bewegung des Motorrads war ihr ebenso vertraut wie der Himmel über ihr. Etwas verlagerte sich in ihrem Inneren, und ihr Laserfokus, mit dem sie mehr Rennen gewonnen hatte, als sie zählen konnte, übernahm das Kommando. Sie erhob sich vom Sitz, beugte sich noch weiter vor und raste die Gerade entlang, wobei ihre Muskeln und Sinne in immer höhere Alarmbereitschaft versetzt wurden, je näher die Kurve kam. Schon setzte sie sich, beugte sich in die Kurve, hob das Innenbein und gab Gas. Beim Verlassen der Kurve jubelte sie und glaubte, jeden einzelnen Nerv im Körper jubilieren zu hören. Sie fuhr wieder und wieder herum und konnte nicht widerstehen, über die Whoops zu sausen, die besten Hindernisse der Strecke. Sie raste auf die

Schanze zu, sprang darüber und spannte die Fersen und Beine an, um die perfekte Landung auf dem Hinterrad hinzulegen. Als das geschafft war, absolvierte sie auch noch den Abwärtssprung wie der Profi, der sie einst gewesen war, schaffte eine weiche Landung und raste sogleich weiter.

Das Adrenalin floss wie Feuer durch ihre Adern. Sie fühlte sich unaufhaltsam, zum ersten Mal seit Jahren quicklebendig, und als sie zum großen Sprung vor der Ziellinie kam, wagte sie sich auch daran, sauste durch die Luft zur perfekten Landung und bemerkte erst da, dass Dare sie beobachtete. Ihr Herz schien ihr aus der Brust springen zu wollen, als sie auf das Ende der Strecke zufuhr. Sein Gesicht spiegelte sein Erstaunen deutlich wider, als sie den Helm abnahm, schnell vom Motorrad stieg und sich in seine Arme warf.

»Danke. Ich danke dir so sehr.« Ihr liefen die Tränen über die Wangen, als er sie umarmte und sich mit ihr drehte.

»Du hast es geschafft, Liebling!«

»Ja, das habe ich.« Sie küsste ihn fest, und ihre salzigen Tränen benetzten ihre Lippen. »Ich kann es selbst kaum glauben.«

Sie lachten beide, während ihr Tränenfluss sich nicht aufhalten ließ. Dare wirkte vollkommen von den Socken, als er sie wieder absetzte. »Was ist passiert?«

»Ich stand da, und auf einmal saß ich auf dem Motorrad und hörte Eddies Anfeuerung und du hast mich gefragt, was ich will, und dann weiß ich es auch nicht. Es ist einfach passiert, und ich bin so verdammt froh darüber. Es ist, als hätte ich mich selbst eingesperrt und wäre von dir befreit worden.«

»Das war ich nicht, Liebling. Ich habe dich nur gebeten, diesem Jungen zu helfen. Das, was du eben gemacht hast, war ganz allein dein Werk, Mancini. Und es war einfach fantastisch!«

Sie sah ihn an und erinnerte sich an den niedlichen Jungen, der sie immer aufgebaut und ihr mehr Selbstvertrauen geschenkt hatte, als sie es je für möglich gehalten hätte. Sah aber auch den Mann, der trotz ihrer erbitterten Gegenwehr bereitwillig in die Finsternis getreten war. Jetzt gab es kein Zurück mehr.

»Da irrst du dich, Dare. Ich bin nur deinetwegen wieder so. Du hast mir den Weg zurück ins Licht gezeigt. Du hast mich wieder in das Leben geführt, das ich verloren hatte, zu den besten Teilen von mir, die ich vergessen hatte, zu dem Mädchen, das viel gelacht hat und alles erleben wollte, was das Leben zu bieten hat. Nun beanspruche ich dieses Mädchen erneut, Dare, und ebenso unsere Beziehung, und ich werde nichts davon je wieder loslassen.«

Fünfzehn

Dare legte das Gitter über die Feuerschale, wischte sich die Hände an den Jeans ab und war einfach nur froh, wieder zu Hause zu sein. Bei der Church an diesem Abend hatte er kaum still sitzen können, weil er wusste, dass Billie freihatte. Seine Brüder hatten sich köstlich amüsiert und ihn damit geärgert, dass er unter ihrem Pantoffel stehen würde, doch das war ihm egal gewesen. Er hatte nur nach Hause zu seiner Süßen gewollt.

Billie kam in seinem waldgrünen Redemption-Ranch-Hoodie durch die Küchentür. Der Pullover war ihr viel zu groß und reichte bis über ihre Shorts, sodass es den Anschein machte, sie hätte gar keine Hose an. Sie trug das Haar offen, und eine lockige Strähne hing ihr ins Gesicht. Unter einem Arm hatte sie eine Packung Oreos, in der Hand Chips- und Marshmallowtüten und in der anderen Hand eine Packung Kekse. Zwei Limodosen und ein Päckchen Schokoriegel klemmten in ihrer Armbeuge, und ihr umwerfendes Lächeln, das er so lange vermisst hatte, erhellte ihr ganzes Gesicht. Wie war es nur möglich, dass eine Frau gleichzeitig so unfassbar süß und ungemein verführerisch aussehen konnte?

»Ich habe Snacks dabei.« Sie pustete sich die Haarsträhne aus dem Gesicht, die ihr jedoch sofort wieder vor die Augen fiel.

»Du bist einfach viel zu süß.« Er nahm ihr die Dosen und Snacks ab, stellte alles auf den Tisch und nahm sie in die Arme. Wie hatte sich in einem Monat nur so viel verändern können? Sein größter Traum war wahr geworden.

Sie legte ihm die Arme um den Hals. »Ich glaube, ich wurde zuletzt als Kind süß genannt.«

»Das ist jammerschade, Mancini. Von jetzt an werde ich dir immer wieder sagen, wie süß du bist. Du wirst es heute Abend vermutlich noch öfter hören, da du in meinem Hoodie wirklich hinreißend aussiehst.«

»Ich habe meinen zu Hause vergessen.«

»Du könntest hier einziehen. Dann müsstest du dir deswegen keine Gedanken mehr machen.« Das hatte er eigentlich nicht aussprechen wollen, obwohl es ihm schon mehrfach durch den Kopf gegangen war.

»Sag das lieber nicht zu laut. Bobbie überlegt schon, mein Zimmer zu vermieten.«

»All deine Lieblingsspielzeuge sind doch sowieso schon hier«, meinte er. Sie hatten nach dem Zwischenfall mit Bobbie alles hergeholt.

»Du bist mein Lieblingsspielzeug.«

»Sag ich doch.«

Sie grinste breit, musterte ihn jedoch neugierig. »Was ist in dich gefahren?«

»Du.« Er drückte seine Stirn an ihre und war völlig überwältigt von seinen Gefühlen für diese Frau, die die letzten Wochen damit verbracht hatte, einem Jungen zu helfen, eine Sportart zu erlernen, damit er nicht mehr in Schwierigkeiten geriet, und sich in vielerlei Hinsicht wiederzufinden. Seine Familie hatte sich riesig gefreut, als sie zum Frühstück vorbeikam und sich einfügte, als wäre sie nie weg gewesen, freche Kommentare abgab und dramatisch die Augen verdrehte. Selbst sechs Jahre der Abschottung hatten sie nicht auseinanderbringen können. Sie waren erwachsen geworden und hatten sich verändert, doch das tiefe Band zwischen ihnen bestand noch immer, war nun sogar noch stärker geworden und hatte sich in eine derart aufrichtige und tiefe Liebe verwandelt, dass er sich sein Leben ohne sie schlichtweg nicht mehr vorstellen konnte.

Er wusste genau, dass er bei ihr nicht zu dick auftragen durfte, aber er musste es einfach aussprechen. »Mir ist bewusst, dass du noch nicht bereit dazu bist, zu mir zu ziehen, und das ist okay. Selbst wenn ich nicht mehr als das hier bekomme – dass ich dich in meinen Pullis und T-Shirts sehe, an vielen Morgen neben dir aufwache, dich nachts in den Armen halten darf, in die Bar kommen kann in der Gewissheit, dass du die meine bist, und dein unfassbar schönes Lachen hören kann –, reicht mir das aus. Du reichst mir aus, Mancini, und ich bin sehr glücklich, dass ich das Risiko eingegangen und aus diesem Flugzeug gesprungen bin.«

Sie sah ihn mit einer Mischung aus Staunen, Verwirrung und Liebe an.

»Ich erwarte gar nicht, dass du etwas erwiderst. Aber ich musste dich wissen lassen, was ich empfinde.« Er küsste sie zärtlich und nahm ihre Hand, um sich in den Polstersessel am Feuer sinken zu lassen und sie auf seinen Schoß zu ziehen. Er schlang die Arme um sie und gab ihr einen Kuss auf die Wange.

Sie drehte sich um, damit sie ihm in die Augen sehen konnte, legte ihm eine Hand an die Wange und sah ihn liebevoll an. Obwohl sie beide sehr sinnlich waren, hatte sie erst vor Kurzem angefangen, ihn derart zärtlich zu berühren. Er genoss diese Momente und saugte die Liebe, die sie ihm dabei vermittelte, in sich auf.

Nachdem sie ihn sanft geküsst und mit dem Daumen über seine Wange gestrichen hatte, flüsterte sie: »Du bist auch alles, was ich will, Whiskey.«

Danach drehte sie sich um, lehnte sich mit dem Rücken an seine Brust, und er fragte sich, wieso ihm diese wenigen Worte das Gefühl gaben, das größte Geschenk aller Zeiten erhalten zu haben.

Lange Zeit saßen sie einfach nur so unter dem Sternenhimmel, hingen ihren Gedanken nach und lauschten dem Knistern des Feuers und dem Zirpen der Grillen. Er hätte sich nie vorstellen können, dass ihn so etwas derart glücklich machen könnte.

Einige Zeit später sagte sie: »Danke, dass du heute früh mit mir laufen warst. Hat Spaß gemacht.« Sie hatten einen Fünfkilometerlauf gemacht, aber mittendrin eine Pause eingelegt, um wie hormongesteuerte Teenager zu knutschen.

»Mir auch.«

»Du küsst mich gern im Freien.« Sie strich mit einer Hand über seine. »Und ich muss zugeben, dass mir das gefällt.«

»Das war der beste Teil des Ganzen. Sollen wir dieses Wochenende Fallschirmspringen gehen?«

Sie drehte sich so, dass sie ihn wieder ansehen konnte. »Du hast bald einen gefährlichen Sprung vor dir. Wie wäre es, wenn wir das Fallschirmspringen erst danach machen?«

»Du hast gesagt, du hättest nichts dagegen, dass ich springe.«

»Ich sagte, ich würde dich niemals davon abhalten und dass ich dich unterstütze. Aber dass ich nichts dagegen habe?« Sie hob eine Hand und wackelte damit hin und her. »Lass mir noch ein bisschen Zeit. Ich muss mich erst daran gewöhnen.«

Sein Brustkorb spannte sich ein wenig an. »Okay, dann

verschieben wir das Fallschirmspringen.«

»Weißt du, was wir stattdessen machen könnten? Wir könnten diese Motorradausfahrt machen, die du erwähnt hast. Lass uns rüber nach Silk Hollow fahren.«

»Ist meine Süße bereit, von der Klippe zu springen?«

Sie legte grinsend den Kopf in den Nacken. »Ich habe Samstag frei.«

»Im Ernst? Das hört sich super an, Baby.« Er küsste sie und war begeistert. »Dann machen wir das. Du hast es anscheinend ernst gemeint, dass du wieder die Alte sein willst.«

»Ich habe viel über all das nachgedacht, was ich aufgegeben habe, und das gehörte zu den Dingen, die ich mit dir am liebsten gemacht habe. Die Berge raufklettern, runterspringen, in der Sonne liegen und …« Sie fuhr mit den Fingern über seine Kniescheibe. »Es gibt da diese Höhle, in der wir immer gespielt haben.«

»Weißt du, was ich immer in dieser Höhle gemacht habe?«

»Ich bin mir nicht sicher, ob ich das wissen will.«

Er drückte die Lippen an ihren Hals. »Ich habe mir immer ausgemalt, wie du mich da reinschleifst, so wie du mich zum Küssen in die Scheune gezerrt hast, nur war ich damals ein Teenager und hatte eine weitaus schmutzigere Fantasie.«

»Ich schätze mal, da haben wir uns wohl dasselbe vorgestellt.«

Das hörte er nur zu gern und zog sie enger an sich.

»Ich musste in den letzten Wochen oft an Eddies Eltern denken.«

»Ach ja? Warum hast du denn nichts gesagt?«

Sie zuckte mit den Achseln. »Ich musste mir erst über einiges klar werden und wollte dir nicht auf die Nerven gehen.«

»Indem du mit mir über das redest, was dich beschäftigt,

gehst du mir doch nicht auf die Nerven, Liebling. So kann ich dich unterstützen, und dafür bin ich doch da.«

Sie schenkte ihm ein süßes Lächeln. »Dann bist du nicht nur für meine sexuelle Befriedigung zuständig?«

»Du wirst sogar noch befriedigter sein, wenn du mir so weit vertraust, dass du mich um Hilfe bittest.«

»Ich arbeite daran. Und das liegt nicht an mangelndem Vertrauen. Es ist nur ... Ich wollte schon immer auf eigenen Beinen stehen.«

»Und das tust du auch. Du hast bewiesen, wie stark du bist. Du hast einem Druck standgehalten, den sich viele von uns nicht einmal vorstellen können, und es lässt dich nicht schwach wirken, wenn du dich auf jemanden stützt, den du liebst. Indem du andere an dich heranlässt, wirst du nur stärker.«

Sie schwieg eine Weile, und er konnte ihr ansehen, dass sie über seine Worte nachdachte. »Du hast recht. Ich bin eindeutig stärker, seitdem ich mich dir geöffnet habe. Kann ich dir anvertrauen, warum ich an Eddies Eltern gedacht habe?«

»Aber natürlich. Ich würde es gern wissen.«

»Weil ich erkannt habe, wie unfair es war, alle auf Abstand zu halten, insbesondere dich, und ich fühle mich schrecklich, weil ich sie ebenfalls weggestoßen habe. Sie waren immer so gut zu mir, und wir haben unseren Freund verloren, sie aber ihren Sohn. Ich war so mit meiner Trauer beschäftigt, dass ich das aus den Augen verloren habe.«

»Sie wissen, dass du getrauert hast, und verstehen das.«

»Dann hast du mit ihnen über mich gesprochen?«

»Wenn ich sie in der Stadt treffe, erkundigen sie sich nach dir. Ist das okay für dich?«

Sie nickte. »Ja, das ist es. Aber da es mir jetzt besser geht und es sich gut anfühlt, mein Leben zurückzubekommen, anstatt davor wegzulaufen, ist mir klar geworden, dass ich den nächsten Schritt erst machen kann, wenn ich mich bei ihnen entschuldigt habe.«

»Gute Idee. Ich kann dich gern begleiten, wenn du das möchtest.«

»Ich könnte deine Unterstützung gut gebrauchen. Es könnte schwer werden, ihnen die Wahrheit über diesen schrecklichen Tag zu sagen und sie auch wissen zu lassen, dass wir jetzt zusammen sind.«

»Das verstehe ich, aber wir leben in einer Kleinstadt, Billie. Sie werden es längst erfahren haben.«

»Da hast du vermutlich recht. Ich werde darüber nachdenken. Außerdem möchte ich mit unseren Müttern darüber sprechen, wenn wir uns am Planungstag treffen.«

»Das ist eine großartige Idee. Sieh dich nur an, fragst du doch glatt unsere Mütter um Rat.«

»Sei einfach still.« Sie setzte sich lachend auf. »Ich sagte, ich möchte mit ihnen darüber sprechen, nicht, dass ich sie um Rat bitte. Ich habe Hunger – du auch?«

Er wackelte mit den Augenbrauen. »Nur auf dich, Baby.«

»So verlockend das auch klingt, ist mir erst nach Schokolade. Was ist dir lieber, S'mores oder Oreos?«

»Wir wäre es, wenn wir etwas Schokolade schmelzen, die Schlagsahne dazunehmen und uns gegenseitig ablecken?«

Sie riss die Augen auf. »Dare Whiskey, du bist eindeutig der brillanteste Sohn der Familie.«

»Findest du?« Er fuhr mit den Lippen über ihre.

»Oh ja. Und der heißeste.« Sie küsste ihn.

»Und der mit dem Längsten.«

Sie kicherte. »Das kann ich nicht beurteilen, da ich die anderen nicht kenne.«

»Die wirst du auch nie kennenlernen«, knurrte er und vertiefte den Kuss.

Sechzehn

»Rosa Zuckerguss! Den hab ich am liebsten!« Birdie schnappte sich einen Schokoladen-Cupcake mit rosa Zuckerguss und einen weißen Cupcake mit Schokoladenüberzug und legte beide neben den Zimtkeks, einen Berg Nudelsalat, ein halbes Roastbeefsandwich und einige Pommes auf ihren Teller.

Es war Samstagnachmittag, und sie hielten sich in einem Besprechungszimmer der Ranch auf, um mit ihren Müttern und Schwestern alles für das Festival und den Start der Ride-Clean-Kampagne zu planen. Billie beäugte Birdies schlanke Figur, die sie in einem kurzen gelben Top, Denimshorts, pinkfarbenen Hosenträgern mit Paisleymuster und pinkfarbenen Cowboystiefeln mit Herzchenprägung zur Schau stellte. »Das kriegst du doch unmöglich alles in dich rein.«

Birdie schaufelte mit einem Finger etwas rosa Zuckerguss von ihrem Cupcake und leckte ihn ab. »Sieh gut zu. Ich esse viele Kohlenhydrate.«

»Wieso?«

»Weil ich darauf stehe. Blöde Frage.« Birdie kicherte. »Ich bin so froh, dass du hier bist. Mom und Sasha hatten den ganzen Vormittag kein anderes Thema.« Sie betrachtete erneut die riesige Menge an Gerichten, die Dwight für sie bereitgestellt hatte.

Billie trug ihren Teller zu einem Tisch und war ein bisschen nervös. Am Vortag hatte sie mit Dare den Motorradausflug nach Silk Hollow gemacht, und sie hatten sich beim Klippenspringen, Mittagessen auf den Felsen und einfach Beisammensein prächtig amüsiert. Wenn sie das schaffen – und Dare in den letzten Tagen dreimal auf der Motocrossstrecke schlagen – konnte, dann würde sie auch das hier überstehen. Sie setzte sich neben Bobbie, die mit ihrer gebräunten Haut und den grünen Leinenshorts zum weißen T-Shirt, auf dem ein Bücherstapel und die Worte *Frag gar nicht erst, ich bin am Wochenende ausgebucht* prangten, sehr niedlich aussah. Ihre Mütter unterhielten sich beim Essen leise und sahen glücklich und entspannt aus. Ihre Mutter trug ein unscheinbares dunkelblaues T-Shirt, während Wynnie sich für eine weiße Bluse mit gelben Blumen und passende goldene Halsketten und Ohrringe entschieden hatte. Es ergab für Billie durchaus Sinn, dass ihre Mutter etwas dezenter wirkte als Wynnie, da sie über Jahre die Last von Billies Art hatte ertragen müssen. Als sie die beiden ansah, wurde ihr bewusst, dass sie ihnen die Wahrheit darüber sagen musste, warum sie alle auf Abstand gehalten hatte, und sie hoffte, dass ihre Mutter danach ebenso erleichtert sein würde, wie sie es war.

»Können wir anfangen?«, fragte ihre Mutter.

»Es wäre vermutlich einfacher, Birdie einfach einen Futtertrog hinzustellen«, kommentierte Billie.

»Bist du bereit loszulegen, Birdie?« Sasha warf sich das Haar über die Schulter ihres rosafarbenen Seidentops. Sie glich in jeder Hinsicht ihrer Mutter und war ebenso organisiert, pünktlich und stets adrett. Ihr Jeansrock wies ebenso wie ihre Sandalen rosafarbene Flecken auf.

»Ihr könnt ja schon mal loslegen.« Birdie biss in einen Keks. »Ich bin nur wegen Dwights Festmahl und der Gesellschaft hier.«

»Hast du denn nicht vor, uns dieses Jahr zu helfen?«, wollte Billies Mutter wissen.

»Sicher will ich helfen.« Birdie steckte sich den restlichen Keks in den Mund und setzte sich neben Sasha an den Tisch. »Aber ich muss während des Festivals den Laden öffnen, daher kann ich da keinen großen Beitrag leisten.«

»Selbst wenn du uns dabei nicht helfen kannst, wollen wir dennoch deine Meinung hören«, erklärte Wynnie. »Du bist immer so kreativ.«

»Danke, Mom.« Birdie zwinkerte ihr zu und schnalzte mit der Zunge, als sie auf ihre Mutter zeigte.

»Du bist echt komisch.« Sasha steckte sich eine Gabel voll Salat in den Mund.

Wynnie schob ihren leeren Teller beiseite, legte einen dicken Ordner vor sich und sah sich fröhlich am Tisch um. »Bevor wir anfangen, möchte ich zum Ausdruck bringen, wie froh ich darüber bin, dass ihr Mädchen euch die Zeit für das hier nehmt. Ich weiß noch, wie ihr als Kinder darum gebettelt habt, mitmachen zu dürfen, und Alice und ich haben dann immer einen Tisch mit Malbüchern, Papier und einem Teller Kekse für euch bereitgestellt. Birdie hat alle Kekse aufgegessen, während Sasha und Bobbie geplant haben, so gut sie konnten, und Billie mit allen leeren Stühlen eine Burg oder einen Hindernisparcours gebaut hat, durch den Birdie dann immer laufen musste.« Sie sah Billie voller Zuneigung an. »Es ist so schön, dich wieder bei uns zu haben.«

»Ich freue mich auch, dass ich wieder hier bin. Als Kind kam ich mir immer vor wie ein eingesperrtes Tier, wenn wir mit zu den Planungssitzungen kamen«, gestand Billie. »Ich wollte viel lieber draußen rumrennen, aber diesmal habe ich mich sehr darauf gefreut, Zeit mit euch verbringen zu können. Danke, dass ihr mich wieder in die Runde aufgenommen habt.«

»Ach, Liebes, du warst doch nie draußen«, widersprach Wynnie. »Das Leben ändert sich, und wir gehen mit den Höhen und Tiefen so gut um, wie wir können. Aber ich spreche vermutlich auch im Namen deiner Mom und aller Club-Ehefrauen, wenn ich dir versichere, dass du deinen Platz an unserem Tisch nie verlieren wirst.«

Birdie schlang die Arme um Billie. »Ich hab dich lieb, große Schwester.«

»Wenn du meine Schwester wärst, dann wäre Dare mein Bruder.«

»Igitt, was für eine Vorstellung.« Birdie lachte laut los, und alle anderen fielen mit ein.

»Mom, macht ihr euch etwa Sorgen, wir würden euch irgendwann nicht mehr helfen?«, fragte Bobbie. »Wir lieben die Dark Knights und die Ranch!«

»Das wissen wir, Schatz, aber das Leben und die Interessen verändern sich«, gab ihre Mutter zu bedenken.

»Solange ihr etwas zu essen habt, könnt ihr euch darauf verlassen, dass Birdie hier auftaucht«, sagte Sasha, und Birdie nickte nur zustimmend, da sie einen vollen Mund hatte. »Billie saust wieder über die Strecke und knutscht mit Dare, und Bobbie und ich planen für unser Leben gern, daher kannst du davon ausgehen, dass wir in nächster Zeit hier sein werden.«

Billies Mutter fiel die Kinnlade herunter. »Du fährst wieder Motorrad? Ich dachte, du bringst es nur jemandem bei.«

»So war es auch, aber am ersten Tag überkam es mich dann und ich habe mich draufgesetzt. Seitdem bin ich ein paar Mal gefahren. Entschuldige, dass ich dir noch nichts davon erzählt habe. Ich wollte nicht, dass du dir Sorgen machst.«

»Ach, Schatz.« Ihre Mutter stand auf und kam mit Tränen in den Augen auf Billie zu.

Billie erhob sich ebenfalls, und ihre Mutter umarmte sie so fest, dass sie kaum noch Luft bekam.

»Mein wildes Mädchen kommt wieder zum Vorschein«, murmelte ihre Mutter vor Freude weinend.

»Du hast keine Angst, dass ich verletzt werden könnte oder dass du mich verlierst?«

Ihre Mutter nahm Bobbie die Taschentücher ab, die diese ihr entgegenhielt, und wischte sich die Augen. »Früher war ich besorgt, du könntest dich verletzen, aber als du alles, was du geliebt hast, aufgegeben hast und auf Distanz zu uns gegangen bist, wurde mir erst bewusst, was wahre Furcht ist: wenn man Jahr für Jahr zusehen muss, wie sein Kind leidet, ohne etwas dagegen tun zu können. Wir hatten dich alle verloren, Billie, aber jetzt sind wir umso glücklicher, dass du zu uns zurückgekehrt bist.«

Nun kamen Billie ebenfalls die Tränen.

»Taschentücher«, verlangte Wynnie und reckte einen Arm über den Tisch in Richtung Bobbie. Auch Sasha und Birdie griffen danach.

»Warum weint ihr denn jetzt alle?«, beschwerte sich Billie und wischte sich die Augen. »Genau deshalb will ich nicht zu solchen Treffen kommen.«

Die anderen mussten lachen.

»Trotzdem bist du gekommen«, merkte ihre Mutter an und umarmte sie noch einmal, bevor sie sich wieder hinsetzte.

»Aber all die Tränen bringen mich noch dazu, das zu bereuen«, erwiderte Billie und nahm ebenfalls wieder Platz.

»Jetzt hört gefälligst alle auf zu heulen. Das waren genug Tränen«, ordnete Bobbie an und entlockte damit allen ein Lächeln.

»Wynnie und ich stehen uns schon seit einer Ewigkeit sehr nahe, und wir hatten immer gehofft, dass zwischen euch Mädchen eine ähnlich enge Freundschaft entsteht, in der ihr euch alles sagen könnt.«

Bis jetzt hatte Billie nie eine solche Freundschaft gehabt, doch jetzt hatte sie Dare. Als Kinder hatten sie einander durchaus alles erzählt, aber in der Teenagerzeit behielten sie für sich, in wen sie verknallt waren und was in ihren Beziehungen mit anderen so passierte. Das war vermutlich normal, aber heute hatte sie den Eindruck, ihm alles erzählen zu können, und selbst, wenn sie das nicht immer tat, wusste sie doch, dass diese Möglichkeit bestand. So sehr sie Bobbie, Sasha und Birdie auch mochte und sie wissen lassen wollte, wie glücklich sie darüber war, endlich mit Dare zusammen zu sein, verspürte sie doch nicht den Drang, mit ihnen über alles zu reden, so wie es Freundinnen oft taten. Sie fragte sich, was das wohl über sie aussagte. Möglicherweise besagte es gar nichts Negatives über sie, sondern etwas Wunderbares über sie und Dare.

»Wir werden einander immer nahe sein«, erklärte Bobbie eindringlich.

Birdie und Sasha stimmten ihr zu.

Billie dachte jedoch über etwas anderes nach. »Mom, wenn du mit Wynnie über alles sprichst, wieso hat dir Wynnie dann nicht erzählt, dass ich wieder Motorrad fahre?«

»Es stand mir nicht zu, ihr das zu sagen«, erklärte Wynnie.

Bobbie berührte Billie am Arm. »Ich bin so froh darüber.«

»Ich auch.« Alle sahen sie an, als hätte sie den Arm voller Hundewelpen oder etwas in der Art. Sie rutschte unruhig auf ihrem Stuhl herum. »Haben wir jetzt lange genug über mich geredet? Sollten wir nicht eigentlich planen und über Kalendern brüten?«

»Und da ist die alte Billie wieder«, neckte Bobbie sie.

Im Anschluss sprachen sie in der Tat über Zeitpläne, Abläufe, Flyer und Broschüren und gingen die Aktivitäten durch, die den Start der Ride-Clean-Kampagne begleiten sollten – Paintball, Traktorfahrten, Pferde- und Ponyreiten, eine Hüpfburg und diverse andere Attraktionen. Wynnie beschrieb die Ankündigungen in den sozialen Medien und die anderen Marketingmaßnahmen, um die sich Maya kümmerte, und Birdie und Bobbie machten diesbezüglich einige gute Vorschläge.

Etwa anderthalb Stunden später war die Diskussion beendet und Wynnie sagte: »Ach, das hätte ich fast vergessen: Cowboy wird dieses Jahr beim Festival Ponyreiten anbieten, und Dare hat von Kennys Eltern die Erlaubnis bekommen, ihn zu fragen, ob er uns helfen möchte.«

»Das ist ja großartig«, meinte Billies Mutter. »Dadurch bekommt er mehr Selbstvertrauen und lernt auch gleich, wie gut es sich anfühlt, anderen zu helfen.«

»Ganz genau«, bestätigte Wynnie.

»Er kann gut mit den Pferden umgehen«, warf Sasha ein. »Ich glaube auch, dass er sich gut schlagen wird, wenn er mitmachen möchte.«

»Falls Cowboy noch einen Freiwilligen braucht, springe ich gern ein«, sagte Bobbie.

»Ich schätze, er wird über jede Hilfe froh sein, die er kriegen kann«, meinte Wynnie.

»Falls ihr noch weitere Ideen braucht, wie Kenny selbstsicherer werden kann, hätte ich einen Vorschlag«, sagte Billie.

»Und der wäre?«, wollte Wynnie wissen.

»Er macht sich echt gut auf dem Motorrad und kann sich für den Sport begeistern. Dare und ich haben ihm ein paar Motocrossmagazine gegeben, die er sich von vorn bis hinten durchgelesen hat«, berichtete Billie.

»Das erinnert mich an jemanden«, murmelte ihre Mutter.

»Geht uns genauso«, gab Billie zu. »Nur dass wir einander hatten, während er hier abgesehen von den Leuten auf der Ranch keine Freunde zu haben scheint, wie wir aus unseren Gesprächen heraushören konnten. Er schaut zu Dare und Cowboy auf und redet oft über sie. Jedenfalls hatte ich mir überlegt, dass er sich so gut schlägt und vielleicht beim Start der Ride-Clean-Kampagne eine Schaufahrt machen könnte. Ich weiß noch genau, wie stolz ich damals bei meiner ersten Vorführung war. Bis dahin hätte er noch ein paar Monate zum Üben und sollte mehr als bereit sein.«

»Das ist eine großartige Idee«, fand Wynnie. »Aber damit das passieren kann, muss sich noch einiges fügen. Er ist erst etwas länger als einen Monat hier, und Dare meint, dass die Therapiesitzung mit seinen Eltern bald stattfinden könnte. Er vermutet sogar, der Junge ist fast bereit, wieder nach Hause zu gehen, und falls das passiert, bin ich mir nicht sicher, ob er weiterhin Motorrad fahren will.«

»Du glaubst, er würde einfach damit aufhören?«, fragte Billie.

»Wir wollen es nicht hoffen, aber es ist gut möglich. Letzten Endes müssen seine Eltern darüber entscheiden«, sagte Wynnie.

Leichte Panik machte sich in Billie breit. »Das wäre ein Fehler. Teenager wie er brauchen ein Ventil, und er hat schon Gefallen an diesem Sport gefunden.«

»Da muss ich Billie zustimmen«, schaltete sich Bobbie ein.

»Bei den Kindern an der Schule sehen wir das auch häufig. Wenn sie einen Sport oder ein Hobby haben, dem sie mit Begeisterung nachgehen, und ihre Eltern sich das nicht länger leisten oder sie nicht zum Training fahren können und sie damit aufhören müssen, rebellieren diese Kinder oft.«

»Ich weiß, Schatz«, erwiderte Wynnie. »Mit das Schwerste an der Arbeit auf der Ranch ist, dass wir unsere Patienten in die Welt hinausschicken müssen, damit sie die hier gelernten Fähigkeiten einsetzen.« Wynnie sah Sasha an, die zustimmend nickte. »Wenn sich Kennys Kommunikationsfähigkeit hier weit genug verbessert hat, kann er seine Eltern vielleicht davon überzeugen, ihm das Motorradfahren weiterhin zu erlauben. Ich halte es für eine gute Idee, mit Dare über deine Besorgnis und die Idee dieser Schaufahrt zu reden. Schließlich ist er derjenige, der am Ende mit Kennys Eltern sprechen muss.«

»Wenn Kenny nach Hause darf und seine Eltern ihn weiterhin herkommen lassen, würdet ihr ihm dann erlauben, dass er mit mir auf Dares Strecke übt?«, wollte Billie wissen.

Wynnie nickte. »Aber natürlich. Wir heißen unsere Patienten stets mit offenen Armen wieder bei uns willkommen.«

»Okay, dann werde ich mit ihm reden.«

Während die Besprechung weiterging, überschlugen sich Billies Gedanken, doch als sie fertig waren, musste sie erneut an das denken, worüber sie mit ihrer Mutter und Wynnie sprechen wollte. Und wenn sie schon einmal dabei war, konnte sie ihnen auch die Wahrheit sagen über das, was an Eddies Todestag passiert war.

Daher blieb sie zurück, während sich die anderen umarmten, als würden sie sich jetzt ein ganzes Jahr lang nicht sehen. Birdie eilte hinaus und redete bereits ohne Unterlass in ihr Handy, und Sasha und Bobbie verließen zusammen den Raum,

IMMER ÄRGER MIT WHISKEY

blieben an der Tür jedoch stehen und drehten sich zu Billie um.

»Kommst du mit, Billie?«, fragte Bobbie.

»Ich bin noch nicht ganz fertig.«

»Okay. Dann sehen wir uns vermutlich nicht zu Hause«, witzelte Bobbie und ging kichernd den Flur entlang.

Sobald sie mit ihrer Mutter und Wynnie allein war, wurde Billie nervös. »Mom, Wynnie, kann ich kurz mit euch sprechen?«

»Aber sicher, Schatz«, antwortete ihre Mutter.

»Wir sollten uns vielleicht lieber setzen.« *Ich schaffe das.*

»Wenn du schwanger bist, sprich es einfach aus«, erklärte ihre Mutter.

»Mom! Ich bin nicht schwanger. Was du wieder denkst.«

»Schade«, sagten Alice und Wynnie gleichzeitig und kicherten wie Schulmädchen.

Billie wusste nicht, ob sie lachen oder sich empören sollte. »Ihr zwei habt echt Probleme.«

»Uns fehlen nur die Babys, das ist alles«, sagte ihre Mutter.

»Wenn du mich schon anstrengend fandest, kannst du dir dann vorstellen, wie ein Kind mit meinen und Dares Genen sein wird? Da wäre der Welpenzwinger vielleicht doch angebracht.«

Sie mussten alle lachen.

»Worüber möchtest du denn mit uns reden, Schatz?«, erkundigte sich ihre Mutter.

Billie holte tief Luft. »Über mehrere Dinge. In den letzten Wochen ist mir, auch dank Dare, einiges klar geworden. Ich glaube, er ist der einzige Mensch, der überhaupt zu mir durchdringen konnte. Er hat mir dabei geholfen, vieles über mich, ihn, Eddie und uns drei in einem anderen Licht zu sehen. Er hat mich gelehrt, was Verzeihen wirklich bedeutet, und offen gesagt habt ihr uns auch sehr viel darüber beigebracht, aber dank ihm weiß ich, wie Beziehungen sein sollten. Ich habe immer geglaubt, ich müsste allein zurechtkommen, aber in letzter Zeit ist mir bewusst geworden, dass ich das eigentlich nie geschafft habe. Bei den Rennen konnte ich mich behaupten, aber nur, weil er und alle anderen mir den Rücken gestärkt, mich unterstützt und aufgebaut haben.«

Abermals sah sie Wynnie an, die ihr über viele Jahre wie eine zweite Mutter gewesen war, und es schnürte ihr die Kehle zu, aber sie wollte sich davon nicht aufhalten lassen. »Daher möchte ich euch wissen lassen, dass er für mich etwas ganz Besonderes ist und dass es mir wirklich leidtut, wie ich ihn behandelt habe, und dass ich seiner Familie so lange Zeit aus dem Weg gegangen bin. Das war keinem von euch gegenüber fair, und ich werde es bestimmt nie wieder tun.«

»Das ist schon in Ordnung, Liebes«, erwiderte Wynnie mitfühlend. »Wir alle lieben dich.«

Billie nickte und versuchte, sich von ihren Gefühlen nicht überwältigen zu lassen. »Ich versuche auch, mir selbst zu vergeben und nach vorn zu schauen, aber es gibt noch zwei Dinge, die ich tun muss. Ich möchte mit Eddies Eltern sprechen, denn ich bin ihnen ebenfalls eine Entschuldigung für mein Verhalten schuldig. Glaubt ihr, das wäre okay? Ich möchte den Bakers nicht noch mehr Leid zufügen.«

»Ach, Schatz«, sagte ihre Mutter. »Das ist eine wunderbare Idee. Mary erkundigt sich jedes Mal nach dir, wenn wir uns sehen. Möchtest du, dass ich dich begleite?«

Billie schüttelte den Kopf. »Ich denke, es wäre besser, wenn ich das allein mache.«

»Ich stimme deiner Mutter zu, denn die Idee ist wirklich wundervoll«, meinte Wynnie. »Aber du solltest dir noch einmal überlegen, ob deine Mutter nicht doch mitkommen soll, oder du bittest Dare, dich zu begleiten. Denn ich glaube, dieser Besuch wird schwerer, als du es dir jetzt vorstellen kannst.«

»Nichts anderes habe ich verdient«, murmelte Billie.

»Nein, Schatz, das stimmt nicht«, widersprach ihre Mutter. »Du hattest es jetzt wirklich lange genug schwer.«

Billie wischte sich die Tränen weg, die sie nicht aufhalten konnte. So viel dazu, ihren Gefühlen Einhalt zu bieten.

Ihre Mutter stand auf, nahm einige Servietten vom Nachbartisch und reichte sie ihr.

»Danke, Mom.« Billie trocknete ihre Tränen und holte tief Luft. »Das andere, worüber ich mit euch reden wollte, ist das, was an Eddies Todestag passiert ist.« Sie ließ alles heraus, erzählte ihnen alles, von dem Grund, aus dem sie den Antrag angenommen hatte, bis zu seinen letzten Worten zu ihr, bevor er auf das Motorrad gestiegen war. Mit jedem Wort spürte sie förmlich, wie ihre Trauer und ihre Schuldgefühle ein wenig nachließen. Alice und Wynnie hörten ihr gebannt zu, stellten Fragen, umarmten sie, weinten mit ihr, um sie, um Eddie und Dare, um alles, was sie drei verloren hatten, und bestärkten sie auf dieselbe Art und Weise, wie es auch ihr Vater und Dare getan hatten.

Danach trockneten sie ihre Tränen und saßen einige Minuten lang schweigend da, und in dieser Stille glaubte Billie, dass ihr Körper immer schwerer wurde. Sie hatte gehofft, sich danach leichter zu fühlen, aber nun war ihr, als könnte sie eine Woche lang schlafen, wenn sie nur lange genug die Augen schloss.

»Ich bin so froh, dass du uns das erzählt hast«, sagte ihre Mutter. »Es macht mich traurig, dass du es so lange mit dir herumtragen musstest, aber jetzt wissen wir wenigstens, was du durchgemacht hast.«

»Fühlst du dich jetzt besser, wo wir Bescheid wissen?«, erkundigte sich Wynnie.

»Ja, aber ich komme mir auch vor, als wäre ich gerade einen Marathon gelaufen.«

Ihre Mutter nahm ihre Hand. »Das bist du auch, Schatz. Den längsten Marathon, den es je gegeben hat.«

»Und er ist nicht zu Ende, solange ich nicht mit Eddies Eltern gesprochen habe.« Sie seufzte.

»Vielleicht solltest du dich ein paar Tage erholen, bevor du das tust«, schlug Wynnie vor.

»Das habe ich vor. Ich habe Dienstagabend frei und hatte überlegt, zu ihnen zu fahren, wenn Dare bei der Church ist.«

»Ich übernehme am Dienstag Bobbies Schicht, weil sie verabredet ist«, sagte ihre Mutter. »Aber sag mir ruhig Bescheid, falls ich dich doch begleiten soll, dann suche ich mir eine Vertretung.«

»Bobbie ist verabredet? Davon hat sie gar nichts erwähnt.« Aus irgendeinem Grund störte sie das jetzt mehr als jemals zuvor.

»Du warst ja auch anderweitig beschäftigt«, merkte ihre Mutter an.

»Das stimmt, aber es wird offenbar Zeit, dass ich mir bei allen mehr Mühe gebe.«

Als Dare sah, wie Kenny mit Cowboy in der Nähe der Heuscheune Pferde sattelte, ging er auf die beiden zu. Als Kinder, lange bevor Doc und Cowboy den Albernheiten entwachsen waren, hatten sie drei ihre Eltern in den Wahnsinn getrieben, indem sie wie verrückt durch die Scheunen und über die Heuhaufen getobt waren. Einige Jahre bevor Doc aufs College gegangen war, hatten sie dann die Holzbalken unter den Scheunendecken genutzt, um sich wie Affen daran entlangzuhangeln. Sie waren so oft mit unzähligen Schnitten und Splittern an und in den Händen nach Hause gekommen, dass ihr Vater Griffe an allen Balken hatte anbringen lassen, an die sie sich hängen konnten. Was der Heuscheune den neuen Namen Affenschaukelscheune eingebracht hatte.

Seine Brüder waren so ernst geworden, dass dies eine Ewigkeit her zu sein schien. Er vermisste diese Zeiten mit ihnen fast ebenso, wie er das Zusammensein mit Billie vermisst hatte.

Cowboy blickte auf, als Dare näher kam, und hob grüßend das Kinn. Er brachte Kenny das Reiten bei, und wenn Kenny Freizeit hatte und nicht gerade mit Billie übte, traf man ihn oft in den Scheunen an, wo er beim Striegeln, Zaumzeug anlegen und allem anderen half, was gemacht werden musste. Manchmal sah er auch Sasha bei ihrer Arbeit mit den geretteten Pferden zu. Der Junge, der den Geruch der Pferde verabscheute und sich vor ihnen fürchtete, hatte sich grundlegend gewandelt. Inzwischen trug er sogar den Cowboyhut, den Wynnie ihm gegeben hatte. Kenny hob den Kopf und sah ihn lächelnd an. In seinen Augen schimmerte auch nicht länger die Wut. Das war ein hervorragendes Zeichen. Er hatte auch ein bisschen zugenommen, denn er aß wie ein Scheunendrescher, und in seinen Jeans, den Cowboystiefeln – auch ein Geschenk von Wynnie – und dem T-Shirt passte er perfekt auf die Ranch.

»Hi, Dare«, grüßte Kenny.

»Hey, Kumpel.« Dare sah Cowboy an. »Was habt ihr vor?«

»Kenny macht jetzt seinen ersten längeren Ausritt«, erklärte

Cowboy. »Ich bringe ihn raus zum Blackfoot.«

»Das ist ja super. Kann ich ihn mir vorher kurz ausborgen?«

»Klar.« Cowboy nahm Kenny den Sattel ab.

Kenny musterte Dare fragend, als er ihn von Cowboy wegführte. »Was ist denn los?«

»Ich habe etwas für dich.« Dare griff in seine Tasche, zog Kennys Handy heraus und reichte es ihm.

»Was soll ich damit?«

»Ich glaube, man kann damit kommunizieren«, neckte Dare ihn.

Kenny warf ihm einen *Ach was?*-Blick zu. »Darf ich es benutzen?«

Dare nickte. »Ja, das darfst du.«

»Für wie lange?«

»Es gehört dir, mein Freund. So lange du willst. Ich bin sehr stolz auf die Arbeit, die du hier leistest, und damit meine ich nicht nur die körperliche Arbeit.«

Kenny grinste verlegen und senkte den Kopf, sah Dare dann aber doch wieder an. »Danke.«

Dare nickte. »Das hast du dir vor allem selbst zu verdanken. Du hast die harte Arbeit gemacht. Hättest du vielleicht Lust, Cowboy beim Festival mit den Kindern zu helfen? Bis dahin sind es zwar noch ein paar Wochen, aber wir teilen schon jetzt die Jobs ein, und ich hätte dich gern dabei.«

Kenny strahlte. »Was soll ich machen?«

»Cowboy wird ein Ponyreiten veranstalten. Er braucht jemanden, der sich mit ihm um die Tiere kümmert und verhindert, dass die Kinder in die Koppel klettern. Vielleicht lässt er dich die Pferde auch mit den Kindern auf ihrem Rücken durch die Koppel führen. Aber dabei musst du sehr langsam und vorsichtig sein.«

»Das schaffe ich«, versicherte Kenny.

»Und du darfst nicht fluchen.«

Kenny zuckte mit den Achseln. »In Gegenwart von anderen Frauen inklusive deiner Mom darf ich das auch nicht. Und ich würde euch gern helfen.«

»Willst du es dir noch einen oder zwei Tage überlegen?«

»Nein. Ich arbeite gern mit den Pferden, und Cowboy ist fast so cool wie du.«

Dare gluckste. »Okay, ich bin also cool. Dann ist es abgemacht. Ich wäre auch dafür, dass wir eine Sitzung mit deinen Eltern anberaumen und versuchen, die Kluft zwischen euch zu überbrücken. Was hältst du davon?«

In Kennys Augen schimmerte Besorgnis. »Bist du auch dabei?«

»Ja.«

Kenny starrte auf das Gras hinab, fuhr mit einer Stiefelspitze hindurch und verzog den Mund.

»Weshalb bist du besorgt?«

»Na ja, ich habe Hilfe bekommen, sie aber nicht.« Kenny sah Dare ernst in die Augen. »Ich weiß jetzt, wie ich ihnen sagen kann, was ich denke, ohne gleich wütend zu werden, aber sie werden mich noch genauso behandeln, wie sie es immer getan haben.«

»Das glaube ich nicht, denn sie waren bei der Familienberatung in der Stadt. Sie lieben dich, Kenny. Sie haben ebenso hart wie du gearbeitet, um eure Beziehung zu verbessern, und ich hoffe sehr, dass du bald wieder nach Hause gehen und bei deiner Familie leben kannst.«

Kenny wich einen Schritt zurück und wirkte ein wenig bestürzt. »Und was ist, wenn ich nicht wieder nach Hause will?«

»Wieso solltest du das nicht wollen?«

»Weil es dort nichts zu tun gibt und ich keine Freunde habe. Hier ist immer was los. Zu Hause erwartet mich nur Stille, wenn ich nicht gerade angeschrien werde.«

»Du wirst bestimmt neue Freunde finden. Wir haben doch darüber geredet, weißt du noch?«

»Ja«, murmelte Kenny geknickt.

»Und deine Eltern arbeiten daran, nicht mehr zu schreien und aktiver an deinem Leben teilzunehmen. Mit deiner Hilfe kann alles besser werden. Du kannst die Dinge zur Sprache bringen, die dir Sorgen machen, wenn wir mit deinen Eltern sprechen, und ich werde an deiner Seite sein.«

»Aber es macht mir Spaß, mit Cowboy und Sasha und den Pferden zu arbeiten, und ich möchte weiter mit Billie trainieren. Sie ist so cool, und sie wird nicht sauer, wenn ich einen Fehler mache oder was nicht verstehe. Stattdessen zeigt sie mir, was ich falsch gemacht habe, so wie ihr es alle tut, und dann zeigt sie mir auch, wie man es besser macht. Sie sagt, ich wäre auf dem Motorrad ein Naturtalent und kann vielleicht eines Tages Rennen fahren, wenn ich dabeibleibe. Vielleicht nicht als Profi, denn die fangen um einiges früher mit dem Training an, aber wer weiß.«

»Wir werden auch darüber mit deinen Eltern reden. Meines Wissens möchten sie, dass du dir einen Job suchst. Du könntest beispielsweise ein paar Stunden die Woche hier arbeiten und im Anschluss mit Billie trainieren.«

»Dann müssten sie mich herfahren, weil ich keinen Wagen habe.«

»Wie wäre es, wenn du dich nachher oder morgen mal hinsetzt und alles aufschreibst, was dir Sorgen macht? Ich verspreche dir, dass wir jeden einzelnen Punkt bei deinen Eltern ansprechen.«

»Okay.« Kenny wirkte noch immer geknickt. Doch als er den Kopf hob, spannte er die Kiefermuskeln an, als würde er sich gegen etwas wappnen. »Werft ihr mich raus, wenn sie herkommen? Du kannst es mir ruhig sagen. Mir wäre es lieber, wenn ich es schon im Vorfeld weiß.«

»Nein. Auf gar keinen Fall«, erwiderte Dare energisch. »Aber es ist wichtig, dass wir daran arbeiten, dich wieder nach Hause zu bringen, damit du die Schule abschließen und herausfinden kannst, was du danach tun möchtest.« Er legte Kenny eine Hand auf die Schulter. »Du bist jetzt Teil der Redemption-Ranch-Familie, und das bedeutet auch, dass du hier immer einen Platz haben wirst. Hast du verstanden?«

Kennys Miene hellte sich auf, und er nickte knapp. »Ja.«

»Wie lautet also jetzt dein Plan?«

»Ich werde alles aufschreiben, was mich besorgt, und danach reden wir mit meinen Eltern darüber.«

»Ist das für dich okay?«

»Muss es ja wohl. Deine Eltern werden mich bestimmt nicht adoptieren.«

Dare grinste, weil er so etwas Ähnliches schon von vielen anderen Patienten auf der Ranch gehört hatte. »Du willst nicht adoptiert werden, Kenny. Du hast tolle Eltern, und sie haben einen tollen Sohn. Das Problem ist nur, dass Eltern kein Handbuch mitbekommen, wenn sie ein Kind kriegen, und ebenso wenig haben Teenager eine Anleitung, die ihnen erklärt, wie man vom Kind zum Erwachsenen wird. Darum ist es so hilfreich, mit Menschen zu sprechen, die das alles durchgemacht haben, und sich inspirieren zu lassen. Du und deine Eltern habt das große Glück, dass beide Seiten versuchen, sich zu bessern. Aber jetzt lass uns zu Cowboy zurückgehen, damit ihr aufbrechen könnt.«

»Kann ich dich vorher noch etwas fragen?«

»Sicher.«

»Neulich hat mir Billie erzählt, der Freund, den sie verloren hat, als sie ihre Profikarriere an den Nagel gehängt hat, wäre auch einer deiner besten Freunde gewesen.«

Dare staunte, dass Billie ihm das anvertraut hatte. »Ja, das ist richtig.«

»Ich wollte dir nur sagen, dass mir das sehr leidtut. Das muss echt schlimm gewesen sein, und ich bin froh, dass ihr beide einander hattet.«

»Danke, Kenny. Das bedeutet mir viel.«

»Stell ja keinen Blödsinn an oder tu ihr weh. Sie ist die coolste Frau, die mir je begegnet ist.«

»Ich werde es auf jeden Fall versuchen, bin aber ziemlich gut darin, Blödsinn anzustellen.«

Kenny schüttelte den Kopf. »Das ist mein Ernst. Ein Paar wie ihr ist mir noch nicht begegnet. Ihr seid gleichzeitig die besten Freunde. Okay, das ist bei Tiny und Wynnie auch so, aber mal im Ernst: Dein Vater sieht schon echt finster aus.«

»Das weiß ich. War er mal gemein zu dir?«

»Nein. Er ist manchmal streng, aber immer fair, und ich hatte garantiert jede Ermahnung verdient. Außerdem ist er sehr nett zu mir. Er sieht nur so aus, als wäre er fies.«

»Er sieht hart aus, hat aber ein großes Herz.«

»Er sieht nicht nur hart aus, sondern ist es auch. Er hat mir erzählt, wie er deine Mom kennengelernt hat, dass er mit seinem Bruder auf dem Motorrad unterwegs war, sie nur einmal angesehen hat und wusste, dass er sie heiraten würde. Er sagte, er hätte angefangen, auf dieser Ranch zu arbeiten, die ihrem Vater gehört hat, und wäre nie nach Maryland zurückgekehrt. Dafür braucht man eine Menge Mut.«

»Ja, da hast du recht.« Es wunderte Dare nicht, dass sein Vater Kenny diese Geschichte erzählt hatte. Er war stolz darauf, außerdem konnte er so jedem beweisen, dass die Liebe auf den ersten Blick doch existierte.

»Weißt du, was er mir noch erzählt hat?«, fuhr Kenny fort.

»Nein, was denn?«

»Dass er sie mit seinem Leben beschützen würde, und die Art, wie sie ihn immer berührt, wenn sie vorbeigeht, und nur Gutes über ihn zu sagen hat, verrät mir, dass sie dasselbe tun würde.«

»Das würde sie auch. Genau wie wir alle. So sollte es auch sein, wenn man jemanden liebt. Das bezeichnet man als Loyalität, Kenny, und ich gehe fest davon aus, dass deine Eltern auch ihr Leben für dich geben würden.«

»Wahrscheinlich. So sind Eltern eben.«

»Bedauerlicherweise nicht alle. Daher sollten wir uns glücklich schätzen.«

Kenny sah auf sein Handy und gab es Dare zurück. »Ich brauche es nicht.«

»Willst du deine Ex-Freundin denn nicht anrufen?«

Kenny schüttelte den Kopf. »Das zwischen uns war nicht einmal ansatzweise so wie bei euch. Wir haben einfach nur rumgeknutscht.«

»Es ist sehr erwachsen von dir, so etwas zu sagen.«

»Es stimmt aber. Billie sagte, ich würde wissen, wenn ich der Richtigen begegne, weil man dann dämlich grinsen muss, wenn man nur an sie denkt. Sie meinte, so würde es ihr jedenfalls mit dir gehen. Außerdem hat sie gesagt, sie hätte sich schon in eurer Kindheit in dich verliebt.«

»Was hast du gemacht? Hast du ihr ein Wahrheitsserum verabreicht?«

Kenny grinste. »Nein, aber wir unterhalten uns manchmal auf dem Weg zur Strecke oder beim Überprüfen des Motorrads. Mit Katie war das nie so. Da ging irgendwie gar nichts einfach.« Das hatte er schon früher erwähnt, und sie hatten darüber geredet. »Das hört sich ganz danach an, als hätte dir Billie einen guten Rat gegeben. Vielleicht behältst du das Handy, falls du doch jemanden anrufen möchtest.«

Sie gingen zurück zu Cowboy, der sich inzwischen mit Doc unterhielt, und Kenny meinte: »Du weißt schon, dass du mit jemandem darüber reden kannst, dass du gern mal Blödsinn anstellst? Ich habe gehört, dass es hier einige gute Therapeuten geben soll.«

Cowboy grinste. »Der Junge hat recht, auch wenn ich bezweifle, dass irgendjemand zu dir Dickschädel durchdringen kann. Du hast ihn dir bei deinen verrückten Stunts vermutlich ein paar Mal zu heftig angeschlagen.«

Doc gluckste.

»Nur keinen Neid wegen meines großen Gehirns und athletischen Körpers«, konterte Dare. »Es ist nicht meine Schuld, dass du Beine wie Baumstämme hast und dadurch langsamer als ein dreibeiniges Pferd bist.«

Cowboy schnaubte. »Mir dir kann ich es noch immer jederzeit aufnehmen. Während du die ganze Zeit nur redest, bekomme ich hier draußen richtig Muckis.« Er spannte seinen gewaltigen Bizeps und die massiven Oberschenkel an.

»Wahrscheinlich würde er dich tatsächlich besiegen, Dare«, stellte Kenny fest und beäugte Doc kritisch. »Lass das nicht zu. Er könnte dabei verletzt werden.«

»Dare prügelt sich nur, wenn es sein muss«, erklärte Doc. »Für etwas anderes ist er viel zu clever.«

Kenny musterte Dare verwirrt.

»Was habe ich dir über das Prügeln gesagt?«, wollte Dare wissen.

»Dass das was für schwache Menschen ist, die nichts anderes können«, rezitierte Kenny wortgetreu.

»Ganz genau. Man lässt die Fäuste erst fliegen, wenn man absolut keine andere Wahl mehr hat.«

»Er hat schon vor langer Zeit gelernt, dass er mir nicht gewachsen ist.« Cowboy grinste selbstgefällig. »Weißt du noch, kleiner Bruder?«

Oh ja, daran erinnerte er sich noch zu gut. Dare war nach seinem ersten Collegejahr über die Sommerferien nach Hause gekommen und hatte zu viel gefeiert. Irgendjemand hatte Cowboy verraten, dass Dare am Bach eine Party schmiss, und Cowboy war in voller, aggressiver Lebensgröße dort aufgetaucht und hatte den stinkbesoffenen Dare knutschend mit zwei Collegestudentinnen vorgefunden, die er in der Stadt kennengelernt hatte. Die beiden waren nur auf der Durchreise und wollten sich amüsieren, und er, tja, er kannte sich damit bestens aus. Doch dann schleifte Cowboy ihn da raus und hielt ihm eine Standpauke, dass er ein Idiot war, um ihm danach wegen seiner verantwortungslosen Art den Kopf zu waschen. Angetrunken hatte sich Dare tatsächlich eingebildet, er könnte es mit dem Berg von einem Mann aufnehmen, und hatte schnell feststellen müssen, dass er sich in dieser Hinsicht bitter getäuscht hatte.

»Ja, das ist mir im Gedächtnis geblieben. Du konntest ein paar einfache Treffer landen, weil ich ziemlich neben mir stand.« Irgendwie verspürte Dare den Drang, seinem Bruder dieses dämliche Grinsen aus dem Gesicht zu wischen. Er hatte hervorragende Laune. Die Frau, die er liebte, schlief jede Nacht neben ihm und fand den Weg zurück zu den Menschen, die sie liebte, und Kenny schlug sich bestens und sah einer besseren Zukunft entgegen. Ja. Seine Sterne standen gut. Dies war der perfekte Tag, um Cowboy an seinen Platz zu verweisen. »Wie wäre es, wenn du deinen Worten Taten folgen lässt? Ich wette fünfzig Mäuse, dass mein Dickkopf deine albernen Baumstammbeine bei einem Rennen schlagen kann.«

Doc schüttelte den Kopf. »Jetzt geht das wieder los.«

»Was denn? Etwa ein Rennen?« Kenny schaute zwischen Cowboy und Doc hin und her.

Cowboy kniff die Augen zusammen.

»Wir beide, wie in alten Zeiten. Wer es als Erstes an der Affenschaukel über den Traktor und den Heuhaufen geschafft hat, gewinnt.« Dare zückte seine Brieftasche und reichte Kenny fünfzig Dollar. »Halt die so lange. In ein paar Minuten kannst du sie mir zurückgeben.«

Kenny beäugte den Traktor und den riesigen Heuhaufen. »Da drüber?«

»Ganz genau.« Dare ließ Cowboy nicht aus den Augen. »Es sei denn, er traut sich nicht.«

»Das hättest du wohl gern.« Cowboy holte ebenfalls fünfzig Dollar aus seinem Portemonnaie und drückte sie Kenny in die Hand.

»Das wird cool!«, freute sich Kenny.

Doc rieb sich mit einer Hand über das Gesicht. »Jetzt kommt schon. Ihr habt beide ordentlich was in der Hose. Könnt ihr es nicht einfach dabei belassen?«

»Ich hab mehr«, erklärte Dare.

»Das hättest du wohl gern«, entgegnete Cowboy.

»Ihr seid echt wie Teenager«, grummelte Doc.

»Sagt der mit dem Kleinsten in der Familie«, spottete Dare.

»Alter Falter«, meinte Cowboy. »Ist das der Grund dafür,

dass es keine lange mit dir aushält, Doc?«

Doc knirschte mit den Zähnen.

»Lässt du dich so von denen rumschubsen?«, fragte Kenny.

»Genau, alter Mann. Zeig uns, was du draufhast«, verlangte Dare.

»Wisst ihr was? Ihr könnt mich beide mal.« Dare warf Kenny seine Brieftasche zu und deutete auf seine Brüder. »Das werdet ihr beide bereuen.«

Dann stellten sie sich Schulter an Schulter am Scheunentor auf.

»Ihr werdet nur noch meinen Staub fressen.« Doc warf seinen Hut auf den Rasen, und sie gingen alle mit gebeugten Knien in Startposition und wappneten sich fürs Losrennen.

»Dich schlag ich sogar einbeinig«, knurrte Cowboy.

»Ihr seid beide Idioten«, brummelte Doc.

»Ich gebe das Startsignal, okay?« Kenny stellte sich neben das Scheunentor und starrte die drei aufgeregt an.

»Ja«, antworteten sie gleichzeitig.

Dare senkte das Kinn und überlegte sich bereits die beste Route.

»Auf die Plätze, fertig, los!«

Sie rannten los, und Dare nutzte einen Heuballen als Trittleiter, um sich an die Griffe zu katapultieren und geschickt daran entlangzuhangeln. Er sah Cowboy aus dem Augenwinkel und Doc direkt neben sich und gab alles. Als Cowboy eben nach dem letzten Haken fasste, stieß sich Dare ab und rannte zum Traktor, sprang auf den Reifen und die Motorhaube, um mit einem Vorwärtssalto – der Kenny jubeln ließ – darüber zu springen und auf der anderen Seite zu landen, während Cowboy und Doc erst hinaufkletterten. Schon war er auf dem Weg zum Heuballen, hüpfte hinauf und landete mit gebeugten Knien auf den Händen. Seine Füße berührten die Oberseite des Heuballens, als er die Hände davon löste, und er machte einen weiteren Salto, rief dabei »Beeilt euch, ihr Loser!« und landete obendrauf. In diesem Moment schrie Cowboy: »Scheiße! Verdammt sollst du sein, Dare! Meine Hose ist gerissen!« Sie fingen an zu lachen, aber Cowboy schob Doc zur Seite und sprang auf den Heuballen, was sich Doc jedoch nicht gefallen ließ, der direkt hinter ihm landete und ihn runterschob. Cowboy packte im Fallen Docs Arm, sodass sie beide lachend und miteinander ringend auf dem Boden landeten. Dare stürzte sich auf sie, Kenny amüsierte sich prächtig, und irgendjemand applaudierte.

»Oh, oh! Leute! Hört auf!«, warnte Kenny sie.

Sie rollten voneinander herunter und lachten noch immer, während sie nach der klatschenden Person Ausschau hielten. Billies Lachen drang an Dares Ohren.

Wie eine wärmesuchende Rakete fand sein Blick sie, als sie mit ihren Müttern hinter der Scheune hervorkam. Die drei Frauen strahlten. »Schon okay, Kenny. Wir kriegen keinen Ärger«, versicherte Dare dem Jungen, rappelte sich auf und versuchte, wieder ernst zu werden. Cowboy jammerte derweil über seine ruinierten Lieblingsjeans.

»Habt ihr sie gesehen?«, rief Kenny den Frauen zu. »Das war unglaublich! Ich will das auch können!«

Doc schubste Cowboy, und Dare eilte zu seiner Liebsten.

»Einige Dinge ändern sich wohl nie«, kommentierte seine Mutter.

»Ganz richtig. Ich habe gewonnen.« Er küsste Billie.

»Natürlich hast du das«, meinte sie. »Wie wäre es, wenn du es mit jemandem aufnimmst, der auch mithalten kann?«

Er schlang die Arme um sie und genoss ihren herausfordernden Blick ungemein. Anscheinend war an diesem

Vormittag alles gut verlaufen. »Willst du es mit mir aufnehmen, Liebling?«

»Jederzeit.«

»Jederzeit?« Er küsste sie, und seine Brüder brüllten: »Nehmt euch ein Zimmer!« Aber er zeigte ihnen nur den Mittelfinger und vertiefte den Kuss.

Siebzehn

Am Dienstagabend saß Billie in ihrem Wagen vor dem Haus von Eddies Eltern und kämpfte gegen die Übelkeit an. Sie hatte vor fast einer Stunde um die Ecke geparkt, um sich zu beruhigen und dann den Rest des Weges hinter sich zu bringen. Vielleicht hätte sie Dares Angebot, sie zu begleiten, annehmen sollen, aber sie war sich nicht sicher, wie Eddies Eltern auf das reagieren würden, was sie ihnen zu sagen hatte. Oder auf ihre und Dares Beziehung. Er hatte sie dennoch unterstützt und ihr Tricks beigebracht, um ruhiger zu werden, falls ihre Nervosität überhandnahm. Doch als sie die Rede, die sie vorbereitet hatte, im Kopf noch einmal durchging, wollte ihr keiner dieser Tricks einfallen. Sie überlegte, ihm eine Nachricht zu schicken, aber er war bei der Church, und dort wollte sie ihn auf gar keinen Fall stören.

Außerdem hatte sie diesen Bruch herbeigeführt und daher musste sie ihn auch selbst wieder kitten.

Sie lehnte den Hinterkopf an die Kopfstütze, starrte geistesabwesend nach oben und atmete tief ein und aus. *Ich schaffe das. Sie kennen mich seit meiner Kindheit, und sie lieben mich.* Erneut schaute sie zum Haus hinüber, wurde aber nur noch unruhiger.

Warum fiel ihr das sogar noch schwerer, als wieder aufs

IMMER ÄRGER MIT WHISKEY

Motorrad zu steigen?

Weil Motorräder nicht reden können. Sie weinen nicht, geben einem nicht die Schuld und sehen einen auch nicht an, als wäre ich der dümmste Mensch der Welt.

Dare und seine Eltern hatten ihr vergeben, aber das hier waren Eddies Eltern, und sie hatten ihren einzigen Sohn verloren. Möglicherweise sahen sie das, was passiert war, genau so, wie Billie es die letzten Jahre betrachtet hatte, und das konnte sie ihnen nicht einmal verdenken. Als sie angerufen hatte, um ihnen mitzuteilen, dass sie gern vorbeikommen würde, hatte Eddies Mutter Mary erstaunt und ein wenig skeptisch geklungen, aber freundlich gesagt: *Ich bin so froh, dass du dich meldest. Wir würden dich sehr gern sehen.* Es war eine Sache, am Telefon nett zu sein, aber eine ganz andere, wenn die einzige Person, die wirklich wusste, was an diesem Tag passiert war, vor einem stand.

Sie ließ den Kopf wieder nach hinten sinken. »Ich kann nur hoffen, dass ich das nicht vermassle, Eddie. Ich will ihnen auf gar keinen Fall noch mehr Kummer bereiten.«

Aber sie wusste auch, dass es keinen leichteren Weg gab. Damit sie sich auf das Schlimmste vorbereiten konnte, hatte Dare ihr eiskalt ins Gesicht gesagt, Eddies Eltern könnten die Tatsache, dass sie sich von Eddie getrennt hatte, möglicherweise nur schwer verkraften. Sie hatten darüber geredet, diesen Teil wegzulassen, aber Billie mochte dieses Geheimnis nicht länger mit sich herumschleppen, zudem hatten sie es verdient, die Wahrheit zu erfahren. Selbst wenn es für sie alle niederschmetternd war.

»Ich würde dich ja wieder um ein Zeichen bitten, aber hier kann Dare wohl kaum mit einem Fallschirm landen.« Sie dachte an diesen Vormittag im Park und welche Veränderungen dadurch in Gang gesetzt worden waren. »Dafür danke ich dir, Eddie«, sagte sie kaum lauter als ein Flüstern, da sie wusste, dass er es so oder so hörte, ob sie es nun laut aussprach oder nicht. »Ich werde dich immer lieben.«

Die Haustür ging auf, und ihr blieb beinahe das Herz stehen, als Eddies Eltern herauskamen.

»Echt jetzt, Eddie? Musst du mich noch zusätzlich unter Druck setzen?«

Worauf wartest du noch, Billie? Geh da raus und zeig der Welt, was du draufhast.

»Es ist nicht die Welt, die mir Sorgen bereitet, aber ich hab's schon verstanden. Ich gehe rein. Danke, dass du heute bei mir bist.«

Billie rang sich ein Lächeln ab, jedenfalls hoffte sie, dass es so aussah, als sie aus dem Wagen stieg und zum Haus ging. Seine Mutter trug ihr blondes Haar kürzer als früher und gerade mal schulterlang, hatte jedoch immer noch ihre natürlichen Locken, die Eddie von ihr geerbt hatte. Ihre pfirsichfarbene Bluse mit Blumenmuster steckte in einem knielangen grauen Rock. Sein Vater war groß und breitschultrig, genau wie Eddie es gewesen war, und hatte dünner werdendes dunkles Haar, in dem sich graue Strähnen abzeichneten. Er trug ein kurzärmliges Hemd und eine Stoffhose, so wie immer. Es war unfair, dass es den Anschein machte, als hätte sich nichts geändert, wo doch so vieles anders geworden war.

Ihr Magen zog sich zusammen, und ihr kamen die Tränen. *Nichtweinennichtweinennichtweinen.*

»Billie, Liebes, es ist so schön, dich zu sehen.« Seine Mutter kam die Verandastufen herunter und blinzelte mehrmals schnell, als würde sie ebenfalls die Tränen zurückhalten.

Billies Kehle war wie zugeschnürt. »Danke, dass ihr Zeit für mich habt.«

»Du hast uns gefehlt, Liebes«, sagte sein Vater. »Du warst wie eine Tochter für uns. Schön, dich wieder zu Hause zu haben.«

Er umarmte sie, und seine Worte und die Umarmung lösten eine Tränenflut aus. Billie hatte ganz vergessen, dass ihr Haus auch für sie und Dare immer ein Zuhause gewesen war. Obwohl sie hier weniger Zeit verbracht hatten als auf der Ranch oder bei Billies Eltern, hatten sie oft mit seinen Eltern zusammen zu Abend gegessen. Sie hatten immer gesagt, wie schön es wäre, all ihre Kinder zu Hause am Esstisch zu haben. Diese Erinnerung schmerzte, denn ihr wurde bewusst, dass sie den beiden auch das genommen hatte.

»Es tut mir so leid«, schluchzte Billie, als Eddies Mutter, die ebenfalls weinte, die Arme um sie legte.

»Schon gut, Liebes. Es hat lange gedauert, aber ich wusste immer, dass du uns besuchst, sobald du bereit dazu bist.« Seine Mutter löste sich von ihr, griff in die Rocktasche und reichte ihr ein Päckchen Taschentücher.

»Danke.« Billie nahm einige heraus und wollte ihr den Rest zurückgeben.

»Die sind für dich.« Eddies Mutter hatte schon ein weiteres Päckchen in der Hand. »Ich dachte mir, dass wir beide welche brauchen. Wie wäre es, wenn wir reingehen und einen Eistee trinken, während wir uns unterhalten?«

Billie nickte und wischte sich die Augen, und sie gingen ins Haus.

Im Inneren roch es wie immer nach Sonnenschein und Rosen. Das gemütliche Wohnzimmer war mit demselben hellbraunen Sofa und den Sesseln eingerichtet, auf denen sie, Dare und Eddie schon hunderte Male gesessen hatten, um die von seiner Mutter gebackenen Kekse zu essen, sich mit seinen Eltern zu unterhalten und sich heimlich Blicke zuzuwerfen, die besagten: *Reicht das jetzt? Können wir wieder rausgehen und Spaß haben?* Eddie lächelte sie von einem Bild über dem Kaminsims an, auf dem er bei seinem Highschoolabschluss zwischen seinen Eltern stand. Er sah mit Mütze und Umhang, der sonnengebräunten Haut, dem zerzausten Haar, das sich um seine Ohren kringelte, und dem ansteckenden Lächeln, das bis in seine Augen reichte, sehr attraktiv aus.

»Mach es dir bequem. Ich hole uns Eistee.« Seine Mutter eilte in die Küche.

Billie nahm in einem Sessel Platz und versuchte, ihre Gefühle unter Kontrolle zu bekommen, doch auch an den Wänden hingen Fotos von Eddie, in den Bücherregalen standen ebenfalls welche, und sie hatte das seltsame Gefühl, als könne er gleich den Flur entlangkommen und sagen: *Schön, dass du da bist. Wir haben auf dich gewartet.* Als ihr Blick über die Bilder schweifte, die von der Kindheit bis zum erwachsenen Eddie reichten und auf denen auch seine Großeltern und seine Eltern, sie, Dare und ihre Familien zu sehen waren, begriff sie, dass er das längst zu ihr gesagt hatte. Nur ohne Worte, sondern indem er ihr den Mut verlieh, das Haus zu betreten. Sie spürte einen Kloß im Hals und betrachtete die Bilder im Bücherregal. Auf den meisten hatte er eine Videokamera in den Händen. Sie kannte sämtliche Fotos längst, doch diesmal schmerzte sie der Anblick, denn die Bilder waren alles, was Eddies Eltern noch von ihrem Sohn hatten, von einem ihrer besten Freunde. Abermals kamen ihr die Tränen, und sie zückte erneut die Taschentücher, wischte sie weg und versuchte, sich zu beruhigen.

»Ist schon gut, Liebes«, sagte Eddies Vater.

Sie hatte seine Anwesenheit ganz vergessen. »Entschuldigung.«

»Du musst dich nicht entschuldigen, wenn du um unseren Sohn weinst«, meinte sein Vater. »Wir wissen, wie sehr ihr einander geliebt habt. Wie ihr drei herumgetobt und Unfug angestellt habt, war vielleicht das Beste, was dieser ruhigen kleinen Stadt passieren konnte.«

Mit ihrem leisen Lachen kamen weitere Tränen. *Nimmt das denn nie ein Ende?* »Wir hatten viel Spaß.«

»Ja, das hattet ihr«, bestätigte seine Mutter, die soeben mit einem Tablett voller Gläser und einem Krug Eistee wieder hereingekommen war, voller Zuneigung. Sie stellte das Tablett auf den Tisch, schenkte jedem ein Glas ein und reichte eins Billie.

»Danke.« Wieder versuchte sie, sich zusammenzureißen, als sich Eddies Mutter neben ihren Mann aufs Sofa setzte.

»Wir haben in den letzten Jahren über deine Familie und die Whiskeys mitbekommen, wie es dir geht, würden es aber gern aus deinem Mund hören«, sagte sein Vater.

Billie holte tief Luft. »Es geht mir gut, aber vor zwei Monaten hätte ich noch etwas ganz anderes gesagt.«

»Vor zwei Monaten hättest du uns nicht einmal nahe genug an dich herangelassen, um dir diese Frage zu stellen, Liebes«, stellte seine Mutter sanft fest.

»Das weiß ich, und es tut mir so leid. Ich habe vielen Menschen wehgetan, mich eingeschlossen. Aber ich habe viel Zeit mit Dare verbracht, und er hilft mir, die Dinge klarer zu sehen. Daher versuche ich jetzt, mich mit allen auszusöhnen, die ich auf Abstand gehalten habe. Deswegen habe ich euch auch gefragt, ob ich euch heute besuchen darf. Ich möchte euch die Wahrheit über den Tag erzählen, an dem wir Eddie verloren haben.«

»Die Wahrheit?«

Billie nickte und schaffte es irgendwie, ihnen alles zu sagen. Die hässliche Wahrheit über die Trennung, wie sie und Dare versucht hatten, Eddie davon abzuhalten, auf dieses Motorrad zu steigen, und alles, was sie seit damals empfunden hatte, wobei sie wieder mit den beiden litt. »Aus diesem Grund bin ich euch und allen anderen aus dem Weg gegangen. Es tut mir so leid. Ich habe Eddie geliebt, und wenn ich gewusst hätte, dass er sich derart aufregt und dann diesen leichtsinnigen Stunt probiert, anstatt uns zu filmen, hätte ich mich an diesem Tag nicht von ihm getrennt.« Sie sah den beiden in die traurigen Augen. »Ich könnte es euch nicht verdenken, wenn ihr mich nie wiedersehen wollt.«

Während sie sich die Tränen wegwischten, erwiderte sein Vater: »Du konntest nicht ahnen, was er tun würde, und er hätte nicht gewollt, dass du deine wahren Gefühle für dich behältst. Wir wissen, dass du genau wie Dare alles getan hast, um ihn an diesem Stunt zu hindern. Vermutlich erinnerst du dich nicht mehr daran, weil du so traumatisiert warst, aber ihr beide habt es uns am Abend des Unfalls erzählt. Daher rede dir bitte bloß nicht ein, sein Tod wäre deine Schuld gewesen. Ihr wart noch so jung, und unser Sohn war ein kluger, starrköpfiger junger Mann. Als er sich auf dieses Motorrad gesetzt hat, war er sich der Risiken durchaus bewusst.«

Seine Mutter nickte und schniefte. »Wir wissen, wie sehr du ihn geliebt hast, und würden dir nie die Schuld an seinen Entscheidungen geben. Wir werfen sie nicht einmal ihm vor, Liebes. Es war ein tragischer Unfall.«

Billie war unfassbar erleichtert. »Danke«, sagte sie kaum lauter als ein Flüstern und musste schon wieder weinen. Doch das war erst die erste Hürde. Zwei weitere musste sie noch überwinden, daher holte sie tief Luft, wischte sich über die Augen und straffte die Schultern. »Es gibt da noch mehr, das ihr wissen solltet. Eddie wollte den Verlobungsring nicht zurückhaben. Er sagte, ich soll ihn behalten. Aber das kam mir falsch vor, daher habe ich ihn bei der Trauerfeier in seinen Sarg gelegt. Ich wollte, dass er ein Stück von uns bei sich hat.«

»Das wissen wir«, erwiderte seine Mutter. »Nach der Trauerfeier wurde überprüft, ob irgendjemand etwas vergessen hatte, und dabei wurde er entdeckt. Das Bestattungsinstitut hat uns gefragt, was wir damit tun wollen, und wir fanden, dass er dort an der richtigen Stelle war.«

Das Gefühlswirrwarr in Billie war einfach überwältigend, daher nickte sie nur und wischte sich die Tränen weg. Sie holte mehrmals tief Luft und riss sich zusammen, und als der Tränenfluss endlich versiegt war, gestand sie: »Eine letzte Sache muss ich euch noch sagen. Dare und ich sind zusammen.«

Seine Eltern lächelten, und seine Mutter sagte: »Auch das wissen wir, Liebes. Die ganze Stadt spricht über kaum etwas anderes als darüber, wie sehr sich alle für dich und Dare freuen.« Sie nahm die Hand ihres Mannes und warf ihm einen langen Blick zu, bevor sie Billie ein liebevolles Lächeln schenkte. »Wir freuen uns auch darüber. Ihr beide seid füreinander bestimmt.«

»Danke.« Sie trocknete ihre Tränen.

»Aber, Liebes«, fuhr seine Mutter fort, »Dare hat alle mit den Stunts, die er in den letzten Jahren so macht, in Angst und Schrecken versetzt. Vielleicht kannst du ja Eddies Rolle einnehmen und ihn zur Vernunft bringen, bevor er sich noch verletzt.«

»Ich bezweifle, dass irgendjemand das so gut kann wie Eddie, und ich befürchte, wenn Eddies Tod ihn nicht eines Besseren belehrt hat, wird das auch nicht mehr passieren.«

»Und du kommst damit zurecht?«, fragte Eddies Vater zaghaft. »Wir haben gehört, dass du wieder Motorrad fährst und einige deiner alten Hobbys wieder aufgenommen hast, und das freut uns. Aber auf einem Motorrad über Busse springen?«

»Das macht mir auch große Angst«, gab sie zu. Damals hatte sie nicht darüber nachgedacht, aber inzwischen hatte sie realisiert und akzeptiert, dass die Liebe zu einem Draufgänger mit Risiken einherging, die jene der Stunts überstiegen, und dass sie mit diesem Herzschmerz leben musste.

Sie sprachen noch lange Zeit miteinander, erinnerten sich an Eddie und die guten alten Zeiten, in denen sie zu dritt Unheil angestellt hatten, und plauderten darüber, wie talentiert er gewesen war, und über seinen »Unvergessliche Draufgänger«-Film. Erst nach neun Uhr stand sie wieder auf.

»Vielen Dank noch mal, dass ich vorbeikommen durfte und dass ihr mich nicht hasst.«

»Wir könnten dich niemals hassen. Wir lieben dich, Billie.« Sein Vater umarmte sie.

»Ich habe euch auch lieb«, sagte Billie und staunte selbst, wie leicht ihr diese Worte über die Lippen kamen.

»Es war entsetzlich, Eddie zu verlieren, aber mir ist, als wäre er für immer ein Teil von dir und Dare, und das macht mich glücklich.« Seine Mutter umarmte sie ebenfalls. »Ich bin so froh, dass du da warst. Hoffentlich sehen wir uns jetzt wieder öfter.«

»Das werdet ihr, und das ist ein Versprechen.« Sie ging unter dem Sternenhimmel zu ihrem Wagen und hatte das Gefühl, dass die letzten Überreste der Schuld von ihr abfielen. Ihr war bewusst, dass sie sich grundlegend verändert hatte und nie wieder das leichtsinnige Mädchen von früher sein würde. Aber als sie mit heruntergelassenen Fenstern nach Hause fuhr und die kühle Brise auf ihrer Haut spürte, fühlte sie sich wie ein

Schmetterling, der aus seinem Kokon schlüpfte, und konnte es kaum erwarten, diese Gefühle mit Dare auszuleben.

Dare saß im Clubhaus der Dark Knights an einem Tisch und hatte die Geräusche der Billardkugeln, Dartpfeile und die Gespräche der Bruderschaft, auf die er sich jederzeit verlassen konnte, in den Ohren. Aber die Sorge, die ihn innerlich zerfraß, konnte ihm niemand nehmen. Er versuchte, sich auf die Diskussion zwischen seinem Vater, seinen Brüdern, Ezra, Rebel und Manny über die Wiedereröffnung eines alten Vermisstenfalls von vor zwanzig Jahren zu konzentrieren, die sein Vater während des Treffens angekündigt hatte, aber sein Verstand war kilometerweit weg bei seiner dunkelhaarigen Schönheit. Billie machte eine der schwersten Phasen ihres Lebens durch, und sie hatte allein hinfahren wollen. Zwar liebte er sie auch für ihre Eigenständigkeit, aber nachdem sie die letzten Tage so nervös gewesen war, bereute er es, sie nicht gedrängt zu haben, ihn mitzunehmen.

Rebel stand auf. »Ich hole mir noch ein Bier. Soll ich wem eins mitbringen?«

»Klar«, erwiderten Doc und Ezra gleichzeitig.

»Nein danke«, sagte Cowboy und betrachtete den Flyer, den sein Vater herumgereicht hatte.

»Was ist mit dir, Evel Knievel?«, wollte Rebel wissen.

»Ich möchte keins, danke.« Dare zückte zum unzähligsten Mal sein Handy, um nachzusehen, ob sich Billie gemeldet hatte, und fluchte beim Anblick des leeren Displays leise.

»Immer noch nichts?«, fragte sein Vater.

Dare mahlte mit dem Kiefer und schüttelte den Kopf. »Sie ist jetzt schon seit Stunden weg. Ich hätte längst etwas von ihr hören müssen. Hat sich Billie bei dir oder Alice gemeldet, Manny? Hat irgendwer etwas von ihr gehört?«

Manny wirkte geknickt. »Nein, mein Junge. Wir sitzen alle genau wie du auf heißen Kohlen.«

»Die Bakers sind gute Leute«, sagte Doc. »Du musst dir keine Sorgen um Billie machen.«

»Und wenn etwas schiefgegangen ist? Du weißt doch selbst, wie schnell sie sich abschottet.« Dare wollte gar nicht darüber nachdenken, wenngleich er wusste, dass genau das passieren konnte.

Cowboy legte Dare eine Hand auf die Schulter. »Darum hat sie ja dich. Sie vertraut dir, Mann, und das aus gutem Grund. Sie wird dich nicht wieder ausschließen.«

»Das will ich hoffen, aber wenn es nicht so läuft wie erhofft, will sie vielleicht nicht mit mir darüber reden.«

»Wenn sie mit jemandem sprechen will, mit dem sie nicht ins Bett geht, kann sie jederzeit zu mir kommen«, bot Ezra an.

»Das weiß ich zu schätzen, und ich habe ihr auch vorgeschlagen, mal mit jemand anderem zu reden, aber sie wollte nichts davon wissen.« Er konnte keine Sekunde länger still sitzen und stand auf. »Ich gehe mal raus und rufe sie an.«

Er ging um die anderen Mitglieder herum und durch die Tür, während er schon ihre Nummer wählte. Auf dem Parkplatz hörte er ein Handy klingeln, als er seins ans Ohr hielt. Er spähte in die Dunkelheit und entdeckte Billie, die an seinem Motorrad lehnte und dann auf ihn zukam, wobei sie den Anruf annahm und ihm praktisch ins Ohr säuselte: »Hey, Whiskey.«

Sie sah in ihrer engen Hose mit Schlangenledermuster, dem scharfen schwarzen Top, dem Choker, den er so liebte, und ihrem strahlenden Lächeln, bei dem ihm ein Stein vom Herzen fiel, einfach umwerfend aus. Er steckte sein Handy ein. Die Energie, die sie ausstrahlte, wirkte heller und anders als in den letzten Jahren, und er wusste sofort, dass alles gut gegangen war.

»Verdammt, Mancini. Du in diesem Outfit ...« Er nahm ihren Anblick in sich auf, bevor er sie an sich zog. »Hmm. Ich würde dich am liebsten über dieses Motorrad beugen und hier und jetzt nehmen.«

Sie zog die Augenbrauen hoch. »Das ist genau die Reaktion, die ich mir erhofft hatte.«

»Dann ist es bei den Bakers also gut gelaufen?«

»Sogar besser als erhofft. Ich habe ihnen alles gesagt, und wir haben viel geweint, aber als ich aufgebrochen bin, fühlten wir uns alle besser. Ich bin so froh, dass ich bei ihnen war, und hätte ohne dich nie den Mut dazu gefunden.«

Er umarmte sie noch fester. »Und dieses Outfit ist deine Art, mir zu danken?«

»Nur der Teil, den ich in der Öffentlichkeit zeigen kann.« Ein verschmitztes Grinsen umspielte ihre Lippen, und sie schlang ihm die Arme um den Hals. »Ich hatte gehofft, wir gehen zum Feiern ins Roadhouse.«

»Bist du dir sicher, dass du an deinem Arbeitsplatz feiern möchtest? Wo ist dein Wagen? Wie bist du hergekommen?«

»Es ist nicht weiter wichtig, wie ich hergekommen bin. Und ja, ich bin mir sicher. Ich weiß, dass ich da die Chefin bin, aber ich bin auch eine Frau, die bis über beide Ohren in den heißesten Kerl der Stadt verliebt ist. Und wenn ich mit ihm in meiner Bar feiern will, dann werde ich das auch tun. Scheiß auf alle, denen das nicht passt.«

Da war er, der Unterschied, der ihm sofort aufgefallen war, den man nicht übersehen konnte, und – Grundgütiger – wie gern wäre er einfach dort stehen geblieben und hätte es genossen. »Ich liebe dich so sehr.«

Kurz bevor sich ihre Lippen berührten, sagte sie: »Ich liebe dich auch.«

Er küsste sie leidenschaftlich, und sie stellte sich auf die Zehenspitzen, um den Kuss zu vertiefen. *Großer Gott!* Selbst ihre Küsse fühlten sich anders an. Heißer und elektrisierender, als würde sein ganzer Körper unter Strom stehen. Er schob ihr eine Hand ins Haar, drehte ihren Kopf ein wenig zur Seite und vertiefte den Kuss noch mehr. Am Rande seines Bewusstseins nahm er ein Geräusch wahr, doch Billies Hände wanderten über seinen Rücken und packten seinen Hintern, woraufhin er keinen klaren Gedanken mehr fassen konnte, sondern einfach nur noch mehr wollte.

»Ich will doch sehr hoffen, dass das die Hand meiner Tochter an deinem Hintern ist, Whiskey, oder du hast gleich keinen Hintern mehr«, knurrte Manny.

Ihre Lippen trennten sich grinsend voneinander, und Dare behielt sie weiterhin eng an sich gepresst. Als sie sich umdrehten, standen sie ihren Vätern, seinen Brüdern und einigen anderen Dark Knights gegenüber, die alle johlten und pfiffen.

»Dann lief bei den Bakers alles gut, Schatz?«, erkundigte sich Manny.

»Ja, Dad. Alles ist gut.« Sie strahlte über beide Backen und legte Dare einen Arm um die Taille.

Dare sah seine wunderschöne Liebste an und raunte ihr ins Ohr: »Hast du was gegen eine Feier mit den Jungs?« Die Freude in ihren Augen, als sie den Kopf schüttelte, ließ ihm das Herz aufgehen. Er drehte sich um und brüllte: »Party im Roadhouse!«

»Das wollte ich hören!«, schrie Rebel, und einige andere jubelten. »Ich hole den Rest.«

Es kam reges Treiben auf, als Rebel zurück ins Clubhaus eilte und die ersten zu ihren Motorrädern gingen.

Manny umarmte Billie, und Dare trat ein Stück zur Seite, um ihnen etwas Privatsphäre zu lassen.

Sein Vater kam auf ihn zu. »Kannst du jetzt wieder freier atmen, Junge?«

»Ja. Ich habe mir solche Sorgen gemacht.« Er sah seinen Vater an und bemerkte, dass dieser ebenfalls erleichtert wirkte. »Du auch?«

Tiny nickte knapp. »Sie ist für mich und deine Mutter wie eine Tochter, seitdem sie ein freches kleines Ding in Cowboystiefeln und mit deinem Hut auf dem Kopf war. Als sie lange Zeit gelitten hat, litten wir mit ihr. Jetzt sieht sie allerdings wieder so aus wie früher, wenn ihr euch auf einen verrückten Stunt vorbereitet habt.« Sein Vater grinste. »Da steht jetzt wohl eine wilde Party im Roadhouse an.«

»Ich freue mich schon darauf. Kommst du mit?«

»Das will ich auf keinen Fall verpassen, ebenso wenig wie deine Mom. Ich hole sie ab, und wir treffen uns dann da.«

»Wild Hearts« von Keith Urban dröhnte aus den Lautsprechern, und die Gäste mussten schreien, um sich zu verständigen, aber es gab nur eine Person, die Dare hören musste, und er wirbelte sie soeben auf der Tanzfläche herum. Sie tanzten jetzt schon seit etwa zwei Stunden mit einigen Unterbrechungen. Das Roadhouse war gerappelt voll mit den Dark Knights, ihren Familien und einigen anderen Gästen. Es gab so viel zu tun, dass Manny Alice und Kellan hinter dem Tresen aushalf. Das war kein

Zufall. Dare wusste ganz genau, dass sein Vater und Manny überall bekannt gegeben hatten, dass Billie »Knallhart« Mancini etwas zu feiern hatte. Schließlich passierte es nicht jeden Tag, dass die temperamentvollste Frau von Hope Valley, die von einer Draufgängerin und professionellen Motocrossfahrerin zu jemandem geworden war, der sich hinter meterdicken Mauern verschanzte, mit allen scherzte und tanzte, als hätte sie sich den Platz im Rampenlicht verdient.

Was auch der Fall war.

Cowboy und Bobbie tanzten nicht weit entfernt, ebenso Doc mit einer groß gewachsenen Rothaarigen. Ihre Eltern befanden sich ebenfalls auf der Tanzfläche. Dort sahen sie Tiny und Wynnie nicht oft, aber an diesem Abend gab es kein Halten mehr. Erst recht nicht für seine Liebste, die tanzte, als würde die Musik durch ihre Adern fließen.

Als der Song endete und »Take My Name« von Parmalee folgte, nahm Dare sie in die Arme und tanzte eng umschlungen mit ihr. »Genießt du es, mich mit deinen heißen Bewegungen in diesem megascharfen Outfit zu foltern, Mancini?«

Sie schlang die Arme um seine Schultern und fuhr mit den Fingern über seinen Nacken. »Und wie, Whiskey.«

»Mir ist völlig egal, ob du tanzen kannst oder nicht«, sagte Birdie laut und schleifte den protestierenden Hyde an ihnen vorbei, dicht gefolgt von Sasha und Taz.

»Sie ist so eine Nervensäge«, murmelte Dare. »Hyde hasst tanzen.«

»Ignorier deine Schwester und konzentrier dich auf mich«, verlangte Billie.

»Baby, du stehst für mich die ganze Zeit im Mittelpunkt. Weißt du überhaupt, wie glücklich ich gerade bin, wenn ich dich so tanzen sehe?«

»Tja, ich werde dich noch viel glücklicher machen.«

Er drückte sie enger an sich und fuhr mit den Lippen über ihre. »Das hört sich gut an.«

»Behalt die Hose noch ein wenig an, Whiskey.« Ihre Miene wurde sanfter. »Ich habe beschlossen, dir nächstes Wochenende zuzusehen, wenn du über die Busse springst.«

Ihre Worte verblüfften ihn. »Bist du dir sicher?«

»Ja. Ich habe darüber nachgedacht, und als wir uns als Draufgänger fürs Leben bezeichnet haben, war das mein Ernst. Wenn dir etwas zustößt, und ich bete zu Gott, dass das nicht passiert, musst du wissen, dass ich da bin. Ich will dich bei jedem deiner Stunts unterstützen und dir zujubeln, so wie du es bei mir gemacht hast. Ich bin an deiner Seite, Dare, was auch immer passiert.«

Überwältigt und ungemein glücklich lehnte er die Stirn an ihre und rang nach Worten, um auszudrücken, was er empfand, doch sein Herz musste seinem Gehirn das Blut entzogen haben, denn mehr als »Du kannst dir gar nicht vorstellen, wie viel mir das bedeutet« brachte er nicht heraus.

»Doch, das kann ich. Und jetzt küss mich, Whiskey.«

Er kam der Aufforderung nach und küsste sie zärtlich und innig, wobei er sie an sich presste, bis das Lied endete und in »Man! I Feel Like a Woman« überging.

Birdie und Sasha kreischten los. Birdie schnappte sich Billie und Sasha Bobbie, und sie tanzen zu viert. »Mom!« Birdie winkte ihre Mutter zu sich, und Bobbie rief Alice herbei, die hinter dem Tresen hervorkam und sich ihnen anschloss.

Dare konnte gar nicht genug von diesem Anblick bekommen und trat zu seinem Vater und den anderen an die Bar.

»Deine Süße legt heute Abend aber richtig los«, stellte sein Vater fest, als Manny zu ihnen kam und ihnen die nächste

Runde servierte.

»Ja, das stimmt, deine aber auch. Sieh dir nur Mom an«, meinte Dare, da sich Wynnie ebenso wie die anderen Frauen im Takt der Musik wiegte.

»Ich habe meine Frau und meine Töchter seit Jahren nicht mehr so tanzen sehen«, stellte Manny fest. »Das haben wir nur dir zu verdanken, Dare!«

»Ich habe nichts weiter getan, als eine Tür zu öffnen. Billie hatte dann den Mut, hindurchzugehen.«

»Dann danke ich dir dafür, dass du sie geöffnet hast«, sagte Manny. »Du warst den ganzen Abend auf der Tanzfläche. Wie wäre es mit einem kalten Bier?«

»Nein danke, ich trinke heute Abend nicht. Meine Süße fährt nachher auf meinem Motorrad mit. Bringst du mir ein Eiswasser?«

»Geht klar.« Manny nahm noch weitere Bestellungen an und verschwand hinter dem Tresen.

Dare konnte den Blick nicht von Billie abwenden. Das lag nicht nur an ihren heißen Bewegungen oder daran, dass sie in ihrem Outfit einfach scharf aussah, sondern auch an der Freude und der Freiheit, die sie ausstrahlte und die ihn in ihren Bann zog.

»Mann, es ist wirklich schön, sie wieder da mit den anderen zu sehen, nicht wahr?«, fragte Doc.

»Du hast ja keine Ahnung, wie schön das ist.«

Manny brachte ihre Getränke, und sie unterhielten sich, während die Frauen tanzten. Als »Country Girl (Shake It for Me)« anfing, kreischten die Frauen schon wieder und tanzten weiter, nur Billie kam direkt auf Dare zu.

»Macht mal Platz, Männer«, forderte sein Vater. »Lasst die Lady durch.«

Alle traten beiseite, aber Billie ging gar nicht auf Dare zu. Stattdessen zwinkerte sie ihm zu, machte zwei große Schritte und stemmte sich auf den Tresen, wo sie zum Jubel aller weitertanzte. Dare grölte am lautesten.

Billie zeigte auf ihn und krümmte den Zeigefinger. »Schwing deinen Hintern hier rauf und tanz mit mir, Whiskey!«

»Das ist mein Mädchen.« Er kletterte auf den Tresen, passte sich an ihre heißen Bewegungen an und entlockte allen anderen weiteres Gejohle und Gepfeife. Dabei hörte er, wie jemand Manny fragte, ob er das nicht unterbinden wolle, und Manny erwiderte: »Auf gar keinen Fall. Darauf haben wir viel zu lange gewartet.«

Als der Refrain einsetzte, riss Billie die Hände hoch und drehte sich tanzend im Kreis, und die ganze Bar sang mit.

Dare sang die letzten Zeilen des Refrains an Billie gewandt und forderte sie auf, ihren sexy Körper zu schütteln, doch sie machte weitaus mehr als das. Sie wackelte mit den üppigen Kurven, rieb sich an ihm und brachte ihn beinahe um den Verstand. Sobald der Song endete, nahm er sie in die Arme, beugte sich mit ihr zu einer Seite und küsste sie. Alle Gäste jubelten und applaudierten.

Billie strahlte, als sie sich voneinander lösten. »Bring mich nach Hause, Whiskey. Ich habe genug davon, allen eine Show zu bieten. Jetzt bist du an der Reihe.«

Das ließ er sich nicht zweimal sagen.

Sie kletterten vom Tresen, und sie deutete auf Kellan, der lachend den Kopf schüttelte. »Ich bin immer noch dein Boss und du musst mich respektieren.«

Er wurde schlagartig ernst. »Ich respektiere dich jetzt mehr denn je.«

»Das solltest du auch, Grübchen«, erwiderte sie.

Sie verabschiedeten sich und verließen die Bar Arm in Arm, um sich auf dem Weg über den Parkplatz ständig zu küssen. Es war eine wunderschöne und klare Nacht, und als Dare zur Ranch fuhr, mit Billie hinter sich, die sich an seinen Rücken schmiegte, glaubte er, das Leben könnte nicht mehr besser werden. Sie blieben vor einer roten Ampel stehen und warteten darauf, dass sie grün wurde. Billie schob eine Hand zwischen seine Beine. *Bald, Baby.* Er legte eine Hand auf ihre und drückte einmal fest zu, bevor er ihre Hand nach oben bewegte, ihre Arme um sich schlang und ihre Hände gegen seinen Bauch drückte. Die Ampel schaltete um, und er bog nach links ab. Als sie mitten auf der Kreuzung waren, sah er auf der Straße, in die er einbog, Scheinwerfer schnell auf sie zukommen. Er zog das Motorrad nach links und versuchte, dem Wagen auszuweichen, doch sie wurden am Hinterrad getroffen. Dare segelte durch die Luft – *Billie!* –, überschlug sich und landete hart auf dem Seitenstreifen, wo er noch ein Stück weiterrollte, bis er zum Stillstand kam. Seine Ohren klingelten, als er den Helm abnahm und »Billie!« schrie. Er biss die Zähne zusammen, da ein stechender Schmerz durch seine Brust zuckte, und versuchte, sich aufzusetzen. Sein ganzer Körper schrie vor Schmerz, doch er sah sich suchend um und entdeckte sie in einiger Entfernung vor den Büschen auf dem Boden. »Billie!« Dare versuchte aufzustehen, brach jedoch sofort wieder zusammen und rang keuchend nach Luft, da sein Bein zu explodieren schien. »Billie!« Sie bewegte sich nicht. Er schleifte sich über das Gras in ihre Richtung und konnte nicht aufhören zu schreien. Menschen stiegen aus ihren Autos und rannten auf sie zu. »Billie!« Tränen verschleierten seine Sicht, als er weiter auf sie zukroch und jeden abwehrte, der ihm helfen wollte. Billies Bein und Arm waren schrecklich verdreht, ihr Helm war fort, und seine wunderschöne Liebste, sein Leben, lag reglos und blutend da. »Neinneinneingottnein. Verlass mich nicht!« Er legte die Arme um sie, scheuchte jeden weg, der ihn daran hindern wollte, und presste sie an sich. »*Billie. Wach auf, Baby, wach auf. Komm schon, Baby. Wach auf, Mancini.*« Schmerz durchtoste ihn, und er vergrub das Gesicht in ihrem blutgetränkten Haar. »Nein!«, stieß er hervor, als ihm zwei Personen Billie entwanden, und streckte die Hände nach ihr aus. »Lasst mich in Ruhe! Ich muss bei ihr sein!«

»Wir haben sie, Dare. Sie atmet. Ich bin's, Hazard.«

Das Gesicht des Polizisten tauchte vor ihm auf. Hector »Hazard« Martinez, Mayas Bruder, ein Dark Knight. »Sie ist …« Schrecklicher Schmerz fuhr durch Dares Brust.

»Ja, Mann. Sie ist bewusstlos, aber am Leben. Die Rettungssanitäter sind jetzt bei ihr. Wir müssen dich auch ins Krankenhaus bringen. Dich hat's übel erwischt.«

»Das ist mir scheiß…« Er rang nach Luft und hustete. »… egal. Muss … bei ihr sein.« Er wollte den Sanitätern folgen, die Billie auf eine Trage legten, aber Hazard hielt ihn fest. Da tauchten auch schon weitere Sanitäter auf und untersuchten ihn. »Lasst mich … Helft ihr.«

Ein Sanitäter hockte sich vor ihn und sah ihm direkt in die Augen. »Hören Sie mir jetzt gut zu. Sie wird behandelt, aber wir müssen auch Ihnen helfen. Ihr Bein ist gebrochen, und Sie haben eine Brustverletzung. Daher legen Sie sich jetzt verdammt noch mal hin und machen mir meinen Job nicht schwerer, als er ohnehin schon ist.«

Achtzehn

Cowboy und Doc standen auf einer Seite von Dares Krankenbett, seine Eltern auf der anderen und seine Schwestern und Rebel am Fußende. Viele der Dark Knights waren mit ihren Frauen hergekommen, aber er hatte sie nach oben zu Billies Familie im Warteraum der Intensivstation geschickt. Der Arzt hatte gesagt, sie hätten Glück gehabt, weil sie gerade abgebogen und nicht sehr schnell gefahren waren, als sich der Unfall ereignet hatte, sonst wäre es ihnen noch viel schlimmer ergangen. Dare hatte eine Gehirnerschütterung, drei gebrochene Rippen, sein linkes Bein war gebrochen und geschient und seine rechte Schulter war ebenfalls gebrochen. Sein rechter Arm lag in einer Schlinge und war ruhiggestellt. Er hatte einen Verband über der genähten Brustwunde und so viele andere Schnitte, Schürfwunden und Nähte, dass er sich fühlte, als hätte man ihn durch den Fleischwolf gedreht. Manny hatte sie vor etwa einer Stunde über Billies Zustand auf den neuesten Stand gebracht. Sie hatte sich den rechten Arm und das linke Bein sowie das Schulterblatt und mehrere Rippen gebrochen. Außerdem hatte sie einen punktierten Lungenflügel, unzählige Schnitt- und Schürfwunden und war noch immer bewusstlos. Die Ärzte führten weitere Tests durch, und Dare wünschte sich nichts sehnlicher, als an ihrer Seite zu sein.

Birdie sah auf ihr Handy. »Bobbie schreibt, dass es noch immer nichts Neues gibt. Aber keine Sorge, Dare. Sie wird wieder gesund.«

Er knirschte mit den Zähnen und wusste zwar, dass sie es nur gut meinte, aber wenn ihm noch ein Mensch sagte, dass Billie wieder gesund wurde, würde er explodieren. Sie untersuchten ihr Gehirn auf Schwellungen und Blutungen. *Großer Gott. Ihr Gehirn!* Es bestand die Gefahr, dass er sie verlor, und das nach allem, was sie durchgemacht hatten. Das hatte sie nicht verdient. Auch ihre Eltern verdienten das nicht. *Verdammt!* Er hatte es nicht verdient, und er wollte ganz bestimmt nicht untätig hier herumliegen. Als er die Decke zurückschlug und sich aufsetzen wollte, zuckte er vor Schmerz zusammen.

»Hey, lass das. Du musst dich wieder hinlegen«, ermahnte Doc ihn.

»Einen Teufel werde ich tun. Ich muss zu ihr.«

»Du kannst sie jetzt nicht sehen«, sagte Cowboy ernst. »Sie wird noch untersucht.«

»Das ist mir scheißegal«, stieß er zwischen zusammengebissenen Zähnen hervor. »Ich muss dort sein, wo sie ist, bei ihrer Familie, und dafür sorgen, dass es allen gut geht. Ich will das Gesicht des Arztes sehen, wenn er es ihnen mitteilt, also helft ihr mir entweder oder geht mir aus dem Weg.«

»Okay, jetzt beruhigt euch mal alle«, verkündete sein Vater. »Rebel, besorg ihm einen Rollstuhl.«

Während Rebel hinauseilte, sagte Doc: »Das ist keine gute Idee. Du kannst da oben nicht das Geringste machen. Es wäre viel besser, wenn du dich jetzt ausruhst, bis es Neuigkeiten gibt, und wir dich dann nach oben bringen.«

»Du hast drei Sekunden, um dieses verdammte Geländer

abzubauen, oder ich mach es selbst.«

Doc sah ihren Vater flehentlich an.

»Du hast den Mann gehört«, meinte Tiny, und seine Brüder machten sich fluchend daran, die Seitengitter abzunehmen.

Dare verzog das Gesicht, als er sich aufsetzte und die Beine aus dem Bett schwang.

»Ach, Schatz. Bist du dir da wirklich sicher?«, fragte seine Mutter.

»Es geht mir gut, Mom.«

»Nein, es geht dir nicht gut, aber ich weiß aus Erfahrung, dass ich mit dir nicht zu diskutieren brauche«, erwiderte sie. »Ich werde dich begleiten.«

Einige Minuten später schob Rebel einen Rollstuhl ins Zimmer. »Ist das auch wirklich eine gute Idee? Die Krankenschwester hätte mir beinahe den Kopf abgerissen, als ich sagte, dass er für dich ist.«

»Ich bin ebenso skeptisch«, gestand Sasha, während die Brüder Dare in den Rollstuhl halfen. »Du hast schwere Verletzungen erlitten, und dein Körper muss sich ausruhen und heilen.«

»Himmel noch mal«, schimpfte Birdie. »Er will bei Billie sein. Er liebt sie. Hättest du denn nicht auch gern einen Mann, der trotz gebrochener Knochen zu dir will, ungeachtet der Konsequenzen?«

»Doch, aber ...«

Dare machte sich daran, den Rollstuhl mit dem unverletzten Arm in Richtung Tür zu bewegen, und verzog vor Schmerzen das Gesicht.

»Lass mich das machen, Schatz.« Seine Mutter schob ihn hinaus.

Dare hörte, wie seine Brüder weiterhin mit seinem Vater

diskutierten, und eine Minute später standen der Rest seiner Familie und Rebel neben ihnen am Fahrstuhl.

»Ich habe meine Meinung nicht geändert«, warnte Dare sie.

»Was du nicht sagst, du elender Sturkopf«, brummte Cowboy. »Wir begleiten dich.«

»Ich brauche keine Babysitter.«

»Halt endlich die Klappe, bevor ich sie dir stopfe«, warnte Cowboy. »Wir wollen dir helfen und dich nicht von irgendwas abhalten. Es gefällt uns nur nicht, dass du dich derart aufregst und unnötig Schmerzen hast, wo du dich doch ausruhen solltest.«

Dare schluckte schwer und war dankbar für die Unterstützung.

»Wenn sie Billie untersucht haben, sie noch nicht aufgewacht ist und auf der Intensivstation liegt, lassen sie nur zwei Personen zu ihr«, teilte Doc ihnen mit.

»Ihre Eltern«, lenkte Dare ein. Er wollte sie sehen und sich bei ihnen entschuldigen.

Doc nickte. »Ich kenne eine der Schwestern auf der Intensivstation und werde mal sehen, was ich tun kann.«

»Danke, Mann. Das weiß ich wirklich zu schätzen. Ich will mich hier nicht wie ein Arsch aufführen, muss sie aber unbedingt sehen.«

»Das verstehen wir«, erwiderte Doc. »Aber während du dir Sorgen um Billie machst, muss sich auch jemand Sorgen um dich machen.«

Doc ging zur Pflegestation, während alle anderen den Warteraum der Intensivstation betraten. Billies Familie wirkte ebenso bestürzt, wie sich Dare fühlte, und er wurde an diesen schrecklichen Nachmittag erinnert, an dem sie Eddie verloren hatten und an dem ihre Eltern gleichzeitig mit dem Krankenwagen aufgetaucht waren und am Boden zerstört gewesen waren, was ihm nur noch mehr zusetzte. Bobbie kamen die Tränen, als seine Schwestern zu ihr traten und sich alle drei umarmten.

Alices Blick fiel auf ihn und seinen Rollstuhl, sie schlug sich eine Hand vor den Mund und fing an zu weinen. »Ach, Schätzchen.«

»Es geht mir gut. Habt ihr schon etwas von Billie gehört?«

»Noch nicht, aber sie sagten auch, dass die Tests eine Weile dauern.« Manny legte einen Arm um Alice. Er sah aus, als wäre er in den letzten Stunden um zehn Jahre gealtert. »Billie ist stark. Sie wird es schaffen.«

»Eine Stärkere gibt es nicht.« Dare rang die Angst nieder, die an ihm nagte. »Es tut mir so leid. Ich habe noch versucht, dem Wagen auszuweichen. Wenn ich doch nur ...«

»Wag es ja nicht, die Verantwortung dafür zu übernehmen«, fiel Manny ihm ins Wort. »Der Kerl, der euch gerammt hat, war total high. Er sitzt jetzt hinter Gittern, und es ist allein seine Schuld und nicht deine.«

»Das weiß ich, aber ... Wir dürfen sie nicht verlieren. Ich sollte da drin liegen, nicht sie.« Er kämpfte gegen die Emotionen an, die ihn zu übermannen drohten, biss die Zähne aufeinander und drehte den Kopf zur Seite, um sich eine Träne wegzuwischen. Seine Eltern sollten diesen Zusammenbruch nicht mitbekommen.

»Sag das nicht«, erwiderte Alice. »Es wäre für keinen von uns besser, wenn man dich jetzt dort untersuchen würde. Wir müssen einfach alle fest daran glauben, dass sie wieder gesund wird.«

»Das wird sie. Sie muss wieder gesund werden.« Dare konnte nicht still sitzen, während die Liebe seines Lebens bewusstlos auf der Intensivstation lag. Er musste aufstehen und sich bewegen, aber als er das versuchte, legte ihm sein Vater eine schwere Hand auf die Schulter und drückte ihn recht unsanft wieder nach unten. Dare starrte ihn wütend an.

»Ich habe zugelassen, dass du hier raufkommst, aber du bleibst schön in diesem Rollstuhl sitzen«, sagte sein Vater, als Doc zurückkehrte und auf Dare zukam.

Ein kleiner, stämmiger, fast kahler Mann im weißen Kittel betrat den Warteraum durch die Doppeltür. Dares Puls raste, und es kam ihm so vor, als würden alle Anwesenden die Luft anhalten, als der Mann fragte: »Mr. und Mrs. Mancini?«

»Hier«, rief Manny, und die Menge teilte sich, damit Billies Eltern zum Arzt gelangen konnten.

Dare wollte erneut aufstehen, doch auch jetzt drückte ihn sein Vater wieder nach unten. Als Tiny nicht einmal den Rollstuhl in die Richtung schob, wurde Dare immer aufgebrachter. »Was zum ...«

»Du bleibst aus Respekt vor ihren Eltern hier«, war alles, was sein Vater sagte.

Dare fluchte leise, wusste allerdings auch, dass sein Vater recht hatte.

Doc legte ihm eine Hand auf die Schulter. »Ich habe ein paar Beziehungen spielen lassen. Du darfst zu ihr und Bobbie auch.«

»Danke, Mann.« Dare versuchte, etwas aus der Miene des Arztes zu lesen, und ihm gefiel gar nicht, was er darin sah, als der Mann den Flur entlang deutete.

Manny und Alice wollten ihm schon aus dem Warteraum folgen, aber Manny blieb noch einmal stehen und drehte sich zu Dare um. »Komm mit, Junge. Das solltest du ebenfalls hören.«

Danke, Gott!

Sein Vater schob den Rollstuhl zu ihnen hinüber. Cowboy und Doc blieben zurück.

Der Arzt beschrieb die vielen Verletzungen, die ihnen bereits bekannt waren, und sagte dann: »Sie ist noch immer bewusstlos, aber wir haben keine Schwellungen, Blutungen oder Prellungen im Gehirn gefunden, was sehr gut ist.«

Gott sei Dank! Dare atmete auf.

»Sie kann problemlos selbst atmen, und wir behalten sie unter gründlicher Beobachtung«, fuhr der Arzt fort. »Wir haben beschlossen, sie nicht an ein Beatmungsgerät anzuschließen, weil wir sie nicht sedieren möchten.«

»Warum ist sie noch nicht aufgewacht?«, fragte Manny.

»Wann wird sie aufwachen?«, wollte Alice wissen.

»Bedauerlicherweise lässt sich das nicht sagen. Jedes Gehirn reagiert anders auf ein Trauma. Ich kann Ihnen nicht sagen, wann oder ob sie wieder aufwachen wird, aber in den nächsten vierundzwanzig bis achtundvierzig Stunden wissen wir mehr.«

Dare umklammerte die Armlehnen seines Rollstuhls, um nicht laut zu knurren. *Sie wird aufwachen. Sie muss einfach wieder aufwachen!* Abermals landete die Hand seines Vaters auf seiner Schulter. *Vierundzwanzig bis achtundvierzig Stunden? Und was passiert danach? Ist das unser winziger Hoffnungsschimmer?* Er sprach die Frage nicht aus, weil er die Antwort nicht hören wollte.

»Sie können bald zu ihr«, versprach der Arzt.

»Kann sie uns hören, wenn wir mit ihr sprechen?« Alice klang nervös.

»Ja, und es wäre gut, wenn Sie mit ihr reden. Vertraute Stimmen können dabei helfen, das Gehirn zu stimulieren, und ihre Genesung beschleunigen. Eine Schwester bringt Sie bald zu ihr.«

Der Arzt lächelte zum ersten Mal, und das gab Dare das Gefühl, dass wirklich Hoffnung bestand. Er würde mit ihr reden, bis ihm der Atem ausging. Er wollte alles tun, um zu ihr durchzudringen und sie zurückzuholen.

Manny informierte rasch die anderen, die ebenso erleichtert wie besorgt waren. Etwas später kam eine große brünette Krankenschwester herein und erklärte, dass sie hinsichtlich der Besuchsregularien eine Ausnahme machen würden, bevor sie Manny, Alice und Bobbie zu Billie brachte. Dare schickte weitere Stoßgebete gen Himmel, damit Billie aufwachen und wieder gesund werden würde, schloss einen Pakt mit dem Teufel und jedem anderen, der zuhören wollte. Sein Vater und Cowboy standen mit verschränkten Armen breitbeinig in der Nähe und ließen ihn nicht aus den Augen. Er versuchte aufzustehen, hatte jedoch seinen Gipsverband und die gebrochenen Rippen vergessen und ließ sich fluchend wieder sinken.

»Was willst du?«, fragte Doc.

»Dass Billie wieder aufwacht.«

»Ich weiß, und das wird sie auch. Sie ist stark, und sie liebt dich. Du weißt ganz genau, dass sie mit aller Macht darum kämpfen wird, zu dir zurückzukommen.«

Das will ich doch hoffen. »Ich brauche eine Krücke. Kannst du mir eine besorgen? Wenn ich hier noch eine Minute länger rumsitze, drehe ich durch. Und es wäre super, wenn du bei mir vorbeifahren und ein paar Klamotten und ein Ersatzhandy holen könntest. Meins ist beim Unfall kaputtgegangen.«

»Geht klar.«

Während sich Doc auf die Suche nach einer Krücke machte, rief Dare Cowboy zu sich. »Ich will alles über den Kerl wissen, der uns angefahren hat.«

»Hazard ist bereits an der Sache dran. Der Typ heißt Crew

Hendricks. Seine Braut hat ihn sitzen gelassen, da ist er feiern gegangen. Ist zum ersten Mal straffällig geworden. Wahrscheinlich wandert er ins Gefängnis und muss eine hohe Strafe zahlen, vermutlich auch irgendeine Opferentschädigung.«

»Keine noch so hohe Entschädigung kann wiedergutmachen, was er Billie angetan hat.«

»Hey, solange er hinter Gittern landet, ist er nicht dein Problem.«

»Genau. Danke. Ich muss mit Ezra reden, solange mein Verstand noch funktioniert. Mir dröhnt schon jetzt höllisch der Schädel.«

Cowboy nickte und ging Ezra holen. Dare schloss die Augen und versuchte, seinen Kopf dazu zu bringen, sich nicht mehr so anzufühlen, als würde er jeden Moment explodieren.

»Was kann ich für dich tun, Dare?«, fragte Ezra.

Dare schlug die Augen auf. »Könntest du meine Patienten übernehmen?«

»Sicher. Was immer du willst.«

»Ich mache mir die größten Sorgen um Kenny, weil er gerade in einer entscheidenden Phase des Programms ist. Du musst sehr vorsichtig vorgehen, damit er nicht durchdreht. Er muss wissen, was passiert ist und dass ich mich morgen nicht mit ihm treffe und er nicht mit Billie üben wird. Schlimmstenfalls wirft ihn das völlig aus der Bahn.«

»Das werde ich nicht zulassen«, versprach Ezra. »Dwight und ich behalten ihn genau im Auge. Er wird die nötige Unterstützung bekommen.«

»Das weiß ich. Sag ihm, dass es mir gut geht und dass wir uns sehen, sobald es geht. Wir wollten uns nächste Woche mit seinen Eltern treffen. Bitte Maya, den Termin zu verschieben. Ich muss ihn dabei unbedingt begleiten. Kannst du vorerst meine Therapiesitzungen übernehmen? Ich bin mir nicht sicher, ob meine Mom Zeit dafür hat. Sie wird bestimmt für Alice und Manny da sein wollen.«

»Ich bringe ihn schon irgendwie unter und auch alle anderen Patienten, die ich vorerst übernehmen soll.«

»Danke. Lass dir von Maya helfen, aber übernimm bitte auf jeden Fall Kenny. Ich glaube, er wird mit dir besser zurechtkommen als mit Colleen. Sie sieht er vermutlich eher als eine Art Mutterfigur. Ich kann dir morgen früh alles Wissenswerte erzählen. Im Augenblick fällt es mir allerdings schwer, mich zu konzentrieren.«

»Kein Problem. Ich fahre zurück zur Ranch und regle alles. Ich würde dir ja sagen, dass du dir keine Gedanken wegen der Arbeit machen musst, aber dafür kenne ich dich zu gut. Aber du weißt, dass wir alle hinter dir stehen und du dich auf uns verlassen kannst.«

»Danke, Mann. Das weiß ich wirklich zu schätzen.«

Einige Zeit später kehrten Manny, Alice und Bobbie zurück. Alle hatten gerötete Augen und waren sehr blass. Dare hinkte auf einer Krücke neben der Krankenschwester durch den Flur, um zu Billie zu gelangen.

»Danke, dass Sie mich zu ihr lassen.«

»Aber natürlich. Für Doc würde ich alles tun.« Sie lächelte auf eine Art und Weise, die ihre Zuneigung zu seinem Bruder deutlich vermittelte. Vor Billies Zimmertür blieb sie stehen und senkte die Stimme. »Aber nicht zu lange, okay? Ich habe den anderen Schwestern Bescheid gesagt, damit man Sie immer zu ihr lässt, wenn Sie hier sind.«

»Vielen Dank.«

»Denken Sie positiv, und reden Sie so mit ihr, dass sie antworten könnte. Das hilft oftmals.«

Dare nickte und betrat Billies Zimmer. Ihm schlug das Herz bis zum Hals. Sie hatte eine Schramme an der Wange und einen Verband im Gesicht und um die Stirn. Ihr Arm und ihr Bein waren geschient worden, und der Gipsarm hing in einer Schlinge. Sie hing am Tropf, und unter ihrem Nachthemd kamen diverse Schläuche hervor. Das war nicht das Ende. So konnte es einfach nicht enden. Die Frau, die bereit gewesen war, die Welt im Sturm zu erobern, konnte nicht auf der Heimfahrt im Handumdrehen verschwinden. Dare hätte dem Mistkerl, der dafür verantwortlich war, am liebsten den Hals umgedreht.

Die Tränen, die er die ganze Zeit zurückgehalten hatte, brachen sich Bahn und liefen ihm über die Wangen, als er zu ihrem Bett ging. Er lehnte seine Krücke an den Nachttisch und drückte Billie einen Kuss auf die Stirn. »Es tut mir so leid, Baby. Es tut mir so unfassbar leid. Ich würde alles dafür tun, um mit dir zu tauschen. Aber du wirst wieder gesund. Der Arzt hat gesagt, dein Kopf sieht gut aus, und alle hier warten nur darauf, dass du aufwachst.« Eine Träne fiel von seiner Wange auf ihre, und sie zuckte nicht zusammen, rührte nicht einen Muskel. Daraufhin musste er nur noch bitterlicher weinen. »Du wirst wieder aufwachen, Mancini. Davon bin ich fest überzeugt. Wir wollen uns doch ein gemeinsames Leben aufbauen, und ich weiß genau, dass du das auch willst.« Vorsichtig nahm er ihre Hand. »Draufgänger fürs Leben, Baby ...« Seine Stimme brach, und die Tränen übermannten ihn, als die Last der Realität über ihn hereinbrach. Er hätte nie gewollt, dass sie sich in seiner Lage befinden musste und um den Menschen weinte, den sie liebte, ihre Seele anbot, um ihn zurückzuholen.

Dare mahlte mit dem Kiefer. »Ich werde dir nie wieder mit irgendwelchen verrückten Stunts Angst einjagen. Das ist ein

Versprechen.« In seinem Kopf flüsterte eine Stimme: *Versprich nichts, was du nicht halten kannst, Whiskey.* Sie hörte sich so echt an, dass er grinsen musste. »Das heißt aber noch lange nicht, dass wir nicht mehr Klippenspringen, Fallschirmspringen oder Skifahren gehen oder all die anderen coolen Sachen machen. Aber ich werde nicht mehr an die Grenzen gehen, Baby. Ich muss nicht über Busse springen oder mit den Stieren laufen. Irgendwelche Rekorde brechen. Alles, was ich brauche, bist du, Liebling, und ich werde dieses Krankenhaus nicht ohne dich verlassen. Also ruh dich aus, solange es nötig ist, und wenn du bereit bist, werde ich hier sein und dich nach Hause bringen.«

Neunzehn

Dare kam sich vor, als hätte er die Nacht in einer Müllpresse verbracht, so sehr schmerzten sein Körper und seine Seele. Er hatte am Vorabend mit seinen Eltern und den Schwestern darüber gestritten, dass er wieder auf sein Zimmer gehen sollte, letzten Endes jedoch alle davon überzeugt, dass er nicht von Billies Seite weichen wollte, und in einem Sessel im Warteraum der Intensivstation geschlafen. Genau wie seine Eltern, Manny, Alice und Bobbie. Wie versprochen hatte ihm Doc in der Nacht noch saubere Kleidung gebracht und Dare hatte endlich duschen können. Zwar litt er dabei Höllenqualen und musste seinen Gips in eine Tüte wickeln, doch er war froh, das Krankenhausnachthemd losgeworden zu sein. Als er in den Warteraum zurückgekehrt war, hatte Kellan dort besorgt gewartet und Manny versichert, dass er sich um die Bar kümmern würde. Rebel und mehrere andere Dark Knights boten an, dort auszuhelfen, solange es nötig war. Colleen hatte Dare und seinen Eltern versichert, dass sie und Ezra die Patienten übernehmen würden. Sein Vater und Manny hatten die Familien der Clubmitglieder nach Hause geschickt, doch in den frühen Morgenstunden waren Dare noch immer einige von ihnen ins Auge gefallen. Er wusste, dass sie in der Nähe blieben, um ihre Familien im Krankenhaus und seine Geschwister auf der Ranch zu unterstützen, die wieder arbeiten mussten. Dafür war er zutiefst dankbar, denn ihre Familien mochten zwar stark sein, doch nichts hätte sie auf das hier vorbereiten können.

Es war Mittwochabend, und seine Geschwister und Dutzende anderer waren zwar vorbeigekommen, um nach ihm und Billie zu sehen, doch er hatte sie alle nicht wirklich wahrgenommen. Er saß auf einem Stuhl neben Billies Bett und hielt ihre Hand, wie er es schon seit Stunden tat, versprach ihr das Blaue vom Himmel, wenn sie nur wieder aufwachte. Seine Mutter hatte ihm das neue Handy gegeben, das Doc vorbeigebracht hatte, und er hatte sich kurz mit Ezra über Kenny unterhalten. Zu seiner Beruhigung war Kenny zwar besorgt, hatte die Nachricht jedoch gut verkraftet.

Das war auch hilfreich, weil Dare im Moment nichts für andere tun konnte. Ihm gingen immer wieder die Worte des Arztes über die nächsten vierundzwanzig bis achtundvierzig Stunden durch den Kopf, was sich für ihn wie eine tickende Zeitbombe anfühlte, denn nach achtundvierzig Stunden würde sich eine Tür schließen und nie wieder öffnen. Die Stunden vergingen quälend langsam, und er verbrachte jede Sekunde damit, sich den Kopf zu zerbrechen, wie er Billie aus dieser neuen, unvertrauten Dunkelheit herausholen konnte. Seine üblichen Taktiken waren ihm in dieser Situation nicht von Nutzen. Er konnte weder mit ihr flirten noch sie mit den Dingen, die sie liebte, locken. Auch eine Herausforderung oder Berührungen brachten ihn nicht weiter.

Er hatte einfach alles versucht und sich in seinem ganzen Leben noch nicht so hilflos gefühlt.

»Du musst aufwachen, Mancini.« Er rieb mit dem Daumen über ihren Handrücken. »Es reicht jetzt, und was immer du brauchst oder willst, wenn du wieder aufwachst, ich werde es tun, bauen oder kaufen. Ich habe dir alles versprochen, was mir einfallen wollte, und ich weiß, dass du eigentlich gar nichts davon willst. Du möchtest nichts weiter als unsere Beziehung und deine Familie, und wir sind hier, Baby, und warten darauf, dass du zurückkommst.« Er drückte einen Kuss auf ihren Handrücken, und seine Tränen benetzten ihre Haut. Dabei beobachtete er sie gebannt, doch ihre Augen blieben geschlossen und sie rührte sich nicht. »Ich werde dich weiter nerven, bis du mich hörst, damit du endlich aufwachst.«

Die Tür ging auf, und er wischte sich rasch die Tränen weg, als seine Mutter mit einer Tasse Kaffee und einem Sandwich hereinkam. Er wusste nicht, was Docs Freundin genau bewirkt hatte, war ihr jedoch unendlich dankbar. Normalerweise waren auf der Intensivstation nur zwei Besucher pro Tag gestattet, doch hier hatte man nicht nur Bobbie erlaubt, zusammen mit ihren Eltern das Zimmer zu betreten, sondern auch Dare hatte Billie letzte Nacht sehen dürfen, außerdem durften Billies und Dares Familien sie besuchen, solange sich hier nicht mehr als zwei Personen gleichzeitig aufhielten.

»Ich bringe dir etwas zu essen.« Das Lächeln seiner Mutter verblasste schnell wieder. »Ach, Schatz.« Sie stellte das Sandwich und die Tasse auf den Tisch und kam zu ihm, um ihm die Wange, die Hand und den Arm zu streicheln.

»Es geht mir gut«, log er, wobei ihre Zuneigung ihm nur noch mehr die Kehle zuschnürte.

»Du kannst ruhig zugeben, dass es dir nicht gut geht, Schatz. Die Frau, die du liebst, liegt im Krankenhaus, und ich weiß, dass sie versucht, zu dir zurückzukommen.«

Ihm kamen erneut die Tränen, die er schnell wegwischte. »Ich habe in diesem Zimmer mehr geweint als im ganzen

Leben, abgesehen von ...« Er musste *Eddies Tod* nicht aussprechen.

»Nein, es fühlt sich nur so an.« Sie zog sich einen Stuhl neben seinen und nahm seine Hand. »Du erinnerst dich bestimmt nicht mehr daran, aber als du noch klein warst, hat Billie irgendwann mal gesagt, dass sie nicht mehr deine Freundin sein will. Danach hast du den ganzen Tag geweint, dich mit deinen Brüdern gestritten, dir die Hand verletzt, weil du gegen eine Wand geschlagen hast, und alles getreten, was dir in die Quere kam. Später hast du dich auf unserem Quad davongestohlen, um sie zu sehen, und uns eine Heidenangst eingejagt.«

Er trocknete sich die Augen. »Das weiß ich noch. Ich war so sauer. Es fühlte sich an wie eine Trennung. Da hatte ich diese beste Freundin, die mich immer beschimpft hat, wenn sie wütend war, aber sobald ich sie einmal als dummes Mädchen bezeichnet hatte, wollte sie mich nicht mehr sehen.«

»Weißt du, warum sie damals so verletzt war?«

»Weil sie Billie ist, die Person mit dem größten Kampfgeist auf diesem Planeten, und sie sich nicht gern beschimpfen lässt.«

»Niemand lässt sich gern beschimpfen, aber das war nicht der einzige Grund. Du hast sie als ›dummes Mädchen‹ bezeichnet. Damit mochtest du etwas nicht an ihr, das sie nicht ändern konnte.«

Er schnaubte. »Ich habe sie geliebt, damals wie heute. Ich wusste nur nicht, was ich aus diesen Gefühlen machen sollte. Darum habe ich das gesagt. Selbst als kleines Kind wollte ich jedes Mal, wenn ich sie sah, dass sie die Meine ist. Ich begriff nicht, was das bedeutet, konnte jedoch nichts dagegen tun. Diese Gefühle waren stärker als ich.«

»Das weiß ich, Schatz.«

»Ich will sie nicht verlieren, Mom.« Wieder kamen ihm die Tränen. »Ohne sie weiß ich nicht mehr, wer ich bin.«

Sie nahm ihn in die Arme, und er ließ alles raus, all die über die Jahre nicht vergossenen Tränen, die er sich stets verkniffen hatte. »Es ist okay, Schatz. Sie wird wieder gesund.«

Dare lehnte sich zurück und riss sich zusammen. Seine Mutter musste sich nicht noch mehr Sorgen machen. »Das hoffe ich. Ich habe mir den Kopf zerbrochen, wie ich sie wieder zurückholen kann. Wo sind Menschen, wenn sie bewusstlos sind? In einer Leere, im Nichts? Träumt sie?«

»Falls sie das tut, dann bestimmt von dir.«

Unwillkürlich musste er lächeln und konnte nur hoffen, dass das stimmte.

»Sie wird aufwachen, und alles wird wieder normal. Du wirst schon sehen.«

»Ich brauche kein *normal*. Sie soll aufwachen, und was immer passiert oder was immer sie braucht, sie wird es bekommen. Und ich werde sie – ebenso wie dich oder irgendjemand anderen – nie wieder in eine Lage bringen, in der ihr so an meinem Krankenbett sitzen müsstet.«

Seine Mutter zog die Brauen zusammen. »Was willst du mir damit sagen?«

»Ich habe Billie versprochen, dass ich nicht länger meine Grenzen austeste. Es war egoistisch von mir, von ihr zu verlangen, dass sie mich dabei unterstützt, wie ich über Busse springe oder mit den Stieren laufe. Was habe ich mir nur dabei gedacht? Wieso habe ich nicht erkannt, welchem Druck und welcher Angst ich sie und alle anderen ausgesetzt habe? Ich bin so ein Idiot. Ihr hättet mir wirklich Verstand einprügeln sollen.«

»Das haben deine Brüder über viele Jahre versucht.« Sie tätschelte seine Hand. »Aber du wolltest ebenso wenig auf uns hören wie Billie, als sie uns alle auf Abstand gehalten hat. Ihr beide seid auf eine Art und Weise besonders, die nur ihr versteht, und ich freue mich zwar darüber, dass du uns nicht länger in Angst und Schrecken versetzen willst, aber du bist kein Idiot. Du bist einfach Dare, und sie ist Billie. Ihr seid zwei unermüdliche Draufgänger, die genau deswegen von allen geliebt werden.«

Es schnürte ihm die Kehle zu, als er das hörte. »Danke, aber es tut mir trotzdem leid, dass ich euch so viel habe durchmachen lassen, und ohne sie gibt es auch mich nicht mehr. Sie ist der einzige Kick, den ich brauche.«

Anderthalb Stunden später waren Manny, Alice, Bobbie und Tiny in Billies Krankenzimmer aufgetaucht und wieder verschwunden und Dare war mit ihr allein. Der diensthabende Pfleger spähte um die Ecke und teilte ihm mit: »Die Besuchszeit ist in fünf Minuten vorbei.«

»Gehe ich recht in der Annahme, dass ich mir selbst mit hundert Dollar keine weitere Stunde verschaffen kann?«, fragte Dare.

»Ich wünschte, das wäre möglich, aber es geht leider nicht.«

»Es war einen Versuch wert.«

Der Pfleger schloss die Tür, und Dare stand vorsichtig auf und sah auf Billies wunderschönes, zerkratztes Gesicht hinab. »Wovon träumst du wirklich, Liebste? Bist du da in einer Zwischenwelt? Ich weiß, dass du spürst, wie ich auf dich warte, daher beeil dich bitte bei dem, was immer du gerade tust, und komme wieder zu mir zurück.« Er blickte zur Decke hinauf, fuhr mit dem Daumen über Billies Handrücken und tat etwas, das er seit Jahren nicht mehr gemacht hatte.

Er flehte den besten Freund an, den sie verloren hatten.

»Hey, Eddie, falls du mich hören kannst: Billie hat mir erzählt, was an diesem Tag passiert ist und warum sie sich von dir getrennt hat. Es tut mir so leid, Mann. Das muss verdammt hart für dich gewesen sein. Aber ich wusste nicht, dass sie in mich verliebt war. Da lief nichts hinter deinem Rücken. Solltest du mich also nicht hassen, dann würde ich dich gern um einen Gefallen bitten. Unsere Süße braucht einen Stupser. Ihre Zeit ist noch nicht gekommen, und wenn du irgendetwas bewirken kannst, schick sie bitte zu mir zurück, ja? Zeig ihr einfach den Weg. Ich vermute, sie hat sich verlaufen, und ich brauche sie so sehr. Mir ist klar, dass mich das zu einem egoistischen Mistkerl macht, aber sie ist das Blut in meinen Adern, die Luft, die ich atme. Sie ist es, was mich ausmacht.« Er knirschte mit den Zähnen und hörte, wie die Tür erneut geöffnet wurde.

Der Pfleger betrat den Raum. »Ich muss Sie leider bitten zu gehen.«

Dare nickte und beugte sich vor, um Billie zu küssen, verharrte jedoch dicht vor ihren Lippen. »Ich muss jetzt leider rausgehen, bin aber direkt vor der Tür, wenn du aufwachst. Ich liebe dich mehr als das Leben selbst, Mancini.« Er küsste sie und spürte, wie sie die Finger bewegte. Hoffnung wallte in ihm auf. »Sie hat mit den Fingern gezuckt!«

Der Pfleger sah ihre Hand an, die ganz still da lag. »Das war möglicherweise nur ein Muskelreflex. So etwas kommt vor.«

»Nein, Mann. Glauben Sie mir, dass sie es war.« Dare drückte ihre Hand, doch es kam keine Reaktion. »Komm schon, Baby. Du schaffst das.« Er beugte sich dicht über sie. »Ich weiß, dass du mich hören kannst, Mancini. Beweg die

Finger, wenn du mich hörst.« Sie legte die Finger etwas fester um seine. »Haben Sie das gesehen? Sie bewegt sich. Sehen Sie sich ihre Hand an!« Sie schlug flatternd die Augen auf und schaute sich verwirrt um, und Dares Herz machte einen Satz. »Sie ist wach!«

Der Pfleger eilte ans Bett und drückte einen Knopf, um etwas in die Gegensprechanlage zu sagen, während Dare auf Billie einredete. »Hi, Liebling. Ich bin hier bei dir. Ich wusste, dass du aufwachst.«

»Wo bin ich?«, fragte sie leise.

»Im Krankenhaus. Wir hatten einen Unfall. Erinnerst du dich nicht mehr?«

Sie schüttelte den Kopf und starrte Dare an. »Wer bist du?«

Dares Brustkorb zog sich zusammen. »Ich bin's, Baby. Dare.«

»Ich kenne dich nicht.« Sie wich vor ihm zurück, als der Arzt und eine Krankenschwester ins Zimmer geeilt kamen.

»Ich bin's, Billie. Dare.«

»Ich kenne ihn nicht«, wiederholte sie ängstlich, und dann schob der Arzt Dare auch schon beiseite. Eine andere Schwester drückte ihm die Krücke in die Hand und führte ihn auf den Flur.

»Warten Sie! Warum erkennt sie mich nicht?« Der Arzt versperrte ihm die Sicht auf sie, und er wurde immer panischer. »Sie muss mich sehen, damit sie sich an mich erinnert!«

»Wir müssen sie zuerst untersuchen, und das geht nicht, solange Sie da sind. Wir kümmern uns gut um sie«, versicherte ihm die Schwester.

»Lassen Sie mich mit ihr reden. Bitte!« Er wollte unbedingt zurück zu Billie, doch jetzt kam noch der Pfleger dazu und sie bugsierte ihn durch die Tür.

»Wenn Sie sich widersetzen, lassen wir Sie nicht mehr zu ihr, Mr. Whiskey«, sagte der Pfleger. »Ich weiß, dass Sie sich Sorgen machen, aber Sie müssen uns auch unsere Arbeit machen lassen.«

Dare hatte jede Minute als unerträglich empfunden, bevor Billie aufgewacht war, aber darauf zu warten, dass der Arzt ihr Krankenzimmer wieder verließ, war noch weitaus schlimmer. Die Krankenschwester hatte ihm versichert, dass Patienten sich direkt nach dem Aufwachen manchmal nicht an gewisse Dinge erinnern konnten und dass der Arzt mit ihm sprechen würde, sobald er Billie untersucht hatte. Doch sie war wach, und allein das kam ihm wie das größte Wunder auf Erden vor. Alle freuten sich darüber, und nach dem, was die Schwester gesagt hatte, schien die Tatsache, dass sie Dare nicht erkannt hatte, nur eine Nachwirkung der langen Bewusstlosigkeit zu sein. Dare konnte es kaum erwarten, sie zu sehen; sein ganzer Körper war angespannt und bereit für einen Kampf, der bei seinen Verletzungen allerdings nicht gut ausgegangen wäre. Doch sein Schmerz scherte ihn nicht weiter. Er wollte nur zurück zu Billie.

Kaum hatte der Arzt ihr Zimmer verlassen, umringten ihn alle. »Wie geht es ihr?«, fragte Alice zur selben Zeit, als Dare wissen wollte: »Warum hat sie sich nicht an mich erinnert?«

Genau wie am Vorabend sah der Arzt ganz ernst aus. »Sie war ein bisschen durcheinander und aufgeregt, doch das war zu erwarten. Jetzt schläft sie erst mal, aber sie scheint unter retrograder Amnesie zu leiden.«

»Was bedeutet das? Erinnert sie sich an gar nichts mehr?«,

hakte Manny nach.

»Es bedeutet, dass sie die Fähigkeit verloren hat, sich an bestimmte Ereignisse vor Einsetzen der Amnesie zu erinnern, in Billies Fall also vor dem Unfall, aber sie ist in der Lage, neue Erinnerungen zu schaffen und zu speichern«, erklärte der Arzt.

Alice keuchte auf, und Bobbie hatte Tränen in den Augen. Manny legte die Arme um die beiden. Dare rang mit seinen Emotionen, die ihn zu ersticken drohten, während seine Mutter leise weinte. Sein Vater legte ihm eine Hand auf die unverletzte Schulter und nahm die Hand seiner Mutter.

»In den meisten Fällen haben die Patienten nur die letzten Erinnerungen verloren, können sich aber an ältere wie ihre Kindheit erinnern. Billie weiß beispielsweise, wer ihre Eltern sind und dass sie eine Schwester hat, doch der Name ihrer Schwester wollte ihr nicht einfallen.« Der Arzt wandte sich Dare zu. »Bedauerlicherweise weiß sie auch nicht, wer Sie sind, und kann sich an keine weiteren Einzelheiten aus ihrer Vergangenheit erinnern.«

»Großer Gott«, murmelte seine Mutter und wischte sich die Tränen weg.

Sein Vater sah Manny an. »Wir stehen das durch.« Dann drehte er sich zu dem Arzt um. »Wird sie sich irgendwann an mehr erinnern?«

»Das hoffen wir. In einigen Fällen lässt die retrograde Amnesie rasch nach, oft innerhalb von vierundzwanzig Stunden, und wir behalten sie unter genauer Beobachtung«, versprach der Arzt.

Schon wieder ein verdammter Zeitrahmen, der eine weitere Welle der Furcht hervorrief. Dieses Mal musste Dare jedoch wissen, was sie erwartete. »Und was passiert nach diesen vierundzwanzig Stunden?« Seine Stimme klang ebenso erschüttert, wie er sich fühlte.

»Jeder Mensch ist anders. Damit sollten wir uns erst beschäftigen, wenn es so weit ist«, schlug der Arzt vor.

Dare hätte ihn am liebsten an die Wand gedrückt und Antworten verlangt, was sein Vater zu spüren schien. Er umklammerte Dares Schulter fester und fragte: »Was können wir tun? Gibt es Spezialisten, die wir hinzuziehen können, damit sie ihr Gedächtnis schneller zurückbekommt?«

»Das Beste, was Sie im Augenblick tun können, ist, sie sanft daran zu erinnern, wer Sie sind, und ihr mehr über ihr Leben zu erzählen«, erwiderte der Arzt. »Fotos, Geschmack und Gerüche können ebenfalls hilfreich sein, aber Sie sollten sie auch nicht überfordern oder unter Druck setzen. Beantworten Sie ihre Fragen, aber drängen Sie sie nicht. Sie hat eine Menge durchgemacht, und ihr Gehirn arbeitet auch so schon hart daran, die Lücken zu füllen, daher wird sie vermutlich schnell müde werden.«

»Weiß sie noch, wie man bestimmte Dinge macht?«, wollte Bobbie wissen.

»Ja. Diese Art der Amnesie bezieht sich eher auf Fakten als auf Fähigkeiten«, erläuterte der Arzt. »Jemand mit retrograder Amnesie hat beispielsweise vergessen, dass er ein Fahrrad besitzt, wie es aussieht oder wo er es gekauft hat, kann es aber immer noch fahren.«

Alle atmeten erleichtert auf.

»Wann können wir zu ihr?«, erkundigte sich Manny.

»Sie schläft jetzt und wird vermutlich erst morgen früh wieder aufwachen«, antwortete der Arzt. »Ich schlage vor, dass Sie alle nach Hause fahren, sich etwas ausruhen und morgen wiederkommen.«

Dare hatte nicht vor, das Krankenhaus zu verlassen. Als der

Arzt wegging und die anderen miteinander sprachen, ging er in den Kampfmodus über und ließ sich andere Methoden einfallen, mit denen er Billies Erinnerungen zurückholen konnte.

Er ging ein Stück beiseite und rief Cowboy an.

»Hey, Mann. Was gibt's? Alles okay?«, fragte Cowboy.

»Ja. Billie ist wach, hat aber Amnesie. Du musst mir einen Gefallen tun.«

Zwanzig

Billie betrachtete die unzähligen gerahmten Fotos, die jede Oberfläche ihres Zimmers bedeckten, sogar das Tablett, auf dem ihr das Frühstück gebracht worden war. Da waren Bilder von ihrer Familie und von Menschen, die sie nicht erkannte. Vielen Menschen. Möglicherweise waren das andere Familien, und da waren Männer auf Motorrädern sowie Dutzende Fotos von ihr und zwei Jungen auf Skateboards, Snowboards, Fahrrädern und bei anderen Aktivitäten. Auf dem Nachttisch stand auch ein Laptop. Keines der Fotos und auch der Laptop waren am Vorabend da gewesen, als ihr der Arzt erklärt hatte, dass sie in einen Motorradunfall verwickelt gewesen war und unter etwas litt, das man als retrograde Amnesie bezeichnete. Das erklärte, warum ihr alles wehtat und warum sie sich an nichts erinnerte. Die Person, die ihr das Frühstück gebracht hatte, meinte, ihre Familie müsse die Fotos und den Laptop hergebracht haben, während sie geschlafen hatte, um ihr dabei zu helfen, sich an ihre Vergangenheit zu erinnern.

Sie nahm ein Foto vom Nachttisch und nahm es genauer in Augenschein. Darauf sah sie sehr jung aus, genau wie die beiden Jungen neben ihr. Sie saßen alle drei auf Fahrrädern, und sie befand sich in der Mitte. Einer der Jungen war blond, der andere sah aus wie der dunkelhaarige Mann, der letzte Nacht in ihrem Zimmer gewesen war und gesagt hatte, sein Name sei Dare. Auf dem Bild war er natürlich viel jünger und trug einen Cowboyhut, aber diese Augen waren unverkennbar. Sie hatten sie letzte Nacht ganz aus dem Konzept gebracht. Als sie aufgewacht war, hatte sie als Erstes diese eindringlichen dunklen Augen gesehen und innerhalb von Sekunden das Gefühl gehabt, sie würden ihr in die Seele blicken, in ihr Herz, als würden sie nach etwas suchen, und dabei strahlten sie eine derart intensive Hitze aus, dass sie schon geglaubt hatte, darin zu versinken. Ihr war, als müsste sie wissen, wer er und der andere Junge auf dem Foto waren, als lägen ihr alle Informationen über sie auf der Zunge, wollten ihr jedoch nicht über die Lippen kommen. Es kam ihr vor, als würde sie die Welt durch einen Schleier sehen, den sie verzweifelt wegziehen wollte, wenn sie doch nur gewusst hätte, wie das ging.

Die Vorstellung, andere Menschen würden ihre Geheimnisse kennen, die für sie im Verborgenen lagen, war ein wenig erschreckend. Ihre Zimmertür ging auf, und ihre Mutter schaute um die Ecke. Erleichterung überflutete sie.

»Guten Morgen, Schatz. Können dein Vater und ich hereinkommen?«

»Ja.« Sie legte das Bild verkehrt herum in ihren Schoß. Zwar konnte sie sich in Bezug auf ihre Eltern auch an nicht besonders viel erinnern, aber sie kannte sie und fühlte sich in ihrer Gegenwart sicher. Das herzliche Lächeln ihres Vaters zeigte ihr, wie nahe sie sich stehen mussten. Er hatte eine Tasche in der einen Hand und die andere in den Rücken ihrer Mutter gelegt, als die beiden an ihr Bett traten.

»Wie geht es dir heute, Liebes?«, erkundigte sich ihre Mutter.

»Ganz gut.« Sie wollte die einzigen Menschen auf dieser Welt, die sie erkannte, nicht beunruhigen.

Ihr Vater legte den Kopf schief und kniff die Augen zusammen, was ihr bekannt vorkam. »Bist du dir da sicher, Spatz?«

Es tat ihr ungemein gut, den Kosenamen zu hören. »Na ja, einigermaßen wenigstens«, gab sie zu.

»Vielleicht hilft dir das, dich ein bisschen besser zu fühlen.« Er öffnete die Tasche und nahm eine Dose Root Beer heraus, beäugte sie gespannt, als er sie öffnete und ihr reichte.

»Das ist unser Ding, nicht wahr? Dass wir Root Beer trinken? Daran erinnere ich mich.«

»Tust du das?« Ihre Mutter sah sie mit großen, hoffnungsvollen Augen an.

»Ja, aber ich weiß nicht mehr, warum.«

»Das kann ich dir sagen.« Ihr Vater machte ein nachdenkliches Gesicht. »Deine Schwester Bobbie ist jünger als du, und nach ihrer Geburt habe ich dich manchmal mit zur Arbeit in die Bar unserer Familie genommen, wenn wir mittags geöffnet hatten, und dann haben wir dort zusammen gegessen, um deiner Mutter eine Pause zu gönnen. Eines Tages hattest du dich über irgendetwas geärgert und konntest mit ansehen, wie ich einem Gast ein Bier serviert und mich mit ihm über ein Problem unterhalten habe, mit dem er sich rumschlug. Da wolltest du auch ein Bier und wurdest richtig wütend, weil ich dir keins geben wollte.«

»Uns gehört eine Bar?«

»Ja, und du leitest sie mit Begeisterung«, bestätigte ihre Mutter. »Du bist gewissermaßen dort aufgewachsen und hast da Hausaufgaben gemacht, während wir gearbeitet haben.«

Sie wollte sich so gern an alles erinnern, was ihr erzählt

wurde. Es kam ihr so vor, als wäre es beinahe in Reichweite, doch sie kam nicht so ganz ran. »Wie alt war ich bei der Sache mit dem Root Beer?«

»Fast vier«, antwortete ihr Vater.

Fast vier. »War ich ein nerviges Kind?«

»Nein.« Er schenkte ihr ein Lächeln. »Aber du hast dir noch nie gern sagen lassen, was du tun und lassen sollst, und damals hast du dann schmollend am Tresen gesessen. Aber du hast nicht wie ein jammerndes Kind geschmollt, sondern mich erbost angestarrt, und wenn Blicke töten könnten, wäre ich heute nicht hier.«

Sie lachte leise. »Ich war also doch ein richtig nerviges Kind.«

»Nein, Schatz«, widersprach ihre Mutter. »Du warst wild, und das haben wir an dir geliebt. Als ich dich an diesem Tag abholen wollte und sah, wie wütend du warst, schlug ich vor, dass wir dir ein ganz besonderes Bier geben.«

»Ein Root Beer«, erkannte Billie.

»Genau. Sobald du es bekommen hattest, wolltest du allerdings am Tresen sitzen und deinem Vater erzählen, warum du so wütend warst, genau wie es der Gast getan hatte.«

Sie sah ihren Vater an. »Weißt du das auch noch?«

»Das werde ich nie vergessen.« Seine Augen funkelten amüsiert. »Bobbie war damals sieben oder acht Monate alt, und du hast gesagt, du hättest dir das überlegt und wolltest keine Schwester. Wir sollten sie zurückgeben und dir stattdessen einen kleinen Bruder besorgen.«

»Ich hoffe doch sehr, dass Bobbie diese Geschichte nicht kennt. Was habt ihr darauf erwidert?«

»Ich habe dir gesagt, dass wir deine Schwester lieben und sie ebenso wenig zurückgeben wollen wie dich.« Ihr Vater lächelte.

»Da wurdest du sogar noch wütender, aber dann haben wir uns eine Weile unterhalten, und danach meintest du, es wäre doch gar nicht so übel, eine Schwester zu haben, und hast gefragt, ob wir wenigstens beim nächsten Mal einen Jungen bestellen könnten.«

»Ich liebe meine Schwester, nicht wahr? Es kommt mir jedenfalls so vor.«

»Ja, Schatz. Du liebst sie, und sie vergöttert dich«, bestätigte ihre Mutter. »Sie ist hier, falls du sie sehen möchtest.«

»Das würde ich gern.«

»Okay, aber zuerst solltest du noch einen Schluck Root Beer trinken und uns sagen, wie du dich wirklich fühlst«, schlug ihr Vater vor.

Sie trank einen Schluck, und das süße Getränk bewirkte etwas in ihr; es rief keine bestimmten Erinnerungen hervor, aber den Eindruck, solche Situationen wie die eben beschriebene hätten sich oft ereignet, was sie glücklich machte.

»Dieses Lächeln ist ein willkommener Anblick«, stellte ihre Mutter fest.

»Das Root Beer macht mich glücklich.«

»Hast du starke Schmerzen?«, erkundigte sich ihre Mutter.

»Ich fühle mich, als wäre ich vom Dach des Krankenhauses gefallen.«

Ihre Eltern betrachteten sie besorgt. »Oh nein«, sagte ihre Mutter.

»Sollen wir dir stärkere Schmerzmittel besorgen?«, fragte ihr Vater.

»Nein. Ich bin eigentlich ganz froh, dass ich mich nicht nur benommen fühle, weil ich nicht mehr weiß, wer ich bin oder was ich in meinem Leben getan habe.«

Ihre Mutter streichelte ihre Hand, was sie noch glücklicher

machte. »Der Arzt sagte, die Chancen stehen gut, dass deine Erinnerungen wieder zurückkehren. Du musst dir nur etwas Zeit geben.«

»Das wäre schön.«

»Außerdem meinte er, du könntest schnell müde werden. Sollen wir Bobbie jetzt reinholen?«, fragte ihre Mutter.

»Wir haben dich sehr lieb, Spatz.« Ihr Vater beugte sich vor und gab ihr einen Kuss auf die Wange, danach tat ihre Mutter dasselbe und die beiden gingen zur Tür.

»Wartet«, bat Billie nervös. »Sehen wir uns später noch?«

»Aber sicher«, antwortete ihre Mutter. »Du wirst heute noch auf eine normale Station verlegt, und danach kann dich die ganze Familie besuchen.«

Billie freute sich darauf, und nachdem die beiden hinausgegangen waren, sah sie sich wieder das Foto an, bis ihre Schwester hereinkam. Sie war hübsch und hatte das Lächeln ihrer Mutter.

»Hi«, sagte Bobbie leise und mit Tränen in den Augen.

Als Billie das sah, wurde ihr ein wenig mulmig. »Hi.«

»Wie fühlst du dich?«

Billie blickte an sich herab. Sie hatte Gipsverbände, mehrere Nähte und Schürfwunden, dazu gebrochene Rippen und aufgrund eines kollabierten Lungenflügels einen Schlauch in der Brust. Der Arzt hatte gesagt, der Schlauch könnte bald herausgenommen werden. Seltsamerweise kam ihr der Gedanke, sie hätte gleichzeitig die Luft zum Atmen und das Gedächtnis verloren. Nun sah sie ihre Schwester an und antwortete: »Mir ging es schon besser.«

Bobbie lachte leise, was Billie ebenfalls zum Lachen brachte.

Doch dabei zuckte sie sofort zusammen und legte sich den unverletzten Arm über die Rippen. »Das tut weh.«

»Entschuldige. Ich werde dich nicht mehr zum Lachen bringen.«

»Schon okay. Tut mir leid, dass ich mich an nichts über dich oder uns erinnere.« Sie konnte es nicht ausstehen, sich so verloren zu fühlen, und dachte an die Geschichte, die ihre Eltern ihr erzählt hatten. »Stehen wir uns nahe?«

»Diese Frage ist schwer zu beantworten. Ich würde ja gern Ja sagen und mir eine Geschichte über uns zwei ausdenken, aber die Schwester meinte, wir sollen so ehrlich wie möglich sein. Wir stehen uns auf gewisse Weise nahe. Wir leben seit einigen Jahren in einem knuffigen kleinen Haus zusammen und kommen gut miteinander aus. Du wolltest mich schon immer beschützen, und ich habe stets zu dir aufgesehen.«

Ihrer Schwester liefen Tränen über die Wangen, und Billie musste sich wegdrehen, da ihr dieser Anblick unbehaglich war.

»Entschuldige.« Bobbie wischte sich rasch die Tränen weg. »Du konntest es noch nie leiden, wenn ich weinen musste.«

»Echt jetzt? Das tut mir leid.« Nun bekam Billie ein schlechtes Gewissen.

»Schon okay. Ich war schon immer emotionaler als du.«

Die Art, wie sie das sagte, brachte Billie ins Grübeln. Sie hätte zu gern gewusst, was das bedeutete und was für ein Mensch sie war. »Bin ich eine Zicke?«

Bobbie musste grinsen. »Nein, aber du hast manchmal so deine Momente.«

»Also doch. Das merke ich schon an der Art, wie du das sagst.«

»Nein, bist du nicht. Das kannst du mir glauben.«

»Wieso sagst du dann, dass wir uns nur auf gewisse Weise nahestehen?«

»Wir sind einfach sehr verschieden.« Bobbie seufzte. »Du

hast gern alles unter Kontrolle und behältst vieles für dich, während ich ausspreche, was ich auf dem Herzen habe. Wir haben auch unterschiedliche Interessen. Ich habe dich mit meinen Frisuren und dem Make-up in den Wahnsinn getrieben oder mit Klamotten und Jungs, weil du damit gar nichts anfangen kannst.«

Billie versuchte, einen Sinn in diese Worte zu bringen. »Bin ich lesbisch?«

»Nein, ganz bestimmt nicht. Wir haben einfach unterschiedliche Interessen und Persönlichkeiten. Du bist viel zäher als ich. Das bewundere ich an dir.«

»Danke.«

»Eigentlich gab es nur zwei Menschen, denen du wirklich jemals nahe warst.«

»Und wen meinst du damit?«

Bobbie schaute sich im Zimmer um und ging zum Fenster. Sie nahm ein Foto vom Fensterbrett und reichte es Billie. »Wir waren Teenager, und das ist ein See, in dem wir alle oft schwimmen gegangen sind.«

Billie betrachtete das Foto. Sie hockte auf den Schultern des Jungen, den sie für Dare hielt, und Bobbie auf den Schultern des blonden Jungen, den sie auch auf dem anderen Bild gesehen hatte. Wieder war ihr, als müsste sie seinen Namen kennen, doch er wollte ihr nicht einfallen.

Bobbie zeigte auf Dare. »Das ist Dare Whiskey. Sein richtiger Name ist Devlin, aber als ihr klein wart, hast du ihn immer Dare genannt, weil du ihn zu jeder Mutprobe herausfordern konntest.« Sie zeigte auf den blonden Jungen. »Das ist Eddie Baker. Du hast ihn immer Steady Eddie genannt, weil er immerzu vorsichtig und auf alles vorbereitet war. Du konntest dich auf die beiden immer verlassen, wusstest aber auch, dass

Eddie den sicheren und Dare den riskanten Weg einschlagen würde. Ihr drei wart die besten Freunde und habt einfach alles zusammen gemacht.«

Billie fuhr mit einem Finger über ihre Gesichter.

»Dare hat die ganzen Fotos hergebracht, damit du dich besser erinnern kannst.«

»Devlin ›Dare‹ Whiskey und Steady Eddie Baker.«

»Klingelt bei ihren Namen irgendwas?«, fragte Bobbie voller Hoffnung.

Billie schüttelte den Kopf. »Nein.«

»Dare hat das Krankenhaus nicht verlassen, seitdem du hier bist. Er liebt dich sehr.«

»Er liebt mich. Es ist seltsam, so etwas über jemanden zu wissen, den ich nicht kenne. Liebe ich ihn?«

Bobbie nickte und wischte sich schnell die Tränen weg, die ihr über die Wangen rannen. »Entschuldige. Ich versuche ja, nicht zu weinen, aber du liebst ihn und er hat dich wahnsinnig glücklich gemacht.«

»Liebe ich Steady Eddie auch?«

»Ja.«

Darüber musste Billie kurz nachdenken. »Ich liebe sie beide? Wie kann das sein?«

»Ich glaube, der Unterschied ist, dass du Eddie liebst, dich jedoch in Dare verliebt hast. Würdest du Dare gern sehen und ihm diese Fragen stellen?«

Aufgrund der Art, wie er sie letzte Nacht angesehen hatte, war sich Billie da nicht sicher. Jede Faser ihres Wesens hatte sich danach gesehnt, sich in ihm zu verlieren, obwohl sie sich an keinen einzigen Tag ihrer Beziehung erinnern konnte. Bobbie hatte recht. Es gefiel ihr überhaupt nicht, keine Kontrolle zu haben. Aber wenn das, was Bobbie gesagt hatte, der Wahrheit

IMMER ÄRGER MIT WHISKEY

entsprach, dann war Billie sich und Dare schuldig, sich zu erinnern.

»Ja«, antwortete sie schließlich. »Darf ich dich vorher noch was anderes fragen?«

»Alles, was du willst.«

»Ist Eddie auch hier?«

Bobbie wurde bleich. »Nein. Es tut mir leid, dir das sagen zu müssen, Billie, aber Eddie ist vor einigen Jahren bei einem Unfall ums Leben gekommen.«

»Oh, das ist aber traurig. Ich kann mich weder an ihn noch an den Unfall erinnern.« Sie wurde immer frustrierter. Es konnte doch nicht sein, dass sie jemanden verloren hatte, der ihr so nahestand, ohne sich an ihn erinnern zu können.

»Das ist vermutlich auch besser so. Wir waren alle am Boden zerstört.«

»War ich gut zu ihm?«

»Du warst wundervoll zu ihm. Dare und du, ihr wart seine besten Freunde.«

»Ich habe das komische Gefühl, dass ich kein guter Mensch bin, weiß aber nicht, wieso oder was das bedeutet.« Als ihre Schwester wieder weinen musste, befürchtete Billie schon, ihre Ahnung hätte sich bestätigt.

»Du bist ein wunderbarer Mensch, und wir lieben dich alle sehr.«

Billie schwieg einen Moment und dachte über all das nach, was ihre Eltern und ihre Schwester ihr erzählt hatten. Bobbie war lieb zu ihr, und Billie wäre ihr gern näher gewesen, falls das überhaupt möglich war. »Dad hat mir erzählt, dass ich dich als Kind gegen einen Bruder eintauschen wollte, aber ich kann mir nicht vorstellen, dass ich dich wirklich loswerden wollte.«

»Manchmal wolltest du das bestimmt. Als ich klein war, bin

ich dir ständig hinterhergelaufen, und als wir älter wurden, habe ich mir ein paar sexy Kleidungsstücke von dir geborgt, ohne dich vorher zu fragen, aber die sahen an mir nie so gut aus wie an dir und du hast es außerdem jedes Mal rausgefunden.«

»Du bist wunderschön. Wahrscheinlich dreht sich nach dir sowieso jeder um, ob du nun sexy Kleidung trägst oder nicht. Außerdem bist du viel netter als jemand, der *seine Momente hat.*«

»Danke. Ich weiß, dass du nicht gern umarmt wirst, aber darf ich dich vielleicht umarmen, wenn ich ganz vorsichtig bin?« Bobbie hatte schon wieder Tränen in den Augen. »Ich hatte solche Angst, dass wir dich verlieren.«

Billie schnürte es die Kehle zu und sie nickte. Bobbie umarmte sie, und der Zitronenduft ihres Shampoos ließ dasselbe warme, glückliche Gefühl in ihr aufkeimen, wie sie es auch bei ihren Eltern gespürt hatte.

»Ich hab dich lieb«, sagte Bobbie leise.

»Ich hab dich auch lieb.« Aus irgendeinem Grund musste Bobbie jetzt noch mehr weinen. »Was kann ich tun, damit du nicht länger weinst?«

Lachend wischte sich Bobbie die Tränen weg. »Nichts. Ich bin nun mal so, genau wie du knallhart bist. Und jetzt gehe ich mal Dare holen.«

»Warte.« Billie hielt sie an der Hand fest. »Es ist seltsam zu wissen, dass mich jeder anlügen und behaupten kann, er würde mich kennen oder wir hätten irgendetwas zusammen gemacht, ohne dass ich es merken würde.«

»Das ist unheimlich.«

»Gibt es irgendetwas, das ich über Dare wissen sollte?«

Bobbie sah sie voller Zuneigung an. »Ja. Er würde dich niemals anlügen.«

»Weil er mich liebt?«

»Weil das seine Art ist. Du solltest auch wissen, dass ihr beide in den Unfall verwickelt wart und dass er mit gebrochenem Bein, gebrochener Schulter, gebrochenen Rippen und einer Brustwunde über zwanzig Meter weit gekrochen ist, um bei dir zu sein.«

»Wow. Das klingt ja ziemlich verrückt.«

»Er ist auf jeden Fall verrückt nach dir und vielleicht auch ein bisschen auf die gute Art verrückt, genau wie du.«

»Wie meinst du das?«

»Damit meine ich nur, dass ich dich oft um deine Furchtlosigkeit beneidet habe. Ich hole Dare.«

Billie betrachtete die beiden Fotos in ihrem Schoß, während sie wartete, und versuchte, den Jungen darauf und den Mann, der all die Bilder in ihrem Zimmer aufgestellt hatte und der trotz seiner schweren Verletzungen zwanzig Meter weit gekrochen war, in Einklang zu bringen. Das alles hörte sich zu gut an, um wahr zu sein.

Die Tür ging auf, und Dares besorgtes Gesicht tauchte darin auf. »Darf ich reinkommen, Liebling?« Er trug einen Cowboyhut, ein übergroßes Tanktop und Cargoshorts und hatte eine Krücke unter dem linken Arm. An seinem linken Handgelenk baumelte ein Rucksack. Sein linkes Bein war unterhalb des Knies von einem Gipsverband bedeckt, sein rechter Arm hing in einer Schlinge vor seiner breiten Brust. Sein Gesicht war zerkratzt, und er hatte ein großes Pflaster über dem linken Auge. Sein Hals, seine Schultern und seine Brust waren mit Tattoos bedeckt. Und seine dunklen Augen wirkten ebenso intensiv wie nachdenklich.

Sie verspürte den Drang, ihm den Cowboyhut zu stibitzen und ihn sich selbst aufzusetzen, und bei der Art, wie er *Liebling* sagte, schlug ihr Herz schneller, doch es war die Energie zwischen ihnen, als er ihren Blick gefesselt hielt, die ihre Stimme seltsam und leicht belegt klingen ließ, als sie antwortete: »Natürlich.«

»Wie fühlst du dich?« Er stellte den Rucksack auf den Boden und lehnte die Krücke an den Nachttisch.

»Vermutlich ähnlich wie du, nur dass mein Gehirn im Gegensatz zu deinem nicht richtig funktioniert.«

»Dein Gehirn funktioniert schon richtig, Mancini. Es ist nur müde, weil es so durchgeschaukelt wurde.«

Die Art, wie er ihren Nachnamen aussprach, gab ihr das Gefühl, etwas ganz Besonderes zu sein. »Wieso nennst du mich so?«

»Weil du meine Mancini bist.«

Das klang wie eine Tatsache. Als wäre dies eine Wahrheit, die sie schlichtweg vergessen hatte, und dann lächelte er, und *Grundgütiger!* Er war mit seinen stoppeligen Wangen und dem markanten Kinn ohnehin schon attraktiv, aber bei diesem Lächeln schien ihr Innerstes dahinzuschmelzen, was albern war, denn obwohl sie anscheinend eine lange Geschichte verband, war er für sie trotzdem ein Fremder.

Billies misstrauische Miene war das Einzige, was Dare daran hinderte, zu ihr ins Bett zu steigen, seinen unverletzten Arm um sie zu legen und ihr so lange seine Liebe zu gestehen, bis sie sich wieder an jede Einzelheit erinnerte. Aber er war fest entschlossen, die Sache für sie nicht noch schwerer zu machen, selbst wenn er sich dabei elendig quälte. *Sanfte Erinnerungen*, schien ihm die Stimme seiner Mutter ins Ohr zu raunen. Das hatte sie ihm die letzten Stunden eingetrichtert.

»Du erinnerst dich vermutlich nicht daran«, meinte er beiläufig, »aber du nennst mich auch oft Whiskey.«

»Wirklich? Warum? Weil es dein Nachname ist?«

»Ich bilde mir gern ein, ich würde so schmecken, aber ehrlich gesagt hast du mich schon in unserer Kindheit so genannt. Ich glaube, das hat uns zu Gleichgestellten gemacht. Du wolltest nie, dass ich besser bin als du. Wenn ich bei einem Rennen gewonnen habe, wolltest du es so lange wiederholen, bis du es gewinnen konntest. Aber wir waren nie Gleichgestellte, Billie. Ich habe dich schon immer angebetet.«

Sie lächelte leicht beschämt und blickte auf die Fotos in ihrem Schoß hinab. »Danke, dass du mir die vielen Bilder gebracht hast.«

»Ich hoffe, sie helfen dir, dich daran zu erinnern, wie großartig dein Leben bisher war.«

Sie musterte ihn nachdenklich. »Meine Schwester sagte, du wärst nach dem Unfall zu mir gekrochen. Das muss wehgetan haben.«

»Baby, ich liebe dich so sehr, dass mir nichts mehr wehtun könnte als die Vorstellung, dich zu verlieren.« Er fluchte leise. »Entschuldige. Ich will dich auf keinen Fall unter Druck setzen.«

»Dieses Gefühl habe ich auch nicht. Es tut mir alles so leid. Bobbie sagte, wir hätten uns geliebt.«

»Wir lieben uns. Daran ändert auch dieser Unfall nichts. Du kannst dich vielleicht gerade nicht daran erinnern, dass du mich liebst, aber unsere Liebe ist unvergleichlich. Sie besteht seit unserer Kindheit, und ich werde dir bis ans Ende unseres Lebens jeden Tag weitere Gründe geben, dich in mich zu verlieben. Ich gebe dich nicht auf, Mancini.«

Ihr kamen die Tränen.

»Entschuldige. Ich wollte dich nicht aufregen.«

»Das hast du nicht. Ich wünschte nur, ich könnte mich an irgendetwas erinnern. Wir müssen einander die Welt bedeutet haben, wenn du so etwas sagst. Daher tut es mir umso mehr leid, dass ich jetzt so kaputt bin.«

Er beugte sich vor, damit sie auch jedes seiner Worte mitbekam. »Du bist nicht kaputt, Billie. Wir hatten einen schlimmen Unfall, und wir können von Glück reden, dass wir noch am Leben sind. Dein Verstand braucht einfach nur Zeit, um alles zu verarbeiten, aber du hast alle Zeit der Welt und musst dich nicht unter Druck gesetzt fühlen.« Doch als er das sagte, schien die Zeitbombe in seinem Kopf weiter zu ticken.

»Du bist wirklich ein guter Mensch.«

»Ich bin ein aufdringlicher Mistkerl, aber ich versuche auch, ein guter Mensch zu sein. Möchtest du über irgendetwas reden oder etwas wissen?«

»Ich will alles über diese Fotos wissen. Es sieht aus, als hätten wir jede Menge Spaß gehabt.« Ihr Blick fiel auf die Fotos in ihrem Schoß. »Bobbie hat mir von Eddie erzählt.«

»Hat sie das?«

Sie nickte. »Ich erinnere mich nicht an ihn, bin aber traurig, dass er gestorben ist.«

»Wir haben ihn sehr geliebt. Wollen wir uns einen Film ansehen? Ich habe da einen, der dir einen ziemlich guten Eindruck von unserer Vergangenheit und unserem Leben vor Eddies Tod vermitteln kann.«

»Ja, das wäre schön.«

»Meinst du, ich kann mich zu dir ins Bett legen? Keine Sorge, ich werde dir nicht zu nahe kommen, aber so können wir uns besser den Film ansehen und die Snacks teilen.«

Sie grinste. »Du bist witzig. Ich habe nur ein Root Beer, gebe dir aber gern was ab.«

Er hob den Rucksack hoch. »Ich habe hier alles, was wir brauchen.«

Zaghaft setzte er sich neben sie auf die Matratze und holte eine Packung Oreos, eine Tüte Barbecue-Chips und zwei Capri-Sonnen aus dem Rucksack.

»Mag ich die?«, erkundigte sie sich.

»Lass es mich so ausdrücken: Das Krümelmonster ist nichts gegen dich.«

Sie verzog das Gesicht.

»Stimmt was nicht?«

»Es ist so frustrierend. Mir ist, als wüsste ich, wer das Krümelmonster ist, als hätte ich den Namen schon tausendmal gehört, aber ich habe kein Bild dazu.«

Dare nahm den Laptop auf den Schoß und rief ein Bild des Krümelmonsters auf.

Billies Augen strahlten. »Ja, genau! Aus der *Sesamstraße*, nicht wahr?«

»Richtig!« Er beugte sich vor, um sie zu küssen, und sie schrak zurück. »Entschuldige.« *Verdammt noch mal!* »Ich habe nicht nachgedacht. Das war rein instinktiv.«

»Schon okay.«

»Nein, das ist nicht okay. Ich will es dir nicht schwerer machen oder alles vermasseln.«

»Viel schlimmer kann es doch gar nicht mehr werden.«

»Ach, Quatsch. Wir machen einfach das Beste daraus. Du wirst dich wieder in mich verlieben, und wenn deine Erinnerungen zurückkehren, liebst du mich nur noch mehr.«

Sie betrachtete ihn und kniff die Augen zusammen. Er

konnte praktisch hören, wie es in ihr ratterte. Aber das war okay. Er hatte nichts zu verbergen, erst recht nicht vor ihr.

»Du gibst nicht so leicht auf, was?«

»Normalerweise nicht, und bei dir ganz bestimmt nicht.«

»Was ist, wenn ich mich nicht in dich verliebe?«, fragte sie vorsichtig.

»Das wird auf jeden Fall passieren. Du hast mir mal gesagt, ich hätte es dir unmöglich gemacht, einen anderen zu lieben.«

Sie nahm sich einen Oreo, wirkte wieder nachdenklich und biss hinein. Auf einmal strahlte sie. »Die sind lecker!« Schon hatte sie sich die ganze Packung geschnappt und auf die andere Seite gelegt. »Du kannst die Chips essen.«

Er musste lachen, fasste sich an die Rippen und unterdrückte ein Stöhnen, weil es so wehtat. »Ist das dein Ernst, Mancini? Du gibst einem Verletzten keinen Keks ab?«

»Na, vielleicht einen«, erwiderte sie keck. »Aber dafür darf ich die Chips probieren.«

»Damit du rausfindest, dass du sie ebenfalls magst, und mir wegnimmst? Das kannst du vergessen.« Dennoch reichte er ihr die Chipstüte.

Mit schelmischem Grinsen legte sie sie neben sich. »Gucken wir jetzt den Film oder was, Whiskey?«

Sie mochte ihr Gedächtnis verloren haben, aber nicht ihre freche Art. Er rief den Film auf und lehnte sich zurück. »Ich werde meinen Arm um dich legen, damit wir mehr Platz haben, und du kannst dich an mir anlehnen, aber bitte ganz vorsichtig.«

Sacht lehnte sie sich gegen ihn, und sie zuckten beide zusammen. »Wir sind schon ein komisches Paar.«

»Wir sind ein perfektes Paar. Du wirst schon sehen.«

Während sie den Film anschauten, beobachtete Dare sie, als

sich ihre anfangs verwirrte Miene immer weiter aufhellte. Sie stellte eine Menge Fragen, wie alt sie da waren und was sie machten. Dabei aßen sie Chips und Kekse und tranken ihre Capri-Sonnen. Mehrmals mussten sie lachen, was sie sofort bereuten, weil sie vor Schmerz aufstöhnten. Dare wartete darauf, dass sie sich erinnerte und wieder die Alte war, was jedoch nicht passierte.

Als der Film zu Ende war, lehnte sie seufzend den Kopf an seine Brust. Dabei drückte sie auf seine Wunde, aber er wagte es nicht, sich zu bewegen, sondern wollte jede Sekunde in sich aufsaugen. Am liebsten hätte er sie gefragt, ob sie sich an irgendetwas erinnerte, aber er wollte sie nicht unter Druck setzen, daher erkundigte er sich nur: »Was hältst du von dem Film?«

Sie legte den Kopf schief, damit sie ihn mit tränenverhangenen Augen ansehen konnte. »Ich wünschte, ich könnte mich an das alles erinnern. Eddie scheint ein wunderbarer Mensch gewesen zu sein, und wir drei hatten wirklich viel Spaß, oder?«

»Es gab nichts, was wir nicht tun konnten. Wir waren unaufhaltsam.« *Das sind wir noch immer, Baby. Du wirst schon sehen.*

Sie fuhr mit den Fingern träge über das Tattoo auf der Unterseite seines Unterarms. »Du hast ganz schön viele Tattoos. Hast du auch eins, das für uns drei steht?«

»Ja. Wir wollten uns im Sommer nach dem Highschoolabschluss alle drei dasselbe holen, aber Eddie hat einen Rückzieher gemacht und du hast gesagt, wenn er sich nicht tätowieren lässt, machst du es auch nicht. Ich kann es dir im Augenblick nicht zeigen, weil es auf meinem Rücken ist. Da steht *Draufgänger*, und aus dem *D* schießen Flammen.«

»Wie am Filmanfang«, murmelte sie schläfrig.

»Genau. Möchtest du auch das sehen, das ich mir deinetwegen habe stechen lassen?«

Sie runzelte die Stirn. »Ja.«

Er hob das Kinn und berührte das Tattoo, das vorn an seinem Hals entlanglief. »Das ist ein Phönix, das Symbol der Unsterblichkeit, weil meine Liebe zu dir niemals sterben wird.«

Ihr Blick wurde sanfter. »Das ist aber sehr bedeutsam. Seit wann hast du es?«

»Seit dem Jahr, in dem Eddie gestorben ist. Du hast getrauert und versucht, mich aus deinem Leben zu drängen.«

»Das ist ja furchtbar. Dabei waren wir im Film doch so gute Freunde.«

»Es gab keine engeren Freunde als uns. Aber das war eine schwierige Zeit.«

»Wie sind wir dann zusammengekommen, wenn ich nichts mehr von dir wissen wollte?«

Lächelnd erinnerte er sich an ihr Gesicht, als er mit dem Fallschirm vor ihr auf dem Laufweg gelandet war. »Ich bin ziemlich unwiderstehlich.«

»Du hast auf jeden Fall die besten Snacks.«

Das hörte sich schon wieder ganz nach seiner Süßen an, sodass er sich ermahnen musste, ihren Gedächtnisverlust nicht zu vergessen. »Und ich habe die beste Freundin.«

Sie gähnte. »Entschuldige. Ich weiß auch nicht, warum ich so müde bin.«

»Der Unfall hat dir einiges abverlangt.« Er wollte auf gar keinen Fall ihr Bett und ihr Zimmer verlassen, wusste aber auch, dass sie sich ausruhen musste. »Ich lasse dich dann mal lieber schlafen.« Er drückte ihr einen Kuss auf den Scheitel, legte alles auf den Nachttisch, stieg vorsichtig aus dem Bett und griff nach seiner Krücke. »Soll ich die Vorhänge zuziehen?« Es war noch nicht einmal Mittag.

»Nein danke. Ich bin so müde, dass ich vermutlich auch ein Erdbeben verschlafen würde. Du solltest dich auch besser ausruhen.«

»Es geht mir gut.« Er würde sich erst ausruhen, wenn er sie zurückhatte.

»Danke für alles.«

»Es war mir ein Vergnügen, Liebling.«

Sie schenkte ihm ein Lächeln, was es ihm noch unendlich schwerer machte, sie nicht in die Arme zu nehmen. »Ich mag es, wenn du mich Liebling nennst. Sehen wir uns später wieder?«, fragte sie hoffnungsvoll. »Wenn du nicht zu beschäftigt oder müde bist.«

»Ich habe dir letzte Nacht gesagt, dass ich dieses Krankenhaus nicht ohne dich verlassen werde, und das war mein voller Ernst.«

»Entschuldige, aber daran erinnere ich mich nicht.« Sie musste abermals gähnen.

»Da warst du auch noch nicht aufgewacht. Doch es entspricht der Wahrheit. Und jetzt schließ die Augen, damit du dich ausruhen kannst, bevor sie dich in ein anderes Zimmer verlegen.«

»Hoffentlich nehmen sie die Fotos mit.« Sie sah sich um. »Du hast deinen Laptop und den Rucksack vergessen.«

»Ich bringe dir die Fotos, sobald du in deinem neuen Zimmer bist, und den Laptop lasse ich dir da, falls du dir den Film noch einmal ansehen möchtest. Du musst ihn nur aufklappen und auf Play drücken.«

»Was ist mit deinem Rucksack?«

»Darin sind noch weitere Snacks, weil du heute Nacht Hunger bekommst. So wie immer.« Das brachte ihm ein weiteres süßes Lächeln ein. »Keine Sorge. Ich passe auf dich auf, Liebling. Und jetzt schlaf ein bisschen.«

»Okay«, murmelte sie müde, legte sich hin und schloss die Augen.

Er warf noch einen letzten Blick auf sie. *Ich werde dafür sorgen, dass du dich den Rest unseres Lebens jeden Tag in mich verliebst, Mancini. Ob du dein Gedächtnis nun zurückbekommst oder nicht.*

Einundzwanzig

»Oh, gut, Sie sind wach«, stellte die Krankenschwester fest, als sie Billies Zimmer betrat.

Billie hielt sich einen Finger an die Lippen, um sie zum Schweigen zu bringen, und zeigte auf Dare, der im Sessel in der Zimmerecke tief und fest schlief. Es war Donnerstagabend, und sie hatte vor einigen Stunden die Intensivstation verlassen können. Dare und seine Familie hatten alle Fotos hergeschafft sowie Dutzende von Vasen voller farbenfroher Blumen, die den ganzen Nachmittag über eingetroffen waren. Sobald sie sich eingerichtet hatte, war Dares Familie zu Besuch gekommen, und es hatte ihr großen Spaß gemacht, sie alle kennenzulernen. Sie waren witzig und freundlich und hatten ihr jede Menge Geschichten über sie und Dare erzählt, von ihrer Kindheit bis hin zur Unfallnacht, in der sie anscheinend mit Dare auf den Tresen in der Bar ihrer Familie geklettert war und dort getanzt hatte. *Auf dem Tresen!*

Nach und nach setzte sie die Puzzleteile ihres Lebens wieder zusammen, und nach allem, was sie bisher herausgefunden hatte, war sie eine recht gute Schwester, doch sie konnte und wollte mehr tun. Anscheinend war sie außerdem witzig, stand auf Sport und ging gern Risiken ein, und sie war zudem manchmal eine Klugscheißerin. Zu gern hätte sie mehr über diese Momente gewusst, die ihre Schwester erwähnt hatte, und als sie Dares Familie danach fragte, gerieten alle ein bisschen ins Stocken, bis seine Mutter schließlich meinte: *Wir haben alle unsere Momente, Liebes.* Billie hatte zwar den Eindruck, dass die Sache bei ihr noch ein bisschen anders aussah, konnte das nur aufgrund eines Gefühls jedoch nicht genauer ergründen.

»Ich habe Ihre Schmerzmittel dabei«, flüsterte die Krankenschwester und reichte Billie einen kleinen Pappbecher mit Tabletten und ein Glas Wasser von ihrem Tablett. Während Billie die Medikamente nahm, warf die Schwester Dare einen nachdenklichen Blick zu. »Ich kann es nicht fassen, dass er nicht von Ihrer Seite weicht. Das ist die Art von Romantik, über die man sonst nur in Liebesromanen liest.«

»Ich weiß nicht viel über Liebesromane oder irgendetwas anderes außer Oreos und Chips«, flüsterte Billie, während die Schwester die Monitore überprüfte. »Aber ich kann nachvollziehen, wieso ich mich in ihn verliebt habe.« Und nicht nur in Dare. Ihr war, als würde sie seine ganze Familie lieben. Sie hatten sie heute alle so herzlich behandelt, sogar seine Brüder, und sie schienen sie so gut zu kennen, was ihr fehlendes Gedächtnis nur umso ärgerlicher machte. Sich auf andere verlassen zu müssen, konnte sie auf den Tod nicht ausstehen. Wenigstens hatte die Schwester den Katheter und den Tropf mitgenommen. Zwar fühlte sie sich noch lange nicht gut und musste um Hilfe bitten, wenn sie auf die Toilette musste, aber immerhin hatte sie wieder etwas mehr Kontrolle.

»Ist Ihnen noch etwas eingefallen?«

»Es sind ein paar Erinnerungen aufgeblitzt, als Dares Familie hier war, aber ich konnte nicht wirklich etwas davon festhalten. Das ist ein schreckliches Gefühl. Mir ist, als wären all diese Informationen in mir, aber ich komme einfach nicht dran.« Der Arzt war ermutigend und hoffnungsvoll gewesen, als sie ihm erzählt hatte, in welcher Form sie sich hin und wieder an etwas erinnerte, selbst wenn es nur flüchtige Momente waren. Sie hatte einige Erinnerungen aus ihrer Kindheit zurück, allerdings nur kurze alltägliche Dinge, wie mit Dare und Eddie über ein Feld laufen, den Geruch der Pferde, Frühstücken mit ihrer Familie.

»Ich weiß, dass es frustrierend ist, aber das sind alles gute Zeichen«, flüsterte die Krankenschwester. »Sie machen Fortschritte. Es gibt viele Menschen, die Sie lieben und unterstützen, und wir hoffen alle, dass Sie sich an immer mehr erinnern, je mehr Sie über sich erfahren. In der kurzen Zeit, die Sie jetzt hier sind, haben Sie und Dare mich auf jeden Fall schon etwas gelehrt.«

»Was denn?«

»Dass ich mich von meinem Freund trennen sollte. Dieser Mann hier ist mein neuer Standard.« Sie lächelte Billie an. »Kann ich Ihnen noch etwas bringen, bevor ich gehe?«

»Ich brauche nichts, und es tut mir sehr leid, dass Sie sich unseretwegen von Ihrem Freund trennen wollen.«

»Das muss Ihnen nicht leidtun. Es hat sich schon einige Zeit angebahnt. Sie haben mir vielmehr einen Gefallen getan.«

»Ich ganz bestimmt nicht. Wenn, dann war das Dare. Vielen Dank noch mal dafür, dass er heute Nacht hierbleiben durfte.«

»Durfte? Er hat jeder Schwester da draußen zu verstehen gegeben, dass er kein Nein akzeptieren wird.« Sie zwinkerte Billie zu. »Ich schaue später noch mal vorbei. Ruhen Sie sich ein bisschen aus.«

Billie hatte das Gefühl, die ganze Zeit nur zu schlafen, da sie mental schnell erschöpfte. Sie konnte nur hoffen, dass dies kein Dauerzustand sein würde, denn sie wollte nicht ihr halbes Leben schlafend verbringen. Aber im Augenblick war sie nicht müde, sondern ruhelos und hungrig.

Daher sah sie sich die Snacks an, die Dare in seinem Rucksack noch mitgebracht hatte und die nun auf dem Tisch neben ihr lagen: Behälter mit Gemüse- und Apfelstücken, Cracker, Erdnussbutter, Schokoriegel, Root Beer, Capri-Sonne und Nüsse. Zwar wusste sie nicht mehr, was davon sie besonders gern aß. Aber alles, was sie bisher probiert hatte, war köstlich gewesen, und der Rest würde ihr ebenfalls schmecken. Denn Cowboy hatte ihr verraten, dass Dare ihm eine Liste mit ihren Lieblingssnacks gegeben hatte, die er besorgen sollte. Ihre kleine Schwester Bobbie, die so schnell von einem Thema zum nächsten wechselte, dass Billie kaum hinterherkam, hatte ihr zum Mittagessen eine Pizza mitgebracht, so wie sie Billie angeblich am liebsten aß. Die Pizza war belegt mit Schinken, Ananas, grünen Oliven und Pilzen. Billie hatte voller Genuss vier Stücke davon verspeist. Es gefiel ihr, dass sie inzwischen wusste, was sie gern aß, und sie schätzte sich glücklich, so viele Menschen in ihrem Leben zu haben, die sie so gut kannten.

Sie nahm sich die Apfelstücke und die Erdnussbutter und stellte den Laptop neben sich ins Bett. Dann lehnte sie sich zurück und sah sich den Film an, tauchte dabei die Apfelstücke in Erdnussbutter und schwelgte in diesem Geschmack. Sie betrachtete Eddie. Seine Bewegungen, seine Stimme und dieses immerwährende Lächeln kamen ihr so vertraut vor, als wären sie ein Teil von ihr.

Ihr habt noch kein Rennen gesehen, wenn ihr die einzigartige Billie ›Knallhart‹ Mancini nicht erlebt habt, die wildeste Frau, die jemals ...

Person, die jemals, korrigierte sie ihn im Film.

Sie fragte sich, ob das die Art war, auf die sich Bobbie hinsichtlich ihrer *Momente* bezogen hatte. Es machte ganz den Anschein. Sie sah sich ein Motocrossrennen gewinnen, wie Dare eine Faust in die Luft reckte, *Mancini!* brüllte und auf sie zugelaufen kam. Eddie rannte ebenfalls los, filmte weiter und jubelte: *Das ist unser Mädchen!*, während sie vom Motorrad stieg, sich den Helm abnahm und jubelte: *Draufgänger sind die Besten!* Dare nahm sie in die Arme und wirbelte sie herum. Sie strahlte in die Kamera und winkte Eddie zu sich. Er filmte sie alle drei aus Armeslänge, wie sie sich lachend umarmten, und ihre Gesichter wackelten hin und her, als er die Lippen auf ihre presste und sagte: *Herzlichen Glückwunsch, Baby!*

Baby ...

Blitzartig sah sie Eddie auf einem Knie vor sich, und diese Erinnerung raubte ihr den Atem. Ein anderes Bild von ihm in anderer Kleidung. Ein anderer Tag? Schmerz und Wut loderten in seinen Augen, und ihre Stimme hallte durch ihren Kopf. *Es tut mir so leid. Es liegt nicht an dir, sondern an mir. Ich liebe dich, aber nicht so sehr, dass ich dich heiraten sollte.* Sie zitterte und rang nach Luft, während der Film auf dem Bildschirm durch den in ihrem Kopf ersetzt wurde. *Sie zog sich einen Verlobungsring vom Finger und wollte ihm den Ring geben, doch er schob ihre Hand weg und fauchte:* »*Den hab ich für dich gekauft, und du sollst ihn behalten.*«

»*Aber wir werden nicht heiraten.*«

»*Trotzdem. Ich werde dich immer lieben.*«

»*Und ich werde dich immer lieben.*«

»*Nur nicht so, wie du es tun solltest.*« Er sprach ganz leise, und seine Stimme klang gequält.

»*Es tut mir leid! Ich wollte dir niemals wehtun!*«

Er kniff die Augen zusammen, und sein Zorn bewirkte, dass sie sich nicht rühren konnte. »*Du machst das wegen Dare, nicht wahr? Für dich hat es immer nur ihn gegeben.*«

Sie machte den Mund auf, um es zu leugnen, konnte es jedoch nicht.

Eddie war außer sich vor Zorn. Er entfernte sich von ihr und marschierte auf Dare zu, der auf der anderen Seite des Feldes stand, doch auf einmal bog er nach rechts ab, hielt auf die Motorräder zu und rannte los. Billie lief ihm hinterher und versuchte, ihn einzuholen, doch er war zu schnell und zu weit weg. Schon hatte er sich auf ein Motorrad geschwungen und brachte sie mit den Worten »*Ich werde euch zeigen, wie man einen Flip macht!*« *vollends aus der Fassung.*

»Nein!«, schrie sie, und ihr liefen die Tränen über die Wangen, während der Film in ihrem Kopf weiterlief.

Dare rannte auf Eddie zu. »*Mach das nicht, Mann!*«*, flehte Dare.* »*Du bist noch nicht bereit dafür!*«

»*Bitte tu das nicht, Eddie! Du wirst dich noch verletzen!*«

Dare packte Eddies Arm, aber Eddie stieß ihn weg und fuhr mit dem Motorrad los zur Rampe.

»*Nein! Eddie …*«

Billie hielt den Atem an, als er die Rampe hochfuhr und durch die Luft segelte. Das Motorrad drehte sich, und sie glaubte schon, er hätte es geschafft – doch er verlor den Halt und stürzte zu Boden, während das Motorrad weiterflog.

»Nein! Eddie …«

Dare und sie rannten zu ihm. Ihre Lunge brannte, und ihr Blick war tränenverhangen. Einige Sekunden vor ihr war Dare bei ihm, drehte sich jedoch sofort um und versuchte, sie dorthin zurückzuschicken, wo sie hergekommen war. »*Nein, Billie! Du musst das nicht sehen.*« *Sie weinten beide, schrien panisch, und er schlang ihr einen Arm um die Taille, als sie um sich schlug und verzweifelt versuchte, zu Eddie zu gelangen, und dann sah sie ihn auf dem Boden liegen mit blutendem Kopf, die Gliedmaßen unnatürlich verdreht, leblosen Augen und offen stehendem schlaffem Mund, und sie sackte kreischend zu Boden.*

»Billie! Es ist alles gut, Billie. Ich bin's, Dare!«

Sie schrak zusammen und versuchte, durch den Tränenschleier etwas zu sehen, bis Dares Gesicht vor ihr auftauchte. Ihr Herz raste, und sie merkte erst jetzt, dass sie sich gegen ihn wehrte und laut schrie.

»Es ist alles gut, Liebling. Du bist im Krankenhaus. Wir hatten einen Motorradunfall, und du hast das Gedächtnis verloren.«

»Das weiß ich«, stieß sie hervor. Sie zitterte am ganzen Körper. »Ich habe Eddie gesehen. Ich erinnere mich an den Tag, an dem er …« Vor lauter Traurigkeit konnte sie nicht weitersprechen.

Vorsichtig zog Dare sie an sich. »Das tut mir so schrecklich leid, Baby. Aber das ist lange her.«

Eine Krankenschwester kam ins Zimmer gelaufen. »Geht es Ihnen gut, Billie?« Sie legte ihr eine Hand in den Rücken.

Billie nickte und drückte sich an Dares Brust.

»Sie hat sich an den Unfall unseres Freundes erinnert«, erklärte Dare. »Ich habe dem Arzt davon erzählt. Das sollte in den Unterlagen stehen.«

»Tut es«, bestätigte die Schwester. »Soll ich Ihnen etwas zur Beruhigung geben, Billie?«

Sie hob den Kopf und sah die Schwester an. »Ich will mich nicht beruhigen. Ich will mich wieder erinnern, selbst wenn es wehtut.«

»Möchtest du dich ausruhen und wir reden später darüber?«, erkundigte sich Dare.

»Nein. Ich will jetzt darüber reden, solange ich noch die Chance habe, mich an mehr zu erinnern.«

Er sah die Schwester an. »Ist das okay?«

»Lassen Sie mich kurz ihre Werte überprüfen und sicherstellen, dass alles in Ordnung ist. Würden Sie sich bitte anlehnen und entspannen, Billie?« Sie untersuchte Billie eine Weile und meinte dann: »Sieht alles gut aus. Ich sage dem Arzt Bescheid, und Sie sollten sich nicht zu sehr aufregen.«

»Danke.« Dare drehte sich wieder zu Billie um, und die Schwester ging hinaus. »Was kann ich tun? Möchtest du etwas Wasser trinken?«

Billie schüttelte den Kopf. »Ich will nur reden. Bleibst du hier bei mir?«

»Mich könnten keine zehn Pferde dazu bringen, von deiner Seite zu weichen. Aber ich möchte, dass du dich hinlegst und entspannst.« Er räumte alles weg, was sie auf der Bettdecke deponiert hatte, und stellte den Laptop auf den Nachttisch. Danach setzte er sich neben sie und legte ihr erneut den unverletzten Arm um die Schultern.

»Waren Eddie und ich verlobt?«

Er nickte.

»Und ich habe mich von ihm getrennt, weil ich dich liebe?«

»Ja, allerdings weiß ich das erst seit Kurzem.«

»Wie lange ist sein Tod jetzt her?«

»Sechs Jahre.«

»Ich erinnere mich an die Beerdigung und daran, wie traurig wir alle waren.« Sie ließ ihren Tränen freien Lauf, was Dare ebenfalls zum Weinen brachte. Er reichte ihr ein Päckchen Taschentücher von Nachttisch, und sie wischte sich schniefend die Nase ab. »Ich habe ihn so sehr geliebt. Das kann ich noch immer spüren.«

»Und er hat dich geliebt, Baby.«

»Haben wir schon mal darüber gesprochen? Es kommt mir so vor.«

»Mehrmals sogar.«

»Darum hast du auch gesagt, ich hätte dich aus meinem Leben gedrängt. Jetzt erinnere ich mich wieder. Ich bin zu allen auf Abstand gegangen, richtig?«

Seine Miene sah schmerzverzerrt aus. »Ja.«

»Das meinte Bobbie bestimmt damit, dass ich meine Momente habe. Ich kann es spüren.« Sie betrachtete den Phönix auf seinem Hals. »Aber du hast mich nie aufgegeben.«

»Und das werde ich auch nie. Doch du hast dich selbst auch nie aufgegeben. Du bist die stärkste Person, die ich kenne, Billie.«

Er erzählte ihr, dass sie sich lange Zeit die Schuld an Eddies Tod gegeben hatte, und wie sie ihn nach den vielen Jahren, in denen sie sich selbst bestraft und Abstand gehalten hatte, wieder an sich herangelassen hatte, nur um zu erkennen, dass sie sich nichts vorwerfen musste. Sie redeten lange, und als er sie an ihr Gespräch mit ihren Müttern und den Besuch bei Eddies Eltern erinnerte, fielen ihr auch diese Erinnerungen zusammen mit vielen anderen wieder ein. Nun wusste sie, dass sie wieder Motorrad fuhr, dass sie es Kenny beibrachte, dass sie laufen und Kajak fahren ging, Zeit mit seiner Familie verbrachte und mit Dare schlief.

»Du wirst ja ganz rot.«

»Ich erinnere mich an uns ... *du weißt schon.*«

Ein Lächeln umspielte seine Lippen, und er zog die Augenbrauen hoch. »Das sind verdammt gute Erinnerungen, nicht wahr? Du bist noch nie schnell errötet.«

»Ach, sei einfach still.« Sie drehte den Kopf weg. »Es war, als würde ich dich zum ersten Mal nackt sehen.«

»Sieh mich an, Mancini.« Als sie es tat, waren seine dunklen Augen so voller Liebe, dass es sich wie eine Umarmung anfühlte. »Die roten Wangen stehen dir, und ich kann dir versichern, dass dir der Anblick auch beim ersten Mal gefallen hat.«

Das wusste sie ebenfalls wieder, doch die Lücken in ihrer Erinnerung störten sie noch immer sehr. »Erzähl mir mehr.«

»Ich glaube, du hast etwas gesagt wie: ›Verdammt, Whiskey. Ich dachte, ich hätte mir diese Bestie nur eingebildet.‹«

Ihre Wangen brannten noch mehr. »Ich meinte eher die anderen Dinge, die wir noch gemacht haben, und nicht das.«

»Entschuldige, Liebling. Mein Fehler.«

»Dieses Grinsen verrät mir, dass es dir kein bisschen leidtut.«

»Okay, du hast mich erwischt. Ich hatte doch versprochen, dass ich dich dazu bringe, dich wieder in mich zu verlieben, und wenn du dich auf das freust, was dich erwartet, ist das bestimmt hilfreich.«

Aufgrund seiner loyalen, fürsorglichen Art war das eigentlich gar nicht nötig.

Er berichtete ihr von den Orten, die sie besucht, und den Dingen, die sie unternommen hatten, und je mehr er erzählte, desto mehr fiel ihr wieder ein. Zwar konnte sie sich noch lange nicht an alles erinnern und vieles war verschwommen, aber es war ein Anfang. Doch als die Bruchstücke all dieser Jahre zurückkehrten, stellte sich auch die Liebe zu Dare wieder ein. Sie kehrte nicht schlagartig zurück und raubte ihr auch nicht den Atem, sondern schlich sich nach und nach in ihr Herz. Zuerst war da nur der Hauch dieser Leichtigkeit, ein Wohlgefühl, die Sehnsucht in ihrer Mitte, das Gefühl der Sicherheit in seiner Berührung. Diese und andere Empfindungen wuchsen zu einer Emotion heran, der sie keinen Namen zu geben vermochte. Es fühlte sich einfach richtig und so gut an, dass sie das überwältigende Gefühl überkam, sie wären zusammen unaufhaltsam, und das schenkte ihr auch in Bezug auf die noch fehlenden Erinnerungen Hoffnung.

Es war seltsam, all diese Einzelteile zusammenzufügen und zu spüren, wie sie in ihrem Herzen zusammengesetzt wurden, aber auch eine Erleichterung, da sie sich nicht länger so verloren fühlte. Sie schloss die Augen und lauschte, während er auf eine Art und Weise über sie sprach, wie es noch kein anderer getan hatte. Er war sehr direkt und erweiterte Bobbies Beschreibung, sie sei knallhart, indem er schilderte, wie sie Menschen, die es verdient hatten, mit bissigen Bemerkungen traktierte – und auch andere, die es nicht verdienten, weil sie einfach jeden von sich weggeschoben hatte. Er sagte, sie hätte das tun müssen, und erklärte ihr auch den Grund dafür. Dabei hörte er sich an, als wäre er stolz auf ihre Stärke und würde sie trotz allem lieben. Er beschrieb auch ihre empfindsame Seite und die Art, wie sie manchmal mitten in der Nacht, wenn sie glaubte, er würde schlafen, einen Kuss auf seine Brust drückte und *Ich liebe dich* flüsterte. Auch daran erinnerte sie sich.

Er sagte, sie würde nicht gern über ihre Gefühle reden und dass sie ihm erst wenige Male ihre Liebe gestanden habe, was für ihn jedoch kein Problem darstellte, da er das wusste und nicht erst hören musste. Darüber wunderte sie sich ein wenig, denn sie hörte es so gern aus seinem Mund. Seine Worte kamen bedächtig und leise über seine Lippen, als würde er die Augenblicke sehr schätzen, die er ihr schilderte, und ihr ging auf, warum kein anderer je versucht hatte, ihr derart detailreich zu beschreiben, wer sie war.

Ihr mochten die Erinnerungen mehrerer Jahre fehlen, aber sie brauchte sie nicht, um sich einer Sache ganz sicher zu sein: Devlin »Dare« Whiskey kannte sie besser als jeder andere auf der Welt, und sie wusste tief in ihrem Herzen, dass der unaufhaltsame Draufgänger, der seine Liebe zu ihr auf seiner Haut festgehalten hatte, dies auch auf ewig tun würde.

Zweiundzwanzig

Dare saß mit Cowboy und Kenny auf der Veranda und lauschte dem Kichern und Geplapper, das aus dem Haus drang, wo seine und Billies Mutter und Schwestern ihr dabei halfen, sich für ihre Verabredung zu stylen. Seine Süße lachen zu hören, war mit das Schönste auf der Welt, wenn sie ihm nicht gerade sagte, dass sie ihn liebte, oder ihm beim Liebesspiel sündige Sachen zuraunte. Sie waren jetzt seit fast einem Monat wieder zu Hause, und Billies Erinnerungen waren größtenteils zurückgekehrt. Hin und wieder war sie noch ein wenig verwirrt, wenn ihr etwas wieder einfiel, das sie vergessen hatte, doch das kam immer seltener vor. Seit Verlassen des Krankenhauses war sie bei Dare geblieben, und ihre Familien hatten sich um sie geschart und ihr beim Duschen und Anziehen geholfen, während Dare das alles stur selbst machte, ihnen Essen zubereitet, sie zu Arztbesuchen gefahren und sie beide nach Strich und Faden verwöhnt. Er wusste diese Hilfe zu schätzen, konnte es jedoch kaum erwarten, dass auch die nächsten Wochen verstrichen. Ein Mann ertrug nun mal nur ein bestimmtes Maß an Fürsorge, bevor er durchdrehte. Er freute sich auf den Moment, in dem sie den Gipsverband loswurden, damit sie wieder Dinge allein unternehmen konnten und mehr Privatsphäre hatten.

Immerhin würde er Billie an diesem Abend einige Stunden lang für sich haben. Es war der letzte Abend des Festivals, und sie hatten sich darüber geärgert, das einwöchige Event zu verpassen, konnten jedoch auf Krücken und nur mit einem unverletzten Arm nicht besonders viel machen. Das Feuerwerk wollte Dare jedoch auf keinen Fall verpassen. Insbesondere, da sie den vierten Juli schon nicht mitbekommen hatten. Denn das war sehr wichtig für sie beide. Keiner von ihnen war es gewohnt, sich auf andere zu verlassen oder eine ruhige Kugel zu schieben, und das machte sie zunehmend unruhig. Dare empfing wieder Patienten, was ebenfalls hilfreich war. Zwar hielt er die meisten Sitzungen im Freien ab, die körperliche Arbeit fehlte ihm dennoch. Billie hatte recht behalten, dass es ihm schwerfallen würde, lange Zeit still zu sitzen. Er litt fast ebenso sehr darunter wie sie.

Billie wollte unbedingt wieder in der Bar arbeiten. Das war in den nächsten Wochen noch unmöglich, aber sie hatte mehr Zeit mit Bobbie verbracht, und ihm war aufgefallen, dass beide Frauen dadurch glücklicher wirkten. Bobbie hatte sie mehrmals zum Mittagessen ins Roadhouse geholt, und die Zeit in der Bar schien Billies Lebensgeister ebenso anzuregen wie die Arbeit mit Kenny. Sie bestand darauf, Kenny weiterhin zu unterrichten, und Dare war ebenso wie Doc bei jeder Stunde dabei, damit wenigstens ein unverletzter Erwachsener anwesend war. Kenny hatte sogar Doc ein paar Mal dazu überredet, mit ihm zusammen zu fahren, und es machte Dare ungemein glücklich, seinen ältesten Bruder dabei zu sehen, wie er sich mal ein wenig entspannte.

»Ich kann es immer noch nicht glauben, dass ich beim Start der Ride-Clean-Kampagne fahren soll«, sagte Kenny nun schon zum zehnten Mal in ebenso vielen Minuten. Sie hatten das mit seinen Eltern besprochen und ihm die gute Nachricht überbracht, kurz bevor die Frauen aufgetaucht waren, um Billie beim Anziehen zu helfen.

»Du musst noch viel üben, damit du dann nicht zu nervös bist«, ermahnte Dare ihn.

»Ich würde jeden Tag üben, wenn ihr mich lassen würdet«, beschwerte sich Kenny.

Cowboy zog eine Augenbraue hoch. »Wann würdest du denn reiten, wenn du jeden Tag auf diesem Motorrad sitzen würdest?«

»Wo ein Wille ist, ist auch ein Weg«, erwiderte Kenny mit einem ziemlich Whiskey-artigen Nicken.

Alle schwärmten davon, wie gut Kenny Cowboy beim Ponyreiten auf dem Festival unterstützt hatte. Er hatte in den letzten Wochen eine solche Faszination für die Pferde entwickelt, dass er sich sogar schon mit Sasha darüber unterhalten hatte, wie man Physiotherapeut für Pferde wurde. Dare konnte kaum stolzer auf ihn sein und war schon gespannt, wie es mit dem Jungen weitergehen würde. Das Treffen mit seinen Eltern war hervorragend verlaufen, und Kenny würde noch in dieser Woche wieder nach Hause ziehen. Seine Eltern hatten eingewilligt, dass er mehrere Stunden die Woche auf der Ranch arbeiten durfte, bis die Schule wieder anfing, und auch danach weiter mit Billie trainieren würde, solange seine Noten gut blieben und er keinen Ärger machte. Dare wollte sich wöchentlich mit der Familie treffen, um auf dem Laufenden zu bleiben und sie bei Problemen zu unterstützen.

Cowboy nickte Dare zu. »Wie geht es dir? Brauchst du irgendwas?«

»Könntest du den Damen vielleicht ein bisschen Dampf machen? Ich will endlich los.«

»Sie kommen schon raus, wenn sie fertig sind«, sagte Cowboy. »Bist du nervös wegen des großen Dates?«

»Ja, das bin ich in der Tat. Es ist ziemlich schwer, bei einer Frau zu landen, wenn beide mehrere gebrochene Knochen haben.« Er zwinkerte Kenny zu, der loslachte. »Ich möchte einfach nur, dass der heutige Abend perfekt für sie wird. Ich will ihr Lächeln sehen, bei dem mir hier ganz warm wird.« Er schlug sich mit einer Faust vor die Brust und zuckte zusammen. Seine Verletzung war fast verheilt, doch wenn er die richtige Stelle traf, tat es immer noch weh.

»Es wird wohl noch eine Weile dauern, bis du wieder über Busse springst oder mit den Stieren läufst«, kommentierte Cowboy.

»Sagte ich nicht, dass ich diese riskanten Stunts sein lasse?«

»Ja, das hast du. Ich kann es nur noch nicht glauben.«

Dare sah ihm in die Augen. »Das ist mein voller Ernst. Ich kann den Gedanken nicht ertragen, dass Billie oder einer von euch an meinem Krankenbett sitzen muss oder Schlimmeres erlebt.«

Cowboy rückte seinen Hut zurecht und musterte ihn ernst. »Dir ist schon klar, dass du beim Fahren auf der Straße einen Unfall hattest? Dazu war kein krasser Stunt nötig.«

»Ja, und dir ist klar, dass Billie und ich trotzdem verrückte Sachen machen werden?«

»Davon bin ich ausgegangen.« Cowboys Lippen zuckten. »Ihr beide wärt nicht die, die ihr seid, wenn ihr euch vom Leben kleinkriegen lassen würdet.«

»Es gibt nur eines, was mich kleinkriegt, und das ist die wunderschöne Brünette, die da drin vermutlich gerade genug von der vielen Aufmerksamkeit hat. Ich werde sie mal lieber retten.« Dare griff nach seiner Krücke und stand auf.

Cowboy sprang sofort auf. »Setz dich wieder hin. Ich hole sie.«

»Und wenn ich das nicht mache?«

»Dann wird sie deswegen an deinem Krankenbett sitzen.« Cowboy wedelte mit einer Faust.

Kenny musste lachen.

»Ermutige ihn nicht auch noch.« Dare setzte sich wieder. »Dieser Kerl hat ein so starkes Helfersyndrom, dass es kaum auszuhalten ist.«

»So was passiert, wenn man mit einem jüngeren Bruder aufwächst, der sich für unzerstörbar hält.« Cowboy riss die Tür auf und brüllte: »Zieht euch an, Ladys. Ich komme jetzt rein.«

»Ich finde, du hast echt Glück gehabt«, stellte Kenny fest, als die Fliegengittertür hinter Cowboy zufiel. »Die Beziehung zwischen dir und deinen Brüdern ist super.«

»Sie sind totale Nervensägen.«

»Du bist auch eine Nervensäge, und trotzdem verbringe ich Zeit mit dir.«

Dare grinste. »Ich mag deine Gesellschaft auch, mein Freund. Bist du bereit für das Festival? Hast du alles, was du brauchst?« Cowboy wollte sie zum Feuerwerk fahren, und Kenny würde sich zu Billies und Dares Familien und den andern Patienten der Redemption Ranch gesellen, die bereits mit Dwight, Hyde und Taz vorgefahren waren.

Kenny setzte seinen Cowboyhut auf und nickte Dare knapp zu. »Kann losgehen.«

Die Tür ging auf, und Birdie kam herausgerannt, die ebenso fröhlich aussah wie ihr kurzer lila Overall, zu dem sie ein weißes Tanktop und Plateaustiefel trug, die sie gute fünfzehn Zentimeter größer machten. Ihr Haar war zu zwei dicken Zöpfen geflochten, und sie hatte glitzernden Lidschatten aufgelegt.

»Dare! Mach die Augen zu!«

»Birdie!« Er wollte doch nur seine Liebste sehen.

Sie verschränkte die Arme. »Es kommt nicht jeden Tag vor, dass Billie eine ganze Entourage hat, die sie einkleidet.«

»Da hast du allerdings recht.« Dare griff nach seiner Krücke, setzte sich den Hut auf und erhob sich.

Birdie verdrehte die Augen und machte sich daran, sein Hemd zurechtzurücken, ein pfirsich-rostfarben kariertes kragenloses Oberhemd, das sie ihm zusammen mit den hellbraunen Cargoshorts mitgebracht hatte. Sie hatte erklärt, dass er für ihr erstes Date nach dem Unfall gut gekleidet sein sollte. Die Klamotten waren bequem, und jeder hatte ihm gesagt, dass sie ihm gut standen, doch erst Billies Reaktion hatte ihn davon überzeugt, sie anzubehalten. Sie hatte auf der Unterlippe gekaut, und das Lodern in ihren Augen hatte ihm verraten, dass sie nur durch die Anwesenheit seiner Schwester davon abgehalten wurde, all die unanständigen Dinge auszusprechen, die ihr durch den Kopf gingen. In den ersten Tagen war es ihnen gelungen, die Finger voneinander zu lassen, aber seitdem fanden sie immer wieder kreative Wege, ihre Hände, Münder und batteriebetriebenen Spielzeuge einzusetzen.

»So.« Birdie trat einen Schritt zurück und sah Dare bewundernd an. »Du siehst wirklich gut aus.«

»Danke, Birdie.«

»Billie sieht umwerfend aus.« Sie hüpfte auf und ab. »Bobbie hat sie frisiert, Sasha hat sie geschminkt, und Alice, Mom und ich haben ihr geholfen, das Outfit und die Accessoires zusammenzustellen. Ich bin schon so gespannt auf dein Gesicht.«

»Accessoires?« Billie trug nie Accessoires. Vermutlich war sie inzwischen ebenso genervt wie er.

IMMER ÄRGER MIT WHISKEY

Cowboy brüllte aus dem Haus: »Mach endlich die Augen zu, Dare! Du wolltest doch, dass ich sie dazu bringe, sich zu beeilen!«

Dare schloss die Augen und hörte Geflüster, Schritte und Billie, die mit ihrer Krücke auf die Veranda gehumpelt kam, während ihre Mütter um sie herumwuselten.

»Okay. Mach die Augen auf!«, verlangte Birdie.

Er kam der Aufforderung nach, und der Anblick verschlug ihm im wahrsten Sinne des Wortes den Atem. Billies Haar glänzte, und ihr Augen-Make-up sah ungemein sexy aus. Dare war heilfroh, dass sie die Narben in ihrem Gesicht nicht überschminkt hatten, denn er liebte sie so, wie sie war, und wollte nicht, dass sie den Eindruck bekam, irgendetwas verstecken zu müssen. Sie trug ein hellblaues Kleid mit Spaghettiträgern und Spitzeneinsätzen, die an ihrer Taille anfingen und an ihrem Brustbein ein umgekehrtes V bildeten, wobei ihre Schlinge allerdings einen Teil davon verbarg. Das Oberteil schmiegte sich an ihre Kurven, doch der Rock war breiter und mit feinen Rüschen abgesetzt, die direkt über den Knien endeten. Sie trug mehrere goldene Armreifen an einem Handgelenk und drei Goldketten. Der schwarze Choker, den sie sonst so gut wie nie abgelegt hatte, war beim Unfall zerstört worden. Dare freute sich schon auf den Tag, an dem er ihr einen neuen aussuchen würde. An der kürzesten Halskette hing ein diamantener Anhänger, den sie von ihren Eltern zum Highschoolabschluss geschenkt bekommen hatte. Die mittlere Halskette mit dem goldenen D hatte er ihr zum siebzehnten Geburtstag geschenkt, und sein Herz schlug schneller, als er sich an diesen Tag erinnerte. Die längste Kette war mit drei miteinander verbundenen Ringen geschmückt, und er hatte sie noch nie gesehen. Dazu hatte sie weiße Turnschuhe an, die mit

Schmucksteinen passend zu ihrem Kleid besetzt waren, und er wusste, dass er das Birdie zu verdanken hatte. Ihr Gips war genau wie Dares von so gut wie jeder Person unterschrieben worden, die sie kannte.

»Heilige Sch… okolade«, sagte Kenny und holte Dare in die Gegenwart zurück.

»Ja, nicht wahr?« Cowboy zeigte mit einem Daumen auf Billie. »Sie hat sich richtig rausgeputzt.«

»Großer Gott, Liebling. Ich habe dich seit dem Highschoolabschlussball in keinem Kleid mehr gesehen. Du siehst wunderschön aus.«

»Du warst auf dem Abschlussball?«, fragte Kenny.

Billie grinste, ohne den Blick von Dare abzuwenden. »Ich bin mit Dare und Eddie hingegangen.«

»Ja, das bist du.« Dare spürte wieder dieses Ziehen in der Brust, so wie jedes Mal seit dem Unfall, wenn sie sich an etwas erinnerte. »Und du warst dort das hübscheste Mädchen.«

»Wir beide wollten eigentlich gar nicht hin«, rief sie ihm ins Gedächtnis.

»Stimmt, aber Eddie wollte unbedingt.«

»Das weiß ich noch.« Sie schaute an sich herab, und als sie Dare wieder ansah, kniff sie verführerisch die Augen zusammen. »Dann gefällt es dir?«

»Später wird es mir auf dem Fußboden zwar besser gefallen, aber ja, du siehst verdammt sexy aus.« Auf einmal fiel ihm wieder ein, dass Kenny neben ihm stand, und er zwinkerte in der Hoffnung, seine Worte würden als Witz aufgefasst werden.

»Du liebe Güte«, brummelte Cowboy. »Nur ihr zwei könnt daran denken, trotz eurer gebrochenen Knochen und Rippen und der vielen Verbände.«

Alle mussten lachen.

»Junge Liebe ist etwas Wunderschönes«, stellte seine Mutter fest.

Alice sah Billie an. »Und sie wird mit der Zeit nur immer schöner.«

Dare beugte sich vor und küsste Billie. »Können wir, Mancini?«

Sie nahm ihm den Hut vom Kopf und setzte ihn auf. »Jetzt ja.«

»Wartet!«, rief Birdie. »Das muss ich fotografieren.«

Nachdem sie gefühlte einhundert Fotos geschossen hatte, stiegen Billie, Dare und Kenny in Cowboys Wagen, die anderen setzten sich in Alices Auto, und sie machten sich auf den Weg zum Festival.

Kurz darauf fuhren sie unter einem Festivalbanner, das quer über die Straße hing, ins Zentrum von Allure, einer ruhigen Kleinstadt mit gepflasterten Straßen, altmodischen Straßenlaternen und Ziegelsteingebäudefronten hinter verzierten Eisenzäunen, die alle für das Fest dekoriert worden waren. Menschengruppen waren unterwegs zum Festplatz. Paare gingen Hand in Hand, und Ballons tanzten an kurzen Bändern über den Handgelenken vieler Kinder.

Billies Augen strahlten vor Glück. Als Dare nach der Entlassung aus dem Krankenhaus zum ersten Mal vom Festival gesprochen hatte, wusste sie zwar, dass sie mal dort gewesen war, hatte sich jedoch nicht genau daran erinnern können, was sie dort gemacht hatten. Dare hatte ihr alles ins Gedächtnis gerufen und ihr versprochen, im nächsten Jahr jeden Tag mit ihr hinzugehen. Dieses Versprechen gedachte er zu halten, und er hatte sich zum Ziel gesetzt, diesen Abend für sie zu einem unvergesslichen zu machen.

Als Cowboy am Rand des Festplatzes parkte, schaute Billie durch das Fenster auf ein Meer aus Zelten und Ständen hinaus, die gerade abgebaut wurden. Unzählige Menschen saßen auf Decken, Kinder liefen herum, und Paare tanzten vor der Bühne, über der ein Banner Kaylie Crew, eine Sängerin aus der Gegend, anpries. Billie mochte ihre Musik und ließ das Fenster herunter, um sie besser hören zu können. Erst da bemerkte sie den von Pferden gezogenen Heuwagen, der ein Stück entfernt auf der Wiese stand. Er war mit funkelnden Lichterketten verziert, und die Pferde trugen Bänder in den Mähnen und Schweifen.

»Sieh nur, Dare. Jemand hat Pferde hergebracht. Vielleicht kann man ja mit dem Heuwagen fahren.«

»Wir fragen mal nach.« Er stieg mit seiner Krücke aus dem Wagen.

Als er ihr beim Aussteigen helfen wollte, schob Cowboy ihn zur Seite. »Geh nur, Bruderherz. Ich mach das schon.« Er beugte sich näher an Billie heran. »Leg mir die Arme um den Hals.«

»Warum?«

»Mach es einfach«, verlangte Cowboy.

»Du bist noch herrischer als dein Bruder.« Aber sie tat es, und er hob sie heraus.

Cowboy grinste. »Und ich sehe auch besser aus als er.«

»Träum weiter«, sagte Dare.

»Du kannst mich jetzt absetzen, Cowboy. Ich kann an der Krücke laufen.«

»Nein, nicht heute Abend.« Er sah Kenny an, der ihre Krücke aus dem Wagen holte.

»Sag ihm, dass er mich absetzen soll, Dare.« Sie war jetzt seit dreieinhalb Wochen umsorgt worden und genoss zwar die engere Beziehung zu ihren Familien, war es allerdings langsam leid, sich hilflos zu fühlen.

»Das wird er, Liebling, sobald wir bei unserem Heuwagen sind.«

»Wo?«

»Du hast doch nicht geglaubt, du müsstest heute Abend auf dem Boden sitzen, oder?« Dare schenkte ihr ein verführerisches Grinsen. »Ich habe die Jungs gebeten, eine Luftmatratze reinzulegen, damit du es bequem hast.«

Ihr Herz setzte einen Schlag aus. »Das hast du für mich gemacht?«

»Ich würde alles für dich tun, Babe.«

Sie wusste, dass dies der Wahrheit entsprach. Während die anderen ihr in körperlichen Belangen halfen, hatte Dare sie emotional unterstützt und ihr geholfen, sich an die guten und die schlechten Zeiten zu erinnern, und wenn sie Schmerzen hatte, hielt er sie in den Armen und erzählte ihr Geschichten aus ihrem Leben oder Witze, um sie abzulenken. Aber er hatte schon lange vor dem Unfall auf sie aufgepasst, und sie schätzte sich deswegen unbeschreiblich glücklich.

Als sie sich den Pferden näherten, bemerkte sie, dass die Bänder in Gold und Schwarz gehalten waren und dass im Heuwagen nicht nur eine Luftmatratze lag, sondern auch Decken und Kissen ausgebreitet waren, über die Rosenblätter gestreut worden waren. Zwischen Matratze und Wand standen Kisten mit Champagner, Vasen mit roten Rosen und ein Warmhaltebehälter für Lebensmittel. Etwas Romantischeres hatte sie in ihrem ganzen Leben nicht gesehen, und sie war den Tränen nahe. So etwas geschah seit dem Unfall häufiger. Ihr war fast so, als wären ihre Gefühle dadurch gelockert worden. Oder Dares Einschätzung von neulich, als sie ihm das gestanden hatte, stimmte und sie war einfach so glücklich, dass ihr völlig egal war, was andere von ihr dachten.

»Dare ...?« Sie war unfassbar gerührt.

»Du hast so viel durchgemacht, Baby, da wollte ich, dass der heutige Abend etwas ganz Besonderes ist, das du nie mehr vergisst. Ich habe etwas zu essen herbringen lassen von einem Restaurant in der Stadt, das du immer so gemocht hast.«

»Aus dem Barkley's?« Sie hatte nicht die geringste Ahnung, wie sie darauf kam. Der Name war einfach so aufgetaucht und sie hatte sich nicht wie ganz am Anfang bemühen müssen, damit er ihr einfiel. Sie war sich nicht sicher, ob sie nun für immer über so etwas nachdenken würde, befürchtete aber, dass dem so war, denn seitdem sie ihr Gedächtnis verloren hatte, schätzte sie ihre Erinnerungen umso mehr.

Er grinste. »Du hast dich erinnert.«

»Ja. Dort gab es immer diesen leckeren Karottenkuchen.«

»Den habe ich ebenfalls bestellt. Aber ich kann nicht den ganzen Ruhm einstreichen, denn ich habe zwar alles in die Wege geleitet, hatte jedoch Hilfe.«

»Bobbie, Sasha und Birdie haben die Pferde und den Wagen geschmückt«, erklärte Kenny und legte die Krücke in den Heuwagen. »Und Doc und Tiny haben die Pferde und den Wagen hergebracht und alles bereit gemacht.«

»Dein Vater hat das Essen und den Champagner abgeholt und dafür gesorgt, dass wir alles haben, was wir brauchen«, fügte Dare hinzu.

Alle hatten sich für sie solche Mühe gegeben. Da war es kein Wunder, dass die Frauen sie derart schick gemacht hatten.

»Wie wäre es, wenn wir es Billie erst einmal bequem machen?«, schlug Cowboy vor, setzte sie auf den Decken ab und half ihr, sich an die Kissen zu lehnen.

Dare stellte sich hinter den Heuwagen und klimperte mit den Wimpern. »Jetzt ich.«

Kenny lachte laut los.

Cowboy starrte Dare zwar finster an, reichte ihm aber dennoch eine Hand.

»Runter da. Ich kann das allein.« Dare verzog das Gesicht, als er sich auf den Heuwagen stemmte und neben Billie setzte. Er griff in eine Kiste, holte batteriebetriebene Kerzen heraus und schaltete sie an, während sich Cowboy und Kenny auf den Kutschbock setzten.

»Kerzen hast du auch?« Billie konnte es nicht fassen. »Seit wann bist du denn so romantisch?«

»Ich sagte dir doch, dass ich dir für den Rest unseres Lebens jeden Tag Gründe geben werde, dich in mich zu verlieben. Das war mein voller Ernst.«

»Ich brauche keine Gründe. Ich liebe dich schon jetzt von ganzem Herzen, Whiskey, und ich weiß, dass ich das immer tun werde.« Das Band zwischen ihnen war stärker denn je, und nach allem, was sie durchgemacht hatten, würde es niemals reißen.

»Ich liebe dich auch.« Er beugte sich vor und küsste sie, bis Cowboy brüllte, dass sie damit warten sollten, und die Pferde loslaufen ließ.

»Wohin bringen sie uns?«

»Zu unserer Stelle, damit wir uns das Feuerwerk ansehen können.«

»Zu unserer Stelle«, flüsterte sie und wusste auf einmal genau, welchen Platz er meinte. »Ich liebe unsere Stelle.« Sie kuschelte sich an ihn, und die Pferde erklommen den grasbewachsenen Hügel und blieben neben einer Baumgruppe stehen.

Von dieser Stelle aus hatte sie sich jedes Jahr zusammen mit Dare und Eddie das Feuerwerk angesehen, bis Eddie gestorben war. Seitdem war sie nicht mehr hier gewesen, und jetzt, wo sie die Musik vom Festival in den Ohren hatten und die wundervolle Aussicht auf die Berge in der Ferne genossen, freute sie sich darüber. Ihr gefiel es, dass dieser Ort nicht von den letzten schwierigen Jahren befleckt worden war. Nun barg er nur die schönen Erinnerungen an sie drei und alle neuen, die Dare und sie hier schufen.

Dare schenkte ihnen Champagner ein und reichte Billie ein Glas. Als er einen Teller aus dem Warmhaltebehälter holte, stellte sie fest, dass darauf alles in mundgerechte Stücke geschnitten worden war. »Du hast wirklich an alles gedacht.«

»Ich habe an dich gedacht und wollte, dass du alles hast, daher war der Rest ganz einfach.« Er hob sein Champagnerglas. »Auf uns, Baby.«

»Auf uns.« Sie stießen an, tranken einen Schluck Champagner und küssten sich. Als sich Billie nach Cowboy und Kenny umschaute, konnte sie die beiden nirgends entdecken.

Sie küssten sich und plauderten beim Essen, um immer wieder einen Happen vom Teller des anderen zu stibitzen, wie sie es schon immer getan hatten. Dabei prosteten sie sich ständig zu und verspeisten zum Nachtisch den köstlichen Karottenkuchen. Kaum hatten sie aufgegessen, verstummte die Musik, und sie stellten die Teller beiseite, legten sich hin und warteten darauf, dass das Feuerwerk losging.

Billie legte den Kopf auf Dares Schulter. »Hörst du das?«

»Was denn? Das Stimmengewirr vom Festival?«

»Nein. Die Stille ringsherum. Keiner fragt uns, ob wir noch etwas brauchen.«

»Das ist wirklich schön, nicht wahr? Ich werde das allerdings leugnen, falls du es je in Gegenwart unserer Familien erwähnst.«

Sie lachte leise. »Deine Geheimnisse sind bei mir sicher. Ich liebe unsere Familien und weiß, dass wir es ohne sie nie so weit geschafft hätten, aber es ist schön, mal mit dir allein zu sein.«

»Mir geht es genauso.«

»Hast du dich je gefragt, was passiert wäre, wenn ich meine Erinnerungen nicht zurückbekommen hätte?«

»Nein. Wir hätten einfach neue geschaffen, und wir wären trotzdem hier, würden zu den Sternen hinaufsehen und auf das Feuerwerk warten.«

Sie genoss es sehr, dass er derart auf ihre Liebe vertraute.

»Denkst du darüber nach?«, fragte er.

»Manchmal. Hauptsächlich, weil es so unheimlich war, rein gar nichts über mein Leben zu wissen. Aber ich schätze, du hast recht und wir würden das hier trotzdem tun.« Sie drehte den Kopf zu ihm und stellte fest, dass er sie beobachtete. Da fiel ihr wieder ein, dass sie in ihrer Kindheit in diese dunklen Augen gesehen hatte und darin versinken wollte. »Du machst es mir wirklich unmöglich, einen anderen zu lieben, und das weißt du auch, oder nicht?«

»Das kann ich nur zurückgeben, Mancini. Und das liegt daran, dass wir füreinander bestimmt sind.«

Sie berührte die Kette mit dem D-Anhänger, die er ihr mal geschenkt hatte. »Weißt du noch, wann ich die von dir bekommen habe?«

»Zu deinem siebzehnten Geburtstag. Ich habe dir erzählt, das D stünde für Draufgänger, dabei stand es eigentlich für Dare.«

Sie lächelte. »Das glaube ich dir nicht.«

Er zog die Augenbrauen hoch. »Du weißt doch, dass ich dich schon als kleiner Junge geliebt habe, und da glaubst du mir nicht, dass ich dich vor aller Welt als die Meine kennzeichnen wollte?«

»Großer Gott. Du hast es wirklich so gemeint.« Sie musste lachen, weil das so typisch für ihn war.

Er küsste sie zärtlich. »Woher hast du die Kette mit den drei Kreisen? Die ist hübsch.«

»Eddie hat sie mir geschenkt, als du auf dem College warst. Ich habe dich so sehr vermisst, dass ich ihm damit ständig in den Ohren lag. Eines Tages gab er mir die Kette und sagte, sie würde für uns drei stehen und dass wir immer zusammen wären, wo wir uns auch aufhalten würden.«

»Das ist sehr schön. Ich kann mich nicht daran erinnern, dich schon einmal damit gesehen zu haben.«

»Du weißt ja, dass ich bei den Rennen nie Schmuck getragen habe. Offenbar habe ich sie in mein Schmuckkästchen gelegt und vergessen. Als die anderen meinten, dass ich heute Abend Schmuck tragen müsse, brachte Bobbie das Kästchen mit. Deine Mom schlug vor, dass ich meine drei Lieblingsketten raussuche. Ich fand drei erst zu viel, da ich eigentlich nie Schmuck trage, aber jetzt bin ich froh darüber. Jede dieser Ketten ist etwas Besonderes, und auf diese Weise ist Eddie heute auch bei uns.«

»Er ist immer bei uns und passt auf uns auf.« Dare blickte zum Himmel hinauf, und sie tat es ihm nach. »Wenn du einen Wunsch frei hättest, was würdest du dir wünschen?«

»Dass Eddie nie auf dieses Motorrad gestiegen wäre.«

»Das würde ich mir auch wünschen. Und wenn du zwei Wünsche hättest?«

Abermals sah sie ihn an, und er drehte sich lächelnd zu ihr um. »Ich wünschte mir, dass niemand so einen Unfall durchmachen muss, wie wir ihn erlebt haben.«

»Das liebe ich so an dir.«

»Was denn?«

»Dein wundervolles Herz.«

»Du liebst meinen Körper. Mein Herz ist nur der Bonus«, neckte sie ihn.

»Ja, da hast du recht.« Als er sie küsste, fing das Feuerwerk an. »Du bringst Licht in meine Welt, Mancini.«

Lachend küsste sie ihn erneut. »Was würdest du dir wünschen?«

»Dass du mich heiratest.«

Über ihnen leuchtete das Feuerwerk und tauchte den Himmel in bunte Farben, und sie drückte einen Kuss auf seine Brust. »Du weißt ganz genau, dass ich gleich morgen mit dir zum Standesamt humpeln würde.«

»Zum Standesamt? Das ist viel zu wenig pompös für zwei Draufgänger.«

Sie konnte nicht aufhören zu lächeln. »Was schwebt dir denn vor? Sollen wir unsere Ehegelübde beim Fallschirmspringen sagen?«

»Etwas in der Art.«

»Du bist verrückt.«

»Aber du liebst mich.«

»Mehr als du dir auch nur vorstellen kannst, Whiskey.«

»Darauf hatte ich gehofft.« Er griff unter eines der Kissen und holte ein kleines mit Samt bezogenes Kästchen hervor.

Ihr Herz raste, und sie sah zu ihm auf, während er sich unbeholfen auf ein Knie stemmte. *Großer Gott. Passiert das gerade wirklich?* Sie setzte sich auf, doch er sagte keinen Ton. Als das Schweigen andauerte, fragte sie: »Was in aller Welt machst du da, Dare?«

»Ich versuche, dir einen Antrag zu machen, aber ich bin so

verdammt nervös, dass mir nicht mehr einfällt, was ich sagen wollte.«

Sie musste lachen, hatte aber auch Tränen in den Augen.

»Ach, was soll's. Dann improvisiere ich eben.« Er schluckte schwer, runzelte die Stirn und sah sie ernst an. »Ich habe nie eine solche Angst verspürt wie in dem Moment, in dem wir vom Motorrad geschleudert wurden. Mein einziger Gedanke war: *Wo ist Billie? Ich muss zu ihr.*«

Nun konnte sie die Tränen nicht länger zurückhalten.

»Baby, du bist mein Leben, meine ganze Welt, und ich will keine Minute dieser zweiten Chance, die uns gewährt wurde, vergeuden. Daher will ich nicht auf den perfekten Augenblick warten, weil jede Minute mit dir perfekt ist.«

Ihr Tränenfluss kannte kein Halten mehr.

»Ich liebe dich seit unserer Kindheit, und ich werde dich noch lieben, wenn wir runzlig und grau sind und noch lange, nachdem wir uns Eddie auf der anderen Seite angeschlossen haben. Ich möchte dein wunderschönes Gesicht jeden Tag nach dem Aufwachen als Erstes sehen und jeden Abend eine Spur aus Kleidungsstücken in Richtung Schlafzimmer hinterlassen. Irgendwann, wenn wir beide so weit sind, möchte ich kleine freche Mädchen mit deinen wunderschönen Augen und deiner spitzen Zunge und aufdringliche Jungen mit dir großziehen, die vor nichts zurückschrecken und ihr Herz nur einem einzigen Mädchen schenken. Ich liebe dich, Mancini. Wollen wir diese Liebe ganz offiziell machen? Willst du meine Frau werden?«

Sie konnte ob der vielen Tränen kaum etwas sehen. »Ja, Whiskey. Ja. Ich will deine Frau werden.« Sie packte sein Hemd mit einer Hand und zerrte ihn zu sich, um ihn zu küssen. »Ich liebe dich so sehr.«

»Ich liebe dich auch, Baby. Mehr als das Leben.« Er öffnete

das Kästchen, in dem ein wunderschöner Ring mit schlichtem weißgoldenem Band und zwei Flammen ruhte, die weiße Diamanten umringten, in deren Mitte dunkelorange Steine schimmerten.

Etwas so Wunderschönes hatte sie in ihrem ganzen Leben noch nicht gesehen. »Zwillingsflammen«, flüsterte sie und musste daran denken, dass sie anfangs besorgt wegen ihrer Narben gewesen war, Dare dann jedoch jede einzelne geküsst und gesagt hatte: *Wir sind Zwillingsflammen, Baby, und die Narben in unseren Herzen sind der Beweis für unsere gespiegelten Seelen.*

»Das sind wir, Liebling.« Er steckte ihr den Ring an. »Die Steine sind Cognacdiamanten. Ich weiß ja, dass du nicht so gern Schmuck trägst, daher hoffe ich, dass der Ring nicht zu viel ist.«

Die Diamanten waren klein und unauffällig, und die Flammen befanden sich nicht hoch genug, als dass sie damit irgendwo hängen bleiben konnte. »Er ist absolut perfekt.« Tränen benetzten ihre Wangen. »Ich werde ihn niemals abnehmen.«

»Versprich nichts, was du nicht halten kannst, Mancini. Ich weiß doch, dass du ihn auf dem Motorrad nicht tragen wirst, und das ist okay. Ich weiß auch so, dass du mich liebst und dass du die Meine bist.«

Er gab ihr einen zärtlichen Kuss, lehnte sich zurück und schrie: »Sie hat Ja gesagt!«

Lauter Jubel brandete auf, als ihre Familien und Freunde den Hügel zu ihnen hinaufgerannt kamen. Billie konnte nicht aufhören zu lachen und zu weinen, als alle den Heuwagen umringten, ihnen gratulierten und Champagnerflaschen köpften. Dare sah glücklicher aus, als sie ihn je gesehen hatte.

»Dann wussten alle Bescheid?«, staunte sie.

»Ich war so aufgeregt, dass ich es die ganze Stadt wissen ließ. Du kannst von Glück reden, dass ich es nicht vermasselt und dich auch eingeweiht habe.« Er reichte ihr ein Champagnerglas und hob seins hoch. »Auf uns, Baby. Draufgänger fürs Leben.«

»Draufgänger fürs Leben und dein Wildfang für immer.« Als sie mit ihm anstieß, sah er sie voller Liebe an. Sie tranken einen Schluck, und dann küsste er sie und schmeckte nach Champagner, Glück und der einzigen Zukunft, die sie sich je gewünscht hatte.

Dreiundzwanzig

Der September kam einem Künstler gleich und tauchte die Hügel und Täler in Hope Valley in leuchtende Herbstfarben, womit er einen prächtigen Hintergrund für den Start der Ride-Clean-Kampagne auf der Redemption Ranch schuf. Billie und Dare waren inzwischen vollkommen geheilt und hatten die Physiotherapie abgeschlossen, und so sehr sie ihre Familien auch schätzten, freuten sie sich doch, endlich wieder selbst alles tun und sich auf ihr gemeinsames Leben konzentrieren zu können. Dares Brüder hatten Billies Sachen in der Woche nach dem Antrag in sein Haus geschafft, und seltsamerweise kam ihm das überhaupt nicht wie ein krasser Umbruch vor. Vielmehr fühlte es sich an, als wäre sie endlich dort angekommen, wo sie in seinem Herzen schon immer gewesen war. Sie war zu Hause. Dare war auch froh, wieder mit seinen Patienten arbeiten zu können, und Billie hatte ihre Arbeit im Roadhouse wieder aufgenommen. Sobald sie dazu in der Lage gewesen war, hatte sie sich zu Dares großer Begeisterung auch wieder auf ihr Motorrad gesetzt. Zuerst hatte er befürchtet, die Angst könnte sie davon abhalten, doch sie hatten während der langen Zeit der Heilung viel darüber gesprochen und Billie war fest entschlossen, sich nicht erneut von all dem fernzuhalten, was sie liebte.

Daher machten sie auch schon wieder Motorradausflüge und hatten vor, im Winter Skifahren und Snowboarden zu gehen, Snowkite und Snocross zu machen, und sie freuten sich auf die nächsten Fallschirmsprünge und weitere gemeinsame Aktivitäten. Bislang verspürte Dare nicht den Drang, irgendwelche Rekorde zu brechen. Das Leben mit Billie war genau richtig, und das Überschreiten der Grenzen bis ins Extreme war seine Selbstbestrafung dafür gewesen, dass er Eddie überlebt hatte – oder er war schlichtweg ein verrückter Spinner, der gern dem Tod trotzte.

Seiner Meinung nach war es ein bisschen von beidem, und damit konnte er leben, genau wie seine wunderschöne Verlobte, die in ihren kurzen Shorts und dem schwarzen »Ride Clean/Dark Knights«-T-Shirt mit dem um die Hüfte gebundenen Flanellhemd und dem neuen Choker um den Hals, den er ihr geschenkt hatte, unglaublich sexy aussah. Im Augenblick feuerten Billie und ihre Eltern Kenny an, der über die Motocrossstrecke jagte.

Dare zog Billie an sich und gab ihr einen Kuss auf die Wange.

Sie drückte sich dagegen, wandte den Blick jedoch nicht von Kenny ab. Das machte Dare nichts aus. Sie hatte hart mit Kenny gearbeitet, und seine Mühe sollte geehrt werden. Die Dark Knights hatten das Event mit einer Begrüßungsrede von Dares Vater begonnen, und Manny hatte die Feierlichkeiten mit Kennys Fahrt beginnen lassen. Alle Familien der Clubmitglieder und Hunderte andere aus Hope Valley und den umliegenden Städten waren hergekommen, um die Kampagne zu unterstützen, und hatten sich rings um die Strecke versammelt, damit sie ihm zusehen konnten.

Kenny schlug sich hervorragend, und seine Eltern standen

in der ersten Reihe, um ihn anzufeuern. Er wohnte jetzt seit fast zwei Monaten wieder zu Hause. Zwar hatten er und seine Eltern durchaus ihre Schwierigkeiten miteinander gehabt, wie zu erwarten gewesen war, aber gemeinsam und mit Dares Hilfe fanden sie stets friedliche Lösungen. Kenny ging auch wieder zur Schule und hatte gute Noten, daher erlaubten ihm seine Eltern, die Arbeit auf der Ranch und das Training bei Billie an zwei Nachmittagen unter der Woche und einem Tag am Wochenende fortzusetzen. Bislang verfolgte Kenny seinen Plan, Anwärter bei den Dark Knights zu werden, energisch weiter, und er war auf dem richtigen Weg. Er hatte Dare mit dem Geständnis überrascht, dass er sich bei dem Nachbarn entschuldigt hatte, dessen Wagen er für seine Spritztour entwendet hatte. Dabei musste er einen sehr guten Eindruck hinterlassen haben, denn diese Familie war heute ebenfalls hergekommen. Ihre Tochter Mariah, eine niedliche Blondine mit frechem Gesicht, hatte ganz offensichtlich einen Narren an Kenny gefressen. Dare wusste, wie stark Mädchen einen Jungen in Kennys Alter beeinflussen konnten, daher behielt er die Beziehung der beiden ebenfalls im Auge. Allerdings hatte er eher den Eindruck, Mariah habe Kenny nur dazu gedrängt, den Wagen seiner Eltern zu nehmen, um seine Aufmerksamkeit zu erregen.

Die Zuschauer keuchten auf, als Kenny den schwierigen Teil der Strecke anging, und jubelten laut, nachdem er den letzten Sprung geschafft hatte, in die Zielgerade einbog und vor ihnen zum Stillstand kam.

Kenny nahm den Helm ab und strahlte seine Eltern an, die ebenso wie zahlreiche andere Personen auf ihn zugerannt kamen. Auch darauf hatten sie Kenny vorbereitet, und dem Gejohle und Applaus von Dares und Billies Eltern nach zu urteilen waren sie ebenso stolz auf Kenny wie sie.

Dare drückte Billies Hand. »Du hast bei ihm gute Arbeit geleistet, Babe.«

Billie strahlte. »Er ist unglaublich, nicht wahr? Ein richtiges Naturtalent.«

»Das ist er«, bestätigte Dares Vater. »Genau wie du, Liebes.«

»Danke, Tiny, aber meine Zeit im Rampenlicht ist vorbei.« Billie sah zu Kenny, der von Leuten umringt war, Fragen beantwortete und sich mit kleinen Kindern unterhielt. »Kennys Zeit fängt gerade erst an, und es gibt so viel, auf das er sich freuen kann.«

»Dasselbe gilt für dich, Liebes«, sagte Dares Mutter. »Du musst eine Hochzeit planen und kannst dich auf die Flitterwochen in Spanien freuen.« Sie hatten beschlossen, im nächsten Juli in Spanien ihre Flitterwochen zu verbringen und dem Stierlauf zuzusehen.

»Und wir könnten nicht glücklicher sein.« Billie drehte sich zu Dare um, und ihre Augen funkelten, da sie beide an ihr Geheimnis dachten. Sie hatten mit der Hochzeit nicht warten wollen, doch ihre Eltern freuten sich so sehr darauf, eine große Feier für sie auszurichten, und ihre Schwestern hatten sich begeistert mit Billie in die Planung gestürzt. Da sie niemanden enttäuschen wollten, auch nicht sich selbst, waren sie in der Woche, in der sie ihren Gips losgeworden waren, heimlich in ein Standesamt drei Städte weiter gegangen, um sich eine Heiratserlaubnis zu besorgen, und hatten in der Woche darauf insgeheim bei Treat Braden, dem Sohn von einem der ältesten Freunde ihrer Väter, geheiratet. Treat war ein Immobilienmogul und lebte in Weston, Colorado. Zudem hatte er die Befugnis, rechtskräftig Ehen zu schließen, und konnte wie kein anderer ein Geheimnis für sich behalten. Er hatte Billie und Dare um

Mitternacht in der Scheune vermählt, in der sie sich zum ersten Mal geküsst hatten. Doch sie freuten sich beide sehr darauf, noch einmal richtig zu heiraten, und Dare konnte es kaum erwarten, vor dem Altar zu stehen und seine wunderschöne Braut auf sich zukommen zu sehen.

»Ich hatte mir überlegt, dass deine Zeit im Rampenlicht noch lange nicht vorbei sein muss«, meinte Tiny.

»Vergiss es, Tiny. Nach den Standards der Profirennen bin ich eine alte Frau. Ich kann keine Rennen mehr fahren.«

»Ich sprach auch nicht von Profirennen, Liebes.« Tiny schaute zu Manny hinüber, der nickte, und Dare fragte sich, was die beiden Männer ausgeheckt hatten. »Du hast so viel für Kennys Selbstbewusstsein getan, dass ich dich fragen wollte, ob du nicht vielleicht noch weitere Schüler annehmen möchtest. Vielleicht Kinder von der Ranch, die sich für den Sport interessieren.«

»Oder Kinder aus den umliegenden Orten«, fügte Manny hinzu. »Wer weiß schon, wohin das führen wird.«

Dare wollte seinen Ohren kaum trauen. »Ist das euer Ernst?«, fragte er kopfschüttelnd.

Sein Vater starrte ihn erbost an. »Selbstverständlich ist das unser Ernst, mein Sohn. Wir sind der Ansicht, dass Billie durchaus in der Lage ist, einen Beitrag zum Programm zu leisten.«

Billie beäugte Dare verunsichert. »Glaubst du, ich schaffe das nicht?«

»Ganz im Gegenteil, Baby. Ich weiß, dass du das kannst. Und welches Kind würde nicht gern bei Billie ›Knallhart‹ Mancini trainieren? Aber ich hatte mir eingebildet, eine originelle Idee zu haben, mit der ich dich heute Abend überraschen wollte.« Er zog ein zusammengefaltetes Blatt Papier aus der Hosentasche und reichte es ihr.

»Was ist das?« Sie faltete es auseinander.

»Der Entwurf des Clubhauses, das ich bauen möchte, und der Eingang von der Hauptstraße, der sich auf der anderen Seite der Strecke befinden soll, damit du einen Platz hast, an dem du Schüler ausbilden kannst, ohne dass sie ständig vor unserem Haus langlaufen müssen.«

»Willst du etwa damit sagen ...« Billie kamen ebenso die Tränen wie ihren Müttern. »Aber ich habe doch erst eine Person unterrichtet.«

»Und du hast Kenny dabei geholfen, sein Leben zu ändern«, merkte Dare an. »Ich weiß, dass du die Bar gern führst, und schlage auch gar nicht vor, dass du das aufgibst. Aber, Baby, du strahlst regelrecht, wann immer du dich in der Nähe der Strecke aufhältst, und du bist eine begabte Lehrerin. Wir wissen alle, wozu du fähig bist. Die einzige Frage ist, ob du Lust darauf hast. Wenn du das tun möchtest, dann bauen wir das Clubhaus, andernfalls ist das aber auch okay.«

Sie sah erst ihn und dann ihre Eltern an, und ihre feuchten Augen strahlten heller als die Sonne. »Selbstverständlich möchte ich das tun! Danke!« Sie schlang die Arme um ihn. »Das ist so wunderbar.« Danach sah sie ihre Väter an. »Danke, dass ihr alle an mich glaubt.«

»Du machst es uns auch leicht, Spatz.« Ihr Vater umarmte sie.

Dares Vater warf ihm einen Blick zu. »Hättest du mich nicht erst in deine Pläne einweihen sollen, Sohn?«

»Ich dachte, das mache ich erst, wenn ich weiß, ob sie das tun möchte.« Er grinste Tiny an. »Außerdem hast du meine Süße doch sowieso ins Herz geschlossen und hättest niemals Einwände dagegen erhoben. Da du jetzt mit derselben Idee um die Ecke kommst, lag ich wohl nicht ganz falsch damit.«

Alle mussten lachen.

»Zwei Doofe, ein Gedanke, Pop.« Dare zwinkerte ihm zu. »Aber es gibt da noch etwas, über das wir sprechen sollten. Billie und ich hatten überlegt, den Kletterparcours zu erweitern. Das ist eine super Methode, wie Kinder und Erwachsene Aggressionen abbauen können.«

Manny stieß Tiny an. »Wieso habe ich auf einmal das Gefühl, dass dies nur der Anfang eines übertriebenen Draufgängerplans ist?«

»Weil du unsere Kinder kennst.« Dares Vater sah sie beide voller Freude an.

»Ich halte das jedenfalls beides für eine gute Idee«, erklärte Alice.

»Ich auch«, warf Dares Mutter ein. »Aber jetzt müssen wir eine ganze Menge planen. Es wird einige Zeit dauern, das Clubhaus zu bauen und den Eingang anzulegen, und wir brauchen vermutlich einen Zaun, um Gaffer fernzuhalten. Außerdem musst du dir einen Gewerbeschein zulegen.«

»Und dir einen Namen für die Schule ausdenken«, fügte Alice hinzu. »Es gibt so viel zu tun, und wir brauchen auch noch Zeit für die Hochzeitsplanungen.«

Während ihre Mütter bereits in den Planungsmodus verfielen, schüttelten ihre Väter die Köpfe und gingen zurück zu den anderen. Billie trat vor Dare und legte ihm die Arme um den Hals. »Du schaffst es doch immer wieder, mich vom Hocker zu hauen, Whiskey.«

»Ich will dir nur weitere Gründe geben, mich zu lieben.«

Lachend gab sie ihm einen Kuss.

»Beeil dich, Mickey. Mancini ist hier!«

Sie drehten sich beide um, weil sie herausfinden wollten,

wem die fröhliche Stimme gehörte.

Ein kleines blondes Mädchen, das etwa sechs oder sieben Jahre alt sein musste, kam in Cowgirlstiefeln und Leggins auf sie zu und zerrte einen dunkelhaarigen Jungen hinter sich her. Das kleine Mädchen sah Billie mit großen braunen Augen an. »Bist du Billie Mancini? Wir wollen Motocrossfahren lernen, und der Junge auf dem Motorrad hat gesagt, dass wir dann mit dir reden müssen.«

»Ich bin Billie«, bestätigte Billie freundlich. »Und du bist?«

»Ich bin Eddie, und das ist ...«

»Dein Name ist nicht Eddie«, schimpfte der kleine Junge. »Du heißt Edelyn!«

Eddie kniff die Augen zusammen und machte einen Schmollmund. »Nenn mich noch mal so, und ich verpass dir ein blaues Auge, Mickey.«

»Hey, immer mit der Ruhe.« Dare hielt eine Hand zwischen die beiden Kinder. »Auf dieser Ranch wird sich nicht geprügelt.«

»Wie wäre es, wenn wir zu euren Eltern gehen und mit ihnen über euren Wunsch reden?«, schlug Billie vor.

»Okay. Komm mit, Mickey!« Schon hatte Eddie Mickeys Hand genommen, und die beiden rannten los.

Billie nahm Dares Hand. »Lass uns gehen, Whiskey. Oder wirst du auf deine alten Tage etwa langsam?«

»Langsam, dass ich nicht lache!« Er küsste sie.

»Hey!«, brüllte Eddie. »Kommt ihr jetzt, oder was?«

Dare und Billie mussten lachen.

»Wir sind unterwegs!«, rief Billie.

»Sie erinnert mich an ein gewisses kleines Mädchen, das ich mal kannte. Gehen wir, Mancini.« Er gab ihr einen Klaps auf den Hintern, und sie lief lachend los, wobei ihr Dare dicht auf den Fersen blieb.

Am Nachmittag war das Event in vollem Gang. Kinder liefen mit Keksen und Hotdogs in den Händen herum, während ihnen die Erwachsenen folgten und von einer Attraktion zur nächsten schlenderten. Die Wiese stand voller Tische, an denen Essen und Getränke angeboten wurden, die die Familien der Clubmitglieder und Dwight zubereitet hatten und deren Erlös der Kampagne zugutekam. Den ganzen Vormittag über hatten Dare und mehrere andere kurze Reden gehalten und Fragen über ihre Probleme in der Jugend beantwortet und darüber, wie es war, ein Dark Knight zu sein, und was sie auf der Ranch so taten. Birdie bot einen Flyer mit Coupons für Gratisschokolade aus ihrem Laden an. Alle kümmerten sich abwechselnd um die Aktivitäten, und dank der Dark Knights und vielen Freiwilligen gab es mehr als genug Helfer.

Dare und Billie beaufsichtigten das Ponyreiten. Er hob eben ein Mädchen von einem Pony, das zu Billie rannte, die am Tor wartete. Er beobachtete Billie, die sich angeregt mit der Kleinen unterhielt, während sie sie von der Koppel führte. Im Umgang mit Kindern war Billie ein Naturtalent, ebenso bei Kenny. Sie hatten es mit eigenem Nachwuchs nicht eilig, aber Dare freute sich darauf, eines Tages Vater zu sein.

Billie sah auf, als sie das Tor hinter dem kleinen Mädchen schloss, und die Liebe in ihren Augen ließ ihm das Herz aufgehen. Sie sagte lautlos *Ich liebe dich*, und er zwinkerte ihr zu und fühlte sich wie der Größte, als er zum nächsten wartenden Kind ging.

Gus stand ganz vorn in der Schlange, hielt Ezras Hand und hüpfte vor Aufregung auf und ab, sodass ihm die dunklen Locken ins Gesicht fielen. »Jetzt ich!«

»Ja, jetzt bist du dran, kleiner Mann.« Dare und Ezra grinsten sich an, und er setzte den Jungen auf ein Pony. »Weißt du noch, was du tun musst?«

»Jaha! Mich am Horn festhalten!« Er umklammerte das Sattelhorn mit beiden Händen und strahlte Dare und seinen Vater an.

»Braver Junge.« Dare nickte Ezra zu. »Okay, Dad. Wir sehen uns in ein paar Minuten.«

Dann führte Dare das Pony durch die Koppel, und Gus kreischte: »Guck mal, Dad! Ich reite.«

»Sieht gut aus, Gus.« Ezra zückte sein Handy und schoss ein Foto.

»Sasha! Siehst du mich, Süße?«, brüllte Gus.

Sasha, die eben an der Koppel vorbeiging, winkte ihm zu. »Pass gut auf, Gusto, und halt dich schön fest.«

»Mach ich!«, schrie Gus. »Billie, guck mal!«

»Du siehst aus wie ein richtiger Cowboy«, sagte Billie und ging neben Dare her.

»Ich bin ein richtiger Cowboy«, erklärte der Junge.

Billie warf Dare einen verführerischen Blick zu. »Ich stehe auf heiße Cowboys.«

»Du wolltest wohl sagen, auf einen ganz bestimmten heißen Cowboy.«

»Auf meinen Cowboy.« Sie beugte sich näher zu Dare herüber und senkte die Stimme. »Bilde ich mir das nur ein oder starrt Flame Sasha an, als wollte er sie auf der Stelle vernaschen?«

Dare drehte sich zu seiner Schwester um und entdeckte

Flame, der neben ihr am Zaun lehnte und sie mit flirtendem Grinsen und viel zu verlangendem Blick anstarrte. Er konnte nur hoffen, dass Sasha in Bezug auf ihre Freundschaft ehrlich zu ihm gewesen war, denn mit den meisten seiner weiblichen Bekanntschaften ging Flame auch ins Bett. »Das kann er vergessen.«

»Ach, da wäre ich mir nicht so sicher«, meinte Billie lachend. »Es sei denn, ein gewisser Dad hat etwas dagegen.«

Dare folgte ihrem Blick zu Ezra, der in der Tat so aussah, als wollte er Flame in der Luft zerreißen. »Was geht hier eigentlich vor sich?«

»Vielleicht hat Birdie Sasha dasselbe Duschgel gegeben.« Billie kicherte.

Nachdem Gus' Ritt beendet war, gingen sie mit ihm zurück zu Ezra, und unterwegs sah Dare, wie Cowboy auf Sunshine von der hinteren Koppel hergeritten kam, auf der die größeren Kinder reiten durften. Er hielt kurz an, um mit Hyde zu sprechen, der die Heuwagenfahrten leitete. Hyde ließ sich von einem Ranchhelfer ablösen, rannte zur Hüpfburg und holte Taz, Pep und Otto, die ihrerseits weitere Dark Knights ansprachen und sich in unterschiedliche Richtungen verteilten. Mehrere in dunkle Lederwesten gekleidete Männer, die energisch losmarschierten, hätten zu viel Aufmerksamkeit erregt, darum verhielten sie sich so, wann immer sie bei einem Event zusammengerufen wurden. Auf diese Weise bekamen die Besucher nichts davon mit.

Nun kam Cowboy auf Dare und Ezra zu und wirkte deutlich ernster als sonst.

»Das hast du gut gemacht, Gus.« Dare drückte Ezra den Jungen in die Arme, und Ezras Nicken verriet ihm, dass er ebenfalls gehen würde. Daher drehte Dare den Wartenden den

Rücken zu, damit er ungestört mit Billie reden konnte. »Kommst du hier eine Weile allein zurecht?«

»Klar. Was ist denn los?«

»Keine Ahnung, aber Cowboy ruft die Knights zusammen.« Dare trat aus der Koppel, als Flame und Sasha sich gerade zu Ezra gesellten und Cowboy angeritten kam.

»Hey, Cowboy! Ich bin auch auf einem Pferd geritten!«, verkündete Gus aufgeregt.

»Das ist ja super, Kleiner«, erwiderte Cowboy.

Gus fing sofort an loszuplappern, und Sasha reichte ihm eine Hand. »Hey, Gusto, wie wäre es, wenn wir ein bisschen in der Hüpfburg spielen und uns danach einen von Birdies leckeren Schoko-Pony-Pops holen?«

»Au ja! Bis später, Dad!«

Sie zwinkerte Ezra zu und ging mit Gus auf dem Arm weg.

»Was ist denn los?«, erkundigte sich Flame.

»Tiny braucht Hilfe, um ein paar Sachen aus dem Haupthaus rauszutragen«, antwortete Cowboy. »Ich bin unterwegs, um Doc und ein paar der anderen vom Paintballfeld zu holen.«

»Ich gebe Mom Bescheid, dass wir helfen werden«, sagte Dare gelassen, um die Familien in der Nähe nicht zu beunruhigen. Seine Mutter würde die anderen Frauen der Clubmitglieder informieren und dafür sorgen, dass die Clubversammlung nicht weiter auffiel.

Zehn Minuten später stand Dare zusammen mit den anderen Clubmitgliedern im größten Versammlungsraum und sah seinen Vater an, der sich an sie alle richtete. »Wir haben ein Problem. Eine junge Frau ist aus einer Sekte in West Virginia entkommen und wurde von einem Trucker aufgelesen, der in diese Richtung unterwegs war. Jetzt wird ein sicherer Zufluchtsort für sie benötigt, damit die DNA-Tests gemacht werden können und alles Weitere geklärt werden kann. Ihr Name ist Sullivan Tate, sie wird allerdings Sully genannt. Sie ist Anfang zwanzig und zäh, aber auch sehr verängstigt. Sie weigert sich, zu einem Arzt oder zur Polizei zu gehen, weil sie befürchtet, dass man sie zu dieser Sekte zurückbringen könnte. Daher holen wir sie heute nach Einbruch der Dunkelheit auf die Ranch, wo sie eine Therapie machen und von unseren Ärzten behandelt werden kann. Dieses Mädchen muss gut beschützt werden. Wir wissen nicht, ob die anderen Sektenmitglieder hinter ihr her sind. Keiner darf erfahren, dass sie hier ist, solange wir nicht davon überzeugt sind, dass ihr nichts passieren wird – ansonsten würdet ihr unsere ganze Familie und jeden auf dieser Ranch in Gefahr bringen. Hazard, das darf auf keinen Fall offiziell werden.«

»Verstanden«, bestätigte Hazard.

»Cowboy, du übernimmst die Leitung«, bestimmte sein Vater. »Ich möchte, dass du sie nicht aus den Augen lässt. Ohne Ausnahme.«

Cowboy nickte.

»Der Trucker, der sie mitgenommen hat, und seine Frau kommen in ein sicheres Versteck. Pep und Otto, ich möchte, dass ihr das Haus aus einiger Entfernung beobachtet. Wenn ihr irgendjemanden bemerkt, der da rumschnüffelt, müssen wir es erfahren.« Nachdem die beiden genickt hatten, fuhr ihr Vater fort. »Wenn hier heute Feierabend ist, bringt ihr eure Familien nach Hause, und wer kann, kommt danach zurück und bleibt hier. Wir benötigen bis auf Weiteres bessere Sicherheitsmaß-nahmen auf der Ranch. Und vergesst nicht, so zu tun, als wäre alles normal, sobald ihr diesen Raum verlassen habt.«

Nach der Besprechung ging Dare mit seinen Brüdern, Re-bel, Hyde und Ezra hinaus. Er mochte es gar nicht, Billie etwas verschweigen zu müssen. Sie war in einer Dark-Knights-Familie aufgewachsen und wusste, dass er nicht über Clubangelegenheiten sprechen durfte, aber das machte ihm die Sache nicht leichter.

»Verdammt. Die arme Frau«, meinte Doc.

»Das ist eine krasse Geschichte«, erwiderte Ezra.

»Allerdings«, stimmte Rebel ihm zu.

»Ja, während wir hier rumlaufen und uns überlegen, wen wir heute mit nach Hause nehmen, muss die Kleine um ihr Leben fürchten.« Hyde schüttelte den Kopf.

»Genau wie jede, die in deinem Bett landet«, stichelte Rebel. Sie verließen das Haus, um weiterhin so zu tun, als wäre alles in bester Ordnung.

Die anderen grinsten, wirkten jedoch bedrückter unter der Last dieser neuen Realität, während sie versuchten, vom Clubgeschäft wieder auf fröhliche Kampagnenhelfer umzuschalten.

Dare schaute sich auf dem Gelände um und wollte nichts lieber, als Billie in den Arm zu nehmen. Ihm war völlig egal, dass sich mehrere hundert Menschen hier aufhielten. Seine Süße zog ihn an wie ein Magnet, und er ging zu Birdies Tisch, wo sich Billie mit seinen Schwestern unterhielt.

»Wo willst du hin?«, fragte Doc.

»Zu dem einzigen Menschen, der mich immer zum Lächeln bringt.« Dare sah Cowboy an, der ein finsteres Gesicht machte. »Alles okay?«

Cowboy nickte.

»Du solltest besser eine andere Miene aufsetzen, damit nicht alle Frauen schreiend die Flucht ergreifen«, riet Doc ihm.

»Okay.« Cowboy lockerte die Schultern und räusperte sich. »Besser?«

Dare betrachtete sein gequältes Grinsen. »Jetzt siehst du aus, als würde dir ein Furz quersitzen.«

»Vielleicht stimmt das ja auch«, meinte Cowboy lachend. »Blödmann.«

Billie stand an Birdies Tisch bei den anderen, kostete Schokolade und versuchte, Gus zuzuhören, der von all den aufregenden Dingen sprach, die er heute gemacht hatte, um zwischendurch immer wieder in seinen riesigen Pony-Pop zu beißen, doch sie war abgelenkt und fragte sich, was bei den Dark Knights vor sich ging.

»Da ist Daddy!«, brüllte Gus.

Sie sah Dare mit einigen anderen Männern durch die Menge auf sie zukommen. Sein Blick fiel auf sie, und sie fragte ihn lautlos: *Ist alles in Ordnung?* Er nickte und zwinkerte ihr zu, und sie atmete erleichtert auf.

»Dad! Sasha hat mich total viel Zucker essen lassen!« Er schwenkte seinen Pony-Pop, und alle lachten.

Ezra sah Sasha schmunzelnd an.

Sie spreizte lachend die Hände. »Was soll ich dazu sagen? Ich habe einfach ein Faible für niedliche Jungs mit Locken.«

»Und was ist mit gut bestückten Jungs?« Hyde wackelte mit den Augenbrauen. »Ich hätte auch gern ein bisschen Zucker.«

»Sasha hebt sich ihren Zucker für meinen Dad auf!«, rief Gus. »Nicht wahr, Sasha?«

Die Frauen lachten schallend los.

Sasha schlug sich eine Hand vors Gesicht, zog den Schokoladen-Pop, den sie für Ezra aufgehoben hatte, aus der Tasche und drückte ihn Ezra gegen die Brust. »Guten Appetit.«

»Kommt mal alle her, Männer.« Birdie rannte herum und trieb die Männer näher an den Tisch. »Heiße Kerle ziehen immer mehr Singlemütter und Kinder an. Steht einfach da rum, seht nett aus und redet darüber, wie lecker die Schokolade ist.«

»Ich muss sie erst mal kosten.« Dare nahm Billie in die Arme, und seine dunklen Augen und sein scheues Lächeln versprachen ihr alle möglichen heißen Dinge.

Sie hielt ihren Schokoladen-Pop hoch. »Möchtest du mal kosten?«

»Na, und ob.« Er küsste sie so lange und innig, dass danach ihr ganzer Körper prickelte.

»Komm her, Bobbie, dann zeigen wir ihnen, wie man das macht.« Cowboy legte Bobbie einen Arm um die Schultern. »Gib mir ein bisschen Schokolade.«

Bobbie hielt ihren Schoko-Pop hoch, und alle lachten.

»Du liebe Güte! Wieso ist mir das noch nie aufgefallen?« Birdie stieß einen übertriebenen Seufzer aus. »Ihr seid ein perfektes Paar.«

»Das war nur Spaß, Birdie. Bobbie ist für mich ebenso eine Schwester wie du. Ich wollte wirklich nur ein bisschen Schokolade.« Cowboy biss einen ordentlichen Happen ab.

»Genau, Birdie. Er ist auch gar nicht mein Typ«, sagte Bobbie. »Er ist mir zu stämmig.«

»Das hat er bestimmt noch nie gehört«, raunte Dare Billie ins Ohr.

»Was für ein Glück, dass du für mich genau richtig bist«, flüsterte sie zurück, was ihr einen weiteren Kuss einbrachte.

»Soll das ein Witz sein? Ich bin doch nicht stämmig.« Cowboy zog sein Hemd hoch. »Das sind alles perfekt definierte Muskeln.«

Bobbie fielen beinahe die Augen aus dem Kopf.

»Lass gut sein, Cowboy.« Rebel kam lässig dazu. »Sie steht auf Typen, die ihr Blut in Wallung und nicht gleich zum Kochen bringen.« Er legte Bobbie einen Arm um die Schultern. »Nicht wahr, Babe?«

Bobbie verdrehte die Augen und entwand sich ihm, was weiteres Gelächter verursachte.

»Gut, denn dann habe ich wenigstens nicht meine Zeit vergeudet, als ich Single-Moms für Cowboy aufgelistet habe«, meinte Birdie. »Siehst du die Brünette mit dem kleinen Mädchen da drüben bei den Ponys? Sie steht ganz oben auf meiner Liste. Sie ist Krankenschwester und supernett.«

»Auf einmal juckt es mich an einer ganz bestimmten Stelle, und ich brauche dringend jemanden, der mich da mal kratzt.« Doc grinste breit und ging auf die Brünette zu. »Bis später, Leute.«

Birdie verdrehte die Augen. »Warum lässt du das zu, Cowboy? Sie wäre perfekt für dich, und du weißt ganz genau, dass Doc nur ein paar Wochen mit ihr ausgeht und ihr dann das Herz bricht.«

»Tu dir selbst einen Gefallen, Birdie, und streich mich von deiner Kuppelliste«, bat Cowboy. »Ich werde in absehbarer Zukunft sowieso keine Zeit mehr für so was haben.«

»Aber …«

Er starrte sie nur an.

»Ist ja schon gut.« Ein schelmisches Grinsen umspielte ihre Lippen. »Benutzt du wenigstens das Duschgel, das ich dir gegeben habe? Denn Frauen stehen nicht auf stinkende Kerle.«

»Ja. Das Zeug ist super. Ich bringe Sunshine jetzt zurück in die Scheune. Wir sehen uns nachher.«

Als Cowboy davonging, rieb sich Birdie die Hände. »Perfekt.«

Dare zog Billie an sich. »Sollte ich ihn warnen?«

»Und Birdie den Spaß verderben?« Sie legte ihm die Arme um den Hals. »Mir fällt etwas Besseres ein, das du mit deinem Mund anstellen kannst.«

»Sieh dich besser vor, Baby. Wenn du weiter solche Sachen sagst, schleife ich dich auf den Heuboden und stelle all das mit dir an.«

Sie erschauderte voller Vorfreude. »Das geht nicht. Da oben spielen Kinder.« Sie stellte sich auf die Zehenspitzen und flüsterte ihm ins Ohr: »Aber ich habe gehört, dass man einige Sattelkammern abschließen kann ...«

Bereit für mehr von den Whiskeys?

Ich hoffe, Billies und Dares Geschichte hat Ihnen gefallen. Mit *Sullys Befreiung* und *Um Whiskeys willen* geht es weiter. *Sullys Befreiung* ist die kurze Vorgeschichte zur Liebesgeschichte von Cowboy Whiskey und Sullivan Tate, in der von Sullys Flucht aus der Sekte Free Rebellion berichtet wird. Wer weiterblättert, findet noch mehr Informationen zu meinen anderen Liebesromanen inklusive weiterer Dark Knights.

Callahan »Cowboy« Whiskey ist der geborene Beschützer, Mitglied des Motorradclubs Dark Knights und ein verdammt guter Rancher. Was passiert, wenn er sich in eine Frau verliebt, die keine Ahnung hat, wer sie wirklich ist?

Bestellen Sie *Sullys Befreiung* und *Um Whiskeys willen* bei Ihrem Online-Buchhändler.

Übrigens: Vielleicht gefällt Ihnen auch »Und dann kam die Liebe«

(Die Bradens & Montgomerys) über Sullivans Schwester Jordan Lawler und Jax Braden. Jordans Geschichte ist zeitlich vor »Um Whiskeys willen« angesiedelt und schildert die Perspektive von Sullys Familie. Außerdem ist Jax' und Jordans Geschichte toll!

Lust auf mehr Dark Knights?
Lernen Sie Truman Gritt und die Whiskeys: Dark Knights aus Peaceful Harbor kennen

Wer heiße Alpha-Typen, Babys und starke Familienbande, die über Blutsverwandtschaft hinausgehen, mag, wird Truman Gritt und die Whiskeys lieben.

Truman Gritt würde alles tun, um seine Familie zu beschützen – und so verbringt er Jahre im Gefängnis für ein Verbrechen, das er nicht begangen hat. Nach seiner Entlassung stellt der Drogentod seiner Mutter sein Leben erneut auf den Kopf, und so übernimmt er die Verantwortung für die Kinder, die sie zurückgelassen hat. Truman ist hart, er ist verschlossen, und er versucht, einen Bruder zu retten, der mit noch mehr Problemen zu kämpfen hat als er selbst. Sein Leben lang hat Truman keine Hilfe gebraucht, und als die schöne Gemma Wright versucht, ihm unter die Arme zu greifen, reagiert er nicht gerade charmant. Aber Gemma hat ihre ganz eigene Art und schafft es schließlich, den Panzer um sein Herz zu durchdringen. Als Trumans dunkle Vergangenheit seine Zukunft in Gefahr bringt, steht seine Loyalität auf dem Prüfstand und er muss die schwerste aller Entscheidungen treffen.

Bestellen Sie *Tru Blue – Im Herzen stark* gleich bei Ihrem Online-Buchhändler.

Lust auf leichtere Lektüre?
Verlieb dich an den Sandstränden von Cape Cod in der Serie Seaside Summers

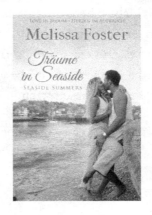

Bella Abbascia ist wie jeden Sommer in die Ferienhaussiedlung Seaside in Wellfleet am Cape Cod zurückgekehrt. Doch in diesem Jahr hat Bella mehr vor, als mit ihren Freundinnen in der Sonne zu liegen und sich beim Nacktbaden zu vergnügen. Sie hat ihren Job gekündigt, ihr Haus in Connecticut verkauft und jeglichen Männergeschichten abgeschworen, um sich an ihrem Lieblingsort auf Erden ein neues Leben aufzubauen. Der Plan steht – zumindest bis ein Streich der stets zu Scherzen aufgelegten Bella eine böse Wendung nimmt und ein sündhaft attraktiver Police Officer vor ihr steht.

Der alleinerziehende Vater und Polizist Caden Grant hat Boston den Rücken gekehrt, nachdem sein Partner im Dienst getötet wurde. In dem kleinen Ferienort Wellfleet hofft er auf ein sichereres Leben mit seinem vierzehnjährigen Sohn Evan.

Als er während einer nächtlichen Streife Bella kennenlernt, wird ihm bewusst, dass er plötzlich gefunden hat, was er sich nie zu erträumen erlaubte – und von dem er nie wusste, dass es ihm fehlt. Nachdem er sich vierzehn Jahre lang nur auf seinen Sohn konzentriert hat, kann Caden der starken Anziehungskraft der schönen Bella nicht widerstehen, und Bella ist der Intensität ihrer aufkeimenden Liebe ebenso machtlos ausgeliefert. Aber der Neuanfang gestaltet sich schwieriger, als sie beide es sich ausgemalt haben, und dann gerät Evan an die falschen Freunde. Cadens Loyalität wird auf eine harte Probe gestellt. Wird er alles aufgeben, um seinen Sohn zu beschützen – sogar Bella?

Bestellen Sie *Träume in Seaside* gleich bei Ihrem Online-Buchhändler.

Neu bei »Love in Bloom – Herzen im Aufbruch«?

Falls dieser Band Ihr erstes Buch aus der Reihe »Love in Bloom – Herzen im Aufbruch« ist, warten noch jede Menge Geschichten über unsere sexy, selbstbewussten und loyalen Heldinnen und Helden auf Sie. *Die Whiskeys: Dark Knights von der Redemption Ranch* ist nur eine der Serien aus meiner großen Sammlung von Liebesromanen mit Tiefgang, Humor und Happy-End-Garantie. In allen Büchern finden Sie eine abgeschlossene Geschichte, die auch für sich allein gelesen werden kann. Figuren aus den einzelnen Serien und Büchern der weitverzweigten »Love in Bloom – Herzen im Aufbruch«-Familien tauchen immer wieder auch in den anderen Bänden auf. So verpassen Sie nie eine Verlobung, eine Hochzeit oder eine Geburt. Wenn Sie mögen, lernen Sie doch auch die anderen Serien der Reihe kennen! Eine vollständige Liste aller auf Deutsch erschienenen und geplanten Bücher gibt es am Ende des Buches und unter dem folgenden Link finden Sie weitere Informationen:

www.MelissaFoster.com/Herzen-im-Aufbruch

Danksagung

Es hat mir großen Spaß gemacht, die Wortgefechte und die Liebe zwischen Billie und Dare zu schreiben, und wie Sie sich vorstellen können, brach mir bei den Szenen, die sich mit Eddies Tod, Billies Schuldgefühlen und Dares und Billies Unfall befassen, jedes Mal aufs Neue das Herz. Ich habe mir von mehreren Personen Unterstützung geholt, um die Szenen in diesem Buch so realistisch wie möglich zu schildern, mir allerdings auch einige schriftstellerische Freiheiten herausgenommen, um das Tempo der Geschichte nicht zu behindern. Alle Fehler sind auf meinem Mist gewachsen, und keine der Personen, die so freundlich waren, mir meine vielen Fragen zu beantworten, ist schuld daran. Zwar möchten diverse meiner Quellen lieber anonym bleiben, aber ich bin meiner guten Freundin Maggie Hunter, einer Expertin im Bereich Rehabilitation nach Kopfverletzungen, zu großem Dank verpflichtet. Maggie arbeitet seit über sechzehn Jahren mit Erwachsenen, die auf die eine oder andere Weise eine Gehirnverletzung erlitten haben, und ich bin überaus dankbar, dass sie bereit war, mir meine zahlreichen Fragen zu beantworten. Außerdem danke ich Aeryn Havens, der Autorin von *Spirit Called*, für ihre Geduld bei der Beantwortung von Pferde- oder Ranch-bezogenen Fragen. Was würde ich nur ohne dich tun, Aeryn?

All jenen von Ihnen, die Cowboys und Sullys Buch *Um Whiskeys willen* lesen werden, kann ich schon mal einen

Vorgeschmack darauf geben, wie die Geschichte von Sully und ihrer Schwester Jordan entstanden ist. Ich fing bereits 2013 damit an, Sullivan »Sully« Tates Geschichte in Romanform zu verfassen, kam jedoch aufgrund anderer Projekte davon ab und hatte das Gefühl, dass Sullys Zeit noch nicht gekommen war. Als ich dann Jordan Lawler in *Verrückt nach Liebe (Die Bradens & Montgomerys)* begegnete, wusste ich sofort, dass sie Sullys ältere Schwester sein musste und dass sie ebenfalls ein eigenes Buch bekommen würde. Als ich dann Jordans Geschichte *Und dann kam die Liebe (Die Bradens & Montgomerys)* schrieb, ging mir endlich auf, was 2013 noch gefehlt hat: die Redemption Ranch. Sie ist der perfekte Ort, an dem Sully genesen kann. Ich freue mich sehr, dass Sie Sullys Geschichte bald lesen können, und falls Sie *Und dann kam die Liebe* noch nicht kennen, sollten Sie vielleicht mal einen Blick hineinwerfen, bevor Sullys Buch erscheint. Es ist eine tolle Geschichte über eine verbotene Liebe.

Meine Fans und mein Freundeskreis inspirieren mich jeden Tag aufs Neue, und viele von ihnen sind Mitglied meines Fanclubs auf Facebook. Wenn Sie noch nicht dabei sind, sind Sie herzlich eingeladen!
www.Facebook.com/groups/MelissaFosterFans

Melden Sie sich auch für meinen Newsletter an, um immer auf dem Laufenden zu bleiben.
www.MelissaFoster.com/Newsletter_German

Folgen Sie mir auf Facebook, um immer die neuesten Neuigkeiten zur Welt unserer fiktionalen Boyfriends mitzubekommen.
www.Facebook.com/MelissaFosterAuthor

Vergessen Sie nicht, auf meiner Seite mit »Reader Goodies«

vorbeizuschauen! Dort finden Sie Serienübersichten, Checklisten, Stammbäume und einiges mehr.

www.MelissaFoster.com/Checklisten_und_Stammbaume

Wie immer gilt mein unendlicher Dank meinem großartigen Redaktionsteam: Kristen Weber, Penina Lopez, Elaini Caruso, Juliette Hill, Lynn Mullan, Justinn Harrison, Lee Fisher sowie Anna Wichmann, Stephanie Schottenhamel und Judith Zimmer. Ich bin meiner Familie, meinen Assistentinnen und meinen Freundinnen, die inzwischen zur Familie gehören, unendlich dankbar, darunter Lisa Filipe, Sharon Martin und Missy Dehaven für ihre grenzenlose Unterstützung und Freundschaft. Danke, dass ihr mir stets den Rücken stärkt, selbst wenn ich im Deadlinestress nur noch unerträglich bin.

DIE VOLLSTÄNDIGE REIHE

Love in Bloom – Herzen im Aufbruch

Für noch mehr Vergnügen lesen Sie die Bücher der Reihe nach.
Sie werden in jedem Band bekannte Figuren wiederfinden!

Die Snow-Schwestern

Schwestern im Aufbruch
Schwestern im Glück
Schwestern in Weiß

Die Bradens (Weston, Colorado)

Im Herzen eins – neu erzählt
Für die Liebe bestimmt
Freundschaft in Flammen
Wogen der Liebe
Liebe voller Abenteuer
Verspielte Herzen
Ein Fest für die Liebe (Hochzeits-Geschichte)
Nachwuchs für die Liebe (Savannahs & Jacks Baby)
Happy End für die Liebe (Hochzeits-Geschichte)
Weihnachten mit den Bradens (Kurzgeschichte)
Liebe ungebremst (Kurzroman)

Die Bradens (Trusty, Colorado)

Bei Heimkehr Liebe
Bei Ankunft Liebe
Im Zweifel Liebe
Bei Rückkehr Liebe
Trotz allem Liebe
Bei Aufprall Liebe

Die Bradens (Peaceful Harbor)

Geheilte Herzen
Voller Einsatz für die Liebe
Liebe gegen den Strom
Vereinte Herzen
Melodie der Liebe
Sieg für die Liebe
Endlich Liebe – ein Braden-Flirt

Die Bradens & Montgomerys (Pleasant Hill – Oak Falls)

Von der Liebe umarmt
Alles für die Liebe
Pfade der Liebe
Wilde Herzen
Schenk mir dein Herz
Der Liebe auf der Spur
Verrückt nach Liebe
Liebe süß und sündig
Und dann kam die Liebe
Eine unerwartete Liebe
Verliebt in Mr. Bad

Die Remingtons

Spiel der Herzen
Im Dschungel der Liebe
Herzen in Flammen
Herzen im Schnee
Liebe zwischen den Zeilen
Von der Liebe berührt

Die Ryders

Von der Liebe bestimmt
Von der Liebe erobert
Von der Liebe verführt
Von der Liebe gerettet
Von der Liebe gefunden

Seaside Summers

Träume in Seaside
Herzen in Seaside
Hoffnung in Seaside
Geheimnisse in Seaside
Nächte in Seaside
Herzklopfen in Seaside
Sehnsucht in Seaside
Geflüster in Seaside
Sternenhimmel über Seaside

Bayside Summers

Sommernächte in Bayside
Verführung in Bayside
Sommerhitze in Bayside
Neuanfang in Bayside
Mondschein in Bayside
Versuchung in Bayside

Die Whiskeys: Dark Knights aus Peaceful Harbor

Tru Blue – Im Herzen stark

Truly, Madly, Whiskey – Für immer und ganz
Driving Whiskey Wild – Herz über Kopf
Wicked Whiskey Love – Ganz und gar Liebe
Mad About Moon – Verrückt nach dir
Taming My Whiskey – Im Herzen wild
The Gritty Truth – Kein Blick zurück
In For A Penny – Süßes Glück
Running on Diesel – Harte Zeiten für die Liebe

Die Whiskeys: Dark Knights von der Redemption Ranch

Immer Ärger mit Whiskey
Sullys Befreiung
Um Whiskeys willen

...

Entdecken Sie Melissa Fosters Bücher auch auf:
www.MelissaFoster.com/Herzen-im-Aufbruch

Printed in the USA
CPSIA information can be obtained
at www.ICGtesting.com
LVHW070821250923
759052LV00006B/61